HELENA BRINK | Die Ruhe vor dem Sturm

Das Buch

Kajsa Linder glaubt an eine Fügung des Schicksals, als ihr der verlassene Hof Röshult zum Kauf angeboten wird. Sie träumt schon lange davon, mit ihrer Familie aufs Land zu ziehen. Doch sie wird nicht zur Ruhe kommen. Es beginnt mit dem Fund eines Tagebuches. Ein junges Mädchen muss sich Jahre zuvor auf dem Hof versteckt haben. Seither fehlt jede Spur von ihr. Kurz darauf ziehen Bauarbeiter eine jahrhundertealte Leiche aus dem moorigen Ackerland. Als Kommissar Stenberg den Fall übernimmt, verfolgt Kajsa die Ermittlungen noch mit Interesse. Doch dann steht Max Rösling, der Erbe des Hofes, plötzlich vor der Tür. Der Mann, der seit Jahren verdächtigt wird, seinen Vater getötet zu haben …

Pressestimmen

»Ein hochspannender Krimi!« *Brigitte* über *»Der leiseste Verdacht«*

Die Autoren

Helena Brink ist ein Pseudonym, hinter dem sich ein schwedisches Schriftstellerehepaar verbirgt. Ihr erster Kriminalroman »Der leiseste Verdacht« erregte in Schweden großes Aufsehen.

Lieferbare Titel

»Der leiseste Verdacht« (978-3-453-35112-7)

HELENA BRINK

Die Ruhe vor dem Sturm

Roman

Aus dem Schwedischen von Knut Krüger

Diana Verlag

Die Originalausgabe erschien 2000 unter dem Titel *UR DUNKLA DJUP*
bei Bra Böcker, Malmö

Umwelthinweis:
Dieses Buch wurde auf chlor- und säurefreiem Papier gedruckt.

Taschenbucherstausgabe 05/2007

Redaktion | Claudia Alt
Umschlaggestaltung | Hauptmann & Kompanie Werbeagentur,
München – Zürich, Teresa Mutzenbach, unter Verwendung eines Fotos von © CORBIS
Herstellung | Helga Schörnig
Satz | Gesetzt aus der Garamond light condensed bei Leingärtner, Nabburg
Druck und Bindung | GGP Media GmbH, Pößneck
Printed in Germany 2007
978-3-453-35190-5

www.diana-verlag.de

Gewidmet der Person, die den Kontakt mit der
Familie auf Röshult herstellte.
Keinen Namen – du weißt selbst, wer du bist.

Helena

1 FREITAG, 11. APRIL

Die Dämmerung war bereits weit fortgeschritten, als er den Hof erblickte. Oder zumindest einen Teil davon. Die Ställe ließen sich hinter der schwarzen Silhouette der nackten Zweige nur erahnen, doch das reichte aus, um seinen Herzschlag zu beschleunigen.

Das Taxi bremste behutsam, bevor es auf den schmalen Kiesweg abbog, der sich schnurgerade zwischen Weiden und frisch gepflügten Feldern dahinzog. Er beugte sich hastig vor und klopfte an die Scheibe.

»Stopp … halten Sie an!«

Es war als Aufforderung gemeint, klang jedoch mehr wie ein Hilferuf.

Der Fahrer sah ihn im Rückspiegel fragend an. »Hier?«

Er bekam seine Stimme wieder unter Kontrolle. »Ja, ich gehe das letzte Stück.«

»Aber Ihre Tasche … sie wird Ihnen auf dem Weg sehr schwer werden.«

»Ich gehe das letzte Stück«, beharrte er.

Der Fahrer hielt an und schaltete das Innenlicht ein. Sein Fahrgast nestelte an seiner Brieftasche, doch seine Hände zitterten heftig, und mit den Scheinen kannte er sich auch nicht aus.

»Nehmen Sie sich den Betrag«, sagte er und gab dem Fahrer sein Portemonnaie.

Der Fahrer nahm drei Hunderterscheine heraus und legte das Wechselgeld hinein. Dann stieg er aus und holte die Tasche aus dem Kofferraum.

Bevor er den Motor wieder anließ, fragte er mit besorgtem Unterton: »Soll ich Sie wirklich hier absetzen?«

»Ich komme schon zurecht.«

Der Fahrer warf nochmals einen Blick auf die schwere Tasche, als wolle er sagen: Gib mir nicht die Schuld, wenn du einen Herzschlag bekommst, Alter.

Dann fuhr er davon.

Sobald das Auto außer Hörweite war, brach die Stille über ihn herein, drückte gegen sein Trommelfell, während die Konturen der Landschaft deutlicher hervortraten. Dunkle, gezackte Fichten, nackte, wellige Felder mit feucht glänzenden Ackerfurchen, steinige Koppeln und Gehölze mit immer noch unbelaubten Bäumen. Dünne Nebelschwaden trieben über den ausgebesserten Asphalt. Eine lautlose Einsamkeit, von vereinzelten kalten Sternen bewacht.

Die Kälte kroch ihm die Beine hinauf. Er nahm die Reisetasche, klemmte sich die Aktenmappe unter den Arm und begann den Kiesweg entlangzugehen.

Auf halber Strecke musste er stehen bleiben, um Atem zu schöpfen. Er hörte ein dumpfes Schnaufen, das nicht von ihm kam, fuhr herum und starrte in die Dunkelheit. Schwerfällige Schatten bewegten sich gemächlich im Dunst hinter der Steinmauer, und er hörte die beruhigenden Laute großer Wiederkäuer. Ein süßlich stechender Geruch stieg ihm in die Nase und versetzte ihn um mindestens fünfzig Jahre zurück. Kühe. Die hatte er schon lange nicht mehr gesehen.

Die verbleibende Wegstrecke zwischen den Bäumen lag nun fast in völligem Dunkel, und die Kälte trieb ihn zur Eile an. An der Giebelseite der Ställe betrat er den Hofplatz.

Das Wohnhaus wurde von den frei stehenden Wirtschaftsgebäuden flankiert. Alles war genauso großzügig angelegt, wie er es in Erinnerung hatte. Den Ställen gegenüber lagen die Scheune sowie der Fuhrpark.

Auf der Suche nach bekannten Details versuchten seine Augen die Dunkelheit zu durchdringen. Die große Rosskastanie, die mitten auf dem Hofplatz gestanden hatte, war verschwunden. Ohne sie sah er merkwürdig kalt aus. Vor der Scheune stand ein Traktor, vermutlich neueren Datums, jedenfalls war er sauber. Das Haus hatte immer noch seine alte rote Farbe, die in der Dunkelheit schwarz wirkte. Durch zwei Fenster des Wohnhauses fiel ein grelles gelbes Licht auf den Kies, ansonsten schien der ganze Hof wie in Schlaf versunken.

Er wusste, dass hinter den erleuchteten Fenstern die Küche lag. Er gab Acht, mit den Füßen keinen Kies aufzuwirbeln. Außer einer Reihe von Küchenschränken war nichts zu erkennen. Doch jetzt drangen leise Stimmen und Musik zu ihm nach draußen, vermutlich von einem Fernseher.

Am Rande der beleuchteten Fläche blieb er unschlüssig stehen. Noch wussten weder er noch die da drinnen, wie der weitere Abend verlaufen würde. In dieser Ungewissheit lag eine Freiheit, die er auskosten wollte.

Als er schließlich die entscheidenden Schritte machte und an die Tür klopfte, waren seine Hände vor Nervosität schweißnass. Sein Herz pochte heftig. Nichts passierte. Er klopfte lauter und hörte drinnen jemanden rufen. Eine Frauenstimme. Dann schwere Schritte, ehe die Tür sich öffnete. Ein groß gewachsener, kräftiger Mann füllte die Türöffnung. Sein Gesicht lag im Schatten. Jetzt gab es kein Zurück mehr.

»Leif?«, fragte er unsicher.

In diesem Moment wurde die Lampe über der Treppe angeschaltet. Er starrte gebannt in das Gesicht und sah seine Vermutung bestätigt: Sein Gegenüber war das Abbild des Vaters. Eine Woge sentimentaler Empfindungen verdrängte für einen Augenblick die Angst.

»Erkennst du mich nicht?« Seine Stimme klang sonderbar dünn und wacklig.

Keine Antwort. Der andere schaute ihn unbeteiligt und abwartend an.

»Ich bin's, Max«, sagte er und zeigte auf die Tasche, als könnte die seine Behauptung bekräftigen. Der andere ließ seinen Blick zur Tasche und wieder zurück wandern. Forschend, zweifelnd.

Dann ein Ausdruck des Erstaunens, gemischt mit unverhohlenem Unbehagen.

Die Frauenstimme übertönte abermals die gleichmäßige Geräuschkulisse des Fernsehers irgendwo im Haus. »Wer ist denn da?«

Es war eine kräftige Stimme, wenn auch ein wenig heiser und ungeduldig. Sie hatte sich seit fünfundvierzig Jahren nicht verändert.

Der Mann im Türrahmen trat einen Schritt zur Seite und brummte mürrisch: »Ist wohl besser, wenn du reinkommst.«

Das erste Hindernis war überwunden. Mit einem kaum unterdrückten Stoßseufzer der Erleichterung stellte er die Reisetasche unter die Garderobe, hängte seinen Mantel auf und glättete seine Haare. Die Aktenmappe hatte er immer noch unter den Arm geklemmt. Er betrat die hell erleuchtete Küche, und der schwache Essensgeruch, der in der Luft hing, machte ihn sofort hungrig. Er hatte seit Kopenhagen nichts zu sich genommen und hätte schwören können, dass es hier Fleischklößchen zum Abendessen gegeben hatte.

In der Tür zu dem in Dämmerlicht liegenden Raum, der an die Küche grenzte, stand eine weißhaarige Frau, klein und dürr, aber mit geradem Rücken. Sie fixierte ihn mit verschränkten Armen. Er ging rasch auf sie zu, streckte eine Hand aus und schlug einen vertraulichen Ton an.

»Gertrud! Erkennst du mich denn nicht? Ich bin's, Max! Wie lange ist das her?«

Sie blinzelte ihn neugierig an und ignorierte seine ausgestreckte Hand. Ihre gealterten Gesichtszüge zeugten von Selbstdisziplin. Oder war es Gleichgültigkeit?

»Ich dachte, du wärst schon lange tot«, sagte sie wenig liebenswürdig.

»*Why* … warum sollte ich …?« Er lachte nervös auf. »Ich bin nach Hause gekommen, um zu bleiben«, fügte er beinahe flehentlich hinzu.

»Hoffentlich nicht bei uns.« Es kam wie ein Peitschenhieb.

»Nein, äh, in Schweden, meine ich.«

»Aha …«

»Es wurde mir da drüben zu einsam. Ich hatte das Gefühl, dass ich zurückmusste«, sagte er ausweichend.

Ihr unbarmherziger Blick war an seiner Kleidung hängen geblieben, die sie schweigend musterte.

»Ich dachte, es wäre schön, dich … und den Hof wieder zu sehen, nach … *all these years*. Du siehst gut aus.«

»Ich kann nicht klagen.«

»Du wirkst wirklich keinen Tag älter als fünfzig«, legte er sich ins Zeug.

»Du schon«, entgegnete sie spitz.

»Ja, ja, die Zeit … *time takes its toll*«, sagte er gutmütig.

»Bist du verheiratet?«, fragte sie unvermittelt.

»Ich bin … *widower*, meine Frau ist gestorben.«

»Hm, du willst sicher eine Tasse Kaffee«, sagte sie ohne jede Herzlichkeit und ging zum Herd.

»Ja, das wäre schön«, sagte er mit neuer Hoffnung. »Ich habe seit dem Flughafen in Kopenhagen nichts in den Magen bekommen.« Er hoffte, diese Auskunft würde ein wenig Essbares auf den Tisch zaubern, doch sie schien seinen Wink nicht verstehen zu wollen. Während sie mit der Kaffeemaschine beschäftigt war, schaltete sich der Mann, der die Tür geöffnet hatte, in das Gespräch ein.

»Du bist also mit dem Flugzeug direkt aus Amerika gekommen?«, erkundigte er sich.

Max drehte den Kopf und dachte, er sollte seine Bemühungen darauf konzentrieren, den Sohn des Hauses für sich zu gewinnen.

»Ja, stell dir vor«, sagte er lächelnd. »Gestern war ich noch in New York, und heute bin ich auf Röshult. '52 war das Reisen noch eine ganz andere Sache. Da hing ich zwei Wochen lang über dem Klo oder der Reling, um mich zu übergeben. Dass ich dich sofort wiedererkannt habe! Du bist Vater wie aus dem Gesicht geschnitten. Das habe ich schon damals gesehen, bevor ich … obwohl du ja erst zwölf warst.«

Das Gesicht des Bruders verfinsterte sich, und Max bereute, den Vater überhaupt ins Spiel gebracht zu haben. »Was macht denn Birger eigentlich?«, fragte er ausweichend. »Geht's ihm gut? Wohnt er hier in der Nähe?«

Gertrud stand am Küchentisch und klapperte mit den Kaffeetassen. Ohne aufzublicken sagte sie: »Der wohnt in Malmö. Wir sehen ihn nur selten.«

Sie verzog den Mund, der bittere Unterton war ihm nicht entgangen. Offenbar war auch dies ein heikles Thema. Doch er war noch nicht bereit, vom eingeschlagenen Weg abzuweichen, und obwohl sein Lächeln bereits krampfhafte Züge trug, fragte er forsch: »Mit dem Hof alles in Ordnung?«

Sie warf eine Packung Kekse auf den Tisch. »Wir kommen über die Runden.«

»Ihr habt mit der Aussaat begonnen?«

Keine Antwort.

Plötzlich fühlte er sich mutlos. Er war nicht willkommen und fühlte sich ihrer Feindseligkeit hilflos ausgeliefert. Unaufgefordert ließ er sich auf einen der Küchenstühle sinken und schaute sich suchend nach einem Vorwand um, die sinnlose Plauderei fortzusetzen. Er stellte fest, dass alles vorhanden war, was zu einer modernen Einrichtung gehörte. Weder die Küche noch der Traktor vor der Tür deuteten auf finanzielle Schwierigkeiten hin. »Hier hat sich in der Zwischenzeit ja einiges getan«, sagte er vorsichtig. »Alles sieht so gepflegt aus.«

Als auch auf diese Bemerkung niemand einging, fragte er Leif: »Bewirtschaftest du den Hof ganz allein oder hast du Unterstützung?«

Leif nahm ebenfalls auf einem der Stühle Platz und legte seine kräftigen, behaarten Unterarme auf die Tischplatte. Ohne seinen Gast eines Blickes zu würdigen, wandte er sich der dunklen Fensterscheibe zu.

»Ich habe keine Hilfe und ich brauche auch keine. Ich habe die Produktion ziemlich runtergefahren, und mit dem Mastvieh komme ich schon allein zurecht. Für die Heuernte stelle ich ein paar Leute ein.«

»*Really?* Mastvieh?«, wiederholte Max interessiert. »Lohnt sich das denn?«

Der andere warf ihm einen misstrauischen Blick zu. »Wieso?«

Max gab auf. Aus denen war nichts herauszukriegen. Er wünschte sich weit, weit fort, doch nun musste er die Suppe auch auslöffeln, die er sich eingebrockt hatte. Da konnte er genauso gut gleich zur Sache kommen und es hinter sich bringen. Alles andere als unerschrocken betrat er vermintes Gelände.

»Ist doch wohl kein Wunder, dass ich mich für die finanzielle Lage des Hofs interessiere. Soweit ich weiß, bin ich an ihm beteiligt, und so hielt ich es für an der Zeit, mein Erbe einzufordern.«

Das schockierte Schweigen, das darauf folgte, wurde erst wieder vom geschäftigen Gurgeln der Kaffeemaschine gebrochen. Er spürte mehr, als dass er sah, wie Mutter und Sohn verstohlene Blicke tauschten. Vermutlich sollte er sich auf eine heftige Auseinandersetzung gefasst machen, und diese ließ auch nicht lange auf sich warten. Während Gertrud schweigend die Tassen füllte, erhob sich ihr Sohn und lehnte sich über den Tisch. Auf dem wettergegerbten Gesicht schimmerten rote Flecken. Seine dunklen Augen funkelten gefährlich.

In einem Ton, der furchtbare Erinnerungen wachrief, zischte er durch die Zähne: »Hier wird nichts aufgeteilt. Der Hof wird zusammengehalten. Darauf haben wir uns geeinigt.«

Max sank tiefer in den Stuhl. Es schien ihm, als wäre sein Vater plötzlich auferstanden. Er nahm all seinen verbliebenen Mut zusammen und versuchte einen kühlen Kopf zu bewahren, indem er sich vergegenwärtigte, dass der Mann, der vor ihm stand, zwölf Jahre jünger war als er selbst.

»Was heißt hier *wir*?«, stieß er hervor. »Ich bin nie gefragt worden.«

Nun kam Gertrud ihrem Sohn zur Hilfe. Als hätte er das nötig gehabt.

»Ausgerechnet *du* sprichst von Erbe?«, fuhr sie ihn an. »Hast du überhaupt keine Scham im Leib?«

Max lächelte gequält und fragte mit klopfendem Herzen: »Was weißt *du* schon von Scham?«

So, nun kämpften sie jedenfalls mit offenem Visier, und alle wussten, woran sie waren. Max stärkte sich rasch mit einem Schluck brühheißen Kaffees.

Um allen Ansprüchen von vornherein einen Riegel vorzuschieben, verkündete Leif: »Du hast alle Rechte verloren, als du dich davongemacht hast.«

»Schon möglich, dass ihr dieser Meinung seid«, entgegnete Max mit bebender Stimme. Er war bemüht, die Diskussion auf einem sachlichen Niveau zu halten. »Doch zufällig habe ich das Gesetz auf meiner Seite.«

Leif rang sich ein höhnisches Lachen ab, aber es klang mehr wie ein Knurren.

»Welches Gesetz? Das möchte ich sehen. An deiner Stelle würde ich das Wort ›Gesetz‹ lieber nicht in den Mund nehmen.«

»Du bist wirklich unverschämt!«, warf Gertrud gehässig ein. »Kommst einfach hierher und redest von Geld, nach allem, was du getan hast. Ich wundere mich, dass du dich überhaupt nach Hause traust.«

Max' gute Vorsätze begannen zu schwinden. »Ihr könnt mich nicht einschüchtern«, sagte er gepresst. »Ich habe keinen Grund, vor irgendetwas Angst zu haben. Und meine Rechte kenne ich genau.«

Leif schlug mit der Faust auf den Tisch, worauf der Kaffee aller drei Tassen überschwappte.

»Keinen Schimmer hast du!«, schrie er. »Die Zeiten haben sich geändert. Jedenfalls hier in Schweden.«

Auch Max schlug mit der Faust auf den Tisch, ohne allerdings Leifs Kunststück mit den Kaffeetassen zu wiederholen.

»Glaubst du etwa, ich hätte all die Jahre auf einer einsamen Insel verbracht? Natürlich weiß ich, dass die Zeiten sich geändert haben. Aber was hat das mit dieser Sache hier zu tun? Ich bin verdammt noch mal ebenso der Sohn des Alten wie du. *God damn it!*«

Nun lehnte sich Gertrud über den Tisch und machte eine beschwichtigende Handbewegung. »Beruhigt euch, alle beide!«, sagte sie gebieterisch. Sie wandte sich an Max und fuhr vorwurfsvoll fort: »Du verstehst doch wohl, dass wir … nicht gerade begeistert sind, wenn du hier plötzlich auftauchst, so mir nichts, dir nichts, und vom Erbe sprichst, nach all den Jahren. Sonst hast du es ja nie für nötig gehalten, mal von dir hören zu lassen.«

Er konnte ein höhnisches Schnauben nicht unterdrücken. »Hättet ihr euch denn gefreut, wenn ich früher gekommen wäre und das Thema zur Sprache gebracht hätte?«

Sie blieb eine Antwort schuldig, doch schien sie sich um eine versöhnlichere Haltung zu bemühen.

»Natürlich werden wir versuchen, eine gemeinsame Lösung zu finden, wenn dir wirklich von Rechts wegen etwas zusteht. Aber das muss ja erst mal geklärt werden.«

Leif wollte davon nichts wissen. »Wieso gemeinsame Lösung? Ihm steht überhaupt nichts zu. Einbuchten sollte man den wegen Mordes!«

Max entging nicht, dass Gertrud ihrem wütenden Sohn einen warnenden Blick zuwarf. Er selbst war gefährlich gereizt und fuhr streitlustig fort: »Komm bloß nicht mit diesen alten Anschuldigungen. Was damals passiert ist, wurde längst aufgeklärt. Da kommt man nach Hause auf den Hof, wo man geboren wurde, und wird wie ein *fucking* ... Verbrecher behandelt.«

»Gar nichts wurde aufgeklärt!«, rief Leif. »Du bist doch einfach abgehauen!«

Max bemühte sich darum, einen Rest seiner anfänglichen Würde wiederzuerlangen. »Wenn wir versuchen, uns an die Fakten zu halten, dann steht mir hier einiges zu.«

Gudrun lachte spöttisch in ihre Kaffeetasse. »Das glaubst du im Ernst?«

Sie nickte Leif auffordernd zu. »Hol das Inventarverzeichnis von Henning«, sagte sie.

»Warum denn das?«, protestierte er.

»Tu, was ich sage. Du weißt, wo es ist.«

Er gehorchte widerstrebend und verschwand brummend in dem dunklen Raum hinter der Küche, in dem immer noch der Fernseher lief.

Max versprach sich nichts Gutes von dieser Idee und spähte misstrauisch zu Gertrud hinüber, die mit unergründlicher Miene ihren Kaffee schlürfte.

Leif kehrte zurück und warf missmutig ein Bündel Papiere auf den Tisch. Gertrud setzte sich die Brille auf. In aller Ruhe begann sie in den alten, vergilbten Unterlagen zu blättern. Sie fand rasch, wonach sie gesucht hatte, und schob Max triumphierend ein Blatt entgegen.

»Hier siehst du es selbst. Der Überschuss belief sich auf hundertachtzigtausend, von dem noch die dreißigtausend Schulden abgezogen werden müssen. Bleiben hundertfünfzigtausend. Dort steht es. Angenommen, dir stünde tatsächlich etwas zu, dann wären das ...«, sie überschlug die Summe rasch im Kopf, »... die Hälfte gehört ja mir, und den Rest müsstet dann ihr drei Söhne unter euch aufteilen. Bleibt für dich also ein Sechstel, das wären ... fünfundzwanzigtausend.«

Max schob das Blatt heftig von sich fort. »Versuch bloß nicht, mich für dumm zu verkaufen«, stieß er hervor, »die Frage ist schließlich, was der Hof heute wert ist.«

»Das hat damit überhaupt nichts zu tun!«, rief Leif. »Die Frage ist, was du erben solltest, als der Alte starb. Außerdem steht mir ein gewisser Lohn dafür zu, dass ich mich in all den Jahren auch um deinen Anteil gekümmert habe.« Er hielt inne und überschlug einige Zahlen im Kopf, dann fuhr er fort: »Fünfhundert im Jahr sind ja wohl nicht zu viel verlangt. Was macht das nach fünfundvierzig Jahren? Zweiundzwanzigtausendfünfhundert, nicht wahr? Bleibt für dich ein Rest von zweieinhalbtausend. Die kann ich dir sofort in die Hand drücken, dann brauchen wir uns nie wiederzusehen.«

Max begann sich um seinen Blutdruck zu sorgen. Es pochte in den Schläfen, sein Gesicht glühte. Er sollte sich vorsehen. Schließlich war er nicht nach Hause gekommen, damit ihn hier der Schlag traf.

In einem Ton, als sei er über ihr gieriges Gezänk erhaben, sagte er: »Wenn ihr solch eine Rechnung aufstellt, hat jede weitere Diskussion überhaupt keinen Sinn. Dann werde ich einen Anwalt beauftragen, der die Angelegenheit vor Gericht bringt.«

Sie brauchten einige Sekunden, um diese Wendung zu verarbeiten. Gertrud trat ein paar Schritte zurück und schlug erneut einen versöhnlicheren Ton an.

»Du solltest nichts überstürzen. Erst mal wollen wir sehen, ob dir von Rechts wegen was zusteht, und sollte das der Fall sein, dann können wir immer noch in Ruhe über alles diskutieren. Denn eins steht doch wohl fest: Wenn wir da irgendwelche Anwälte mit reinziehen, wird am Ende für keinen von uns was übrig bleiben, nachdem die ihr Honorar kassiert haben.«

Max nahm eine gewisse Besorgnis in ihrer Stimme wahr und konnte der Versuchung nicht widerstehen, seinen flüchtigen Vorteil auszuspielen.

»*Ich* habe keine Angst vor Anwälten«, sagte er. »Denn *ihr* werdet die Kosten übernehmen müssen, falls ihr euch nicht einverstanden erklärt, mir mein rechtmäßiges Erbteil auszuzahlen. Wobei ihr natürlich nicht vergessen dürft, dass ich auch das Erbe meiner Mutter nie bekommen habe.«

Der letzte Satz schien ihnen endgültig die Sprache verschlagen zu haben.

»Denn auch ich hatte schließlich eine Mutter, oder wollt ihr das etwa leugnen?«, fügte er leise hinzu.

Sie starrten schweigend vor sich hin, als müssten sie ihre Lage neu überdenken.

Doch an einer Fortsetzung der Diskussion war ihm nicht gelegen. Er hatte ihnen seinen Standpunkt hinreichend dargelegt. Falls sie noch etwas zu sagen hatten, sollten sie ihn zu einem späteren Zeitpunkt eben persönlich aufsuchen. Er schaute auf die Uhr. Halb neun. Höchste Zeit, an die Rückfahrt zu denken. Vor ein paar Stunden war er naiv genug gewesen, auf ihre Gastfreundschaft zu vertrauen – zumindest war er davon ausgegangen, dass sie ihn für ein paar Tage beherbergen würden –, doch nun sah er ein, wie trügerisch diese Hoffnung gewesen war. Außerdem wollte er keine Minute länger als nötig bei ihnen bleiben. Ein wenig peinlich war bloß, dass er die große Reisetasche mitgeschleppt hatte.

»Vielleicht dürfte ich kurz euer Telefon benutzen, um mir ein Taxi zu rufen«, sagte er steif.

Gertrud wurde aus ihren Gedanken gerissen und betrachtete ihn mit neu erwachtem Interesse, als begriffe sie erst jetzt, wer er eigentlich war.

Mit einem Mal klang sie ausgesprochen versöhnlich: »Ach, das hat doch keine Eile.« Sie füllte seine Kaffeetasse auf. »Wir haben uns schließlich seit über vierzig Jahren nicht gesehen. Erzähl uns lieber ein bisschen, wie es dir ergangen ist in all der Zeit, was du erlebt hast. Hier bei uns passiert ja nicht so viel. Wäre schön, mal was Neues zu hören.«

Er sparte sich eine Erwiderung. Um zu demonstrieren, dass ihre Freundlichkeit zu spät kam, griff er nach seiner Aktenmappe und schaute sich suchend nach dem Telefon um. Doch sie ließ nicht locker.

»Du bist doch sicherlich hungrig, nachdem du den ganzen Tag unterwegs warst. Ich kann dir ein paar Fleischklößchen aufwärmen.«

Sie war schon auf den Beinen und kümmerte sich nicht um seinen halbherzigen Protest. Leif, der nicht so schnell umschalten konnte wie sie und dem die Zornesröte immer noch im Gesicht stand, schaute bestürzt zu, wie sie mit Pfannen und Töpfen hantierte, doch sie ließ ihn nicht zu Wort kommen.

»Wie ist es dir in Amerika ergangen?«, fragte sie. »Wo hast du überhaupt gelebt?«

Max sah dabei zu, wie sie sich in der Küche zu schaffen machte. Fasziniert erinnerte er sich, dass sie stets so gewesen war – schlagfertig und launisch. Bei ihr wusste man nie, woran man war. Einst war er von ihrer sprunghaften Launenhaftigkeit wie verzaubert gewesen.

»*All over*«, antwortete er vage, »hauptsächlich in Chicago.«

»Hm, Chicago. Was hast du da gemacht?«

»Ich war Geschäftsmann, in der Autobranche.«

»Hast du Autos verkauft?«

»Na ja, so kann man das vielleicht sagen.«

»Und deine Frau? War sie Amerikanerin?«

Ihm lag bereits auf der Zunge, dass sie das nichts anginge, doch sie stellte rasch ein kaltes Bier vor ihn auf den Tisch. Die Magensäfte gerieten in Bewegung. Er schwankte zwischen dem Wunsch aufzubrechen und der Aussicht auf eine warme Mahlzeit.

»Ja, sie war dort geboren, aber sie war halbe Schwedin. Sie kam aus Minnesota«, sagte er schließlich.

»Ach, deshalb sprichst du noch so gut schwedisch. Von anderen hat man ja gehört, dass sie ihre Muttersprache vollkommen vergessen haben, nachdem sie so lange im Ausland waren.«

»Nein, die habe ich nicht vergessen. Ich habe mein Schwedisch immer gepflegt.«

»Habt ihr Kinder?«

»Nein.«

Sie hatte so eine Art, ihn von der Seite aus anzuschauen, dachte er, wie ein schlauer Vogel. Als hielte sie ihn sorgsam unter Beobachtung, während sie in ihren Schränken räumte und gleichzeitig das Essen aufwärmte.

»Wo willst du jetzt wohnen?«

Er fragte sich, ob ihr Interesse aufrichtig war oder ob sie nur ihre frühere Schroffheit wieder gutmachen wollte.

»Das weiß ich noch nicht. Vielleicht kaufe ich mich in ein privates Altersheim ein. So etwas gibt es hier doch sicherlich auch. In den Staaten alt zu werden ist kein Vergnügen, musst du wissen. Wenn man wenig Geld hat, versteht sich.«

»Das kann ich mir vorstellen.« Sie schnitt ein paar kalte Kartoffeln in Scheiben und briet sie zusammen mit den Fleischklößchen in Butter an. Ein verführerischer Duft breitete sich in der Küche aus. »Hast du schon mit irgendjemandem Kontakt gehabt – hier zu Hause, meine ich?«

»Nein, ich dachte, es wäre am besten, zuerst unsere Angelegenheit zu klären.«

»Ja, das versteht sich. Aber du bist doch wohl nicht zuerst zu uns gefahren, wo du hier so viele Leute kennst? Du hast doch sicher schon Rune getroffen.«

»Nein, ich bin direkt hierher gefahren ... So, Rune wohnt also immer noch hier? Den werde ich bestimmt bald mal besuchen.«

»Aber irgendwer wird dir doch sicher über den Weg gelaufen sein.«

»Wer sollte mir denn über den Weg laufen? Nach so vielen Jahren kenne ich doch kaum noch Leute hier. Der Einzige, zu dem ich Kontakt gehalten hatte, war Anders unten auf Skreddarp, aber er ist vor zwei Jahren gestorben, wie du wohl weißt. Wir haben uns ab und zu geschrieben.«

»So, ihr habt euch geschrieben? Na, dann hast du wohl auch einiges über uns erfahren, vermute ich.«

»*Well* – ich habe ein bisschen was über den Hof gehört ... dass es euch gut geht. Aber meistens ging es um andere Themen.«

»Und Lisa?«

»Lisa?«

»Anders' Frau.«

»Ach sie. Sie hat mir geschrieben, nachdem er gestorben war. Ansonsten habe ich nie ein Wort mit ihr gewechselt.«

»Hast du nicht mal jemanden in der Stadt getroffen, den du kanntest?«

»Ach, ich hab nicht mal die Stadt selbst wiedererkannt.«

Gertrud stieß ein flüchtiges Lachen aus, was eine sonderbare Wirkung auf ihn hatte. Nie hatte er jemanden so lachen gehört wie sie. Vor langer Zeit war er bei diesem Lachen dahingeschmolzen, wäre um seinetwillen zu allem imstande gewesen.

»Das verstehe ich gut«, sagte sie trocken. »Gerade hat man sich an die neuen Gebäude gewöhnt, da werden sie schon wieder verändert.«

Sie stellte einen Teller vor ihm auf den Tisch, der bis zum Rand mit Fleischklößchen und Bratkartoffeln gefüllt war. Nachdem sie den Deckel eines Glases mit selbst eingelegten Gurken abgeschraubt hatte, legte sie den Kopf schief und betrachtete kritisch die ganze Anordnung. Plötzlich fiel ihr ein, was noch fehlte.

»Du hättest doch bestimmt gern ein paar Schnäpse zum Essen?«

»Nun, äh, ich weiß nicht ...«

»Aber natürlich kriegst du ein paar Begrüßungsschnäpse, wo du doch so einen langen Weg auf dich genommen hast, um nach Hause zu kommen.«

Eine beschlagene Schnapsflasche landete auf dem Tisch, gefolgt von drei kleinen Gläsern. Gertrud wandte sich ihrem verstummten Sohn zu, der sich immer noch nicht von ihrer Kehrtwendung erholt hatte.

»Stoßen wir auf Max' Heimkehr an!«, sagte sie.

Auf ihren gebieterischen Blick hin füllte er mürrisch die drei Gläser. Sie leerten sie unter andächtigem Schweigen, worauf sich Max über die Fleischklößchen hermachte.

Während das Essen in Begleitung mehrerer Schnäpse in seinen Magen wanderte, ging eine schrittweise Veränderung in ihm vor. Eine gemütliche Stimmung breitete sich in der zuvor so feindseligen Küche aus. Gertrud plapperte in einer Tour von den Geschehnissen in der Gegend, und selbst Leif, der nun ebenfalls zu Kaffee und Schnaps übergegangen war, taute langsam auf. Er sorgte dafür, dass die Gläser nicht leer wurden, und trug seinen Teil zur Unterhaltung bei, indem er grimmige Bemerkungen über die elenden Zeiten machte, über die Boshaftigkeit der Regierenden und ihre empörende Gleichgültigkeit gegenüber den harten Bedingungen für die Landwirtschaft.

Als Max hinter vorgehaltener Hand diskret aufstieß, hatten sich Essen und Trinken wie ein heilender Wickel um seine wunde Seele gelegt. Im Licht der momentanen Vertrautheit schien der vorangegangene Streit nicht mehr der Rede wert zu sein. Fast wäre er geneigt gewesen, ihnen ihre Habgier zu verzeihen.

Gertruds welke Wangen hatten sich gerötet, und ein warmer Glanz schimmerte in ihren Augen.

Leif, der immer redseliger wurde, gab gerade eine langatmige Geschichte über ein paar dumme Deutsche zum Besten, die den alten Hof hatten kaufen wollen. Max konnte nicht allen Einzelheiten folgen, begriff jedoch, dass Leif sie rüde abgefertigt hatte.

»Der alte Hof ist also immer noch da?«, fragte er. »Der muss ja ziemlich verfallen sein.«

»Ja, mit dem ist kein Staat zu machen«, sagte Leif grinsend. »Aber je älter und verfallener, desto verrückter sind die Leute darauf, ihn zu kaufen.«

»Es war ja von Anfang an geplant, dass ich ihn bekomme«, erinnerte sich Max. »Vielleicht sollte ich mal darüber nachdenken.« Er gab ein unsicheres Lachen von sich. »Ihn zu renovieren und sich auf dem Hof niederzulassen, wo man geboren wurde.«

Da die Idee auf wenig Begeisterung stieß, wechselte er rasch das Thema. »Was ist mit den alten Katen? Existieren die immer noch?«

»Nur die von Everts«, sagte Leif. »Seine Alte wohnte dort bis zu ihrem Tod. Der Schuppen von Ben-Oskar ist letzten Herbst eingestürzt. Wenn ich mal Zeit habe, fackel ich den ganzen Mist einfach ab.«

»Ben-Oskar ... « Max musste lächeln. »Wann ist er gestorben?«

»Weiß nicht mehr genau. Der ist verrückt geworden auf seine alten Tage, lief durch die Gegend und pinkelte die Autos fremder Leute an wie ein Hund. Später ist er dann ins Heim gekommen.«

»'65 ist er gestorben«, sagte Gertrud. »Aber die von Everts oben beim alten Hof vermieten wir an Leute aus Christiansholm. Die nennen sie hochtrabend Sommerhaus.«

»Ja, das war schon immer die beste Kate. Die Lage dort oben ist wunderschön.«

Gertrud neigte den Kopf und blinzelte Max zu. »Wie bist du eigentlich hierher gekommen?«, fragte sie.

»Mit dem Taxi. Unten bei der Einfahrt bin ich ausgestiegen, weil ich Lust hatte, das letzte Stück zu Fuß zu gehen und mich ein wenig umzusehen.«

Leif schlug vor, zu Longdrinks überzugehen, und Gertrud, die beobachtete, wie seine Bewegungen zusehends unkontrollierter wurden, versuchte die Entwicklung zu bremsen, die sie selbst in Gang gesetzt hatte.

»Du weißt, dass morgen nicht viel mit dir anzufangen ist, wenn du noch mehr trinkst«, sagte sie.

Er richtete seine blutunterlaufenen Augen auf sie. »Hast du nicht selbst die Flasche auf den Tisch gestellt? Außerdem kommt mein Halbbruder ja wohl nicht jeden Tag zu Besuch.«

Sie seufzte leise, holte jedoch widerspruchslos die Flasche Wodka aus dem Kühlschrank.

Max sandte dem hageren Mann mit dem dunklen Teint, der so ganz anders war als er selbst, einen dankbaren Blick zu. Es bewegte ihn, dass dieser ihre Verwandtschaft nicht verleugnete. In all den Jahren des Exils hatte er seine Frau um ihre weitläufige Verwandtschaft beneidet. Er selbst hatte sich von den Seinen missachtet und verstoßen gefühlt. Jetzt betrachtete er seinen zwölf Jahre jüngeren Halbbruder mit Rührung. Zwar rief das Wissen um ihre gemeinsame Herkunft nur bittere Gefühle hervor, doch schließlich hatten weder er noch sein Bruder sich ihren Vater selbst ausgesucht.

Als hätte Leif seine Gedanken gelesen, hob er sein Glas und sah Max zum ersten Mal in die Augen. Sein Blick war verschleiert.

»Prost auf den Alten – den elenden Mistkerl!«, sagte er und schnitt eine Grimasse, die ihr Einvernehmen zum Ausdruck bringen sollte.

Max hob schweigend sein Glas und trank, während sich Gertrud lauthals beschwerte: »Was sind das für Reden? Ich dulde in meinem Haus keine Zecherei. Und was wärt ihr denn schon ohne ihn?«

Leif glotzte sie mürrisch an, hob erneut sein Glas und grunzte herausfordernd: »Ich trinke auch auf dich, obwohl du ein alter Drachen bist.«

Ihre Lippen wurden zu einem dünnen, bleichen Strich. »Also nun reicht es wirklich für heute Abend«, sagte sie und streckte die Hand nach der Flasche aus.

»Jetzt wird getrunken, verdammt noch mal!«, lallte ihr Sohn aufsässig und brachte die Flasche rasch in Sicherheit.

Max befürchtete, es könne erneut eine Szene geben, wenn er nicht eingriff.

Als hätte er den Streit um die Flasche nicht bemerkt, plapperte er einfach drauflos: »Hast du wirklich Ruhe vor den Frauen hier im Ort? Die müssten doch wissen, dass du eine gute Partie bist. Waren sicher schon viele hinter dir her.«

Das war keine gute Idee. Leif erstarrte, als hätte ihm jemand eine Beleidigung an den Kopf geworfen, was Gertrud Gelegenheit gab, schnell die Flasche an sich zu nehmen.

»Er war einmal verheiratet«, erklärte sie kurz. »Aber es hat nicht gehalten.«

Leifs Blick verfinsterte sich. Er sah gefährlich aus, als würde er gleich um sich beißen. »Nein, dafür hast du schon gesorgt, dass es nicht gehalten hat«, sagte er.

»Ach, dafür hast du selbst schon genug getan«, erwiderte sie schlagfertig und stellte die Flasche in den Kühlschrank zurück.

Plötzlich lag eine unheilvolle Stimmung in der Luft. Max sah unruhig auf die Uhr.

»Ich möchte mich für die gute Bewirtung bedanken«, sagte er. »Aber jetzt muss ich zurück in die Stadt. Morgen ist auch noch ein Tag.« Er machte Anstalten aufzustehen. »Wenn ich mir einfach ein Taxi ...«

Gertrud blickte ihn erstaunt an. »Du willst doch wohl nicht jetzt in die Stadt zurück, zu so später Stunde?«

»Doch, doch, höchste Zeit, dass ich ins Bett komme.«

»Wir haben wirklich genug Platz. Du nimmst einfach Birgers altes Zimmer – ich mache es geschwind fertig.«

»Ach, nein, ich will euch nicht zur Last fallen. Es gibt doch genug Hotels.«

»Ich will nichts davon hören, dass du mitten in der Nacht von hier fort willst«, protestierte sie. »Ich gehe jetzt und mache das Bett.«

In Anbetracht der Menge, die sie getrunken hatte, bewegte sie sich erstaunlich rasch und geschmeidig.

Max schaute ihr unschlüssig nach. Es war wirklich unglaublich, wie rührend sie sich um ihn kümmerte. Am liebsten wäre er in die Stadt gefahren, doch der Alkohol machte seine Beine schwer wie Blei, und der Gedanke, sich zu dieser Stunde ein Hotel suchen zu müssen, war keineswegs verlockend.

»Tja, dann muss ich mich wohl bedanken«, sagte er ohne große Begeisterung.

»Also steht einem ordentlichen Schlaftrunk nichts mehr im Wege«, sagte Leif und nahm die Flasche wieder aus dem Kühlschrank.

Erst als er eine halbe Stunde später Birgers altes Zimmer betrat, wurde ihm bewusst, in welch gefährlicher Lage er sich befand.

Die plötzliche Klarsichtigkeit machte ihn rasch wieder nüchtern. Er stand mitten im Raum, leicht schwankend, und spürte einen Anflug von Übelkeit in sich aufsteigen. Dieser Blick, den sie ihm zugeworfen hatte, ehe sie die Tür schloss …

Nun verfluchte er seine Gutgläubigkeit, seine unbegreifliche Dummheit. Mit Abscheu starrte er auf das frisch gemachte Bett. Es sah verlockend unschuldig aus, mit reinen, gemangelten Laken und zurückgeschlagener Decke. Doch er glaubte es besser zu wissen. Schliefe er in diesem Bett ein, wäre es womöglich das Letzte, was er in diesem Leben tat. Plötzlich bekam er Schüttelfrost und zitterte am ganzen Körper. Wie zum Teufel kam er hier nur wieder raus?

War es möglich, dass er sich alles nur einbildete, oder waren sie wirklich so abgebrüht? Ihr zumindest traute er alles zu.

Eben noch hatte sie in der Türöffnung gestanden, klein und zierlich, doch ebenso wendig wie beharrlich. Wie ein boshaftes Wiesel, dachte er. Sie war mit anderen Menschen immer umgesprungen, wie es ihr passte, und ihre Absichten waren oft rätselhaft, mitunter niederträchtig gewesen. Und dann ihr Sohn, schwerfälliger und dümmer, aber auch bauernschlau und gefährlich, wenn sie ihn am Gängelband hielt.

Als sie ihm scheinheilig eine gute Nacht wünschten, hatte er immer noch keinen Verdacht geschöpft. Hatte sich in Sicherheit wiegen lassen von der Vorstellung, es handle sich um ganz normale, freundliche Leute, die ihn bei sich übernachten ließen.

Erst als sie sich darüber ausließ, wie der Heizkörper zu regulieren sei – mit übertriebenem Eifer, wie ihm jetzt schien –, hatte ihn eine furchtbare Ahnung beschlichen. Aus dem Augenwinkel hatte er beobachtet, wie Leif sich verstohlen am Türschloss zu schaffen machte. Er hätte schwören können, dass auf der Innenseite ein Schlüssel gesteckt hatte, den sie wohl nicht beachtet hatte, als sie das Zimmer herrichtete. Anscheinend hatte sie ihn erst bemerkt, als sie die Tür schließen wollten, und Leif hatte ihren Wink verstanden. Natürlich würden sie es umso schwerer haben, wenn er sich einschloss.

Er versuchte, die Gespräche des Abends zu rekapitulieren. Sie hatte sich ausführlich danach erkundigt, ob irgendjemand, den er kannte, von seiner Ankunft in Schweden wusste. So gründlich, dass selbst ein Kind hätte Verdacht schöpfen müssen. Ihre plötzliche Freundlichkeit und Fürsorglichkeit hatten ihm, genau wie früher, den Kopf verdreht. Treuherzig hatte er sie darüber informiert, dass ihn keine Menschenseele vermissen würde, wenn er verschwand. Nachdem Essen und Schnaps serviert worden waren, hatte er sich eingebildet, sie würden sich seinen Ansprüchen beugen oder sie zumindest akzeptieren. Doch während er von Anwälten und Gerichten sprach, hatte Gertrud in aller Stille eine sehr viel einfachere und elegantere Lösung des Problems ausgeheckt.

Er konnte sich nicht länger auf den Beinen halten und musste sich hinsetzen. Er fror in dem gut geheizten Zimmer.

Was hatte er eigentlich erwartet? Dass sie sich verändert hätten? Hatte er sich selbst verändert? Wohl kaum. Sein Fehler bestand darin, dass er viel zu sentimental war. Es hatte ihm gut getan, bewirtet und Halbbruder genannt zu werden.

Er lauschte gespannt. Irgendwo da draußen wurde im Flüsterton gesprochen. Sie wollten vermutlich so lange warten, bis sie sichergehen konnten, dass er schlief. Was hatten sie dann vor? Ein Kissen über sein Gesicht? Eine Axt? Nein, kein Blut. Gertrud wollte bestimmt nicht, dass ihr Laken schmutzig würde. Und dann? Was wollten sie mit seinem Körper machen? Nun, das sollte eigentlich kein Problem sein. Sie hatten doch genügend Platz und jede Menge Zeit. In aller Ruhe konnten sie ihn auf einem umgepflügten Acker begraben.

Bei dem Gedanken an seinen bevorstehenden jämmerlichen Tod bekam er Schluckauf. Die beinahe lächerlichen, gequetschten Laute hatten in seinen Ohren einen herzzerreißenden Klang. Tränen standen ihm in den Augen. So war es also, nach Hause zu kommen.

Plötzlich spürte er nahezu körperlich die Gegenwart seines Vaters im Raum. So hatte er am Ende doch noch triumphiert. Sein Geist zwang denen da draußen seinen Willen auf. Nein, so durfte er nicht denken. Der Vater war tot, ein für alle Mal. Es war ihre eigene Habgier, die sie antrieb.

Falls er nicht ein Opfer seiner Fantasie war. Auch wenn sie seinen Tod begrüßten, um nicht sein Erbe herausrücken zu müssen, würden sie es doch niemals wagen, selbst Hand an ihn zu legen.

Er warf dem gemachten Bett einen sehnlichen Blick zu. Es wäre schön, sich eine Weile auszustrecken. Nach dem langen Tag überkam ihn jetzt geradezu verzweifelte Müdigkeit.

Oder würden sie es doch wagen? Der Hof lag abgeschieden. Er könnte sich heiser schreien, und nur die Kühe würden ihn hören.

Sein Zorn vertrieb die Schläfrigkeit. So einfach ließ er sich nicht abschlachten. Außerdem war es nicht das erste Mal, dass er in Lebensgefahr schwebte. Im Lauf der Jahre hatte er einiges mitgemacht. Sie sollten ja nicht glauben, er sei leichte Beute. Er wusste sehr gut, wie man sich aus der Bredouille befreite. Er würde … Tja, was? Die ganze Nacht wach bleiben und sich nichts anmerken lassen? Zu riskant. Vielleicht unternahmen sie doch einen Versuch. Er würde ihnen nicht viel entgegenzusetzen haben. Sie waren zu zweit, außerdem war Leif jünger und stärker als er.

Sein Blick wanderte zum Fenster. Das war die einzige Möglichkeit. Doch wie sollte er die Stadt erreichen? An seinen Mantel kam er nicht heran. Der hing unten an der Garderobe. Die Tasche konnte er selbstverständlich hier lassen, aber seine wertvolle Aktenmappe musste er mitnehmen. Er sollte zusehen, dass er endlich fortkam, ehe die da draußen die Geduld verloren. Mit wackligen Beinen stand er auf, nahm den Stuhl, auf dem er gesessen hatte, und klemmte die Rückenlehne vorsichtig unter die Türklinke. Dann löste er die Fensterhaken. Mit angehaltenem Atem schob er langsam das Fenster auf. Es quietschte und jammerte wie ein rolliger Kater. Er fluchte lautlos, während seine Augen wie gebannt auf die Klinke starrten. Doch sie bewegte sich nicht. Vielleicht dachten sie, er wolle nur lüften. Es war bitterkalt draußen, vermutlich um die null Grad. Er öffnete die Reisetasche, zog einen Wollpullover heraus und zwängte ihn sich über sein Hemd. Im Versuch, seine Flucht vorzubereiten, stopfte er wahllos Toilettenartikel und Unterwäsche in Jacken- und Hosentaschen. Seinen Rasierapparat presste er in die Brusttasche. Schließlich gab er dem diffusen Bedürfnis nach, für jede Gelegenheit gewappnet zu sein, und knüllte ein sauberes Hemd unter den Pullover. Als er die Tasche wieder schließen wollte, fiel sein Blick auf das gerahmte Foto seiner verstorbenen Frau. Es war zu groß, um es sich in die Tasche zu stecken. Auch konnte er es nicht mehr in die schmale Aktenmappe quetschen, die bereits bis zum Bersten mit Papieren gefüllt war. Zurücklassen aber konnte er es auch nicht. Das wäre so, als würde er sie seinen Feinden ausliefern. Er drückte es sich gemeinsam mit der Mappe an die Brust, als er seine waghalsige Klettertour begann. Er befand sich nicht sehr hoch über dem Boden, vielleicht ein bis anderthalb Meter, doch ein Sprung, der für einen jüngeren Mann eine Kleinigkeit gewesen wäre, barg in seinem Alter ein gewisses Risiko.

Nach ein paar umständlichen Verrenkungen gelang es ihm, die Beine über das Fensterbrett zu hieven. Er beugte sich vor, stieß sich mit den Fersen ab, schätzte jedoch sein Gewicht falsch ein. Mit einem Krachen, das im ganzen Haus zu hören sein musste, schabte er mit dem Rücken an der Wand entlang, ehe ihm das Fensterblech einen Schlag in den Nacken versetzte. Für einen Moment war der Schmerz so intensiv, dass er sich verloren glaubte. Auf allen vieren fand er sich in etwas wieder, das wie ein frisch angelegtes, von einer dünnen, harten Frostschicht überzogenes Beet aussah. Doch sein Überlebenstrieb war stärker als der Schmerz. Mit Kräften, die er sich selbst nicht zugetraut hätte, schnappte er sich die Aktenmappe und seine gerahmte Ehefrau, rappelte sich auf und begann in Richtung des großen Wegs davonzulaufen.

Mehrmals musste er sich zwingen, stehen zu bleiben und zu lauschen. Seine überreizte Fantasie gaukelte ihm Geräusche vor, die von Verfolgung und einem Hinterhalt kündeten. Sie stattete seine imaginären Mörder mit übermenschlicher List und Schnelligkeit aus. Für einen Augenblick sah er Gertrud mit einer Waffe hinter einem Baum lauern, während ihm Leif mit blutdürstender Miene bereits dicht auf den Fersen war.

Völlig durchgeschwitzt erreichte er den großen, asphaltierten Weg. Jeder Atemzug schmerzte in seiner Brust, doch aus Angst, seinen Elan einzubüßen, lief er in nahezu unvermindertem Tempo weiter in Richtung Stadt. Jetzt nahm sich der Weg wie ein versteinerter Fluss aus, der sich durch die stumme, schwarze Landschaft schlängelte. Eine schmale Mondsichel wurde von der gefrorenen Feuchtigkeit reflektiert und versilberte den Fluss mit zahllosen glitzernden Kristallen. Es war glatt. Vorsichtig hielt er sich am Rand, wo der Asphalt in Kies überging. Er fiel in gleichmäßigen Trott. Zumindest seine Übelkeit und seinen Schluckauf war er losgeworden.

Nach ein paar Kilometern sah er in der Ferne ein Auto, das ebenfalls in Richtung Stadt unterwegs war. Unschlüssig blieb er stehen und wartete auf das anschwellende Motorengeräusch, sah die Scheinwerfer auf sich zukommen, ehe sie ihm in einer gleißenden Lichtexplosion die Sicht raubten. Da wurde er plötzlich von Panik gepackt. Überzeugt davon, dass es Leif war, der hinter dem Steuer saß, warf er sich in den Graben. Das Auto donnerte an ihm vorbei.

Nun begann er ernsthaft zu frieren. Null Grad war eine allzu optimistische Schätzung gewesen, vermutlich waren es mindestens fünf Grad minus. Sein Ellbogen hatte beim Sprung in den Graben einen Schlag abbekommen, und sein verletztes Knie bereitete ihm Probleme. Er musste langsamer laufen. Der Weg, der sich vor ihm auftat, schien ihm jetzt wie eine tiefe, schwarze Kluft, die einen dichten Fichtenwald teilte. Er hatte Fichtenwälder von jeher verabscheut. Als Kind war er wie ein verschrecktes Kaninchen davongejagt, wenn er spätabends oder an einem Wintermorgen gezwungen war, ihn allein zu durchqueren. Die Erinnerung beschwor neue Ängste herauf. Alles und jeder konnte sich unter den starren, fransigen Ästen verbergen. Kalte, glänzende Augen mochten ihm folgen, doch er hatte keine Kraft mehr zu laufen.

Es pfiff und rasselte in seiner Luftröhre, während er in der trostlosen Gewissheit weitertrottete, dass die Kälte ihm schließlich den Garaus machen würde. Morgen früh würde irgendwer einen erfrorenen Kerl am Straßenrand finden. Eine Aktenmappe und ein gerahmtes Foto im Schoß und die Taschen voll mit Unterwäsche. Man würde annehmen, er habe unter einem Anfall plötzlicher Verwirrung gelitten oder sei chronisch senil gewesen. Welche andere Erklärung konnte es schon geben, wenn ein alter Mann bei Frost ohne Mantel durch die Gegend irrte?

Leif und Gertrud würden diese Annahme bestätigen. Vielleicht würde sich Gertrud daran erinnern, dass seine Mutter einst für viel Aufsehen gesorgt hatte, als auch sie hin und wieder orientierungslos durch den Wald geirrt war. Eine solche Gemeinheit war ihr ohne weiteres zuzutrauen. Doch der Gedanke an den großen Gefallen, den er ihnen tat, wenn er einfach am Straßenrand verendete, erweckte seine Lebensgeister zu einem wilden Zorn, der seinen Gliedern neue Kraft verlieh. Überlebte er diese Nacht, dann sollten sie spüren, was es hieß, sich mit Max Rösling anzulegen.

Er musste mehrere Kilometer zurückgelegt haben, als der Wald rechter Hand plötzlich aufhörte und ein einsames Licht in ein paar hundert Metern Entfernung eine menschliche Behausung verriet. Eine Woge ungetrübter Freude durchlief ihn. Ohne zu zögern wählte er eine kleine Abzweigung nach rechts und hinkte erwartungsvoll der wunderbaren Lampe entgegen, die Rettung verhieß wie eine Oase in der Wüste.

Es handelte sich um eine ganz gewöhnliche Außenlampe, die den Platz vor einem Stall erleuchtete. Doch hinter dem Stall befand sich das Wohnhaus, das natürlich in tiefer Stille in völliger Dunkelheit lag. Er drückte die Klingel neben der Haustür, worauf sofort ein infernalischer Lärm im Haus losbrach. Er zog rasch seine Hand zurück und wollte schon fliehen, besann sich aber. Wachhunde hörte er schließlich nicht zum ersten Mal.

Es dauerte jedoch eine ganze Weile, bis es ihm trotz des Hundegebells gelang, das tröstliche Geräusch von Schritten auf der Treppe wahrzunehmen, gefolgt vom Klirren eines Schlüsselbunds und menschlichen Stimmen.

Die Tür ging auf. Licht und eine gesegnete Wärme strömten ihm entgegen, doch auch ein Furcht einflößendes Knurren war zu hören. Zwei mürrische Gestalten türmten sich vor ihm auf, zu jeder Seite ein rasender Schäferhund mit gefletschten Zähnen. Nur zwei dünne, stramme Leinen hinderten sie daran, sich auf ihn zu stürzen.

Ein älterer und ein jüngerer Mann, beide im Pyjama, warteten auf eine Erklärung. Doch eine solche hatte er nicht parat. In der Eile hatte er es versäumt, sich einen überzeugenden Grund für seinen späten Besuch auszudenken. Da er jedoch sein Leben lang vorsichtig mit der Wahrheit umgegangen war, kam er nicht einmal auf den Gedanken, die wahren Gründe seiner Anwesenheit zu nennen. Die verbliebenen Kräfte reichten nur zu einer kurzen Mitteilung: *»I need to call a for cab* ... Taxi.«

Die Männer in der Türöffnung rührten sich nicht vom Fleck. Vielleicht meinten sie, eine etwas ausführlichere Erklärung verlangen zu können, nachdem sie so rüde geweckt worden waren.

Der Jüngere warf einen forschenden Blick auf seine Jackentaschen und fragte misstrauisch: »Wo kommen Sie her?«

Max' Kräfte gingen zur Neige. Ein roter Schleier senkte sich über ihn. Wenn sie ihn nicht sofort in die Wärme ließen, würde er vor ihren Füßen tot umfallen.

»Aus Amerika«, antwortete er erschöpft und zeigte vage in die Richtung, die ihm am wahrscheinlichsten schien. Doch schon im nächsten Augenblick wurde ihm klar, dass diese Antwort nicht überzeugend klang. »Von Röshult«, verbesserte er sich. Doch auch das hörte sich nicht gut an. Sie konnten ihn mit Fug und Recht fragen, warum er sich kein Taxi genommen hatte.

»Von Röshult? Warum kommen Sie dann hierher?«

Das war eine sehr lange Geschichte, die er jetzt, in seinem umnebelten Zustand, unmöglich vor ihnen ausbreiten konnte. Außerdem spielte es auch gar keine Rolle, was er sagte, sie würden ihm ja doch nicht glauben.

»Ich hatte ein Taxi bestellt, aber es ... *didn't show up* ... also wollte ich ihm entgegengehen. Doch es ist nicht gekommen, und es ist verdammt kalt draußen. Ich hätte lieber noch mal anrufen sollen.« Das klang etwas dürftig, und um seinen Worten mehr Gewicht zu verleihen, fügte er hinzu: »Ich hatte es eilig, ich bin herzkrank, ich sollte einen Arzt aufsuchen.«

Das half. Er wurde in die Diele gelassen, die Tür schloss sich hinter ihm. Während der jüngere Mann und sein Schäferhund ihn nicht aus den Augen ließen, holte der ältere ein Telefon, dessen Kabel unter einem kleinen Tisch in die Dose gesteckt wurde. Max ließ sich zitternd auf einen Schemel sinken und brauchte Hilfe, um die richtige Telefonnummer herauszusuchen. Der Ältere wählte für ihn, aber da Max auch nicht angeben konnte, wo er sich befand, übernahm der andere die Bestellung. Doch als er schließlich seinen Namen sagte, sahen ihn die beiden Männer mit neuem Interesse an.

»Sie heißen Rösling? Dann sind Sie also mit Leif verwandt?«

Das beunruhigte ihn. Ihr Ton schien von einem gutem Verhältnis zu seinem Halbbruder zu zeugen. Vielleicht würden sie gar auf die Idee kommen, Leif anzurufen, um ihm mitzuteilen, dass sein verwirrter und herzkranker Angehöriger bei ihnen in guten Händen sei.

»No … no, not at all«, stieß er aus. *»I mean, yes*, natürlich. Wir gehören zu unterschiedlichen Zweigen unserer Familie«, versuchte er zu erklären. »Und er ist sicher schon schlafen gegangen«, fügte er halbherzig hinzu.

Der Jüngere lachte trocken. »Das waren wir auch«, entgegnete er.

Er sah ein, dass es an der Zeit für eine Entschuldigung war. *»I'm really sorry …* dass ich Ihnen solche Umstände mache«, sagte er. »Ich bin erst heute in Schweden angekommen und hätte nie gedacht, dass das Taxi nicht auftaucht.«

Sie glotzten ihn an, während sie beredt schwiegen. Selbst der Hund machte ein skeptisches Gesicht. Die Frage war, ob sie ihn für kriminell oder übergeschnappt hielten. Letzteres war wahrscheinlicher. Max war in sich gekehrt und schwieg ebenfalls.

Auf der Treppe hörte man eine ängstliche Frauenstimme: »Wer ist denn da?«

Der jüngere Mann antwortete in vielsagendem Tonfall: »Ein Verwandter von Leif auf Röshult, der *von hier aus* ein Taxi rufen wollte.«

Eine ältere Frau in einem fusseligen Morgenrock und mit grauen, zerzausten Haaren, gesellte sich zu der schweigenden Gruppe.

»Ist er betrunken?«, flüsterte sie.

Niemand antwortete ihr. Es lag in der Luft, dass die Wahrheit noch schlimmer war.

Schon nach zwanzig Minuten war das Taxi da.

Auf dem Weg in die Stadt, in der anonymen Dunkelheit des geheizten Autos, hatte er das Gefühl, langsam zur Besinnung zu kommen. Das Nachtprogramm im Radio sorgte für eine angenehme Berieselung, seine innere Verkrampfung löste sich allmählich. Er spürte wieder einen leichten Schüttelfrost, und die Müdigkeit rollte in schweren, betäubenden Wellen heran. Aller Zorn hatte sich verflüchtigt. Stattdessen begann der Zweifel an ihm zu nagen. Was zum Teufel hatte er sich da nur eingebildet? Hatten sie ihn wirklich umbringen wollen? Falls nicht, mussten sie ihn, der aus dem Fenster gesprungen war und Tasche und Mantel zurückgelassen hatte, wirklich für verrückt halten. Und wenn er geblieben wäre ...? Er würde es nie herausfinden.

Es war dieser Blick gewesen, den sie ihm zuletzt zugeworfen hatte. Der hatte etwas in ihm ausgelöst. Dunkle Erinnerungen, die er jahrzehntelang auf Distanz gehalten hatte. Geschehnisse, von denen er nicht wusste, ob sie wirklich passiert waren oder aus früheren Träumen stammten. Aber diesen Blick hatte er schon einmal gesehen. Vor langer Zeit ...

Der Schüttelfrost wurde stärker, und er ließ sich tiefer in den weich gepolsterten Sitz sinken. Er sank und sank und fand keinen Halt mehr. Etwas Schweres hatte in ihm nachgegeben, und ein dunkler Abgrund tat sich auf, der ihn zu verschlingen drohte. Es gab etwas dort unten. Die Erinnerung. Er spürte einen Anflug von Panik, doch ehe sie ganz von ihm Besitz ergreifen konnte, war das Gefühl wieder verschwunden. Kein Laut war über seine Lippen gekommen, dennoch hatte er das Gefühl, als habe er nach Luft geschnappt, als wäre er kurz unter Wasser gedrückt worden.

2 AM SELBEN ABEND

Kajsas betrunkener Blick verlor sich im Gewimmel der Menschen auf der Jagd nach dem Mann, den sie an diesem Abend eigentlich vollständig ignorieren wollte. Es gab ihr einen kleinen Stich, als sie bemerkte, dass er sich keineswegs vernachlässigt fühlen musste. Seine schönen dunkelbraunen Augen, die eigentlich auf ihr ruhen sollten, waren gerade in ein graues Augenpaar versunken, das zu einer unbekannten Frau mit gefräßiger Miene gehörte. Nicht dass Kajsa eifersüchtig gewesen wäre, doch offensichtlich hatten sie sich eine Menge zu sagen, die beiden, und das schon seit geraumer Zeit …

Entschlossen leerte sie ihr Weinglas in einem Zug und mischte sich unter die Leute. Dem Abend zur Ehre hatte sie sich richtig in Schale geworfen, das heißt, sie war tief dekolletiert und sowohl oben wie unten äußerst spärlich bekleidet. Auch mit ihrem allseitigen Lächeln geizte sie nicht und war sich über den spektakulären Anblick, den sie bot, sehr wohl im Klaren. Sie redete sich mit Entschiedenheit ein, dass sie sich glänzend amüsierte.

Eine Maßnahme, die davon ablenken sollte, dass ihr Innenleben eine Katastrophe war. Doch für einen Abend sollte es ihr gelingen, gewisse hoffnungslose Umstände zu vergessen. Ihr Leben nämlich, das ihr in ihrem vom Wein berauschten Zustand wie eine verkapselte Bombe vorkam, die bei nächster Gelegenheit hochgehen konnte.

Patrik der Maler, von seinen Freunden auch PM genannt, wurde fünfzig. In seinem Atelier, eigentlich für langes, intensives Arbeiten an der Staffelei gedacht und normalerweise von unumstößlichen Regeln und absoluter

Ruhe geprägt, drängten sich die Leute. Fort waren die großen Ölgemälde, die sonst an den Wänden lehnten. Staffeleien und Arbeitstische waren hinausgetragen und durch lange Tischplatten ersetzt worden, die auf Böcken ruhten. Eine Ansammlung bunt zusammengewürfelter Stühle vollendete das Interieur.

Das Abendessen war längst verspeist, ungezählte Flaschen Wein und Spirituosen waren getrunken und verschiedene Reden gehalten worden. Nur die Reste einiger geplünderter Torten standen noch auf den ramponierten Papierdecken. Wo Platz war, wurde zu Jimi Hendrix und Janis Joplin getanzt, deren Musik abwechselnd aus den Lautsprechern dröhnte.

Allgegenwärtig und offenbar tückischen Windböen ausgesetzt, segelte der Anlass der Party durch die Gästeschar. Bei seinem Anblick wäre niemand auf die Idee gekommen, dass diesem Spektakel große Seelenqualen und Selbstzweifel vorausgegangen waren.

In ihrer Eigenschaft als Vertraute seiner Ehefrau Katharina wusste Kajsa zur Genüge von PMs schlaflosen Nächten und seinen düsteren Tiraden über die völlige Sinnlosigkeit und quälende Vergänglichkeit des Lebens. Tiraden, die auch Katharina wiederholt um ihren Schlaf gebracht hatten. Verbittert hatte er ihren bescheidenen Vorschlag zurückgewiesen, in aller Einfachheit ein paar Freunde zu sich nach Hause einzuladen, um den ebenso tragischen wie schmerzlichen Anlass seines fünfzigsten Geburtstags zu feiern. Nein, er wollte an irgendeinen gottverlassenen Ort fliehen, um allein über sein kurzes Erdendasein nachzugrübeln. Katharina war natürlich bereit gewesen, sich seinen Wünschen zu beugen, doch als der unheilschwangere Tag näher rückte, hatte er plötzlich darauf insistiert, ein rauschendes Fest zu feiern.

Kajsa als ihre ständige Beschwerdestelle hatte Katharina zum Streik aufgefordert. Doch darauf hatte diese erwidert, dass es gerade Patriks Unmäßigkeit war, in die sie sich einst verliebt hatte und in die sie im Grunde immer noch vernarrt war. Wenn er etwas fürchte, so hatte sie gesagt, dann sei es, angemessen und maßvoll zu handeln. Entweder wolle er einen einsamen und deprimierenden Geburtstag in einem heruntergekommenen Hotelzimmer in Tranås erleben oder der Mittelpunkt einer rauschenden Party sein, die sie in den Ruin stürzen werde. Wenn sie wählen dürfe, entscheide sie sich für Letzteres.

Doch Katharinas blendender Erscheinung war natürlich nicht die geringste Spur ihrer geplagten Nächte anzumerken. Strahlend und angemessen beschwipst kam sie souverän ihren Gastgeberpflichten nach. Ein angeheitertes Gesicht nahm Kajsa plötzlich die Sicht, worauf sich zwei schwitzige Hände auf ihre nackten Schultern legten. Es war ein Kerl, mit dem sie am früheren Abend arglos geflirtet hatte. Sein betäubender Atem bereitete ihrer guten Laune ein rasches Ende. Sie spürte, dass der Charme des Abends aufgebraucht war, und der Angetrunkene bekam einen Ellbogen in die Seite, bevor sie die Flucht ergriff.

Der Erste, dem sie in die Arme lief, war Roffe Stenberg, Polizeidirektor in Christiansholm, einer der ältesten Freunde des Gastgebers und zugleich ihr Cousin. Sie hakte sich ein und zog ihn in eine ruhige Ecke.

»Mit dir wollte ich schon den ganzen Abend reden«, sagte sie.

»Ja, man kann nicht zwei Schritte machen, ehe man wieder in ein Gespräch verwickelt wird«, klagte er gutmütig.

»Du siehst etwas mitgenommen aus«, sagte sie, indem sie seinen Arm drückte. »Wie lange wirst du es hier noch aushalten?«

Roffe verzog gequält das Gesicht. »Nicht mehr lange, glaube ich. Diese Lautstärke bringt mich noch um.«

Kajsa drückte ihn auf einen Stuhl und nahm neben ihm Platz. »Hat dich jemand zum Tanzen genötigt?«, fragte sie.

»Ja, mir ist wirklich nichts erspart geblieben.« Er betrachtete das Gewimmel der Leute um sich herum. »Ich frage mich ernsthaft, wo PM all die Gäste aufgetrieben hat. Manche sehen aus, als seien sie einem experimentellen Film entsprungen – oder dem Polizeiarchiv.«

Kajsa lachte. »Du bist provinzgeschädigt und hast völlig vergessen, wie es in der großen, weiten Welt zugeht, fern von Christiansholm. Die meisten sehen doch ganz normal unnormal aus. Abgesehen von der Frau da drüben, mit der Olle gerade redet. Ich könnte wetten, die war früher mal Schlangenbeschwörerin.«

Roffe wischte sich mit einem großen Taschentuch über das Gesicht und schnäuzte sich hörbar.

»Ach, ich glaube, ich bin nur ein wenig gereizt«, sagte er. »So wie ein übermüdetes Kind. Um diese Zeit schlafe ich normalerweise. Wo ist eigentlich Joakim?«

»Der war den Trubel leid. Er sitzt im Wohnzimmer und schaut sich einen Actionfilm an.«

»Hört sich nett an. Vielleicht sollte ich ihm Gesellschaft leisten.«

»Bitte lass mich nicht allein«, sagte sie. »Du musst mich vor einem hoffnungslosen Typ beschützen, der es auf mich abgesehen hat.«

»Was ist mit Olle?«

»Der hat genug mit der Schlangenbeschwörerin zu tun.«

»Tja, und meine Begleiterin wird von einem kuriosen Kerl belagert, der mit ihr über Schamanismus und Totemtiere diskutieren will.«

»Interessierst du dich etwa nicht für Totemtiere?«

»Nicht dass ich wüsste.«

»Das solltest du aber. Man darf bei seinen Interessen nicht zu einseitig werden.«

Roffe streckte sich gähnend. »Was ist mit euch? Wollt ihr den Sommer auf Röshult verbringen?«

Sie schüttelte den Kopf. »Nein, mit dem Ferienhaus ist es wohl vorbei.«

»Warum das?«

»Der letzte Sommer war nicht gerade von Erfolg gekrönt. Olle war insgesamt eine Woche bei uns, und für den Rest der Ferien leistete mir nur Joakim Gesellschaft. Es ist schon etwas unheimlich, gemeinsam mit einem Elfjährigen in einem einsamen Haus mitten im Wald zu wohnen. Außerdem hat es reingeregnet, aber unser Vermieter, der alte Geizhals, hat sich geweigert, das Dach reparieren zu lassen.«

Roffe schaute sie nachdenklich an. »Was ist eigentlich los mit Olle?«, fragte er.

Ihre Warnlampen begannen zu blinken, auch wenn ihr das nicht anzusehen war.

Roffe fuhr unbekümmert fort: »Ich habe mich vorhin mit ihm unterhalten. Er wirkte so geistesabwesend – hat er irgendwelche Sorgen?«

Sie schaute starr vor sich hin. »Ja, wahrscheinlich. Wann hat er das nicht. Aber frag mich bloß nicht, worum es sich handelt. Wir sehen uns ja fast nie.«

Roffe sah erstaunt aus. »Ihr seht euch fast nie? Aber ihr seid doch miteinander verheiratet.«

»Danke, dass du mich daran erinnerst«, entgegnete sie spitz.

Doch ihre Stimme hörte sich brüchig an, und als sie in Roffes großes, freundliches Gesicht schaute, das ein wenig gerötet war, gab sie die Verstellung auf.

»Ach, was soll das ganze Theater«, sagte sie. »Mein Leben ist die Hölle.«

Er sah aufrichtig schockiert aus. Das reichte, um ihre sorgsam errichtete Fassade zum Einsturz zu bringen. Während sie den unpassenden Augenblick verfluchte, spürte sie, wie ihr Zwerchfell sich zusammenzog und ihr Mund sich in einem plötzlichen Weinkrampf verzerrte. Hinter einem Tränenschleier floss ihre Umgebung zu einer wogenden, farbigen Masse zusammen, und bevor sie kapitulierte und ihren Kopf an Roffes Brust sinken ließ, murmelte sie: »Verdammt, jetzt verläuft mir die ganze Schminke!« Sie schluchzte unkontrolliert, und Roffe, der anfangs völlig perplex gewesen war, legte ihr unbeholfen den Arm um die Schultern.

»Vielleicht sollten wir irgendwo hingehen, wo es etwas ruhiger ist«, schlug er vor.

Bevor sie das Atelier verließen, warf Roffe einen besorgten Blick dorthin, wo er zuletzt seine Begleiterin gesehen hatte. Sie wurde immer noch von dem exzentrischen Schamanen belagert, was ihn in gewisser Weise beruhigte. Dass er mit einer Frau im Arm eilig den Raum verließ, konnte ja durchaus missverstanden werden.

Er lotste Kajsa in die Küche, aber dort gab es keine Sitzgelegenheiten mehr, da alle Stühle ins Atelier gewandert waren. Kajsa ließ sich auf den Boden sinken und lehnte den Rücken gegen die Schranktüren unter der zugestellten Spüle. Ehe sich Roffe etwas ungelenk neben sie kniete, schnappte er sich eine Küchenrolle von der Arbeitsplatte.

»Jetzt habe ich dein Hemd völlig durchnässt«, schniefte sie, während er ihr ein Blatt von der Rolle reichte. »Ich hatte wirklich nicht vor, mich so zu benehmen.«

»Ach, was soll's«, sagte er leichthin. »Das Hemd trocknet schon wieder, und so überrascht bin ich nun auch wieder nicht. Keine Ahnung, woran es liegt, aber Frauen brechen ständig in Tränen aus, wenn ich in der Nähe bin.«

»Ach, wirklich. Wie unangenehm für dich«, sagte sie und schnäuzte sich.

»So unangenehm ist das gar nicht«, versicherte er.

Während sie sich den Nachwirkungen ihres Gefühlsausbruchs widmete, beobachtete er aufmerksam ihr gebeugtes Profil, um sie gegebenenfalls mit weiteren Papiertüchern versorgen zu können.

Er hatte sie stets gemocht, auch wenn ihre Impulsivität ihn manchmal erschreckte. Hin und wieder hatte ihr Verhalten ihn auch irritiert. Sie hatte die Eigenart, ihre Überzeugungen mit größtem Nachdruck zu vertreten, selbst wenn er sie ziemlich schlecht begründet fand. Deshalb waren sie schon so manches Mal aneinander geraten, auch wenn es ihren Auseinandersetzungen nie an gegenseitiger Zuneigung und Humor gefehlt hatte.

Ihre Mütter waren Schwestern mit einem Altersunterschied von dreizehn Jahren. Seine Mutter war die Ältere, und so war es nicht verwunderlich, dass zwischen ihm und Kajsa fünfzehn Jahre lagen. Doch war dies nicht der einzige Grund dafür, dass er sich in ihrer Gesellschaft wie ein alter Knacker vorkam. Es war etwas an ihrer Persönlichkeit – etwas Bewegliches und

Quecksilberartiges –, das ihm das Gefühl vermittelte, hoffnungslos den Anschluss verpasst zu haben, ja, regelrecht hinter dem Mond zu leben.

Außerdem sah sie trotz ihrer fünfunddreißig Jahre bedeutend jünger aus. Das lag vielleicht an ihrer kurzen, ein wenig breiten Nase, über deren Sattel sich ein Streifen heller Sommersprossen zog, oder an den großen blauen Augen, die so rasch ihren Ausdruck wechseln konnten.

Ihr kindlicher Mund zitterte immer noch. Im Grunde war sie keine Schönheit im üblichen Sinn, doch insgesamt wirkte sie fraglos interessant und attraktiv. Ihre rotblonden Haare erinnerten ihn an seine Mutter. Sie waren lockig und immer ein wenig zerzaust, und genau wie seine Mutter war sie von kleiner und zarter Gestalt. Sah man sie zusammen mit ihrer Freundin Katharina, die groß gewachsen, dunkel und üppig war, hätte der Kontrast nicht größer sein können.

Kajsa stieß einen tiefen Seufzer aus und streckte den Rücken. »Es ist wie verhext«, sagte sie.

»Wieso?«

»Wir waren mitten in einem Streit, bevor wir hierher fuhren. Aber schließlich wollten wir PMs fünfzigsten Geburtstag nicht verpassen, also haben wir beschlossen, die Sache aufzuschieben, bis wir wieder zu Hause sind.«

»So was ist ziemlich riskant.«

»Ja, im Grunde war der ganze Abend schrecklich für mich. Wie Olle das empfindet, weiß ich nicht. Er tut so, als würden wir uns nicht kennen.«

»So ein Mistkerl!«, sagte Roffe solidarisch.

Ihre Unterlippe begann erneut zu zittern. »Obwohl ich mich genauso benommen habe.«

»Aha, dann bist du also keinen Deut besser?«

»Nein …«

Er reichte ihr rasch ein weiteres Blatt von der Küchenrolle.

»Wir werden uns scheiden lassen!«, verkündete sie mit plötzlicher Entschlossenheit.

»Auf einmal … Ich meine …?«

Sie warf ihm einen raschen Blick zu. »Schon wieder, denkst du jetzt sicher.«

»Meinst du? Okay, das stimmt.«

»Aber diesmal steht es fest.«

»Stand es nicht vor einem Jahr auch schon fest?«

Zwischen ihren Augenbrauen bildete sich eine irritierte Falte. »Schon möglich. Aber jetzt kann ich mich einfach nicht länger damit abfinden.«

»Ist etwas Besonderes passiert?«

Sie stieß ein verlorenes Lachen aus, das melodramatisch in der chaotischen Küche widerhallte. »Das ist es ja gerade. Bei uns passiert *nie* etwas Besonderes.«

»Was meinst du damit?«, fragte er.

Sie schaute ihn prüfend an, als überlege sie, ob sie ihn ins Vertrauen ziehen sollte.

»Unsere Ehe ist ziemlich platonisch geworden. Wir führen sie hauptsächlich über das Telefon, und das war ja schließlich nicht das, was ich mir bei unserer Hochzeit erträumt hatte.«

»Und ihr seht euch nach wie vor nur am Wochenende?«

Er riss geistesabwesend weitere Stücke von der Papierrolle ab und faltete sie sorgsam zu kleinen Vierecken, als wappne er sich erneut gegen eine Sturzflut von Tränen.

»Wenn überhaupt. Aber wir kommen einander nicht nah, ehe er wieder nach Malmö aufbrechen muss. So ist es ihm offenbar am liebsten. Da braucht er keine Angst vor einer wirklichen Begegnung zu haben.«

»Vielleicht habe ich da etwas nicht mitbekommen, aber hat er nicht auf eine Versetzung nach Christiansholm gewartet?«

»Darauf wartet er schon ewig, aber in den nächsten zehn Jahren wird das sicherlich nicht passieren. Und er tut auch nichts dafür, dass es passiert. Ich glaube, eigentlich will er gar nicht versetzt werden.«

»Und du willst natürlich auch nicht nach Malmö zurückziehen.«

»Nie im Leben. Ich habe schließlich einen Job hier, und Joakim geht in die Schule.«

»Dann scheint die Sache ja ziemlich ausweglos zu sein.«

»Ja.«

Er suchte nach einer neuen Perspektive, aus der man die Sache hätte betrachten können, doch leider fand er keine. Da seine eigene Scheidung schon lange zurücklag und er im Begriff war, eine neue Beziehung aufzubauen, fiel es ihm schwer zu verstehen, wie zwei Menschen sich nur dauernd in den Haaren liegen konnten. Außerdem war er müde und benommen von all dem Wein. Am liebsten hätte er Monica und sich selbst in ein Taxi verfrachtet, um nach Hause zu fahren und sich mit ihr ins Bett zu legen, ehe all seine Energie aufgebraucht war.

Ein wenig zu rasch – vor allem, um seiner angedeuteten Erfahrung mit weinenden Frauen gerecht zu werden – entgegnete er: »Das kommt schon alles wieder ins Lot, du wirst sehen. Ein Kerl, der so mit einer Geige umgeht wie Olle, kann doch kein völlig hoffnungsloser Fall sein.«

»Genau diesen Standpunkt habe ich von dir erwartet«, sagte sie gereizt.

»Ich meine doch nur, dass gewisse Voraussetzungen bestehen ...«

»Soll ich dir sagen, worüber wir gestritten haben?«, fragte sie beleidigt. »Ich habe gerade erfahren, was für ein Heuchler er ist. Er hat nämlich tatsächlich die Chance auf einen fantastischen Job hier in Christiansholm. Doch nicht genug, dass er keinen Gedanken daran verschwendet, ihn anzunehmen, er hat mir gegenüber kein Wort davon gesagt.«

»Wie hast du es dann erfahren?«

»Von einer zuverlässigen Quelle, die den Mund nicht halten konnte. Olle weiß nicht, dass ich es weiß.«

»Wie ist es euch gelungen, über etwas zu streiten, wovon du offiziell gar nichts weißt?«, fragte Roffe interessiert.

»Wir haben uns über prinzipielle Dinge gestritten, wie darüber, dass er sich nicht voll und ganz auf unsere Beziehung einlässt. Dass er sich mit kurzen Momenten begnügt, während sein wirkliches Leben woanders stattfindet. Weißt du, dass er eine Menge Freunde in Malmö hat, die ich noch nie kennen gelernt habe?«

»Was ist das für ein Job, den er nicht haben wollte?«

»Hugo Rahmén, ein Anwalt hier in der Stadt, hat ihm eine Stelle in seiner Kanzlei angeboten. Sie haben sich in Zusammenhang mit irgendeiner Schadensregulierung mehrmals in Malmö getroffen. Nach so einer Gelegenheit hat er doch jahrelang gesucht. Aber glaubst du etwa, er packt sie beim Schopf? Ach was! Jetzt tut er so, als wäre es sein Herzenswunsch, sich weiter für diese Versicherungsgesellschaft abzuplagen, die ihm verhasst ist und nicht einmal ein angemessenes Gehalt bezahlt. Für solch ein Verhalten gibt es doch wohl nur eine Erklärung ...«

Sie wurde von dem Geräusch sich nähernder Schritte unterbrochen, worauf der Gegenstand ihres Zorns in der Küchentür erschien.

Roffe fühlte sich ertappt und rappelte sich mühsam auf.

»Kajsa hat mir gerade ihr Herz ausgeschüttet«, sagte er freimütig.

Falls diese Mitteilung ihren Mann in irgendeiner Form interessierte, zeigte er es nicht. Ohne seiner Frau in die Augen zu blicken, entgegnete er steif: »Es ist schon nach zwei, und ich bin total fertig. Joakim schläft in seinem Sessel. Vielleicht sollten wir jetzt nach Hause fahren.«

»Gute Idee«, sagte Roffe freundlich. »Monica und ich fahren jetzt auch. Dann können wir uns ein Taxi in die Stadt teilen.«

Eine Stunde später wurde der schlafende Joakim in einem Mietshaus im östlichen Christiansholm drei Treppen hinaufgetragen, auf sein Bett gelegt, ausgezogen und zugedeckt.

Seine Eltern blieben noch eine Weile vor dem Bett stehen und betrachteten sein entspanntes schmales Gesicht. Ihre Herzen flossen über vor Zärtlichkeit, und für einen Moment vergaßen sie ihre traurigen Streitigkeiten und tauschten ein stolzes Lächeln. Worauf Olle, der nach einem durchfeierten Abend keine Energie mehr hatte, seine Hälfte des Ehebetts einnahm und augenblicklich in tiefen Schlaf fiel.

Immer noch im Abendkleid kroch Kajsa im dunklen Wohnzimmer auf das Sofa, um über dies und jenes in ihrem fünfunddreißigjährigen Leben Klarheit zu gewinnen.

Wie konnte etwas, das so vielversprechend begonnen hatte, nur so scheitern? Womit sie automatisch an den entscheidenden Wendepunkt ihres Lebens gelangte: an den Frühling vor vierzehn Jahren.

Damals hatte sie kurze Zeit für ein Inkassobüro in Malmö gearbeitet. Jeden Morgen, bevor sie zu dieser widerlichen Institution aufbrach, war sie den Tränen nahe, während sie in einem möblierten Zimmer im Westend verzweifelt ihr Müsli kaute. Sie hatte Angst vor ihrem Vorgesetzten, fühlte sich dem übrigen Personal gegenüber wie eine Außerirdische und kannte sich im verhassten Malmö kaum aus. Sie war, kurz gesagt, der einsamste und unglücklichste Mensch auf Erden.

Gründe, warum sie in diese Situation geraten war, gab es mehrere. Eine gescheiterte Liebesgeschichte, deren Wunden nicht heilen wollten, endlose Streitigkeiten mit der Mutter, das allgemeine Gefühl, an einem viel zu festgelegten, viel zu eingeschränkten Leben zu ersticken. Mit einundzwanzig hatte sie also ihren Job, Freunde und Verwandte in Christiansholm aufgegeben, um die ungeahnten Möglichkeiten in einer anonymen Großstadt wahrzunehmen. Sie wollte sich ein Dasein schaffen, das besser ihren Bedürfnissen und heimlichen Hoffnungen entsprach. Von denen hatte sie damals so viele gehabt.

Später hatte sie die eigentliche Bedeutung von alldem begriffen. Denn hätte sie nicht beharrlich an ihrem verhassten Job festgehalten, hätte sie niemals Birgitta kennen gelernt, und Olles und ihr Leben wäre auch weiterhin öde und leer gewesen. Der bloße Gedanke an diese Möglichkeit ließ sie noch jahrelang erschaudern.

Birgitta war eine umsichtige Freundin mit einem großen Freundeskreis gewesen, die potenzielle Verehrer an Kajsa weiterleitete. Doch es wurde nie etwas daraus, denn Kajsa hatte sich aufgrund bitterer Erfahrungen einen Röntgenblick zugelegt, der jeden Verehrer in die Flucht schlug. Birgitta machte sich Sorgen. Das Reservoir war schließlich nicht unbegrenzt, und es musste doch Grenzen geben, wie anspruchsvoll man sein durfte. Kajsa verteidigte sich mit dem Argument, ihre Fantasie würde nicht ausreichend stimuliert. Sie war es nämlich, die anspruchsvoll war. Außerdem – doch dies sagte sie Birgitta nicht – hatte sie höhere Ziele, als sich um jeden Preis einen Typ zu angeln.

Dennoch hatte es zahlreiche Versuche gegeben, bevor sie Birgitta an jenem Abend – ohne den leisesten Windhauch vom Flügelschlag des Schicksals zu spüren – zu einer Probe des Orchesters begleitete, in dem die Freundin die zweite Geige spielte.

Auf dem Programm standen Lars-Erik Larsson und Rossini, und schon bald erblickte Kajsa, die nichts anderes zu tun hatte, als den zahlreichen Wiederholungen zu lauschen und die sich abmühenden Musiker zu beobachten, ein markantes Profil unter den ersten Geigen, das sie magnetisch anzog.

Es gehörte zu einem brünetten Mann mit halblangen, zurückgekämmten Haaren und brennendem Blick. Zumindest schien es ihr so, als brenne er, geheimnisvoll und beseelt – und dass er eine Geige unter dem Kinn hatte, gereichte ihm nicht zum Nachteil.

Ihre Fantasie erblühte, und zu der lyrischen Pastoralsuite, vom stets unzufriedenen, pedantischen Dirigenten in Stücke gehackt, verlor sie sich in Mutmaßungen über die interessante Herkunft des Geigers. Dass er kein Schwede war, schien ihr offensichtlich. Solch leidende Züge mussten einen südeuropäischen Ursprung haben. In rascher Folge ging sie die verschiedenen Möglichkeiten durch: Italiener, Grieche, vielleicht gar ein feuriger Ungar, um schließlich in noch größere Ferne zu schweifen. Warum nicht ein heißblütiger Südamerikaner mit ein paar Tropfen Indianerblut in den Adern?

Als Kajsa und Birgitta sich nach dem Ende der Probe ein paar Leuten anschlossen, die in die nächste Kneipe wollten, und Kajsa bemerkte, dass auch der Südamerikaner zu dieser Gruppe gehörte, bekam sie natürlich weiche Knie.

Doch der Abend hielt noch weitere Überraschungen parat. In der engen, lauten Kneipe, in der sie ihm zum ersten Mal näher kam, stellte sich nämlich heraus, dass er keineswegs Rodrigo oder Enrico hieß, sondern Olle, in Malmö geboren war und einen ausgeprägten Malmöer Dialekt sprach.

Kajsa gab die Sache jedoch nicht verloren. Ihre Fantasie war von der flexiblen Sorte. Mochte er auch kein Südamerikaner mit einem Schuss Indianerblut sein, so blieben doch sein anziehendes Profil und sein beseelter Blick – und an jeden Dialekt konnte man sich gewöhnen. Sie war verliebt, und alles andere würde sich schon fügen. Als er einen späten Spaziergang durch das frühlingshafte Malmö vorschlug, hatte sie sich natürlich eingebildet, dass ihrem Glück nichts mehr im Wege stand.

Kreuz und quer schlenderten sie durch die Straßen, und da sie sich in Malmö immer noch nicht auskannte, sah für sie alles gleich aus. Nachdem sie alle unverfänglichen Themen über das Leben im Allgemeinen abgearbeitet hatten und natürlich stets einer Meinung gewesen waren, gab es nicht mehr viel zu sagen. Doch ihr Schweigen war beredt genug gewesen. Und als er sie schließlich fragte, ob sie noch eine Runde im Kungspark drehen wollten, begriff sie, dass sie die erste Annäherungsphase bereits hinter sich hatten und zur zweiten übergehen konnten. Aber unter den Bäumen, am späten, hellen Frühlingsabend, küsste er sie nicht. Stattdessen eröffnete er ihr, er sei verheiratet, worauf sich ein Abgrund unter ihren Füßen auftat. Doch schon im nächsten Augenblick spürte sie wieder festen Boden unter sich, weil er rasch hinzufügte, er sei unglücklich verheiratet – so unglücklich, dass er kurz vor der Scheidung stehe. Und als er ihr im nächsten Atemzug mit einem tiefen Blick in die Augen gestand, sie habe ein echtes, tiefes Gefühl in ihm geweckt, das er längst verloren geglaubt hatte, da wäre sie vor Seligkeit fast in Ohnmacht gefallen.

Darauf waren sie gemächlich die sich windenden Kieswege entlanggeschlendert, um zwischendurch auf irgendwelchen Parkbänken zu landen, wo er sie von ausgewählten Details aus seinem Leben in Kenntnis setzte.

Genau wie sie geahnt hatte, war er eine empfindsame und facettenreiche Persönlichkeit – eine Künstlerseele, die von ihrer Umgebung nur unzureichend verstanden wurde.

Im Grunde war die Musik seine Bestimmung, doch als seine karriereorientierten Eltern einsahen, dass er kein Wunderkind war, das in Rekordtempo eine Weltkarriere als Geigenvirtuose in Angriff nehmen würde, hatten sie ihn mit subtilem Druck zu einem Jurastudium genötigt. Danach hatte er natürlich viel zu früh geheiratet, und der Kampf um das tägliche Brot hatte ihn nur noch weiter von sich selbst und seiner Musik entfernt.

Er war sieben Jahre älter als Kajsa und bereits spürbar gezeichnet und desillusioniert. Er war zu taktvoll, um sie mit intimeren Details seines Ehelebens zu behelligen. So behauptete er weder, sie nutze ihn aus, noch dass sie eine Hexe sei, die kein Gespür für seine Psyche habe, doch Kajsa konnte problemlos zwischen den Zeilen lesen. Und als er sie unter einer großen Trauerweide endlich küsste und der Boden unter ihren Füßen wankte, da wurde ihr klar, dass sie ihn in letzter Minute davor bewahrte, sein Leben zu verpfuschen.

Danach waren sie zu ihrem möblierten Zimmer gegangen, um das zu vollenden, was sie im Park begonnen hatten. Und immer noch glaubte sie, die Liebe sei eine unkomplizierte Sache, die nur sie und ihn etwas anginge.

Doch sehr bald – tatsächlich schon am nächsten Tag – wurden ihr einige unumstößliche Tatsachen bewusst, denn dieser einsame Mann, der ihren Weg gekreuzt hatte, war alles andere als das.

Es hätte sie im Grunde nicht schockieren dürfen, dass er innerhalb einer komplexen Struktur lebte, in der seine Frau, zwei Kinder, ein Meerschweinchen und das hypothekenbelastete Haus das Zentrum bildeten – um das wiederum eine despotische Mutter, kleinkarierte Schwiegereltern, Verwandte und Freunde wie Planeten ihre unabänderlichen Bahnen zogen. Die ganze empfindliche Konstellation würde ins Wanken geraten und wie ein zweiter Turm zu Babel mit ohrenbetäubendem Lärm einstürzen, wenn sie ihn an sich zog.

Kein Wunder, dass ihr im Nachhinein das Herz in die Hose rutschte und sie das Feld räumen wollte. In Wahrheit wollten beide das Feld räumen, doch niemals gleichzeitig. Daher wechselten sie sich damit ab, dem anderen einen gehörigen Schrecken einzujagen.

Während sie sich ihren wechselnden Fluchtversuchen und stürmischen Versöhnungsszenen hingaben, begann ihr Turm zu Babel wirklich in den Fugen zu ächzen. Doch er stürzte nicht ein, stattdessen wurden in aller Stille gewisse Umbauarbeiten und Verstärkungen vorgenommen. Und als schließlich der glückliche Tag kam, an dem sie einander das Ja-Wort gaben und den widerwilligen Segen der Umwelt erhielten, da stand er so stabil wie eh und je. Kajsa hatte das Gefühl, nicht nur Olle geheiratet zu haben, sondern auch seine frühere Familie, seine Mutter, seine ganze große Verwandtschaft und all seine Freunde.

Doch wäre es kleinlich von ihr gewesen, sich daran zu stören, da sie doch so glücklich, ihr Wunschkind bereits unterwegs und Olle ein so wunderbarer Mann war.

Damals verfügte sie ja schon über ein gewisses Maß an Menschenkenntnis und verlor nicht gleich die Fassung, wenn jemand vollkommen unerwartete Seiten offenbarte. Davon musste man ihrer Meinung nach sogar ausgehen, da der Mensch nun einmal ein kompliziertes Wesen mit einer empfindsamen Seele war. Auch geriet sie nicht umgehend in Panik, als Olle die Lust verlor, ihr göttliche Eigenschaften zuzusprechen. Sie schlug erst an jenem Tag hart in der Wirklichkeit auf, als sie zu der Einsicht gelangte, dass der faszinierende Mann mit der berückenden Tiefe sich auf rätselhafte Weise in einen überarbeiteten und mürrischen Versicherungsangestellten verwandelt hatte, der zu Furchtsamkeit und Pedanterie neigte.

So fiel es ihr nach und nach wie Schuppen von den Augen, dass sie mit einem Mann verheiratet war, der in einer völlig anderen Welt lebte als sie. In einer hektischen Welt ohne jeden Freiraum, die ihr keine Luft zum Atmen ließ. Und ausgerechnet sie hatte den gehetzten Blick in seinen schönen

Augen vertreiben, hatte den gespannten Zug um seinen Mund einfach wegküssen wollen – Dinge, die auf so irritierende Weise den Blick auf seine wirklichen Qualitäten verstellten. Durch ihre Existenz hatte sie die Summe seiner Verpflichtungen gar noch erhöht und sich darüber hinaus in sein Verantwortungsgebiet eingemischt.

Vielleicht hätten sie auch diese Krise gemeistert, wenn sie nur in aller Ruhe ihre geplatzten Illusionen hätten verarbeiten können. Doch was ihre Ehe betraf, gab es so viele Gesichtspunkte zu beachten und zahlreiche Empfindlichkeiten zu berücksichtigen. Kajsa, die Kompromisse hasste, begriff, dass sie nichts anderes mehr tat, als Kompromisse zu schließen. Kein Wunder, dass sie Gefahr witterte. Nach schwedischem Maßstab war Malmö zwar eine Großstadt, doch nicht groß genug, um ihrer beider Vergangenheit zu bergen.

Hals über Kopf war sie mit dem dreijährigen Joakim nach Christiansholm zurückgezogen. Hatte eine Dreizimmerwohnung gemietet, Frieden mit ihrer Mutter geschlossen und den Kontakt zu ihren alten Freunden wieder aufgenommen. Umgehend bekam sie auch eine Anstellung an der städtischen Bibliothek.

Olle kam pflichtschuldig hinterher und begann zu pendeln. Doch schon bald wurde er dessen überdrüssig und besorgte sich eine Übernachtungsmöglichkeit in Malmö. Was eine Reihe neuer Probleme nach sich zog, die sie bei jeder ihre Begegnungen in Atem hielt.

Sie behauptete, das Leben in Malmö verschlinge ihn mit Haut und Haar. Für sie und Joakim interessiere er sich nur noch halbherzig. Was ihn veranlasste, sich über die unkontrollierbare Flut ihrer Freunde und Verwandten zu beschweren. Sie führte ins Feld, ihre Ehe sei ein ständiges Provisorium. Worauf er sie daran erinnerte, dass sie als Erste umgezogen war.

Hin und wieder liebten sie sich mit derselben Glut wie damals, als sie es beide allein mit der ganzen Welt aufgenommen hatten. In solch erhitzten Momenten war nichts unmöglich; dann geschah es sogar, dass ihre Vorstellungen vom Leben miteinander im Einklang standen.

Und so kehrten sie zu den ewigen Fragen zurück: Wie kam es nur, dass sie beide, die doch wie geschaffen füreinander waren, so starrsinnig in unterschiedliche Richtungen strebten? Obwohl sie doch so gern gemeinsam … Denn das wollten sie doch? Zumindest sie wollte das.

Jetzt wollte sie ins Bett gehen, denn sie war sehr müde. Aber dazu kam es nicht mehr, im Nu war sie auf dem Sofa eingeschlafen.

Das Letzte, was sie hörte, war das Rascheln auf der Türmatte, als die *Christiansholmsposten* durch den Türschlitz geworfen wurde.

3 SAMSTAG, 12. APRIL

Mit einem Ruck fuhr er aus dem Schlaf und blickte sich in dem unbekannten, halbdunklen Raum um. Er brauchte ein paar Sekunden, um sich zu orientieren. Zum wievielten Mal er an die Oberfläche seines Bewusstseins gelangt war, wusste er nicht. Jedenfalls lag er immer noch in dem verdammten Bett.

Im Lauf des Tages hatte er mehrere Versuche unternommen, das Bett zu verlassen, am Ende jedoch einsehen müssen, dass er sehr krank war. Es war ihm ein paar Mal gelungen, sich auf die Toilette zu schleppen. Außerdem hatte er Besuch gehabt. Zuerst von einer Frau, die ihm eine Kanne Tee und belegte Brote brachte. Er hatte die Teekanne geleert, doch die Brote lagen immer noch ungegessen auf dem Nachttisch. Später war sie mit einer weiteren Kanne Tee gekommen, diesmal in Begleitung eines Mannes. Vom Fußende des Bettes aus hatten sie ihn besorgt und ungeduldig angestarrt.

Der Mann hatte vorgeschlagen, einen Arzt zu rufen, was er sich verbeten hatte. Alles, was er brauchte, war Ruhe. Doch gegen eine weitere Decke und ein paar Schmerztabletten hatte er nichts einzuwenden gehabt. Er konnte sich nur nicht daran erinnern, ob er sie auch eingenommen hatte. Nachdem das Paar unschlüssig den Raum verlassen hatte, war ihm klar geworden, dass sie ihm eine Frist bis zum nächsten Tag setzten. Sollte es ihm bis dahin nicht besser gehen, würden sie ihm zumindest einen Arzt aufdrängen, ob er nun wollte oder nicht. Er verstand sie. Als Hotelgast hielt er sich nicht an die Regeln. Schon letzte Nacht, als er sich das Zimmer genommen hatte, waren sie zögerlich gewesen. Starb er jetzt in ihrem Bett, würde sie das in eine unangenehme Lage bringen. Die Situation war erniedrigend.

Erneut hatte er von dem Jungen im Boot geträumt – obwohl er eigentlich nicht richtig geschlafen hatte, also war es genau genommen auch kein Traum gewesen. Eher eine stets wiederkehrende Fantasie, ein furchtbarer und bedrohlicher Fieberwahn, den er loswerden wollte. Doch so einfach entkam er ihm nicht, so viel war gewiss. Irgendetwas sollte ans Licht. Eine Erinnerung, die sich aufdrängte.

Der Blick, den Gertrud ihm gestern zugeworfen hatte. Der hatte alles in Gang gesetzt. Jetzt wusste er, warum sich eine kalte Hand um sein Herz geschlossen hatte. Es waren die Augen seines Vaters gewesen. Kalt, pragmatisch und entschlossen. So löste man Probleme auf Röshult. Eigentlich hatte sich nichts verändert.

Vor einer Weile hatte er eine andere Fantasie gehabt: Er fiel durch eine Falltür. Eine Falltür in seinem eigenen dröhnenden Kopf.

Unerklärliche Schmerzen wanderten durch seinen Körper. Das Laken klebte von seinem Schweiß. Er wollte sich aufrichten, um nachzusehen, ob noch ein paar Schmerztabletten auf dem Nachttisch lagen, aber dazu hätte er das Licht anknipsen müssen, und im Moment scheute er jede Bewegung. Zunächst wollte er sich noch ein wenig ausruhen.

Hinter seinen Lidern begannen wieder die Bilder zu flimmern, drängten sich ihm auf, als hätten sie lange auf seine ungeteilte Aufmerksamkeit gewartet. Er war ihnen schutzlos ausgeliefert. So schutzlos wie ein Kind. Und er betrachtete sie mit den ungeschützten Augen eines Kindes. Nun war er wieder dort, an diesem heißen Tag im Schilf. Grelle Lichtreflexe auf dem dunklen Wasser. Das schwankende Boot. Er versuchte sich zu wehren, doch das Kind konnte einfach nicht genug bekommen. Es wollte endlich sehen, was es zu sehen gab.

Der Junge saß ihm in dem alten Kahn gegenüber. Es herrschte eine Gluthitze. Die Sonne brannte auf Schultern und Rücken. Bis auf die weichen, weißen Sommerhüte, deren Bänder sie unter dem Kinn verknotet hatten, waren sie beide nackt. Die Haare, die unter der Hutkrempe des Jungen hervorlugten, waren lang und fast so weiß wie der Hut selbst.

Nun erkannte er plötzlich das Gesicht. Es war Johan! Diese Erkenntnis blendete ihn wie ein schmerzhafter Blitz, bestürzt riss er die Augen auf und blickte sich wieder in dem dunklen Raum um. Wie hatte er Johan nur vergessen können? Wie hatte er ein langes Leben führen können, ohne sich daran zu erinnern, dass er einst einen kleinen Bruder hatte, der …?

Die Straßenlaterne vor dem Fenster warf einen gespenstischen Lichtschein über die Bettdecke. Er hörte Autos und menschliche Stimmen. Das beruhigte ihn. Die Wirklichkeit ging dort draußen ihren Gang, als sei nichts geschehen, und an sie wollte er sich halten. Doch was auch immer es war, das sich hinter der sonnigen Szene verbarg, es hatte ihn gepackt. Widerstand war zwecklos.

Erschöpft schloss er die Augen, sofort kehrten die Bilder zu ihm zurück.

Der Kahn schwankt gemächlich, die Luft ist von herben Gerüchen erfüllt, vermoderte Pflanzen, nasser Sand, altes, feuchtes Holz, Kaffee und Tabakrauch. Auf dem Boden ihres Bootes steht bräunliches Wasser, das sie mit ihren nackten Füßen aufwühlen. Um ihre weißen Knöchel schwappt und kentert eine ganze Flotte von Booten aus Baumrinde.

Johan jauchzt vor Vergnügen. Aus dem schlaffen Mund kommen undeutliche, gurgelnde Laute. Der Kopf ist bereits zu groß und schwer für den schmächtigen Körper und wackelt auf dem dünnen Hals hin und her. Das Boot liegt sicher verankert im Schilf, das es wie ein grünes Gitter umschließt. Es ist mit einer Leine am Steg befestigt.

Am Strand, nur wenige Meter entfernt, befinden sich die Eltern und die Mutter des Vaters. Ihre Stimmen erreichen ihn wie ein wohlig schützendes Hintergrundgeräusch. Dennoch hat er ein wachsames Auge auf seinen Vater. Nichts deutet auf einen herannahenden Sturm hin. Die Stimmung am Strand ist ungezwungen. Doch Johan muss auf der Hut sein, die Launen des Vaters kann er nicht vorhersehen.

Max genießt seine eigene Großherzigkeit. Die Mutter ist ihm dankbar, wenn er mit seinem kranken Bruder spielt, und an ihrer Dankbarkeit liegt im viel. Doch so ist es nicht immer gewesen. Früher hat er diese groteske, hilflose Kreatur gehasst, die allein durch ihre Behinderung einen Platz im Herzen der Mutter beanspruchte.

Von seinem Vater hat er gehört, sein Bruder sei ein Idiot. Dass dies etwas Verachtenswertes ist, hat er am Tonfall erkannt.

Erst als er begriff, dass seine Mutter das Missfallen seines Vaters erregte, indem sie an diesem Kind festhielt, hatte er sich auf ihre Seite geschlagen und wollte versuchen, seinen Bruder zu lieben. Es war schwer gewesen und hatte viele Rückschläge mit sich gebracht. Doch der Gedanke, Empfindungen zu hegen, die denen seines Vaters glichen, war ihm zutiefst zuwider. In Johans Nähe bemühte er sich stets, nett und geduldig zu sein …

Jetzt hat er keine Lust mehr auf das eingeschlossene Meer in ihrem Boot und wirft die Baumrinden über den Bootsrand. Johan hilft ihm unbeholfen. Da ruft die Mutter vom Strand herüber: »Max! Ich kaufe mit Oma was zu trinken ein. Papa bleibt hier. Pass auf Johan auf!« Er nickt, lässt jedoch die Baumrindenflotte, die sich auf dem offenen Wasser viel besser macht, nicht aus den Augen. Mit Hilfe abgebrochener Schilfhalme hält er sie in Reichweite.

Als er das nächste Mal zum Strand hinüberschaut, sieht er seinen Vater allein hinter einer Zeitung sitzen. Johan will auch einen Halm, und Max zerrt an dem zähen Schilf. Da gibt Johan einen jammernden Laut von sich. Eines der Rindenboote ist aus der Linie ausgeschert und treibt ab. Max versucht es mit seinem Halm zu erreichen, treibt es jedoch nur noch weiter von ihnen fort. Johan beginnt zu schluchzen. Große Tränen kullern ihm über die Wangen. Max kommt auf die Idee, den Kahn in eine günstigere Position zu manövrieren, um das abgetriebene Rindenboot einzufangen. Ein rascher Blick auf das Seil sagt ihm, dass sie ein wenig Spielraum haben. Er greift nach den schweren Rudern, die im Boot liegen, schafft es jedoch kaum, sie zu bewegen. Nachdem er eine Weile mit ihnen gekämpft hat, gelingt es ihm, das eine ins Wasser zu tauchen, worauf er sich sofort dem zweiten zuwendet. Währenddessen steht Johan auf und streckt seine Arme nach dem nächsten Rindenboot aus, das abzutreiben droht. Als das zweite

Ruder ins Wasser plumpst, krängt der Kahn, und Johann fällt mit dem Kopf voran über den Bootsrand.

Er geht sofort unter, worauf Max einen anhaltenden Schrei ausstößt, der den Vater aufschreckt. In wenigen Sekunden ist er auf dem Steg und wirft sich ins Schilf. Das Wasser reicht ihm bis zur Brust. Als er das Boot erreicht, kommt Johan an die Oberfläche, zappelnd und schnaubend. Aber der Vater tut nicht das, was Max von ihm erwartet. Er zieht Johan nicht aus dem Wasser. Stattdessen zerrt er Max aus dem Boot und trägt ihn zum Steg. Erst danach kehrt er ins Schilf zurück …

Das Kind auf dem Steg sieht den gekrümmten Rücken seines Vaters und dessen rudernde Arme im Wasser. Einmal glaubt er einen Schrei Johans gehört zu haben, doch später ist er sich nicht mehr sicher. Unendlich lange steht er auf dem Steg, von einem namenlosen Schrecken gelähmt. Er friert fürchterlich in der sengenden Sonne, und ein monotones, gepresstes Jammern entfährt seiner Kehle.

Als sein Vater sich endlich aufrichtet und durchs Wasser watet, hängt Johan schlaff über seinen Armen.

Für einen kurzen Moment sehen sich Max und sein Vater in die Augen, dann wenden beide den Blick ab. Der Vater bleibt vor ihm im Wasser stehen und sagt in einem Ton, als erteile er einen seiner üblichen Befehle: »Ich kam zu spät. Das hast du selbst gesehen. Als ich ihn aus dem Wasser zog, war er schon tot. Hast du verstanden?«

Max versteht und nickt.

Mit aller Kraft riss er sich vom Steg los und kehrte keuchend in sein Hotelzimmer zurück. Nun machte ihm die Dunkelheit Angst. Er spürte Panik in sich aufsteigen. Er setzte sich mühsam auf, tastete nach der Lampe und knipste sie an. Das Licht brannte in seinen Augen.

Von quälendem Durst getrieben, griff er nach der Teekanne und trank direkt aus der Tülle. Dann fiel sein Blick auf die Tabletten, er stopfte sie sich in den Mund und spülte sie mit noch mehr Tee hinunter. Er nahm seine Armbanduhr zur Hand. Es war erst neun Uhr abends.

Erschöpft sank er auf das Kissen zurück. Sein Herzschlag dröhnte in seinem Kopf. Um dem zu entkommen, lauschte er begierig den gedämpften Verkehrsgeräuschen von draußen. Nun war er fest entschlossen, auf dem Zimmer zu bleiben. Stück für Stück nahm er die Einrichtungsgegenstände in Augenschein. Den Stuhl mit seinen Kleidern. Die Aktenmappe auf der Kommode. Das Foto seiner Frau auf dem Tisch. Die Gardinen, durch die nur wenig Licht fiel.

Die hervorbrechende Erinnerung an Johans Tod hatte eine Lücke in seinen Schutzwall geschlagen. Ein chaotisches Gewirr von Bildern stürzte auf ihn ein. Es half nicht mehr, die Augen offen zu halten. Grelle Bilder blitzten aus den dunklen Ecken: Anna, blass vor Wut, mit dem großen Tranchiermesser in der Hand. Gertrud, ins Federbett gepresst, die Messerspitze gegen ihren Bauch gedrückt. Dann Annas Profil am Giebelfenster des Dachbodens. Sie lachte so merkwürdig, als hätte sie gerade ein Geheimnis entdeckt. Gertrud in Annas Bett mit dem Neugeborenen im Arm – Leif. Annas Verfolger, die aus dem Dickicht des Waldes kamen und über die lehmigen Felder liefen. Gertruds erhitztes Gesicht, ihre aus dem Dunkel der Blätter leuchtenden blaugrünen Augen. Der Vater wie festgenagelt unter der Fichte. Mit wutverzerrtem Gesicht, als sei man ihm am Ende doch auf die Schliche gekommen. Der frisch gefallene weiße Schnee, der sich unter ihm langsam rot färbte. Dann verschwammen die Bilder, um schließlich ganz zu verschwinden. Die Tabletten begannen zu wirken. Er sehnte sich nach einer Atempause, doch wagte er kaum, sich zu bewegen, aus Angst, die Bilder erneut zum Leben zu erwecken.

Die Erinnerung an Johan war sicher nur der Anfang. Vielleicht kamen noch schlimmere Dinge auf ihn zu. Die Unklarheit, was seine Mutter betraf … Er schauderte bei dem Gedanken.

Bis auf weiteres war er ans Bett gefesselt. Vielleicht wäre es am klügsten, dem, was ihn verfolgte, ins Gesicht zu sehen. Früher oder später musste er sich dem stellen. Und er wollte nicht noch einmal überrumpelt werden.

Vorsichtig begannen seine Gedanken um seine Mutter zu kreisen. In fragmentarischen Bildern gab sie sich sogleich zu erkennen. Eine schöne, rätselhafte Gestalt, stets von heftigen Empfindungen umgetrieben. Das verwirrte ihn. Er versuchte vergeblich, an dem Bild festzuhalten, das ihn durch die Jahre begleitet hatte. Dem Bild einer strengen, verschlossenen, vorzeitig gealterten Frau, die ihn von einem unscharfen Foto aus anstarrte. Doch die Anna, die sich an jenem Tag auf dem Steg befunden hatte, war anders. Damals war sie eine junge, verzweifelte Frau gewesen. Die langen, verfilzten Haare nass von Tränen und vom Seewasser.

Ihre Trauer war furchtbar gewesen. Als sie ihr totes Kind am Strand liegen sah, riss sie es an sich und schrie wie ein verwundetes Tier. Vater und Großmutter hatten sie mit Gewalt festhalten müssen, sonst wäre sie mit dem toten Kind an ihrer Brust sicher ins Wasser gesprungen.

Danach war sie lange im Bett geblieben, versteinert und unnahbar. Max hatte sich nicht blicken lassen, die anderen auch nicht. Um seinen toten Bruder hatte er nicht trauern können, doch er trauerte um sie, weil er sie für alle Zeiten verloren gab.

Nur sein Vater und er hatten Johans Begräbnis beigewohnt. Das einzige Gefühl, an das er sich erinnern konnte, als er am Rand des Grabes stand, war flüchtiger Neid gewesen. Er galt dem Miniatursarg, in dem sein Bruder bestattet wurde. Solch einen hätte er gern zum Spielen gehabt. Seiner Meinung nach war es eine empörende Verschwendung, solch einen wunderbaren Gegenstand einzugraben.

Johan musste drei Jahre alt gewesen sein, als sein Vater ihn ertränkt hatte wie ein Katzenjunges. Also war er selbst fünf gewesen. Und Anna? Sie war erst achtundzwanzig.

Hin und wieder kehrte sie zu ihm zurück, nachdem sie die größte Trauer überwunden hatte. Sie war wieder bereit für Liebkosungen und spielte mit ihm. Augenblicke der Vertrautheit und des Glücks, wenn auch allzu kurze. Es war noch etwas anderes, das sie quälte. Eine erschreckende Finsternis legte sich zuweilen über sie. Hüllte sie ein und machte sie unerreichbar.

Nach und nach wurde ihm klar, wie andere sie betrachteten. Wenn die Leute über seine Mutter sprachen, geschah dies in einem besonderen Ton. Das verletzte ihn. Sie sagten, sie sei »eigen«. Manchmal lachten sie höhnisch. Nannten sie wunderlich, verrückt, übergeschnappt, aber nur hinter ihrem Rücken. Niemand hätte sich getraut, ihr das ins Gesicht zu sagen. Sie nötigte ihnen Respekt ab, ob verrückt oder nicht.

Manchmal ging sie fort. Nahm einfach Reißaus. Vielleicht hatte sie das schon vor Johans Tod getan. Daran konnte er sich nicht erinnern. Wenn die Dunkelheit über sie kam, machte sie sich in aller Stille davon. Der Vater spannte die Nachbarn mit ein, um sie zu suchen. Wenn sie gefunden wurde, war sie ausgehungert und verwirrt. Aber sie erholte sich rasch. Nach ein paar Tagen im Bett stand sie wieder auf und wandte sich unverzüglich ihren Verpflichtungen zu, als sei sie nur ein wenig unpässlich gewesen. Sie war fleißig und geschickt mit den Händen. Tüchtig am Webstuhl. Sie webte Teppiche für die Leute aus der Umgebung.

Aber dass sie so hübsch gewesen war – das hatte er vergessen. Es war Gertrud gewesen, die dazwischengetreten war und ihm den Blick verstellt hatte. Sie hatte ihm die Erinnerung an Anna gestohlen. So wie alles andere.

Und was war schließlich mit Anna geschehen? Warum war sie plötzlich für immer verschwunden gewesen? Auch daran konnte er sich nicht erinnern. Und er war sich auch nicht sicher, ob er es wollte. Zumindest jetzt nicht. Vielleicht später.

Vaters Furcht einflößende Gestalt tauchte wieder auf. Für ihn hatte er nie innige Gefühle gehegt. Furcht hatte er empfunden und einen wachsenden Hass. Nun begriff er, dass sein Vater seine Nachkommen unter demselben Aspekt betrachtete wie das Vieh. Ein missgebildetes Kalb wurde sofort getötet. Warum nicht auch ein missgebildetes Kind?

Es war ein Geheimnis, das sie teilten. Auch wenn sich der Vater nicht sicher war, worin das Geheimnis bestand. Sein Blick ruhte oft schwer auf Max. Vielleicht versuchte er zu ergründen, was der Sohn an jenem Tag auf dem Steg eigentlich gesehen und verstanden hatte. Er musste sich nicht beunruhigen. Die Erinnerung war rasch vertrieben worden. Dennoch war es zu dieser Zeit, dass Max begann, seinen Vater beim Vornamen zu nennen. Wenn er ihn ansprach, sagte er stets Henning zu ihm. Er wusste selbst nicht, warum, doch das Wort Vater kam ihm nicht mehr über die Lippen. Zu dieser Zeit galt es als respektlos, seinem Vater die ihm zustehende Anrede zu verweigern. Wenn er sah, wie der Vater bei der ungewohnten Anrede zusammenzuckte, überkam ihn jedes Mal die Angst. Und die Bestrafung ließ auch nie lange auf sich warten. Wenn der wütende Henning ihn zufällig in die Hände bekam, setzte es immer eine extra Ohrfeige für seine Unverschämtheit.

Bis zu jenem Tag mehrere Jahre später, an dem er die überraschende Entdeckung machte, dass er nicht nur einen Kopf größer, sondern auch stärker war als sein Peiniger. Da zahlte er es ihm heim, und es hätte böse ausgehen können, denn er begriff nicht, wie stark er war, und heimzuzahlen hatte er eine Menge. Die Machtverhältnisse hatten sich geringfügig verschoben. Es war nicht mehr er allein, der dem anderen aus dem Weg ging. Sie achteten beide darauf, einander nicht zu nahe zu kommen. Zwei wütende Hunde, die es vorzogen, sich aus sicherem Abstand anzuknurren. Doch der Vater knurrte am lautesten. Er konnte seinem Sohn immer noch Angst einjagen. Diese Übermacht behielt er bis zu seinem Tod. Der Teufel wusste, ob er sie nicht immer noch besaß.

Fünfundvierzig abenteuerliche Jahre in den Staaten waren offenbar nicht genug gewesen. Er hatte es dort drüben mit ein paar richtig gefährlichen Leuten zu tun gehabt, aber das half ihm jetzt nicht weiter. Das Wiedersehen mit Leif und Gertrud hatte ihm Angst gemacht. Der Schatten des Vaters lastete immer noch schwer auf Röshult.

Um mit den beiden fertig zu werden, brauchte er einen Verbündeten. Vielleicht würde er ihn in Birger finden, seinem anderen Halbbruder. An ihn erinnerte er sich nur schwach. Ein kleines, schmächtiges, gedemütigtes Kerlchen – ängstlicher, als er jemals gewesen war. Aber vielleicht hatte er sich ja gemausert. Zumindest war es einen Versuch wert. Wenn er wieder auf den Beinen war, wollte er ihn ausfindig machen.

Max zog sich fröstelnd die Decke über die Schultern. War es wirklich erst zwei Tage her, dass er von den beiden schweigenden Männern zum Kennedy Airport eskortiert worden war? Zwei Tage, seit er es sich in seinem Flugsessel bequem gemacht und diese neue Empfindung verspürt hatte, als die Maschine über die Startbahn rollte? Er war von einem merkwürdigen Freiheitsgefühl ergriffen worden, das selbst jenes von vor fünfundvierzig Jahren in den Schatten stellte, als er mit leeren Händen an der Reling des amerikanisches Schiffes stand, das ihn aus Schweden fortbrachte. Damals war ihm das große Land jenseits des Atlantiks als einzig möglicher Zufluchtsort für einen jungen Mann erschienen, der vor abscheulichen Umständen hatte fliehen müssen. Nun, fast ein halbes Jahrhundert später, schien ihm sein altes Heimatland als einzig verlockendes Refugium für einen müden, gealterten Mann, der sich immer noch auf der Flucht befand. Aber es war anders gekommen, als er es sich vorgestellt hatte. Würde er jemals irgendwo Ruhe finden?

4 DONNERSTAG, 17. APRIL

Am Skogsduvestigen in Malmö, im Stadtteil Söderkulla, befand sich eine Reihe kleinerer Backsteinhäuser mit zugehörigen Gärten. Eines von ihnen wurde von Birger Rösling samt Familie bewohnt.

An diesem Donnerstagabend, der so zu werden versprach wie alle anderen, betrat er nach einem harten Arbeitstag sein Wohnzimmer und machte es sich in einem ochsenblutfarbenen Fernsehsessel bequem. Nachdem er sich seiner Schuhe entledigt und seine tauben Füße auf den Schemel gebettet hatte, stieß er einen wohligen Seufzer aus.

Erst nach diesen Vorbereitungen ließ er die Maske fallen. Das heißt, er schloss die Augen und legte sein Arbeitsgesicht ab. Das freundlich entgegenkommende, das sachkundige und zuverlässige, nicht zuletzt das, welches für eine Vertrauen erweckende Intelligenz bürgte. Mit vollkommen leerer und friedfertiger Miene streckte er sich nach der Fernbedienung und begann sich durch die fünfundzwanzig Fernsehkanäle zu zappen. Er war hungrig, und da seine Frau gerade das Abendessen zubereitete, brauchte er nur zu warten.

In der Küche war Gunnel Rösling vollauf damit beschäftigt, Zwiebeln zu schälen, Hackfleisch zu braten, Tomaten zu schneiden und Teller aus dem Schrank zu holen, während sie den Küchenfernseher, in dem gerade eine Quizshow lief, nicht aus den Augen ließ. Wie üblich wusste sie die Antworten, noch ehe die Kandidaten auf den Knopf drücken konnten. Ihre Auffassungsgabe und Reaktionsschnelligkeit waren außerordentlich. Eine Tatsache, die besonders im Vergleich zu ihrem Ehemann auffiel. Sie wusste meist schon, was er sagen wollte, bevor er den Mund öffnete. Vielleicht tat er es deshalb so selten.

Dann gab es noch ihren achtzehnjährigen Sohn Linus, der gerade in seinem Zimmer vor dem Computer saß. Wie seine Mutter besaß er eine ungewöhnlich rasche Auffassungsgabe, und wie sein Vater war er ziemlich hungrig. Während er auf den erlösenden Ruf aus der Küche wartete, testete er zerstreut eine brandneue Demoversion von *Duke Nuk'em*.

Strategisch im Zentrum, also im Eingangbereich des Hauses, lag ein in die Jahre gekommener schwerhöriger Labrador, der hin und wieder auf den Namen Sessan hörte. Im Kreuzfeuer der drei lärmenden Geräuschquellen genoss er einen tiefen, ungestörten Schlaf.

Da klingelte es an der Tür.

Weder den Hund noch Birger oder seine Frau schien dies zu kümmern. Alle Erfahrung sprach dafür, dass ein Besuch zu dieser Zeit nur Linus gelten konnte.

»Linus, es klingelt!«, rief sein Vater aus dem Wohnzimmer.

Als nichts geschah, rief seine Mutter aus der Küche, diesmal noch lauter: »Linus! Hörst du nicht? Mach doch die Tür auf!«

Linus ging zur Haustür und öffnete sie.

Nach weniger als einer halben Minute stand er auf der Schwelle zum Wohnzimmer. »Da ist ein alter Mann, der nach dir fragt.«

Birger hob die Augenbrauen. »Ein alter Mann? Hat er gesagt, was er von mir will?«

»Nee.«

Birger erhob sich ächzend aus seinem Sessel und bemühte sich, während er auf Socken die Haustür ansteuerte, um einen angemessenen Gesichtsausdruck: nicht direkt unfreundlich, doch auch nicht zu entgegenkommend.

Draußen stand tatsächlich ein Mann mit Plastiktüte und dümmlichem Lächeln.

»Hallo, Birger! Du erkennst mich vermutlich nicht, es ist ja schon einige Jahre her. Ich bin Max, dein Halbbruder.«

Der erste Gedanke, der dem verdutzten Birger durch den Kopf schoss, war: Lebt der immer noch? Doch natürlich ließ er sich seine Verblüffung nicht anmerken.

»Ach ...«, sagte er stattdessen.

»Ich hoffe, ich komme nicht ungelegen – ich dachte mir, es wäre schön, dich nach all den Jahren wiederzusehen. Du siehst gut aus. Man will doch seine ... *relatives* sehen nach so langer Zeit.«

Birgers zweiter Gedanke war: Verdammt! Dann hatte er den ersten Schock verdaut, trat zur Seite und bemühte sich um die unverbindliche Freundlichkeit, die zu seinen beruflichen Fertigkeiten gehörte.

»Was für eine Überraschung. Komm doch herein.«

Der plötzlich auferstandene Bruder ging rasch an ihm vorbei in die Diele und schaute sich um. »Ein schönes Haus hast du. War das dein Junge, der mir aufgemacht hat?«

»Ja, er heißt Linus.«

»Tja, wie die Zeit vergeht.«

Birger warf einen Blick auf die Plastiktüte. »Kommst du direkt aus Amerika?«

Max begann sich den Mantel auszuziehen. »Nein, nicht direkt – ich bin seit einer Woche hier. Wollte mich schon früher bei dir melden, aber ich hatte eine Erkältung und musste für ein paar Tage das Bett hüten. Ist ja ganz schön kalt für die Jahreszeit.«

Birger nahm ihm den Mantel ab und bemerkte, dass Max gar nicht so betagt aussah, wie er anfangs hatte glauben wollen. Wie alt mochte er sein? Mindestens siebzig. In diesem Fall war er gut in Schuss. Fast zwei Meter groß und robust gebaut, mit vollem Haar und frischer Gesichtsfarbe. Sorgfältig gekleidet war er auch.

»Ja, für April ist es ziemlich kalt«, sagte er. »Wohnst du hier in Malmö?«

»Ich habe mich in einem kleinen Hotel in der Norra Vallgata eingemietet.«

»Komm rein und setz dich«, sagte Birger. »Du musst nur auf die Hündin Acht geben. Sie ist schon alt und bewegt sich nicht mehr vom Fleck.« Er führte ihn ins Wohnzimmer, stellte den Fernseher aus und ließ seinen Gast auf dem Sofa Platz nehmen.

»Besuchst du also mal wieder deine alte Heimat. Wie lange willst du bleiben?«

»Ich werde nicht zurückfliegen. Ich bleibe hier.«

»Was du nicht sagst«, entgegnete Birger, dachte jedoch im Stillen: Herrgott, was kommt da auf uns zu?

Der andere lächelte schwermütig. »Man wird schließlich nicht jünger – ich dachte mir, es wäre an der Zeit, meine schwedische Rente in Anspruch zu nehmen.«

»Ach so ...«

»Obwohl ich mich noch nicht entschieden habe, wo ich wohnen will. Werde mich wohl erst mal ein wenig umsehen.«

Birger blieb unschlüssig stehen und dachte wehmütig an den verdorbenen Fernsehabend. Dies war sicherlich keine Stippvisite. Vermutlich würden sie gar gezwungen sein, Max zum Abendessen einzuladen. Eigentlich sollte er voller Neugier sein und den überraschenden Besuch seines Halbbruders aus Amerika als willkommene Abwechslung begrüßen, aber dem war nicht so. Stattdessen verspürte er eine unbestimmte Unruhe. Irgendetwas sagte ihm, dass es Probleme geben würde.

»Das ist sehr lange her ...«, sagte er zögerlich. »War das nicht irgendwann in den Fünfzigern?«

»'52. An Neujahr. Du warst damals erst acht. Vielleicht erinnerst du dich gar nicht mehr an mich.«

»Doch, doch – obwohl die Erinnerungen an diese Zeit sehr verblasst sind«, entgegnete Birger vorsichtig.

»Ich kann mich jedenfalls daran erinnern, dass du ein netter, bescheidener Junge warst. Ich mochte dich stets lieber als deinen Bruder. Mit Leif war es nicht so einfach.«

»Wir wollten gerade zu Abend essen. Vielleicht möchtest du uns Gesellschaft leisten?«

Max' Gesicht hellte sich auf. »Das wäre mir eine Freude.«

»Ich muss nur eben … meiner Frau Bescheid sagen.« Birger eilte in die Küche.

Dort standen Gunnel und Linus mit fragender Miene.

»Wer ist das?«, sagte Gunnel.

»Mein Halbbruder Max, aus Amerika. Wir sollten ihn zum Essen einladen.«

»Dein Halbbruder?«, fragte sie vorwurfsvoll. »Ich dachte, der wäre längst tot.«

»Schsch … nicht so laut, er kann dich hören. Nein, er wirkt ziemlich lebendig. Er sitzt drüben auf dem Sofa.«

»Ist er reich?«, fragte Linus.

»Keine Ahnung«, antwortete Birger und fügte nachdenklich hinzu: »Aber ich kann es mir nicht vorstellen, sonst wäre er bestimmt nicht hierher gekommen.«

»Jedenfalls wird er sich mit Spaghetti und Hackfleischsoße begnügen müssen«, sagte Gunnel, während sie mit indignierter Miene einen weiteren Teller auf den Tisch stellte.

Die überrumpelte Familie brauchte ein wenig Zeit, um sich auf den redseligen Gast aus Übersee einzustellen.

Nachdem Max eine Pralinenschachtel aus der Plastiktüte hervorgezaubert hatte, überhäufte er die Gastgeberin mit banalen Komplimenten zu ihrem schönen Heim und ihren vielversprechenden Kochkünsten. Als er in seiner irrigen Annahme, sie sei ausschließlich Hausfrau, korrigiert worden war – tatsächlich rackerte sie sich als Krankenschwester ab –, klopfte er Birger freundschaftlich auf den Rücken.

»Und was machst du so beruflich? Ich habe in der Automobilbranche gearbeitet.«

»Ich verkaufe Fernseher«, antwortete Birger.

»Fernseher? Fährst du etwa in der Gegend rum und klingelst bei den Leuten an der Tür?«

»Er leitet ein Geschäft, das zum *Mediaring* gehört«, erklärte Gunnel. »Das ist eine der größten Ladenketten in ganz Malmö«, fügte sie hinzu, während sie ihrem Mann einen zurechtweisenden Blick zuwarf. Sie begriff nicht, warum er sein Licht immer unter den Scheffel stellte.

»Na dann weiß ich ja, an wen ich mich wenden muss, wenn ich mir mal einen Fernseher zulegen will«, sagte Max leutselig. Danach wandte er sich an Linus. »Und was macht der Sohn des Hauses? Tritt er in Papas Fußstapfen?«

Der Sohn des Hauses sah angesichts dieser Annahme ziemlich beleidigt aus.

»Linus steht ein Jahr vor dem Abitur«, teilte Gunnel fast ebenso beleidigt mit. »Er fängt im Herbst an zu studieren und will Diplomingenieur werden.«

»Is ja 'n Ding!«, gluckste Max und ließ sich am Esstisch nieder.

Gunnel gab Acht, dass Spaghetti und Soße gerecht verteilt wurden. Da ihr Mann ein hoffnungslos unbeholfener Gesprächspartner war, fiel ihr auch die Aufgabe zu, dem Gast höfliche Fragen hinsichtlich seiner Vergangenheit in Amerika zu stellen, was jedoch angesichts dessen Redseligkeit nicht besonders schwierig war. Während er aß, entwarf er mit leichter Hand das Bild eines redlichen und arbeitsamen Daseins in Chicago.

»Ich habe fast vierzig Jahre lang für dieselbe Firma gearbeitet«, teilte er mit hörbarem Stolz mit. »*Herzner and Gouldman Motors* in Aurora, außerhalb von Chicago. Eine alteingesessene Firma. Filialen in sieben Staaten. Hab mich vom Laufburschen bis zum Geschäftsführer hochgearbeitet. Und das waren wirklich keine Schrottkisten, mit denen wir gehandelt haben. Spezialanfertigungen, erstklassiges Handwerk. Unsere Kunden – reiche Leute, versteht sich – wussten, dass sie bei uns nur das Beste kriegen. In den letzten Jahren waren es vor allem europäische Sportwagen. Ich kannte jedes verkaufte Auto aus dem Effeff, und nicht nur das …«, er klopfte sich an die Stirn, »hab alles hier drin gehabt, jedes einzelne Detail. Möchte, ehrlich gesagt, nicht in der Haut meines Nachfolgers stecken.«

»Dann bist du also erst vor kurzem in Pension gegangen?«, fragte Gunnel.

»Genau. Obwohl sie mich natürlich behalten wollten. Sie haben mich förmlich angefleht und mir mehr Geld geboten. Aber ich hatte genug. Bin ja schließlich nicht mehr der Jüngste.«

Gunnel blickte verstohlen auf seine linke Hand, die ein schmaler Ehering zierte.

»Und deine Familie ...«

Der Redefluss des Gastes geriet für einen Augenblick ins Stocken.

»Meine Frau ist letztes Jahr gestorben«, sagte er bedächtig, während er zärtlich über den Ring strich.

»Das tut mir Leid ...«

»Alice war eine höchst ungewöhnliche Frau«, sagte er mit zitternder Stimme. »Eine großartige Frau, wollte ich sagen. Schwedischer Abstammung, so wie ich. Geboren in Little Falls, Minnesota. Sie hat eine große Lücke hinterlassen.«

»Das kann ich mir vorstellen.«

»Ich habe nur für zwei Dinge gelebt: für meine Frau und meine Arbeit. Als beides fort war, konnte ich nicht länger dort bleiben. Ich fühlte mich nicht mehr zu Hause, begann mich nach meinem Heimatland und meinen *relatives* zu sehnen. Habe darauf gehofft, dass sie mich mit offenen Armen empfangen.«

Offensichtlich gerührt von seinen eigenen Worten, ließ er seine feuchten Augen über den verstummten Familienkreis wandern.

Birgers Gedanken waren in der letzten Stunde um das Anliegen gekreist, mit dem sein Bruder vermutlich irgendwann herausrücken würde. Wollte er sich womöglich Geld leihen, und wieweit konnte er sich in solch einem Fall strecken? Oder ... Plötzlich kam ihm ein schrecklicher Gedanke. Vielleicht würde er gar bei ihnen wohnen wollen. Er ging rasch sein Repertoire wasserdichter Begründungen durch, mit denen solch ein Begehren im Keim zu ersticken wäre.

»Hast du eigentlich einen Besuch auf Röshult geplant?«, fragte er, um das Terrain zu sondieren.

Max' Antlitz verdunkelte sich. »Da war ich schon«, sagte er schroff. »Ich wollte den Hof natürlich gern wiedersehen, aber dort war ich unerwünscht. Wir haben uns sofort in die Haare gekriegt.«

»Du bist also nicht lange geblieben?«

»Ich habe ein bisschen was zu essen bekommen, aber es blieb mir fast im Hals stecken. Leif war unausstehlich, und Gertrud, na ja, die war eben wie immer. Ich bin noch am selben Abend wieder weggefahren.«

Birger fragte sich, ob das gute oder schlechte Nachrichten waren. Vielleicht war es ungerecht, dem Halbbruder schlechte Absichten zu unterstellen. Trotz allem, was man über ihn gehört hatte, konnte er doch ein netter Kerl sein, der nur seine Verwandten besuchen wollte. Doch schon das Wort »Verwandte« hatte für Birger einen unheilvollen Klang. Um wie vieles erträglicher wäre das Leben ohne sie verlaufen? Auf seine schüchterne Weise, so glaubte er, war es ihm gelungen, sie abzuschütteln. Aber das unvermutete Auftauchen eines neuen Familienmitglieds konnte unabsehbare Komplikationen nach sich ziehen, im schlimmsten Fall dazu führen, dass die mühsam erkämpfte Distanz verloren ging.

»Ich stehe auch nicht auf besonders gutem Fuß mit ihnen«, äußerte er vage.

»Ja, so habe ich Gertrud auch verstanden.«

»Kann mir schon denken, was die erzählt hat«, warf Gunnel gereizt ein.

»Nun, sie hat gar nichts Bestimmtes erzählt, aber ich habe verstanden, dass euer Verhältnis eher angespannt ist, was ja nur für euch spricht«, sagte Max und tätschelte Birger freundschaftlich den Arm, bevor er sich an Gunnel wandte. »Gibt's noch mehr von der leckeren Fleischsoße?«

Erst während des Kaffees im Wohnzimmer – Linus hatte sich inzwischen verabschiedet, und Gunnel war so weit aufgetaut, dass sie ihren Aprikosenlikör hervorgeholt hatte – kam Max auf sein eigentliches Anliegen zu sprechen.

»Von deinem Erbe hast du noch nicht viel gesehen, nehme ich an«, sagte er unvermittelt.

»Welches Erbe?«, fragte Birger.

»Na, das des Alten.«

Gunnel setzte klirrend die Kaffeetasse ab und sah Max neugierig an. »Seit Jahren versuche ich ihm das klar zu machen, aber auf dem Ohr ist er taub.«

Max zwinkerte ihr verständnisvoll zu. »Dann wollen wir mal sehen, ob er mir besser zuhört«, sagte er und stieß Birger einen Zeigefinger in die Rippen. »Man darf nicht zu nett sein, verstehst du, sonst zieht man immer den Kürzeren. Dir steht eine ganze Menge zu, genau wie mir.«

»Es liegt Birger leider nicht, von anderen etwas zu fordern«, sagte seine Frau spitz.

»Aber es gibt doch gar kein Geld, das man da rausholen könnte«, verteidigte sich Birger. »Alles ist schließlich an den Hof gebunden.«

Max lächelte nachsichtig, als hätte er eine freudige Überraschung in der Hinterhand. »*Sure*, aber der Hof ist viel wert, und zumindest *ich* habe vor, meinen Anteil zu kassieren, solange ich noch am Leben bin.« Er schlug sich nachdrücklich auf die Knie. »Das Erbe wird verdammt noch mal aufgeteilt!«

Birger starrte ihn ungläubig an. Das konnte unmöglich sein Ernst sein.

»Wie soll das gehen?«, fragte er matt. »Die können den Hof doch nicht einfach verkaufen.«

»Warum nicht?« Max lachte grimmig. »Vielleicht werden sie dazu gezwungen sein. Zumindest werden sie nicht umhinkommen, einen Teil zu veräußern. Sonst müssen sie halt eine höhere Hypothek aufnehmen.«

Gunnels Lippen kräuselten sich zu einem zufriedenen Lächeln. »Ganz meine Meinung«, sagte sie.

»Damit werden sie niemals einverstanden sein«, wandte Birger ein.

Seine Frau reagierte auf diesen Einwand mit einem demonstrativen Seufzer.

»Bei dir hört sich das an, als könnte man gegen die beiden beim besten Willen nichts ausrichten«, sagte Max. »Aber auch sie müssen sich wie alle anderen an die Gesetze halten. Wenn ich mit einem Anwalt gesprochen habe und meine Ansprüche stelle, dann wirst du schon sehen, wie schnell sie reagieren.«

Birger erschrak angesichts der brutalen Entschlossenheit dieser Worte und blickte verzagt in seine Kaffeetasse. Sein ungutes Gefühl war also berechtigt gewesen. Es würde Ärger geben.

»Auch wir haben Ansprüche«, betonte Gunnel.

»Natürlich habt ihr das«, gab Max ihr Recht. »Darum bin ich doch schließlich hierher gekommen, damit wir uns beratschlagen können.«

Birger zuckte zusammen. Es schien ihm, als wehte ein kalter Luftzug durch den Raum und kündete von künftigem Unheil. Wie sollte er ihnen erklären, dass *ihn* das Erbe nicht interessierte. Dass er einfach seine Ruhe haben wollte.

»Sie haben die Möglichkeit verstreichen lassen, sich gütlich mit uns zu einigen«, fuhr Max fort. »Jetzt sollen sie sehen, was es heißt, sich mit Anwälten herumschlagen zu müssen. Wir beide sind ebenso Söhne des Alten wie Leif, also kann er den Hof nicht einfach für sich allein beanspruchen. Ein bisschen profitieren wollen wir schließlich auch – von so einem bösen Vater.«

»Und so einer bösen Mutter«, fügte Gunnel hinzu. »Birger hat als unbezahlter Knecht auf dem Hof gearbeitet, bis er fast dreißig war. Da sollte er doch endlich ein bisschen Lohn für diese Plackerei kassieren.«

»Ja, die haben wirklich lange genug auf unserem Geld gesessen«, stellte Max fest. »Höchste Zeit, dass wir bekommen, was uns zusteht.« Er hob das Likörglas und kippte den süßen Inhalt mit einer Grimasse hinunter.

Ihre Argumentation hatte einen Haken, aber Birger konnte ihn nicht benennen. Alle Einwände, die ihm auf der Zunge lagen, lösten sich in Nichts auf, sobald er sie zu formulieren versuchte. Gunnel hatte endlich einen Verbündeten gefunden, der bereit war, an ihrer Seite den Kampf aufzunehmen.

Gemeinsam würden sie ihn bearbeiten, und Gunnel würde rasen vor Zorn, wenn er sich wehrte. Doch er musste sich wehren, denn der Niedergang, den Röshult zwangsläufig erleiden musste, würde sich nicht auf den Hof beschränken. Seine Fantasie ging mit ihm durch, und sofort kam ihm die schlimmste aller möglichen Konsequenzen in den Sinn. Was geschah mit seiner Mutter, wenn Röshult verkauft werden musste? Würde sie verlangen, bei ihnen einzuziehen? Dann würde er sich ins Meer stürzen.

Als hätte seine Frau geahnt, was in ihm vorging, erklärte sie mit hörbarer Verachtung: »Birger hat einen Riesenbammel vor seiner Mutter.«

»Das spricht nur für ihn«, entgegnete Max teilnahmsvoll. »Vor ihr muss man sich wirklich in Acht nehmen.«

Gunnel witterte die Gelegenheit, ihr eigenes Martyrium zu schildern. »Es war weiß Gott kein Vergnügen, sie als Schwiegermutter zu haben«, seufzte sie. »Was habe ich im Lauf der Jahre nicht alles durchgemacht, und Birger hat sich ja nie getraut, ihr die Meinung zu sagen.«

»Sie ist eine richtige Hexe«, stellte Max fest. »Bloß schade, dass sich Leif nie von ihr lösen konnte. Er hat es wohl mal mit einer Ehe versucht, aber ich glaube, sie hat die Sache kaputtgemacht. Was ist eigentlich aus seiner Frau geworden?«

»Stimmt, er war verheiratet«, bestätigte Gunnel. »Aber die Arme hatte nach ein paar Jahren anscheinend genug, nachdem sie begriff, dass sie eigentlich mit Gertrud verheiratet war.«

»Sind sie denn rechtmäßig voneinander geschieden worden?«, fragte Max beunruhigt. »So etwas ist vielleicht wichtig, wenn das Erbe geteilt werden soll.«

»Ich weiß es nicht«, antwortete Gunnel. »Das ist schon so lange her – bevor ich Birger getroffen habe.« Sie schaute zu ihrem Mann hinüber. »Weißt du, ob sie geschieden wurden?«

»Ich glaube schon«, sagte Birger zerstreut.

Max kicherte zufrieden. »Du brauchst keine Angst zu haben«, sagte er. »Wenn wir drei zusammenhalten, werden wir schon mit ihnen fertig.«

Gunnel hatte einen konzentrierten Blick bekommen, als überschlage sie bereits ihr künftiges Vermögen. »Wo, hast du gesagt, wohnst du noch gleich?«, wandte sie sich an ihren frisch erworbenen Schwager.

»In einem kleinen Hotel an der Norra Vallgata.«

»Das ist doch bestimmt kein Vergnügen – und teuer wird das auch mit der Zeit. Du könntest auch bei uns wohnen, bis du was Passendes gefunden hast.«

Max war sichtlich überrascht. Der Ordnung halber wandte er sich an Birger, um dessen Meinung einzuholen, aber Gunnel ließ ihren Mann gar nicht zu Wort kommen.

»Wir haben doch den Hobbyraum«, fügte sie nachdenklich hinzu. »Wenn Birger seinen Krempel ein bisschen wegräumt und wir ein Bett hineinstellen, wird es richtig gemütlich werden. Allerdings musst du den Raum mit seinen Fischen teilen, Birger hat sein Aquarium dort. Ansonsten könntest du schon morgen bei uns einziehen.«

»Wie großzügig von euch«, entgegnete Max mit strahlendem Lächeln. »Also ein solches Angebot kann ich wirklich nicht ablehnen.«

Da die Sache bereits abgemacht war, schwieg Birger. Doch im Stillen jammerte er vor sich hin. Was Gunnel als »seinen Krempel« bezeichnete, waren seine Bücher, seine Stereoanlage und seine Schallplattensammlung. Er sollte also seiner einzigen Zufluchtsstätte beraubt werden, seiner friedvollen Gemeinschaft mit den Fischen und seiner inspirierenden Stunden mit Mahler und Beethoven.

Vielleicht betrachtete sich Max schon als Familienmitglied, denn dieser griff mit größter Selbstverständlichkeit zur Flasche mit dem Aprikosenlikör und füllte großzügig die Gläser.

»Darauf trinken wir!«, sagte er und hob sein Glas. »Auf unsere Verwandtschaft und auf gute Zusammenarbeit.«

»Auf unser Erbe«, kicherte Gunnel.

Birger schwieg weiterhin.

»Du willst dir also einen Anwalt nehmen?«, fragte Gunnel, die trotz des zwischenzeitlichen Themenwechsels das Wesentliche nicht aus dem Blick verlor.

»*Exactly*«, antwortete Max. »Fragt sich nur, welchen. Hier ist es doch sicher wie in den Staaten – es gibt eben gute und schlechte Anwälte. Kennt ihr nicht vielleicht einen Anwalt, der gut und zuverlässig ist?«

»Nein, wir kennen keine Anwälte«, sagte Gunnel. »Gott sei Dank haben wir nie einen gebraucht. Die sind doch alle so schrecklich teuer. Ich habe von Leuten gehört, die von ihren eigenen Anwälten fast in den Ruin getrieben wurden. Gibt es keine andere Möglichkeit?«

»Wir müssen doch mit jemandem reden, der sich mit Erbrecht auskennt«, sagte Max.

Gunnel betrachtete ihren Mann und sagte nachdenklich: »Birger kennt einen Juristen, der für eine Versicherungsgesellschaft arbeitet. Wie hieß der noch gleich, dieser nette Kerl?«

Birger sah sich zu entschiedenem Protest veranlasst: »Der hat doch nur mit Versicherungen zu tun. Außerdem wird er gar keine Zeit haben.«

»Wenn er Jurist ist, dann wird er auch was vom Erbrecht verstehen«, entschied Gunnel. »Und es kann ja wohl nicht so viel Zeit in Anspruch nehmen, uns ein paar Informationen zu geben. Ich finde, du solltest ihn anrufen, und zwar jetzt gleich.«

»Jetzt gleich?«

»Ja, warum nicht? Es ist doch erst acht Uhr. Und vergiss nicht, dir einen Termin für uns geben zu lassen.«

Sie schauten ihn auffordernd an; alle eventuellen Einwände erstarben auf seinen Lippen.

Mit einem unterdrückten Seufzer stand er auf und rief Olle Linder an.

5 FREITAG, 18. APRIL

Nach einer langen Diskussion über den Brandschaden an einer Maschine kämpfte sich Olle Linder durch den dichten Verkehr ins Zentrum von Malmö zurück. Eine Verabredung zum Mittagessen im Restaurant Casa Mia war der nächste Punkt auf der Tagesordnung. Eigentlich war er nicht in der richtigen Stimmung dafür. Seine Laune verlangte eher nach einer einsamen Insel oder zumindest der Einsamkeit hinter einer verschlossenen Tür.

Die allgemeinen Auflösungserscheinungen in seinem Inneren ließen keinen Platz für versöhnliche Gedanken. Sein Leben zerbrach, soweit etwas zerbrechen konnte, das nie heil gewesen war. Wie üblich wurde er von allen Seiten belagert und um Hilfe und Unterstützung gebeten. Und wie üblich sauste er unermüdlich durch die Gegend, um aller Welt zu Diensten zu sein. Aber wie sehr er sich auch abmühte, so war die Welt doch nie zufrieden und stellte ständig weitere Forderungen.

Gerade eben hatte ihn seine Exfrau auf dem Handy angerufen und ihn daran erinnert, dass ihre Tochter morgen ihren neunzehnten Geburtstag feierte. Was bedeutete, dass er sich schon heute irgendwann eine halbe Stunde freinehmen musste, um ein passendes Geschenk zu besorgen. Wo er diese halbe Stunde hernehmen und wie das Geschenk aussehen sollte, stand in den Sternen. Kurz zuvor hatte sich seine Mutter gemeldet, um ihm mitzuteilen, dass sie für heute Abend Onkel Todde und Tante Ester eingeladen hatte, damit er sich endlich um ihr Testament kümmern könne, was er schon seit Jahren versprochen habe. Die Sache ließe sich nicht länger aufschieben, da sie steinalt seien und jeder Tag ihr letzter sein könne.

Und dann noch das letzte Telefongespräch mit Kajsa, das einen bitteren Nachgeschmack hinterlassen hatte. Das Einzige, das sich über den gegenwärtigen Zustand ihrer Ehe sagen ließ, war, dass sie vermutlich keine Zukunft hatte. Zumindest *ein* Punkt, in dem sie sich einig waren. Ihr Umgangston war spröde und kalt gewesen. Ihren Kontakt hielten sie am Telefon notdürftig aufrecht. Lange, trostlose Gespräche oder endlose Debatten, in denen keiner sein Gesicht verlieren wollte. Heute war es um die Scheidung gegangen.

Er hatte die letzte Nacht kaum ein Auge zugemacht. Sie konnte zur Hölle fahren mit ihren ewigen Beschuldigungen und ihren unmäßigen Ansprüchen. Wenn sie ihn nicht so nehmen wollte, wie er war, sollte sie sich eben auf die Suche nach ihrem Märchenprinzen machen, der ihre naiven Visionen teilte. Zum Teufel mit einer Frau, die einen ständig erziehen wollte ...

Doch eigentlich hatte er Angst. Große Angst. Im Grunde wollte er sie um keinen Preis verlieren. Natürlich hatten sie sich bei ihren Auseinandersetzungen auch immer wieder über eine mögliche Scheidung unterhalten – so oft, dass er diese Möglichkeit schließlich ernsthaft in Betracht zog. Es gehörte irgendwie dazu, den anderen an einem gewissen Punkt mit der ultimativen Drohung zu konfrontieren; das Signal, dass ihre Beziehung den Tiefststand erreicht hatte. Später schlug dann meist die Stunde der Besinnung und Versöhnung. Doch diesmal war es anders gewesen. Es hatte ein ungewöhnlich scharfer und desillusionierter Ton geherrscht – zumindest von ihrer Seite aus.

Um seinem Herzen ein wenig Luft zu machen, beschimpfte er die Ampeln, die mit perfider Präzision jedes Mal auf Rot schalteten, wenn er sie erreicht hatte. Er hatte einen Mordshunger. Außerdem sollte er für eine warme Mahlzeit wieder mal die Probleme anderer Leute lösen, als hätte er selbst nicht schon genug um die Ohren.

Ansonsten hatte er nichts dagegen, dem rücksichtsvollen Fernsehhändler einen Rat zu geben. Er wartete vielmehr auf eine Gelegenheit, sich für Birger Röslings beharrliche, manchmal beinah lästige Großzügigkeit zu revanchieren.

Sie hatten sich vor zwei Jahren kennen gelernt.

Der *Mediaring* war ein Großkunde ihrer Versicherungsgesellschaft, und in die Filiale in der Amiralsgata, die von Birger Rösling geleitet wurde, war gerade eingebrochen worden. Während sich Olle mit der Schadensregulierung befasste, war ihm der Name Rösling aufgefallen. Und als Birger begriff, dass Olle und seine Frau ein zu Röshult gehörendes Sommerhaus zu mieten pflegten, bestätigte er, dass Leif Rösling sein älterer Bruder und der Hof Röshult sein Elternhaus war. Olle war erstaunt, wie verschieden die Brüder waren. Birger Rösling schien ein stiller, schüchterner Mann zu sein, hoch aufgeschossen, mit beginnender Glatze. Seine Augen hinter den Brillengläsern machten einen intelligenten, wenn auch ein wenig zaghaften Eindruck. Leif dagegen war ein schwarzhaariger Hüne mit fast animalischer Ausstrahlung.

Die an sich unbedeutende Begegnung mit dem Bruder von Leif Rösling zog weitere Gespräche nach sich, und als sie entdeckten, dass sie ein leidvolles Interesse an klassischer Musik teilten und Olle in freien Stunden außerdem noch Geige spielte, war der Fernsehhändler hellauf begeistert. Als ihm ferner klar wurde, dass Olles Möglichkeiten, die großen Werke auf CD zu genießen, aufgrund seiner veralteten Anlage sehr begrenzt waren, hatte er ihm uneigennützig äußerst günstige Rabatte für eine exzellente Hi-Fi-Anlage angeboten. So günstig, dass Olle angesichts seiner Position als Jurist einer Versicherungsgesellschaft ein wenig nervös wurde. Doch Birger wickelte das Geschäft so ordentlich und seriös ab, dass nicht einmal Olles sensibilisiertes Gewissen daran Anstoß nehmen konnte.

Ein paar Monate später, als Olle schon keinen Gedanken mehr an ihre Begegnung verschwendete, hatte der freundliche Fernsehhändler sich abermals in Erinnerung gebracht. Eines Tages rief er einfach an, um Olle zu fragen, ob dieser mit ihm ein Konzert besuchen wolle. Olle, der es nicht gewohnt war, von fremden Männern eingeladen zu werden, war überrascht und misstrauisch. Er bemühte sich um eine Ausrede, doch als der andere ängstlich versicherte, er habe eigentlich mit seiner Frau gehen wollen, der etwas dazwischengekommen sei, ließ er sich darauf ein.

Der Fernsehhändler benahm sich tadellos, das heißt, er schwieg während des Konzerts und versuchte nicht, die Aufmerksamkeit auf sich zu ziehen. Das Malmöer Symphonieorchester spielte als Höhepunkt des Abends die Zweite Symphonie von Gustav Mahler. Wie zu erwarten, wurde es eine glänzende Aufführung, und Olle hatte rasch vergessen, in wessen Begleitung er sich befand.

Nach dem Konzert wollte Birger ihn noch auf ein Bier einladen, und während sie an dem kühlen Herbstabend dem Zentrum entgegenschlenderten, beichtete er zu Olles Schrecken den wahren Sachverhalt. Zunächst räumte er ein, gelogen zu haben. Die zweite Eintrittskarte war niemals für seine Frau vorgesehen gewesen, die sich keinen Deut für klassische Musik interessierte. Die Sache sei die, erklärte er mit verlegenem Lachen, dass er so verflucht einsam sei. An Gesellschaft mangele es ihm zwar nicht – er sei stets von Frau und Sohn, Bekannten und Kollegen umgeben –, doch habe er nie jemanden gefunden, der das Gefühl der Einsamkeit verdrängt hätte. Er meinte, das läge daran, dass ihn niemand so sähe, wie er wirklich sei. Doch wer er sei, wisse er selbst nicht. Im Grunde wäre es nicht seine Art, solcherart die Initiative zu ergreifen – er könne auch nicht erklären, warum er es getan habe –, doch empfinde er für Olle unumwunden Sympathie. Vielleicht habe es an der Musik gelegen – er wisse es nicht –, doch habe er einfach Kontakt aufnehmen müssen.

Er hatte schnell gesprochen, als habe er Angst, unterbrochen zu werden, ehe alles gesagt war. Doch die Sorge war unbegründet; Olle hatte es die Sprache verschlagen. Und Birger war fortgefahren: Manchmal hege er die ernsthafte Befürchtung, mit ihm sei etwas nicht in Ordnung. Er habe nie richtig zu leben verstanden, sei stets von allem ausgeschlossen gewesen, ein unbeteiligter Zuschauer. Habe nie richtig verstanden, worum es gehe. Es mache ihm Angst, dass er inzwischen einundfünfzig Jahre alt sei und nichts anderes könne, als einigermaßen glaubhaft eine Person namens Birger Rösling darzustellen. Doch eigentlich sei alles Theater. Und dann sei ihm plötzlich der Gedanke gekommen, dass ein Großteil seines Lebens bereits vorüber war. Bald würde alles vorbei sein, und er frage sich, was für ein Gefühl es sei, sterben zu müssen, ohne gelebt zu haben. Vielleicht sei es zum Handeln zu spät. Außerdem wisse er auch gar nicht, was er dagegen tun könnte. Er fühle sich einsam und verlassen in einer Welt, die immer härter und unerklärlicher würde.

Olle konnte in der wirren Klage des Mannes keine Spur von mürrischem Selbstmitleid, sondern nur einen schüchternen Hilferuf sehen. Es war peinlich und erschreckend zugleich. Erschreckend, weil er ihm in vielen Punkten Recht geben musste. War es nicht genau das, was ihn in all den Jahren in Atem gehalten und vom wirklichen Leben abgehalten hatte? Sein Bemühen, den Olle Linder zu spielen, den er selbst in sich sehen wollte? Und peinlich war es, weil ihm noch nie ein Mann so intime Details aus seinem Privatleben anvertraut hatte.

Er fühlte sich bedrängt und unbeholfen, weil er offenbar als eine Art Erlöser betrachtet wurde. Was zum Teufel sollte er sagen? Vielleicht: »Geh zu einem Psychiater, oder such dir eine passende Religion! Du hast schon Recht, Kumpel, die Welt ist hart und unbegreiflich, und leider ist der Zug für dich bereits abgefahren. Jetzt lass uns ein Bier trinken gehen.«

Aber das hatte er nicht gesagt. Stattdessen hatte er sich – zuerst zögerlich, dann immer eifriger – in pseudophilosophische Betrachtungen verstrickt, die eigentlich jeder Grundlage entbehrten. Nach dem zweiten Bier hatte er sich sogar über »höhere und sublimere Realitäten« ausgelassen, während ein anderer Teil von ihm im Stillen in Hohngelächter ausbrach. Am nächsten Tag verzog er bei der Erinnerung an den vorangegangenen Abend angewidert das Gesicht.

Doch der Fernsehhändler hatte in seinen wirren Darlegungen offenbar einen gewissen Trost gefunden, denn er pflegte unverdrossen ihre Bekanntschaft, die er schon bald als Freundschaft bezeichnete. Er nutzte jede Gelegenheit, um Olle einen Gefallen zu tun, und trotz dessen lahmer Einwände glückte es ihm, sich auf jede nur erdenkliche Weise nützlich zu machen.

Olle wurde auch zu ihm nach Hause eingeladen, in sein Haus in Söderkulla, wo er seine an klassischer Musik desinteressierte Frau sowie ihren Sohn kennen lernte.

Gunnel Rösling war eine recht hübsche, wenn auch ein wenig anstrengende Frau, die mit mädchenhaftem Lachen und schmachtenden Blicken über ihre verflossene Jugend hinwegzutäuschen versuchte. Sie hatte ein wirklich erstklassiges Abendessen zubereitet, und es bestand kein Zweifel, dass sie stolz auf ihr Zuhause war, das man durchaus als geschmackvoll bezeichnen konnte. Doch hatte sie etwas zu lebhaft über den Kopf ihres Mannes hinweg diskutiert, und Olle wäre fast das Rinderfilet im Hals stecken geblieben, als sie plötzlich unter der Tischdecke über seinen Oberschenkel strich. Er brachte das Essen irgendwie hinter sich und wusste kaum, was er geredet oder gegessen hatte, denn sie war sehr zielstrebig, und Birger zuliebe wollte er keine Szene machen. Zu seiner Erleichterung wurde der Kaffee an einem niedrigen Couchtisch mit Glasplatte serviert, der zumindest physische Annäherungen verhinderte. Doch der weitere Verlauf des Abends machte beklemmend deutlich, dass der Hausherr nicht nur unter ihrem Pantoffel stand. Auch sein Sohn betrachtete ihn offenbar längst als hoffnungslosen Fall.

Das Casa Mia war mit plaudernden Mittagsgästen bereits voll besetzt. Die betörenden Duftschwaden, die durch das Lokal zogen, setzten ein erwartungsvolles Ziehen in seinen leeren Eingeweiden in Gang. Birger und der heimgekehrte Halbbruder saßen an einem Tisch am Fenster. Sie erhoben sich, als sie ihn sahen. Der Halbbruder erwies sich als robuster Riese, der seinen Anzug gut ausfüllte, ohne dick zu wirken. Olles Virtuosenhand ergriff ängstlich die ihm entgegengestreckte Pranke, Marke *extra large*, doch wurde sie nur leicht gedrückt. Das offenherzige Lachen des Riesen gehörte zu einem großen, makellosen Gesicht, das von erstaunlicher Glätte war und von einer vollen, silbernen Haarpracht umgeben wurde. Die hellblauen Augen blickten so lammfromm, als könnten sie kein Wässerchen trüben. Max Rösling schien vor Gesundheit zu strotzen. Neben ihm wirkte Birger noch blasser und schmächtiger als sonst.

Nachdem sie sich vorgestellt hatten, übernahm Max mit der Autorität des großen Bruders die Initiative.

»Wie heißt das?«, fragte er und zeigte alles andere als diskret auf einen Nebentisch, an dem zwei Frauen etwas aßen, das wie Saltimbocca alla Romana aussah. Als der Kellner auf sein Winken nicht sofort reagierte, begann er mit den Fingern zu schnippen. Für einen Augenblick dachte Olle, er würde auch noch zu pfeifen beginnen. Birger machte ein gequältes Gesicht.

Doch als der Kellner schließlich an ihrem Tisch erschien, zeigte es sich, dass Max die Terminologie der italienischen Küche durchaus beherrschte. Er erkundigte sich ausführlich nach dem Kalbsfilet mit Parmaschinken und streute hin und wieder Ausdrücke in der melodiösen Muttersprache des Kellners ein. Während sie auf das Essen warteten, erhielten sie die Erklärung. Max hatte viele italienische Freunde *over there* gehabt. Die Firma, für die er gearbeitet hatte, war unter anderem auf italienische Sportwagen spezialisiert gewesen.

Dann wechselte Max plötzlich das Thema. Er legte seinem Bruder schützend den Arm um die Schultern und ging dazu über, ihr ergreifendes Wiedersehen sowie seine liebenswürdige Familie zu schildern, die ihn mit offenen Armen empfangen habe.

»Und nun will ich die Familienfinanzen etwas genauer unter die Lupe nehmen«, fügte er hinzu. »Birger hat in dieser Hinsicht ja nichts unternommen. Aber so ist das eben mit den Gutmütigen, die bestehen nicht auf ihrem Recht. Wie Sie sehen, bin ich der Ältere – zwischen uns liegen sechzehn Jahre.« Er schüttelte seinen Bruder wohlwollend an der Schulter, ehe er seinen Arm zurückzog. Und Birger, der gehörig durchgeschüttelt aussah, lächelte verlegen.

Als das Essen serviert wurde, entstand eine kurze Pause, doch sobald sich der Kellner entfernt hatte, nahm Olle den Gesprächsfaden wieder auf.

»Leider habe ich nur eine knappe Stunde Zeit, bis ich zu einer weiteren Verabredung muss«, sagte er entschuldigend und hoffte, sie würden ihr Anliegen rasch zur Sprache bringen.

»Dann kommen wir gleich zur Sache«, sagte Max und gab Birger einen leichten Knuff mit dem Ellbogen.

Birger räusperte sich. »Nun, wir benötigen ein paar Informationen in einer ... Erbangelegenheit.«

»Ja, so habe ich das gestern am Telefon auch verstanden«, sagte Olle aufmunternd.

»Max hat die Frage aufgeworfen, wie es eigentlich mit der Verteilung des Erbes aussieht. Wir würden gern wissen, welche Rechte wir haben.«

»Über die Rechte bin ich mir im Klaren«, warf Max ein. »Es geht darum, wie wir die Sache schnellstmöglich auf den Weg bringen können.«

»Bevor ich mich dazu äußern kann, brauche ich ein paar nähere Informationen über die Familienverhältnisse«, sagte Olle. »Da Sie beide Rösling heißen, nehme ich an, dass Sie denselben Vater haben.«

»Das stimmt«, sagte Birger, der damit beschäftigt war, sein Fleisch zu schneiden. »Er war zweimal verheiratet.«

Max fügte unnötigerweise hinzu: »Ich stamme aus der ersten Ehe, Birger aus der zweiten.«

»Was ist mit Leif? Stammt er auch aus der zweiten Ehe?«

Max blickte erstaunt auf. »Kennen Sie Leif?«

»Hat Birger das nicht erzählt? Meine Frau und ich hatten in den letzten drei Jahren ein Sommerhaus auf Röshult gemietet.«

Birger beeilte sich, von dem seltsamen Anlass zu berichten, der Olle und ihn zusammengeführt hatte, und Max, der womöglich verborgene Loyalitäten gegenüber den Leuten auf Röshult witterte, äußerte in misstrauischem Ton: »Was für ein Zufall. Dann kennen Sie sicher auch Gertrud.«

»Nun ja, irgendjemanden von ihnen zu kennen wäre zu viel gesagt«, entgegnete Olle. »Das Sommerhaus liegt ja ungefähr drei Kilometer vom Hof entfernt, also sind wir uns nur selten über den Weg gelaufen.«

Doch Max ließ nicht locker. »Was aber halten Sie nun von Gertrud?«

Wäre Olle ehrlich gewesen, hätte er gesagt, dass er verdammt wenig von ihr hielt. Da sie aber Birgers Mutter war, ließ er Vorsicht walten. »Eine aufgeweckte und gesprächige Frau, soweit ich das beurteilen kann.«

Birger fühlte sich zu weiteren Erklärungen veranlasst. »Das Verhältnis zwischen Max und meiner Mutter ist ziemlich angespannt«, sagte er. Mit einem raschen Seitenblick auf seinen Bruder fügte er hinzu: »Äh, das Verhältnis zu Leif ja wohl ebenfalls ...«

»Das kann man wohl sagen!«, schnaubte Max. »Die würden mir am liebsten den Hals durchschneiden.«

Olle fand ihn erfrischend, wenn auch widersprüchlich. Er konnte sich nicht entscheiden, ob der Kerl gerissen oder naiv war. Vielleicht beides. Einerseits hatte er etwas Ungekünsteltes und Kindliches an sich, andererseits wirkte er für einen Schweden außergewöhnlich hartgesotten.

»Gibt es noch weitere Geschwister, die aus den beiden Ehen hervorgegangen sind?«, fragte er.

»Nein, das Erbe müssen sich nur wir drei Brüder teilen – mit Gertrud«, sagte Max.

»Dann ist Ihre Mutter also gestorben, als Sie ein Teenager waren«, vermutete Olle. »Oder hat es eine Scheidung gegeben?«

Max ließ seinen Blick über die Gästeschar schweifen. Scheppernd ließ er das Besteck auf den Teller fallen und legte die Hände auf den Tisch.

»Nein, eine Scheidung hat es nicht gegeben«, kam es zögerlich. »Es heißt, sie sei gestorben ... aber nicht auf normale Weise.«

»Nicht?«

Olle blickte verstohlen zu Birger, um einen Wink zu bekommen, doch dessen Gesichtsausdruck war unergründlich.

»Im Frühjahr 1940 ist sie verschwunden«, sagte Max. »Es gab Suchmeldungen im Radio. Es hieß damals, ihre Nerven wären nicht in Ordnung. Aber sie war nicht merkwürdiger als viele andere auch.«

»Was heißt das – verschwunden? Ist sie denn nie wieder aufgetaucht?«

Max schlug die Augen nieder und nestelte am Besteck. »Nein, sie wurde nie gefunden«, sagte er und ließ die unterschwellige Andeutung in der Luft hängen.

»Ich verstehe …«, sagte Olle, obwohl ihm die Sache weiterhin ein Rätsel war. »Und Ihr Vater hat später wieder geheiratet?«

»Er musste elf Jahre warten, bis sie für tot erklärt wurde. Obwohl Leif und Birger da schon beide auf der Welt waren.« Max stieß ein spöttisches Lachen aus. »Leif war schon auf dem Weg, bevor meine Mutter verschwand.«

»Und das Erbe Ihrer Mutter wurde nie aufgeteilt, nachdem sie für tot erklärt worden war?«

Max schüttelte energisch den Kopf. »Nein, ich weiß genau, dass davon niemals die Rede war.«

»Wann ist Ihr Vater gestorben?«

»1952. Er starb durch einen Arbeitsunfall im Wald.«

»Und auch sein Erbe wurde nicht aufgeteilt?«

»Nein. Als er starb, war ich bereits drauf und dran, nach Amerika zu gehen, und andere Vermögenswerte als den Hof gab es nicht. Einen Verkauf konnte ich nicht erzwingen. Es war schließlich ihr Zuhause, und Birger war ja erst acht Jahre alt, also ließ ich die Sache fürs Erste auf sich beruhen …«

»Das heißt also, Sie haben sich damals damit einverstanden erklärt, dass der Nachlass nicht aufgeteilt wird?«

»Heißt es das? Ich wollte doch schließlich nicht für alle Zeiten auf mein Erbe verzichten.«

»Richtig«, sagte Olle. »Dass der Nachlass nie aufgeteilt wurde, ist sogar die Voraussetzung dafür, dass Sie heute Ihre Ansprüche geltend machen können.«

Max war ganz Feuer und Flamme. So sehr, dass er fast seine Ellbogen auf den Teller gestemmt hätte, als er sich über den Tisch beugte und Olle gespannt ansah. »Es spielt also keine Rolle, dass die Sache so lange her ist?«

»Nicht, wenn es sich so verhält, wie Sie mir gesagt haben.«

Birger bekam einen weiteren Stoß in die Rippen. »Da siehst du's!«, sagte Max.

Birger schien die Möglichkeit, Geld aus dem Familienhof zu schlagen, nicht aus der Reserve zu locken. Olle hatte ihn sogar im Verdacht, dass er lieber auf alles verzichten wollte.

»Sie haben versucht mir einzureden, dass bei einer Aufteilung des Erbes die damaligen Werte herangezogen werden«, sagte Max. »Aber entscheidend ist doch wohl, was der Hof heute wert ist.«

»Selbstverständlich«, bestätigte Olle.

»Hab ich also richtig vermutet!« Max' Augen funkelten. »Wie hoch ist der Anteil, der mir zusteht?«

»Der dürfte erheblich sein. Als Alleinerbe Ihrer Mutter steht ihnen der halbe Hof zu. Über die weiteren Ansprüche kann ich Ihnen auf die Schnelle keine verlässliche Auskunft geben. Am besten, Sie wenden sich an das Amtsgericht. Dort beantragen Sie, dass Ihnen ein Nachlassverwalter zur Seite gestellt wird. Eine einvernehmliche Einigung scheint in Ihrem Fall wohl nicht möglich zu sein.«

»Die würden nie etwas freiwillig hergeben«, sagte Max.

Olle sah Birger an. »Was sagst du dazu?«

»Vermutlich hat Max Recht«, sagte er ohne Nachdruck.

Max rieb sich die Hände. »Wie lange wird die ganze Angelegenheit in Anspruch nehmen?«

»Schwer zu sagen. Das hängt davon ab, wie schnell man sich auf die Details einigen kann.«

»Details?«

Olle sah erschrocken auf die Uhr und spürte, wie jede weitere Minute ihn mehr unter Druck setzte.

»Was die Berechnungsgrundlage angeht, gibt es doch immer Streitereien«, murmelte er und schob den Teller von sich fort. »Leider muss ich jetzt gehen. Falls es noch offene Fragen gibt, sollten wir die am Telefon besprechen. Birger weiß, wo er mich erreichen kann.«

Olle stand auf, schüttelte erneut Max' Riesenpranke und gab Birger einen freundschaftlichen Klaps auf die Schulter, ehe er rasch zwischen den Tischen verschwand.

Während er im üblichen Eiltempo den Weg Richtung Stortorget und sein Büro einschlug, wo er bereits von einigen traurigen alten Männern erwartet wurde, fragte er sich, ob er Birger wirklich einen Gefallen getan hatte. Was Max betraf, herrschte in dieser Hinsicht kein Zweifel. Aber er dachte an den Ausdruck in Birgers Augen. Dieser ausweichende Blick hinter den Brillengläsern. Die Frage war, ob nicht sogar eine gewisse Angst in ihm gelegen hatte.

6 MONTAG, 5. MAI

Kajsa legte den Telefonhörer so behutsam auf, als sei er aus zerbrechlichem Glas, und ließ sich wieder in die Kissen sinken. Mit geschlossenen Augen und pochenden Schläfen versuchte sie ein wenig nachzudenken. Das war nicht ganz einfach, denn ihr machte eine akute Erkältung zu schaffen. Dennoch begriff sie nach und nach, wovon ihr Gespräch gehandelt hatte, und konnte unmöglich noch länger im Bett liegen bleiben. Sie warf die Decke zur Seite und machte ein paar wacklige Schritte.

Zuerst musste sie den Kopfschmerz loswerden, danach würde sie weitersehen. Sie stakste in die Küche und spülte ein paar Tabletten hinunter. Dann stellte sie sich ans Fenster, hielt ihre heiße Stirn gegen die kühle Scheibe und schaute auf den asphaltierten, feucht glänzenden Hof.

Der Himmel lastete nicht mehr so drohend über der Stadt. Nachdem es tagelang wie aus Eimern geschüttet hatte, waren die Regenwolken weitergezogen. Anstelle des monotonen Prasselns war eine wohltuende Stille getreten.

Ihr starrer Blick fiel zufällig auf ein paar kleine Kinder, die mit beiden Füßen gleichzeitig in die Pfützen sprangen. Doch in Gedanken befand sie sich mindestens dreißig Kilometer entfernt, und was sie vor ihrem geistigen Auge sah, war ein viereckiger, sonnenbeschienener Hof mit abgewetztem Kopfsteinpflaster, zwischen dessen Steinen Moos und junges, helles Gras wuchsen. Der Hof war von alten, niedrigen, einst rostroten Wirtschaftsgebäuden umgeben, die im Lauf der Jahre einen hellroten, seidigen Glanz angenommen hatten. Nirgends fanden sich gerade Linien oder rechte Winkel, alles war ein wenig schief und zusammengesunken. Türen und Fenster wirkten verschoben, als hätten die Gebäude mit der Zeit eine bequeme und entspannte Stellung angenommen. Um die kleinen Sprossenfenster herum wuchsen blauer Rittersporn, rosa Pfingstrosen und weiße Margeriten. An der Wand des Wohnhauses, die nach Süden zeigte, standen eine Holzbank sowie ein Gartentisch. Nur das träge Summen von Hummeln und Bienen war zu hören. Die Haustür zum Wohnhaus stand offen und ermöglichte einen Blick in das warme Dunkel – man konnte gelbliches Kiefernparkett erahnen, farbige Wände, ein Büfett, eine alte Brauttruhe ...

Unter einem breiten Torbogen auf der gegenüberliegenden Seite des Hofplatzes ging das Kopfsteinpflaster in eine grasbewachsene, von robusten Ahornbäumen gesäumte Einfahrt über, die von tiefen Reifenspuren gezeichnet war. Hinter dem Torbogen lag eine fruchtbare, grüne Welt, und in weiter Entfernung sah sie den blauen Himmel über dem Wald ...

Es war nur eine Vision, die Illustration einer Hoffnung, die sie nie aufgegeben hatte. Das Konzentrat ihrer Vorstellungen von einem sinnvollen Leben. Unrealistisch – vielleicht. Durch äußere Veränderungen löste man keine Probleme. Doch sie hatte diese diffuse Sehnsucht so lange genährt, und jetzt bot sich vielleicht eine Gelegenheit, sie zu verwirklichen. Allerdings wusste sie, dass noch mächtige Hindernisse aus dem Weg geräumt werden mussten.

Eben noch hatte sie verschnupft im Bett gelegen und keine großen Hoffnungen mehr in das Leben gesetzt. Da sie von Natur aus ehrgeizig war, hatte sie bereits bei den ersten Anzeichen einer herannahenden Erkältung verschiedene Ratgeber von der Arbeit mit nach Hause genommen. Daher stapelten sich auf ihrem Nachttisch Bücher wie: *Nett sein reicht nicht*, *Die Wut der Frauen*, *Das Exfrau-Syndrom* oder *Finde deine innere Ruhe*. Doch schon die Inhaltsverzeichnisse hatten ihr sämtliche Kraft geraubt, sodass sie allenfalls in der Lage war, die Botschaften ihrer Lifestyle-Zeitschriften zur Kenntnis zu nehmen. Die meiste Zeit döste sie vor sich hin, um hin und wieder mit dröhnendem Kopfschmerz aufzuwachen und daran erinnert zu werden, dass ihr Leben in Trümmern lag. Sie schwankte zwischen gerechtem Zorn und unbarmherziger Selbstbefragung; beides endete in einer Flut von Tränen.

Zwei Tage stand sie auf diese Weise durch. Dann hatte das Telefon geklingelt.

Jetzt ging sie ins Schlafzimmer zurück und begann die Vorwahl von Malmö zu wählen. Doch sie überlegte es sich anders und legte auf. Es war keine gute Idee, Olle jetzt anzurufen. Er würde ja doch nur abwiegeln. Zuerst musste sie ihre Argumentation vervollkommnen. Vielleicht den Rat eines guten Freundes einholen. Sie schwankte zwischen zwei Personen. Katharina würde ihr zweifellos all die Aufmerksamkeit und Unterstützung widmen, die sie brauchte, aber sie war bei der Arbeit und sollte nicht gestört werden. Auch Petrus war bei der Arbeit, doch ihn durfte sie stören. Darum war er in diesem Moment der Geeignetere.

Er war sofort am Apparat und die Fürsorglichkeit selbst, sobald er ihre belegte Stimme hörte. Fragte, wie es ihr gehe. Ob er etwas für sie tun könne. Kajsa beschönigte die Wirklichkeit: Es ginge ihr bereits viel besser, und sie sei schon wieder auf den Beinen. Ob er sehr viel zu tun hätte? Sie brauche seinen Rat in einer gewissen Angelegenheit. Ob er auch wirklich Zeit hätte? Die Frage sei nun wirklich überflüssig, meinte er. Habe er nicht stets Zeit für sie gehabt? Und da sie mit keiner anderen Antwort gerechnet hatte, kam sie sofort zur Sache.

»Ich habe heute ein merkwürdiges Angebot bekommen«, begann sie. »Leif Rösling hat mich vorhin angerufen und gefragt, ob Olle und ich Interesse hätten, den alten Hof auf Röshult zu kaufen. Die Kate soll mit dazugehören.«

Für ein paar Sekunden blieb es stumm in der Leitung, dann kam die überraschende Entgegnung: »Ich hoffe, ihr nehmt das Angebot nicht an.«

»Warum?«

»Das kann doch kein gutes Geschäft sein!« Er klang erregt, was sie verwunderte.

»Warum nicht?«, wiederholte sie.

»Weil das eine alte Bruchbude ist. Soviel ich weiß, ist für den Erhalt des Hofs seit vierzig Jahren kein Finger krumm gemacht worden. Wie viel wollte er denn haben?«

»Es gehören doch einige Felder dazu, und die Kate haben sie uns, wie gesagt, gleich mit angeboten. Er wollte dreihundertfünfzigtausend.«

»Ich kann euch nur abraten. Die wollen euch übers Ohr hauen.«

»Jetzt übertreibst du aber.« Es fiel ihr schwer, ihre Enttäuschung zu verbergen. »Wie kannst du behaupten, dass der Preis viel zu hoch ist, wenn allein die Felder ...«

»Ich rate ab!« Seine Stimme klang mit einem Mal so brüsk, als sei er persönlich angegriffen worden.

Sie war irritiert. »Es geht doch nicht allein um den objektiven Wert, Petrus. Ich liebe diesen alten Hof. Du weißt, dass ich schon so oft dort war und ihn mir angesehen habe. Natürlich sind die Gebäude etwas heruntergekommen, wie sollte es anders sein. Doch für ihr Alter sind sie noch erstaunlich gut in Schuss.«

»Warum will er plötzlich verkaufen?«

»Keine Ahnung. Letzten Sommer habe ich ihn aus Spaß mal darauf angesprochen, um zu sehen, wie er reagiert. Aber da wollte er nichts davon wissen. Ich weiß nicht, warum er seine Meinung geändert hat, aber die Versuchung ist schon sehr groß – ach was, ich bin Feuer und Flamme, also versuch ja nicht, mich zurück auf den Boden der Tatsachen zu holen.«

»Als dein Freund muss ich dich warnen.«

Sie biss sich auf die Lippe. Was für ein Ton! Der war ja noch schlimmer als der von Olle. »Wovor?«, fragte sie.

»Vor einem miserablen Geschäft.«

»Ist ja gut, ich habe deine Meinung gehört.«

»Die wolltest du doch schließlich haben.«

»Ich hatte vielleicht gehofft, dass sie etwas differenzierter ausfällt.«

»Was sagt Olle dazu?«

»Der weiß noch nichts davon. Wir haben nicht miteinander gesprochen, seit … du und ich … Er glaubt immer noch, dass ich die Scheidung will.«

»Und das willst du nicht?«

»Nein, das habe ich doch gesagt.«

»Ich verstehe.«

Das Zittern in seiner Stimme zeugte von schmerzhaft begrabenen Hoffnungen. Sie stieß einen unterdrückten Seufzer aus. Sie bereute, dass sie überhaupt angerufen hatte. Doch am besten, sie brachte es jetzt sofort hinter sich.

»Wir haben doch ausführlich über all diese Dinge geredet. Ich dachte, du hättest das verstanden. Ich liebe diesen Kerl einfach.«

Petrus schwieg.

»Das mag sich für dich albern anhören, aber ich betrachte dieses Angebot als Wink des Schicksals – als Möglichkeit für Olle und mich, noch mal von vorn anzufangen. Und wenn er mich wirklich haben will, dann wird er den Wink verstehen. Wenn nicht, dann kann er zur Hölle fahren.«

Die Stille in der Leitung war bedrückend.

»Ich dachte, wir hätten uns darauf geeinigt, einfach wieder gute Freunde zu sein, so wie früher«, sagte sie flehentlich. »Du bist doch mein bester Freund.«

»Habe ich eine Wahl, wenn ich den Kontakt zu dir halten will?«

Nein, das hast du nicht, dachte sie, sagte jedoch: »Wenn wir davon absehen, dass es dir am liebsten wäre, ich würde Olle aufgeben, wozu ich absolut nicht bereit bin, dann wäre ich für dein unvoreingenommenes Urteil als Geschäftsmann sehr dankbar. Könntest du mich nicht irgendwann nach Röshult begleiten? Ich würde gern wissen, wie du den Wert des Hofes beurteilst und inwiefern man ihn wieder auf Vordermann bringen könnte, ohne dass es ein Vermögen kostet. Ich weiß, dass er nicht so verfallen ist, wie du glaubst.«

»Du weiß gar nicht, um was du mich da bittest«, sagte er.

»Schon möglich, aber du könntest doch einfach mit Ja oder Nein antworten.«

»Dass ich dir von dem Kauf abrate, hat nicht nur mit meiner Eifersucht zu tun.«

»Nicht?«

»Ich habe ein ungutes Gefühl, was diesen Hof angeht. Außerdem würde ich meinem ärgsten Feind davon abraten, mit Leif Rösling Geschäfte zu machen.«

Ihr Zorn wuchs. »Was soll das heißen, ungutes Gefühl? Willst du mir etwa Angst machen? Ich hasse solche vagen Andeutungen.«

»Entschuldige, wenn ich mich ungeschickt ausgedrückt habe. Ich traue diesem Kerl einfach nicht über den Weg, was mit Dingen zu tun, die schon weit zurückliegen. Das ist alles.«

»Ich wusste gar nicht, dass ihr euch näher kennt. Willst du mir davon erzählen?«

»Da gibt es nicht viel zu erzählen, und so gut kennen wir uns nun auch wieder nicht. Er hat mich bestimmt längst vergessen.«

»Was hat er denn getan?«

»Nichts Bestimmtes. Mit gewissen Menschen kann man eben nichts anfangen. Vergiss das Ganze. Und ich schau mir gern mit dir zusammen den Hof an. Hast du schon einen Termin im Kopf?«

»Ich dachte, irgendwann in den nächsten Tagen, aber zuerst muss ich mit Olle reden. Vielleicht könnten wir ja zu dritt dorthin fahren.«

»Zu dritt?« Er klang schockiert.

»Bleib ganz ruhig«, sagte sie. »Er wird das sicher verstehen – unter den gegebenen Umständen ist die Sache doch verzeihlich, oder?«

»Ja, vielleicht«, sagte er ohne Überzeugung.

Sie beendeten ihr Gespräch, und ohne groß nachzudenken, wählte sie rasch die Nummer von Olles Büro. Während sie darauf wartete, dass die Verbindung zustande kam, biss sie an ihren Nägeln. Seiner Stimme nach zu urteilen, schien er glänzender Laune zu sein. Erst als er begriff, wer am anderen Ende der Leitung war, verlor sie ihren optimistischen Klang. Mit bangem Herzen spürte sie, wie er sich hinter seinem üblichen Verteidigungswall verschanzte.

»Hast du heute Abend schon was vor?«, fragte sie.

»Nein, warum?«

»Ich dachte, ich komm einfach bei dir vorbei.«

»Heute Abend?« Sein erschrockener Tonfall war nicht gerade schmeichelhaft.

»Es gibt ein paar Dinge, über die ich mit dir reden möchte.«

»Haben wir nicht schon genug diskutiert?«

»Ach, diskutieren will ich gar nicht«, sagte sie. »Es geht um ganz andere Dinge. Kann ich dich um fünf von der Arbeit abholen?«

»Joakim hat gesagt, du wärst erkältet. Geht's dir besser?«

»Viel besser.«

»Ach ... kommt Joakim auch mit?«

An Joakim hatte sie in der Eile gar nicht gedacht. »Nein ... äh ... ich glaube nicht. Er hat bei Fredrik übernachtet, weil ich krank war. Das will er nächste Nacht bestimmt auch noch.«

»Worum geht's denn eigentlich?«

»Darüber will ich nicht am Telefon sprechen.«

»Vielleicht gibst du mir einen kleinen Wink?«

»Nein, du musst dich schon gedulden«, sagte sie. »Wir sehen uns in ein paar Stunden.«

Sie ging ins Badezimmer und ließ sich ein heißes Bad ein. Ein Blick in den Spiegel verriet, dass ihre Augen unschön geschwollen waren. Ihre Nase war wund und das Haar völlig zerzaust. Dennoch gestattete sie sich ein optimistisches Lächeln. Vielleicht war sie im Moment nicht ganz auf der Höhe, doch in ihre Augen war Leben zurückgekehrt, und angesichts der Tatsache, dass sie noch vor einer Stunde wie ein nasser Sack im Bett gelegen hatte, stand es gar nicht so schlecht um sie.

Als sie wenige Stunden später in ihrem alten Volvo Amazon auf der E 22 in Richtung Malmö unterwegs war, hatten ihre Bedenken wieder die Oberhand gewonnen.

So sauste sie also mit mulmigem Gefühl ihrem gekränkten Ehemann entgegen, um im Handumdrehen alles ins Reine zu bringen und schon mit dem nächsten Atemzug die revolutionären Pläne für ihr gemeinsames Leben vor ihm auszubreiten. Dass sie ihr Mahl mit einem peinlichen Geständnis würzen musste, machte die Sache weiß Gott nicht einfacher. Die Hindernisse schienen ihr plötzlich unüberwindlich. Sie war ihm zweifellos einige Erklärungen schuldig. Doch manches ließ sich nicht so einfach erklären. Als hätten sie nicht schon genug Probleme gehabt, hatte sie ihrer Beziehung ein weiteres namens Petrus hinzugefügt, der sich in Windeseile von einem Freund der Familie zu … ja, eben zu einem echten Problem entwickelt hatte.

Wenn er keine Vernunft annahm, musste sie entsprechende Konsequenzen ziehen, und das wollte sie nicht. Sie wollte den alten Petrus zurückhaben. Ihren Vertrauten, dem sie alles sagen konnte, zumindest fast alles. Der ihr stets seine ungeteilte Aufmerksamkeit geschenkt hatte und mit klugen Einsichten zu ihrem komplizierten Leben zur Stelle war. Aber so ging es eben, wenn man seinen spontanen Impulsen nachgab. Sie hätte das wissen müssen, da sie in dieser Hinsicht über bittere Erfahrungen verfügte. Ihr Fehler war, dass sie sich so leicht von der Stimmung des Augenblicks hinreißen ließ und sich auch in den schwierigsten Situationen immer noch einbildete, alles unter Kontrolle zu haben.

Jener Abend vor zwei Wochen war für solch einen Irrtum wie geschaffen gewesen. Olle und sie hatten gerade ihre große Abrechnung gehabt und sich gezielt Wahrheiten an den Kopf geworfen, ehe er nach Malmö verschwunden war, um seine Wunden zu lecken. Joakim war glücklicherweise bei seiner Großmutter gewesen, und so konnte sie sich ungehemmt ihrer abgrundtiefen Verzweiflung hingeben.

In diesen Situationen war Petrus eine unschätzbare Hilfe gewesen. Er brauchte nur ihre erregte Stimme am Telefon zu hören – schon ließ er alles stehen und liegen, um ihr seine Schulter und sein stets offenes Ohr anzubieten.

Um sie auf andere Gedanken zu bringen, hatten sie sich an jenem Tag einige viel diskutierte Kunstinstallationen unter freiem Himmel angesehen. Es war ihre Idee gewesen, doch sie war nicht unbedingt von Erfolg gekrönt. Bei schneidendem Wind waren sie zwischen den befremdlichen Objekten herumgelaufen, während sich Petrus tapfer ihre Klagen anhörte. Danach waren sie zurück in die Stadt gefahren und hatten ein neu eröffnetes griechisches Restaurant besucht, in dem er viele kluge Dinge gesagt, vor allem jedoch weiterhin zugehört hatte. Nach einem langen, windigen Spaziergang am Kanal entlang gingen sie zu ihm nach Hause, um sich mit einem Whisky zu stärken. Neues Material hatte sie zwar nicht mehr zu bieten, doch sein Verständnis, seine Sympathie und nicht zuletzt der Whisky hatten sie bis in die Seele hinein gewärmt.

Arglos bettete sie ihre verfrorenen Füße in seinen Schoß, nachdem er ihr ritterlich eine wärmende Massage angeboten hatte. Und in diesem Augenblick nahezu heimtückischer Klarsicht sah sie ein, dass ihre lange Freundschaft an einem entscheidenden Punkt angelangt war. Besser gesagt: Ein Kreis hatte sich geschlossen. Denn in grauer Vorzeit, lange bevor sie Olle kennen gelernt hatte, war sie heimlich vernarrt gewesen in diesen älteren Mann, der später ihr Freund wurde.

Vielleicht lag es an der Bach-Fuge, die aus den Lautsprechern seiner Stereoanlage drang, oder an den beruhigenden, warmen Händen, die so willig ihre Füße kneteten und bei ihr ein wohliges Gefühl der Entspannung auslösten, das sich auch auf andere Körperteile übertrug. Jedenfalls hatte sie alle Bedenken über Bord geworfen.

Wie abzusehen, ging die Fußmassage mehr und mehr in heißblütige, forschende und zunehmend forderndere Zärtlichkeiten über, die sie willig erwiderte. Und wie ebenfalls abzusehen war, hatten sie bald damit begonnen, sich gegenseitig die Kleider vom Leib zu reißen. Als sie wankend und keuchend vom unbequemen Sofa auf den weichen Flokati übersiedelten, war ihr zwar der Gedanke an die spätere Reue gekommen, aber es war ein kraftloser Gedanke gewesen – und danach hatte sie ganz einfach aufgehört zu denken.

Später hatte Petrus sie auf die Stirn geküsst und in ein Taxi gesetzt, doch zu diesem Zeitpunkt hatten sie sich, von kurzen Erfrischungspausen abgesehen, schon eine geraume Zeit auf seinem Teppich getummelt.

Sie konnte nun wirklich nicht behaupten, verführt worden zu sein. Blieb eher die Frage, ob sie nicht bereits beschlossen hatte, sich an ihn heranzumachen, während sie zwischen den schrecklichen Installationen herumgeirrt waren. Eigentlich hatte sie ihm keine Chance gelassen.

Am nächsten Morgen war sie mit einem fürchterlichen Kater aufgewacht – in jeder Hinsicht. Herrgott, was hatte sie nur getan? Wie hatte sie Olle nur betrügen können? War sie so tief gesunken? Und was würde sich Petrus nach den Ausschweifungen der vergangenen Nacht bloß einbilden?

Natürlich war sie immer noch wütend auf ihren abtrünnigen Ehemann. Außerdem war sie es, die die Scheidung verlangt hatte. Doch jetzt war sie zu weit gegangen. Der bloße Gedanke, dass sie etwas getan hatte, das ihre stürmische Ehe gefährden konnte, machte ihr Angst.

Von bösen Ahnungen erfüllt, rief sie Petrus an, um die Vorfälle der letzten Nacht bestätigt zu bekommen. Er klang furchtbar verliebt und schien drauf und dran zu sein, ihren baldigen Einzug in sein großes Haus zu planen. Da hatte sie den Kopf verloren und sich in ein Taxi geworfen, um ihn bei Tageslicht zur Räson zu bringen. Vielleicht war es hoffnungslos naiv zu glauben, die Ereignisse der Nacht ungeschehen machen zu können, indem man sie nüchtern analysierte. Und natürlich hatte sie die Kräfte unterschätzt, die sie in Bewegung gesetzt hatte. Ihr kläglicher Versuch, die Sache richtig zu stellen, hielt seiner neu entfachten Leidenschaft nicht stand. Kaum war sie zur Tür hereingekommen, als sie schon wieder auf dem Flokati lagen.

Die Erinnerung jagte ihr heiße Schauer durch den Körper und löste akute Schuldgefühle aus, wenn sie daran dachte, zu wem sie gerade unterwegs war.

Auch konnte sie nicht behaupten, über Petrus' Gefühle im Unklaren gewesen zu sein. Seit Jahren war er heimlich in sie verliebt gewesen. Als wäre es die selbstverständlichste Sache der Welt, hatte sie sich an seiner aussichtslosen Anbetung gewärmt. Und nun hatte sie aus bloßer Unachtsamkeit die Schleusen geöffnet und eine Leidenschaft entfesselt, die sie nicht zügeln konnte.

Jedenfalls hatte sie ihre Lehren aus dem zweiten Besuch gezogen und vermied eine weitere Wiederholung. Es half ihr, dass Joakim nach Hause gekommen war. Der Umgang mit Petrus beschränkte sich auf nächtliche Telefongespräche im Flüsterton, in denen sie versuchte, ihre Position durch vernünftiges Argumentieren zu verteidigen, wofür er nicht viel übrig hatte.

Olle glänzte durch Abwesenheit und weigerte sich hartnäckig, den ersten Schritt zur Versöhnung zu machen. Wenn er anrief, tat er es nur, um mit Joakim zu sprechen. Sie selbst war genauso starrköpfig, obwohl sie heimlich weinte vor Angst, ihn zu verlieren.

Doch dann hatte Leif Rösling angerufen und war ihr wie ein Sendbote des Schicksals erschienen. In ihrem tiefen Elend glaubte sie, den richtigen Weg zu erkennen. Einen vielversprechenden Weg zumindest, doch ob Olle diese Ansicht teilte, war äußerst zweifelhaft. Es würde ein hartes Stück Arbeit werden, ihn davon zu überzeugen, und sie war nicht gerade in Topform. Doch einen Versuch war es wert. Sie musste es probieren.

Mit aufkeimendem Optimismus setzte sie den eingeschlagenen Weg fort.

7 AM SELBEN NACHMITTAG

Sie parkte in der Kastellgata, wo Olle eine Zweizimmerwohnung gemietet hatte. Von dort aus machte sie einen raschen Spaziergang zu seinem Büro am Stortorget.

»Du solltest im Bett liegen«, waren seine ersten Worte, als er sie sah.

»Sehe ich so schlimm aus?«, fragte sie und schnäuzte sich vorsichtig.

»Nein, aber ziemlich erkältet«, erwiderte er. »Wie hast du dir den Abend vorgestellt? Wollen wir essen gehen? Oder zu mir nach Hause?«

Er schien beide Alternativen nicht sehr verlockend zu finden.

»Ich weiß nicht …«

»Wie wär's, wenn wir uns den Fischauflauf teilen, den ich noch im Gefrierfach habe. Ich kann ihn uns in der Mikrowelle warm machen. Das hatte ich eigentlich als Abendessen geplant.«

Sie rümpfte unwillkürlich ihre Stupsnase. Tiefgekühlter Fischauflauf, in der Mikrowelle erwärmt, war nicht gerade das, was sie sich unter einem leckeren Abendessen vorstellte. Andererseits waren öffentliche Lokale für das Geständnis, das sie ablegen wollte, nicht sonderlich geeignet.

»Wir gehen zu dir«, entschied sie. »Mein Auto steht auch schon da.« Versuchsweise hakte sie sich bei ihm ein, und als er sich nicht wehrte, drückte sie versöhnlich seinen Arm, als sie sich auf den Weg machten.

Auf ihren Vorschlag hin deckte er den Couchtisch, damit sie nicht in der Küche sitzen mussten, in der sich das Geschirr türmte. Doch im Wohnzimmer sah es nicht viel besser aus. Verstohlen betrachtete sie die staubigen Möbel, Zeitungsstapel, Papierberge sowie die schmutzige Wäsche, die überall herumlag. Doch sie verkniff sich einen Kommentar.

»Wenn ich gewusst hätte, dass du kommst, hätte ich natürlich sauber gemacht.«

»Ach, das macht doch nichts.«

Er sammelte einige Hemden ein und beförderte mit dem Fuß ein paar schmutzige Socken unter das Sofa. Dann machte er sich über den Fischauflauf her. Ohne den geringsten Appetit stocherte sie in ihrer Portion und hätte sich am liebsten auf seinem Sofa unter eine warme Decke gelegt. Doch noch wollte sie keine Schwäche zu erkennen geben. Nachdem sie aufgegessen hatte, bereitete sie sich mit etwas Nasenspray und einer Kopfschmerztablette auf den bevorstehenden Schlagabtausch vor, der ihr unausweichlich schien.

Es hatte ihr noch nie gelegen, die Dinge zu beschönigen oder lange um den heißen Brei herumzureden, also erklärte sie mit der Impulsivität, die sicher auch Olle von ihr erwartete: »Ich will keine Scheidung.«

Er wirkte weder erleichtert noch enttäuscht. Nicht einmal verwundert. Schweigend stocherte er mit einem abgebrochenen Zahnstocher zwischen seinen Zähnen, während er sie forschend anblickte.

Sie fand es an der Zeit, ihre Sünden zu bekennen, denn damit wollte sie natürlich anfangen. Doch angesichts seiner undurchdringlichen Miene verließ sie der Mut, also wählte sie ein Ausweichmanöver.

»Ich habe über alles gründlich nachgedacht«, sagte sie, »und ich bin zu der Erkenntnis gelangt … dass wir viel zu viel reden.«

Keine Antwort.

»Wir theoretisieren die ganze Zeit«, fuhr sie fort, »und verlieren uns selbst dabei. Was wir brauchen, ist mehr Natürlichkeit. Und mehr gegenseitige Rücksichtnahme auf unsere wirklichen Bedürfnisse.«

Um ihre Unsicherheit zu verbergen, schnäuzte sie sich ausgiebig.

»Ich glaube wirklich, dass wir unsere Probleme lösen könnten, wenn wir ein gemeinsames Ziel hätten – ein Lebensprojekt.«

Sie hatte am falschen Ende angefangen. Diese Dinge hatte sie erst später zur Sprache bringen wollen. Und in Anbetracht der Tatsache, dass sie eigentlich über Petrus reden wollte, war dies eine umständliche Einleitung, doch ihr Gegenüber sah so irritierend unbeteiligt aus.

»Wir müssen uns unseren wirklichen Problemen stellen«, fuhr sie unbeirrt fort. »Und das tun wir nicht, wenn wir uns in unendliche Diskussionen verstricken. Außerdem habe ich eingesehen, dass es ziemlich sinnlos und feige ist, ständig voreinander wegzulaufen. Ich will dich doch haben … Frag mich nicht, warum.« Sie stieß ein zaghaftes Lachen aus. »Jedenfalls bin ich bereit, gewisse Probleme in Kauf zu nehmen.«

An sich kein schlechter Vortrag. Es ließe sich allenfalls einwenden, dass sie dem Kernpunkt nicht näher gekommen war.

Sie hörte sich selbst mit empfindsamer Stimme fortfahren: »Ich hatte so schreckliche Sehnsucht nach dir.«

Da stand er auf, ging rasch um den Tisch herum und ließ sich neben sie auf das Sofa fallen.

»Ich auch«, brummte er und legte ihr den Arm um die Schultern. Mit der anderen Hand strich er ihr über die Haare. Sie seufzte selig und schmiegte ihre Stirn an seinen Hals.

»Da gibt es etwas … eine Sache … über die ich zuerst mit dir reden muss. Und danach will ich dir einen Vorschlag machen«, sagte sie matt.

Er brachte sie mit einem fischduftenden Kuss zum Schweigen, während seine Hand auf ihre Brust glitt.

»Ich habe auch einen Vorschlag«, murmelte er. »Wir gehen jetzt ins Schlafzimmer.«

»Jetzt? Aber wir müssen reden!«

»Du hast doch selbst gesagt, dass wir viel zu viel reden. Wir sollten an unsere wirklichen Bedürfnisse denken … ganz natürlich sein … Komm jetzt.«

Er zog sie vom Sofa hoch und führte sie zur Schlafzimmertür, ohne seinen Griff um ihre Schultern zu lockern.

»Aber ich bin furchtbar erkältet«, protestierte sie kleinlaut.

»Das weiß ich«, entgegnete er, während er sich die Schuhe von den Füßen trat und an seinem Schlips zerrte. »Wenn du wüsstest, wie erotisch deine heisere, dunkle Stimme klingt.«

Sie landeten quer über seinem ungemachten Bett, was sie sich zwar erhofft hatte, allerdings zu einem sehr viel späteren Zeitpunkt, nachdem sie alles gründlich ausdiskutiert hatten. Und als er sie mit der intimen Kenntnis ihrer Wünsche entkleidete, gab sie für den Moment ihren Versuch auf, die vorgesehene Reihenfolge einzuhalten. Reden konnten sie auch später. Sie hatten doch noch das ganze Leben vor sich.

»Worüber wolltest du eigentlich mit mir reden«, fragte er ungefähr eine Stunde später.

Da ruhte sein Kopf auf ihrem nackten Bauch, während sie ihre Finger durch sein dichtes Haar gleiten ließ. Im Dunkel des Raumes dösten sie vor sich hin, eingehüllt von ihrer Wärme und einer wohligen Mattheit. Angesichts seiner Frage dachte sie, noch ein wenig benommen, dass man es mit der Wahrheitsliebe auch übertreiben konnte: Es wäre geradezu idiotisch, den Zauber des Augenblicks durch ein Geständnis zu zerstören, das im Grunde völlig bedeutungslos war. Statt zu antworten, intensivierte sie ihre Kopfmassage. Doch er schien es wirklich wissen zu wollen, also wiederholte er seine Frage.

»Ich wollte dir unter anderem einen Vorschlag machen, wie wir unser Zusammenleben verbessern könnten«, entgegnete sie.

»Im Moment funktioniert unser Zusammenleben doch wunderbar«, sagte er.

»Ich meine, auf Dauer.«

Er hob den Kopf und sah sie forschend an, doch sie drückte ihn sogleich wieder nach unten.

»Ich finde, wir sollten auf dem Land wohnen«, fuhr sie entspannt fort.

»Auf dem Land?«, wiederholte er misstrauisch.

»Ja, warum denn nicht? Viele Menschen tun das.«

»Haben wir nicht schon genug Probleme?«

»Wie meinst du das?« Sie zog ihn spielerisch am Ohr. »Haben wir nicht oft darüber geredet, uns ein Haus zu kaufen? Einen völlig neuen Lebensstil zu pflegen?«

»Geredet, ja.«

»Was ich vorschlagen will, ist ein Experiment – oder ein Abenteuer, wenn dir das lieber ist.«

»Wo soll das Abenteuer stattfinden?«

Sie fuhr sich über die Lippen. »Auf dem alten Hof Röshult. Der steht nämlich zum Verkauf.«

Jetzt war es heraus. Während sie ihren Finger behutsam über seine Stirn führte, wartete sie gespannt auf eine Reaktion.

»Von wem weißt du das?«

»Von Leif Rösling natürlich. Er hat mich heute Vormittag angerufen und uns den Hof zum Kauf angeboten.«

Sie sah, wie sich zwischen seinen Augenbrauen eine tiefe Falte bildete. Er schien in Gedanken versunken zu sein. Nach einer Weile zog sie ihn sanft an den Haaren.

»Hallo, du da! Darf ich um irgendeine Reaktion bitten?«

Er gab ein trockenes Lachen von sich. »Entschuldige mein Zögern, aber ich brauchte einen Moment, um zwei und zwei zusammenzuzählen.«

»Wieso zwei und zwei?«

»Ich glaube, ich habe unfreiwillig dazu beigetragen, dass er plötzlich verkaufen will.«

»Wie denn das?«

»Hab ich dir eigentlich mal erzählt, dass ich seinen Bruder Birger kenne? Er wohnt in Malmö.«

»Nein, das hast du natürlich nicht. Du erzählst mir doch nie, wen du so alles triffst.«

»Ich dachte, meine Berufskontakte interessieren dich nicht. Außerdem ist er nicht gerade eine besonders spannende Bekanntschaft. Er rief mich vor ein paar Wochen an, weil er einen Rat haben wollte. Sein Halbbruder war plötzlich aufgetaucht und wollte sein Erbe haben, nachdem er über vierzig Jahre in Amerika war. Ich habe ihn getroffen. Ein ziemlich streitlustiger Typ. Ich glaube, Birger war die Angelegenheit sehr unangenehm, aber soweit ich die Sache beurteilen kann, sind seine Ansprüche berechtigt, also habe ich ihm den einzig vernünftigen Rat gegeben, nämlich sich an das Amtsgericht zu wenden und einen Testamentsvollstrecker zu beantragen. Leif Röslings Angebot ist bestimmt die Folge davon.«

»Glaubst du, dass er schnell Geld lockermachen muss, um es seinem Bruder in den Rachen zu werfen?«

»Vermutlich. Wie viel wollte er denn haben?«

Sie schloss die Augen und sagte ein wenig kurzatmig: »Dreihundertfünfzigtausend.«

Jetzt kam zumindest eine spontane, heftige Reaktion. Er setzte sich auf und sah sie aufgebracht an. »Dreihundertfünfzigtausend? Für so eine Bruchbude? Der muss uns für Vollidioten halten.«

»Ach, so heruntergekommen ist der Hof doch gar nicht«, sagte sie. »Als wir ihn uns mal angesehen haben, hast du dich jedenfalls ganz anders angehört. Damals warst du ziemlich beeindruckt, wenn ich mich recht erinnere. Und ich weiß auch noch, dass du überall geklopft und dich gewundert hast, in wie gutem Zustand das Holz von Wänden und Boden noch war. Eigentlich müsste man nur die Fenster erneuern … und den Großteil des Dachs, versteht sich. Dann isolieren wir, legen Wasser- und Stromleitungen und streichen und …«

Inzwischen saß er auf der Bettkante, hatte ihr den Rücken zugedreht und suchte irgendwas auf dem Boden.

»Streichen?«, fragte er gereizt. »Das klingt ja so, als wäre die Sache bereits entschieden. Was hast du ihm eigentlich gesagt?«

»Nur, dass wir uns die Sache überlegen wollen.«

»Was gibt es da zu überlegen? Ob wir uns von ihm übers Ohr hauen lassen wollen? Und wie hast du dir alles andere gedacht? Soll ich etwa jeden Tag zwischen Röshult und Malmö hin- und herpendeln? Und Joakim – willst du ihn auf eine andere Schule schicken? Hast du ihn überhaupt gefragt?«

Sie begriff, dass der Zauber gebrochen war, und zog die Decke über ihren nackten, kalt gewordenen Bauch.

»Warum regst du dich denn so auf?«, fragte sie. »Außerdem weißt du sehr genau, dass sich Joakim auf seiner Schule nicht wohl fühlt. Wenn er nicht direkt gemobbt wird, dann ist es kurz davor. Der Einzige, der ihm fehlen würde, ist Fredrik, und den kann er auch weiterhin treffen. Außerdem weiß ich, dass er überglücklich wäre, das ganze Jahr über auf Röshult zu wohnen. Und du brauchst auch nicht nach Malmö zu pendeln, wenn du endlich den Job in Christiansholm annimmst.«

»Ach, daher weht der Wind!«, rief er erregt. »Das hast du ja wieder toll eingefädelt, und am Ende soll ich vollkommen nach deiner Pfeife tanzen.«

Er wühlte in ihren Kleidern, die sie vor einer Stunde so großzügig im Zimmer verteilt hatten.

»Wo zum Teufel sind meine Socken?«

»Was willst du jetzt mit denen?«

»Ich muss aufs Klo.«

»Geht das nicht ohne Socken?«

»Der Boden ist so saukalt.«

»Können wir nicht in aller Ruhe darüber reden?«

Sie erhielt keine Antwort, weil er gerade eine Socke übergestreift hatte und zum Badezimmer hinkte.

»Wenn du kein Interesse hast, dann kaufe ich den Hof eben allein. Das Geld kann ich mir leihen!«, rief sie ihm nach. Sie staunte über ihren spontanen Einfall und fragte sich, ob sie einer solchen Aufgabe wirklich gewachsen wäre. Allein mit Joakim in den Wäldern um Göinge? Warum eigentlich nicht? Sie konnte sich jederzeit einen großen Hund anschaffen, und Petrus war schließlich auch in der Nähe …

Nein, an Petrus wollte sie jetzt nicht denken.

Als könnte Olle Gedanken lesen, fragte er sofort, als er wieder da war: »Willst du etwa allein mit Joakim dort wohnen?«

»Wer sagt denn, dass ich für den Rest meines Lebens allein bleiben muss«, sagte sie. Er kroch wieder neben sie unter die Decke. Dann schob er seinen Arm unter ihren Nacken und zog sie näher an sich heran.

»Jetzt gehen wir in Ruhe noch mal alles durch«, sagte er. »Dreihundertfünfzigtausend ist ein Haufen Geld, jedenfalls für uns.«

»Unser Sommerhaus und acht Hektar Grund sind im Preis inbegriffen.«

»Das wäre ja auch noch schöner. Aber der Hof ist völlig veraltet. Die Renovierung würde Unsummen verschlingen. Die haben doch nicht mal fließend Wasser. Und die wenigen elektrischen Leitungen, die existieren, sind sicher lebensgefährlich. Alles muss erneuert werden. Und eine Zentralheizung hat nur Sinn, wenn das ganze Haus zuvor gründlich isoliert wird.«

»Was willst du?«, fragte sie. »Der Hof stammt aus dem achtzehnten Jahrhundert und ist seit Ende der vierziger Jahre nicht mehr bewohnt worden. Aber gib zu, dass es ein faszinierender Ort ist. Das hast du selbst schon so oft gesagt.«

»Und was soll man mit dem Grund und Boden anfangen? Wertloser Mischwald, ein paar kahle Felsen und altes Sumpfgebiet.«

Sie befreite sich irritiert von seinem Arm und stützte sich auf die Ellbogen. »Was ist eigentlich mit deinem Gedächtnis los?«, fragte sie streitlustig. »Das alte Sumpfgebiet, vom dem du so abfällig sprichst, ist ein intaktes Moor mit einem reichen Vogelleben. Und wer hat sich vor Begeisterung nicht wieder eingekriegt über das großartige Weideland direkt um die Ecke? Den wertlosen Mischwald haben wir übrigens beide als unberührtes Paradies bezeichnet. Und die herrliche Aussicht konntest du gar nicht genug loben.«

»Okay, es ist schön da oben, und der Wald und das Moor gefallen mir auch, wie du weißt. Aber das Haus in einen halbwegs bewohnbaren Zustand zu versetzen, dürfte mindestens eine halbe Million kosten. Und für eine halbe Million kannst du gleich ein neues Haus bauen.«

»Ich will aber kein neues Haus bauen.«

»Ich auch nicht, aber es muss doch Grenzen geben ...«

»Warum muss es denn immer ums Geld gehen? Können wir uns denn nicht einmal bemühen, die Sache aus einer anderen Perspektive zu betrachten? Wir wollen beide auf dem Land wohnen; zumindest schien es mir immer so, als wolltest du auch. Obwohl wir nie daran geglaubt haben, dass es Wirklichkeit werden könnte, denn Leif wollte ja nicht mal das Sommerhaus verkaufen. Aber jetzt hat er es sich anders überlegt, und wir sind die Ersten, die er gefragt hat. Da geht es doch nicht allein um den materiellen Wert. Der Hof ist ein Kleinod, und ihn auf Vordermann zu bringen eine Lebensaufgabe.«

»Ja, es ist ein schöner Ort«, räumte er ein.

Sie schmiegte sich an ihn. »Wenn man das Ganze aus einem übergeordneten Blickwinkel betrachtet, muss man es fast als Wink des Schicksals bezeichnen. Du hast einen Job in Christiansholm angeboten bekommen. Leif Rösling braucht plötzlich Geld und beschließt, den alten Hof der Familie zu verkaufen. Solche Gelegenheiten darf man nicht ungenutzt verstreichen lassen.«

»Du glaubst gar nicht, was für eine Heidenarbeit das ist.«

»Aber das ist doch wunderbar«, sagte sie und kitzelte mit der Zunge seinen Hals.

»Was du auch sagst, wir werden uns bis über beide Ohren verschulden.«

»Nicht unbedingt. Erst mal können wir bestimmt den Preis etwas runterhandeln. Er schien es ja ziemlich eilig zu haben. Die Wohnung in Christiansholm könnten wir dieses Frühjahr verkaufen und den Sommer schon im Ferienhaus verbringen, während wir renovieren. Im Hauptgebäude brauchen wir dieses Jahr doch nur das Nötigste zu tun. Wenn wir die Küche und einen der Räume herrichten, haben wir im Winter schon mal ein Dach über dem Kopf. Den Rest können wir dann in aller Ruhe erledigen. Wir machen einfach eins nach dem anderen. Zuerst das Wohnhaus. Die Wirtschaftsgebäude kommen später dran. Natürlich müssen wir einen Kredit aufnehmen, aber der braucht nicht allzu hoch zu sein. Schließlich geht es ja um eine einmalige Investition, nicht um laufende Kosten.« Ihr Zeigefinger tanzte über seinen nackten Brustkorb, als stelle sie in der Dunkelheit exakte Berechnungen an. »Ein Realwert«, fügte sie kundig hinzu.

»Du tust gerade so, als würden wir einen Gewinn machen, wenn wir den Hof kaufen«, sagte er.

»Einen Gewinn fürs Leben auf jeden Fall.«

»Was hat er eigentlich gesagt?«

»Leif?«

»Ja, wie ist er die Sache angegangen?«

»Er sagte, da er wüsste, dass wir interessiert seien, wolle er uns zuerst fragen. Aber er wollte eine rasche Antwort. Ansonsten wird er einen Makler beauftragen.«

»Mit dreihundertfünfzigtausend kommt er nicht weit«, sagte Olle. »Wenn man bedenkt, was ganz Röshult wert ist, wird er seinem älteren Bruder vermutlich sehr viel mehr bezahlen müssen. Ich frage mich wirklich, woher er das Geld nehmen will.«

»Was weiß ich.«

»Er wird wohl eine Hypothek auf den Hof aufnehmen müssen. Vermutlich ist es für ihn von Vorteil, zuerst das brachliegende Land oben beim alten Hof abzustoßen. Zumindest finde ich keine andere Erklärung dafür, dass er so plötzlich verkaufen will. Aber merkwürdig ist es schon.«

»Was ist daran so merkwürdig?«

»Leif Rösling ist ein Fuchs, und wenn er ein Geschäft machen will, sollte man sich genau vergewissern, was dahinter steckt.«

»Aber das wissen wir doch bereits. Er braucht Geld. Das ist der übliche Grund, warum Leute Geschäfte machen.«

»Wir sollten mit Petrus reden«, sagte er nachdenklich. »Der versteht was von alten Häusern und Geschäften. Wir nehmen ihn einfach mit zur Besichtigung.«

Sie biss sich auf die Lippe. Es war so weit. Jetzt konnte sie nicht mehr ausweichen.

»Mit Petrus habe ich schon gesprochen.«

»Hast du? Wann denn? Ich dachte, Leif hätte dich heute erst angerufen.«

»Ja, aber danach habe ich Petrus angerufen, weil … weil ich einfach mit jemandem reden musste.«

Sie spürte, wie er unter ihren Fingern erstarrte. »Du wolltest also nicht erst mal mit mir darüber reden?« Er klang verletzt.

»Nicht am Telefon. Nicht in der jetzigen Situation, wo alles so schwierig ist zwischen uns. Das verstehst du doch.«

»Was hat er gesagt?«

»Er … hat mir abgeraten. Ihm gefiel die Idee nicht. Aber das nehme ich nicht so ernst. Er scheint Leif nicht ausstehen zu können, also kann er auch nicht objektiv urteilen.«

»Normalerweise weiß er, wovon er spricht. Wenn ich jemandem vertraue, dann ist es Petrus. Erzähl mir genau, was er gesagt hat.«

Sie spürte, wie ihr der Atem stockte. »Alles ist so kompliziert«, murmelte sie.

»Warum? Was hat er gesagt?«

Sie schloss die Augen und – fasste sich ein Herz:

»Ich habe … wir haben … miteinander geschlafen.«

»Was?«

»Wir hatten Sex. Aber das bedeutet überhaupt nichts. Es war nur ein zufäll …«

Weiter kam sie nicht, bevor er aus dem Bett sprang. Er presste sich die Decke, die er mitgerissen hatte, vor den Bauch und starrte sie an, als hätte er soeben ein ekelhaftes Ungeziefer zwischen den Laken entdeckt.

»Was sagst du da?«, stieß er hervor.

Sie begann zu zittern und sah sich nach etwas um, womit sie sich bedecken konnte.

»Ich habe es schon zweimal gesagt«, erwiderte sie. »Du musst es doch verstanden haben.« Sie bekam ihr Hemd zu fassen und zog es sich über den

Kopf. »Wie gesagt, es war nur ein dummer Zufall, eine Verirrung, und die wird sich nicht wiederholen. Obwohl ich es nicht bereue.«

»Und das sagst du mir erst *jetzt*?«

»Ich wollte es ja vorhin schon sagen, aber ich gebe zu, dass ich viel zu schnell aufgab, bevor wir … ins Schlafzimmer gingen. Natürlich wollte ich es dir erzählen, und da wir schon mal von Petrus reden …«

»Wie lange schon?«, fragte er eisig.

»Es war nur zwei Mal, vor vierzehn Tagen, nachdem wir uns so gestritten hatten und du einfach abgehauen bist. Ich dachte, alles ist vorbei, und musste unbedingt mit jemandem reden. Er kam sofort und hörte mir zu und … Ja, er war mir wirklich eine große Stütze.«

»Das kann man wohl sagen«, zischte Olle mit zusammengebissenen Zähnen.

»Wir haben über alles gesprochen, Petrus und ich, und für uns hat sich die Sache erledigt. Wir wissen beide, dass alles etwas … überhastet war, und er versteht auch, dass du und ich zusammengehören. Und er ist weiterhin unser Freund.« Sie war sich darüber im Klaren, dass die sie Wahrheit verfälschte und Petrus sich ganz und gar nicht so vorbildlich verhielt, wie sie behauptete.

Olle hatte sich auf den einzigen Stuhl des Raumes gesetzt, der dem Bett gegenüberstand. Er hatte den Rücken gestreckt und die Decke um sich gewickelt. Mit seinen dunklen, zurückgestrichenen Haaren sah er im Halbdunkel aus wie ein weiser, grimmiger Indianerhäuptling. Doch als er den Mund aufmachte, hörte er sich eher wie ein beleidigter Teenager an.

»Der ist überhaupt nicht mein Freund.«

Sie verstand, dass er sehr erregt war und sich abreagieren musste. Diesen Prozess konnte sie nicht beschleunigen. Dennoch versuchte sie, die Wogen ein wenig zu glätten.

»Ich finde, du brauchst nicht sauer auf Petrus zu sein. Ihn trifft an dem Vorfall keine Schuld. Wenn man überhaupt von Schuld reden will, dann war ich die treibende Kraft.«

»Ach, wirklich? Und er hatte keine Chance, sich zu wehren?«

»Ich habe ihn verführt!«, sagte sie trotzig.

»Dann verstehe ich, dass ihm keine Wahl blieb.«

Sein Sarkasmus traf sie wie ein leichter Peitschenhieb.

»Er glaubte ... wir glaubten beide ... in diesem Moment ... dass wir Schluss gemacht hätten.«

»Kennt er dich wirklich nicht besser?«

»Wie meinst du das?«, fragte sie, obwohl sie ahnte, was er meinte.

»Ist ihm noch nie aufgefallen, dass du ständig von einem Extrem ins andere fällst? An einem Tag bist du glücklich verheiratet, am nächsten schon der Verzweiflung nahe. Hauptsache, es passiert was.«

»Jetzt bist du ungerecht«, entgegnete sie kraftlos.

»Warum tust du dich nicht mit ihm zusammen? Das ist doch genau das, was er will. Außerdem hat er bestimmt Geld genug, um ein halbes Dutzend Höfe zu kaufen. Glaubst du, ich hätte nicht bemerkt, dass er dich ständig anglotzt wie ein Hündchen, das auf eine Belohnung hofft? Und du schienst ja auch nichts dagegen zu haben.«

»Du willst mir doch nicht weismachen, dass du eifersüchtig auf ihn warst.«

»Offenbar hatte ich allen Grund dazu.«

»Aber dir muss doch klar sein, dass ich nicht im Mindesten daran dachte, dass ... dass er und ich ... Das ist doch absurd. Von Liebe kann nicht die Rede sein. Natürlich schätze ich ihn sehr, als Freund. Aber du bist es doch, mit dem ich zusammenleben will.«

»Was für eine merkwürdige Art, das zu zeigen.«

Sie entgegnete nichts, und Olle, dem zwischenzeitlich die Munition ausgegangen war, schwieg ebenfalls.

Sie fragte sich, wie der Abend verlaufen wäre, hätte sie die umgekehrte Reihenfolge eingehalten. Denn so hatte sie es ja eigentlich vorgehabt: zuerst Petrus, dann der Hauskauf und schließlich das Bett. Obwohl sie nun daran zweifelte, dass es zum Bett noch gekommen wäre.

Sie zog sich an, während er sie verkniffen beobachtete. Die gefühlte Temperatur im Raum ließ sie frösteln. Die Erkältung, die sich in den letzten Stunden zurückgehalten hatte, wagte einen neuen Vorstoß. Der Kopfschmerz wurde mit jeder Minute schlimmer.

»Wohin willst du?«, fragte er, als sie den Raum verließ.

»Ich mache mir einen Tee. Ich brauche etwas Warmes. Danach fahre ich dann wohl nach Hause.«

Nach einer Weile kam er zu ihr, vollständig angezogen. Er schnitt zwei Scheiben Brot ab und stopfte sie in den Toaster. Sie bemerkte, dass er es sorgsam vermied, sich in der engen Küche in ihre Richtung zu drehen. Seine Miene war immer noch verschlossen und unversöhnlich.

Als sie sich am Tisch gegenübersaßen, sagte er mit starrem Blick: »Da es schon so spät ist, ist es wohl besser, du fährst erst morgen früh nach Hause.«

Genau darauf hatte sie gehofft. Sie hatte wirklich keine Lust, sich jetzt noch auf den Weg zu machen.

»Gern«, erwiderte sie und bemühte sich um einen entspannteren Tonfall. »Wenn du es ertragen kannst, eine ganze Nacht mit mir unter einem Dach zu schlafen ...«

»Ich lege mich aufs Sofa«, sagte er bedächtig.

»Hm ...«

Eine bedrückende Stille senkte sich über den Raum.

Sie zog den heißen Becher Tee zu sich heran, legte die Hände darum und dachte an den Hof dort oben in den Wäldern. Zumindest für eine Weile schien er in Reichweite gelegen zu haben – vielleicht tat er es immer noch. Aber es würde ein langer und beschwerlicher Weg werden.

8 SAMSTAG, 10. MAI

Olle kam sich ungemein großmütig vor. Fünf Tage lang hatte er sich bemüht, den Stand der Dinge von einer höheren Warte aus zu betrachten. Natürlich war er dabei tatkräftig unterstützt worden. Die Telefondrähte glühten zwischen Malmö und Christiansholm. Die Verhandlungen hatten den Punkt erreicht, an dem er sich bereit fühlte, Kajsa ihren Seitensprung zu verzeihen und den Kauf des Hofes ernsthaft in Erwägung zu ziehen.

Mit dem Rechtsanwalt Hugo Rahmén aus Christiansholm – hoffentlich sein neuer Arbeitgeber – hatte er einen vorsichtigen Dialog begonnen. Das hatte er ohnehin vorgehabt, wenn auch nicht so rasch. Als er sich jetzt in den dichten Verkehr nördlich von Malmö einordnete, kam er nicht umhin, sich selbst auf die Schulter zu klopfen.

In zirka einer halben Stunde wollte er sich mit Kajsa und Petrus auf Röshult treffen. Kurz darauf sollte Leif Rösling sich einfinden. Richtig darauf freuen konnte er sich nicht. Im Grunde gab es eine ganze Reihe von Menschen, die er lieber in der Gesellschaft seiner Frau getroffen hätte als Petrus. Dass die schwer vorstellbare Begegnung wirklich vereinbart worden war, musste wohl Kajsas ausgeprägten Überredungskünsten zugeschrieben werden. Und seinem Entgegenkommen. Tatsache war, dass er Petrus einfach nicht ernsthaft böse sein konnte. Dennoch dachte er gerade darüber nach, was er tatsächlich von diesem Mann hielt.

Hätte ihn das jemand vor einer Woche gefragt, hätte er spontan nur Positives zu sagen gewusst. Wie hätte es auch anders sein sollen? Der nette und zuverlässige Petrus, den er seit beinahe zwölf Jahren kannte. Fast genauso lang wie Kajsa. Hatte er in diesen zwölf Jahren je Anlass gehabt, sich über ihn zu ärgern? Nicht dass er wüsste.

Dennoch hatte Olle nur sehr vage Vorstellungen, warum Kajsa mit einem Mann befreundet war, der nicht nur neunzehn Jahre älter war als sie, sondern auch, zumindest von außen betrachtet, einen vollkommen anderen Lebensstil pflegte. Sie hatte es ihm bestimmt schon einmal erklärt. Er zweifelte daran, dass es irgendwas aus ihrem früheren Leben gab, das sie ihm nicht erzählt hatte. Nur war er manchmal ein schlechter Zuhörer gewesen.

Wie dem auch sei – Petrus Levin war die personifizierte Redlichkeit. An sich keine Eigenschaft, die Kajsa besonders hoch schätzte, doch was Petrus betraf, war sie sonderbar nachsichtig. Dass er Gründer und Inhaber von *Levins Baumarkt* war, einem stark expandierenden, am westlichen Stadtrand von Christiansholm gelegenen Unternehmen, hatte sie gelassen hingenommen. Auch störte es sie nicht, dass er ein umtriebiger Kommunalpolitiker – natürlich des bürgerlichen Lagers – war und seit mehreren Jahren für die Baubehörde arbeitete. Zu den vielen Tugenden des Mannes gesellte sich ein großes Engagement in Kultur- und Umweltfragen, eine liberale Einstellung in der Asylpolitik sowie eine Liebe zur Literatur, die er natürlich mit Kajsa teilte. Was dieses Wunderwerk von einem Mann für Einkünfte haben mochte, konnte man sich ausmalen.

Also keine Person, die zwingend zu Kajsas unspektakulärem Bekanntenkreis passte. Ein Umstand, der Olle schon manches Mal gestört hatte, war die unausgesprochene Regel, dass Petrus möglichst nicht von ihren übrigen Freunden behelligt werden sollte. Ob sie damit Petrus oder die anderen Freunde schonen wollte, hatte er nie herausbekommen. Doch es war offensichtlich, dass Petrus in ihrem Leben eine Sonderstellung einnahm.

Und was bedeutete Petrus ihm eigentlich persönlich? Er unterhielt sich gern mit ihm. Aber konnte er von sich behaupten, Petrus Levin zu kennen?

Wohl kaum. Was ihm eigentlich an dem Kerl gefiel, waren dessen Ruhe und Gelassenheit sowie sein wohlwollendes Interesse für ihre Familie. Ihm hatte zum Beispiel die Art gefallen, wie Petrus ihre Geburtstage würdigte, an

Joakims Entwicklung teilnahm und Kajsa zu kulturellen Ereignissen einlud, von denen er gern verschont wurde.

Wenn Kajsa sich einbildete, er sei eifersüchtig gewesen, dann irrte sie. Die schwärmerische Ergebenheit, die der ältere Mann ihr entgegenbrachte, hatte ihn eher amüsiert. Er fand es vielmehr ganz natürlich, dass sie bei Männern solche Empfindungen weckte. Doch hätte er sich nicht träumen lassen, dass sie auf eine so abwegige Idee kommen könnte, mit dem Kerl ins Bett zu gehen. Das hatte all seine Vorstellungen auf den Kopf gestellt. Er hatte vorausgesetzt, dass Petrus eine Art Vaterfigur und daher in erotischer Hinsicht völlig uninteressant für sie war. Vielleicht war es etwas zu blauäugig gewesen, sich auf den großen Altersunterschied zu verlassen.

Ungefähr so weit waren seine Erwägungen gediehen, als er auf den holprigen Waldweg abbog. Ein leichter Nieselregen fiel aus den trüben Wolken auf die Windschutzscheibe, doch Bäume und Felder legten bereits ein grünes Kleid an – mehr war auch nicht nötig, um ein jährlich wiederkehrendes Gefühl der Begeisterung bei ihm auszulösen, das ihn stets auf Neue überraschte. Die bewaldete, hügelige Landschaft in dieser Gegend, die so vielfältig und unvorhersehbar war, weckte seine abgestumpften Lebensgeister.

Was hatten Kajsa und er eigentlich den ganzen Winter über getan, während sie sich in der Asphaltwüste der Stadt eingeigelt hatten? Sie hatten sich auf absurden Abwegen befunden und den Reichtum, der in ihrer Reichweite lag, aus den Augen verloren. Nun wurde er von einer heftigen Sehnsucht nach Kajsa und Joakim gepackt. Ja, und er sehnte sich auch nach ihrem Ferienhaus.

Der Weg schlängelte sich in scharfen Kurven durch die teils karge Landschaft. Eine Weile durchschnitt er einen dunklen Fichtenwald mit kleinen eingeschlossenen Ackerstreifen, um nach einer Anhöhe plötzlich eine unvergleichliche Aussicht über sanfte Hänge zu bieten, die sich bis zum Horizont erstreckten. Es war eine geheimnisvolle und eher unzugängliche Gegend. Sie hatten sie vor drei Jahren entdeckt und sich Hals über Kopf in sie verliebt.

Jetzt erinnerte er sich allerdings mit einem Anflug von Irritation, dass es Petrus war, der ihnen den Tipp gegeben hatte. Es war sein Sommerhaus gewesen, das sie in jenem Frühling bewohnten, als sie auf einem ihrer Streifzüge Röshult entdeckten. Er erinnerte sich auch daran, dass Petrus über ihren Entschluss, sich dort einzumieten, nicht sehr glücklich gewesen war. Schon damals hatte er vor jedem Kontakt zu Leif Rösling gewarnt, mit dem er offenbar nicht die besten Beziehungen pflegte. Leider hatten sie ihm Recht geben müssen. Leif war kein guter Vermieter. Das Haus hätte dringend renoviert werden müssen, doch wollte er nicht eine Öre lockermachen, um dessen Verfall zu stoppen. Verkaufen wollte er aber auch nicht, und schließlich waren sie es müde, Eimer und Bottiche aufstellen zu müssen, um das Regenwasser aufzufangen, das durch das löchrige Dach drang. Der vorige Sommer sollte ihr letzter auf Röshult gewesen sein.

Als Olle die wohlbekannte Zufahrt zu ihrem Sommerhaus erreichte, musste er schmunzeln. Als Weg konnte man sie kaum noch bezeichnen. Sie glich eher einem breiten Trampelpfad, der vom Gestrüpp vergilbter Vorjahresvegetation und schüchternem Frühlingsgrün nahezu vollständig überwuchert wurde. Außer Kajsa und ihm hatte offenbar niemand ein Interesse daran, ihn zu erhalten, und ihre Zeit und Mittel waren begrenzt gewesen. Als er letzten Herbst einmal hier gewesen war, hatte er zumindest alten Reifenspuren folgen können. Jetzt schaukelte er aufs Geratewohl vorwärts.

Nach zweihundert Metern erblickte er das Haus und den weiter unten liegenden Wendeplatz, den sie vor ein paar Jahren freigelegt hatten. Dort stand schon Petrus' grüner Range Rover. Als er Petrus sah, wurde dem anschwellenden Frühlingsjubel in seiner Seele ein jähes Ende bereitet. Plötzlich wurde er sich seiner Gefühle für den Mann bewusst, der ihm dort gegenüberstand. Er betrachtete ihn eingehend, während er die letzten Meter auf ihn zurollte.

Petrus erwartete ihn mit zaghaftem Lächeln und brachte ein freundliches Winken zustande, doch Olle war allzu sehr in seinen Anblick vertieft, als dass er den Gruß hätte erwidern können. Trotz seines Alters war Petrus ein Prachtexemplar von einem Mann. Athletisch gebaut, mit breiten Schultern, ohne den geringsten Ansatz zur Korpulenz. Mit anderen Worten, glänzend in Form. Gut aussehend und den Umständen entsprechend sorgfältig gekleidet wie immer: offene, jagdgrüne Jacke, robustes graues Polohemd, Jeans und Gummistiefel. Die dunklen, lockigen Haare, die von wenigen grauen Strähnen durchzogen waren, kurz geschnitten, die Gesichtszüge entschieden und kraftvoll, der Blick intelligent und freundlich.

Olle wurde von einer fast unbändigen Lust gepackt, seine Faust in diese attraktive Visage zu schlagen.

Vermutlich stand ihm die Wut genauso deutlich ins Gesicht geschrieben, als hätte er sie herausgeschrien, denn Petrus' Lächeln erstarb augenblicklich. Für einen Moment wirkte er ängstlich, zumindest verunsichert. Doch er brauchte keine Angst zu haben. Olle war ein zivilisierter Zeitgenosse, der in der Lage war, seine Aggressionen zu beherrschen. Er stellte den Motor ab, öffnete die Autotür und setzte einen Fuß auf die Erde.

Er fand selbst, dass er einen angemessenen Ton anschlug: »Hallo! Bist du etwa allein gekommen?«

Petrus steckte die Hände in die Taschen und versank ein wenig tiefer in seiner grünen Jacke, als sei ihm kalt.

»Nein, Kajsa und Joakim sind mitgefahren.« Er blickte sich suchend um. »Ich weiß nicht, wo Joakim geblieben ist. Eben war er noch da. Kajsa ist schon zum Hof vorgegangen; sie wollte dort einen Moment allein sein und meinte, ich solle hier auf dich warten.«

Olles gute Vorsätze von einem zivilisierten Auftreten gerieten ins Wanken. Er stieg aus dem Wagen und knallte die Fahrertür mit unnötiger Härte zu. Das war ja verdammt gut eingefädelt von ihr. Was bezweckte sie nur damit? Dass Petrus und er sich in aller Ruhe aussprachen? Vielleicht bildete sie sich das wirklich ein. Und was sollte er ihrer Meinung nach sagen? Etwa: »Ich habe gehört, dass ihr miteinander geschlafen habt. Also im Gegensatz zu dir gefällt mir das überhaupt nicht.« Oder: »Vergessen wir die ganze Geschichte. Versprich mir nur, dass sich das nicht wiederholt.«

Stattdessen sagte er mit einem Blick in den Himmel: »Ziemlich kalt heute.«

Petrus nickte. »Ja, besonders warm ist es nicht gerade.«

»Ich nehme an, es ist keine gute Idee, das letzte Stück mit dem Auto zu fahren«, sagte Olle.

»Nein, wir haben schon darüber gesprochen, aber ich glaube, da ist kein Durchkommen. Ich kann mir nicht vorstellen, dass es in den letzten dreißig Jahren mal jemand mit dem Auto versucht hat.«

Olle schaute an ihm vorbei und betrachtete den ansteigenden Pfad, der sich unter Blättern und Gestrüpp so eben erahnen ließ.

»Hier bräuchte man schon ein Kettenfahrzeug«, brummte er und begann dem Hof entgegenzustapfen.

Petrus schloss zu ihm auf und sagte zögerlich: »Leif Rösling kommt in ungefähr einer Stunde.«

»Ach so.«

»Wir können uns also erst mal in aller Ruhe umsehen.«

»Das ist gut.«

Petrus' kurzer, oberflächlicher Atmung war zu entnehmen, dass ihm etwas auf der Seele lag. Olle presste die Kiefer aufeinander. Wenn der Typ es wagt, mit einer Entschuldigung zu kommen, hau ich ihm in die Fresse, dachte er und beschleunigte das Tempo. Petrus, der die kürzeren Beine hatte, konnte ihm nur mit Mühe folgen.

»Ich wollte … dir noch etwas sagen, bevor wir da sind«, begann er.

Olle ballte die Faust in der Tasche, ging aber mit unverminderter Geschwindigkeit weiter.

»Ich weiß nicht, ob du gehört hast, dass ich euch von der Sache abgeraten habe«, sagte er rasch. »Aber Kajsa ist das egal. Sie will partout diesen Hof haben, und meine Argumente können sie offenbar nicht davon abbringen. Deshalb wollte ich auch dir gegenüber noch einmal ausdrücklich betonen, dass ich den Kauf für keine gute Idee halte.«

Olle blieb so abrupt stehen, dass Petrus, der nur einen halben Schritt hinter ihm war, auf ihn auflief. Sie zuckten beide zusammen, als hätte der körperliche Kontakt ihnen einen Stromstoß versetzt. Olle warf Petrus einen, wie er hoffte, eiskalten Blick zu. Dass es ein schlechtes Geschäft sein würde, war doch sonnenklar. Das brauchte er ihm nicht auch noch auf die Nase zu binden.

»Und warum nicht, wenn ich fragen darf?«

»Tja … weil ich mich grundsätzlich davor hüten würde, mit Leif Rösling Geschäfte zu machen.«

Olle stieß ein grimmiges Lachen aus. »Hat er dich etwa irgendwann mal übers Ohr gehauen?«

Auf Petrus' Wangen zeigte sich eine plötzliche Röte. »Das nicht – aber du weißt doch genauso gut wie ich, was das für einer ist.«

»Nicht so gut wie du. Ich weiß, dass er ein alter Geizkragen ist, aber von offenkundigen Betrügereien habe ich nichts gehört.«

»Kajsa hat mir gesagt, der Verkauf hinge mit einer Erbteilung zusammen. Ist Leif wirklich berechtigt, den Verkauf vorzunehmen?«

Olle war verärgert. Was für eine arrogante Attitüde! Er brauchte sich nicht über Selbstverständlichkeiten belehren zu lassen. Sein eigener Ton grenzte indessen an Feindseligkeit.

»Ich bin sehr wohl in der Lage, selbst zu entscheiden, mit wem ich Geschäfte abschließe. Formell geht es wohl um den Nachlass des Vaters, gegen dessen Verkauf die Miteigentümer sicher nichts einzuwenden haben. Also reicht mir bis auf weiteres Leifs Unterschrift.«

Petrus wollte zu einer Entgegnung ansetzen, doch Olle gab einem spontanen Impuls nach und fügte hinzu: »Außerdem müsstest du selbst am besten wissen, wie riskant es ist, jemanden von außen zu beurteilen. Wie leicht kann man sich in jemandem täuschen …«

Er jubelte im Stillen, denn es gab keinen Zweifel, dass er einen Volltreffer gelandet hatte. Der Schreck stand Petrus für eine Zehntelsekunde ins Gesicht geschrieben, bevor die Pupillen sich wieder zusammenzogen und sich seine Lippen zu einem befreienden Lachen weiteten. Olle lachte mit. In diesem Augenblick lief ihnen Joakim entgegen. Olle umarmte ihn, und während sie fröhlich miteinander sprachen, gingen sie Seite an Seite dem Hof entgegen. Petrus folgte ihnen mit ein paar Metern Abstand.

9 AM SELBEN TAG

Es hatte etwas mit der Stille hier oben auf sich, dachte Kajsa. Sie meinte nicht nur die gegenwärtige Stille wahrzunehmen, sondern auch die der Vergangenheit, die seit Anbeginn der Zeiten herrschte. Als beträte man eine zeitlose Welt, in der andere, unergründliche Regeln herrschten.

Ihre weichen Sohlen erzeugten kaum einen Laut, als sie behutsam über das unkrautüberwucherte Steinpflaster der Hofeinfahrt schritt. Zunächst setzte sie sich auf den halbrunden Treppenabsatz vor der Haustür und betrachtete die altertümlichen Gebäude, die den rechteckigen Hofplatz umgaben. Doch die Kälte drang durch ihre Jeans und ließ sie rasch wieder aufstehen. Sie versuchte durch die zugewachsenen Fensterscheiben zu schauen, blickte aber nur in ein graues Halbdunkel, in dem nichts zu erkennen war.

Die Haustür war durch einen Eisenriegel mit Vorhängeschloss gesichert, doch sie wusste, dass es ein Kinderspiel war, vom Stall aus ins Wohngebäude zu gelangen. An den Türen der Wirtschaftsgebäude befanden sich nur gewöhnliche Haken, und obwohl es gar nicht so leicht war, sich durch das Gerümpel des dunklen Stalls seinen Weg zu bahnen, hatten sie es bereits einmal getan. An einer denkwürdigen Mittsommernacht vor zwei Jahren, die sie als verzauberte Nacht in Erinnerung behalten hatte.

Es war im Morgengrauen nach einer Liebesnacht gewesen. Die Nachtigallen sangen aus voller Kehle. Von einer unerklärlichen Energie gepackt, mussten sie einfach aufstehen und sich den Sonnenaufgang anschauen. Sie warfen sich lediglich ein paar Kleider über, zogen ihre Stiefel an, machten jedoch zu viel Lärm dabei. Joakim wachte auf und wollte auch mit. Also nahmen sie ihn in die Mitte und stapften durch hohes, taufeuchtes Gras, kletterten über moosbewachsene Steinmauern und überquerten verwunschenes Weideland, über dem immer noch der Nebel waberte. Schließlich gelangten sie an einen Abhang, von dem aus sie freie Sicht auf den östlichen Himmel hatten. Die Morgenröte breitete sich rasch über den Fichtenwipfeln aus. Da sahen sie plötzlich den verlassenen, kreisförmig angelegten Hof vor sich, der beinahe auf der Kuppe einer Anhöhe lag. Natürlich hatten sie ihn schon früher gesehen – mit seinem uralten Charme und doch beklagenswert verfallen. Aber an diesem Morgen, von der rosafarbenen Glasur des klaren Morgenlichts überzogen, sah er alles andere als beklagenswert aus. Die narbige Bretterverkleidung glühte hinter frisch erblühtem sahneweißem Wiesenkerbel. Eine knotige Eiche streckte ihre grünen Arme schützend über das moosbesetzte Dach. Wie die Illustration aus einem Märchenbuch, hatte sie gedacht.

Doch in dem alten Hof schien immer noch Leben zu sein. Er hielt sich standhaft aufrecht, als hätte er dem Zahn der Zeit schon ewig getrotzt und beabsichtige dies auch noch die nächsten Jahrhunderte zu tun. Das ganze Abenteuer erinnerte an einen Traum.

Kurz darauf hatte Olle eine der knarrenden Türen der Wirtschaftsgebäude einen Spaltbreit geöffnet, und sie hätten sich nicht gewundert, wenn plötzlich ein alter, vergessener Hoftroll herausgesprungen wäre und sie angefaucht hätte.

Sie tappten durch den dunklen Stall, bis sie eine halb geöffnete Tür erreichten, die in eine hellere Melkkammer führte. Auf einer Bank sahen sie neben einem verbeulten Eimer ein paar Milchkannen aus Blech, die auf dem Kopf standen, als wären sie gerade ausgespült worden. Wie viele Jahre mochten sie dort schon gestanden haben? Die breiten Fußbodenbretter waren von Rattenkot übersät, dazwischen lagen die Reste von Rattengiftpackungen.

Von der Milchkammer führte eine schmale knarrende Tür zu einer geräumigen Speisekammer, auf deren fleckigen Regalen rostige Keksdosen und beschlagene Konservengläser standen. Fehlte nur noch die Küche, die neue Überraschungen für sie bereithielt. Staunend hatten sie die alten

Schrankbetten betrachtet, den großen Herd mit Backofen und die an den Wänden befestigten Bänke.

Olle hatte alles unter die Lupe genommen und den Gutachter gespielt, hatte an die Wände geklopft, sein Taschenmesser zwischen die Dielenbretter gesteckt und in den Rauchfang geblickt. Alles in allem war er recht zufrieden gewesen und hatte nur die Fensterrahmen beanstanden müssen. Das Holz war völlig morsch, und es war nur eine Frage der Zeit, bis die Scheiben herausfallen würden. Sie selbst hatte die Tapetenschichten gezählt und die brüchigen Tüllgardinen befühlt, die mit Fliegendreck und alten Spinnweben imprägniert waren. Sie hatte alle Winkel und Kammern untersucht und sogar die Schrankbetten ausprobiert, in denen bucklige, nach Schimmel stinkende Matratzen lagen. Währenddessen hatte sich Joakim auf den Dachboden verzogen und sie beinahe zu Tode erschreckt, als das Haus plötzlich einen klagenden Laut von sich gab, den sie unmittelbar über ihren Köpfen, hinter den verzogenen Deckenbalken, gehört hatten.

Sie hatten damals nur Spaß gemacht, doch insgeheim hatte sie der Gedanke nicht mehr losgelassen, den Hof eines Tages zu besitzen. Sie wusste, dass sie ihre Träume hier verwirklichen könnte.

Doch heute enthüllte das trübe Nachmittagslicht weniger ansprechende Seiten des Hauses, das abgenutzt und verkommen wirkte. Einem Großteil der Farbe hatten Wetter und Wind über Jahrzehnte den Garaus gemacht. Die Wände als rot zu bezeichnen erforderte schon viel guten Willen. An einigen Stellen waren sie bis zu einer Höhe von einem halben Meter vollkommen morsch. Hier und da türmten sich ramponierte Dachziegel und Eisenschrott zu kleinen Haufen, die in einem Matsch nasser, verwelkter Blätter lagen. Mit einem Gefühl, das zwischen Entzücken und Entsetzen schwankte, sah sie ein, dass es einer gigantischen Anstrengung bedurfte, um dies alles instand zu setzen.

»Pfui Teufel, wie sieht's denn hier aus!«, rief Olle, als sie den Hofplatz erreichten. Doch betrachtete er den Verfall mit demselben Wohlwollen, mit dem er Kajsa betrachtete. Joakim brauchte nur eine Minute, um einen möglichen Dachsbau unter dem Stall aufzuspüren. Petrus lächelte unbestimmt und schwieg.

Sie ging davon aus, dass die Begegnung der beiden Männer gut verlaufen war. Es war bestimmt die richtige Strategie gewesen, zunächst allein hierher zu kommen. Olle hätte falsche Schlüsse ziehen können, hätte er sie bei seiner Ankunft zusammen mit Petrus gesehen. Sie musste heute behutsam vorgehen, ihre Zunge hüten und sich auf das Wesentliche konzentrieren: dass der Hof ihrer würde.

Gemeinsam drehten sie ein paar Runden, begnügten sich damit, sich umzusehen und mit den Händen zu ertasten, ob eine Heilung der Altersbeschwerden noch möglich war. Petrus war der Sachverständige unter ihnen, dessen Wort das größte Gewicht haben sollte. Doch seine Aufgabe war schwierig. Kajsa kannte seine Einstellung und wusste, dass er zwischen tiefem Misstrauen und dem Wunsch, ihr gefällig zu sein, hin und her gerissen war. So äußerte er sich maßvoll zu den Krankheitssymptomen und hob optimistisch alle Anzeichen für eine mögliche Genesung hervor. Sicher kam ihm seine politische Begabung zu Hilfe, vermutete sie, denn er klang gleichermaßen kompetent wie unparteiisch. Im Großen und Ganzen verlief die Besichtigung so, wie sie gehofft hatte. Sie blieben von unliebsamen Überraschungen verschont, und Olle sah nicht allzu widerwillig aus.

Doch die wirkliche Auseinandersetzung, die den ökonomischen Wert der gesamten Anlage betraf, sollte natürlich erst stattfinden, wenn Leif Rösling auf der Bildfläche erschien. Und das tat er zur verabredeten Zeit, mit an Arroganz grenzendem Selbstbewusstsein, als sei es das Unbedeutendste des gesamten Familienbesitzes, das er hier zum Verkauf anbot.

Kajsa hegte wenig Sympathie für den Mann, und dass er ein harter Verhandlungspartner war, wusste sie aufgrund ihrer bisherigen Bekanntschaft. Allerdings konnte sie sich nicht vorstellen, dass er unehrlich war. Er hatte nie einen Hehl daraus gemacht, dass er ein grober Klotz war. Seine Äußerungen ließen mitunter darauf schließen, dass er eine bornierte Intoleranz gegenüber allem besaß, was außerhalb seines Horizonts lag. Das war vielleicht nichts Ungewöhnliches, doch Leif Rösling strahlte einen gewissen Despotismus aus, der sie veranlasste, sich zu distanzieren. Dennoch hatte er etwas Unbeirrbares. Sie war sicher, dass er in einer langen Tradition rechtschaffener Bauern stand, die beharrlich ihrer Arbeit nachgingen und sich jede Einmischung von außen verbaten.

Er war ein wortkarger Mann, der sich nicht mit dem Austausch von Belanglosigkeiten abgab. Nach einem kurzen Nicken, das der ganzen Gesellschaft galt, sowie einem misstrauischen Seitenblick auf Petrus murmelte er: »Werd mal schauen, wo ich den richtigen Schlüssel hab.«

Er zog einen gewaltigen Schlüsselbund aus seiner Hosentasche, und nach langem Suchen und Probieren gelang es ihm schließlich, das Vorhängeschloss zu öffnen. Die Tür protestierte knarrend, als sie aufgestemmt wurde. Ein nasskalter Luftzug schlug ihnen entgegen, gemischt mit abgestandenen Gerüchen von Dingen, die einer vielfältigen Verwandlung unterworfen waren.

Der Eingangsbereich bestand fast nur aus Türen. Geradeaus führte eine Treppe zum Dachboden hinauf. Darunter befand sich die Tür zu einer Abstellkammer. Hinter der niedrigen, breiten Tür zur Rechten lag der Raum mit den vielen Tapetenschichten, das wusste sie, und dahinter waren zwei Giebelzimmer, die sie jetzt schon als ihre zukünftigen Schlafzimmer betrachtete. Die Tür zur Linken führte in die Küche. Die Männer mussten die Köpfe einziehen, wenn sie durch die niedrigen Türrahmen gingen.

Am Ende der Küche gab es zwei weitere Türen. Hinter der einen lag die geräumige Speisekammer, deren Hintertür wiederum zur Melkkammer führte, von der aus man in den Stall gelangte. Hinter der anderen Tür, auf der Giebelseite des Hauses, befand sich noch ein kleines Zimmer.

Da sie so tun mussten, als sähen sie alles zum ersten Mal, zeigte sich Kajsa äußerst überrascht über die Schrankbetten, die Einbauschränke und breiten Dielen. Joakim hatte sie eingeimpft, seine Zunge im Zaum zu halten. Olle bemühte sich um eine professionelle Miene, die ein wenig gelangweilt und äußerst skeptisch ausfiel.

Während sie schweigend den Raum in Augenschein nahmen, rasselte Leif mit dem Schlüsselbund, als sei er es leid, irgendwelchen Interessenten dieses pittoreske Kleinod anzubieten.

Nachdem sich alle am Wohnhaus satt gesehen hatten, kamen die anderen Gebäude an die Reihe. Der voll gestopfte Stall, der seine Geheimnisse bislang für sich behalten hatte, erwies sich als wahre Schatzkammer.

Sobald Leif das aufgetürmte Gerümpel ein wenig zur Seite geräumt hatte, sickerte ein trübes Licht durch die zugewachsenen Fenster. Kajsa warf nur einen flüchtigen Blick auf die Boxen für die Kühe. Ihre ganze Konzentration galt dem Gerümpel, das ihr nicht uninteressant erschien. Es dauerte nicht lange, da hatte sie bereits Kopf- und Fußteil eines verschnörkelten Eisenbetts entdeckt, die an der Wand lehnten, sowie eine hohe Kommode mit hübschen Beschlägen, auf der sich interessante Bilderrahmen stapelten. Sie sah ein Büfett, auf dessen glatter Oberfläche noch die Reste einer Bauernmalerei zu erkennen waren, einen abgeblätterten Küchenschrank sowie einige ramponierte Stühle, alles von ehrwürdigem Alter. Wunderbare Dinge, deren sie sich annehmen wollte. Als Leif im nächsten Augenblick hilfsbereit anmerkte, man könne den ganzen Schrott ja einfach rausschmeißen und abfackeln, hätte sie vor Schreck beinahe einen Schluckauf bekommen. Warte nur, bis der Vertrag unterschrieben ist, dachte sie empört, dann darfst du diese Dinge nicht mal mehr ansehen.

Nachdem auch Scheune, Schweine- und Hühnerstall sowie eine verwirrende Menge von Kammern, die sie nicht eindeutig zuordnen konnte, begutachtet worden waren und er all ihre Fragen knapp, aber höflich beantwortet hatte, waren ihre Nerven zum Zerreißen gespannt.

Olle hatte verlangt, dass er die Verhandlungen allein führte und sie sich in keiner Weise einmischte, doch sie bereute bereits, darauf eingegangen zu sein. Denn eines war sicher: Olle würde auf keinen Fall die geforderte Summe bezahlen wollen. Sie sah harten Verhandlungen entgegen.

Durch unangenehme Versicherungsstreitigkeiten gestählt und den Umgang mit durchtriebenen Kunden gewohnt, unterließ er es nicht, jeden

Mangel, den er sah, einzeln zur Sprache zu bringen. Außerdem machte er hinreichend deutlich, dass er im Grunde gar kein Interesse an dem Hof habe. Und da auch Leif überhaupt kein Interesse an einem Verkauf zeigte und nicht einmal versuchte, die Qualität seiner Ware zu verteidigen, tat sie es an seiner Stelle, da sie fürchtete, Leif könne ansonsten die Geduld verlieren und sein Angebot zurückziehen. Dafür erntete sie einen tödlichen Blick von Olle, den sie wütend erwiderte. Petrus hielt sich demonstrativ zurück, während Joakim überall herumsprang, als gehöre der Hof bereits ihnen.

Zu den konkreten Verhandlungen waren sie in die Küche zurückgekehrt. Zunächst herrschte eine bedrückende Stille, und als Olle schließlich zu reden begann, tat er es in einem Ton, als müsse er sich überwinden, einen so hoffnungslosen Fall überhaupt zu erörtern.

»Tja, ich weiß nicht, was ich sagen soll ...«

Leif starrte in die Luft, als wisse er es auch nicht.

Dann stieß Olle einen Seufzer aus, der offenbar bedeuten sollte, dass er entsetzt über den Zustand des Hofes war. »Es gibt ja ungeheuer viel zu tun, ehe man überhaupt einen Gedanken daran verschwenden könnte, hier einzuziehen. Vor allem der Verfall des Wohnhauses ist äußerst weit fortgeschritten.«

Leif enthielt sich einer Antwort. Vielleicht sollte sein leichtes Achselzucken heißen, dass dies ja nicht seine Sorge sei.

»Unter diesen Umständen bin ich allenfalls bereit, zweihundertfünfzigtausend zu zahlen«, schloss Olle.

Kajsa schoss die Röte ins Gesicht, doch Leif bleib ganz ruhig. Er schüttelte bedächtig den Kopf und sah fast amüsiert aus.

»Ein solcher Preis kommt natürlich überhaupt nicht in Frage«, entgegnete er lapidar. »Ich hatte dreihundertfünfzigtausend gefordert, und in Anbetracht des großen Grundstücks ist das auch nicht zu viel verlangt.« Er steckte die Hände in die Taschen, wippte auf und ab und studierte die dunklen Deckenbalken.

Auch Olle musterte die Decke. »Dreihundertfünfzigtausend ist ausgeschlossen«, stellte er fest.

Leif schien diese Aussage nicht zu interessieren.

»Zweihundertfünfundsiebzigtausend und keine Öre mehr. Das ist unser letztes Wort«, sagte Olle.

Kajsa litt. Da standen sie und stritten über Formalitäten, während sie in Wahrheit um ihre Träume feilschten. Sie war wütend auf Olle, der alles aufs Spiel setzte.

Leif gab ein leises Schnauben von sich, doch erst nachdem er sich erneut eingehend dem Studium des Gebälks gewidmet hatte, entgegnete er: »Ich könnte mir vorstellen, um fünfundzwanzigtausend herunterzugehen, da wir ja sozusagen alte Bekannte sind.«

Kajsas flehentlichen Blick ignorierend, hielt Olle die Spannung aufrecht, indem er gründlich über das Angebot nachdachte.

»Dann schlage ich vor, wir treffen uns in der Mitte«, sagte er schließlich. »Dreihunderttausend – und wir können noch heute den Vertrag unterschreiben.«

Leif wandte endlich den Blick von der Decke ab und schaute Olle neugierig an. »Heute?«

»Ich habe alle Papiere dabei.«

Leif zögerte nur wenige Sekunden. »Abgemacht.«

Er streckte die Hand aus und Olle schlug ein.

Nachdem die finanzielle Seite geregelt und der Vertrag unterschrieben war, holte Leif den Schlüsselbund wieder hervor. Mit großer Geste löste er den Schlüssel für das Vorhängeschloss und überreichte ihn Kajsa mit fast galantem Lächeln. Doch die Wärme, die sie zunächst verspürt hatte, verflüchtigte sich rasch, nachdem er gegangen war. Ihr gefiel die Art und Weise nicht, wie er sich noch einmal umgeschaut hatte. Sein Gesichtsausdruck verriet nichts als Verachtung für den alten Hof, die in noch größerem Maß denjenigen galt, die dumm genug waren, ihn zu kaufen.

10 DIENSTAG, 27. MAI

Ein weißer Saab bahnte sich von Malmö aus seinen Weg durch zunehmend schmalere und leerere Landstraßen in Richtung Göinge. Gunnel saß am Steuer, Max neben ihr, und Birger döste auf dem Rücksitz. Es war halb zwei Uhr nachmittags und das Wetter strahlend. Sie waren auf dem Weg nach Röshult.

Es waren Max' Ansprüche in der Erbfrage, die den Stein ins Rollen gebracht hatten. Alle betroffenen Parteien waren nun von Rechtsanwalt Rikard Magnusson zusammengerufen worden, der an Ort und Stelle die verwickelten Eigentumsverhältnisse klären sollte.

Birger, der gewisse Befürchtungen hegte, wohin sich die Sache entwickeln würde, hatte den Tag damit begonnen, vier Valiumtabletten aus der Handtasche seiner Frau zu stibitzen. Zwei hatte er zum Frühstück eingenommen, die anderen beiden wollte er bei ihrer Ankunft schlucken. Ein zäher Nebel hatte sich seines Gehirns bemächtigt. Die Lider wollten ihm zufallen, und er war nahe daran, ihrer Schwere nachzugeben.

Nachdem Max ausgiebig die Landschaft kommentiert und Gunnel zahlreiche Ratschläge erteilt hatte, was ihre Fahrweise betraf, drehte er sich nach hinten um und richtete seine Aufmerksamkeit auf Birger.

»Sag mal, schläfst du etwa?«

Birger verneinte.

»Dann rappel dich auf«, sagte Max aufmunternd. »Wir sind gleich da, und du weißt, worum es geht. Wir müssen zusammenhalten.«

Birger verzog das Gesicht zu einer folgsamen Grimasse. Es war stets am einfachsten, allem zuzustimmen, den Weg des geringsten Widerstands zu gehen, die Aufmerksamkeit von sich selbst abzulenken, sich zurückzuhalten und gute Miene zu machen. Seine Überlebensmethode in allen Notlagen.

»Ja, klar«, sagte er.

»Verdammtes Glück, dass du so eine clevere Frau hast«, sagte Max.

Birger gab ihm Recht.

»Und mach dir keine Sorgen wegen Gertrud. Um die kümmere ich mich schon.«

Eine erwartungsvolle Schadenfreude mischte sich in die bösen Ahnungen. Es würde interessant werden zu beobachten, wie Max sich um Gertrud kümmern würde.

Als sie sich der Abzweigung zum alten Hof näherten, wollte Max, dass Gunnel kurz anhielt.

Er schaute sich neugierig die Einfahrt an. »Unglaublich, wie zugewachsen hier alles ist«, sagte er. »Man kann ja nicht mal mehr das Sommerhaus von hier aus sehen.«

»Du hast doch bestimmt gehört, dass sie den alten Hof verkauft haben«, sagte Gunnel.

Das versonnene Lächeln auf Max' Lippen erstarb. Er hatte offenbar nichts davon gehört.

»Was zum Teufel ... Haben sie etwa den Hof verkauft, auf dem ich geboren wurde?« Er schaute Birger fragend an. »Wusstest du das?«

»Birger hat es von diesem Juristen erfahren, mit dem ihr gesprochen habt«, erklärte Gunnel. »Er und seine Frau haben den Hof gekauft.«

»Ach, das hatte ich ganz vergessen zu erzählen«, verteidigte Birger sich matt.

»Hast du überhaupt eine Ahnung, was dieser Hof für mich *bedeutet*?«, fragte Max.

»Ja ... äh, du bist schließlich da geboren.«

»Der Hof ist die letzte Verbindung zwischen mir und meiner Mutter.«

»Ich dachte mir, es wäre gut, wenn sie schon mal ein bisschen Geld lockermachen«, warf Gunnel unbekümmert ein.

Mit finsterer Miene betrachtete Max die Naturschönheit um ihn herum, die er eben noch in vollen Zügen genossen hatte.

»Kein Wunder, warum sie es mit dem Verkauf so eilig hatten«, brummte er. »Sie wollen meine Wurzeln kappen. Aber jetzt kann mich nichts mehr aufhalten. Ich will die Wahrheit wissen – und wenn ich jedes ihrer Geheimnisse persönlich ans Tageslicht befördern muss.«

Gunnel fragte nicht, was für eine Wahrheit und was für Geheimnisse er meinte. Sie hatte bereits gelernt, vorsichtig zu sein, wenn Max' paranoide Seite zum Vorschein kam. Wenn man ihn in seinen Ansichten bestärkte, war er in der Regel nicht mehr aufzuhalten. Stattdessen ließ sie die Kupplung kommen und fuhr weiter, während sich Max ganz allgemein darüber ausließ, welch schreckliches Unrecht ihm im Leben geschehen sei. Birger kämpfte gegen einen zunehmenden Schwindel an.

Seit dieser rechthaberische und verschrobene Kerl aus Amerika in sein Leben getreten war, hatte sich alles verändert. Nicht genug, dass er nicht mehr an seine Fische herankam, er musste auch noch die Sticheleien seiner Familie ertragen. Doch wenn Gunnel am Abend hinter verschlossenen Türen ihre allzu voreilige Gastfreundschaft beklagte, konnte er mit mildem Spott reagieren. Denn an der Gastfreundschaft zumindest traf ihn keine Schuld, und im Gegensatz zu ihr hatte die Habgier nicht sein Urteilsvermögen außer Kraft gesetzt.

Wie dem auch sei, jetzt hatten sie ihn am Hals, und nichts deutete darauf hin, dass sie ihn so bald wieder loswürden. Er hatte es sich in ihrem Heim gemütlich gemacht und ihre Zeit in Beschlag genommen. Was auch immer bei den Erbstreitigkeiten herausspringen würde – es konnte die entstandenen Zumutungen niemals aufwiegen. Nach vier Wochen befand sich Gunnel am Rande des Nervenzusammenbruchs. Linus drohte mit seinem Auszug, und Birger badete in letzter Zeit ungewöhnlich oft und lange.

Doch nun hatten sie die Abzweigung zum neuen Röshult erreicht und begegneten dort dem Auto des Anwalts, das aus der anderen Richtung kam.

Die beiden Autos krochen in würdiger Prozession langsam den gut erhaltenen Schotterweg hinauf.

Sie parkten ihre Wagen vor den Ställen, zwischen Leifs blauem Volvo und einem neuen, lindgrünen Traktor. Die Wagentüren wurden zugeschlagen, und alle streckten sich nach der langen Fahrt. Birger sah eine schmale, weiße Hand, die den karierten Küchenvorhang zur Seite hielt. Sie wurden beobachtet. Er tastete nach den beiden Tabletten in seiner Tasche. Es war an der Zeit, die Betäubung aufzufrischen. Der Anwalt gab ihnen nacheinander die Hand und achtete darauf, alle beim Namen zu nennen. Er war ein hoch aufgeschossener, kahlköpfiger Mann in den Sechzigern, der professionell und freundlich wirkte. Als er der Haustür zustrebte, hefteten sich die anderen wie auf Kommando an seine Fersen. Doch mussten sie eine ganze Weile warten, bis Gertrud auf der Schwelle erschien.

Die geschmeidige Höflichkeit des Anwalts war indes vergeblich. Sie trat mürrisch einen Schritt zur Seite, wobei die Art, wie sie ihre dünnen Lippen verzog, keinen Zweifel erlaubte, was sie von seinesgleichen hielt. Für Max hatte sie nur einen eisigen Blick übrig, und als die Reihe an Birger und Gunnel kam, die die Nachhut bildeten, maulte sie: »Ist ja interessant, dass es doch etwas gibt, das euch hierher bringt.«

Leif hielt sich im Hintergrund und brütete dumpf vor sich hin.

Im Salon zog Gertrud einen der harten Stühle mit den geraden Lehnen unter dem glänzenden Mahagonitisch hervor, um von vornherein klar zu machen, dass die Verhandlungen für niemanden bequem würden. Doch sie hatten noch nicht Platz genommen, als Max auch schon mit lauter Stimme eine Erklärung für den Verkauf des alten Hofs verlangte.

»Ihr habt kein Recht, den Hof, auf dem ich geboren wurde, ohne meine Zustimmung zu verkaufen!«, polterte er los.

Gertruds ohnehin blasses Gesicht wurde noch eine Spur weißer.

»Aber das Geld willst du haben!«, gab sie mit unterdrücktem Zorn zurück. »Und woher, meinst du, sollen wir es nehmen, wenn wir nichts verkaufen?«

»Ach, Geld habt ihr doch mehr als genug«, erwiderte Max.

Diese Behauptung ließ sie verstummen und Leif aufheulen wie ein verwundetes Tier.

»Dass du keine Scham im Leib hast, habe ich schon immer gewusst«, schrie sie schrill. »Aber dass du die Unverschämtheit besitzt, hierher zu kommen und über alles bestimmen zu wollen ...«

»Man sollte dir eins auf die Fresse hauen!«, brummte Leif unterstützend.

Das fängt ja gut an, dachte Birger.

Max' Stimme zitterte vor Erregung. »War es etwa nicht so geplant, dass ich den alten Hof bekomme und Leif diesen hier?«

Gertrud lachte schrill auf. »Du hast ihn ja auch wirklich hervorragend in Schuss gehalten.«

Nun schaltete sich der Anwalt ein, um der Auseinandersetzung einen juristischen Rahmen zu geben. »Es ist richtig, dass Leif Rösling den kleineren Teil des Grundbesitzes abgetrennt und verkauft hat«, bestätigte er. »Der Kaufvertrag wurde von ihm und dem Käufer unterzeichnet. Der Verkauf geschah in der Absicht, die Teilung des Erbes zu erleichtern. Daher nehme ich an, dass gegen diesen Vorgang keiner etwas einzuwenden hat. Damit aber der Käufer als rechtmäßiger Besitzer im Grundbuch eingetragen werden kann, müssen die übrigen Erbberechtigten Leif im Nachhinein Vollmacht erteilen. Ich habe eine solche vorbereitet, sodass wir diesen Punkt sogleich erledigen können.«

Max hielt sich mit theatralischer Geste die Hand vor das Herz. Es sah aus, als zähle er ängstlich dessen Schläge. Doch nachdem er sich vergewissert hatte, dass es nicht stehen blieb, überraschte er alle mit einer Kehrtwendung.

»Wenn ich richtig darüber nachdenke, ist es nur gut, dass der Hof verkauft wird«, sagte er. »Dann habt ihr da drüben nichts mehr zu schaffen. Das wird mir die Nachforschungen erleichtern.«

»Welche Nachforschungen?«, fragte Gertrud misstrauisch.

»Ja, das willst du wohl wissen«, entgegnete Max geheimnisvoll.

Gertrud blickte sich fragend um. »Was ist das für ein Geschwätz? Kann mir das jemand erklären?«

Ihr Blick fiel auf Birger, der sich instinktiv hinter Gunnel versteckte. Doch Max' Worte sollten bis auf weiteres ein Rätsel bleiben, denn jetzt insistierte er nachdrücklich darauf, dass die besagte Vollmacht auf der Stelle von allen unterzeichnet wurde.

Kraft seiner beruflichen Autorität gelang es dem Anwalt, dass sich alle um den Tisch, an dem Birger so viele Sonntagsbraten durchlitten hatte, versammelten und schließlich in einigermaßen geregelter Form die Vollmacht unterzeichneten. Nachdem dieser Punkt also erledigt war, zog er weitere Papiere aus seiner Aktentasche, legte sorgsam einen Stift vor sich auf den Tisch und ergriff das Wort.

»Wie Sie alle wissen, bin ich vom Amtsgericht als Testamentsvollstrecker des Erbes von Henning Rösling eingesetzt worden. Ich werde Ihnen zunächst die Rechtslage erläutern und Sie dann fragen, ob Sie bestimmte Wünsche oder Vorschläge haben, wie in der Angelegenheit zu verfahren ist.«

»Ja, wir haben so einige Vorschläge«, warf Gertrud ein, indem sie Max giftig anblickte.

Leif fasste dies als Signal zur eigentlichen Auseinandersetzung auf und streckte den Kopf vor.

»Wenn wir hier unsere Meinung äußern sollen, dann habe ich eine ganze Menge zu sagen ...«

Der Anwalt hob beschwichtigend die Hände. »Dazu kommen wir später«, sagte er. »Nachdem ich mir all Ihre Standpunkte angehört habe, werde ich Ihnen einen Vorschlag unterbreiten, wie die Teilung vonstatten gehen könnte. Doch zunächst möchte ich mich vergewissern, dass ich richtig über Ihre Familienverhältnisse informiert bin.«

Über seine Brillengläser hinweg musterte er die drei Männer der Reihe nach. »Sie alle sind Söhne von Henning Rösling?«

Obwohl sie oft genug Anlass gehabt hatten, diesen Umstand zu beklagen, bejahten alle.

»Henning Rösling starb im Jahr 1952«, las der Mann von seinen Papieren ab. »Sein Nachlass ist nicht geteilt worden, daher sitzen wir heute hier. Doch gibt es noch weitere Aspekte, die bei der Teilung des Erbes zu berücksichtigen sind. Wenn ich richtig unterrichtet bin, ging Henning Rösling im Jahr 1927 die Ehe mit seiner Frau Anna ein, die 1940 verstarb, äh, verschwand, entschuldigen Sie, und 1951 für tot erklärt wurde.«

Max' Hand fiel schwer auf die Tischplatte, und Birger erkannte nur zu gut das irre Flackern in seinen Augen wieder.

»Es stimmt, dass sie verschwunden ist. Aber sie tat es verdammt noch mal nicht freiwillig«, verkündete Max, während er seinen unheilschwangeren Blick um den Tisch wandern ließ. »Wer das behauptet, der lügt. Obwohl die Sache ja niemals richtig untersucht wurde.«

»Wie es sich mit so alten Vorkommnissen verhält, ist für die heutige Situation nicht von Belang«, wandte der Anwalt ein.

Gertrud schoss die Röte ins Gesicht. »Ach, du legst es also auf eine Schlammschlacht an!«, giftete sie. »Na, dann kannst du uns ja auch gleich erzählen, wie damals Hennings Unfall passiert ist. Das weiß nämlich nach wie vor niemand so gut wie du.«

»Ihr habt kein Recht, sie als geistesgestört hinzustellen, nur weil sie damals weggelaufen ist. Sie hat es nicht freiwillig getan ...«

»Aber du bist einfach abgehauen, konnte dir ja gar nicht schnell genug gehen«, fauchte Gertrud.

Der Anwalt, der den Faden nicht verlieren wollte, fuhr unbeirrt fort: »Sie wurde also 1951 für tot erklärt, und aus dieser Ehe ist nur der Sohn Max hervorgegangen?«

»Nein, nein!«, widersprach Max. »Anna bekam einen weiteren Sohn namens Johan.«

Nun schaute sich der Anwalt erstaunt um, als erwarte er, dass jeden Moment ein vierter Sohn zur Tür hereinspaziert käme. Doch das Erstaunen des Anwalts war nichts gegen das von Gertrud und Leif. Es dauerte mehrere Sekunden, bis Gertrud ihre Fassung wiedererlangt hatte.

»Was redet der da für einen Unsinn!«, rief sie aufgebracht. »Ich habe niemals von irgendeinem Johan gehört.«

»Es ist ja nicht gesagt, dass du *alles* weißt«, sagte Max. »Vielleicht gab es das eine oder andere, worüber Henning mit dir nie geredet hat.«

Der Anwalt wandte sich stirnrunzelnd seinen Papieren zu. »Henning Rösling hatte also einen weiteren Sohn?«

»Ja«, antwortete Max.

»Nein«, sagte Gertrud.

»Er ist tot«, sagte Birger, der in Max' bizarre Vorstellungswelt eingeweiht war.

»Von wem redet ihr, verdammt noch mal?«, rief Leif.

Der Anwalt tippte irritiert mit seinem Stift auf die Tischplatte.

»Wann ist er gestorben?«, fragte er.

»Er wurde 1933 von seinem Vater ermordet«, teilte Max mit.

Gertrud lachte hysterisch auf. »Ich wusste zwar, dass du verrückt bist, aber dass es so schlimm um dich steht, hätte ich nicht gedacht«, schnaubte sie.

Max schlug mit der Faust auf den Tisch. »Er wurde ertränkt, und er war erst drei Jahre alt. Ich habe selbst gesehen, wie mein Vater ihn unter Wasser drückte.«

Diese Abschweifung schien selbst den Anwalt aus dem Konzept zu bringen. Er warf Max einen erneuten Blick zu, als hätte er eben erst den Streithammel der Familie identifiziert, schob seine Brille nach oben und machte sich eine Notiz.

»Vorfälle, die so weit zurückliegen, können absolut keinen Einfluss auf die Erbteilung haben«, wiederholte er mit Nachdruck.

Er las aus seinen Unterlagen vor: »Nachdem die erste Ehefrau für tot erklärt worden war, ging Henning eine Ehe mit Gertrud ein, mit der er bereits die beiden Söhne Leif und Birger hatte. Für keine der beiden Ehen bestand ein Ehevertrag. Und eine Erbteilung kam früher nie in Betracht.« Er hob den Kopf. »Ist das richtig?«

Bevor irgendjemand weitere Einwände vorbringen konnte, sprach er rasch weiter: »Das bedeutet, dass der Hof mit dem Tod von Henning zu gleichen Teilen auf Hennings und Annas Erben überging. Annas Alleinerbe ist Max, und nachdem Gertrud ihren Pflichtteil bekommen hat, wird der Rest des väterlichen Erbes unter den drei Brüdern aufgeteilt. Irgendwelche Einwände?«

Nun war der Moment gekommen, in dem Leif seinem verletzten Herzen endlich Luft machen konnte. Man hörte ein schrilles Quietschen, als er seinen Stuhl zurückschob, abrupt aufstand und seine geballten Fäuste auf die Tischplatte stützte.

»Soll es etwa gar nichts bedeuten, dass ich den Hof in all den Jahren bewirtschaftet habe?«, bellte er. »Das muss mir doch irgendwie angerechnet werden!« Er hatte schnaubend den Kopf zwischen die Schultern sinken lassen und schaute sich streitlustig um.

Fahr zur Hölle, dachte Birger, der sich mittlerweile hinter seinem Valiumnebel sicher verschanzt hatte.

»Da hat man sich vierzig Jahre lang abgerackert, hat den Hof instand gehalten und auf Vordermann gebracht, und dann kommen diese beiden da ...«, er spuckte die Worte förmlich aus und warf seinen Kopf zu der Seite, wo seine beiden gierigen Brüder saßen, »... die in all den Jahren keinen Finger gerührt haben und jetzt alles an sich reißen wollen, was ich mir im Schweiße meines Angesichts erarbeitet habe. Ach, zum Teufel mit euren Gesetzen. Es gibt keine Gerechtigkeit ...«

Gertrud schaute ihren Sohn wohlgefällig an, als sei sie stolz auf seine Leistung, so lange und zusammenhängend gesprochen zu haben. Sie nickte zustimmend. »Nein, Gerechtigkeit können wir uns offenbar nicht erwarten«, fügte sie bitter hinzu.

Falls der Anwalt ein Herz hatte, so schien es durch diese Auftritt nicht berührt worden zu sein, denn er entgegnete trocken: »Aber Sie haben in diesen Jahren doch sicher auch einen Gewinn erwirtschaftet, der Ihnen zugute kam.«

»Was für einen Gewinn?«, brüllte Leif. »Haben Sie überhaupt eine Ahnung, wie es heutzutage zugeht? Sie glauben doch wohl nicht ernsthaft, dass man als Bauer Profit machen kann!«

Gertrud versuchte ihn wieder auf den Stuhl hinunterzuziehen. »Leif will sagen, dass wir gezwungen waren, große Summen für die Pflege und Modernisierung des Hofes aufzuwenden«, verdeutlichte sie.

»Nun, wenn Sie den Wert des Hofes nicht nur erhalten, sondern gesteigert haben, wird Ihnen das bei der Erbteilung natürlich angerechnet«, sagte der Anwalt. »Können Sie eine Wertsteigerung denn belegen?«

»Das können wir sicher«, antwortete Gertrud. »Aber auf die Schnelle geht das nicht. Das müssen wir in aller Ruhe ausrechnen.«

Als wittere Max Betrug, stieß er einen unbestimmten Laut aus, doch der Anwalt ließ ihn mit einem Löwenbändigerblick verstummen und fasste rasch zusammen: »Also gehen wir von einer proportionalen Erbteilung aus, bei der eine eventuelle Wertsteigerung des Hofs zu berücksichtigen ist. Steht noch die Frage aus, in welcher Form die Teilung vonstatten gehen soll. Wollen Sie, Leif, den Hof weiter bewirtschaften und Ihre Mitbesitzer auszahlen?«

Leif starrte vor sich hin, als wäre ihm der Glaube an eine gerechte Welt abhanden gekommen.

»Was bleibt mir denn anderes übrig«, antwortete er dumpf. »Das ist mein Hof, den ich seit über vierzig Jahren betreibe. Ich kann nicht anders, also muss ich mich wohl oder übel fügen. Aber ich habe keine Ahnung, wie ich die beiden auszahlen soll.«

Darauf reagierte der Anwalt mit einer Kaltblütigkeit, die Anwälte in Anbetracht irrelevanter Äußerungen an den Tag zu legen pflegen. »Das ist natürlich das Sinnvollste«, murmelte er zerstreut und machte sich Notizen. »Noch weitere Wünsche oder Fragen?«, wollte er wissen.

Gunnel, die es gewohnt war, dass ihr Mann nicht den Mund aufmachte, schaute zu Birger hinüber, dessen Interessen gewahrt werden mussten. Mit ihrem Sinn fürs Wesentliche steuerte sie direkt auf die Kernfrage zu.

»Wir haben noch gar nicht erfahren, um welchen Wert es sich handelt, wie hoch die Summe ist und wann sie ausgezahlt werden kann.«

Der Anwalt schaute sie dankbar an. Endlich einmal jemand, der sachlich blieb. »Ich werde unverzüglich einen Gutachter bestellen, der den Wert des Hofes bestimmt und auch eine mögliche Wertsteigerung in Betracht ziehen wird«, antwortete er verbindlich. »Die Höhe des Nachlasses bemisst sich nach den bestehenden Vermögenswerten, also dem Hof und etwaigen weiteren Immobilien, abzüglich der Verbindlichkeiten, zum Beispiel Hypothekenbelastungen. Sobald mir alle Zahlen vorliegen, werde ich einen Vorschlag für die Erbteilung unterbreiten, und wenn sich alle mit diesem einverstanden erklären, können wir den Vorgang vielleicht noch in diesem Jahr zum Abschluss bringen.«

Die Enttäuschung stand Gunnel ins Gesicht geschrieben.

»So lange ...? Aber wenn Leif den Hof übernehmen will, dann muss er uns doch auszahlen.«

»Wieso übernehmen?«, knurrte Leif. »Ich habe ihn jetzt seit fünfundvierzig Jahren, verdammt noch mal!«

»Natürlich, das muss er«, bestätigte der Anwalt. »Zunächst muss natürlich geprüft werden, inwieweit Bargeld mobilisiert werden kann. Das könnte durch eine vertretbare Erhöhung der Hypothek auf die Immobilie geschehen oder durch die Veräußerung anderer Vermögenswerte, womit durch den Verkauf des alten Hofs sowie unrentabler Anbauflächen ja bereits begonnen wurde. Für den Rest müssen zunächst Schuldscheine ausgestellt werden.«

»Schuldscheine?«, protestierte Max. »Von denen kann man nicht leben. Ich bin schon alt und kann nicht ewig warten.«

»Und was sollen wir deiner Meinung nach tun?«, keifte Gertrud. »Euch vielleicht aushalten?«

Der Anwalt blickte auf die Uhr und ließ seine Unterlagen rasch wieder in der Aktentasche verschwinden. Er sah ein wenig erschöpft aus.

Beim Geräusch der Stühle, die quietschend zurückgeschoben wurden, kam Birger zu sich. Doch die Freiheit war noch nicht in Reichweite. Gertrud postierte sich mit einer Miene vor der Haustür, als habe sie noch einen Trumpf im Ärmel. Mit Blick auf Max zeigte sie auf eine große Reisetasche, die unter der Hutablage stand.

»Du willst doch bestimmt deine Tasche wiederhaben, die du vergessen hast, als du mitten in der Nacht aus dem Fenster gesprungen bist.«

»Ja, natürlich«, murmelte er verlegen und versuchte an ihr vorbeizukommen. Doch sie rührte sich nicht vom Fleck.

»Es reicht dir wohl nicht, uns bis auf das letzte Hemd auszuplündern«, sagte sie, »du willst uns auch noch in Verruf bringen.«

Da diese Aussage einer Erklärung bedurfte, wandte sie sich an die anderen, die im Eingansbereich stehen geblieben waren: »Unsere Gastfreundschaft hat er gern in Anspruch genommen, als er ohne Ankündigung am späten Abend bei uns auftauchte und anfing, über das Erbe zu streiten. Ich habe ihm sogar etwas zu essen gemacht und Birgers altes Zimmer für ihn hergerichtet. Und dann springt er mitten in der Nacht einfach aus dem Fenster, läuft zu Brogrens Hof, poltert dort gegen die Tür, veranstaltet einen Heidenspektakel und will, dass sie ihm ein Taxi rufen. Sie waren zu Tode erschrocken, und es grenzt an ein Wunder, dass sie nicht die Polizei gerufen haben.«

»Was wäre denn passiert, wenn ich hier geblieben wäre?«, fragte Max düster. »Wenn ich in dem verdammten Bett geschlafen hätte. Kannst du mir das sagen?«

»Du hättest am nächsten Morgen ein Frühstück bekommen, das ist alles.«

»Ja, *falls* ich wieder aufgewacht wäre. Aber daran glaube ich nicht. Und das Frühstück wäre ein Mund voll Erde gewesen.«

Gertrud verdrehte die Augen. »Wovon redest du eigentlich?«

Darauf wollte Max nicht näher eingehen. Er riss Tasche und Mantel an sich und drängte sich an ihr vorbei nach draußen.

Gertrud zog die Tür hinter sich zu und führte eine ihrer berühmten Verwandlungsnummern vor.

Sie warf dem Anwalt einen flehenden Blick zu und schüttelte betrübt den Kopf. »Das ist doch nicht normal«, sagte sie bekümmert. »Der ist richtig gefährlich mit seinen Fantasien. Sollte er nicht für unmündig erklärt werden? In seinem eigenen Interesse, meine ich.«

Auch der Anwalt wollte entkommen, doch versperrte sie immer noch den Weg. »Das ist eine Frage, die außerhalb meiner Kompetenz liegt«, murmelte er.

»Zurzeit kümmern sich ja mein jüngster Sohn und meine Schwiegertochter um ihn«, fuhr Gertrud unbeirrt fort. »Aber auf die Dauer ist ihnen das einfach nicht zuzumuten. Und man kann ihm auf keinen Fall eine größere Geldsumme anvertrauen. Man sollte einen Vormund für ihn bestellen. An wen kann ich mich in dieser Angelegenheit wenden?«

Der Anwalt sah aus, als litte er unter einem klaustrophobischen Anfall. »Einen Antrag auf Unmündigkeit können Sie im Prinzip beim Amtsgericht stellen. Aber dazu benötigen Sie natürlich ein ärztliches Attest und eine Stellungnahme des Sozialamts«, haspelte er und unternahm einen halbherzigen Versuch, ins Freie zu gelangen.

»Kann ich mich auch direkt ans Sozialamt wenden?«, fragte sie interessiert.

»Ja, warum nicht«, antwortete er vage. Dann machte er einen beherzten Schritt nach vorn und sah so aus, als wolle er schlimmstenfalls durch sie hindurchgehen.

»Dann werde ich Ihren Rat beherzigen und mich ans Sozialamt wenden«, sagte sie und gab endlich die Tür frei.

Birger und Gunnel traten ebenfalls die Flucht an und traten ihm fast in die Hacken, aus Angst, womöglich im Haus zurückbleiben zu müssen.

11 MONTAG, 9. JUNI

Petrus' grüner Range Rover erreichte gerade den Wendeplatz, als Kajsa ihrem Mann über den Küchentisch hinweg einen verstohlenen Blick zuwarf. Auch er hatte den Wagen gesehen, und wie nicht anders zu erwarten, verfinsterte sich sein Blick.

»Was will der hier?«, fragte er mürrisch.

Sie erinnerte ihn daran, dass Petrus ihnen heute einen Teil des Bauholzes liefern wollte, das unter der Woche gebraucht wurde.

Olle löffelte den Haferbrei mit gehetzter Miene in sich hinein, und sie glaubte nur allzu gut zu wissen, was hinter seinen hochgezogenen Augenbrauen vor sich ging.

In der Euphorie des Augenblicks, unmittelbar nachdem der Hof ihrer geworden war, hatten sie mit Petrus eine Abmachung getroffen, die praktische Hilfe ebenso umfasste wie preisgünstige Materiallieferungen aus seinem Baumarkt. Doch später hatten sich ein paar Hintergedanken in Olles Kopf geschlichen. Die Freundschaftspreise, die er ihnen gewährte, kamen zwar ihrer angespannten Finanzlage, nicht jedoch seinem angeknacksten Ego zugute. Was immer er sie auch glauben machen wollte – er war tief gekränkt.

Nicht allein, dass Petrus sich gegenüber seiner Frau sexuelle Freiheiten herausgenommen hatte, er war auch sehr viel wohlhabender als Olle – ein Umstand, über den sich nicht mehr so leicht hinwegsehen ließ wie früher. Außerdem war er praktischer veranlagt, was Olle ebenfalls nicht gefiel. Wenn es darum ging, einen alten Hof zu renovieren, würde seine Hilfe unerlässlich sein. Und da Olle, zumindest dem Anschein nach, großmütig genug war, über den bedauerlichen Zwischenfall auf Petrus' Flokati hinwegzusehen – und unbedingt sein Gesicht wahren wollte –, konnte er die Vereinbarung auch nicht einfach rückgängig machen und Petrus zum Teufel jagen. Er löste das Dilemma auf seine eigene Weise, nahm die uneigennützige Hilfe mit kaum verhüllter Herablassung in Anspruch und glaubte damit das Verhältnis auf den Kopf gestellt zu haben: Petrus' Bedürfnis zu helfen wurde gnädig toleriert.

Joakim, den die atmosphärischen Spannungen kalt ließen, lief hinaus, um Petrus zu begrüßen. Und Kajsa tat das, was sie lieber hätte bleiben lassen sollen: Sie beschwor ihren Mann, sich anständig aufzuführen, wofür sie einen bösen Blick erntete.

»Soll ich etwa so tun, als seien wir ein Herz und eine Seele?«

»Nein, aber du könntest ein bisschen weniger gehässig auftreten.«

Er schob den Stuhl zurück. »Ich fahr mit rauf und helf ihm beim Ausladen«, brummte er, worauf er sich an Joakims Fersen heftete.

Sie schaute dem davonrollenden Wagen nach und befürchtete das Schlimmste.

Der Hof gehörte ihnen nun seit vier Wochen, und noch immer hatte sich kein Beziehungswunder ereignet. Aber wann hatten sie auch Zeit, um solch einem Wunder auf die Sprünge zu helfen? Alles drehte sich immerzu um den Umzug und Einkauf von Waren, um Bankkredite und Kalkulationen. Und Petrus' Rolle als Freund der Familie war inzwischen untragbar geworden. Es war nur eine Frage der Zeit, bis Olle etwas Unüberlegtes tun, sie zum Beispiel auffordern würde, sich zu entscheiden.

In einer anderen und besseren Welt, falls solch eine überhaupt vorstellbar war, hätte sie sich für beide entschieden. Sie ergänzten einander so gut. Im Grunde ihres Herzens besaß sie eine große Schwäche für Petrus' praktische Veranlagung. Ein Mann, der den Erfordernissen des Alltags so selbstverständlich gewachsen war, hatte etwas sehr Sympathisches an sich. Olle war unsteter, so wie sie. Unsicher und launisch, aber ein guter Begleiter bei mentalen Höhenflügen. Ihn wollte sie keinesfalls verlieren. Wenn in diesem

Dreiecksdrama jemand geopfert werden musste, dann war es Petrus. Doch auch das war eigentlich unmöglich. Die Wurzeln ihrer Freundschaft reichten bis weit in die Vergangenheit zurück, in eine krisengeschüttelte Zeit, aus der sie dank Petrus mit heiler Haut herausgekommen war.

Genau gesagt, war es vor siebzehn Jahren gewesen. Sie stand damals ein Jahr vor dem Abitur und machte eine schwierige Entwicklung durch. Schließlich beschloss sie, die Flügel auszubreiten und im Einklang mit ihrer inneren Verwirrung zu leben. Das fiel ihr leichter, als sie geglaubt hatte. Sie gab sich mit Gleichgesinnten ausgiebigen Alkoholexzessen hin, blieb in den Nächten fort, wusste manchmal nicht einmal, wo. Den Sozialbetreuer ihrer Schule und den bestellten psychologischen Gutachter sah sie häufiger als ihre Lehrer. Und ihre Mutter trieb sie in den Zusammenbruch. Schließlich krönte sie ihr Werk mit einem lächerlich inszenierten Selbstmordversuch. Nicht dass sie in unmittelbarer Lebensgefahr geschwebt hätte – die Tabletten, die sie ihrer Mutter stibitzt hatte, hätten allenfalls einer Katze den Garaus machen können –, doch sie hatte ein Zeichen gesetzt, und nachdem ihr vorschriftsmäßig der Magen ausgepumpt worden war, stellte sie ihre Bedingungen. Sie wollte von zu Hause ausziehen.

Es wurde eine passende Familie gesucht, und so landete sie bei Petrus und Linnéa Levin, die zwei Söhne im jüngeren Teenageralter hatten. Bei ihnen lernte sie etwas kennen, das ihr bis dahin völlig unbekannt gewesen war: ein intaktes Familienleben. Sie wohnte zwei Jahre bei ihnen und machte eine erstaunliche Entwicklung durch.

Linnéa war alles, was Kajsas Mutter nicht war: lebensbejahend und empathisch, mit genau der richtigen Prise schwarzem Humor – und vor allem konnte sie zuhören. Eine revolutionäre Erfahrung für Kajsa, die bis dahin geglaubt hatte, man müsse sich am Rande der Hysterie bewegen, um Gehör zu finden. Petrus tat seinerseits nichts Besonderes, war einfach da, sicher und kompetent und wie geschaffen dafür, dass man zu ihm aufblickte.

Die Levins waren kluge Leute, die leidenschaftlich gern lasen, um anschließend unprätentiös und spielerisch über ihre Lektüre zu diskutieren.

Auch das war etwas Neues für Kajsa. Nicht das Verschlingen von Büchern – das tat sie, seit sie lesen konnte –, aber das Gespräch darüber und die gegenseitige Inspiration.

Auch Humor und Toleranz standen hoch im Kurs und wurden besonders gepflegt. Erst Jahre später hatte sie gedacht: vielleicht auf Kosten der Aufrichtigkeit. Hingegen wurde es nicht geschätzt, wenn man unglücklich war, auch nicht für kurze Zeit. Zudem nahm sie unterschwellige Spannungen wahr: Zwischen den Eheleuten Levin schien eine latente Verbitterung zu herrschen. In dieser stummen Auseinandersetzung ergriff sie im Stillen Partei für Petrus. Auf ihn durfte kein Schatten fallen. Für ihn hegte sie eine unkritische Bewunderung.

Seine Gefühle für sie waren natürlich wohlwollend gewesen und äußerten sich auf die etwas zerstreute Weise, die zu dieser Zeit so typisch für ihn war. Schon damals war er ein Mann gewesen, der tausend Eisen im Feuer hatte. Doch sie, deren Vater nicht nur geistig, sondern auch körperlich durch Abwesenheit glänzte, hatte sich nach einer substanzielleren Wertschätzung gesehnt.

Es war wichtig für sie, dass ausgerechnet er sich für ihr Seelenleben interessierte; dass ausgerechnet er von ihren bestechenden Gedanken erfuhr, deren Brillanz ihn blenden sollte. Und obwohl sie ihn nicht allein durch ihren Geist erobern konnte, sondern ihn auch physisch beeindrucken wollte, musste sie doch schließlich den Tatsachen ins Auge sehen.

Das hatte Linnéa längst getan, und zwar mit großer Gelassenheit. Ihr Mann bemerkte nämlich gar nicht, dass er Gegenstand einer heftigen Teenagerverliebtheit geworden war. Nur Kajsa blieb nicht gelassen. Es war außerordentlich unangenehm, sich in einen Mann zu verlieben, den man als eine Art Vater ansah. In ihrem knapp zwanzigjährigen Herzen war sie zutiefst unglücklich. Und da man in der Familie Levin alles, nur nicht unglücklich sein durfte, fand sie es an der Zeit, auszuziehen und ihr Glück in Lund zu versuchen. Dort studierte sie vier Semester Literaturgeschichte und nordische Sprachen und hatte im Nu ein paar kurze Affären mit Gleichaltrigen hinter sich gebracht, die keine tieferen Spuren hinterließen. Dann erschien Olle auf der Bildfläche, und alles kam so, wie es kommen sollte. Oder auch nicht …

Als sie Petrus das nächste Mal begegnete, geschah dies unter vollkommen veränderten Umständen. Acht Jahre waren seit dem letzten Mal vergangen, und jetzt war sie selbst verheiratet und hatte einen Sohn. Er hingegen war geschieden. Linnéa war wieder verheiratet und wohnte irgendwo auf dem Land. Die Söhne waren erwachsen und gingen ihrer eigenen Wege.

Ihre Teenagerverliebtheit betrachtete sie in jener Zeit in mildem Licht. Denn sie hatte sich ihre Dankbarkeit bewahrt, und die Sympathie für Petrus war ungebrochen. Da war es doch eine Selbstverständlichkeit, dass sie ihm jetzt die Tür zu ihrem Heim öffnete, so wie er es damals für sie getan hatte. Er kam öfter zu Besuch, und so entwickelte sich ihre Freundschaft.

Petrus unternahm ein paar tapfere Versuche, eine neue Frau kennen zu lernen, aber die Beziehungen hielten nie lange. Stattdessen widmete er sich mit größter Energie seinem Unternehmen und seiner politischen Karriere – Seiten an ihm, die sie kaum kannte und über die sie auch nur selten sprachen. Über andere Themen diskutierten sie umso mehr, zum Beispiel über die Bücher, die sie gelesen, und Filme, die sie gesehen hatten. Und natürlich vertieften sie sich immer wieder in das Thema, das ihnen besonders am Herzen lag, nämlich ihr Leben.

Seiner wachsenden Verliebtheit hatte sie anfänglich mit Humor begegnen können. Und natürlich hatte sie sich geschmeichelt gefühlt. Der einst Unerreichbare war zu ihr hinabgestiegen. Schließlich hatte sie die ungeteilte Aufmerksamkeit bekommen, nach der sie sich als Teenager so sehr gesehnt hatte. Doch mit dieser war es wie mit den meisten Dingen im Leben: Wenn man endlich bekommt, was man will, wünscht man sich bereits etwas anderes.

Bis zu jenem unglückseligen Abend vor ein paar Monaten war alles wunderbar gewesen. Jenem Abend, an dem sie so aufgewühlt gewesen war und erkannt hatte, dass es in ihrem Verhältnis zu Petrus noch unerfüllte Wünsche gab …

Sie hörte, wie der Wagen zurückkam, und stellte sich in die Tür. Petrus war allein. Sie brauchte ihn nur kurz anzusehen, als er auf das Haus zuging, um zu wissen, dass etwas passiert war.

»Wo sind Olle und Joakim geblieben?«, fragte sie.

Er antwortete erst, als er die Treppe erreicht hatte. »Olle hat mir gerade gesagt, ich soll mich zum Teufel scheren.«

Ihre bösen Ahnungen hatten sich also bewahrheitet. Dennoch fragte sie: »Meint er das im Ernst?«

»Es schien ihm sehr ernst zu sein.«

»Hat Joakim zugehört?«

»Nein, er war nicht in der Nähe.«

»Gott sei Dank«, sagte sie und ließ sich kraftlos auf die Stufen sinken. »Ich hatte schon so was erwartet. Vermutlich war das Handy der Auslöser.«

Das ohnehin empfindliche Gleichgewicht war gestört worden, als Petrus ihr vor kurzem ein Handy geschenkt hatte. Das exakte Gegenstück zu seinem eigenen. Das neueste und teuerste, das auf dem Markt zu haben war. Vielleicht nicht das taktvollste Geschenk der Welt, doch sie hatte sich darüber gefreut und konnte es wirklich gut gebrauchen. Olle hingegen witterte geheime Absichten, nämlich die schnurlose Kommunikation zwischen seiner Frau und ihrem verhinderten Liebhaber.

Petrus setzte sich neben sie auf die Treppe. Er schien am Boden zerstört zu sein.

»Er hat unsere Vereinbarung aufgekündigt und will die Waren künftig woanders einkaufen. Außerdem will er mich hier nicht mehr sehen.«

Sie wusste nicht, was sie sagen sollte. Olles Verhalten war so schrecklich unreif und kurzsichtig. Natürlich gab es vieles, das ihm zurzeit auf die Nerven ging. Zum Beispiel all die Verwandten, die sich hier einfanden, ihnen den finanziellen Ruin prophezeiten und den Hof als völlig baufällig bezeichneten.

»Ich hoffe, er weiß, was er tut«, sagte Petrus.

Genau das weiß er sicherlich nicht, dachte sie.

Petrus nahm ihre Hand. »Du weißt ja, dass ich euch jederzeit helfe, wenn ihr in der Klemme seid. Auch wenn ich es hinter seinem Rücken tun muss.«

Sie schauderte bei dem Gedanken und fühlte sich in Olles Namen brüskiert. »So hilflos ist er auch wieder nicht«, sagte sie bedächtig. »Wir kommen schon zurecht.«

»Können wir uns trotzdem ab und zu treffen?«

»Vielleicht sollten wir damit etwas warten... Er braucht wohl noch etwas Zeit.«

»Ich rede nicht von ihm. Dich will ich treffen.«

»Ich glaube, im Moment ist das keine gute Idee.«

»Musstest du ihm denn unbedingt davon erzählen?«

Die Frage ließ sie innerlich zusammenzucken. Er glaubte sicher, seine Beharrlichkeit würde irgendwann Früchte tragen. Aber es war unter ihrer Würde, sich zur Liebe überreden zu lassen. Ihre Nüchternheit wuchs im Takt mit seinen Vorstößen.

»Ich tue nichts ohne sein Wissen«, sagte sie und zog die Hand zurück. »Das musst du doch verstehen.«

Doch sein Verständnis war äußerst zweifelhaft. Als er aufstand und zu seinem Wagen ging, zeugten seine Stimme und seine Körperhaltung von tief verletzten Gefühlen.

»Du weißt ja, wo du mich finden kannst«, sagte er noch, dann fuhr er davon.

Da sie zu extremen Stimmungsschwankungen neigte, verfiel sie schlagartig in eine abgrundtiefe Verzweiflung. Olle hatte seinen Willen bekommen. Er hatte sie gezwungen zu wählen, und jetzt hatte sie einen Freund weniger. Petrus würde ihr fehlen. Sie spürte bereits den Verlust seiner Fürsorglichkeit, die in all den Jahren so selbstverständlich gewesen war.

Erst kürzlich hatte Olle in düsterem Ton darauf hingewiesen, dass es ihnen noch Leid tun könnte, alle Brücken hinter sich abgebrochen zu haben, doch sie hatte seine Bedenken in den Wind geschlagen. Allerdings hatte ihre Sorglosigkeit auf dem Wissen basiert, dass Petrus seine schützende Hand über sie hielt. Fortan würde ihnen der Wind ins Gesicht wehen. Sie hatten allenfalls drei Monate Zeit, um den Hof in eine bewohnbare Behausung zu verwandeln, ehe die Herbstkälte einsetzte. Wie sie das schaffen sollten, war ihr im Grunde ein Rätsel.

12 DONNERSTAG, 12. JUNI – FREITAG, 13. JUNI

Der Tischler Per Augustsson, angeblich ein wenig mürrisch und eigenwillig, doch von Petrus wärmstens empfohlen, starrte Kajsa verwirrt an.

»Ich habe vorgestern mit ihm telefoniert, und da haben wir vereinbart, dass ich heute kommen soll«, wiederholte er bereits zum dritten Mal, als hoffte er, dass sie doch noch ihren Mann holen würde, wenn er nur beharrlich blieb.

»Das ist aber sehr merkwürdig«, entgegnete sie, ebenfalls zum dritten Mal, während sie im Stillen Olle verfluchte, der ihr nichts erzählt oder wieder mal alles vergessen hatte. »Dann muss es sich um ein Missverständnis handeln. Mein Mann hat zurzeit viel um die Ohren und musste aus beruflichen Gründen kurzfristig nach Malmö. Aber morgen ist er wieder da.«

»Ja, morgen, aber herbestellt hat er mich heute!«, maulte Augustsson unnachgiebig.

Normalerweise hätte sie mit dem Mann, der aus der Gegend stammte und Petrus zufolge ein Glücksgriff war, gern ein wenig geplaudert. Im Grunde hätte es ihr auch nichts ausgemacht, ihn mit Arbeit zu versorgen, doch im Augenblick saß sie wie auf Kohlen und wollte nur, dass er wieder verschwand.

»Vielleicht wollen Sie trotzdem schon mal zum Hof hinauffahren und ihn sich ansehen«, schlug sie vor.

»Hab ihn schon gesehen.«

»Ach, wirklich? Vor kurzem?«

Er kniff seine hellen Augen zusammen, und beinahe sah es so aus, als ob er lächelte. »Den Hof kannte ich schon, da waren Sie noch gar nicht auf der Welt«, erklärte er vielsagend. »Hab sogar einiges dran getan.«

»Wirklich? Wann war denn das?« Sie betrachtete ihn eingehender und fragte sich, wie alt er sein mochte.

»Das letzte Mal 1965. Da hab ich ein paar Bretter an der Fassade ausgetauscht, aber später haben sie dann wohl nichts mehr dran machen lassen. Eigentlich müsste der alte Kasten jeden Moment zusammenbrechen. Ich glaube, Sie kommen nicht drum herum, das allermeiste zu erneuern.«

»Tja, sieht so aus«, entgegnete sie zerstreut.

»Wie haben Sie sich das eigentlich vorgestellt?«

»Sobald ich meinen Mann erreiche, werde ich ihm sagen, dass Sie da gewesen sind«, sagte sie. »Darf ich ihm ausrichten, dass Sie morgen kommen werden?«

»Ja, ja, meinetwegen«, brummte er mürrisch und trottete zu seinem Auto.

Als er fort war, begriff sie ihren Fauxpas. Sie hätte ihm natürlich einen Kaffee anbieten sollen. Gute und zuverlässige Handwerker wuchsen ja nicht auf den Bäumen. Daher sollte man sie pflegen und es sich nicht leichtfertig mit ihnen verscherzen. Doch sie war allzu aufgewühlt, um auf die Etikette zu achten.

Kajsa kehrte zur Verandatreppe zurück und betrachtete die Szenerie, die man nicht anders als bezaubernd nennen konnte. Auf dem Rasen lagen verschiedenste Sommerutensilien verstreut, ein paar umgeworfene Fahrräder, die Gegenstände eines jüngst unterbrochenen Krocketspiels, Decken und Holzschuhe. An einer Wäscheleine zwischen bemoosten Baumstämmen hingen feuchte Badsachen und Handtücher. Hinter den verblühten Fliederbüschen war eine Ecke des baufälligen Toilettenhäuschens zu sehen. Es war heiß und windstill. Helles Jungengeschrei drang an ihr Ohr. Joakim und sein Mitschüler Fredrik mussten ganz in der Nähe sein, vertieft in ihre Abenteuerwelt.

Die geschönte Ferienhausidylle eines schwedischen Sommers.

Als fürchte sie, es handle sich um eine Fälschung, untersuchte sie das zauberhafte Bild sogleich nach verborgenen Fehlern. Doch konnte sie keine entdecken. Die Veränderung war mit ihr selbst geschehen, und deren Quelle lag auf ihren Knien: ein Tagebuch. Ein scheinbar harmloser Gegenstand, der wie aus dem Nichts aufgetaucht war.

Nichts Böses ahnend, hatte sie vor wenigen Stunden die Kammer hinter der Küche aufgeräumt. Es war das Zimmer, das Joakim im Sommer in Besitz genommen hatte, damit er sich mit seinen Freunden zurückziehen konnte.

Man konnte ihr nicht vorwerfen, geschnüffelt zu haben; warum hätte sie das auch tun sollen? Aber die Unordnung in Joakims Zimmer hatte sie geärgert, und beim Versuch, diese einigermaßen in den Griff zu bekommen, hatte sie die Schubladen seiner Kommode noch voller gestopft, als sie es ohnehin schon waren, wobei ihr das Buch in die Hände gefallen war. Zwischen zerfetzten Comics und einbeinigen Astronauten hatte es irgendwie deplatziert gewirkt; außerdem hatte sie niemals damit gerechnet, in Joakims Schubladen solch einen Gegenstand zu finden.

Natürlich hatte sie es geöffnet und sogleich festgestellt, dass es fast zu einem Viertel voll geschrieben war. Der Einband war dünn, und die Blätter knisterten spröde. Dann hatte sie bemerkt, dass ihr das Schriftbild völlig unbekannt war. Anfangs hatte sie sich nicht um den Inhalt gekümmert. Die Schrift war sauber und gleichmäßig, geschrieben mit blauem Kugelschreiber, doch drängten sich die Buchstaben so eng aneinander, als habe der Schreiber versucht, den Raum auf jeder Seite maximal auszunutzen.

Ihre Neugier war geweckt. Sie nahm das Buch mit sich in die Küche und ließ sich am Tisch nieder, um die Schrift zu entziffern. Sie begann auf der ersten Seite und arbeitete sich methodisch voran. Es ging leichter, als sie erwartet hatte. Von der ein oder anderen Passage abgesehen – wo Feuchtigkeitsflecken den Text nahezu unlesbar machten –, gab das Buch seinen Inhalt willig preis. Es war ihr rasch klar, dass es sich um das Tagebuch einer jungen Frau handelte, die gelegentlich Probleme mit der Rechtschreibung hatte.

Mit wachsender Spannung las sie mehrere Seiten, bis sie – nicht ohne eine gewisse Verwirrung – begriff, dass das Tagebuch in ihrem Sommerhaus geschrieben worden war, in derselben Küche, in der sie jetzt saß. Sie blätterte zur ersten Seite zurück. Dort stand eine Jahreszahl: 1972. Und ein Name: Pia.

Dieses eigentümliche Dokument war also vor fünfundzwanzig Jahren entstanden. Wie es in Joakims Kommodenschublade landen konnte, war ihr ein Rätsel. Warum hatte er nichts davon erzählt? Er musste das Tagebuch irgendwo im Haus gefunden haben. Aber wo? Sie kannte doch jeden Winkel. Und hatte er wirklich darin gelesen? Sicher keine geeignete Lektüre für einen Zwölfjährigen. Fraglich, ob es eine geeignete Lektüre für sie war. Sie las mit einem mulmigen Gefühl, weniger wegen des zugleich freimütigen wie naiven Tons, sondern aufgrund der absonderlichen Umstände, die hier insgeheim geschildert wurden, als würde sie alles durch ein Schlüsselloch beobachten.

Ein tief verwurzelter Instinkt sagte ihr, dass es nicht entschuldbar war, heimlich fremde Tagebücher zu lesen, doch wen hätte sie in diesem Fall um Erlaubnis bitten können? Schließlich schlug sie alle Bedenken in den Wind und ließ sich mit wachsendem Staunen von dem dramatischen Geschehen in Bann ziehen, das sich auf den Seiten entfaltete. Als sie die letzten Zeilen erreicht hatte, schlug ihr das Herz bis zum Hals. Was sie gelesen hatte, war nicht nur höchst spannend, sondern auch erschreckend.

Später war der Tischler gekommen und hatte sie unterbrochen, doch jetzt saß sie wieder hier und drehte das kleine Buch in den Händen, als könne sie ihm so weitere Geheimnisse entlocken. Es verströmte einen schwachen Schimmelgeruch, die Buchdeckel waren mit Stoff bezogen, und auf der Innenseite des hinteren Deckels stand *Made in China*. Der Stoff hatte ein chinesisches Muster, aber die Farben waren ausgebleicht und vereinigten sich nach all den Jahren zu einem blassen Malventon. Irgendjemand, vermutlich die Besitzerin des Tagebuchs, hatte den Stilbruch begangen, auf die Vorderseite ein Bild des indischen Affengotts Hanuman zu kleben und um das Bild herum eine Borte zu malen, deren Ornamente keltisch anmuteten.

Sie spielte mit dem Gedanken, das Tagebuch ein für alle Mal zu vernichten. Ein Kaminfeuer anzufachen, die Blätter herauszureißen und nacheinander in die Flammen zu werfen. Zuletzt würde sie die Buchdeckel verbrennen. Dann wäre es aus der Welt. Doch nicht wirklich, denn schließlich hatte sie es gelesen. Außerdem widersprach es ihrer Natur, etwas zu zerstören, das noch nicht völlig erforscht war.

Bis auf weiteres wollte sie es verstecken, später würde man dann sehen …

Erst am nächsten Morgen – nachdem Olle zurückgekehrt und am alten Hof glücklich mit Tischler Augustsson vereint worden war – bekam sie die Gelegenheit, mit ihrem Sohn unter vier Augen zu sprechen.

Er trödelte mit seinem Frühstück, und Fredrik, des Wartens müde, hatte sich Olle angeschlossen. Sobald er außer Hörweite war, hatte sie beiläufig, während sie den Tisch abdeckte, gesagt: »Gestern, beim Aufräumen in deinem Zimmer, habe ich in deiner Kommode zufällig ein Buch gefunden – ein Tagebuch.«

Er ließ seinen Löffel mit Haferflocken und Sauermilch sinken, den er schon zum Mund geführt hatte. »Hast du es genommen?«, fragte er vorwurfsvoll.

»Ja, ich habe es gelesen. Hast du es auch gelesen?«

Sie sah, wie seine Züge sich verschlossen. Anstatt zu antworten, sagte er beleidigt, doch ohne Überzeugung: »Das gehört mir. Ich habe es an einem geheimen Ort gefunden.«

Sie setzte sich ihm gegenüber und schaute ihm die Augen. Sie sahen aus wie Olles. Dieselbe dunkle Glut, verdeckt von dichten, schwarzen Wimpern.

»Okay, du hast es gefunden und an dich genommen. Jetzt habe ich es gefunden und genommen.«

»Ich habe es zuerst gefunden und du hast es aus *meiner* Kommode genommen«, stellte er fest.

»Du hast es doch wohl in *unserem* Haus gefunden.«

»Nein, hab ich nicht, denn als ich es gefunden habe, da war es noch nicht unser Haus, sondern gehörte Leif.«

Diese Logik verschlug ihr für einen Moment die Sprache.

»Also hast du es letzten Sommer gefunden, oder ist es noch länger her?«

Er starrte seufzend auf seinen Teller. »Letzten Sommer.«

Er hatte es also ein ganzes Jahr lang gehabt, ohne ein Wort zu sagen.

»Hast du darin gelesen?«, fragte sie erneut.

»Ja, vielleicht … ein bisschen.« Er schaute rasch zu ihr auf und fügte hinzu: »Aber nicht viel.«

»Haben noch andere darin gelesen? Hast du mit irgendjemandem darüber gesprochen?«

»Nee.«

»Sicher?«

Er nickte ungeduldig. Ein gekränkter Zug, der ihr wohlbekannt war, umspielte seine Mundwinkel.

»Das war doch mein Geheimnis«, sagte er monoton.

»Wenn du das Tagebuch besser versteckt hättest, wäre es das immer noch«, sagte sie. »Aber ich habe es in deiner Kommode gefunden, und dort hätte Fredrik es auch finden können. Bist du sicher, dass er es nicht gesehen hat?«

Er verdrehte die Augen, als fände er ihre Besorgnis übertrieben. »Fredrik macht sich nichts aus Büchern. Der liest nur Comics.«

»Aber es hat doch wohl nicht die ganze Zeit über in deiner Kommode gelegen, seit du es gefunden hast.«

»Nein, ich habe es in meinem Geheimfach gehabt.«

»Warum hast du es dann in deine Kommode gelegt?«

Er zuckte mit den Schultern. »Ich wollte wohl mal ein bisschen darin lesen.«

»Jedenfalls bin ich froh, dass ich es gefunden habe«, sagte sie. »Der

Inhalt ist ziemlich unangenehm. Da stehen Sachen drin, die eigentlich niemand erfahren sollte. Du verstehst doch, dass ich nicht will, dass du noch mehr darin liest? Es könnte ziemlichen … Wirbel verursachen, wenn jemand das Buch in die Hände kriegt.«

»Ist das, weil so viel von Drogen und Sex drinsteht?«

Sie wunderte sich über seine unbekümmerte Ausdrucksweise. »Ja, unter anderem.«

»Auch von Leif.«

»Ich glaube, du hast doch eine ganze Menge darin gelesen. Hast du auch die letzten Seiten gelesen … wo sie diesen Fund gemacht haben?«

»Ich hab doch gesagt, ich kann mich nicht erinnern. Außerdem kann man nicht alles erkennen, weil das Buch viele Flecken hat und weil die Handschrift so komisch ist.«

»Also ich konnte fast alles entziffern.«

»Willst du wissen, wo ich es gefunden habe?«, versuchte er abzulenken.

»Klar«, antwortete sie.

Er stand auf und ging zu dem alten, abgewetzten Büfett, das an der langen Wand der Küche unter dem Fenster stand. Langsam, vielleicht um die Spannung zu erhöhen, zog er die rechte Schublade auf, in der sie das Besteck aufbewahrten, und stellte sie auf den Boden. Er zeigte triumphierend auf die Öffnung. Zwischen den Holzschienen, auf denen man die Schublade herausziehen konnte, und der Oberseite befand sich ein ungefähr fünf Zentimeter tiefer Hohlraum.

»Hier lag es«, verkündete er stolz.

»Wie bist du darauf gekommen, dort nachzugucken?«, fragte sie sichtlich beeindruckt.

»Ich weiß nicht mehr, wahrscheinlich wollte ich mir den Schrank näher ansehen.«

»Ich gehe davon aus, dass du auch bei der anderen Schublade nachgeschaut hast«, sagte sie.

»Ja, aber da war nichts.«

Plötzlich verlor er das Interesse an der Angelegenheit und erinnerte sich an Fredrik. Er ging zur Tür. Doch sie war offensichtlich der Meinung, das Gespräch verdiene ein richtiges Ende, und hielt ihn auf.

»Warte mal, wir sind noch nicht fertig mit dem Thema.«

»Doch, ich bin fertig«, sagte er.

Sie ignorierte seine Ungeduld. »Tut mir Leid, dass dein Geheimnis aufgeflogen ist«, sagte sie, »aber ich finde, du hättest mir davon erzählen können. Dinge, die sich in diesem Haus befinden, gehen genauso Olle und mich etwas an. Jedenfalls war es ein Riesenglück, dass ich das Tagebuch gefunden habe. Wer weiß, was passiert wäre, wenn es ein anderer entdeckt hätte. Ich brauche doch nicht zu betonen, dass du keinem davon erzählen darfst?«

»Nicht einmal Olle?«

»Nein, nicht einmal Olle. Natürlich werde ich ihm davon erzählen … irgendwann einmal. Aber zurzeit muss er sich schon mit so vielen anderen Dingen beschäftigen. Vielleicht verbrenne ich es einfach. Ich muss darüber nachdenken …«

Bevor sie ihre Überlegung beendet hatte, war Joakim verschwunden.

Damit war die Geschichte erst einmal erledigt, zumindest für den Augenblick. Sie hatte keine Lust mehr, noch einen Gedanken an das furchtbare Tagebuch zu verschwenden. Stattdessen wollte sie sich den gegenwärtigen Problemen zuwenden und ihre unterbrochene Tätigkeit wieder aufnehmen. Aber die Worte und Sätze hatten sich in ihrem Kopf festgesetzt und waren ihr unter die Haut gekrochen. Und dann war da noch Olle.

Herrgott, sie hatten wirklich schon genug Probleme. Es ging nicht allein um ihre finanziellen Schwierigkeiten. Er war gerade dabei, seinen alten Job abzuwickeln, und hatte in Malmö tausend andere Verpflichtungen. Und wie er vorausgesagt hatte, war der Sommer für sie eine einzige Schufterei. Sie hatte sich drei Monate von der Bibliothek freistellen lassen, um den engen Zeitrahmen besser überwachen zu können.

Heute wollte er über das glühend heiße Dach krabbeln, um ein paar fehlende und ramponierte Dachziegel zu ersetzen. Sie hatte seine Hände betrachtet – um die er ebenso besorgt war wie um seine Geige – und geäußert, sie könnten glatt einem Handwerker gehören. Er hatte dies mit unverkennbarem Stolz zurückgewiesen. Irgendwo müssten sie ja schließlich sparen, sagte er. Sie begriff, wie wichtig es für ihn war, durch die praktische Arbeit zu zeigen, dass er etwas taugte.

Joakim und Fredrik tummelten sich in freier Natur auf den frisch erworbenen Feldern. Sie selbst sehnte sich nach einer handfesten Betätigung und hätte am liebsten sofort die Gerümpelhaufen, den festsitzenden Schmutz und die abblätternde Farbe in Angriff genommen, ganz zu schweigen vom Unkraut, das jahrzehntelang Zeit gehabt hatte, Wurzeln zu schlagen und sich auszubreiten.

Doch sie tat nichts von alldem. Stattdessen entschied sie sich, Petrus anzurufen.

In Anbetracht der Ereignisse, die erst vier Tage zurücklagen, war dies möglicherweise eine schlechte Idee. Doch sie wusste keinen anderen, der ihre Wissbegier im Moment hätte stillen können.

Er klang erstaunt und anfangs ein wenig eingeschnappt, aber das ging rasch vorbei.

»Wie geht's denn überhaupt?«, fragte er.

»Alles in Ordnung. Augustsson ist gerade auf dem Hof.«

»Ausgezeichnet! Seht zu, dass ihr ihn gut behandelt. Dann tut er fast alles für euch. Außerdem ist er nicht teuer.«

»Was meinst du mit gut behandeln?«

»Lasst ihn einfach nörgeln.«

»Danke, ich werd dran denken.«

Plötzlich war sie verlegen und wusste nicht, wie sie beginnen sollte. »Ich wollte dich was fragen ...«, sagte sie schließlich.

»Ja ...?«

»Hast du mit Linnéa nicht Anfang der siebziger Jahre die Sommer hier verbracht?«

»Anfang der siebziger …?« Er dachte nach. »Stimmt, hin und wieder. Vor allem Linnéa mit den Kindern. Ich hatte wohl nicht so viel Zeit damals. Warum?«

»War nicht Leif Rösling damals verheiratet?«

Er lachte auf. »Du und deine Gedankensprünge! Doch, das war er.«

»Kanntest du seine Frau?«

»Das kann ich nicht gerade behaupten. Ich glaube, wir sind ihr ein paar Mal begegnet.«

»Weißt du, warum sie sich scheiden ließen?«

»Nein, darüber weiß ich überhaupt nichts. Ich habe mit Leif nie über persönliche Dinge gesprochen. Aber ich nehme an, sie ließen sich aus den üblichen Gründen scheiden.«

»Und wo ist sie hingezogen?«

»Keine Ahnung.«

»Aber ihr habt doch wohl ab und zu ein paar Worte gewechselt. Gab es damals nicht … seltsame Gerüchte?«

»Warum dieses plötzliche Interesse an Leif?«

Für einen Augenblick erwog sie, ihm alles zu erzählen. Es wäre eine Erleichterung, ihr Wissen mit jemandem zu teilen. Aber sie konnte nicht Petrus etwas anvertrauen, das sie Olle vorenthielt. Also griff sie zu einer Notlüge.

»Ich habe ein paar alte Briefe gefunden, die offenbar an ein junges Mädchen geschrieben wurden, die 1972 hier gewohnt hat. Das Sommerhaus ist wohl schon damals vermietet worden, und zwar an ein paar Jungs und Mädels aus Stockholm …«

»Aha …«

»Ich bin einfach ein bisschen neugierig geworden. In den Briefen war öfter von Leif die Rede. Es scheint da Auseinandersetzungen zwischen den Mietern und seiner Frau gegeben zu haben. Irgendeine Dreiecksgeschichte. Leif scheint mit einem der Mädchen was gehabt zu haben. Kannst du dich an die Leute erinnern?«

»Lass mich nachdenken ... Ja, jetzt, da du es erwähnst, erinnere ich mich, dass damals im Sommer ein paar Hippies auf Röshult wohnten. Die Leute haben sich ziemlich das Maul über sie zerrissen. Von Drogen und wilden Partys war die Rede. Aber Linnéa und ich hatten kein besonderes Interesse an dem Geschwätz.«

»Seid ihr diesen Leuten mal persönlich begegnet?«

»Das sind wir bestimmt, aber frag mich nicht, wie die ausgesehen haben. Daran kann ich mich nicht erinnern. Wo hast du diese Briefe gefunden?«

»Unter der Besteckschublade in der Küchenvitrine. Dort schaut man ja wirklich nicht jedes Jahr nach.«

»Wovon handeln sie noch?«

»Ich weiß nicht genau. Teilweise fand ich sie etwas wirr, aber diese Affäre führte wohl dazu, dass ... Leifs Frau ... dass sie sich scheiden ließen. Ich wollte nur hören, ob du etwas von dieser Geschichte weißt.«

»Was sollte ich schon wissen?«

»Mehr als ich auf jeden Fall. 1972 war ich zehn Jahre alt und hatte noch nie etwas von Röshult gehört. Aber das ist alles nicht so wichtig, ich bin nur ein bisschen sensationslüstern.«

»Möchtest du, dass ich mir die Briefe einmal ansehe?«

»Ich habe sie schon verbrannt.«

»Ach so ...«

»Ich habe mich bloß gefragt, ob damals allgemein bekannt war, dass Leif mit einem der Mädchen eine Affäre hatte.«

»Ja, eine Zeit lang war das wohl ein bekannter Skandal. Aber mit seiner Scheidung habe ich das nie in Verbindung gebracht. Ich dachte, die wäre schon früher gewesen.«

»Und wo sie geblieben sind, weißt du auch nicht?«

»Nein. Ich nehme an, die sind nach Stockholm zurückgegangen.«

»Mehr kannst du mir nicht erzählen?«

»Leider nein. Für Klatsch und Tratsch war ich nie zu haben.«

»Vielleicht sollte ich mal Augustsson anzapfen?«

»Kannst du ja versuchen, aber ich glaube nicht, dass so was zu seinen Interessengebieten gehört.«

Sie versicherte, dass so was eigentlich auch nicht zu ihren Interessengebieten gehörte, und nachdem sie ein wenig unbeholfen auf ihr letztes Treffen zu sprechen gekommen waren, beendeten sie dieses Gespräch halbwegs versöhnlich.

Von einer seltsamen Unruhe getrieben, holte sie das Tagebuch hervor, das sie im Bücherregal hinter mehreren ungebundenen Jahrgängen von Olles Juristenzeitung versteckt hatte. Sie schaute sich suchend um und entschied sich für das einzige Möbelstück, das sich abschließen ließ. Eine alte Brauttruhe, die sie letzten Sommer auf einer Auktion ersteigert hatten. Sie legte es auf den Boden unter einen Haufen alter Kleider.

Gegen Abend, als sie gerade Pfannkuchen machte, kam Joakim zur Tür herein und ging mit geschäftiger Miene an ihr vorbei. Sie hörte das Knarren der steilen Dachbodentreppe und danach Schritte über ihrem Kopf. Nach ein paar Minuten war er wieder in der Küche.

»Was ist los?«, fragte sie. »Wo ist Fredrik?«

»Der ist draußen.«

»Hast du Hunger?«

»Hast du Olle was erzählt?«, fragte er.

»Wovon redest … ach, das meinst du. Nein, ich habe ihm nichts gesagt.«

Er zog eine Plastiktüte hinter seinem Rücken hervor. »Dann kannst du die hier auch gleich haben«, sagte er.

»Was ist da drin?«

»Ihre Sachen.«

Er leerte den Inhalt über die Arbeitsplatte.

Sie zog rasch die Pfanne von der Herdplatte und starrte auf die ausgebreiteten Dinge. »Was ist das?«

»Das lag alles unter der Schublade«, teilte er freimütig mit. »Eigentlich wollte ich es dir gar nicht zeigen, aber ich hab meine Meinung geändert.«

Ihr erstes Gefühl war, dass sich etwas Unerwünschtes aufdrängte. Etwas, das sich nicht mehr abwehren ließ.

»Und das war alles mit dem Tagebuch zusammen?«

Joakim nickte.

Sie schaute ihn durchdringend an. »Und du bist wirklich sicher, dass das alles ist?«

Sein Blick flackerte ein wenig, doch er nickte entschieden.

»Ehrenwort?«

»Ja. Ich will das nicht mehr haben.«

Sie stopfte rasch alles in die Plastiktüte zurück.

»Ich hab dafür jetzt keine Zeit«, sagte sie. »Ich werde mir die Sachen später anschauen. Und kein Wort darüber, zu niemandem!«

Er schüttelte energisch den Kopf und schoss wie ein geölter Blitz aus der Tür.

Viel später, genauer gesagt um halb zwölf, nachdem sie sich vergewissert hatte, dass alle schliefen, schlich sie sich nach oben und zog die Plastiktüte unter ihrem Bett hervor. Sie schloss sich in die Küche ein und legte die Gegenstände zur eingehenden Untersuchung nebeneinander auf die Bank. Zuoberst hatte ein Brief gelegen, also begann sie mit ihm. Der Poststempel war erstaunlicherweise noch gut lesbar: Amsterdam, 18. September 1972. Adressiert an Pia Bryneskog, Postfach 7527, Röshult, Märringe, Schweden. Der kurze Inhalt hingegen war nur schwer zu entziffern. Sie buchstabierte sich mühsam durch das Gekritzel.

Hi,

wir sind jetzt in Amsterdam. Coole Stadt, schöne Häuser. Haben viele nette Leute kennen gelernt. Viel zu rauchen und viel Spaß. Das Auto hat wieder den Geist aufgegeben, also mussten wir es hier reparieren lassen. Wir wohnen bei einem Typ, der nach Marokko mitkommen will. Sein Kumpel kommt auch mit. Macht euch keine Sor-

gen. Das ist total sicher, sagen alle. Hier sind die Leute viel relaxter als bei uns. In drei Wochen sind wir wohl wieder zu Hause und dann …

Viele Grüße an Sue.

David

PS: Schicke euch was Leckeres zum Probieren.

Nachdem sie das Tagebuch gelesen hatte und sich der Adressatin dieser Zeilen bereits verbunden fühlte, warf sie den Brief mit missbilligendem Schnauben auf die Bank zurück. Dann wandte sie sich einer prall gefüllten Brieftasche zu. Außer einer Vielzahl verknickter Fotos, die sie zunächst nur eines kurzen Blicks würdigte, enthielt sie eine beachtliche Sammlung von Eintrittskarten verschiedener Stockholmer Kinos, eine Unmenge von Kassenbelegen, ein halbes Fahrscheinheft der Stockholmer Verkehrsbetriebe, den grünen Mitgliederausweis eines Jugendzentrums in Norrköping, ausgestellt 1969, sowie einen vergilbten, beinahe zerbröselten Zeitungsausschnitt, der über einen Autounfall berichtete, dem auf der E 4 zwischen Norrköping und Linköping drei Menschen zum Opfer gefallen waren. In einer Schutzhülle steckten Kalenderblätter der Jahre 1968 bis 1972 sowie fünfunddreißig Kronen in damals gültigen Scheinen.

Dann blätterte Kajsa hastig einen Stoß Zeichnungen durch, die ihr interessant erschienen, denen sie sich jedoch später widmen wollte. Als Nächstes betrachtete sie die unauffälligen Schmuckstücke: zwei Armbänder, vermutlich aus Gold, das eine mit zahlreichen Berlocken behängt; eine Halskette mit einem kleinen goldenen Kreuz, ein Ring mit blauem Stein. Doch gab es auch ein großes Schmuckstück an einer Kette, dessen Stil sich von den anderen deutlich abhob. Ein stilisierter Vogel mit ausgebreiteten Schwingen wurde von einem massiven, flachen Ring umschlossen, dessen Durchmesser ungefähr sieben Zentimeter betrug. In seiner gediegenen Schwere hatte der Schmuck etwas Altnordisches oder auch Mittelalterliches an sich. Sie fand ihn sehr ansprechend. Schließlich nahm sie einen kleinen ramponierten, abgenutzten Teddybären in die Hand. Er war ungefähr zwanzig Zentimeter lang, trug eine karierte Hose und ein schmutziges blaues Seidentuch um den Hals. Aus irgendeinem Grund stimmte sie der einfältige Ausdruck des sichtbar in Mitleidenschaft gezogenen Stoffbären traurig.

Er machte wirklich einen deprimierten Eindruck.

Lange saß sie so da und beschäftigte sich mit den Gegenständen. Eine aufdringliche Stimme aus der Vergangenheit, ging es ihr durch den Kopf. Unheil verkündend? Vielleicht. Obwohl sie alles unter Kontrolle hatte. Sie fragte sich, inwieweit diese Dinge ihr heutiges Leben beeinflussten. Es waren doch nur Gegenstände und geschriebene Worte, die man jederzeit loswerden und aus dem Gedächtnis streichen konnte.

Konnte man das wirklich? Nein, Olle wollte sie nicht einweihen. Bei ihm wusste man nie. Vielleicht würde er sogar auf die verrückte Idee kommen, das Tagebuch der Polizei zu übergeben. An die möglichen Konsequenzen wollte sie gar nicht erst denken.

Als sie schließlich alle Gegenstände wieder in der Plastiktüte verschwinden ließ, wusste sie, mit wem sie sich beratschlagen konnte.

Natürlich würde sie mit Katharina sprechen.

13 MONTAG, 16. JUNI

Eine von Max' vielen Ideen war, dass er in Christiansholm wohnen wollte. Birger verstand zwar nicht, warum, aber irgendwo musste er ja schließlich bleiben, und solange es nicht Malmö war, konnte er die Idee nur befürworten. Auch Gunnel unterstützte sie und hatte sogar ihre Verwirklichung in Angriff genommen.

Wie sie das geschafft hatte, wusste er nicht, doch war es ihr irgendwie gelungen, ein billiges Zimmer in einem zentral gelegenen Haus am Kanal aufzuspüren. Dorthin waren sie jetzt unterwegs. Birger wagte bereits, sich auf die Möglichkeit zu freuen, wieder Musik zu hören, ein Buch aufzuschlagen oder einfach den stillen Umgang mit seinen vernachlässigten Fischen zu pflegen. Er würde sein besetztes Revier und damit die Kontrolle über sein Leben zurückerhalten. Am liebsten wäre es ihm, Max würde noch weiter fortziehen, doch von einem wohlwollenden Schicksal durfte man nicht zu viel erwarten. Achtzig Kilometer waren auch nicht zu verachten.

Da alles telefonisch besprochen worden war, hatte noch keiner von ihnen das Haus gesehen. Daher wurden Gunnel und Birger angesichts des Gebäudes von einer gewissen Unruhe befallen. Von seiner Umgebung unterschied es sich durch seine offensichtliche Verwahrlosung. Alt und heruntergekommen, wie es war, hätte ihm wohl schon vor zwanzig Jahren eine Renovierung gut zu Gesicht gestanden. Im verwilderten Vorgarten lag Gerümpel verstreut, das Gartentor war verrostet. Nicht gerade ein Vertrauen erweckender Anblick.

Zwei uralte Schwestern empfingen sie auf der Treppe und brachten ihre Begeisterung über den neuen Untermieter zum Ausdruck. Das Zimmer war seit vielen Jahren nicht mehr vermietet gewesen – heutzutage sei es ja so schwierig, anständige Mieter zu bekommen. Sobald sie den Raum betreten hatten, wusste Birger, warum das so war. Er verfügte auf der Giebelseite zwar über einen eigenen Eingang, aber das war auch der einzige Vorteil. Außer dem abschüssigen Boden, einem Bett mit fleckiger Sprungfedermatratze und ein paar ausrangierten Möbeln bot er keine anderen Annehmlichkeiten als eine elektrische Kochplatte und eine angrenzende winzige Toilette mit beschädigtem Waschbecken.

Auch Gunnel hatte sich im Nu einen Eindruck vom Interieur verschafft, das aus einer anderen Zeit stammte. Mit kaum verhohlenem Ekel betrachtete sie die schmierigen Tapeten, den unebenen Linoleumfußboden und das altersschwache Bett, das zweifellos einiges zu erzählen gehabt hätte. Das Risiko, dass Max sich weigern und mit ihnen zurückfahren würde, lag auf der Hand.

Doch er überraschte sie mit seiner vollkommen heiteren Miene. Was auch immer er sehen mochte, es war offenbar nicht dasselbe, was Birger und Gunnel sahen. Er war zufrieden. Und nachdem er seine große Tasche auf der Kommode abgestellt und sich auf die Bettkante gesetzt hatte, öffnete er, ohne zu murren, seine Brieftasche und überreichte den Schwestern die erste Miete.

Gunnel bekam ein schlechtes Gewissen und brachte die offensichtlichsten Mängel zur Sprache. Doch entweder waren die uralten Schwestern stocktaub oder über alle irdischen Belange erhaben. Nachdem sie sich endlich an ihrem neuen Mieter satt gesehen hatten, zogen sie sich rasch mit ihren eroberten fünf Hunderterscheinen zurück.

Bevor Gunnel und Birger die Rückfahrt nach Malmö antraten, wollte Max sie noch zu einem Einweihungskaffee einladen. Er hatte in Hörby einen Kochtopf, Pulverkaffee und Kuchen gekauft, aber die Tassen vergessen. Birger bot an, rasch bei *Domus* vorbeizufahren, um ein paar zu kaufen, doch es wurde nichts daraus.

Gunnel machte mit den mitgebrachten Laken das Bett, legte Max' Kleider in die Kommodenschubladen und unternahm einen halbherzigen Versuch, das Zimmer ein wenig gemütlicher zu machen, indem sie die Möbel verrückte. Danach gab es nicht mehr viel zu tun oder zu sagen. Unter angestrengten Versicherungen, bald wieder zu kommen und Max zu besuchen, verabschiedeten sie sich.

Während der Heimfahrt versuchte Gunnel einen scherzhaften Ton anzuschlagen. Sie machte sich über die Unterkunft lustig, mit der verglichen ihr eigenes Zuhause geradezu ein Paradies des Komforts und erlesenen Geschmacks war. Und die alten Schwestern, sagte sie, erinnerten sie doch verdammt an *Arsen und Spitzenhäubchen*. Da könne es nur eine Frage der Zeit sein, wann Max auf ein verhängnisvolles Glas Sherry eingeladen würde.

Doch Birger, der von plötzlichen Schuldgefühlen gepackt wurde, ging darauf nicht ein. Eigentlich hatte er nichts gegen Max. Wenn er sich über seine Gefühle Rechenschaft ablegte, verspürte er sogar eine vage Sympathie, die mitunter in Mitgefühl überging. Im Grunde war sein Bruder ein netter Kerl, der an einen großen und gutmütigen, aber hoffnungslos unerzogenen Hund denken ließ. Man brachte es nicht übers Herz, ihn vor die Tür zu jagen, doch in den eigenen vier Wänden wollte man ihn auch nicht haben. Jetzt dachte er daran, wie Max ausgesehen hatte, als sie ihn verlassen hatten. Er hatte auf der Bettkante gesessen, mit zwischen den Knien gefalteten Händen und einem ratlosen, nach innen gekehrten Gesichtsausdruck. Er würde sehr einsam sein.

»Wo hast du diese jämmerliche Bude eigentlich aufgetrieben?«, fragte er düster.

»Du brauchst nicht so zu tun, als hätte ich lange danach gesucht«, entgegnete Gunnel. »Eine Kollegin von mir kannte jemanden, der da vor Jahren mal gewohnt hat.«

»Vor dreißig oder vor fünfzig Jahren?«

»Ich konnte doch nicht ahnen, dass das Zimmer dermaßen heruntergekommen ist«, verteidigte sie sich.

»Er ist doch mein Halbbruder.«

»Ach, auf einmal … Wer wollte ihn denn unbedingt loswerden?«

»Du doch wohl auch.«

»Ja – und jetzt sind wir ihn los. Außerdem schien ihm das Zimmer zu gefallen.«

»Ich frage mich, warum er ausgerechnet in Christiansholm wohnen will.«

»Das hat er doch gesagt.«

»Hat er? Das habe ich nicht mitbekommen.«

»Nein, weil du ihm nie richtig zuhörst. Er will in der Nähe von Röshult wohnen wegen dieser Nachforschungen, die er anstellen will.«

»Was für Nachforschungen?«

»Herrgott, jetzt sag nicht, das hättest du auch nicht mitgekriegt. Davon hat er doch in einer Tour erzählt. Die Nachforschungen seine Mutter betreffend.«

»Seine Mutter?«

»Ja. Was auch immer er da rauskriegen will, das habe ich vergessen.«

Birger bekam es plötzlich mit der Angst zu tun. Oder waren es böse Vorahnungen? Sollte er denn nie mehr seine Ruhe haben, seit Max in sein Leben eingebrochen war?

»Was ist?«, fragte Gunnel. »Du sagst ja gar nichts mehr.«

»Ich denke nach«, entgegnete er.

»Worüber?«

»Wie schön und friedlich es sein wird, nach Hause zu kommen.«

Obwohl das nicht stimmte. In Wahrheit grübelte er darüber nach, warum etwas Kaltes sein Herz berührt hatte.

14 MITTWOCH, 18. JUNI

»Habt ihr einen Stromausfall?«, fragte Katharina, als sie in die Küche kam. »Oder bin ich zu einer spiritistischen Sitzung eingeladen?«

Es war zehn Uhr abends und die Dämmerung schon weit fortgeschritten. Ein Großteil der Küche lag in undurchdringlichem Dunkel, doch auf dem Esstisch brannten zwei hohe Kerzenleuchter aus Bronze. Auf der Fensterbank stand eine Öllampe mit weißem Schirm, darunter eine flackernde Flamme. Mehr Beleuchtung war nicht nötig.

»Schon möglich«, antwortete Kajsa. »Eine spiritistische Sitzung, die vielleicht mit einer Bücherverbrennung enden wird.«

Sie nickte in Richtung Küchentisch, auf dem das Tagebuch und die anderen Gegenstände aufgereiht lagen, als handle es sich um schicksalsschwangeres Beweismaterial. »Jedenfalls werden wir die Vergangenheit heraufbeschwören«, fügte sie hinzu.

»Hört sich ja ziemlich gruselig an«, sagte Katharina und näherte sich unbefangen dem Tisch, um sich die Exponate genauer anzusehen. »Was hast du denn Schauerliches vor?«

»Ich will dich nicht beeinflussen, bis du dir alles angehört hast. Ich brauche deine objektive Meinung. Außerdem vertraue ich auf deinen berühmten Spürsinn.«

Katharina ließ sich auf die Bank gleiten. »Du hast bereits so viele Hinweise gegeben und klar durchblicken lassen, welche Reaktion du dir erhoffst, dass die Sache mit der Objektivität nicht so ganz einfach wird«, sagte sie. »Aber ich werde mein Bestes tun. Darf man die Gegenstände berühren?«

Kajsa stellte zwei Becher und eine Kanne frisch gekochten Tee auf den

Tisch. »Aber ja, sieh dir nur dieses Schmuckstück an. Ist das nicht ein kleines Kunstwerk?«

Katharina hielt es gegen die Lampe und kratzte mit dem Fingernagel an einem der Vogelflügel.

»Ziemlich angelaufen«, sagte sie. Sie nahm es vorsichtig zwischen die Zähne und amüsierte sich über Kajsas Gesichtsausdruck. »Weißt du nicht, dass man das so macht, wenn man die Echtheit prüfen will?«

»Meinst du, es ist echtes Messing?«

»Messing? Ich glaube, es ist Gold.«

»Ach, komm, hör auf. Dem Tagebuch zufolge wurde es hier irgendwo auf den Feldern gefunden.«

»Warum sollte man hier kein Gold finden?«

»Die es gefunden haben, glaubten jedenfalls, es sei Messing. Kann Gold sich denn so verfärben?«

»Nicht, wenn es reines Gold ist. Doch normalerweise handelt es sich um Legierungen mit Silber oder Kupfer. Mein Gefühl sagt mir, dass dieses Schmuckstück zu großen Teilen aus Gold besteht und darüber hinaus sehr alt ist.«

»Wie alt?«

»Mittelalter.«

»Was …?« Kajsa betrachtete den Schmuck mit glänzenden Augen. »Willst du etwa andeuten, wir seien auf einen Schatz gestoßen?«

»Ganz Schonen ist eben ein altes Kulturgebiet, das bereits im Mittelalter verhältnismäßig dicht besiedelt war. Und natürlich haben Menschen auch damals schon Dinge verloren.«

Kajsa wog den Schmuck in der Hand. »Wenn es wirklich Gold ist, dann muss es ziemlich wertvoll sein«, sagte sie nachdenklich.

»Viel wertvoller jedenfalls als das andere Zeug, das eher nach billigem Modeschmuck aussieht«, sagte Katharina und nahm die Halskette mit dem kleinen goldenen Kreuz in die Hand. »Ein typisches Konfirmationsgeschenk.«

»Und das Armband mit den vielen Berlocken erinnert mich an eines, das ich als Teenager hatte«, entgegnete Kajsa.

Sie füllte beide Becher mit Tee und setzte sich wieder hin. Katharina war dazu übergegangen, das Tagebuch zu untersuchen, doch sie öffnete es nicht, sondern strich nur mit dem Finger über das glänzende Götterbildnis. Daneben lag der Stoß mit den Zeichnungen.

»Die Zeichnungen sehen interessant aus.«

»Ja, aber warte noch damit, bis du das Tagebuch gelesen hast.«

»Am besten liest du es mir vor.«

»Wie du willst.«

»Wann, meinst du, werden Olle und Joakim auftauchen?«

»Die übernachten heute in Malmö. Wir haben also die ganze Nacht lang Zeit.«

Katharina legte die Beine hoch und schlürfte vorsichtig den heißen Tee.

»Fang an«, sagte sie.

Kajsa zog das Buch zu sich heran und schlug es auf. »Ich gebe dir noch ein paar Informationen«, sagte sie. »Die Tagebuchschreiberin ist zu Beginn erst siebzehn. Sie heißt Pia, und man erfährt nach und nach, dass sie von zu Hause ausgerissen ist.«

Sie begann zu lesen:

Freitag, 12. Mai 1972

Heute fängt mein neues Leben an. Ich fühle mich so frei, als könnte jederzeit alles Mögliche passieren. Da passt es super, dass ich heute mein Tagebuch beginne. Wir haben an einem See angehalten und die Pizzas gegessen, die wir in Tranås gekauft hatten. Ich sitze auf einer Decke, und David liegt neben mir und schläft. Ich kann es noch gar nicht fassen, dass ich ihn jetzt ganz für mich alleine habe. Ich glaube, wir sind irgendwo in Småland. Sue und Peter sind zum Vögeln in den Wald gegangen. Erst haben sie sich den ganzen Tag gestritten, wo wir hinfahren sollen, aber jetzt haben sie sich wieder versöhnt. Wir haben uns entschieden, nach Schonen zu fahren. David kennt da ein paar Leute in einer Kommune. Sue will nach Kopenhagen. Sie traut sich nicht mehr, in Schweden zu bleiben. Sie glaubt, dass sie irgendwann erwischt wird, doch David meint, dass es sicherer ist, wenn wir uns auf dem Land verstecken. Mir ist es egal, wo wir hinfahren, Hauptsache, ich bleibe mit David zusammen. Bevor er eingeschlafen ist, sagte er, dass er meine Energie liebt.

Sonntag, 14. Mai

Jetzt bin ich endlich mal eine Weile allein. Mir gefällt es hier nicht. David auch nicht, sagt er, obwohl er fast alle kennt. Er hat versprochen, dass wir bald etwas besseres finden. Es sind so viele Leute hier, und ich werde so schüchtern und weiß gar nicht, was ich sagen und tun soll. Wir müssen mit vielen anderen zusammen in einem großen Raum schlafen. Nirgens ist Platz, außerdem gibt es haufenweise Kinder, die ständig rumschrein und Krach machen. Maria ist ziemlich nett, obwohl ich am Anfang etwas Angst vor ihr hatte. Sie bestimmt hier alles. Sie hat einen unglaublich dicken Bauch und wird bald ein Kind kriegen. Ich verstehe nicht, wie sie es hier nur aushält. Gleich werde ich in der Küche helfen. Alle müssen die ganze Zeit irgendwo mit anpacken. Gestern habe ich stundenlang Unkraut gezupft. Stinklangweilig. Mit David habe ich fast den ganzen Tag noch nicht gesprochen. Sue und Peter schlafen nur. Maria ist sauer, weil sie nichts tun.

Montag, 15. Mai

Heute habe ich Mama einen Brief geschrieben, aber ich weiß nicht, ob ich mich traue, ihn abzuschicken. David und ich haben uns für eine Weile davongeschlichen, um ein bisschen unter uns zu sein. Wir haben einen niedlichen kleinen Bach gefunden und sind barfuß durchs Wasser gewatet, doch als wir zurückwollten, sind ein paar Kühe hinter uns hergelaufen. Ich hatte solche Angst, dass ich mir in die Hose gemacht habe, und David hätte sich fast totgelacht, weil er noch nie jemand gesehen hat, der so große Angst vor Kühen hat. Hier gibt es ein kleines Mädchen, das nicht älter als vier ist. Sie ist total niedlich und will immer, dass ich etwas für sie male. Jetzt kommt irgendein Junge, ich glaube, er heißt Mark, und will, dass ich ihm bei etwas helfe. Hier hat man wirklich nie seine Ruhe. David versucht ein passendes Haus zu finden, das wir für eine Weile mieten können.

Mittwoch, 17. Mai

Sue geht allen hier auf die Nerven. Ständig nörgelt sie an allem rum, außerdem kiffen Peter und sie in einer Tour. Hier drinnen rühren sie keinen Finger. Maria hat ihnen gesagt, dass sie nicht bleiben können, wenn sie nicht mithelfen wollen. Aber David nimmt sie in Schutz und sagt, sie hätten Angst wegen der Sache, die in Stockholm passiert ist. Ich wünschte, wir würden sie los, zumindest Sue. Eine Kommune ist nichts für mich. Ich werde noch ganz verrückt von all den Leuten und dass man nicht selbst entscheiden kann, was man tut. Überall ist es schmutzig. Ich würde ja gern sauber machen, aber ich traue mich nicht. Das ist wohl nicht wichtig genug. Ich will, dass David eine andere Bleibe für uns findet.

Samstag, 20. Mai

Hurra! Ich bin so glücklich! David hat mit einem Bauern geredet, der ein Stück entfernt wohnt. Wir können vielleicht ein Haus von ihm mieten. Morgen werden wir es uns ansehen. Ich will es unbedingt. David ist wunderbar. Sue ist krank und muss die ganze Zeit kotzen.

Dienstag, 23. Mai

Wir sind in das süßeste kleine Haus auf der ganzen Welt eingezogen. Es ist bestimmt sehr alt. Es gibt eine kleine Veranda und massenhaft Apfelbäume drumherum. Aber das schönste ist, dass es vollkommen einsam liegt. Der Bauer wohnt ein gutes Stück entfernt. Ich glaube, wir werden hier eine wunderbare Zeit haben. David und ich wohnen in der Küche, Sue und Peter in dem kleinen Zimmer. Es gibt auch ein großes Zimmer, aber dort können wir nicht wohnen. Eine Fensterscheibe ist kaput, außerdem liegt überall Rattendreck herum. Die Küche habe ich schon aufgeräumt und mein indisches Tuch und die Papierlampe über unserm Bett aufgehängt. Es ist wie ein Traum, und ich weiß, dass ich hier glücklich sein werde. Jetzt muss ich Schluss machen, denn David ist so geil und will nicht mehr länger warten. Wir konnten es seit Tagen nicht mehr tun.

Kajsa blickte auf.

»Sie muss das Tuch dort aufgehängt haben, wo du jetzt sitzt. Es gibt keine andere Möglichkeit. Also stand das Bett da, wo jetzt die Küchenbank steht.«

»Vermutlich«, sagte Katharina. »Lies weiter.«

Mittwoch, 24. Mai

David und Peter haben auf dem Hügel hinter dem Haus Cannabis angesät. Mit dem Kochen wollen wir uns abwechseln, und heute bin ich dran. Dabei kann ich überhaupt nicht kochen. Aber David meint, ich würde es schon lernen, wenn ich es versuche. Da die Pumpe in der Küche nicht funktioniert, muss man von draußen Wasser holen. Wir haben in der Stadt jede Menge Küchensachen und mehrere Tüten mit Nahrungsmitteln gekauft, die für eine Weile reichen sollten. Sue hat sich nicht getraut, in die Stadt mitzukommen. Ich habe auch Zeichenutensilien gekauft. Das unangenehmste ist das

Plumsklo. Es ist wirklich kein Vergnügen, über einem dunklen Loch zu sitzen, wenn der Wind pfeift.

Ganz in der Nähe haben wir einen verlassenen Hof entdeckt. Der ist verfallen und ganz schön gruselig. Wir wollen noch mal hingehen und ihn uns genau ansehen.

Donnerstag, 25. Mai

Heute ist es drei Jahre her, seit Papa gestorben ist. Habe ein bisschen geweint und Tudde umarmt, als ich allein war.

Trau mich nicht, an Mama zu schreiben. Maria und ein paar andere aus der Kommune waren hier und haben sich umgeschaut. Haben gutes Dope von einem Typen gekauft, der in der Türkei war. David und ich können über alles reden, doch nur, wenn wir allein sind. Wenn wir mit den anderen zusammen sind, redet er nur mit Sue. Ich wünschte, ich könnte mich so ausdrücken wie sie.

Samstag, 27. Mai

Hab bis zwölf geschlafen. Fühlte mich ekelhaft, als ich aufwachte. Aber jetzt gehts mir wieder gut. Wir sind die ganze Nacht aufgeblieben, haben Shit gerauchte und Wodka getrunken. Sue hat erzählt, was in Stockholm passiert ist. David sagte, sie musste das einfach mal loswerden. Sie weinte viel und sagte, sie würde jede Nacht davon träumen. Ich finde, sie wirkt überspannt. Obwohl ich verstehe, dass sie heim nach Amerika will, weil sie dort ein Kind hat, das bei ihrer Mutter wohnt. Das habe ich vorher nicht gewusst. Peter scheint keine Angst zu haben, obwohl sie vielleicht auch hinter ihm her sind. Er ist sich hundertprozentig sicher, dass uns hier niemand findet. Heute geht es Sue besser. Sie scheint nicht mehr ganz so nervös zu sein, obwohl sie immer noch rumbrüllt und alles bestimmen will. Wir haben auf der Veranda gefrühstückt. Die Gegend ist wunderschön hier. Später haben wir einen langen Spaziergang durch den Wald gemacht. Ich habe mehrere schöne Steine gefunden, und David hat ein Stück von einer Baumwurzel entdeckt, die wie ein Hundekopf aussieht. Jetzt liegt sie neben unserem Bett. Er sagt, dass unser Schutzengel darin wohnt. Jetzt werde ich Wasser aufwärmen und meine Unterhosen waschen. Dann gehe ich schlafen. David liest mir aus Herr der Ringe *vor.*

Montag

Es regnet die ganze Zeit und ist saukalt. Wir haben wieder versucht, ein Feuer im Ofen zu machen, aber es hat so gequalmt, dass wir alle Fenster aufreißen mussten. David hat zu Sue gesagt, dass sie nicht so gemein zu mir sein soll. Ich habe heute morgen geweint. Sie hält mich für blöd. Nur weil ich nicht so gut im Reden bin wie sie. Ich glaube, sie ist eifersüchtig auf mich, weil sie scharf auf David ist. Man merkt es an der Art, wie sie ihn ansieht. Peter hat Pfannkuchen zum Abendessen gemacht. Superlecker. Ich habe wieder zu zeichnen begonnen.

Donnerstag, 1. Juni

Peter hat heute Geburtstag. Er war betrunken, als wir aufstanden, und stolperte über unsern Plattenspieler. Sue hat ihm eine geknallt, und seitdem haben sie den ganzen Tag gestritten. Von Sue hat er eine silberne Halskette bekommen und von uns einen kleinen indischen Messingbecher, in dem er sein Dope aufbewahren kann. Während des Frühstücks haben wir ganz nah am Haus einen großen braunen Vogel gesehen. Er stand einfach da und schaute und schien überhaupt keine Angst zu haben. David sagte, dass die Bullen Vögel dressieren und Radiosender bei ihnen anbringen. Da hat Peter es mit der Angst bekommen und Steine nach dem Vogel geworfen. Der ist wirklich zu blöd, um zu verstehen, dass David einen Scherz gemacht hat. Ich hab mich gesonnt, bin aber nur etwas rot geworden. David ist goldbraun, und Sue sagt, er ist schön wie ein Gott. Da hat sie Recht, aber er ist mein Gott und nicht ihrer.

Samstag, 3. Juni

Leif war hier und hat den Ofen repariert. Er hat uns gezeigt, wie man darin Feuer macht. Außerdem hat er versprochen, im großen Zimmer ein neues Fenster einzusetzen und die Pumpe in der Küche zu reparieren. Mir ist schlecht. Ich kann nichts essen. David hat mir ein großartiges Gedicht vorgelesen, das er geschrieben hat. Es handelte vom wahren Leben. Obwohl er meinte, es ist noch nicht fertig und er muss noch weiter schreiben. Er ist so begabt. Ich glaube, er könnte wirklich Schriftsteller werden. Ich habe versucht ihn zu zeichnen, aber es wurde nicht besonders.

Mittwoch, 7. Juni

David und ich haben den ganzen Tag lang das große Zimmer sauber gemacht. Der Boden war ekelhaft verdreckt, doch jetzt habe ich ihn gründlich gescheuert. Leif und sein Bruder haben gestern ein neues Fenster eingesetzt. Jetzt ist das Wohnzimmer so schön, dass David und ich dorthin umziehen werden. Aber ich bin noch nicht fertig, habe einen meiner indischen Röcke aufgetrennt und werde einen Vorhang daraus nähen. Morgen, wenn der Boden trocken ist, werden wir unser Bett hineinstellen. Ich liebe David.

Donnerstag

Ich bin von einer Hummel in den Hintern gestochen worden und kann nicht sitzen. Aber das macht nichts, denn mir geht es so gut, dass ich vor Glück platzen könnte. Wir lachen einfach über alles. David sagt, das Leben ist einfach zu viel. Ein netter Kerl namens Rune war hier und hat unsere Küchenpumpe repariert, sodass wir jetzt fließend Wasser haben.

12. Juni

Es regnet ununterbrochen. Wir liegen die ganze Zeit im Bett, vögeln und rauchen Shit. So sollte es immer sein.

Montag, 19. Juni

Ich bin stinksauer auf Sue. David und Peter sind bei der Kommune und reparieren das Auto. Sue und ich haben Brot im Holzofen gebacken. Es wurde steinhart. Später hat sie mir die Karten gelegt und gesagt, dass es gut aussieht für mich und David. Dann hat sie mich gefragt, ob sie ihn mal für eine Nacht haben darf, dann könnte ich's mit Peter probieren. Ich habe gesagt, dass ich das nicht will. Die spinnt doch, wenn sie glaubt, dass ich an Peter interessiert bin, wenn ich David habe.

Mittwoch

Träume jede Nacht so komische Sachen. Ein Kumpel von David ist gekommen. Er heißt Clarence und ist auf dem Weg nach Paris, obwohl er über Mittsommer bleiben will. Er spielt super Gitarre, aber ich mag ihn nicht. Der ist irgendwie zu abgedreht, hat aber jede Menge Shit und anderes Zeug. Alle sitzen bei uns auf dem Boden und kiffen, weil es hier am schönsten ist. Nur ich liege auf dem Bett und bin scharf auf David, so wie meistens. Ich kann meine Hände einfach nicht von ihm lassen. Er ist so hübsch, dass ich ihn auffressen könnte. Ich will, dass die andern irgendwann verschwinden, damit wir allein sein können. Ich bin schon ziemlich glücklich im Moment.

Donnerstag

Morgen ist Mittsommernacht. David hat Clarence dafür zwei Trips abgekauft. Peter und Clarence sind total zugedröhnt. Sue ist sauer und schimpft. Ich hab es uns hier drinnen so schön gemacht, mit

Laub und Blumen. Rune ist vorhin da gewesen und hat uns auf dem Hügel hinter dem Haus einen Steingrill gebaut. Ich habe ein bisschen Sehnsucht nach Mama. Aber ich will nicht an sie denken, sonst fange ich sofort an zu weinen.

Mittsommernachtstag

Ich bin die Einzige, die nicht schläft, obwohl es drei Uhr nachmittags ist. Es geht mir super. Ich betrachte David im Schlaf. Wenn er so daliegt, sieht er aus wie ein Kind oder wie ein Engel. Das war die abgefahrenste Nacht, die ich je erlebt habe. Alles floss ineinander und veränderte sich die ganze Zeit. Ein bisschen ist es immer noch so, weil die Wirkung noch anhält. Es ist so viel geschehen, dass sich in meinem Kopf alles dreht. Zwischendurch habe ich Angst gekriegt, aber David hat gesagt, ich soll mich einfach treiben lassen, und dann ging es vorüber. Er sagte, das im Wald war der beste Fick, den er je mit einem Mädchen hatte. Die anderen haben auch LSD genommen, aber wir waren nicht so viel mit denen zusammen. Peter ist durchgedreht und mitten in der Nacht abgehauen. Sue und Clarence haben ihn oben beim verlassenen Hof gefunden. Sie sagten, er hätte total gesponnen und mit irgendwelchen unsichtbaren Leuten geredet.

Etwas später

Jetzt sind alle wach. Leif war hier und hat ein Riesenspektakel aufgeführt. Er war wütend und wollte uns alle rauswerfen, weil er keine Lust hat, eine Horde von Junkies auf seinem Hof zu haben. Zuerst wussten wir gar nicht, wovon er redet, aber dann haben wir erfahren, dass Peter bei seinem Haus gewesen ist. Er hat dort wohl rumgeschrien und ist durch die Beete von Leifs Mutter getrampelt. David hat versucht, mit Leif zu reden, aber das hat nichts gebracht. Dann hat auch Sue mit ihm gesprochen, und schließlich hat uns Leif versprochen, dass wir bleiben dürfen, wenn wir keinen Ärger mehr machen.

25. Juni

Peter ist immer noch total ausgeflippt. David ist müde und will nur lesen und schlafen. Ich habe ihn gezeichnet, ist ziemlich gut geworden. Sue hat oben beim verlassenen Hof einen Haufen alter Zeitschriften gefunden, die ich jetzt durchsehe. Clarence und David haben darüber gesprochen, mal schnell nach Marokko zu fahren, um neuen Stoff zu besorgen. Ich bin dagegen. Das Risiko ist zu groß, dass David irgendwo stecken bleibt. Clarence fährt heute Abend, zum Glück. Ich mag ihn nicht.

Montag, 26. Juni

Hab heute Nacht schreckliche Dinge geträumt. Zuerst von einigen großen Tieren, die hier bei uns wohnten und die wir nicht aus dem Haus bekamen. Später war Sue tot, und diejenigen, die sie getötet hatten, schlichen um das Haus herum und versuchten auch uns zu ermorden. Ich wachte auf und schrie und habe David später von dem Traum erzählt. Er glaubt, dass ich solche Träume habe, weil ich Angst vor etwas in mir selber habe. Ich habe vor allen möglichen Dingen Angst, aber das traue ich mich nicht zu sagen, weil er mich dann für kindisch hält. Er zieht mich auf, weil ich Tudde in meinem Bett haben will. Habe mir und David die Haare gewaschen und seine Jeans geflickt. Für das Tagebuch habe ich ein Superversteck gefunden. Ich traue mich nicht länger, es unter der Matraze aufzubewahren, weil ich nicht will, dass es jemand findet. Jetzt weiß ich, dass es sicher ist.

3. Juli

David hat einen schönen Gegenstand gefunden, als er und Peter den Müll vergraben haben. Ein Vogel in einem Ring, den ich bekom-

men habe. Ich glaube, er ist aus Messing und bestimmt schon ziemlich alt. Sue und ich waren in der Stadt zum Einkaufen. Ich habe Mama eine Karte zum Geburtstag geschrieben. Jetzt weiß sie also, dass ich lebe und irgendwo in Schonen bin. In der Stadt haben wir Rune getroffen, der uns mit nach Hause genommen hat.

Sonntag, 16. Juli

Es ist lange her, dass ich etwas geschrieben habe, aber jetzt muss ich schreiben, wie glücklich ich bin. HURRA, ich bekomme KEIN Kind. Ich hatte solche Angst. Ich habe mich nicht getraut, David was davon zu erzählen, er wäre völlig fertig gewesen. Die anderen sind baden, ich bin ganz allein im Haus. Ich nähe an meinem neuen Rock.

1. August

Wir haben Leifs Hund gefunden, der weggelaufen war. Er macht einen friedlichen Eindruck und schläft heute Nacht bei uns. Peter und Sue haben Davids Kassettenrekorder irgendwo im Wald vergessen. Er ist sauer auf sie, außerdem ist es jetzt zu spät, um ihn zu suchen. Es gibt fast kein Essen mehr. Manchmal bin ich alles so leid und will nur noch weg von hier, aber das wollen die anderen nicht.

2. August

David und ich haben uns zerstritten. Ich kann nicht aufhören zu weinen. Ich kann es nicht aushalten, wie er und Sue miteinander rummachen. Und dann sagt er noch, ich soll aufhören von unserer Zukunft zu reden, denn im Moment will er frei sein. Das will ich doch auch. Aber ich will trotzdem, dass wir immer zusammenbleiben, denn ich liebe ihn. Ich traue mich nicht, ihn zu fragen, ob er mich auch liebt, zumindest nicht, solange er noch böse auf mich ist. Wir haben seinen Kassettenrekorder oben beim alten Hof gefunden.

Samstag, 5. August

Ich HASSE HASSE HASSE diese dreckige verdammte Sue. Es tut so weh im Herzen, dass ich sterben könnte. Jetzt liegen sie und David in ihrem Bett und ficken. Man hört es im ganzen Haus. Und sie tun es schon so lange. Jetzt hat die dreckige Schlampe endlich bekommen, was sie wollte. Ich werde sie umbringen, sie abstechen, ihren Kopf gegen die Wand schleudern, dass er aufbricht und das Gehirn rausläuft. Ich hasse auch David, weil er sich mit ihr eingelassen hat. Ich kann mich nicht einmal hinlegen, weil Peter besoffen in unserem Bett liegt und schnarcht wie ein Schwein. Er ist widerlich. Alle sind widerlich. Ich will nicht mehr länger hier bleiben. Morgen werde ich nach Stockholm trampen. David wird bereuen, was er getan hat.

Montag

Alles ist schrecklich geworden. David und ich sind wieder zusammen. Jedenfalls glaubt er das. Ich weiß nicht, was ich glauben soll. Wir haben geredet und geredet, sodass ich völlig leer im Kopf bin. Er findet mich kindisch und spießig, weil es mir etwas ausmacht, dass er ab und zu mit Sue zusammen sein will. Ihn würde es überhaupt nicht stören, wenn ich mit Peter zusammen wäre. Aber ich will nur David haben und niemand sonst. Und ich darf nicht weinen, weil ihn das bloß aufregt. Es tut so weh, und ich habe solche Angst, dass ich ihm nichts mehr bedeute. Aber ich kann ihm nicht böse sein. Obwohl ich Sue hasse.

Samstag

Schrecklicher Tag. Es fing damit an, dass Peter Tudde geklaut und ihm mit Filzstift einen Schnurrbart gemalt hat. Später hat er David gefragt, wie es wäre, mit einem Mädchen zu schlafen, das einen Teddy in ihrem Bett hat. David war wütend und hat ihm eine geknallt. Sue regt sich darüber auf, dass keiner was tut hier im

Haus. David ist auch sauer. Ich wünschte, dass ich nicht hier sein müsste.

Montag, 21. August

Heute haben wir nach den Cannabispflanzen gesucht, die David und Peter ausgesät haben, aber wir konnten sie nicht finden. Da waren nur jede Menge Brennnesseln. Ich habe David erzählt, dass ich mein goldenes Kreuz und meine Armbänder verloren hätte, aber ich habe sie versteckt. Das sind die einzigen Erinnerungen an Papa, die ich habe. Ich will nicht, dass wir sie verkaufen.

27. August

Jetzt bin ich wütend. Nie erfahre ich etwas und nie darf ich etwas mitbestimmen. Sue und Peter sind pleite, obwohl wir dachten, dass sie viel Geld hätten. David hat nur noch 200 Kronen übrig, und am Donnerstag müssen wir Leif die Miete bezahlen. Alle außer mir sind dafür, dass David nach Stockholm fährt, um sich Geld von seinem Bruder zu leihen, denn dazu müsste er unser letztes Geld nehmen, um das Benzin zu bezahlen, obwohl wir fast nichts mehr zu essen haben. Ich finde, das ist eine bescheuerte Idee, weil Peter das ganze Geld versoffen hat. Außerdem haben sie kein einziges Mal das Benzin bezahlt. David will nicht, dass ich mitkomme, weil er wohl bei seinem vornehmen Bruder und dessen Frau übernachten will. Aber ich will nicht allein mit Sue und Peter hier bleiben. Ich bin diese verkommene alte Bude leid und sehne mich nach Stockholm.

Dienstag

David ist heute gefahren. Sue und Peter schlafen die ganze Zeit, obwohl wir zum Pilzesammeln und Beerenpflücken in den Wald gehen wollten. Ich bin eine Weile allein draußen gewesen, habe aber nichts gefunden.

Donnerstag, 31. August

David ist nicht zurückgekommen. Sue und ich sind heute Morgen nach Röshult gegangen, um über die Miete zu reden, aber wir haben nur Leifs Frau und seine strenge Mutter getroffen. Sie schrie, dass sie die Polizei rufen würde, wenn wir nicht bis morgen verschwunden sind. Dann haben wir draußen Leif getroffen, und er hat uns versprochen, wegen der Miete keine Schwierigkeiten zu machen, wenn Sue ihm am Abend am alten Hof die Karten legt. Jetzt ist sie dorthin unterwegs, und Peter lacht sich tot, weil ich hinter ihr herlaufen will, weil sie die Tarotkarten vergessen hat. Er hält mich für total bescheuert, wenn ich glaube, dass Leif sich wirklich damit begnügt, dass sie ihm die Karten legt. Dann hält er mich eben für bescheuert. Ich glaube jedenfalls nicht, dass Sue sich auf etwas anderes einlässt. Er ist doch verheiratet. Ich würde so etwas nie machen, eher würde ich sterben. Ich bin so schrecklich hungrig, und Peter redet die ganze Zeit davon, was er alles essen wird, wenn wir wieder Geld haben.

Sonntag, 3. September

Heute kam David zurück. Er hatte massenhaft Essen und was zu rauchen dabei, aber nicht sehr viel Geld. Wir haben heute Abend Party gemacht, aber ich bin traurig, weil er mich wieder verlassen will. Er und Peter wollen nach Marokko fahren, um Haschisch zu kaufen. Ich habe natürlich geweint, aber vor allem, weil David so fröhlich wirkt und die ganze Zeit nur mit Sue und Peter redet, als wäre ich Luft. Ich kann nicht mehr schreiben.

Montag, 4. September

Heute geht es mir ein bisschen besser, weil wir miteinander geredet haben. Außerdem wird er ja nicht so lange wegbleiben. Er hat versprochen, Anfang Oktober wieder da zu sein. Eigentlich will er gar nicht fahren, aber wir brauchen schließlich Geld, und das, was er in Stockholm bekommen hat, reicht niemals für den ganzen Winter. Es besteht ein gewisses Risiko, aber wenn's klappt, dann können sie alles in Amsterdam und Kopenhagen verkaufen, und dann werden wir richtig viel Geld haben. Er meint, wir sollten nächstes Frühjahr nach Indien fahren. Nur wir beide. O, das will ich.

Dienstag, 12. September

David und Peter sind heute gefahren. Ich liege im Bett und habe mich mit Tudde in Davids roten Pullover gekuschelt. Sue meint, ich soll mich aufraffen, aber ich will nicht. Ich will einfach nur liegen, bis sie wieder da sind. Jetzt hat sie was zu essen gemacht, und es riecht wunderbar. Man merkt ihr an, dass sie nett sein will zu mir.

Mittwoch, 20. September

Heute habe ich den ersten Brief von David bekommen. Sie sind in Amsterdam und haben andere Leute getroffen, die mit nach Marokko wollen. Gott, wie langsam die Zeit vergeht. Alles ist so öde. Seit neuestem haben wir Mäuse im Haus.

Freitag, 22. September

Wir sind heute mit dem Bus in die Stadt gefahren. Haben Essen, Zigaretten und Mausefallen gekauft. S hat zwei LPs und viele Klamotten gekauft. Ich habe einen wunderschönen Pullover bekommen. Sie will nicht sagen, woher sie das ganze Geld hat, aber ich glaube, sie hat es von Leif. Als wir nach Hause wollten, hat es geregnet und war saukalt. Von der Bushaltestelle ist es noch ein weiter Weg, und meine Gummistiefel sind kaput. Auf dem Weg haben wir Leifs Frau getroffen, die sich total merkwürdig verhalten hat. Sie hat überhaupt nicht mit uns geredet. Sue glaubt, das sie eifersüchtig ist.

Ich habe Sensucht nach David. Es kommt mir so vor, als wäre er schon ein Jahr weg. Es ist so schrecklich kalt hier drinnen.

Montag, 25. September

Heute Nacht bin ich durch eine Maus aufgewacht, die über mich drüber lief. Ich rief nach Sue, und sie kroch unter meine Decke und tröstete mich. So haben wir uns umarmt, und Sue wollte mich auch küssen. Das war sehr schön. Heute bin ich fast ein bisschen verliebt in sie. In der Küche haben wir fünf Fallen aufgestellt, aber die Mäuse scheinen sich nicht darum zu kümmern. Sue machen die Mäuse nichts aus, sie regt sich nur darüber auf, wenn sie überall hinmachen und das Essen verderben. Von David und Peter haben wir nichts gehört. All unsere Kleider sind schmutzig.

Dienstag

Sue und ich haben es miteinander getan. Zuerst wollte ich nicht und hatte so ein komisches Gefühl, aber sie sagte, das wäre ganz natürlich, und später fand ich es wunderschön. Wenn Mama das wüsste.

Donnerstag

In der ganzen Küche hängt Wäsche zum trocknen. Gestern haben wir unsere Bettwäsche und Kleider in dem großen Botich in der Küche gewaschen, und danach haben wir zusammen gebadet und uns gewaschen. Es hat mehrere Stunden gedauert, bis der Boden wieder trocken war. Danach haben wir es wieder getan. Ich hätte nie gedacht, dass es mit einem Mädchen so schön sein kann. Ich habe S versprochen, dass wir es mit David tun, wenn er wieder da ist. Nur Peter darf nicht mitmachen. S hat eine lebende Maus gefangen, die sie in eine Dose gesteckt hat und füttert. Sie heißt Mimmi. Ich finde sie eklig.

Freitag, 29. September

Bald kommt David nach Hause. Heute haben wir sauber gemacht und alles schön hergerichtet. Ich habe mein Bett zurück in die Küche gestellt. Dann haben wir ein paar Joints geraucht und Karten gespielt. S hat eine echt supergruselige Gespenstergeschichte aus Amerika erzählt, und jetzt traue ich mich nicht mehr rauszugehen, wenn es dunkel ist. Sie muss mit mir zum Klo gehen und findet mich kindisch. Ich finde sie wunderbar.

Sonntag, 1. Oktober

Gestern habe ich S nackt gezeichnet. Ich finde, es ist toll geworden. Leifs jüngerer Bruder war hier und hat alle Fenster abgedichtet. Er heißt Birger und ist ziemlich schüchtern. Wir haben eine Decke vor die Tür gehängt, jetzt ist es wärmer hier drinnen. Draußen weht es so, dass das Haus knarrt, und manchmal hört es sich an wie heulende Wölfe. S findet, es klingt eher nach verdammten Seelen. Jeden Abend spielen wir Karten, und sie erzählt mir von ihrem Leben. Das ist sehr interessant, aber irgendwie auch traurig. Sie hat schon so viel erlebt und es teilweise sehr schwer gehabt, aber sie ist ja auch sieben Jahre älter als ich. Ich habe ihr von Papa und dem Autounfall erzählt. Sie bedeutet mir jetzt so viel. Ich verstehe gar nicht, dass es früher anders war. Aber es ist David, den ich liebe, und Mama liebe ich auch, obwohl man es mit ihr zusammen nicht aushalten kann.

Montag, 2. Oktober

Sue ist nicht zurückgekommen, obwohl es draußen schon dunkel ist. Sie weiß, dass ich abends nicht allein sein kann. Ich will nicht, dass sie Leif trifft. Begreife nicht, wie sie das tun kann. Er ist bestimmt fünfunddreißig. Von David und Peter haben wir nichts gehört.

Mittwoch

Heute ist Leifs Frau gekommen und wollte mit Sue reden, aber ich konnte nicht hören, was sie gesagt haben. Sie tut mir Leid, sie sah so traurig aus. Es muss schwer sein, einen Mann zu haben, der andauernd untreu ist. Jetzt ist S wieder weggegangen. Ich weiß, dass sie auch einen anderen trifft, aber sie will nicht sagen, wer es ist. Als ich sie fragte, ob es der Alte ist, der einen Laden im Dorf hat, wurde sie wütend. Sie sagt, ich soll aufhören, alle Männer über dreißig als alt zu bezeichnen. Von ihm hat sie sicher auch das Fahrrad bekommen. Das Haus ächzt und knarrt, als wäre jemand auf dem Dachboden. Auch habe ich oft das Gefühl, als würde mich jemand durch das Fenster beobachten. Heute habe ich mit Davids Lederweste begonnen, die ich tragen will, wenn ich draußen bin.

Freitag

HILFE! Ich mache mir solche Sorgen. Warum kommen sie nicht zurück? Mit S kann ich nicht darüber sprechen. Sie wird nur sauer und hält mein Gezeter nicht aus. Doch auch sie macht sich Sorgen, auch wenn sie es nicht zugibt. Wenn sie in einer Woche noch nicht da sind, muss etwas passiert sein. Dann weiß ich nicht, was ich tue. Ich kann die Tränen nicht unterdrücken. Habe Mimmi etwas zu fressen gegeben. Sie ist niedlich und die einzige Gesellschaft, die ich habe. Übermorgen werde ich achtzehn.

Sonntag, 8. Oktober

Jetzt bin ich achtzehn Jahre alt. Komisch, dabei fühle ich mich gar nicht so. Es ist fast genau ein Jahr her, seit ich von zu Hause ausgerissen bin. Sue hat eine Torte für mich gekauft. Außerdem habe ich eine LP von den Doors bekommen. Wir hatten es sehr gemütlich mit Kerzen und Kaminfeuer, und später habe ich auch noch Mimmi geschenkt bekommen, weil ich ihr sowieso meistens zu fressen gebe.

Meine Unruhe ist nicht mehr ganz so schlimm. S glaubt, dass sie auf dem Heimweg irgendwo bei Freunden hängen geblieben sind. Ich frage mich, ob Mama heute an mich denkt. Ich habe eine neue Zeichnung von S angefertigt. Sie hat so einen schönen Körper. Es ekelt mich bei der Vorstellung, dass Leif ihn anfasst, aber das traue ich mich nicht zu sagen.

Montag, 16. Oktober

Jetzt haben wir nichts mehr zu rauchen. S hat gestern die Karten gelegt, aber es sah nicht gut aus. Alles kann jetzt passieren. Bin erkältet und habe Fieber. Kann gar nicht begreifen, dass ich nach der ganzen Heulerei überhaupt noch Tränen übrig habe. Ich sehe ziemlich verquollen aus. Habe Mimmis Dose sauber gemacht.

23. Oktober

Bin fast wieder gesund, aber unheimlich müde. Nichts macht mehr Freude. S hat mir die Haare gewaschen, bevor sie weggegangen ist. Ich wollte, dass sie zu Hause bleibt, aber sie wollte sich bestimmt mit dem alten Typen treffen, der den Laden hat. Es kann nur der sein. Sie wirft mir vor, dass ich eifersüchtig und so fixiert auf David bin. Ich verstehe nicht, dass man so funktionieren kann wie sie. Ihr scheint alles egal zu sein. Es ist so kaotisch und schmutzig überall, und ich friere die ganze Zeit.

Montag, 7. November

Saukälte den ganzen Tag. Sue sagt, dass wir nur noch einander haben und zusammenhalten müssen. Aber andererseits ist sie doch mit Leif und noch einigen anderen zusammen. Ich wünschte mir, dass sie nur mit mir zusammen wäre. Warum muss sie immer gleich mit allen schlafen, die sie trifft? Ich bin so verwirrt. Ich fühle, dass ich verliebt in sie bin, aber eigentlich will ich das nicht, weil ich auch Angst vor ihr habe. Wenn David nicht da ist, weiß ich gar nicht mehr, wer ich bin.

Samstag

Ich kann nichts essen. Wen ich nur daran denke, wird mir schon übel. Es kommt mir so vor, als würde ich in etwas Dunkles und Schreckliches hineingleiten. Sue sagt, dass wir hier festsitzen. Wir haben kein Geld, und sie kann nicht nach Stockholm zurück, weil sie dann geschnappt wird und keinen Pass hat. Sie will, dass wir den Winter über hier bleiben. Vielleicht kommen David und Peter ja noch dazu. Heute Nacht habe ich zu Gott gebetet, dass es so kommen wird. Ich werde jede Nacht beten.

16. November

Manchmal habe ich Angst vor meinen eigenen Gedanken. Wenn David nicht da ist, habe ich das Gefühl, dass alles um mich herum zusammenbricht. Sue meint, ich soll ihr dankbar sein, dass sie mit Leif vögelt, damit wir was zu essen und ein Dach über dem Kopf haben. Aber das bin ich nicht. Alles ist ein einziges Kaos hier, aber es hat gar keinen Zweck aufzuräumen, weil sie immer alles liegen lässt und nie abwäscht.

4. Dezember

Es ist jede Menge Schnee gefallen. Wir müssen immerzu heizen und können uns nur noch in der Küche aufhalten. Woanders wird es nicht mehr warm. Sues Bett steht neben meinem. Wir haben keine Winterkleidung. Wenn wir rausgehen, ziehen wir alles an, was wir haben. S hat auf dem verlassenen Hof einen alten Schlitten gefunden. Sind dort mehrere Stunden die Hügel hinuntergerodelt. Das was lustig. Ich konnte gar nicht genug bekommen. Später ist Leifs Frau aufgetaucht und hat uns zugeschaut, ohne irgendwas zu sagen. Ich glaube, sie kommt aus Dänemark. Sie scheint total verschlossen. Ich glaube, sie hasst Sue. Sie heißt Ingabritt und ist ziemlich hässlich, aber dafür kann sie ja nichts. Mimmi hat heute eine größere und schönere Dose bekommen.

8. Dezember

Maria und ein anderes Mädchen aus der Kommune sind heute gekommen. Hatten gutes Dope dabei, von dem sie uns etwas abgegeben haben. Maria sagt, dass wir bei ihnen wohnen können, wenn es hier zu kalt wird. Sie ist nett. Aber ich weiß, dass Sue dort nicht wohnen will, und ich will es eigentlich auch nicht. Habe S die Haare geschnitten und gewaschen. David habe ich einen langen Brief geschrieben und nachher verbrannt.

Samstag

Heute Nacht habe ich wieder geweint, doch diesmal, weil S nicht nach Hause gekommen ist. Die Einsamkeit ist so schlimm. Als ich ihr sagte, sie soll nicht so lange wegbleiben, hat sie geantwortet, ich müsste endlich in meinen Schädel reinkriegen, dass wir jetzt von Leif abhängig sind. Ich glaube, sie bekommt Geld von Leif und von dem anderen, dessen Namen sie nicht verraten will.

Donnerstag, 14. Dezember

Birger hat uns mehr Holz gebracht, und ich habe ihn zum Tee eingeladen. Er fragte, ob wir noch etwas brauchten, und versprach, uns ein paar Decken mitzubringen, die wir vor die Fenster hängen könnten. Er ist nett, aber furchtbar schüchtern, und sagt nur wenig. Als Sue kam, ist er gegangen. Sie meint, dass er scharf auf mich ist, und ich soll doch versuchen, ihm seine Unschuld zu rauben. Manchmal geht sie einem gewaltig auf den Keks. Ich glaube, sie kann sich gar nicht vorstellen, dass es Männer gibt, die nicht dauernd an Sex denken.

Sonntag, 17. Dezember

Mimmi ist weggelaufen. Habe den ganzen Abend nach ihr gesucht. Dabei war sie so zahm. Leif ist hier und fickt Sue. Solange es so kalt ist, können sie nicht beim alten Hof sein. Ich finde das gut, dann bin ich jedenfalls nicht allein. Wir haben selbst gebrannten Schnaps getrunken, den Leif mitgebracht hatte. Ich bin ziemlich betrunken. Leif meinte, hier sieht es wie in einem Schweinestall aus, aber das passt ja gut, denn er ist auch ein richtiges Schwein. S hat versprochen, eine neue Maus für mich zu fangen, wenn sie Zeit hat.

Donnerstag, 21. Dezember

Habe die ganze Küche sauber gemacht. Heute kam der mit dem Laden und hat uns eine ganze Kiste mit Weihnachtsessen gebracht. Ich bin mir sicher, dass er es ist, mit dem Sue was hat, sonst würde er uns bestimmt nicht so viel zu essen mitbringen. Sie hat es auch fast zugegeben. Die tickt doch nicht richtig. Jedenfalls kann es für mich kein richtiges Weihnachten werden, wenn David nicht da ist.

Sonntag, 24. Dezember

Was für ein merkwürdiger Heiligabend. Ich denke an Mama und frage mich, was sie gerade macht, ob sie mich vermisst. Sue hatte ein bisschen Dope aufgehoben, das wir zur Feier des Tages geraucht haben. Sie hat mir eine Jacke geschenkt, die sie bei Domus *geklaut hat. Wir haben Glühwein getrunken und von David und Peter geredet. Wie sehr ich das Ende des Winters herbeisehne! Mimmi fehlt mir.*

Montag, 15. Januar

Das ist mein erster Tagebucheintrag 1973. Draußen tobt seit zwei Tagen ein Schneesturm, und jetzt ist wieder der Strom ausgefallen. Ich esse nicht. Gott, wie ich friere.

Samstag, 20. Januar

Leif hat einen alten Fernseher mit einem schrecklich schlechten Bild mitgebracht. Jetzt kann ich im Bett fernsehn. Er hatte auch eine Elektroheizung dabei, damit wir am Morgen nicht mehr frieren müssen, bevor wir ein Feuer gemacht haben. Er ist ziemlich nett, aber das ist wahrscheinlich nur wegen Sue. Heute war die schwarze Katze wieder da. Ich habe ihr Milch gegeben, und später lag sie auf meinem Bett und hat eine Weile geschlafen. Sie hat nur ein Ohr.

22. Januar

Leif hat uns in die Stadt gefahren. Habe von Sue 300 Kronen bekommen, mit denen ich tun und lassen konnte, was ich wollte. Habe Handschuhe und Socken bei Domus *gekauft und eine unheimlich schöne Tasche im Indien-Shop und was zu rauchen. Wir haben in einem chinesischen Restaurant gegessen. Leif hat uns von dort abgeholt. So schön habe ich es schon lange nicht mehr gehabt. Aber heute Abend war es weniger lustig. Leif wollte, dass S und ich es miteinander tun, während er uns zuguckt. Er sagte, S hätte es ihm versprochen. Zuerst wollte ich nicht und war total sauer auf sie, aber dann haben wir so viel getrunken, dass ich es nicht mehr so schlimm fand. Er hat sich dann erst mal einen runtergeholt, während wir es gemacht haben, und danach wollte er zwischen uns liegen, aber da habe ich mich geweigert. S sagte, ich brauchte es in Zukunft nicht mehr zu tun, wenn er zuschaut.*

Samstag, 3. Februar

Sue ist immer noch nicht nach Hause gekommen. Ingabritt war hier und machte ein Riesenteater. Sie schrie, dass sie Leif aus dem Puff holen wollte. Ich dachte, sie wollte mich angreifen, und fing an zu weinen. Sie war wie von Sinnen und wollte nicht gehen, obwohl sie doch sah, dass Leif und Sue nicht hier waren. Später kam sie dann plötzlich auf die Idee, die beiden könnten beim alten Hof sein und lief dorthin. Das ist jetzt über zwei Stunden her. Ich drehe noch durch, wenn Sue nicht bald kommt.

Sonntag

Irgendwas ist passiert, auch wenn S nicht sagen will, was es ist. Sie war den ganzen Tag betrunken und sieht schrecklich aus. Ihr Gesicht ist völlig zerkratzt, das eine Auge blau und geschwollen. Ich habe sie mehrmals gefragt, ob die Verletzungen von Ingabritt kommen, aber sie will nicht antworten. Sie scheint das nicht zu kümmern. Heute Abend hat sie eine Zeitlang geweint, wollte aber auch nicht sagen, warum. Sie tut mir so Leid, aber als ich sie trösten wollte, hat sie nach mir geschlagen. Ich glaube, dass sie sich nach ihrem Kind sehnt.

Montag, 5. Februar

Ich habe so große Angst. Und wenn sie Ingabritt getötet und irgendwo vergraben haben? Sue wirkt so merkwürdig. Leif und sie flüstern ständig miteinander, und heute Nacht hat Leif zum ersten Mal hier geschlafen.

Mittwoch

Sue ist nur noch besoffen. Ich mache mir große Sorgen. Sie sagt ständig andere Sachen. Als ich mich nach Ingabritt erkundigt habe, hat sie gesagt, dass ich vor der nie mehr Angst zu haben brauchte. Die sei jetzt für immer fort. Dann sagte sie, sie hätte nur Spaß gemacht. Ich traue mich nicht, weitere Fragen zu stellen, weil sie das nur wütend macht. Alles ist so furchtbar geworden. Wenn sie Ingabritt ermordet haben, wird sie vielleicht hier herumspuken. Und wenn Sue ins Gefängnis kommt, dann habe ich niemand mehr.

Sonntag, 11. Februar

Heute hat S nichts getrunken, nur geschlafen. Den ganzen Abend ist sie ziemlich nett gewesen. Ich fragte ein bisschen nach Ingabritt, aber sie wollte nicht darüber reden. Schließlich hat sie gesagt, dass Ingabritt Leif verlassen hat und irgendwohin gefahren ist. Aber das glaube ich nicht. Vielleicht hat Leif sie allein umgebracht. Ich hoffe es. Ich will Sue nicht verlieren. Habe heute gekotzt.

Donnerstag, 1. März

Konnte lange Zeit nichts schreiben. Aber heute muss ich schreiben, denn es ist genau ein Jahr her, seit David und ich ein Paar wurden. Ich frage mich, ob er sich daran erinnert. Es kommt mir so vor, als hätte ich den ganzen Winter geschlafen. Ich bin nur noch müde. S sagt, ich sehe aus wie ein Gerippe. Aber ich will nichts essen. Alles schmeckt eklig. Ich komme mir so schmutzig vor, wenn ich esse. Außerdem habe ich Zahnschmerzen. Mit der Zunge kann ich fühlen, dass ich ein großes Loch in einem Backenzahn habe. Strolch, der schwarze Kater, liegt auf meinem Bauch und schnurrt. Er sieht so klug aus, wenn er mich ansieht, als würde er genau verstehen, wie es mir geht. Ich habe nur noch ihn auf der Welt, denn S kümmert sich nicht mehr um mich. Werde jetzt wieder schlafen.

Sonntag, 4. März

Gestern ist Clarence gekommen, und jetzt wohnt er hier. Das ist nicht besonders toll. Er glaubt, dass David und Peter den Winter über in Marokko bleiben. Ich hoffe, er hat Recht. Aber dann würden sie doch wohl mal schreiben. Er hatte gutes Dope mit und auch Speed, aber das habe ich mich nicht getraut. Sue hat natürlich schon mit ihm gevögelt, und jetzt will sie, dass wir so tun, als wäre er mein Freund, damit Leif sich nicht aufregt. Heute war ich zum ersten Mal seit langer Zeit draußen und fühlte mich ganz schwindlig. Ein biss-

chen kann man schon den Frühling spüren. Ich will, dass Clarence verschwindet.

Mittwoch

S und Clarence werden in den kleinen Raum ziehen, obwohl wir fast kein Brennholz mehr haben. Wir haben den ganzen Tag miteinander gestritten. Sie ist sauer auf mich, weil ich nichts esse, aber das geht sie gar nichts an, weil sie sowieso kein Interesse mehr an mir hat. Sie behauptet, Angst vor Clarence zu haben, weil der angeblich etwas gegen sie in der Hand hat, und trotzdem scheint sie völlig verrückt nach ihm zu sein. Ich halte ihre Tripps nicht länger aus. Aber er ist irgendwie unheimlich, das fand ich im Sommer schon.

Samstag

Die können von ihrem verdammten Speed nicht genug kriegen. Wenn Leif kommt, tut Clarence so, als wäre er total verliebt in mich. Offenbar macht ihm das Spaß. Doch man merkt Leif an, dass er ihm nicht glaubt. Dazu kennt er Sue zu gut. Ich habe solche Angst, dass er uns rausschmeißt. Clarence kann Leif unheimlich gut nachmachen, wie er Sue anglotzt. Ich musste sogar darüber lachen. Er kann ziemlich komisch sein, aber ich mag ihn trotzdem nicht. Man weiß nie, ob er einen Witz macht oder es ernst meint. Irgendwie ist er kalt. Ich will mich nicht mehr verstellen. Ich will nur in Ruhe gelassen werden und Strolch bei mir haben.

Montag, 12. März

Heute hat Leif seinen Hund auf Clarence gehetzt. Das geschieht ihm recht. Seine Unterhose ist völlig zerrissen. Später war Leif den ganzen Abend hier, es war schrecklich. Er wollte, das Sue mit ihm zum alten Hof geht, aber sie wollte nicht, und so hat er sie die ganze Zeit nicht aus den Augen gelassen. Man merkt ihm an, dass er Cla-

rence hasst. Am liebsten würde er ihn sicherlich umbringen. Irgendwie tut er mir sogar leid, er kann ja nichts dafür, dass er so verliebt in sie ist. Sie sagt ganz gemeine Dinge zu ihm, dass er nach Kuhscheiße riecht und so was. Wenn sie so weitermacht, dann schmeißt er uns bestimmt raus. Sue ist ein hoffnungsloser Fall.

Mittwoch, 14. März

Ich glaube, ich bin krank. Ich fühle mich so schlecht, und mir ist schwindlig. Leif hat Clarence rausgeworfen. Er hat gesagt, wir könnten hier nicht wohnen bleiben, wenn Clarence nicht verschwindet. Er war doch wirklich dumm genug zu glauben, dass sie tun, was er sagt. Doch jetzt ist Clarence zurückgekommen. Wenn Leif hier ist, will er sich auf dem Dachboden verstecken. Aber lange wird das nicht gut gehen, denn wenn sie geil sind, ist ihnen alles egal. Strolch war seit gestern früh nicht zu Hause. Wenn sie ihm was getan haben, bringe ich sie um.

Donnerstag

Ich muss sehr krank sein, denn ich kann mich kaum auf den Beinen halten. Sue hat versucht, mich zum essen zu zwingen. Sie sagte, ich kann, wenn ich will, aber spucke alles wieder aus, also will ich wohl nicht. Strolch ist wieder da und muss auf meinem Bauch liegen, denn wenn er schnurrt, geht es mir gut. Alles löst sich einfach auf und ich höre so komische Sachen. Ich höre, was Leute sagen, die weit weg sind. Manchmal kommt es mir so vor, als sei ich auf einem Tripp. Sue sagt, wir sollten abhauen. Clarence soll uns nach Kopenhagen fahren. Ich will nicht. Wenn David kommt, muss ich doch hier sein.

26. März

Habe zwei Tage lang durchgeschlafen, bin aber immer noch müde. Ich könnte immer weiter schlafen. Ich will auch nicht wach sein, denn dann kommen so schreckliche Gedanken. Vielleicht werde ich wirklich verrückt. Dann bekommt Mama Recht. Sue ist mit Leif zusammen. Clarence hat Speed genommen. Ich habe vorhin geträumt, ich wäre bei Mama in Norrköping. Sie hielt mich im Arm und fütterte mich mit Brei. Ich verstehe nicht, was ich in diesem Haus mache.

30. März

Sue glaubt, dass ich sterbe, wenn ich nichts esse, also habe ich ihr zuliebe ein belegtes Brot gegessen. Wir wollen nach Kopenhagen fahren. Ich weiß nicht, wie ich das schaffen soll, und ich will auf keinen Fall ohne Strolch fahren. Ich habe mich ein bisschen gewaschen, weil Sue meinte, dass ich schlecht rieche. Irgendwie werde ich dieses Haus vermissen, denn hier war ich so schrecklich glücklich mit David.

2. April

Sie haben Leifs Hund getötet. Er lag neben meinem Bett auf dem Boden. Sue meint, ich hätte das nur geträumt, aber es ist wahr. Die glauben, ich kriege gar nichts mehr mit. Ich höre die ganze Zeit, was sie sagen, obwohl ich schlafe. Sie haben eine wahnsinnige Angst, weil sie eine Leiche gefunden haben. Ich habe sie gefragt, ob es Ingabritt war. Sue meint, ich sei wohl verrückt geworden. Dann bin ich eben verrückt, denn ich glaube, dass es Ingabritt war. Wir fahren morgen, und ich werde Strolch mitnehmen.

15 DIESELBE NACHT

Katharina setzte sich mit einem Ruck auf. »War das das Ende?«

»Ja, das Tagebuch endet ziemlich abrupt.«

»Du darfst es auf keinen Fall verbrennen.«

»Was soll ich denn damit tun?«, fragte Kajsa und schloss das Tagebuch.

»Ich weiß nicht … Lass mich nachdenken.«

Sie kamen beide zu demselben Schluss: Sie sollten die äußeren Umstände der geschilderten Ereignisse rekonstruieren. Doch nach fünfundzwanzig Jahren waren wohl die meisten Spuren verwischt. Die einzigen Dinge, die, abgesehen vom Haus selbst, immer noch existierten, waren vermutlich der eiserne Herd am anderen Ende der Küche, der Heizofen sowie die klobige Vitrine zwischen den Fenstern. Ansonsten bedurfte es einer gehörigen Portion Fantasie, um sich die Küche vorzustellen, in der Pia sich an den langen, dunklen Winterabenden aufgehalten hatte. Kajsa versuchte sich auszumalen, wie die Decken vor den Fenstern ausgesehen hatten, die beiden Betten, die einen Großteil des Bodens eingenommen haben mussten, das Durcheinander, die Kälte …

»Wenn sie noch lebt, ist sie heute zweiundvierzig«, sagte sie nachdenklich.

»Warum sollte sie nicht mehr leben?«

»Wenn ich daran denke, dass sie sich weigerte, etwas zu essen … Sie scheint mir nicht mehr viel Freude am Leben gehabt zu haben.«

»Das hat sich bestimmt geändert, nachdem sie von hier fort war. Aber die naive, einfältige Sprache geht einem zu Herzen.«

»Im Winter muss es hier schrecklich kalt gewesen sein«, sagte Kajsa.

»Bei Wind ist das Haus wie ein Sieb. Vermutlich wird es hier drin im September schon zu kalt. Was sagst du dazu … Ich meine, was du zuletzt gelesen hast?«

»Von Leifs Frau?«

»Ja.«

Katharina schüttelte sich, als fröstle sie. Sie nahm das Tagebuch und wog es in der Hand. »Tja, was soll man glauben?«

»Ich habe nie mit dem Gedanken gespielt, es zu verbrennen«, sagte Kajsa. »Es hat schließlich fünfundzwanzig Jahre darauf gewartet, entdeckt zu werden. Da kann ich es doch jetzt nicht einfach ins Feuer werfen. Aber Olle kann ich es auch nicht zeigen.«

Katharina hob die Brauen. »Ist er denn so empfindlich?«

»Nein, so kann man das nicht sagen. Aber die Vorstellung, dass die Ehefrau von Leif Rösling irgendwo in der Nähe vergraben liegt …«

»Ja, die ist schon erschreckend«, gab Katharina ihr Recht.

»Olle ist Jurist. Es könnte sein, dass er auf den Gedanken käme, die Polizei einzuschalten.«

»Und das willst du nicht?«

»Na, stell dir nur mal vor, was das für unser Leben hier bedeuten würde, mit Leif und seiner Mutter als Nachbarn.«

»Du willst den Kerl also lieber mit einem Mord davonkommen lassen, als die gute Nachbarschaft zu gefährden?«

»Er ist doch schon davongekommen. Beträgt die Verjährungsfrist für Mord nicht zwanzig Jahre?«

»Ich glaube, es sind fünfundzwanzig«, entgegnete Katharina. »Aber ich zweifle daran, dass die Polizei an der Sache großes Interesse hätte. Sehr fraglich, ob sie das Tagebuch überhaupt lesen würden.«

»Vielleicht würden sie doch zu ermitteln beginnen. Und es würde wohl auch bekannt werden, woher sie ihre Informationen haben.«

»Ich finde, du solltest dich doch an Olle wenden«, sagte Katharina. »Der kann die Situation sicher richtig einschätzen.«

Kajsa schüttelte den Kopf. »Du weißt doch, wie schnell der eine herannahende Katastrophe wittert. Der Pessimist in ihm würde triumphieren. Er würde behaupten, er hätte von Anfang an gewusst, dass dieses wahnsinnige Projekt – gemeint ist natürlich *mein* wahnsinniges Projekt – zum Scheitern verurteilt sei. Schließlich muss ich mich immer noch ständig für unseren Entschluss rechtfertigen, und ich will ihn nicht unnötig aufschrecken.«

Katharina lächelte. »Er soll nicht befürchten, sich auf ein hoffnungsloses Unternehmen eingelassen zu haben?«

»Diese Befürchtung hegt er sowieso schon.«

»Okay, also lassen wir Olle aus dem Spiel«, sagte Katharina. »Was ist Leif Rösling eigentlich für ein Typ?«

»Der Gedanke, er könnte irgendwie erfahren, wie gut ich über sein Leben in den Siebzigern Bescheid weiß, lässt mich schaudern.«

»Dem würdest du also nicht so gern auf einem einsamen Waldweg begegnen?«

»Dem möchte ich nirgends begegnen«, antwortete Kajsa entschieden. »Er ist ein merkwürdiger Typ, ziemlich arrogant hinter seiner höflichen Fassade. Bauernschlau, aber eigentlich nicht besonders helle. Ich kann mir auch nicht vorstellen, dass er irgendeine Form von Humor hat.«

»Wie sieht er denn aus?«

»Er ist so ein dunkler, verwegener Typ. Groß und stark. Ich kann mir schon vorstellen, dass Sue ihn damals nicht ganz abstoßend fand. Inzwischen hat er einen kleinen Bauch und dünne Haare bekommen, aber vor fünfundzwanzig Jahren war er sicher ziemlich attraktiv. Ich werde so wütend, wenn ich mir überlege, wie er die damalige Situation ausgenutzt hat.«

»Wobei sich die Frage stellt, wer hier eigentlich wen ausnutzte«, sagte Katharina. »Sue war ja offensichtlich nicht auf den Kopf gefallen, wenn es darum ging, ihre Ziele zu erreichen. Und eine Unschuld vom Lande war sie auch nicht gerade.«

»Nein. Wenn es jemanden gab, den man als unschuldig und naiv bezeichnen muss, dann ist es Pia.«

Katharina nestelte zerstreut an den Gegenständen, die auf dem Tisch lagen. »Wohnt er ganz allein mit seiner Mutter zusammen?«

»Ja. Sein jüngerer Bruder Birger wohnt in Malmö. Olle ist mit ihm bekannt.«

»Wie ist seine Mutter?«

»Der will ich auch nicht auf einem einsamen Waldweg begegnen, nachdem ich das Ansehen ihres Sohnes in den Schmutz gezogen habe.«

Katharina starrte in die Flammen. Ihre bernsteinfarbenen Augen hatten einen entrückten Ausdruck angenommen.

Nach einer Weile sagte sie zögernd: »Das hindert uns ja nicht daran, unsere eigenen Nachforschungen anzustellen.«

»Worüber?«

»Nun, zum Beispiel, ob Ingabritt Rösling irgendwo zu finden ist – lebend, meine ich natürlich. Dann brauchst du dir zumindest keine Sorgen mehr darüber zu machen, sie könnte irgendwo in dieser Gegend vergraben sein.«

Kajsa fühlte sich erleichtert. »Ich habe gehofft, dass du so was vorschlägst«, sagte sie. »Es ist ein viel besseres Gefühl, zu zweit zu sein.«

»Was ist mit Joakim? Wird er dichthalten?«

»Er hat ja schließlich schon ein ganzes Jahr lang geschwiegen«, entgegnete Kajsa. »Was ich gar nicht so leicht verdauen kann.«

»Er war sicher genauso ratlos wie du«, sagte Katharina. »So was kann man seinen sensiblen Eltern doch nicht zumuten. Hauptsache, er hat es nicht seinen Freunden gezeigt.«

»Er hat mir gesagt, dass er das nicht getan hat, und ich glaube ihm. Außerdem scheint er in gewisser Weise erleichtert zu sein, dass er das Tagebuch los ist.«

»Ja, manche Geheimnisse können einem zur Last werden. Hat er es wirklich gelesen – ich meine, alles?«

»Ich weiß es nicht. Er drückt sich da ziemlich vage aus.«

Kajsa zog die Fotos aus der Brieftasche, ungefähr zwanzig Stück. Sie hatten zahlreiche Kratzer und umgeknickte Ecken. Kajsa sortierte sie und legte drei nebeneinander auf den Tisch.

»Diese habe ich bereits identifiziert«, sagte sie, indem sie auf das erste zeigte. »Sue und Pia. Ihre Namen stehen jedenfalls auf der Rückseite, also besteht wohl kein Zweifel. Die könnten aus dem Sommer 1972 stammen. Vielleicht saßen sie hier vor dem Haus.«

Sie beugten sich über das Foto. Vor einem Blättervorhang saßen zwei junge Frauen, die sich die Arme um die Schultern legten. Beide hatten lange, dunkle Haare, und beide waren hübsch. Die eine lächelte offen und sorglos in die Kamera. Ihr Gesicht strahlte vor Gesundheit und Lebenslust. Um die glatten Haare spannte sich ein Stirnband. Sie wäre als Fünfzehnjährige durchgegangen.

»Das muss Pia sein, bevor David weggefahren ist«, sagte Kajsa.

Die andere Frau wirkte etwas älter. Sie war leicht zusammengesunken, die Augen hinter einer großen Sonnenbrille verborgen. Der Gesichtsausdruck gelangweilt, als mache sie sich nichts daraus, fotografiert zu werden. Ihre ganze Haltung war ziemlich schlaff, als sei sie sehr müde.

»Entweder ist sie high oder hat einen Kater«, mutmaßte Katharina.

Sie sahen sich das nächste Bild an. Ein junger Mann mit schulterlangen Haaren und sonnengebräuntem nacktem Oberkörper posierte auf einem kleinen Felsen. Im Hintergrund war Västerbron in Stockholm zu sehen. Seine Gesichtszüge lagen im Schatten. Jemand, vermutlich Pia, hatte schräg in die untere linke Ecke *David* geschrieben.

Das dritte Foto zeigte einen Mann mittleren Alters mit ernstem Gesichtsausdruck. Kajsa drehte es um. *Papa – 1968* stand auf der Rückseite.

Katharina nahm den Stoffteddy in die Hand und drückte vorsichtig die schlaffen Beine zusammen. »Und das ist bestimmt Tudde«, sagte sie.

»Wie konnte sie all das nur hier zurücklassen?«, wunderte sich Kajsa.

»Das Tagebuch hat sie bestimmt nicht freiwillig hier gelassen. Außerdem war sie vor Hunger vermutlich nicht mehr klar bei Verstand; sie sind ja wohl ziemlich überstürzt aufgebrochen … Ihre größte Sorge hatte doch dem Kater gegolten.«

»Ich hoffe, jemand hat ihr später geholfen, wieder auf die Beine zu kommen.«

»Sie hätte ihre Mutter gebraucht«, sagte Katharina. »Falls die überhaupt für sie da gewesen wäre.«

»Vielleicht hat sie ja auch einen neuen Kerl kennen gelernt. David hat sich bestimmt nicht mehr blicken lassen.«

Katharina hatte begonnen, in den Bleistiftskizzen zu blättern. Das meiste waren Porträtstudien, viele unvollendet, als habe Pia rasch aufgegeben und sich etwas anderem zugewandt. Sie zeigten vermutlich David, betrachtet mit ihrem unkritischen Blick. Ein Gesicht mit reinen klassischen Zügen. Die Haare waren entweder zu einem Pferdeschwanz zusammengebunden oder hingen wie zwei Gardinen zu beiden Seiten des Mittelscheitels herunter. Sein Blick war stets hinter den halb geschlossenen Lidern verborgen.

»Also entweder war David chronisch müde, oder Pia hat es gescheut, die Augen zu zeichnen, weil sie wusste, wie schwer das ist«, vermutete Katharina.

»Nach den Zeichnungen zu urteilen, hatte sie allen Grund zur Begeisterung«, sagte Kajsa.

In den Zeichnungen war sowohl eine gewisse Unsicherheit als auch Entschiedenheit zu spüren. Die Linien waren oft dünn und wackelig, als hätte sie große Zweifel gehabt, doch gleichzeitig zeugten die Bilder vom Vertrauen in die eigenen Fähigkeiten. Sie einigten sich darauf, dass die Zeichnungen ein unleugbares Talent verrieten. Weiter unten im Haufen fanden sie zwei Aktstudien einer jungen Frau. Ein bisschen unbeholfen zwar, was die Proportionen betraf, doch auch hier herrschte kein Zweifel, dass Pia mit großer Sorgfalt etwas dargestellt hatte, was sie als schön empfand. Katharina hielt die Blätter gegen das Licht und betrachtete sie mit zusammengekniffenen Augen.

»Ich habe mir Sue als richtige Hexe vorgestellt«, sagte sie, »mit ziemlich dämonischen Zügen, doch hier sieht sie liebenswert und sanft aus. Sie hatte wohl auch solche Seiten. Man merkt Pia an, dass sie verliebt war, als sie die Zeichnungen angefertigt hat.«

Kajsa stand auf, um neues Teewasser aufzusetzen.

»Wir könnten herausbekommen, wo sie wohnt«, sagte Katharina, »und ihr die Bilder schicken. Einen freundlichen Brief beilegen, der erklärt, wie du an die Sachen gekommen bist. Im besten Fall wird sie antworten und sich bedanken, und vielleicht entsteht ja ein Briefwechsel zwischen euch. Möglicherweise bekommt du sogar heraus, was im Jahr 1973 wirklich vorgefallen ist.«

»Daran habe ich auch schon gedacht«, sagte Kajsa. »Aber ich weiß nicht ... Wie würdest du denn reagieren, wenn dir jemand dein Tagebuch, das du vor fünfundzwanzig Jahren verloren hast, plötzlich mit der Post schicken würde? Ein Tagebuch, dem du all deine intimsten Gedanken anvertraut hast?«

»Ich wäre mir natürlich darüber im Klaren, dass es gelesen wurde, was mir wohl auch ziemlich peinlich wäre, aber ich würde mich trotzdem sehr darüber freuen, es wiederzuhaben.«

»Und wenn sie es einfach nur peinlich findet?«

»Ach, doch nicht nach so langer Zeit. Den Schmuck und die Zeichnungen möchte sie sicher gern zurückhaben. Und Tudde auch.«

Kajsa öffnete die Kühlschranktür. »Ich hab Hunger. Wie wär's mit ein paar Broten?«

»Gern.«

Kajsa holte Brot und Aufschnitt heraus. »Ich habe schon mit ihrer Mutter gesprochen«, sagte sie.

Katharina fiel wie erwartet die Kinnlade herunter.

»Hast du? Wann denn?«

Kajsa lachte. »Tja, ich war in den letzten Tagen nicht untätig. Die Idee, ihr alles zu schicken, ist mir gekommen, als der Brief von David auftauchte und ich ihren Nachnamen erfuhr. Ich habe die Auskunft angerufen und mich nach einer Pia Bryneskog erkundigt, aber es gab keinen Eintrag auf diesen Namen. Dafür hatten sie eine Britta Bryneskog in Norrköping. Ich habe gleich gedacht, es könnte ihre Mutter sein, weil Norrköping im Tagebuch erwähnt wird. Also habe ich sie angerufen, aber es hat nicht viel gebracht.«

»Nicht? Was hat sie denn gesagt?«

Kajsa strich Butter auf dunkle Brotscheiben. »Fast gar nichts. Sie machte einen verwirrten Eindruck. Plötzlich war die Verbindung unterbrochen. Ich nehme an, sie hat einfach aufgelegt.«

»War sie verärgert?«

»Nein, das glaube ich nicht. Ich hatte das Gefühl, dass sie schon ziemlich alt war und nicht mehr ganz klar im Kopf. Außerdem schienen sie meine Fragen zu erschrecken. Ich bin mir nicht mal ganz sicher, dass es wirklich Pias Mutter war, mit der ich gesprochen habe. Bei meinen weiteren Recherchen bin ich dann auf einen David Brandt gestoßen.«

»Ach ...«

»Angerufen habe ich ihn nicht, aber wenn es der David Brandt aus dem Tagebuch ist, dann wohnt er in Rågsved, in Stockholm. Er steht als Lehrer im Telefonbuch.«

Katharina stieß ein amüsiertes Lachen aus. »Was für ein Tatendrang! Ich bin beeindruckt.«

Kajsa lächelte und belegte die Hälfte der Brote mit Käse und roter Paprika.

»Am besten wird es wohl sein, wenn wir ihre Mutter persönlich treffen«, fuhr Katharina fort.

»Wie sollen wir das anstellen?«

»Komm einfach mit nach Stockholm. Ich fahre in einer Woche ...«

»Nach Stockholm?«, rief Kajsa. »Warum denn das?«

»Weil man Leute leichter befragen kann, wenn man ihnen gegenübersitzt.«

Kajsa schwieg und konzentrierte sich ganz darauf, eine Salami und eine Salatgurke in dünne Scheiben zu schneiden.

»Ist doch eine gute Idee«, sagte Katharina. »Am neunundzwanzigsten wird mein Vater fünfundsiebzig. Ich fahre am Mittwoch nach Mittsommer zu ihnen hinauf, um ihm ein bisschen unter die Arme zu greifen. Ich werde das Haus auf Vordermann bringen und etwas Essbares für die Gratulanten organisieren. Patrik und Marika kommen auch, allerdings erst am Samstag, also hätten wir für unsere Recherchen mehrere Tage Zeit.«

»Tja, ich weiß nicht …« Kajsa goss langsam das heiße Wasser in die Teekanne. »Alles wird auf einmal so konkret«, sagte sie.

Katharina warf sich ihren langen Zopf über die Schulter.

»Das wäre doch was!«, fuhr sie begeistert fort. »Wir fahren mit meinem Auto, machen einen Abstecher nach Norrköping und statten Pias Mutter einen Besuch ab. In Stockholm können wir bei meinem Vater in Skarpnäck wohnen. Er hat ein großes Haus und ist derzeit so vertieft in seine Monografie über Carl David af Wirsén, dass er uns kaum bemerken wird. Wenn wir etwas Interessantes von Pias Mutter erfahren, können wir immer noch entscheiden, wie wir weiter vorgehen. Vielleicht wohnt Pia ja sogar in Stockholm. Und wenn wir sie nicht erwischen, werden wir diesem David Brandt mal auf den Zahn fühlen. Was hältst du davon?«

»Olle dreht durch, wenn ich in dieses Wespennest steche.«

»Du brauchst doch nicht länger als ein paar Tage fort zu sein. So lange wird er dich schon entbehren können. Und Joakim macht das Essen.«

»Was soll ich ihm für Gründe nennen?«

»Musst du denn immer einen Grund haben? Reicht es nicht, wenn du ihm sagst, du möchtest einfach mal ein paar Tage freihaben? Gib einfach mir die Schuld, und sag ihm, ich hätte so viel um die Ohren, und bei mir kriselt's wieder, deshalb müsste ich in Ruhe mir dir reden. So was geht doch immer. Außerdem lügst du für eine gute Sache.«

Kajsa stellte den Teller mit den belegten Broten zwischen Pias Habseligkeiten. Sie goss Tee in die Becher und setzte sich Katharina gegenüber.

»Hast du schon mal daran gedacht, dass es sich bei den Jungs inzwischen um Männer mittleren Alters handelt?«, sagte sie. »Vermutlich haben die heute Familie und respektable Jobs. Meinst du, die werden begeistert sein, wenn wir plötzlich auf der Matte stehen und sie mit ihrer zweifelhaften Vergangenheit konfrontieren?«

»Wir müssen eben ein bisschen taktvoll vorgehen«, sagte Katharina. »Wir werden so tun, als ginge es uns nur darum, den Schmuck und die Zeichnungen zurückzugeben. Das Tagebuch erwähnen wir natürlich mit keinem Wort.«

»Wie sollen wir ihnen erklären, dass wir ihre Namen kennen?«

»Wir haben einen Brief und ein paar Notizen gefunden.«

Kajsa knabberte nachdenklich an ihrem Salamibrot.

»Ich komme mit«, sagte sie. »Obwohl mir die ganze Sache ziemlich wahnwitzig vorkommt.«

Ein paar Stunden später gingen sie zum Parkplatz hinunter, blieben eine Weile schweigend stehen und ließen die stille Frühsommernacht auf sich wirken.

Bevor Katharina in ihr Auto stieg, sagte sie leise: »Es muss doch Leute in dieser Gegend geben, die Leifs Frau gekannt haben. Wir könnten damit anfangen, uns in aller Diskretion ein wenig umzuhören. Wie die Leute die Vorgänge auf Röshult eingeschätzt haben ... Fällt dir jemand ein?«

»Per Augustsson, der Tischler, könnte etwas wissen. Allerdings kenne ich ihn nur flüchtig«, sagte Kajsa. »Und dann natürlich Rune. Er ist nett und sehr redselig. Den könnten wir mal aushorchen.«

»War von ihm nicht im Tagebuch die Rede?«

»Ja, er hat ihnen unter anderem geholfen, die Küchenpumpe zu reparieren. Der soll nächste Woche die Heizungsrohre verlegen. Er ist Klempner und wohnt gleich neben Röshult, allerdings auf der anderen Seite.«

»Weißt du noch jemanden?«

»Aus Petrus habe ich schon vorsichtig versucht etwas herauszubekommen. Er und seine Frau hatten früher ein Sommerhaus ganz in der Nähe, das heißt, er hat es immer noch. Aber sie hatten nicht das geringste Interesse an dem, was in ihrer Nachbarschaft vor sich ging. Er sagte, er hat die Mädchen damals ab und zu gesehen. Außerdem hat er bestätigt, dass Leif verheiratet war. Aber das war auch schon alles.«

»Was ist mit dieser Wohngemeinschaft?«

»Na, die WG möchte ich kennen lernen, die nach fünfundzwanzig Jahren noch existiert. Aber wir können Rune ja danach fragen.«

»Okay, nach Mittsommer fangen wir an«, sagte Katharina und ließ den Wagen an.

16 MONTAG, 23. JUNI

Rune Nordströms relativ bescheidenes Grundstück grenzte an Röshult. Die Landwirtschaft hatte er vor ungefähr zehn Jahren eingestellt und die Felder an Leif Rösling verpachtet. Nun verdiente er sich seinen Lebensunterhalt einzig und allein als Klempner. Außerdem besaß er einen Schaufelbagger, mit dem er stets zu Diensten stand, wenn irgendwo in der Nachbarschaft Grabungsarbeiten durchgeführt werden mussten.

Die frisch geharkte Schottereinfahrt, die allenfalls fünfzehn Meter lang sein mochte, wurde von weiß gestrichenen Steinen gesäumt, die im Abstand von mehreren Metern platziert waren. Jenseits der Steine erstreckte sich der Garten, dessen exakte Anordnung den Mangel an Originalität wettmachte.

»Um Himmels willen«, murmelte Katharina, während sie sich verstohlen umschaute. »Hier wohnen Pedanten.«

»Rune ist kein Pedant«, versicherte Kajsa. »Für die Außenanlagen ist sicher seine Frau verantwortlich.« Sie blieb stehen und fügte hinzu: »Nur damit du Bescheid weißt: Eivor Nordström ist ein *äußerst* engagiertes Mitglied der Missionskirche. Rune dagegen ist zwar abergläubisch, aber im Grunde ein eingefleischter Atheist, der flucht wie ein Bierkutscher, raucht wie in Schlot und sich öfter mal einen hinter die Binde kippt.«

»Was meinst du mit abergläubisch?«

»Im Gegensatz zu Eivor, die einen ordentlichen Gott anbetet, lehnt er alles ab, wofür die Kirche und die Freikirchen stehen. Dafür glaubt er an Geister und finstere Mächte.«

»Wie halten es die beiden nur miteinander aus?«

»Gegensätze ziehen sich an, vermute ich. Ich kenne Eivor ja kaum, aber sicher hat sie auch Seiten, die er schätzt. Und Rune ist wirklich ein netter Kerl.«

Es war Eivor, die mit einem Anflug von Hast die Tür öffnete, als sei sie bei einer wichtigen Tätigkeit unterbrochen worden. Sie war eine groß gewachsene, knochige Frau um die siebzig mit schroffem Gesicht. Doch sobald sie begriffen hatte, dass sie nicht gekommen waren, um ihr etwas zu verkaufen oder sie zu einem anderen Glauben zu bekehren, zeigte sie ein reserviertes Lächeln.

»Wir haben uns schon ein paar Mal gesehen«, begann Kajsa vorsichtig. »Beim Flohmarkt im Gemeindehaus letzten Herbst und …«

Eivors Lächeln wurde immer herzlicher. »Ja, natürlich, jetzt erkenne ich Sie wieder«, sagte sie. »Sie haben Glück, Rune macht gerade Essenspause und ist zu Hause.«

Sie öffnete bereitwillig die Tür und trat einen Schritt zur Seite, während sie Katharina verstohlen musterte. In der Diele schlug ihnen eine ungewöhnliche, aber nicht unangenehme Duftkombination entgegen: gebratene Würstchen und frisch gebackenes Weizenbrot. Während Katharina sich vorstellte, wurden sie von einem gut erzogenen Airedaleterrier ausgiebig beschnuppert.

Eivor plapperte munter drauflos: »Haben wir nicht ein fantastisches Wetter bekommen? Eigentlich sollte man sich an solch einem Tag ja nicht im Haus aufhalten, aber schließlich muss ich für die Versammlung morgen Abend backen. Wir haben nämlich unser Jahrestreffen, auf dem Per Asklund einen Vortrag halten wird. Es geht um die Schule in Bolivien. Sie haben doch wohl das Flugblatt bekommen? Um sieben fangen wir an, und Sie sind herzlich willkommen. Ein Videofilm wird auch gezeigt. Per hat ihn selbst gedreht, außerdem ist er ja so ein blendender Vortragsredner. Und nachher gibt es natürlich Kaffee. Aber das steht ja auch alles auf dem Flugblatt.«

Eivor sprach, als gälte es, mit einem einzigen Atemzug so viele Wörter wie möglich loszuwerden. Während sie zum nächsten Wortschwall ansetzte, bemühte sich Kajsa, die alle Flugblätter der Missionskirche stets ungelesen wegwarf, um eine passende Entschuldigung: »Also das muss ich völlig übersehen haben. Wir haben im Moment so viel um die Ohren, dass sogar die Post liegen bleibt … Und morgen Abend … ach, ich fürchte, daraus wird nichts. Da haben wir leider schon etwas vor.«

Eivor nahm die Ausrede gefasst zur Kenntnis. »Na ja, es wird schon noch mal eine andere Gelegenheit kommen«, erwiderte sie und fügte hinzu: »Rune hat mir erzählt, dass Sie sich hier niederlassen wollen. Ich habe ja meinen Ohren nicht getraut, als ich hörte, dass Sie den alten Hof gekauft haben. Da müssen Sie ja schrecklich viel Arbeit haben, aber sicher lässt sich aus dem noch was Schönes machen.« Sie gab dem Hund einen leichten Klaps auf den Hintern, worauf dieser den Weg zur Küche freigab. »Und hier ist Rune«, verkündete sie, indem sie mit ihrer mehligen Hand auf den Küchentisch zeigte.

Ihr Mann wurde aus der Lektüre der *Christiansholmsposten* gerissen. Außerdem stopfte er sich gerade ein Würstchen mit Kartoffelbrei in den Mund, schaute seine Gäste aber nichtsdestotrotz über den Rand seiner Brille hinweg freundlich an. »Oh, welch hoher Besuch«, sagte er. »Geht's um den Bagger?«

»Nein, nein«, entgegnete Kajsa. »Ich wollte mich nach … etwas ganz anderem erkundigen.«

»Ach so, ansonsten wollte ich Olle nämlich anrufen und ihm sagen, dass ich die Grabungsarbeiten schon nächsten Freitag machen könnte, wenn das zeitlich passt. Eigentlich hatten wir ja Samstag vereinbart.«

»Ich werde es ihm ausrichten. Er wird sich bestimmt freuen, dass es einen Tag früher geht. Doch eigentlich wollte ich, wie gesagt, etwas anderes fragen.«

Plötzlich wurde sie unsicher und schielte zu Eivor hinüber, die sich wieder dem Backen widmete. Es fiel ihr schwer, ein so heikles Thema zur Sprache zu bringen. Dann betrachtete sie Runes mahlende Kiefer und suchte nach einer passenden Einleitung.

»Nur zu«, sagte er freundlich.

»Es hört sich vielleicht ein bisschen merkwürdig an … Aber ich habe neulich im Sommerhaus ein paar Sachen gefunden. Ein wenig Schmuck, einen Brief und … ein paar Aufzeichnungen … Vermutlich von jemandem, der das Haus früher einmal gemietet hatte. Die Sachen lagen unter einer Schublade der Küchenvitrine versteckt. Da schaut man ja fast nie hin. Ich glaube, sie lagen schon ziemlich lange dort.«

»Seit 1973«, warf Katharina ein.

»Genau. Es scheint so, als hätten damals zwei Mädchen aus Stockholm in dem Haus gewohnt – die eine kam wohl aus Amerika. Und da dachte ich mir, dass Sie die Mädchen damals vielleicht kennen gelernt hätten.«

Sie bemerkte, dass Rune aufgehört hatte zu kauen und seiner Frau, die gerade ein Blech mit Plundertaschen aus dem Ofen nahm, einen hastigen Blick zuwarf, ehe er sich nachdenklich ans Kinn fasste und aus dem Fenster blickte.

»Ach, die beiden …«, sagte er zögerlich. »Da kann ich mich nicht mehr genau erinnern. Das ist ja nun schon eine ganze Weile her.«

»Aber an die beiden Mädchen können Sie sich schon erinnern?«, fragte Kajsa. »Sind Sie ihnen mal persönlich begegnet?«

Mit ernster Miene wandte er sich wieder seinem Würstchen zu. »Tja, ich weiß nicht genau … Natürlich wusste ich, wer sie waren. Zwei Jungs waren auch da … Hat damals einigen Ärger gegeben, wenn ich mich recht erinnere.«

»Mit den Jungs?«

Darauf antwortete er nicht. Er stocherte mit der Gabel eine Weile im Kartoffelbrei, bis er schließlich weiteraß. Abgesehen von Eivors Geklapper am Herd war es auffallend still. Kajsa schaute rasch zu Katharina hinüber, die aufmunternd zurückblickte.

»Was wollen Sie eigentlich herausbekommen?«, fragte Rune nach einem weiteren Happen und schaute sie neugierig an.

Seine hellen, sanften Augen wurden von einem freundlichen Netz kleiner Fältchen umrahmt. Kajsa spürte, dass er ein gutmütiger Kerl war, der sich nicht so schnell ins Bockshorn jagen ließ. Bestimmt konnte er auch ein Geheimnis für sich behalten. Wären sie allein gewesen, hätte sie ihm reinen Wein eingeschenkt, aber sie war sich nicht sicher, wie Eivor darauf reagieren würde.

»Also in erster Linie, wo man sie heute finden könnte«, sagte sie vage. »Aber ich verstehe natürlich, dass Sie mir da nicht weiterhelfen können, nach so vielen Jahren. Ich dachte, vielleicht würden Sie sie näher kennen oder hätten irgendwie gehört, wo die beiden hingezogen sind. Eigentlich geht es mir nur um das eine Mädchen namens Pia. Es sind ja ihre Sachen, und ich würde sie ihr gern zurückgeben.«

Rune wischte sich die Mundwinkel ab und streckte seine Hand nach dem Bierglas aus. »Ach so. Also ich weiß nicht, wo man sie finden kann. Haben Sie Leif schon gefragt?«

Auf diese Frage war sie nicht vorbereitet. »Nein, das, äh, haben wir nicht. Aber das sollten wir vielleicht.« Sie lachte verlegen auf. »Ich finde nur, man kommt so schwer an ihn ran.«

Rune wusste, was sie meinte, und grinste. »Ja, Leif ist schon ein bisschen verschlossen. Und vielleicht fragen Sie ihn besser nicht. Das Thema ist wohl etwas heikel.«

»Ach wirklich?«, fragte Katharina mit gespielter Unwissenheit. »Hat es denn irgendwelchen Ärger gegeben?«

Jetzt schaltete Eivor sich von der Arbeitsplatte aus ein. »Ärger hat es ja wohl nicht nur mit Leif gegeben.« Ihre Stimme klang unerwartet scharf. »Es gab nichts als Scherereien, solange die auf Röshult gehaust haben.« Sie warf ihrem Mann einen langen, vielsagenden Blick zu und knallte den Teig so hart auf die Arbeitsplatte, dass das Mehl aufstob. »Und wenn Sie irgendwelchen Schmuck der Mädchen gefunden haben, dann war er sicher gestohlen«, fügte sie unter verbissenem Kneten hinzu.

»Das glaube ich nicht«, entgegnete Kajsa. »Das wird schon ihr eigener sein. Auf einigen Stücken ist ihr Name eingraviert. Außerdem handelt es sich um keinen auffälligen oder kostbaren Schmuck. Aber ich bin mir sicher, dass sie sich sehr freuen würde, ihn zurückzubekommen.«

»Warum hat sie ihn dann versteckt?«, fragte Eivor.

»Vielleicht hatte sie Angst um ihn.«

Eivor stieß ärgerlich die Luft aus. Es war ihr deutlich anzumerken, wie sehr sie das Thema erregte. »Sie wissen ganz offenbar nicht, was das für welche waren«, sagte sie. »Gertrud hat es bitter bereut, dass sie sich damals einverstanden erklärt hat, das Sommerhaus zu vermieten. Zu mir hat sie gesagt, dass sie das Gefühl hatte, sie hätten sich Ungeziefer eingefangen. Und die anderen Leute in der Gegend waren auch nicht gerade glücklich darüber. Das Beste, was man über dieses Pack sagen kann, ist, dass es am Ende freiwillig gegangen ist. Und ich würde mich an Ihrer Stelle davor hüten, den Kontakt zu solchen Leuten aufzunehmen«, fügte sie bissig hinzu.

Rune stieß ein verlegenes Lachen aus, schob den Teller von sich weg und fingerte in der Brusttasche seines Hemds nach einer Zigarette.

»Wenn wir uns über die beiden Damen unterhalten wollen, sollten wir das draußen machen, sonst wird Eivors Kuchenteig noch sauer«, sagte er in einem Versuch, das Thema mit Humor zu nehmen.

Eivor konterte auf der Stelle. »Was für ein Unsinn! Über … diese da gibt's ja wohl nichts zu erzählen, was ich nicht schon wüsste.«

»Wie schön, dass du das endlich einsiehst«, entgegnete er gelassen.

»Du weißt genau, was ich meine!«, fuhr sie ihn an.

»Nein, eigentlich habe ich das nie begriffen.«

Eivor richtete ihren mehligen Zeigefinger auf ihn. »Mach dich nicht dümmer, als du bist!«

Kajsa folgte dem Wortgefecht mit wachsender Verwunderung. Offenbar hatte sie einen schwelenden Streit der Eheleute Nordström entfacht. Sie wandte sich Hilfe suchend an Katharina, die keineswegs schuldbewusst, sondern eher amüsiert aussah, als übertreffe dieser Besuch bei weitem ihre Erwartungen.

Rune stand vom Tisch auf. »So, ich würde jetzt gern eine Zigarette rauchen. Leider ist so was hier drinnen ja nicht mehr erlaubt, also schlage ich vor, wir setzen unser Gespräch draußen fort.«

Indem er Kajsa und Katharina konspirativ zuzwinkerte, strebte er auf die Tür zu. Seinen Gästen blieb nichts anderes übrig, als sich überhastet von Eivor zu verabschieden und ihm zu folgen.

Doch ehe sie außer Hörweite waren, rief sie ihrem Mann eine letzte Replik hinterher: »Und nenn diese beiden da nicht *Damen*! Ich weiß, welche Bezeichnung sie verdienen, aber ein solches Wort nehme ich nicht in den Mund.«

Draußen auf dem Kiesweg sagte Kajsa: »Es tut mir schrecklich Leid, wenn wir Ihnen Unannehmlichkeiten bereitet haben. Das war wirklich nicht unsere Absicht. Ich wusste nicht, dass ...« Sie hielt verwirrt inne, da sie keine Ahnung hatte, was sie nicht wusste.

Rune nahm einen tiefen Zug und lächelte geheimnisvoll. Sein Ton war wie verwandelt, als er ungezwungen bemerkte: »Die andere, diese Amerikanerin, die war ein tolles Mädel, das man nicht so schnell vergisst. Ja und die Pia, die war auch in Ordnung.« Er blickte verstohlen in Richtung Küchenfenster. »Aber das darf ich in Eivors Gegenwart natürlich nicht sagen.«

»Sie haben sie also gekannt?«, fragte Katharina.

Er blickte zu Boden und spielte mit der Schuhspitze im Kies. »Nun, gekannt ist vielleicht übertrieben ... Natürlich habe ich mit ihnen geredet ... habe ihnen auch bei ein paar Reparaturen geholfen«, brummte er ausweichend.

»Sie scheinen hier in der Gegend ja nicht besonders beliebt gewesen zu sein.«

Er lachte leise. »Na ja, sie haben ja ein ziemlich wildes Leben geführt, was vor allem die Frauen hier alarmiert hat. Und die Jungs haben wohl einiges angestellt. In Märringe sollen sie angeblich in einen Laden eingebrochen sein. Aber ich glaube das nicht. Ausschweifende Partys haben sie gefeiert, mit Drogen und so ... Ach, ich weiß gar nicht, worüber sich die Leute alles erregt haben. Irgendwann waren die Jungs wieder verschwunden, und von da an wurde es ruhiger.«

»Wissen Sie, warum die Mädchen ausgezogen sind?«, fragte Kajsa.

»Ich vermute, Gertrud hat sie am Ende vertrieben. Sie hatte wohl Angst um ihren Sohn.«

Katharina lachte. »War der denn in irgendeiner Form gefährdet?«

»Das lässt sich nicht leugnen ...«, bestätigte er.

»War er zu dieser Zeit nicht verheiratet?«, fragte Kajsa vorsichtig.

Rune wand sich ein wenig, als befürchtete er, in eine allzu große Vertraulichkeit hineingezogen zu werden.

»Doch, das stimmt ...«, sagte er schließlich.

»Was hat seine Frau dazu gesagt? Die wird über die beiden Mieterinnen auch nicht erfreut gewesen sein.«

Rune wandte dem Küchenfenster den Rücken zu, kratzte sich im Nacken und meinte widerwillig: »Es ist ihr wohl alles zu viel geworden. Sie musste ja schon seit Jahren Gertrud als Schwiegermutter in Kauf nehmen.«

»Was ist passiert?«, fragte Katharina. »Wollte sie sich scheiden lassen?«

»Das weiß ich nicht. Jedenfalls ist sie Hals über Kopf weggezogen.«

»Ist sie denn nie zurückgekommen, um ihren Teil der Güter zu beanspruchen oder Ähnliches?«

»Das kann ich nicht sagen – schon möglich ...«

Rune kam einer weiteren Befragung zuvor, indem er das Thema wechselte. »Was den Nachnamen von Pia betrifft, der lässt sich bestimmt leicht herausbekommen«, sagte er.

»Den Nachnamen kennen wir schon und haben über die Auskunft versucht, an ihre Telefonnummer heranzukommen. Wir haben jedoch nur die ihrer Mutter herausgefunden, und die weiß auch nicht, wo Pia sich aufhält.«

»Ach, wie merkwürdig ... Und die andere?«

»Sue?«

»Ja, die ist wohl nach Amerika zurückgegangen.«

»Vermutlich«, sagte Kajsa. »Es muss hier in der Nähe noch eine WG gegeben haben, mit der die Mädchen in Kontakt standen. Wissen Sie was davon?«

Rune ließ die Kippe fallen und drückte sie mit der Sohle aus, ehe er sie im Kies verscharrte.

»Das könnte bei Maria in Hylleröd gewesen sein«, sagte er. »Dort wohnte vor einigen Jahren ein Haufen komischer Leute. Aber jetzt ist sie mit ihren Töchtern allein. Sie helfen ihr bei ihrer Galerie oder wie man das nennen soll.«

»Ist sie Künstlerin?«, fragte Katharina.

»Sie macht Tongefäße und so was. Keramik heißt das wohl, wenn's was Feineres ist. Außerdem verkauft sie eine Menge alten Plunder, den sie als Antiquitäten bezeichnet. An sich eine nette Frau, sehr resolut. Und hat immer in tausend Geschäften ihre Finger mit im Spiel.«

»Wir sollten zu ihr fahren und sie selbst fragen.«

»Einen Versuch wäre es wert. Jedenfalls werden Sie keine Schwierigkeiten haben, sie zu finden. Es wimmelt nur so von Hinweisschildern.«

Sie verabschiedeten sich von Rune, der mit einer neuen Zigarette zwischen den Lippen zu einem Nebengebäude hinter dem Wohnhaus hinüberstapfte, wo sich seine Werkstatt und sein Bagger befanden.

»Ich hoffe, wir haben keine Ehekrise ausgelöst«, sagte Kajsa, als sie den Wagen wieder auf den Weg rollen ließ.

»So, wie sie den Teig traktiert hat, wird Rune sicher noch sein Fett abkriegen«, mutmaßte Katharina. »Aber den scheint ja so schnell nichts aus der Ruhe zu bringen.«

»Glaubst du, dass auch er zu Sues Harem gehörte?«

»Schon möglich. Und wenn nicht, dann hätte er bestimmt gewollt. Dafür können wir sicher sein, dass Eivor nicht dazugehörte.«

17 DERSELBE TAG

Hylleröd lag vier Kilometer westlich vom alten Röshult entfernt und war eigentlich kein Ort, sondern lediglich eine Ansammlung mehrerer Häuser und größerer Höfe, die zufällig recht nahe beieinander lagen.

Obwohl es Kajsa nur selten in diese Gegend verschlug, hatte sie keine Mühe, Maria zu finden. Rune hatte Recht mit den Schildern gehabt. Bereits nach wenigen Kilometern sahen sie das erste. Ein wohl formulierter, an einem Pfosten am Wegesrand befestigter Anschlag gab bekannt, dass in zwei Kilometer Entfernung Keramik und Antiquitäten verkauft wurden. Nach einem weiteren Kilometer tauchte das nächste Schild mit identischer Botschaft und einem unübersehbaren Pfeil auf, der nach rechts zeigte. Als sie die rote Bretterwand der großen Scheune entdeckten, wussten sie, dass sie ihr Ziel erreicht hatten.

Sie schwenkten auf einen Hofplatz ein, der auf drei Seiten von einem länglichen, weißen Wohnhaus aus Stein sowie von zwei rot gestrichenen Nebengebäuden begrenzt wurde. Auf den ersten Blick wirkte alles sehr chaotisch. Der Platz war übersät von einer unüberschaubaren Ansammlung verschiedenster Gegenstände. Kajsa parkte den Wagen auf der einzigen freien Fläche, die zur Verfügung stand. Sie befand sich zufällig vor einem Pferch aus Maschendraht, in dem einige Hühner saßen. Ansonsten war jeder Fleck von ramponierten Möbeln, Zinkbottichen, rostigen Milchkannen, Tonkrügen, alten Wagenrädern und betagtem landwirtschaftlichem Gerät besetzt. Alles sah aus wie unmittelbar vor einer Auktion.

Kajsa quetschte sich aus der Autotür, die auf ihrer Seite von einer überdimensionalen Hundehütte blockiert wurde, in der sich allerdings kein Hund, sondern nur Stroh befand. Auf der anderen Seite stand ein rostiger Toyota, der noch mitgenommener aussah als ihr eigener Volvo Amazon. In der Mitte des Hofplatzes thronte – wie ein surrealistischer Weihnachtsbaum – eine riesige Schrottskulptur, die in einen Betonsockel gegossen war. Bei näherer Betrachtung erwies sie sich als eine Kombination verschiedenster landwirtschaftlicher Geräte, die kunstvoll zusammengeschweißt waren. Kajsa identifizierte das Scherblatt eines Pflugs sowie den Teil einer Egge, das sich nahe der Spitze befand.

Eine Tür des weißen Wohnhauses flog auf, worauf eine enorme rote Haarmähne sichtbar wurde. Die zugehörige Frau rief: »Bin gleich da.«

Darauf verschwand die Mähne wieder, was ihnen erneut Gelegenheit gab, das sie umgebende Sammelsurium in Augenschein zu nehmen.

»Interessanter Kontrast zu Eivors Garten«, stellte Katharina fest und ging um die Skulptur herum, um sie aus verschiedenen Perspektiven betrachten zu können. »Gar nicht mal so schlecht«, sagte sie. »Stell dir das bei Vollmond vor.«

Kurz darauf tauchte die Frau wieder auf und kam ihnen entgegen. Man brauchte nur einen flüchtigen Blick auf sie zu werfen, um zu wissen, dass sie das sie umgebende Chaos voll und ganz im Griff hatte. Kajsa schätzte sie um die fünfzig. Groß gewachsen und kräftig gebaut, an der Grenze zum Fülligen. Sie machte einen robusten und unbezähmbaren Eindruck. Ihre buntscheckige Kleidung hatte den unmissverständlichen Touch der fröhlichen sechziger Jahre. Sie klapperte mit einem Schlüsselbund.

»Hallo! Entschuldigen Sie die Verzögerung. Ich musste telefonieren.«

»Zu Langeweile besteht hier kein Anlass«, sagte Katharina mit Blick auf die Skulptur.

»Das hat meine älteste Tochter gemacht«, teilte die Frau voller Stolz mit. »Damals hatte sie gerade mit ihrem Schweißkurs begonnen.«

»Sieht sehr solide aus«, sagte Katharina anerkennend. »Hat sie noch andere Sachen gemacht?«

»Jede Menge, obwohl die meisten kleiner als das hier sind. Wir werden sie bald ausstellen. Deswegen haben wir auch alle Möbel nach draußen verfrachtet. Die Scheune bauen wir gerade um. Dort sollen vor allem die Skulpturen ihre eigene Galerie bekommen. Ich bin übrigens Maria. Sind Sie mehr an Keramik oder an den Möbeln interessiert?«

»Wir kommen aus einem anderen Grund«, sagte Kajsa. »Aber natürlich würden wir uns auch gern ein wenig umsehen.«

In Marias Blick trat ein gewisser Vorbehalt. Vielleicht befürchtete sie, die beiden wollten ihr irgendetwas aufschwatzen. »Aus einem anderen Grund?«, fragte sie.

Kajsa stellte sie beide vor, ehe Katharina fortfuhr: »Wir haben von Rune Nordström gehört, dass vor vielen Jahren hier einmal eine WG existiert hat.«

Für ein paar Sekunden musterte Maria sie schweigend »Meinetwegen. Und wer zum Teufel ist Rune Nordström?«

»Ein Nachbar von mir auf Röshult«, sagte Kajsa. »Ein Klempner, der vielen aus der Gegend mit seinem Bagger bei Grabungsarbeiten hilft.«

»Ach, Rune! Den kenne ich doch. Der gibt mir manchmal Tipps, wo es was für mich zu holen gibt. Wenn ich Zeit habe, fahre ich nämlich in der Gegend rum und kaufe alten Plunder auf, den die Leute loswerden wollen.« Sie deutete mit vielsagender Geste über den Hof. »Was wollen Sie über die alte Kommune wissen?«

»Sagt Ihnen der Name Pia Bryneskog etwas?«, fragte Kajsa, die sich inzwischen wie eine professionelle Ermittlerin vorkam.

Maria kniff die Augen zusammen, als würde sie intensiv nachdenken. »Tut mir Leid, aber dazu fällt mir nichts ein«, sagte sie achselzuckend. »Allerdings bin ich im Lauf der Jahre auch so vielen Menschen begegnet, dass gut und gern ein paar Pias dabei gewesen sein können, die ich wieder vergessen habe.«

»Sie ist vor fünfundzwanzig Jahren hierher gekommen und später in ein Sommerhaus auf Röshult gezogen. Sie war damals achtzehn Jahre alt und wohnte mit einem anderen Mädchen und zwei Jungs zusammen. Das andere Mädchen war Amerikanerin, und die beiden Jungs hießen David und Peter und kamen aus Stock ...«

Maria hob die Hände. »Stopp, jetzt ist der Groschen gefallen! Sprechen Sie etwa von David Brandt?«

»Ja, genau.«

»Den kenne ich, besser gesagt, kannte ich sehr gut. Habe ihn aber schon eine Ewigkeit nicht mehr gesehen. Ja, jetzt fällt's mir wieder ein. Ich kann mich an sie alle erinnern. Sie kamen aus Stockholm und wohnten hier für ein paar Wochen, ehe sie dieses Sommerhaus aufgetrieben haben. David kannte ich schon von früher, aber die anderen hatte ich noch nie gesehen. Ich habe sie sogar manchmal da oben besucht. Ziemlich unheimlicher Ort, dieser Schuppen ...«

Kajsa lachte. »Finden Sie? Jetzt wohne ich dort.«

»Wirklich? Ja, ich meine natürlich nicht das Sommerhaus, sondern den alten, verlassenen Hof. Der hatte was Finsteres an sich.«

Kajsa sparte sich die Bemerkung, dass sie diesen alten Hof in Kürze bewohnen wollte.

Maria fuhr fort: »Was wollen Sie von ihr? Oder wollen Sie Kontakt zu allen aufnehmen?«

»Nein, eigentlich nur zu Pia.«

»Hier ist sie jedenfalls nicht. Vermutlich wohnt sie in Stockholm.«

Sie erklärten, wie schwierig es war, sie ausfindig zu machen.

»Warum fragen Sie nicht einfach David? Der muss es doch wissen.«

»Ja, das sollten wir vielleicht tun«, sagte Katharina. »Aber wir wollten uns zunächst einmal in der Nachbarschaft umhören. Es war uns etwas unangenehm, einen fremden Mann anzurufen und nach einem Mädchen zu fragen, das er vor fünfundzwanzig Jahren gekannt hat. Ich meine, vermutlich ist er heute ein gesetzter Mann mit Frau und Kindern.«

»Aber doch nicht David!«, entgegnete sie mit Nachdruck.

»Wir sind auch gar nicht sicher, ob es eine gute Idee wäre, ihn zu fragen«, sagte Kajsa. »Er und Peter sind schließlich damals nach Marokko gefahren und haben die Mädchen hier zurückgelassen, und soweit wir wissen, haben sie auch später nichts mehr von sich hören lassen.«

Plötzlich wurden Marias Augen schmal. Dann fragte sie misstrauisch: »Moment mal, heißt das, Sie kennen David und die Mädchen gar nicht?«

»Nein.«

»Woher wissen Sie dann so viel über sie?«

Kajsa und Katharina erzählten zum zweiten Mal an diesem Tag die Geschichte von den gefundenen Gegenständen.

»Ja, und so haben wir gehofft, dass Sie uns vielleicht einen Tipp geben könnten, wo Pia heute zu finden ist«, schloss Kajsa.

Maria verdrehte die Augen. »Ist das nicht ein bisschen viel verlangt nach fünfundzwanzig Jahren? Das ist doch eine Ewigkeit. Damals habe ich mein erstes Kind erwartet. Meine älteste Tochter ist jetzt vierundzwanzig.« Sie fuhr sich mit der Hand durch ihre rote Mähne und schüttelte sie. »Herrgott, diese Hitze! Also ehe ich weiterdenken kann, brauche ich etwas zu trinken und eine Zigarette. Wollen Sie kalten Pfefferminztee?«

Das wollten sie gern.

»Setzen Sie sich. Ich habe noch welchen im Kühlschrank. Die Bank da drüben ist ziemlich bequem.« Sie zeigte auf eine Küchenbank, an der noch Reste der einstigen blauen Farbe zu sehen waren.

»Lässt sich doch gut an«, murmelte Katharina, indem sie ihr nachschaute. »Die wird sich bestimmt an einiges erinnern.«

Maria kehrte umgehend mit einer Kanne und drei Gläsern zurück und rief schon von weitem: »Ja, allmählich sehe ich es wieder vor mir.«

Sie stellte Kanne und Gläser auf einen umgedrehten Bottich und ließ sich in einen brüchigen Korbstuhl sinken, der unter ihrem Gewicht ächzte. »Ich kann mich sehr gut erinnern, wie das alles zusammenhing. David hatte mich aus Stockholm angerufen und gefragt, ob er mit einem Kumpel und zwei Mädels hierher kommen könnte. Sie hatten Ärger mit den Bullen und wollten eine Zeit lang abtauchen. So scharf war ich eigentlich nicht darauf, weil ich damals ebenfalls nicht auffallen wollte.« Sie lachte. »Man kann schon sagen, dass wir ab und zu das Interesse der Polizei auf uns gezogen haben. Außerdem wohnten damals so viele Leute hier, dass die Bude aus allen Nähten platzte.« Sie zündete sich eine Zigarette an und ließ den Rauch langsam durch die Nase entweichen. »Doch aus alter Freundschaft habe ich ihnen dann erlaubt, hier vorübergehend zu wohnen. Was ich allerdings ziemlich bereut habe, denn natürlich hat es Ärger gegeben. David war okay und seine Freundin auch, aber Sue und ihr Freund haben sich unmöglich benommen. Die glaubten doch wirklich, das wäre hier ein Hotel und sie könnten sich bedienen lassen. Den Sinn einer Kommune, in der alle mithelfen, haben sie nie verstanden. Ohne einen gewissen Einsatz jedes Mitbewohners funktioniert das einfach nicht. Und was die Bullen anging, so waren die beiden völlig paranoid.«

Sie beugte sich vor und füllte die drei hohen Gläser mit Tee. Kajsa fand den eiskalten, mit Honig gesüßten Tee äußerst wohlschmeckend.

»Was hier damals los war …«, fuhr Maria mit verklärter Miene fort. »Es herrschte ein unglaubliches Kommen und Gehen. Keine ruhige Minute. Ich verstehe gar nicht, wie ich das ausgehalten habe. Aber damals hatte man Kondition für drei. Einmal waren wir, die Kinder mit eingerechnet, siebenundzwanzig Leute hier.«

»Das muss ja schrecklich eng gewesen sein«, sagte Katharina, die das Haus musterte.

»Und ob«, bestätigte Maria. »Man konnte sich kaum umdrehen, ohne jemandem den Ellbogen ins Gesicht zu rammen, und ruhig war es nie, nicht einmal nachts. Während des Sommers sind dann ein paar in die Scheune gezogen. Aber irgendwann ging es einfach nicht mehr. Ich hatte die Schnauze voll von all den bekifften Typen, die keinen Finger rührten. Eigentlich schade, denn die Grundidee war so schön. Am Ende waren nur noch ich und mein Freund und unsere Töchter hier. Später ist dann auch er wegen eines Mädels aus Stavanger abgehauen. War eine schwere Zeit … aber irgendwie habe ich sie durchgestanden.« Sie stieß ein raues Lachen aus und ließ ihren Blick über den überfüllten Hofplatz schweifen. »Aber ich will nicht klagen. Für diesen Kerl hätte ich meine Unabhängigkeit und Freiheit ohnehin nicht aufgeben wollen.«

Kajsa lauschte angespannt Marias Erinnerungen. Diese selbstbewusste Frau machte einen großen Eindruck auf sie. Damit verglichen waren ihre eigenen Versuche, sich eine sinnvolle Existenz aufzubauen – in der Olle ein stets unentbehrlicher Faktor war –, ängstlich und kleinkariert.

»Jetzt bin ich ganz vom Thema abgekommen«, fuhr Maria fort und ließ sich tiefer in den Stuhl sinken. »Wo waren wir stehen geblieben? Ach ja, David ... Der war wirklich ein süßer Kerl damals mit einem unglaublich schönen Körper. Ich habe ihn Apollo genannt. Das war wirklich keine Übertreibung – er hätte es mit jedem Gott aufnehmen können.«

»Was hat Pia für einen Eindruck auf Sie gemacht?«, fragte Kajsa.

Maria spitzte nachdenklich die Lippen.

»Süß, elfenhaft, ätherisch. Mit großen Rehaugen, die scheu und ängstlich in die Welt blickten. Ich habe gleich verstanden, was David an ihr fand. Solche Mädchen haben ihn immer angezogen. Aber sie hatte auch eine andere Seite. Ich glaube, hinter ihrer empfindsamen Fassade war sie sehr willensstark. Allerdings kannte ich sie nicht besonders.«

»Und Sue?«

Maria schüttelte den Kopf und schnalzte mit der Zunge. »Da kann man wirklich von Willensstärke sprechen. Die gehörte zu der Sorte, die sich automatisch als Königin betrachten. Deshalb passte sie auch nicht hier rein. Wenn hier schon irgendjemand die Bienenkönigin war, dann ich, und das habe ich ihr auch gesagt. Aber nachdem ich die beiden Jungs kennen gelernt hatte, begriff ich schnell, dass sich alles immer nur um sie drehte. Es war ihre schöne Haut, die unbedingt gerettet werden sollte, und ihre Gefühle, auf die alle immerzu Rücksicht nehmen mussten. Außerdem war sie unglaublich attraktiv – warum sollte sie da ihre Ansprüche nicht durchsetzen können?«

»Wissen Sie, warum sie sich versteckt halten mussten?«

»Nein, darüber haben sie nie ein Wort verloren. Aber ich habe zumindest verstanden, dass es irgendwie mit Sue zu tun hatte. Am Anfang, nach ihrer Ankunft, war sie völlig hysterisch. Im Lauf der Zeit hat sie sich dann etwas beruhigt. Ich habe sie später noch ein paar Mal getroffen, nachdem die Jungs weg waren, und da wirkte sie verhältnismäßig ausgeglichen.«

»Aus den Notizen, die Pia zurückgelassen hat, geht hervor, dass Sue und Pia mit einem Kerl zusammen von Röshult aufgebrochen sind, der Clarence hieß«, sagte Katharina. »Kannten Sie den auch?«

»Ach, der. Kennen ist vielleicht übertrieben, aber ich kann mich an ihn erinnern.«

»Welchen Eindruck hat er auf Sie gemacht?«

»Tja ...« Maria suchte nach Worten. »Wie soll ich das sagen? Ich hätte jedenfalls nicht mit ihm befreundet sein wollen. Ein Junge aus gutem Hause, der irgendwie auf Abwege geraten war. Ein komischer Typ. Konnte ganz unterhaltsam sein, aber irgendwie auch völlig gefühlskalt. Ich mochte ihn nicht. Der hatte auch was mit Sue, also wird sie ihn wohl gemocht haben.«

»Wissen Sie, wohin die drei gefahren sind?«, fragte Kajsa.

»Er hat sie nach Kopenhagen gebracht. Sie wollten bei irgendwelchen Freunden von ihm in Christiania wohnen.«

»Ihre Abreise scheint unter merkwürdigen Bedingungen stattgefunden zu haben«, sagte Kajsa. »Sie scheinen sehr überstürzt, fast in Panik aufgebrochen zu sein. Und dass Pia ihren Schmuck und ihre Aufzeichnungen zurückließ, deutet ja auch darauf hin, dass sie nicht in Ruhe ihre Sachen zusammengepackt hat.«

Maria schaute sie nachdenklich an. »Die Aufzeichnungen müssen ja ziemlich ausführlich sein«, sagte sie mit einer gewissen Kühle.

»Sie hat ein Tagebuch zurückgelassen«, räumte Kajsa ein.

»Ach, das erklärt die Sache natürlich. Ich habe mich schon gewundert, wie man nur so viele verstreute Aufzeichnungen hinterlassen kann. Steht auch was über mich drin?«

»Nicht viel. Ihr Name wird in Zusammenhang mit der WG ein paar Mal erwähnt und das nicht gerade negativ.«

Maria lachte. »Da habe ich aber Glück gehabt.« Die Ironie in ihrer Stimme ließ vermuten, dass ihr das überhaupt kein Kopfzerbrechen bereitete. »Aber es stimmt, dass ihre Abreise ziemlich merkwürdig war. Auch wenn ich nie verstanden habe, was eigentlich dahintersteckte.«

Kajsa und Katharina beugten sich vor und schauten Maria, deren Blick in die Ferne schweifte, aufmerksam an.

»Clarence hatte sein Auto hier stehen. Es konnte nicht beim Sommerhaus bleiben, weil der Bauer, von dem sie es gemietet hatten, völlig verrückt nach Sue war und es sicher nicht akzeptiert hätte, wenn ein Kerl bei ihr gewohnt hätte. Also hat er quasi heimlich dort gelebt. Aber ich nehme an, das steht ebenfalls im Tagebuch.«

»Ja, es geht daraus hervor, dass gewisse Spannungen zwischen Clarence und dem Bauern bestanden«, bestätigte Kajsa.

»Wir hatten hier jemanden, der nach Christiania zurückwollte. Clarence hatte ihm versprochen, dass er mit ihnen und den Mädchen fahren könnte. Aber das wurde immer weiter hinausgeschoben, und Jens überlegte schon, ob er nicht lieber trampen sollte. Da kam Clarence eines Abends in großer Hektik und sagte, dass sie sofort aufbrechen müssten. Irgendwas schien ihm große Angst zu machen. Er wollte mit dem Auto zum Sommerhaus fahren, die beiden Mädchen einpacken, dann zurückkommen und Jens mitnehmen sowie ein paar Sachen, die ich einem Bekannten aus Kopenhagen schicken wollte. Es ging wohl vor allem darum, dass die Mädchen möglichst unauffällig verschwinden sollten. Hätte der Bauer davon erfahren, hätte er Clarence sicher den Hals umgedreht. Und mit der Miete waren sie wohl auch mehrere Monate im Rückstand. Wir glaubten, dass Clarence deswegen so nervös war. Wir waren die halbe Nacht wach und warteten, aber sie sind niemals aufgetaucht.«

»Haben Sie nie wieder etwas von ihnen gehört?«, fragte Katharina.

»Nein, nicht ein Lebenszeichen. Ich dachte, sie hätten ihre Pläne im letzten Moment geändert, und als wir auch am nächsten Tag nichts von ihnen hörten, bin ich zum Sommerhaus gefahren, um mit ihnen zu reden. Es war leer. Absolut nichts war mehr da. Sie waren einfach abgehauen und hatten sich einen Teufel um Jens geschert. Ich war so wütend. Ich konnte mir ihr Verhalten nicht erklären.«

»Und auch später haben Sie nichts mehr von ihnen gehört? Es müsste sie doch zumindest mal jemand in Kopenhagen gesehen haben«, sagte Kajsa.

Maria zuckte mit den Schultern. »Schon möglich, aber ich kann mich nicht daran erinnern. Man hört schließlich so vieles von irgendwelchen Bekannten. Das meiste geht zum einen Ohr rein und zum andern wieder raus.«

»Sie wissen nicht zufällig, wie Clarence mit Nachnamen heißt?«, fragte Katharina.

Maria schien in Gedanken woanders zu sein. »Keine Ahnung. Das können Sie David fragen, der weiß sicher viel mehr als ich.«

Kajsa spürte, dass die Audienz beendet war.

»So, jetzt muss ich los und meine jüngere Tochter von der Arbeit abholen«, sagte Maria und stand auf. »Das werde ich wohl so lange tun müssen, bis sie sich ein neues Auto leisten kann. Ihre alte Kiste hat sie erst neulich zu Schrott gefahren. Vielleicht können Sie ja eines Tages wiederkommen und sich meine Sachen mal ansehen.«

»Verkaufen Sie viel?«, fragte Katharina.

»Falls Sie sich fragen, ob ich davon leben kann, so lautet die Antwort Nein«, sagte Maria. »Es besteht nicht gerade eine große Nachfrage nach altem Krempel und Töpferwaren.«

Auf dem Weg zu den geparkten Autos fügte sie hinzu: »Aber ich komme gut über die Runden. Ich verdiene mir nämlich durch Abendkurse wie ›Sehen lernen‹ oder ›Positives Denken‹ ein bisschen was dazu. Für manche ist das die reinste Beschäftigungstherapie.« Sie lachte. »Und wer hätte schon gedacht, dass ich der Gesellschaft auf meine alten Tag noch mal von Nutzen sein könnte.«

Ehe sie in ihren Toyota kletterte, nickte sie in Richtung der Skulptur und sagte: »Die Vernissage findet in drei Wochen statt. Freitag, 18. Juli, um sechs Uhr.«

»Wir werden versuchen zu kommen«, versprach Katharina

18 MITTWOCH, 25. JUNI

Das Wetter schwankte launisch zwischen strahlender Sonne und prasselnden Regenschauern. Ideale Bedingungen für eine lange Autofahrt. Sie waren früh aufgebrochen. Hatten vor allem Musik gehört und Mittsommernachtserlebnisse ausgetauscht.

Erst irgendwo zwischen Ljungby und Värnamo fiel Katharina wieder ein, was sie hatte fragen wollen: »Was hast du eigentlich Olle erzählt?«

»Dass ich ein paar erlebnisreiche Tage in Stockholm verbringen möchte, um mich von unserem anstrengenden Landleben zu erholen.«

»Fand er das plausibel?«

»Ich habe auch angedeutet, dass du Gesprächsbedarf hättest.«

»Was hat er dazu gesagt?«

»Er war nicht sonderlich erfreut. Was sollte er dazu schon sagen? Aber es ist schon eine Ewigkeit her, dass ich allein irgendwohin gefahren bin.«

»Hast du ein schlechtes Gewissen?«

»Ein bisschen. Ich habe das Gefühl, ich würde mich auf ein verbotenes Abenteuer einlassen.«

»Das tust du auch. Wir fahren schließlich nach Stockholm, um uns an fremde Kerle ranzumachen«, sagte Katharina. »Mit edlen Absichten, versteht sich.«

»An die Absichten habe ich gerade gedacht«, sagte Kajsa.

»Bereust du etwa die Reise?«

»Nicht direkt, aber wir wollten mit dieser Unternehmung doch größere Klarheit gewinnen. Und wenn uns das gelingt? Was werde ich damit anfangen?«

»Es ist immer besser, der Wahrheit ins Gesicht zu sehen, als an ihr zu zweifeln«, sagte Katharina zuversichtlich.

»Ja, wahrscheinlich hast du Recht. Sonst werde ich niemals Ruhe bekommen.«

»Ist ja auch ziemlich spannend. Oder findest du nicht?«

»Geradezu unerträglich spannend. Aber vielleicht reicht es ja auch, mit ihrer Mutter zu sprechen.«

»Vielleicht.«

»Ich muss mal«, sagte Kajsa.

»Ich auch. Lass uns nach einem passenden Plätzchen Ausschau halten. Dann machen wir Kaffeepause.«

Einige Kilometer vor Jönköping erwachte Kajsa aus einem leichten Schlummer. Sie streckte sich, sah sich eine Weile um und sagte: »Weißt du, wozu ich Lust habe?«

»Nein.«

»Ins Nationalmuseum zu gehen. Zuletzt war ich da mit dreizehn – auf einer Klassenfahrt. Und dann vielleicht noch in die Sammlung der Moderne. Meinst du, wir schaffen das?«

»Warum dieser plötzliche Bedarf nach Bildern?«

»In Gemälden kann ich richtig schwelgen, vor allem in den großformatigen.«

»Du wolltest doch auch ausgiebig Shopping machen.«

»Ach, drei Tage sind einfach viel zu kurz«, seufzte Kajsa. »Ich bräuchte mindestens einen ganzen Monat. Als ich das letzte Mal in Stockholm war, habe ich nichts anderes gesehen als einen Reihenhausgarten in Hässelby. Olles Schwester, du weißt schon. Vier kleine Racker, die alle an Keuchhusten und Mittelohrentzündung in verschiedenen Stadien litten. Sie war überglücklich, dass ich auf ihre Bengel aufpasste. Und als ich dann mit Weggehen dran war, hatte ich mich angesteckt und konnte nicht aus dem Haus.«

»Okay, du kommst ins Nationalmuseum«, sagte Katharina. »Aber mehr kann ich nicht versprechen. Alles andere hängt davon ab, wie wir mit unseren Nachforschungen vorankommen.«

Als sie Småland fast hinter sich gelassen hatten, sagte Katharina plötzlich: »Erinnerst du dich an den Regierungsdirektor, von dem ich dir erzählt habe? Den vom Reichspolizeiamt?«

»Na klar. Wie hieß er noch gleich?«

»Lennart Roos. Er hat Knigarp gekauft.«

Kajsa streckte den Rücken und starrte Katharina entgeistert an. »Das ist ein Scherz.«

»Ich wollte es anfangs auch nicht glauben. Aber es stimmt wirklich. Er hat es mir selbst bestätigt.«

»Was will er denn da machen?«

»Bestimmt keine Schweine züchten. Vermutlich will er einfach dort wohnen. Er hat sich pensionieren lassen und kann tun und lassen, was ihm gefällt. Ich glaube, er ist ziemlich wohlhabend.«

»Aber warum ausgerechnet Knigarp? Wenn ich ziemlich wohlhabend wäre, würde ich an diesen Hof keinen Gedanken verschwenden.«

»Warum nicht? Er hat schon einen Architekten beauftragt, das Wohnhaus zu sanieren. Die Schweineställe will er abreißen lassen. Der ganze Hof soll wieder in seinen ursprünglichen Zustand versetzt werden, zumindest äußerlich. Roffe hat mir erzählt, dass Roos sich auf den ersten Blick in diesen Ort verliebt hätte.«

Sie fuhren am Vättern entlang. Bald würde die E4 nach Osten in Richtung Norrköping abbiegen.

Kajsa blickte unentwegt über den in der Sonne glitzernden See. »Zuerst eine Leiche in der Jauchegrube und dann einen pensionierten Regierungsdirektor im Haus, da geht's ja wirklich rund …«, sagte sie.

»Und nicht irgendein Regierungsdirektor«, entgegnete Katharina lächelnd. »Der hat etwas an sich, das mir weiche Knie macht.«

»Was sagt Patrik dazu? Will er sich mit ihm duellieren?«

»Der nimmt die Sache gelassen und denkt, dass es mit der Potenz eines Mannes über sechzig nicht so weit her sein kann.«

»Und was ist deine Meinung?«

»Ich kann mir da natürlich kein sicheres Urteil erlauben – noch nicht zumindest –, aber es würde mich sehr wundern, wenn es ihm in dieser Hinsicht an etwas fehlen sollte.«

»Du willst Patrik doch wohl nicht betrügen?«, fragte Kajsa mit gespielter Empörung.

»Das wären doch mal vertauschte Rollen, oder nicht? Aber eigentlich habe ich nichts dergleichen vor. Ich weiß nur, dass meine Widerstandskraft sehr begrenzt ist, was Lennart Roos betrifft.«

»Ist er denn nicht verheiratet?«

»Roffe behauptet, er habe drei Ehen hinter sich. Es gibt da Gerüchte von einer russischen Tänzerin, aber die existiert vielleicht nur in der Fantasie anderer Leute.«

Kajsa lachte. »Herrgott, das wird ja immer besser! Die hat er wohl aufgegabelt, als er in geheimer Mission à la ›Das Russenhaus‹ mit Sean Connery unterwegs war. Sie ist natürlich märchenhaft schön, aber tief unglücklich. Was wird geschehen, wenn er sie nach Knigarp mitbringt?«

»Nur das nicht. Das würde Patrik allzu sehr durcheinander bringen«, sagte Katharina.

Um halb eins fuhren sie von der E4 ab und machten sich an Norrköpings südlichem Stadtrand mithilfe eines Straßenplans auf die Suche.

Nach ein paar fehlgeschlagenen Versuchen kamen sie schließlich ans Ziel und parkten vor einem Mietshaus, das vermutlich aus den fünfziger Jahren stammte. Im zweiten Stock stand tatsächlich Bryneskog an der Tür, was Kajsas Herzschlag im Nu beschleunigte.

»Vielleicht öffnet uns Pia persönlich«, murmelte sie, während sie auf die Klingel drückte.

Doch die Frau, die ihnen öffnete, war zu alt, um Pia zu sein, und zu jung, um als ihre Mutter in Frage zu kommen. Außerdem hieß sie Siv und arbeitete für den Heimpflegedienst. Doch, Britta sei zu Hause, aber das hieße noch lange nicht, dass man mit ihr sprechen könne. Siv war ein üppiges Riesenweib, das vermutlich nicht im Traum daran dachte, irgendwelche Fremden ins Haus zu lassen, wenn diese nicht überzeugende Argumente vorbrachten. Während sie auf diese wartete, streifte sie langsam ein Paar mintgrüne Gummihandschuhe ab. Ein beißender Geruch nach Reinigungsmittel strömte ins Treppenhaus.

Kajsa erzählte die Geschichte von den gefundenen Gegenständen, doch Siv hatte sie offenbar nicht richtig verstanden und fragte: »Brittas Tochter hat Sie also geschickt?«

»Nein, wir wollen mit Pias Mutter sprechen, um zu erfahren, wo sich ihre Tochter befindet.«

Sie wurden in einen engen Vorraum eingelassen. Siv nickte in Richtung einer geöffneten Tür und bemühte sich nicht im Geringsten um Diskretion.

»Sie sitzt da drin«, sagte sie mit lauter Stimme. »Ich glaube, sie ist wach. Aber ich weiß nicht, ob Sie was Vernünftiges aus ihr rausbekommen.« Sie deutete vielsagend auf ihre Stirn. »Mit dem Gedächtnis ist nicht mehr viel los, außerdem hört sie schlecht. Sie müssen ihr ins Ohr brüllen.«

»Wie alt ist sie?«, fragte Kajsa in gedämpftem Ton.

»Sie ist erst neunundsiebzig, und mein Vater, der siebenundachtzig ist, hat immer noch ein besseres Gedächtnis als die meisten Zwanzigjährigen. Ja, so unterschiedlich ist das. Bei manchen versagen die Beine, bei anderen der Kopf. Ich hoffe jedenfalls, dass ich nach meinem Vater komme und bis zuletzt klar bleibe. Ich würde es nicht aushalten, teilnahmslos in der Gegend rumzusitzen und nichts mehr mitzukriegen.«

Nach dieser Erklärung, die zeigte, dass Siv ihren wertvollen Kopf zumindest nicht mit unnötigem Taktgefühl belastete, stapfte sie in ein helles Wohnzimmer und beugte sich über das Sofa am Fenster, in dem eine schmächtige Gestalt zwischen mächtigen Kissen saß.

»Du hast Besuch, Britta!«, rief sie. »Ist das nicht schön? Zwei Damen, die nach Pia fragen wollen.«

Die beiden Damen entledigten sich hastig ihrer Schuhe und betraten den spiegelblanken Laminatboden. Dann nahmen sie artig vor dem Sofa Aufstellung.

»Willst du deine Gäste nicht begrüßen?«, forderte Siv sie auf.

Doch entweder hatte Britta nichts verstanden oder keine Lust, denn sie zeigte keine Regung.

»Sie ist ein bisschen müde«, erklärte Siv mit unverändert durchdringender Stimme. »Sie hat ihren Kaffee noch nicht gehabt. Ich werde jetzt einen aufsetzen. Wollen Sie auch eine Tasse?«

Abzulehnen schien sinnlos, da sie mit ihren Fragen ohnehin warten mussten, bis der Kaffee getrunken war, also nahmen sie die Einladung an.

Siv marschierte in die Küche und ließ sie mit ihrer Gastgeberin allein, die mit unergründlicher Miene zwischen den Kissen kauerte.

Britta Bryneskog war eine zierliche, fast durchscheinende Person. Das schüttere weiße Haar war kurz geschnitten und frisch gekämmt. Sie machte überhaupt einen äußerst reinlichen und herausgeputzten Eindruck, als habe sie auch ihren Teil des Reinigungsmittels abbekommen, dessen schwerer Geruch auf der gesamten Wohnung lastete. Die harten Gesichtszüge ließen auf eine freudlose Einstellung zum Leben schließen, dennoch war alles von einer friedlichen Aura umgeben. Vielleicht konnte ihr die ungeliebte Wirklichkeit ein für alle Mal gestohlen bleiben, weil sich ihr eine andere Welt erschlossen hatte.

Kajsa studierte eine Reihe gerahmter Fotos, die auf einem Klavier standen. Sie drehte sich um und versuchte Kontakt zu Britta herzustellen.

»Ist das Pia als kleines Mädchen?«, fragte sie, indem sie auf die Bilder deutete, die fast alle ein folgsam lächelndes Mädchen in verschiedenen Altersstufen zeigten. Doch sie hätte ebenso gut eines der Möbelstücke fragen können. Wo auch immer sich Britta Bryneskog gerade befinden mochte, in ihrem eigenen Wohnzimmer war sie nicht.

Nach einer ganzen Weile kam Siv mit Tassen und Hefegebäck zurück. »Kaffee ist gleich fertig«, sagte sie. »Sie werden sehen, der wirkt Wunder. Um diese Zeit ist sie immer ein bisschen weggetreten, obwohl man bei ihr nie wissen kann. Manchmal ist sie von einer auf die andere Sekunde vollkommen klar.«

Bei diesen Worten kam Britta zu sich und starrte ihren Besuch an, als hätte sie diesen erst jetzt bemerkt. Kajsa nahm ein unsicheres Lächeln wahr, das Brittas Lippen umspielte. Sie fühlte sich peinlich berührt. Auch wenn die alte Frau taub und senil war, durfte man in ihrer Gegenwart nicht so respektlos über sie sprechen.

Mit Sivs tatkräftiger Unterstützung gelang es Britta, ein wenig Kaffee zu schlürfen und ihren Kuchen in den Kaffee zu tunken. Das ließ sie spürbar aufleben. Auf die eingefallenen Wangen trat eine leichte Röte, und ihr Blick wirkte klarer.

Nachdem Siv ihre Tasse zum dritten Mal gefüllt hatte, wischte sie sich sorgsam den Mund ab, sah Katharina forschend an und fragte mit klarer Stimme: »Ist Gösta wieder ausgerissen?«

»Ach, was redest du denn da?«, sagte Siv vorwurfsvoll und wischte ein paar Krümel von ihrem Kleid in ihre eigene leere Kaffeetasse. »Gösta liegt da, wo er immer liegt. Dem geht's sicherlich gut. Die Damen können ihn doch gar nicht kennen.« Sie drehte den Kopf und erklärte: »Gösta war ihr Mann.« Dann rief sie ihr ins Ohr: »Sie fragen nach Pia.«

Ein Zucken lief über Brittas Gesicht.

»Pia ...?« Sie schien sich das Wort durch den Kopf gehen zu lassen, und für einige spannungsvolle Sekunden sah es so aus, als suche sie in den tiefsten Schichten ihrer Erinnerung nach dessen Bedeutung. »Ist sie nach Hause gekommen?«

Alle drei schüttelten gleichzeitig den Kopf, um ihr keine falschen Hoffnungen zu machen.

»Wir hätten gern gewusst, wo wir sie finden können«, sagte Katharina.

»Sie wollen wissen, wo sie ist«, gab Siv lautstark weiter.

Aus Brittas Gesicht schwand der letzte Schimmer der friedvollen Aura. Ein schmerzhaft verzerrter Zug zeichnete sich ab. »Sie ist ausgerissen.«

Siv warf ihnen einen vielsagenden Blick zu, als wolle sie sagen: Da sehen Sie, was ich hier jeden Tag mitmachen muss!

»Sie ist nicht ausgerissen«, sagte sie, indem sie Brittas Tasse festhielt, die sich bedrohlich geneigt hatte. »Sie ist doch immer wieder gekommen und hat dich besucht.«

Britta nickte eifrig.

»Sie ist ein liebes Mädchen ... wollte mich nicht traurig machen.« Sie schaute sich ängstlich um und fügte vertraulich hinzu: »Sie ist so leicht zu beeinflussen und ist ... in schlechte Gesellschaft geraten.«

»Wann war sie das letzte Mal zu Hause?«, rief Kajsa im Versuch, eine direkte Kommunikation herzustellen.

Doch Britta schien das zu verwirren. Sie schaute Siv Hilfe suchend an.

»So schwierige Fragen versteht sie nicht«, sagte Siv. »Sie hat kein Zeitgefühl mehr.« Sie beugte sich vor und brüllte in Brittas Ohr: »Wo ist Pia?«

»Wo ...?« Brittas blasse Augen wanderten erschrocken an den Wänden entlang. »Die liegt wohl in der Küche.«

Siv brach in schallendes Gelächter aus und zuckte mit den Schultern. »Tja, Sie hören ja selbst, dass sie alles durcheinander bringt.«

Katharina, die von Sivs Verhalten genug hatte, wies die Pflegerin zurecht: »Lachen Sie doch zumindest nicht über sie!«

»Ach, so schlimm ist das doch nicht«, verteidigte sie sich gutmütig. »Es ist ja nicht böse gemeint. In diesem Beruf weiß man oft nicht, ob man lachen oder weinen soll. Das härtet mit der Zeit ab.«

»Schon möglich«, entgegnete Katharina. »Aber vielleicht ist Britta weniger abgehärtet als Sie.«

Kajsa schaute Siv an. »Sind Sie Pia schon mal begegnet?«, fragte sie.

»Nein, ich habe sie nie gesehen. Ich arbeite hier jetzt seit fünf Jahren, aber ich glaube, sie hat in dieser Zeit nicht mal einen Brief von dieser Tochter bekommen. In den ersten beiden Jahren, als sie noch nicht so weggetreten war, hat sie öfter von ihr geredet.«

»Hat sie erzählt, wo Pia wohnt?«

Siv bemühte für einen kurzen Moment ihr ausgezeichnetes Gedächtnis. »Nein, ich kann mich nicht erinnern. Aber irgendeinen Kontakt haben sie wohl gehabt. Ich glaube, die Tochter hat ab und zu angerufen. Ich habe irgendwie das Gefühl, dass sie weit weg wohnte, in einer anderen Stadt. In gewisser Weise kann man ja verstehen, dass sie nicht mehr angerufen hat. Was soll das jetzt noch bringen?«

»Gibt es irgendwelche Verwandten oder Freunde, die etwas wissen könnten?«, fragte Kajsa.

»Nicht dass ich wüsste. Wir möchten ja selbst die Angehörigen informieren, wenn es nötig ist, also habe ich ein bisschen in ihre Unterlagen geschaut, aber ich habe niemanden gefunden.«

Kajsa warf erneut einen Blick auf die Fotos. »Ich nehme an, dass Pia keine Geschwister hat.«

Siv stemmte sich mühsam aus dem Stuhl und nahm einen der Bilderrahmen vom Klavier. »Das ist wohl Pia auf allen Fotos. Das hier muss das letzte sein.«

Sie hielt die Vergrößerung einer Atelieraufnahme hoch, die ein weiches, unreifes Gesicht mit hellen, verträumten Augen und grotesk auftoupierten Haaren zeigte, die Ende der sechziger Jahre offenbar noch in Mode gewesen waren. Pia war auf diesem Foto zweifellos ein paar Jahre jünger als auf dem Foto mit Sue. Niedlich, unschuldig und naiv, dachte Kajsa.

»Auf dem Bild kann sie nicht älter als fünfzehn sein«, sagte sie.

Siv konnte ihre Neugier nicht länger zurückhalten. Ihre Augen huschten gespannt über Kajsas Umhängetasche. »Wollen Sie ihr etwas Wertvolles zurückgeben?«, fragte sie.

»Nein, die Dinge haben wohl nur Erinnerungswert.«

»Wo haben Sie sie gefunden?«

Doch Siv sollte nie eine Antwort erhalten, denn plötzlich ging mit Brittas Körper eine Verwandlung vor sich. Blitzschnell schoss ihre Hand nach vorn und schnappte sich das Foto. Sie drückte es sich gegen die Brust und warf ihrer verblüfften Pflegerin einen gehässigen Blick zu.

»Das lässt du schön bleiben!«, zischte sie. »Das gehört mir. Außerdem weißt du gar nichts, weil ich dir nichts erzähle.« Sie wandte sich an Katharina, die ihr am nächsten saß. »Pia ruft mich regelmäßig an.«

»Aber Britta«, schaltete sich Siv unerbittlich ein, »das ist doch nicht wahr. Ich habe noch nie bemerkt, dass dich jemand anruft.«

»Sie ruft mich an, wenn ich allein bin. Sie ruft nicht an, wenn du da bist, weil sie dich nicht mag.«

Kajsa erschrak, als sie bemerkte, dass Britta plötzlich ausgezeichnet hörte.

Siv, der ausnahmsweise die Worte fehlten, begnügte sich mit einem Kopfschütteln.

Katharina beugte sich rasch vor, streichelte Britta vorsichtig über die Wange und sah ihr tief in die Augen.

»Geht es Pia gut?«, fragte sie mit Nachdruck.

Brittas Augen füllten sich mit Tränen. »Ich weiß nicht ...«, flüsterte sie. »Sie möchte so gern nach Hause kommen, aber sie haben sie eingesperrt. Sie darf mich nur manchmal anrufen. Ich glaube, sie hat großen Kummer.«

»Wo wohnt sie?«

Britta konnte nicht antworten. Sie war ganz in der Sorge um ihre Tochter befangen, und während sie das eingerahmte Foto an sich drückte, wiegte sie den Oberkörper hin und her. Tränen rannen ihre zerfurchten Wangen hinab.

»Wohnt Pia in Stockholm?«, versuchte es Katharina erneut.

Britta nickte. »Ja, in Stockholm – bei schlechten Menschen. Sie haben sie eingesperrt.«

Sie blickte flehentlich von Kajsa zu Katharina. »Bringen Sie meine Tochter zu mir.«

»Bei wem wohnt sie?«, fragte Katharina.

Doch Brittas Blick hatte sich wieder verdüstert. Der Augenblick der Klarheit war vorbei, der Kontakt unterbrochen. Das Foto glitt ihr aus den Händen, und sie bemerkte nicht, dass Katharina es im letzten Moment auffing, bevor es zu Boden fiel.

Siv stellte es auf das Klavier zurück. »Was man sich nicht alles anhören muss …«, brummte sie.

Britta nahm keine Notiz von ihnen, als sie sich verabschiedeten.

Siv, durch ihre plötzliche Geistesgegenwart gewarnt, folgte ihnen flüsternd zur Tür. »Das war wohl etwas, das sie geträumt hat. Ich kann mir nicht vorstellen, dass sie von irgendjemandem angerufen wird. Sie steckt voller merkwürdiger Ideen und Ansichten. Wenn Ihnen das mit der Tochter so wichtig ist, müssen Sie wohl eine Vermisstenanzeige aufgeben.«

Im Treppenhaus, nachdem Siv die Tür hinter ihnen geschlossen hatte, sagte Kajsa: »Das Einzige, das wir erreicht haben, ist, dass sie erregt und traurig wurde.«

»Ich weiß nicht, wie wir das hätten vermeiden sollen«, entgegnete Katharina. »Ich hoffe, wir haben keinen allzu großen Schaden angerichtet.«

Kajsa blieb plötzlich stehen und fasste Katharina am Arm. »Eingesperrt, hat sie gesagt. Und wenn sie in einer Nervenklinik ist? Oder im Gefängnis?«

»Dann dürfte es nicht so schwierig sein, sie aufzuspüren.«

»Glaubst du, dass sie ihre Mutter abends anruft?«

»Ich hege da so meine Zweifel.«

19 FREITAG, 27. JUNI

Bertil Ekman war ganz und gar nicht der unzugängliche, introvertierte Bücherwurm, als den seine Tochter ihn hingestellt hatte. Er war vielmehr ein geistreicher, aufgeschlossener Mann mit einigen eingefleischten Ansichten über die schwedische Gesellschaft im Allgemeinen und die Abwesenheit des schwedischen Kulturlebens im Besonderen. Doch sobald er seinem Herzen ein wenig Luft verschafft hatte, kümmerte er sich galant um Katharinas Freundin und legte während des Mittwochabends sowie am Donnerstag eine fast beschwerliche Geselligkeit an den Tag.

Auch war das geräumige Haus nicht in einem so heruntergekommenen Zustand, wie Kajsa es erwartet hatte. Es war zwar verstaubt und machte einen etwas überladenen Eindruck – Bücher und Schallplatten gab es in Hülle und Fülle –, doch handelte es sich eher um ein kreatives Durcheinander.

Katharina nutzte den Donnerstag zum Saubermachen, und wenn sie und ihr Vater sich nicht um Kleinigkeiten zankten, was den Ablauf des Geburtstags betraf – den er im Gegensatz zu ihr am liebsten ganz unter den Tisch hätte fallen lassen –, unterhielt er Kajsa mit Geschichten aus seinem langen Leben, das er gern als turbulent bezeichnete. Er unternahm mit ihnen einen Spaziergang im nahe gelegenen Wald, lud sie hinterher in eine Pizzeria ein und ließ am Abend die Fotosammlung der Familie sowie eine Reihe von dazugehörigen Anekdoten Revue passieren.

So verlief der ganze Tag äußerst angenehm, und Bertil Ekman lebte durch den Besuch spürbar auf.

Kurz bevor sie am nächsten Morgen ihr Frühstück beendet hatten, und Bertil Ekman sich mit der Zeitung in den Garten zurückgezogen hatte, machte Kajsa endlich ihrer Befürchtung Luft, die sie seit dem Aufwachen mit sich herumgetragen hatte.

»Das ganze Vorhaben ist doch völliger Wahnsinn«, sagte sie. »Ich frage mich unentwegt, was ich hier in Stockholm überhaupt mache.«

»Pia suchen«, erinnerte sie Katharina.

»Ich bin mir nicht sicher, ob ich sie finden will.«

»Warum?«

»Da lasse ich Olle in der größten Hektik allein, nur um wie ein zweiter Kalle Blomquist nach Stockholm zu sausen und Leute, die ich nicht kenne, nach Personen auszufragen, denen ich nie begegnet bin. Ist das nicht ein bisschen verrückt? Und wenn wir Pia wider Erwarten aufspüren, wird ihr die Situation vermutlich schrecklich peinlich sein – jedenfalls erwarte ich keine Dankbarkeit.«

»Hast du Heimweh?«

»Das auch.«

Katharina stand auf, holte das Telefon und stellte es neben Kajsas Teetasse.

»Dann fahr am besten morgen nach Hause. Aber ruf jetzt David Brandt an, ehe er zur Arbeit fährt – falls er eine hat.«

»Und wenn es gar nicht der richtige David Brandt ist? Stell dir vor, er schläft noch?«

»Dann wird er halt geweckt.«

»Wenn er wütend wird, gebe ich dir den Hörer.«

»Tu das! Mit wütenden Leuten kann ich hervorragend umgehen. Aber denk dran, dass du ausschließlich wissen willst, wo Pia ist. An ihm haben wir eigentlich gar kein Interesse – und sag vor allem nichts über das Tagebuch, weil er dann vielleicht dichtmacht.«

»Ich bin ja nicht bescheuert – nur ein bisschen nervös«, sagte Kajsa. »Aber wenn er mir nichts sagen kann, muss ich doch nach Sue oder Peter fragen.«

»Ja, und Clarence nicht vergessen.«

»Von Peter und Sue steht etwas in seinem Brief, aber nicht von Clarence.«

»Dann musst du eben einen Brief von ihm erfinden.«

Ob es nun der richtige David Brandt war oder der falsche, der nach fünf Freizeichen den Hörer abhob, auf jeden Fall war ihm deutlich anzuhören, dass sie ihn geweckt hatte. Dennoch zeigte er sich von einer ausgesprochen höflichen Seite. Kajsa stellte sich vor und ratterte ihr Anliegen herunter, als hätte sie den Text auswendig gelernt.

Der Name Pia Bryneskog weckte offenbar keine unmittelbaren Assoziationen. Erst als Kajsa Röshult sowie den Sommer 1972 erwähnte, kam eine Reaktion. Doch nach einem Ausruf der Verwunderung wurde es in der Leitung beunruhigend still.

Schließlich sagte er: »Ach, Pia … die habe ich seit Jahren nicht mehr gesehen.«

»Aber Sie wissen vielleicht, wo sie heute wohnt.«

Erneute Stille. Vermutlich würde er das Thema gleich ein für alle Mal beenden wollen. Kajsa unternahm einen tapferen Versuch, sein Interesse aufrechtzuerhalten.

»Es ist sehr wichtig, dass ich mit ihr spreche. Ich glaube, sie würde sich sehr darüber freuen, ihre Sachen zurückzubekommen.«

»Wie, sagten Sie, war Ihr Name?«

»Kajsa Linder.«

»Ich habe jetzt keine Zeit«, sagte er hastig. »Können wir uns irgendwo treffen?«

»Gute Idee!«, rief sie erleichtert aus. »Wo?«

»Das überlasse ich Ihnen.«

»Hm … einen Moment.« Sie legte die Hand über den Hörer und zischte quer über den Tisch. »Wo sollen wir ihn treffen?«

Katharina ging in aller Ruhe ihren Vorrat an guten Treffpunkten durch.

»Beeil dich!«, flehte Kajsa, »sonst legt er auf.«

»Nationalmuseum«, sagte Katharina, *»Die Verschwörung der Bataver.«* Sie warf einen Blick auf die Armbanduhr. »Um elf.«

»Bist du sicher?«

»Du wolltest doch in großen Bildern schwelgen.«

Kajsa wiederholte Zeit und Treffpunkt, doch David Brandt war mit diesem Werk offenbar nicht vertraut.

»Welche Verschwörung?«, fragte er misstrauisch.

»Claudius Civilis, Rembrandt, das große Bild mit den alten Männern, die um einen Tisch sitzen.«

»Ach das ...« Er klang skeptisch, versprach jedoch, sich dort einzufinden.

Um fünf vor elf stand Kajsa im Foyer des Nationalmuseums und sah sich ein paar Kunstpostkarten an, während Katharina sich an der Treppe postiert hatte.

Dann kam sie zurück und flüsterte Kajsa ins Ohr: »David Brandt mag früher von göttlicher Schönheit gewesen sein, aber wenn er es ist, der gerade die Treppe hinaufgehuscht ist, dann kann davon keine Rede mehr sein.«

Sie eilten in den ersten Stock und bemerkten tatsächlich einen Mann, der vor einem großen Gemälde stand und den verschwörerischen Batavern den Rücken zugekehrt hatte. Die Art und Weise, wie er sofort Haltung annahm, als er sie entdeckte, ließ keinen Zweifel daran, dass er der Richtige war.

Kajsa wusste, was Katharina gemeint hatte. Der David, den Pia so hingerissen in ihrem Tagebuch beschrieben und den Maria nicht weniger verklärt geschildert hatte, war unwiederbringlich verloren. Jetzt war sein Anblick weniger erbaulich. Der einstmals göttliche Körper hatte die charakteristisch aufgedunsenen Formen angenommen, die sich meist auf einen langjährigen, unmäßigen Bierkonsum zurückführen ließen. Oberhalb der schlabberigen Jeans, die von einem strammen Gürtel an ihrem Platz gehalten wurde, blähte sich ein imposanter Bauch, über dem sich ein schmuddeliges T-Shirt spannte. Unter dem rotfleckigen Gesicht hingen mindestens zwei schwitzige, unrasierte Kinne.

Nachdem er die Frauen rasch gemustert hatte, bedachte er sie mit einem nikotingelben Lächeln, das zwar ein wenig verwundert, aber doch von optimistischen Erwartungen erfüllt schien. Vielleicht vertraute er auf seine alte Anziehungskraft, denn sein Ton war so entspannt, als habe er sie soeben am Tresen einer Bar kennen gelernt.

»Ach, Sie kommen aus Schonen? Wie gefällt Ihnen Stockholm? Mit wem habe ich eigentlich vorhin telefoniert?«

Soll das etwa der Mann sein, der Gedichte über das wahre Leben geschrieben hat?, fragte Kajsa sich, sagte jedoch: »Mit mir – und das ist meine Freundin Katharina.«

»Schön, Sie zu treffen«, entgegnete David Brandt.

»Wir sollen Sie von Maria grüßen.«

David schien völlig perplex angesichts dieser plötzlichen Flut von Frauen, die über ihn hereinbrach. »Maria?«

»Die von der WG in Hylleröd.«

Die Erinnerung löste offenbar nur angenehme Assoziationen aus. »Das gibt's ja nicht! Ist sie etwa immer noch da?«

Kajsa und Katharina erklärten, was es damit auf sich hatte, und David erinnerte sich an die eine oder andere Episode aus seiner Glanzzeit, was offensichtlich einen stimulierenden Effekt auf ihn hatte.

»Aber es gibt doch viele schöne Orte, um über die alten Zeiten zu quatschen«, sagte er. »Wollen wir nicht irgendwo Kaffee trinken gehen oder bei der Wärme vielleicht lieber einen kühlen Drink zu uns nehmen?«

Katharina bremste seinen Elan auf liebenswürdige Weise. »Nein danke, wir möchten am liebsten hier bleiben«, entgegnete sie. »Wir haben uns so auf die Bilder gefreut.«

»Tja, wenn das so ist ...«, lenkte er ein, schien aber seine Hoffnung auf einen ergiebigen gemeinsamen Nachmittag noch nicht begraben zu haben. Doch offenbar hatte er am Telefon nicht richtig zugehört, denn er fuhr fort: »Sie kennen also Pia?«

Kajsa erwähnte noch einmal den Brief und erklärte, wie alles zusammenhing. Doch auch jetzt schien er nicht bei der Sache zu sein, weil er zu sehr in das Studium der beiden Frauen vertieft war.

»Was für ein Brief?«, fragte er.

»Aus Holland. Sie hatten ihr einen Brief aus Amsterdam geschrieben.«

»Hab ich das?« Er schien sich nicht erinnern zu können.

»Wir glauben, dass sie sich darüber freuen würde, ihre Sachen zurückzubekommen.«

»Welche Sachen?«

»Vor allem Schmuck.«

»Sie hatte doch gar keinen Schmuck.«

»Ein bisschen was hatte sie offensichtlich. Nichts Teures, aber bestimmt von ideellem Wert.«

Sein Blick kehrte sich nach innen, als versuche er, weit in die Erinnerung hinabzutauchen. Kajsa bemerkte, dass seine rot umrandeten Augen durchaus schön waren. Pia musste oft in ihnen versunken sein.

Sie fuhr fort: »Und da haben wir uns gefragt, ob Sie nicht später noch Kontakt zu ihr hatten. Ich meine, nachdem Sie nach Schweden zurückgekehrt waren.«

Er schüttelte den Kopf. »Ich kann mich zumindest nicht daran erinnern.«

»Aber vielleicht haben Sie etwas von ihr gehört?«, schaltete Katharina sich ein.

»Nee – was soll ich gehört haben?« Plötzlich fiel ihm etwas ein. »Meiner Mutter hat sie mal geschrieben.«

»Ach wirklich? Wann war das?«

»Ich weiß nicht mehr genau; das ist schon lange her. Sie hat nachgefragt, wo ich stecke. Als ob meine Mutter das gewusst hätte.«

»Glauben Sie, dass der Brief immer noch existiert?«

Er zuckte mit den Schultern. »Wohl kaum, aber wenn es Ihnen so wichtig ist, kann ich ja mal fragen.«

»Das wäre sehr nett von Ihnen. Vielleicht findet sich in ihm ja ein Hinweis, wo sie hingezogen ist.« Kajsa sah in diesem Moment die Möglichkeit, weitere Personen ins Spiel zu bringen, und fügte hinzu: »Ich nehme an, es lohnt sich nicht, Ihren alten Freund Peter nach Pia zu fragen, oder?«

David Brandt stieß ein grimmiges Lachen aus. »Davon kann ich Ihnen nur abraten.«

»Warum denn das?«, fragte Katharina neugierig.

»Das könnte ziemlich ungemütlich werden. Ich selbst lege auch keinen Wert auf seine Gesellschaft. Der ist nicht sauber, wenn Sie verstehen, was ich meine.«

Katharina ließ nicht locker. »Was tut er denn? Erdrosselt er Frauen?«

»Das vielleicht nicht, aber der hat sicher genug Dreck am Stecken ...«

»Haben Sie eine Ahnung, wo wir Sue finden könnten?«, fragte Kajsa.

Er warf ihr einen irritierten Blick zu. »Nee, die habe ich auch nie wieder gesehen.«

»Und Clarence?«

Nun wirkte er wie vor den Kopf gestoßen. »Sie wissen verdammt gut Bescheid! Haben Sie von ihm etwa auch einen Brief gefunden?«

»Pia hat ein paar Aufzeichnungen zurückgelassen, in denen sein Name vorkommt. Er scheint sie auf Röshult besucht zu haben.«

»Ach ...«

»Im Winter, mehrere Monate nachdem Sie und Peter abgereist waren. Es klingt so, als hätten sich Sue und Pia mit ihm zusammen aus dem Staub gemacht.«

Ein düsterer Zug glitt über sein Gesicht, und seine Kiefer gerieten in Bewegung. Er schien sich innerlich zu winden und warf einen missmutigen Blick auf Claudius Civilis.

»Davon hat der Dreckskerl natürlich keine Silbe gesagt.«

»Pias Notizen lassen vermuten, dass sie mit ihm nach Kopenhagen gefahren sind. Sie drückt sich da nicht klar aus.«

David vergrub die Hände in den Hosentaschen. »Warum fragen Sie ihn nicht selbst?« Er klang plötzlich ungehalten.

»Das würden wir ja gern, aber wir wissen nicht, wie er mit Nachnamen heißt«, entgegnete Kajsa wahrheitsgetreu.

Ein boshaftes Grinsen huschte über das angespannte Gesicht. »Aber das ist doch gar kein Problem. Ich kann Ihnen seinen Namen und seine Adresse geben.«

»Sehr gern.«

»Er heißt Clarence Jankelius und ist so scheißvornehm geworden, dass er sich mit seinen alten Kumpels nicht mehr abgibt. Der macht sich bestimmt in die Hose, wenn Sie plötzlich auftauchen und ihn nach den beiden Mädchen fragen.«

»Sie haben nicht zufällig seine Telefonnummer?«, fragte Katharina.

»Nein, aber es ist kein Problem, ihn ausfindig zu machen. Es ist Geschäftsführer der Firma seines Vaters, *Jankelius Orientexport* oder so ähnlich. Steht im Telefonbuch. Die handeln wohl vor allem mit alten Teppichen. Aber Sie können ihn natürlich auch zu Hause anrufen. Er wohnt auf Lidingö. Vergessen Sie nicht, ihn von mir zu grüßen.«

Katharina zog zwei zerknitterte Kassenbelege aus ihrer Handtasche, kritzelte auf einen die Telefonnummer ihres Vaters und auf den anderen den Namen Jankelius. Sie gab David die Telefonnummer.

»Hier können Sie uns erreichen. Fragen Sie doch Ihre Mutter nach dem Brief, am besten noch heute. Wir bleiben nur noch bis morgen hier.«

Er sah nicht allzu entschlossen aus. »Tja, falls sie sich daran noch erinnert...«

»Einen Versuch ist es jedenfalls wert«, sagte Katharina.

»Wenn Sie versprechen, mir zu erzählen, wie das Gespräch mit Clarence verlaufen ist«, entgegnete er.

»Natürlich – falls wir ihn erreichen.«

»Was hielten Sie von Leif Rösling«, fragte Kajsa.

»Wer ist das?«

»Der, von dem Sie das Sommerhaus gemietet hatten.«

David dachte nach. »Ich glaube, der war ganz okay.«

»Und seine Frau?«

»An die kann ich mich nicht erinnern. Aber seine Mutter war ein ziemlicher Besen.«

Mehr gab es eigentlich nicht zu sagen. Kajsa suchte nach einer abschließenden Bemerkung, während David teilnahmslos die ihn umgebenden Meisterwerke an den Wänden betrachtete.

»Wollen wir nicht vielleicht doch einen Kaffee ...?«, sagte er dann.

»Nein, danke. Wir möchten uns noch die Bilder anschauen. Es ist sehr nett von Ihnen, dass Sie gekommen sind«, sagte sie.

Er sah betrübt aus, als sei er plötzlich in die Grenzen verwiesen worden. »Tja, dann werde ich wohl nicht mehr gebraucht«, entgegnete er und stapfte davon.

»Was hat er denn damit gemeint?«, fragte Kajsa, während sie ihm nachsah.

»Ich vermute, er ist enttäuscht«, sagte Katharina. »Zuerst hat er sich über ein Rendezvous mit zwei passablen Mädels vom Land gefreut, und dann quatschen die nur von alten Briefen und Bildern.«

»Jedenfalls hatte er schöne Augen, auch wenn sie ein wenig desillusioniert aussahen.«

»Ja, ich glaube, am Ende hat ihm die Energie zu einer weiteren Initiative gefehlt«, vermutete Katharina. »Wofür wir ihm dankbar sein sollten«, fügte sie hinzu.

»Was machen wir mit Clarence?«

»Natürlich rufen wir ihn an, aber jetzt widmen wir uns erst mal den Bildern.«

20 DERSELBE TAG

Clarence Jankelius hatte höflich, aber zerstreut geklungen, als Kajsa endlich die Telefonzentrale sowie seine Sekretärin dazu hatte bewegen können, sie zu ihm durchzustellen. Er war mit seinen Gedanken woanders und lauschte ihren Ausführungen über Röshult, Pia Bryneskog und den gefundenen Schätzen nur mit halbem Ohr. Es war zweifelhaft, ob er überhaupt begriff, von wem sie sprach. Aber natürlich wolle er gern behilflich sein, doch leider könne er ihr nicht viel erzählen. Schon heute? Ließe sich das nicht am Telefon klären? Nicht? Oh, dann sehe es schlecht aus, weil er ausgerechnet heute sehr unter Druck stehe. Nach einer Pause, in der er sicher seinen Terminplaner zurate gezogen hatte, fragte er, ob sie nicht um kurz vor fünf in sein Büro kommen könnten; dann wären sie gern willkommen.

Also standen sie um zehn vor fünf in der Birger Jarlsgata vor einem protzigen Bürogebäude aus dem neunzehnten Jahrhundert und betrachteten das großartige Eingangstor aus verzierter Eiche und geschliffenen Glasfenstern. Soeben hatten sie das schwarze Schild mit den goldenen Buchstaben entdeckt: *Jankelius Orientalimport*, 5. OG.

Der Vormittag in den großen, kühlen Räumen des Nationalmuseums kam ihnen nun wie ein weit entfernter Kontinent am anderen Ende eines tosenden, stinkenden Meeres vor. Das glutheiße Stockholm hatte ihnen alle Kraft geraubt.

Katharina gab Kajsa einen aufmunternden Klaps auf den Rücken. »Ein Glas Wasser wird er uns schon anbieten. Komm schon! Ich steh dir bei, wenn's ungemütlich wird.«

»Wieso sollte es denn ungemütlich werden?«

»Laut David wird er sich in die Hose machen.«

»Und dann wirst du mir beistehen?«

»Dann treten wir den Rückzug an.«

Sie kicherten erschöpft und entdeckten die Sprechanlage. Kajsa drückte auf die Klingel und sprach in das knisternde Mikrofon. Das Schloss klickte leise, und schon befanden sie sich in einem kühlen, grün schimmernden Marmordunkel. Sanft schloss sich die Tür hinter ihnen und bereitete dem Verkehrslärm ein jähes Ende. Ein geräumiger Aufzug mit Spiegeln und edler Holzmaserung surrte vornehm in den fünften Stock. Sie musterten sich in den Spiegeln und stellten fest, dass sie nicht gerade erholt aussahen und die Plastiktüten auch keine Zierde waren. Ein wenig kurzatmig betraten sie die Rezeption, die wie erwartet von distinguierter Eleganz war.

Die Empfangsdame lächelte freundlich hinter einem geschwungenen Tresen, was bei Kajsa vage Assoziationen an sündhaft teure Zahnarztpraxen auslöste.

Clarence Jankelius kam ihnen persönlich entgegen und geleitete sie in sein Büro.

Plötzlich befanden sie sich in einer wahren Oase. Alles wirkte exklusiv und erlesen – selbst die Wände atmeten die beruhigende Sicherheit des Kapitals und die Kunst, dieses zu verwalten. Wertvolle Teppiche und orientalische Antiquitäten. Alles sah betäubend teuer und echt aus, selbst die Aussicht über die Hausdächer.

Die Empfangsdame trippelte herein und stellte Gläser sowie kleine, grüne beschlagene Flaschen importierten Mineralwassers auf den sechseckigen Walnusstisch, der von vier Ledersesseln umstanden war, die genau die richtige Patina hatten. Als sie sich mit dem leeren Tablett entfernte, murmelte sie ihrem Chef ein diskretes »Guten Abend« zu, und da es bereits einige Minuten nach fünf war, durfte man annehmen, dass ihr Besuch ihn zu einer Überstunde zwang. Aber das schien ihn nicht weiter zu stören, abgesehen von einer angemessenen Reserviertheit war er die Freundlichkeit selbst.

Sie ließen sich um den Walnusstisch nieder und tauschten Ansichten aus, an welchen Orten man an einem solchen Tag besser aufgehoben wäre. Kajsa stürzte umgehend ein Glas des wunderbar kühlen Getränks hinunter. Eines war sicher, dachte sie: Im Gegensatz zu David Brandt, der seine besten Tage bereits hinter sich hatte, befand sich sein Kumpel Clarence in der Blüte seiner Jahre.

»Und David kann sich wirklich an mich erinnern?«, fragte der Geschäftsführer. »Ich habe ihn seit mindestens zehn Jahren nicht mehr gesehen. Wie geht es ihm?«

Da es taktlos gewesen wäre, den Bierbauch, das Doppelkinn und die Desillusioniertheit in Davids geröteten Augen zu erwähnen, sagte Kajsa: »Darüber hat er nichts gesagt. Er war nicht besonders gesprächig.«

»Hm, das passt nicht zu ihm. Soweit ich mich an ihn erinnere, war er äußerst redselig.«

»Ich glaube, dazu war gar keine Zeit«, sagte Katharina. »Wir haben uns nur sehr kurz gesehen.«

Kajsa betrachtete verstohlen Jankelius' gepflegte Erscheinung, die sie ansprechend, wenn auch undurchschaubar fand. Doch meinte sie auch Spuren desselben Clarence zu entdecken, der Pia mit seinen grotesken Imitationen von Leif Rösling zum Lachen gebracht hatte. Er hatte ein lebhaftes Gesicht und ein Blitzen in den Augen, das auf einen ausgeprägten Sinn für Humor schließen ließ.

»Er hat sich also daran erinnert, dass wir uns einmal an diesem Ort begegnet sind, wie hieß er noch gleich?«

»Röshult.«

»Genau. Ein schöner Ort, soweit ich mich erinnere. Jede Menge Leute, die damals kamen und gingen. Wie merkwürdig, dass er sich ausgerechnet an meinen flüchtigen Besuch erinnert.«

»Dabei wusste er ja auch nur von Ihrem ersten Besuch«, sagte Kajsa.

Der Geschäftsführer hob die Brauen. Seine Fingerspitzen trommelten leicht auf die Sessellehne. »Meinem ersten Besuch?«

»Ja – als Sie das nächste Mal kamen, waren er und Peter doch schon weggefahren.«

Er beugte sich vor und füllte sein Glas, trank jedoch nicht.

»Wir sollten wohl ein wenig langsamer machen«, sagte er. »Ich glaube, ich habe das Ganze noch nicht klar vor Augen – worum geht es denn eigentlich? Sie haben einige Gegenstände gefunden, die den Mädchen gehörten, nicht wahr?«

»Ja, sie gehören Pia Bryneskog.«

»Es sind also wertvolle Gegenstände?«

»Für Pia sind sie es vermutlich«, sagte Kajsa. »Wir haben mit ihrer Mutter gesprochen, aber sie scheint nicht zu wissen, wo ihre Tochter sich aufhält. Und da auch David Brandt nicht weiterhelfen konnte, dachten wir …«

Er unterbrach sie mit einer Handbewegung. »Darf ich fragen, wie Sie zu der Vermutung kommen, dass ich sie mehrmals besucht hätte?«

»Außer den Gegenständen haben wir auch ein paar Notizen gefunden, in denen Namen genannt werden.«

»Notizen?«

»Ja, sie hatte zu Ihren weiteren Besuchen einiges aufgeschrieben.«

Er gab ein ungläubiges Lachen von sich. »Ach, wirklich? Ich möchte nicht herablassend klingen, aber ich hatte den Eindruck, dass sie des Schreibens kaum mächtig war.« Die Worte hingen in der Luft, während er an seinem Glas nippte. »Na ja, schreiben konnte sie sicher«, relativierte er, »aber man hatte doch den Eindruck, dass sie ganz schön einfältig und verwirrt war. Sie haben ja ziemlich viel Drogen konsumiert. Ehrlich gesagt, schien sie mir nicht ganz richtig im Kopf zu sein, und die andere wohl auch nicht.«

»Sue?«

»Ja, so hieß sie wohl.«

Als keine von ihnen etwas sagte, fuhr er fort: »Ich kann mich gut daran erinnern, dass ich sie zu Beginn der Siebziger mal an einem Mittsommerabend kennen gelernt habe. Mit David Brandt war ich verabredet, den anderen Kerl kannte ich kaum, und ihre Begleiterinnen hatte ich nie zuvor gesehen. Auf mich machten sie einen heruntergekommenen Eindruck. Mir hat der ganze Lebensstil nicht zugesagt, also wurde es nur ein ziemlich kurzer Besuch. Und natürlich weiß ich nicht, wo sie sich heute aufhalten«, fügte er mit höflichem Bedauern hinzu. »Leider.«

Nach diesem Beweis extremer Scheinheiligkeit nahm Kajsa den tugendhaften Geschäftsführer näher in Augenschein. Sein Äußeres hielt ohne Zweifel jeder eingehenden Betrachtung stand. Das Paradebeispiel von einem Glückspilz, der mit einem goldenen Löffel im Mund geboren wurde. Die maßvolle Sonnenbräune, die er sich wohl auf dem Segelboot oder auf dem Golfplatz erworben hatte, der maßgeschneiderte Anzug und die durchtrainierte Figur, bei der alles am richtigen Fleck saß, zeugten von einem Mann, der sein Leben im Griff hatte. Dennoch hatte sie das Gefühl, dass sie einen Joker im Ärmel hatten, der ihn in Bedrängnis bringen konnte. Nicht dass sie besondere Lust dazu verspürte. Doch wenn sie etwas aus ihm herausbekommen wollten, mussten sie ihn schon ein wenig unter Druck setzen, auch wenn ihr das schrecklich ungehobelt vorkam.

Katharina war in dieser Hinsicht weniger empfindsam. »Ich kann gut verstehen, dass Sie sich an die Vorkommnisse nur vage erinnern können«, sagte sie liebenswürdig. »Die liegen ja immerhin ein Vierteljahrhundert zurück. Ich selbst bringe schon Dinge durcheinander, die erst vor wenigen Jahren passiert sind. Und natürlich weiß ich nicht, wie klar Pia im Kopf war, doch den Notizen zufolge sind Sie im Frühjahr 1973 nach Röshult zurückgekehrt – Anfang März, um genau zu sein – und mindestens einen Monat dort geblieben. Was übrigens mit den Erinnerungen von Leif Rösling übereinstimmt, dem Bauern, von dem sie das Haus gemietet hatten. Er behauptet, Sie hätten es gemeinsam mit den Mädchen verlassen.«

Der Geschäftsführer tappte in die Falle. »Dann lügt er. Er konnte gar nicht wissen, dass ich über einen ... äh, mehrere Tage da war.«

»Ja, sicher sagt er nicht die Wahrheit«, entgegnete Katharina. »Er wirkt ohnehin nicht sonderlich vertrauenerweckend. Also haben wir bei Maria in Hylleröd nachgefragt. Sie wissen schon, die WG.«

Das hatte offenbar gesessen. Noch ehe der Satz beendet war, hatte sich sein Gesichtsausdruck verändert. »Gibt es die immer noch?«, fragte er.

»Nicht die WG, nur Maria und ihre Töchter«, sagte Kajsa.

Katharina sprach unverdrossen weiter: »Da aus Pias Aufzeichnungen hervorgeht, dass Sie Röshult gemeinsam verlassen wollten, dachten wir, Sie wüssten vielleicht, wo die beiden Mädchen geblieben sind.«

»Hat sie eine Art Tagebuch geführt?«, fragte er.

»So würde ich das nicht bezeichnen. Nur ein paar verstreute Notizen in mangelhafter Rechtschreibung.«

Er blickte schweigend auf die Tischplatte. Vielleicht durchforstete er wirklich seine Erinnerungen. Leider war sein entgegenkommender Blick zu einer eisigen Miene erstarrt.

»Was steht denn in diesen Notizen?«, fragte er skeptisch.

Katharina blickte verstohlen zu Kajsa hinüber, als wolle sie diese um Erlaubnis zum Improvisieren bitten.

»Sie sind ziemlich wirr und etwas erschreckend, aber das kann ja auch daran liegen, dass sie sich nicht immer klar ausdrückt. Man hat fast den Eindruck, dass sie in Panik aufgebrochen sind.«

So, jetzt schmeißt er uns raus, dachte Kajsa.

Aber stattdessen bemühte er sich um ein Lächeln, auch wenn seine Mundwinkel nicht richtig mitspielten. Das Ergebnis war ein arrogantes Grinsen. »Ich hoffe, Sie sind sich darüber im Klaren, dass ich nicht die geringste Veranlassung sehe, über mein Verhalten vor fünfundzwanzig Jahren Rechenschaft abzulegen«, sagte er. »Nicht einmal die Polizei hätte das Recht, mich darüber zu befragen.«

»Nein, was sollte die auch für einen Grund haben?«, bemerkte Katharina, als wäre ihr eine solche Möglichkeit nie in den Sinn gekommen.

»Doch bei näherem Nachdenken habe ich vielleicht *Lust*, Ihnen etwas darüber zu berichten«, sagte er.

»Das würden wir natürlich sehr zu schätzen wissen.«

»Dazu brauche ich allerdings etwas Stärkeres als Mineralwasser.«

Er stand auf und ging zu einem chinesischen Lackschrank. Hinter den hübsch bemalten Türen befand sich eine Bar. Er nahm eine Flasche heraus und drehte sich um. »Darf ich Ihnen ein Glas Kognak anbieten?«

»Danke, sehr gern«, antwortete Katharina.

Er nahm drei Kognakschwenker aus dem Schrank und stellte sie auf den Tisch.

Warum eigentlich nicht?, dachte Kajsa. Wenn sie schon etwas so Merkwürdiges taten, wie einen wildfremden Mann in Stockholm aufzusuchen, noch dazu aus zweifelhaften Gründen, dann sollten sie auch die Gelegenheit nutzen, sich einen zu genehmigen.

Vielleicht war der Geschäftsführer doch etwas nervös geworden, denn er kippte den Inhalt seines Glases auf einen Zug hinunter, wobei sich sein Gesicht plötzlich zusammenzog.

»Dann nehme ich eben ein Taxi heute«, sagte er mit immer noch verzerrtem Gesicht und griff erneut nach der Flasche.

Mit dem Glas in der Hand lehnte er sich weit zurück und schlug die Beine übereinander. Er schaute sie nachdenklich an. »Ich glaube nicht, dass Sie Pia finden werden«, sagte er. »Und Sue auch nicht. Die beiden lebten viel zu gefährlich.«

»Aber Sie wissen, wo die beiden geblieben sind – nachdem sie Röshult verlassen haben?«, fragte Kajsa.

»Nein, das weiß ich nicht. Obwohl ich es mich oft gefragt habe.«

Sie nippten schweigend an ihren Gläsern.

»Ich könnte Ihnen eine richtige Gruselgeschichte erzählen«, sagte er.

Als keine von ihnen besonders enthusiastisch reagierte, fuhr er fort: »Das ist alles, womit ich dienen kann. Eigentlich glaube ich ja nicht an Gespenster, aber wenn man eines gesehen hat, vergisst man es nie.«

Er schien sich über ihre fragenden Gesichter zu amüsieren.

»Hat die Geschichte etwas mit Pia zu tun?«, fragte Kajsa vorsichtig.

»Ja, das kann man wohl sagen.«

»Dann wollen wir sie natürlich hören.«

»Sie werden die ersten Zuhörer überhaupt sein«, entgegnete er. »Ich habe keiner Menschenseele bisher davon erzählt. Mit so was unterhält man nicht seine Freunde oder Bekannten, zumindest nicht meine Freunde und Bekannten – es sei denn, man will sich lächerlich machen.«

Er schaute in sein Glas und schwenkte behutsam die bernsteinfarbene Flüssigkeit, um ihr volles Aroma zu genießen, bevor er nachdenklich hinzufügte: »Doch hin und wieder habe ich mir gewünscht, sie jemandem erzählen zu können.«

Falls es seine Absicht gewesen war, ihre Neugier zu steigern, so war ihm das geglückt. Aus reiner Nervosität nahm Kajsa einen viel zu großen Schluck und bekam ihn prompt in den falschen Hals.

»Natürlich kann ich mich noch sehr gut an meinen zweiten Besuch auf Röshult erinnern«, sagte er, ohne im Mindesten zu erkennen zu geben, dass ihm seine frühere Version unangenehm war. »Da er zu den schlimmsten Erfahrungen gehörte, die ich je gemacht habe, kann ich ihn einfach nicht vergessen. Ich habe es versucht, aber es geht nicht. Nehmen Sie es, wie es war: als ein höchst subjektives Erlebnis, für das ich keine rationale Erklärung finde. Ich habe oft gegrübelt, was es eigentlich war, das ich damals erlebt habe, aber darauf werde ich wohl nie eine Antwort bekommen.«

Er leerte den Rest seines Glases, um es sogleich wieder zu füllen. Mit einer Entschiedenheit, die keinen Widerspruch duldete, schenkte er auch ihnen nach.

»Dass ich damals überhaupt an diesen gottverlassenen Ort zurückgekehrt bin, lag ausschließlich daran, dass ich bis über beide Ohren in Pias Freundin verliebt war, in Sue.« Er lachte kurz auf. »Bitte entschuldigen Sie meine Wortwahl. Ich bin überzeugt davon, dass es heute ein sehr schöner Ort ist.«

»Das ist er«, bestätigte Katharina.

»In Sue verliebt zu sein war wirklich kein Vergnügen. Als ich im Jahr zuvor dort Station gemacht habe, so um Mittsommer herum, war ich eigentlich auf dem Weg nach Frankreich, um meine Verlobte zu treffen.

Damals kannte ich nur David, die anderen hatte ich nie zuvor gesehen. Die beiden Paare waren wirklich extrem verschieden. Sue war ohnehin etwas ganz Besonderes, und das wusste sie auch. Dunkel … intensiv … Mir fällt kein besseres Wort als ›deftig‹ ein. Sie war es, die alle dominiert hat. Peter war ein harmloser Tölpel, den die Drogen schon ziemlich kaputt gemacht hatten. Man hatte den Eindruck, dass sie ihn als eine Art Schoßhund hielt. Da hätte David schon besser zu ihr gepasst. Ich weiß nicht, wie er heute aussieht, aber damals war er, wie die Mädels gesagt hätten, richtig lecker. Er war also mit Pia zusammen, die auch nicht von schlechten Eltern war. Sie sah aus wie fünfzehn, war aber bestimmt achtzehn oder neunzehn, ein süßes Mädchen … wenn auch ziemlich unsicher. Sue war ein wenig älter als die anderen, ungefähr Mitte zwanzig, und Amerikanerin, obwohl sie gut schwedisch sprach. Ihre Mutter war wohl in Värmland geboren, lebte aber mit ihrem amerikanischen Mann in den Staaten …«

Er blickte gedankenverloren aus dem Fenster. Kajsa folgte seinem Blick über die Dächer und bemerkte, dass mit der Dämmerung eine dramatische Gewitterfront aufgezogen war.

»Wir haben Mittsommer zusammen gefeiert«, fuhr er fort. »Ich bin, wie gesagt, dorthin gefahren, und Sue hat sich nicht gerade ablehnend verhalten. Wir verbrachten ein paar Tage miteinander, und so habe ich etwas mehr über sie erfahren. Natürlich war sie mit der gesamten Situation unzufrieden. Eigentlich passte es ihr gar nicht, in dieser Bruchbude auf dem Land vor sich hin zu gammeln und sich mit unreifen Jungs abgeben zu müssen. Dass sie es doch tat, lag daran, dass sie in Stockholm in Schwierigkeiten geraten war. Sie war vor einem eifersüchtigen Irren geflüchtet, der ihr Pass und Geld geklaut hatte und damit drohte, sie umzubringen. Zu allem Überfluss hielt sie sich auch noch illegal in Schweden auf. Ich vermute, es spielt keine Rolle, dass ich jetzt davon erzähle. Das war vor fünfundzwanzig Jahren – und wer sollte sich heute schon noch dafür interessieren? Man fragt sich wirklich, wie Peter ins Bild kam. Der passte so gar nicht zu ihr. Vielleicht hat sie es mir irgendwann erzählt – ich kann mich nicht erinnern –, jedenfalls scheint er sich viel Mühe gegeben zu haben, sie zu verstecken. Mit Davids Hilfe hatten sie dann dieses Haus am Ende der Welt gefunden und konnten sich dort bis auf weiteres sicher fühlen. Aber natürlich wollte Sue weiterziehen. Und als ich dort auftauchte, kam sie auf die wahnsinnige Idee, ich solle sie mit nach Paris nehmen. Sie im Kofferraum verstecken, wenn wir über die Grenze fuhren. Damals waren die Kontrollen schärfer als heutzutage.

Ich war zwar verrückt nach ihr, doch ich behielt einen kühlen Kopf. Ich war schließlich verlobt mit dem Mädchen, das heute meine Frau ist und in Paris auf mich wartete. Und Sues Leben war bereits viel zu kompliziert, als dass ich mich getraut hätte, unsere Beziehung fortzusetzen. Schweren Herzens habe ich mich auf den Weg gemacht. Natürlich versprach ich zurückzukommen, aber das verspricht man ja schließlich immer.«

Kajsa fragte sich, zum wievielten Mal er sein Glas füllte, auch wenn ihm immer noch nichts anzumerken war.

»Ich habe hart daran gearbeitet, Sue zu vergessen«, fuhr er fort. »Aber es ist mir nicht sonderlich gut gelungen, und ich habe oft daran gedacht, sie zu besuchen. Aber immer ist mir etwas dazwischengekommen, unter anderem meine Hochzeit, also ist erst im darauf folgenden Jahr etwas daraus geworden. Ich fuhr auf Firmenkosten nach Kopenhagen, und auf dem Heimweg konnte ich der Versuchung nicht widerstehen, einen Abstecher nach Röshult zu machen, um nachzuschauen, ob sie noch da waren. Das waren sie tatsächlich, das heißt, Sue und Pia. David und Peter waren ebenfalls auf ›Geschäftsreise‹ nach Marokko und hatten nichts von sich hören lassen. Die Mädchen befanden sich verständlicherweise in einer schwierigen Situation. Pia war im Vergleich zum Sommer zuvor so abgemagert, dass sie nur noch Haut und Knochen war. Sie wirkte krank und deprimiert. Doch auch Sue hatte sich deutlich verändert. Beide wirkten verwahrlost und abgestumpft. Sie hatten den ganzen Winter über in ihrer elenden Bruchbude gehaust, vollkommen abgeschnitten von der Umwelt. Sie litten wohl keine große Not, aber es ging ihnen nicht gut.

Ich habe sofort begriffen, unter welchen Bedingungen sie inzwischen leben mussten. Dieser verdammte Bauer hatte sie während des Winters mit Lebensmitteln versorgt und sich dafür sexuell entschädigen lassen. Von der Entschädigung profitierten offenbar noch ein paar andere Gentlemen aus der Umgebung, aber davon wusste er nichts. Sue hing das alles zum Hals raus. Sie hatte schließlich andere Vorstellungen vom Leben, als in diesem Loch festzusitzen und sich von irgendwelchen Bauern ficken zu lassen. Um das durchzustehen, hat sie den ganzen Winter über ziemlich viel getrunken. Der Bauer hat sie mit irgendeinem selbst gebrannten Fusel versorgt. Sie war überglücklich, als ich auftauchte, und hoffte bestimmt, dass ich sie irgendwie dort rausholen könnte. Aber das war nicht unproblematisch. Stockholm war völlig ausgeschlossen. Sie schien zu glauben, dass die Polizei und ihr zwielichtiger Bekannter nichts anderes zu tun hätten, als nach ihr zu suchen. Ich habe ihr angeboten, sie nach Kopenhagen mitzunehmen, wo ich Freunde hatte, bei denen sie zunächst hätte bleiben können. Ihr gefiel diese Idee, zumindest hin und wieder, aber leider wurden alle Pläne von ihrer Paranoia zunichte gemacht. In Wahrheit war sie nicht in der Lage, auch nur die einfachsten Entscheidungen zu treffen, und verfiel immer wieder in Depressionen, als hätte sie die Hoffnung aufgegeben, diesen Ort jemals wieder verlassen zu können. Dass Pia die meiste Zeit im Bett lag und an die Decke starrte – wenn sie denn einmal wach war –, machte die Sache nicht einfacher. Sue hatte manchmal eine unglaubliche Wut auf sie, schrie sie an und drohte sogar, sie zu verprügeln, wenn sie nicht endlich aus dem Bett rauskäme und etwas essen würde. Doch nichts geschah, und Pia hüllte sich so lange in Schweigen, bis Sue ihre Härte bereute und stattdessen anfing, Pia wie ein kleines Kind zu behandeln. Die Umstände, die ich antraf, waren also nicht gerade angenehm.

Zu der Geschichte gehört auch, dass der Dreckskerl von einem Bauern jedes Mal vor Eifersucht explodierte, wenn ich auf der Bildfläche erschien. Er war so voller Hass, dass er sogar seinen Hund auf mich hetzte und nach ein paar Tagen ein Ultimatum stellte: Er wollte alle Versorgungsleistungen einstellen und die Mädchen aus dem Haus werfen, wenn ich nicht verschwinde.

Die ganze Situation zerrte schrecklich an meinen Nerven, und ich bekam mehr und mehr das Gefühl, dass ich von dort weg musste. Ich konnte es mir wirklich nicht leisten, noch länger von der Firma fortzubleiben, und meine Frau wunderte sich natürlich auch, wo ich abgeblieben war. Dass ich meine ganze Zukunft aufs Spiel setzte, kümmerte mich trotzdem nicht, ebenso wenig wie die Tatsache, dass Sue mit allen Männern vögelte, die ihr über den Weg liefen. Mit allem habe ich mich abgefunden, solange sie auch für mich die Beine breit machte.«

Dem Geschäftsführer war der Alkohol inzwischen deutlich anzumerken. Zwar lallte er nicht und hatte auch seine Bewegungen noch unter Kontrolle, doch seine Maske hatte er definitiv abgelegt. Vom distinguierten Geschäftsmann war nichts übrig geblieben. Es war sicher kein uneigennütziges Entgegenkommen, das ihn zu diesem Bericht veranlasste, dachte Kajsa. Er schien ihr wie ein Exhibitionist zu handeln, der fremde Frauen dazu benutzte, um seine nicht salonfähigen Bedürfnisse auszuleben.

Im Raum war es schummrig geworden, und ein entferntes Grollen kündigte das bevorstehende Unwetter an. Vermutlich waren sie drei die einzigen Personen, die sich noch im Gebäude befanden. Das machte die Situation für ihn womöglich noch spannender.

»Es war kein Problem, dem Bauern weiszumachen, ich sei verschwunden«, sagte er und betrachtete sie mit trübem Blick. »Ich hatte mein Auto bei Maria abgestellt. Ich musste nur vorsichtig sein und mich rasch auf dem Dachboden verstecken, wenn er auftauchte. Ihre Schäferstündchen mit dem Bauern fanden übrigens auf einem verlassenen Hof in der Nähe statt. Ich glaube, dort hat sie auch noch jemand anders getroffen.«

»Wer war der andere?«, fragte Katharina.

»Das war wohl der Inhaber des Dorfladens, der sich ebenfalls mit ihr vergnügen durfte. Sue hatte manchmal merkwürdige Ideen. So wollte sie zum Beispiel, dass ich zugucke, wenn sie es mit dem Bauerntölpel trieb.

Natürlich, ohne dass er davon wusste. Ich tat ihr den Gefallen, habe aber Höllenqualen gelitten, weil ich genauso eifersüchtig war wie er. Außerdem sollte ich auch noch ihre Treffen mit dem anderen beobachten, aber daraus ist nichts geworden. Ich habe ihn nie zu Gesicht bekommen. Sie war wohl exhibitionistisch veranlagt, und viele hätten nymphoman hinzugefügt.«

Er musterte sie nacheinander, als wolle er ihre Reaktion abschätzen.

Katharina stellte ihr Glas ab und sagte gelassen: »Wir warten immer noch auf die Gruselgeschichte.«

»Gleich sind wir so weit«, entgegnete er. »Alles nahm ein Ende mit Schrecken. Man könnte auch sagen, dass ich von höheren Mächten gerettet und mit Gewalt auf den rechten Weg zurückgeführt wurde. Weiß der Teufel, was sonst passiert wäre. Jedenfalls kam ich in so passablem Zustand wieder nach Hause, dass mir mein langes Ausbleiben verziehen wurde. Meine Frau hat nach wie vor keine Ahnung, was damals wirklich vorgefallen ist.«

Der erste Donnerschlag ließ alle drei zusammenzucken und aus dem Fenster starren. Es hörte sich an, als hätte auf dem Dach jemand eine Kanonenkugel abgefeuert. Es folgten weitere Kracher, worauf grelle Blitze den Raum erhellten.

»Gelungene Inszenierung«, murmelte Katharina. Jankelius, für den vermutlich alles wie am Schnürchen lief, lockerte den Schlips und öffnete den obersten Knopf seines Hemds.

»Es fing damit an, dass dieser Hund auf mich losging«, sagte er. »Ich war schon fast einen Monat dort. Bei Tageslicht ging ich nur sehr ungern aus dem Haus, weil ich dann Gefahr lief, gesehen zu werden. Aber auf dem Weg zum Klo musste ich den Hofplatz überqueren, und da kam eines Tages der Hund hervorgeschossen und hat mich angefallen. Der Bauer hatte ihn früher schon mal auf mich gehetzt, und da hat er mir völlig die Hose zerrissen, bis er zurückgepfiffen wurde. Doch diesmal hatte ich das beklemmende Gefühl, dass der Bauer nicht in der Nähe war. Der Hund schien mich als legitime Beute zu betrachten und wollte anscheinend da weitermachen, wo er das letzte Mal aufgehört hatte. Er schien mich wirklich umbringen zu wollen, sprang immer wieder an mir hoch und schnappte nach meinem Hals. Ich wehrte mich, so gut ich konnte, aber er ließ nicht locker. Da sah ich eine Heugabel, die an der Wand des Toilettenhäuschens lehnte. Ich stieß zu, und der Hund sank zu Boden. Sicherheitshalber habe ich ihn getötet, weil ich immer noch dachte, entweder er oder ich. Ich habe ihn Sue gezeigt, und wir waren uns sofort einig, dass er verschwinden musste, ehe Leif etwas bemerkte. Wir trugen ihn auf die Toilette und haben kübelweise Wasser ausgegossen, um das Blut fortzuwaschen. Sobald es dunkel war, haben wir das tote Tier in ein Laken gewickelt und weggeschleppt. Hinter einer Weide war eine Art Sumpfgebiet. Dort gab es eine Stelle, wo sie schon seit langer Zeit ihren Müll vergruben. Der Boden war zusätzlich aufgeweicht, weil es schon seit Tagen regnete. Sie hielt die Taschenlampe, und ich grub den Matsch auf, was kein großes Problem war. Als das Loch einen halben Meter tief war, meinte sie, das würde genügen. Aber ich dachte an andere Tiere, die einen Kadaver vielleicht wittern konnten. Da ich also befürchtete, Leif würde seinen Hund irgendwann entdecken, weil ein anderes Tier ihn ausbuddeln würde, grub ich weiter. Da ließ Sue plötzlich schreiend die Taschenlampe fallen. Ich hatte ein Gesicht freigelegt. Einen Augenblick lang starrte ich wie gebannt darauf und hätte fast meinen Spaten hineingestoßen. Wir waren natürlich wie von Sinnen, klammerten uns aneinander und stolperten orientierungslos durch den Matsch, als wüssten wir nicht, ob wir nach der Taschenlampe suchen oder einfach davonlaufen sollten. Schließlich fand ich die Lampe und blickte erneut in das geplante Hundegrab. Es gab keinen Zweifel, dass es sich um ein Gesicht handelte. Es war zwar ziemlich entstellt, aber die Gesichtszüge waren noch klar erkennbar. Ich konnte sogar den Hals sehen und nahm natürlich an, dass der Rest des Körpers von der lehmigen Schicht verdeckt wurde. Herrgott, was für ein Anblick! Es spielt keine Rolle, wie viele Filme man schon gesehen oder wie viele Bücher man gelesen hat, in denen Leichen vorkommen, ob sie nun wahr sind oder nicht. Die Wirklichkeit stellt immer alles in den Schatten. Da stand ich also und starrte nach unten und klapperte mit den Zähnen, während der Regen auf uns niederging und uns völlig durchnässte. Ich konnte meinen Blick einfach nicht von dem Gesicht abwenden. Es glänzte vor Nässe, fast schwarz … und der Mund schien irgendwie zu lächeln. Sue schüttelte mich und wollte verschwinden. Aber ich besaß noch so viel Geistesgegenwart, um das Gesicht mit ein paar Schaufeln Erde zu bedecken, bevor wir davonliefen. Nach einer Weile erinnerten wir uns an den Hund und mussten zurück, um ihn zu holen. Von Begraben war keine Rede mehr, wir wollten nur noch ins Haus. Sobald wir die Tür hinter uns zugemacht hatten, begannen wir den selbst gebrannten Fusel, von dem es jede Menge gab, in uns hineinzukippen. Sue wiederholte wie eine Besessene immer wieder, dass sie verschwinden müsse, und plötzlich behauptete sie, es wäre Leifs Frau gewesen, die wir gefunden hätten. Als sie immer hysterischer wurde, wachte Pia auf. Sie sah zuerst die blutige Hundeleiche auf dem Boden. Als sie dann bemerkte, dass wir klatschnass und sturzbetrunken waren, wurde sie auch hysterisch. Es war eine entsetzliche Nacht, die damit endete, dass ich allein nach draußen gegangen bin und die Hundeleiche hinter dem Haus vergraben habe, damit sich zumindest Pia wieder ein bisschen beruhigte.«

Er hielt inne und lauschte den atmosphärischen Entladungen, als hätte er sie selbst heraufbeschworen, um die Vorstellung noch effektvoller zu gestalten.

Es grollte anhaltend, ein ums andere Mal wurde der Raum von grellen Blitzen erhellt. Die ersten Regentropfen trommelten gegen die Scheiben. In der lobenswerten Absicht, nichts mehr zu trinken, schob Kajsa das Glas von sich fort.

Er sah die Geste und lächelte, ehe er den Faden wieder aufnahm: »Seit dieser Nacht hatte Sue jede Selbstbeherrschung verloren und trank hemmungslos. Ich schlug vor, am nächsten Tag noch mal zu der Grube zu gehen, um sie richtig zuzuschaufeln, aber sie wollte nichts davon wissen. Und da ich keine große Lust hatte, es allein zu tun, kümmerte ich mich nicht mehr darum. Sue benahm sich überhaupt höchst merkwürdig. Sie leugnete, irgendetwas über Leifs Frau gesagt zu haben. Wenn ich darüber sprechen wollte, wurde sie wütend und sagte, ich soll die Schnauze halten. Doch sie selbst schien an nichts anderes mehr zu denken. Später verließ sie das Haus, um Leif zu treffen, als sei nichts geschehen. Ich konnte ihre Launen nicht mehr ertragen. Und je mehr mir der ganze Ort zum Hals raushing, desto mehr sehnte ich mich nach meinem Zuhause in Stockholm. Ich spielte mit dem Gedanken, einfach abzuhauen.

Doch dann wollte sie zwei Tage später plötzlich unbedingt nach Kopenhagen. Sie hatte sich endlich entschieden. Sie schrie Pia an, sie solle sich endlich aufraffen und ihre Sachen packen; Sue wollte keine Zeit mehr verlieren. Ich sollte um neun Uhr abends mit dem Auto kommen, dann wollten beide fertig sein, sodass wir direkt abhauen könnten. Doch ich war von dieser Idee nicht sonderlich begeistert. Der Gedanke, die beiden durchgedrehten Mädels bei meinen Freunden in Kopenhagen abzuladen, hatte nichts Verlockendes mehr an sich.

Aber ich tat natürlich, was sie sagte, denn ich hatte es schließlich versprochen, und alles erschien mir besser, als in diesem Rattenloch auszuharren. Als ich wiederkam, war Sue verschwunden. Pia saß auf dem Boden und glotzte apathisch auf einen alten Fernseher mit miserabler Bildqualität. Ausnahmsweise war sie sogar angezogen. Sue hatte sie zum Aufstehen gezwungen und ihr gesagt, was sie machen sollte. Aber es herrschte ein einziges Chaos. Gegenstände und Kleider lagen überall verstreut, als hätte sie mitten im Packen aufgegeben. Sie sagte, Sue wäre rausgegangen, um jemanden zu treffen. Das war der Tropfen, der das Fass zum Überlaufen brachte. Wie hatten verabredet, dass beide bereit sein sollten, wenn ich mit dem Auto käme. Es war ein großes Risiko, überhaupt dorthin zu fahren. Und Sue, die uns angetrieben und mit ihrer Hektik völlig verrückt gemacht hatte, war einfach abgehauen. Ich nahm meine Sachen und trug sie zum Auto; meine Geduld war erschöpft. Eine Stunde wollte ich ihr noch geben, dachte ich. Es wurden zwei daraus, und immer noch ließ sie sich nicht blicken. Ich war stocksauer und nahm an, dass sie die ganze Sache einfach vergessen hatte – das hätte ihr ähnlich gesehen. Pia hatte den Fernseher ausgeschaltet, war wieder ins Bett gekrochen und erneut eingeschlafen. Es war absurd, und wäre ich nicht so darauf versessen gewesen, meiner Wut freien Lauf zu lassen, wenn Sue auftauchte, hätte ich mich längst davongemacht. Aber leider habe ich es nicht getan. Ich legte mich auf Sues Bett im Raum hinter der Küche und wartete. Nach einer Weile bin ich dann eingeschlafen.

Ich weiß nicht, wie lange ich geschlafen habe, doch als ich aufwachte, prasselte es nur so auf das Dach. Es war ein schier ohrenbetäubender Wolkenbruch. Ich hatte sofort das Gefühl, jemand sei ins Haus gekommen, und sprang aus dem Bett. Da stand eine Gestalt unmittelbar vor dem Herd in der Küche. Zuerst dachte ich, es sei Sue, bevor ich buchstäblich an meinem Platz festfror. Ich konnte mich nicht rühren; es kam mir vor, als wäre mir sämtliches Blut in die Füße geströmt. In dem Zimmer, in dem ich mich befand, war es stockfinster. Die Tür zur Küche war halb geöffnet, auch dort war es ziemlich dunkel. Nur an Pias Bett brannte eine einzelne Lampe. Ich kann also nicht gerade behaupten, dass ich gut sah. Aber da stand also diese Gestalt vor dem Herd, und was auch immer das gewesen sein mag, der Schreck fuhr mir gewaltig in die Glieder. Es sah aus wie ein Mensch, gehüllt in einen dunklen, knöchellangen Umhang oder Mantel. Die Gestalt hatte etwas Unwirkliches an sich. Ich war mir nicht sicher, was ich sah. Ich war mir nicht einmal sicher, dass ich nicht träumte – bis sich die Gestalt zu rühren begann. Sie glitt über den Boden auf Pias Bett zu. Der Umhang oder Mantel wischte über den Boden und hinterließ eine schmutzig-wässrige Spur. Doch was mir vor Angst die Besinnung raubte, war der Geruch. Es stank nach modrigem Schlamm. Es war derselbe Gestank, der aus dem Grab im Moor aufgestiegen war. Und obwohl ich einerseits wusste, dass dies nicht sein konnte, war ich andererseits davon überzeugt, dass es die Leiche war, die wir vor zwei Nächten fast ausgegraben hatten, die sich jetzt bei uns in der Küche befand.

Ich sah, wie sich der schwarze Rücken über Pia beugte. Es sah aus, als betrachte die Gestalt die schlafende Pia. Wie lange, weiß ich nicht. Es kann

Minuten oder auch Stunden gedauert haben. Schließlich glitt die Gestalt zur Tür, öffnete sie und verschwand im Regen. Zunächst konnte ich mich nicht vom Fleck rühren. Die Haustür stand offen und schlug im Wind, aber ich traute mich nicht in die Küche, nur bis an die Türschwelle. Was mich dann wirklich davon überzeugte, dass ich nicht alles nur geträumt hatte, war eine schmierige Spur, die von Pias Bett bis zur Haustür verlief ... «

Clarence Jankelius hob sein Glas und starrte es an, als wundere er sich, wo der Inhalt geblieben war. Kajsa bemerkte, dass sie wie versteinert den Ereignissen gelauscht hatte, die in ihrer eigenen Küche vorgefallen waren.

Doch Katharinas Stimme brachte sie wieder zur Besinnung: »Keine üble Spukgeschichte. Was haben Sie dann getan?«

Er stieß ein leises Lachen aus. »Tja, was habe ich dann getan? Pia habe ich nicht geweckt, und auf Sue gewartet habe ich auch nicht, um ihr von dem hohen Besuch zu erzählen. Ich wollte keine Sekunde länger in diesem Haus bleiben, aber einfach aus der offenen Tür laufen konnte ich auch nicht. Wer weiß, wer mir dort aufgelauert hätte. Das einzig Vernünftige in dieser Situation war, das Haus durch einen Hinterausgang zu verlassen. Ich kletterte also aus dem Fenster, und dann rannte ich, als wäre eine ganze Horde von Gespenstern hinter mir her ... «

Er streckte seinen Arm nach der Flasche aus, besann sich aber und ließ es bleiben. Stattdessen stemmte er sich aus dem Sessel und machte ein paar Schritte, was seine volle Konzentration in Anspruch nahm. Aber um seine Balance war es schlecht bestellt. Er überspielte es gekonnt, indem er sich nonchalant gegen den Schreibtisch lehnte.

»Und dann?«, fragte Katharina.

»Offenbar ist es mir geglückt, Stockholm zu erreichen.«

»Und Sue oder Pia haben Sie nach dieser Nacht nie wieder gesehen?«, fragte Kajsa.

»Nein.«

Das Gewitter war weitergezogen und hatte einen klaren, tiefblauen Abendhimmel zurückgelassen. Nach dem Regen war es auffallend still.

»Was halten Sie im Nachhinein von diesem Erlebnis?«, fragte Kajsa vorsichtig.

Der Geschäftsführer legte den Kopf schief und blinzelte sie betrunken an. »Ich weiß es nicht«, sagte er, »aber so habe ich es erlebt.«

Es bestand kein Zweifel, dass eine gewisse Veränderung in ihm vorgegangen war. Kajsa und Katharina verständigten sich mit einem kurzen Blick. Höchste Zeit aufzubrechen. Wie auf Kommando tasteten sie nach ihren Plastiktüten.

»Habe ich mir für die lange, unheimliche Geschichte nicht eine gewisse Entschädigung verdient?«, lallte er.

»Wir haben Ihre Zeit schon viel zu lange in Anspruch genommen«, entgegnete Kajsa. »Ich finde, Sie sollten jetzt nach Hause zu Ihrer Frau fahren.«

Er grinste, als hätte sie einen Witz gemacht. »Die kommt schon allein zurecht. Ich habe einen besseren Vorschlag.«

»Aha …«

»Wie wär's, wenn wir zuerst was essen gingen und dann ein Taxi zu mir nach Hause nähmen? In der Grevturegata habe ich eine Übernachtungsmöglichkeit. Da haben wir dann ausreichend Zeit, diesen Abend auf die einzig vernünftige Weise ausklingen zu lassen.«

Obwohl sie genau wussten, was er damit meinte, waren sie für einen Augenblick sprachlos.

Katharina bemühte sich um eine humorvolle Antwort: »Wir sind Ihnen dankbar, dass Sie sich die Zeit genommen haben, uns das alles zu berichten, aber wir haben doch wohl andere Vorstellungen von Vernunft als Sie.«

Auch wenn sie bei weitem nicht so viel getrunken hatten wie er, war es keine leichte Aufgabe, sämtliche Einkaufstaschen einzusammeln und einen würdevollen Rückzug anzutreten.

»Ich pfeife auf Ihre Dankbarkeit«, brummte er. »Eine handfeste Form der Anerkennung wäre mir lieber.«

»Die wird es nicht geben«, entgegnete Katharina frostig.

»Jetzt seien Sie nicht so zimperlich! Ich hab schließlich den ganzen Abend für Sie geopfert«, sagte er gereizt.

Das Letzte, was sie von Clarence Jankelius hörten, bevor sie an der verlassenen, im Dunkeln liegenden Rezeption vorbeieilten, war ein herzhaftes Gähnen. Erst als sich die Fahrstuhltür geschlossen hatte und sie auf den Erdgeschossknopf gedrückt hatten, brachen sie in ein hemmungsloses Kichern aus.

»Was sagst du zu seiner Gruselgeschichte?«, fragte Kajsa.

»Tja, mit seiner Fantasie scheint jedenfalls alles in Ordnung zu sein.« Katharina schaute auf die Uhr. »Gott, es ist schon fast neun. Wir nehmen ein Taxi.«

Sie erwischten eines am Nybroplan.

21 AM SELBEN ABEND

Bertil Ekman empfing sie mit vorwurfsvoller Miene an der Türschwelle.

»Da seid ihr ja endlich. Ich wollte schon eine Vermisstenanzeige aufgeben. Hier hat in einer Tour das Telefon geklingelt«, sagte er und schaute Kajsa neugierig an. »Du scheinst ja wirklich sehr begehrt zu sein. Haufenweise Kerle haben nach dir gefragt, und immer war es wahnsinnig dringend.« Er spitzte die Lippen und schüttelte den Kopf, als hätte er seine Meinung über sie grundlegend geändert. »Der letzte Anruf war vor zehn Minu…« Das Klingeln des Telefons unterbrach ihn.

Kajsa eilte zum Apparat in der Küche.

Doch hörte sie weder Joakims noch Olles, sondern eine fremde männliche Stimme. »Bist du die Blonde?«

»Bitte?«

»Ich bin's, David. Erinnerst du dich nicht an mich?«

»Ach, David …« Sie konnte sich nur vage erinnern, weil die Begegnung mit Clarence Jankelius die früheren Ereignisse des Tages völlig in den Hintergrund gedrängt hatte. »Ja, ich bin's, Kajsa – die Blonde.«

»Genau mit dir wollte ich sprechen.«

Im Gegensatz zu ihr schien er nicht die geringsten Probleme zu haben, den richtigen Ton anzuschlagen. Er hörte sich an, als würden sie sich seit Jahren kennen. Es klang allerdings auch so, als hätte er seit ihrer Begegnung einige Biere konsumiert.

»Was für ein Glück, dass ich dich erreiche«, legte er los. »Ich habe mir einiges durch den Kopf gehen lassen …«

»Schön. Hast du deine Mutter nach dem Brief gefragt?«

»Welcher Brief? Ach so, nein, daran hab ich gar nicht mehr gedacht. Bestimmt hat sie ihn weggeworfen. Habt ihr den Dreckskerl getroffen?«

»Meinst du Clarence Jankelius? Ja, das haben wir.«

»Verdammt, ich hätte euch warnen sollen. Aber ich war so überrascht, als ihr plötzlich von ihm erzählt habt. Ich wusste ja schließlich nicht, dass er später noch mal da war, ich meine auf Röshult. Nehmt euch vor ihm in Acht, dem kann man nicht über den Weg trauen.«

»Aha ...«

»Was hat er gesagt?«

»Dass er auch nicht weiß, wo Pia ist.«

»Hat er was über mich erzählt?«

»Nein, daran kann ich mich nicht erinnern.«

»Hör mir gut zu. Die Sache ist sehr wichtig, verstehst du. Glaubt ihm kein einziges Wort. Er wollte Sue verpfeifen. Das kann ich beweisen. Wenn er also noch mal bei den Mädchen gewesen ist, nachdem Peter und ich weg waren, dann saß Sue in der Tinte. Er ist ein verdammter Verräter, verstehst du? Es würde mich wirklich nicht wundern, wenn er sie verpfiffen hätte.«

»Wie, verpfiffen? Bei der Polizei?«

»Nein, vor den Bullen hatte sie auch Schiss, aber das war kein Vergleich zu den anderen ...«

»Welche anderen? Wen meinst du?«

»Du, wir müssen uns treffen, nur wir beide. Wenn du wirklich etwas über die beiden Mädchen erfahren willst, dann kann ich dir ein paar unheimliche Sachen erzählen. Kannst du nicht heute Abend noch zu mir rüberkommen?«

»Heute Abend?«, wiederholte sie matt.

David Brandts Stimme klang plötzlich zwei Oktaven tiefer und hatte einen indiskreten, säuselnden Ton angenommen.

»Ich mag dich wirklich. Deine Freundin war auch okay, aber nicht so richtig mein Typ. Ich steh eben mehr auf Blondinen. Wir wohnen doch in derselben Gegend. Ich bezahl dir ein Taxi und organisier was Leckeres zu essen für uns. Dann kann ich dir alles erzählen, was du wissen willst.«

»Das hört sich wirklich verlockend an«, log sie mit sanfter Stimme, »aber *leider* geht es nicht.«

»Warum nicht?«

»Mein Mann … Er sitzt im Zimmer nebenan. Vielleicht ein anderes Mal. Aber du kannst mir doch auch alles am Telefon erzählen.«

»Wie schade.« Er klang enttäuscht. »Was ist mit morgen?«

»Da ist er auch da.«

»Lässt er dich denn nie aus den Augen?«

»Nein, eigentlich nicht. Er ist wahnsinnig eifersüchtig. Aber kannst du mir nicht etwas mehr über diese Sache mit Sue erzählen?«

»Über so was lässt sich nicht gut am Telefon reden.«

»Kannst du nicht ungefähr sagen, worum es geht?«

»Peter und ich mussten sie ja beschützen. Wir waren es, die auf die Idee kamen, ein Haus auf dem Land zu mieten, und zwar möglichst weit von Stockholm entfernt.«

Sein Bestreben, sie mit Informationen zu versorgen, hatte spürbar nachgelassen.

»Wovor beschützen?«

»Ach, das ist eine komplizierte Geschichte …«

Sie versuchte ihm mehr zu entlocken. »Vielleicht können wir uns ein anderes Mal treffen – wenn ich hier rauskomme.«

»Du wirst es nicht bereuen.«

»Clarence hat behauptet, sie sei vor einem Kerl auf der Flucht gewesen, der ihren Pass und ihr Geld geklaut hatte und darüber hinaus damit drohte, sie umzubringen.«

»Blödsinn! Der lügt doch, dass sich die Balken biegen. Sie war Zeugin eines Mords geworden. Und er weiß ganz genau, was sich damals abgespielt hat. Ihr Freund wurde erschossen, und auch hinter ihr waren sie her, aber sie konnte im letzten Moment abhauen. Die Bullen wollten natürlich, dass sie als Zeugin aussagt, also musste sie so schnell wie möglich verschwinden und ihr Geld und ihren Pass in den Wind schreiben. Sie hatte verdammtes Glück, dass Peter und ich aufgetaucht sind.«

»Wie kam Clarence Jankelius ins Spiel?«

»Der war in den Mord verwickelt – was ich damals aber nicht wusste. Ich dachte, er wäre mein Kumpel. Darum fand ich es auch völlig okay, dass er uns besucht hat. Sue hat totale Panik bekommen. Sie hat zwar nichts gesagt, aber man hat es ihr angemerkt. Nur haben wir natürlich den Grund nicht richtig verstanden. Später habe ich dann aus sicherer Quelle erfahren, was wirklich abgelaufen ist. Ich dachte wirklich, er wäre ein netter Typ, der uns ein bisschen Shit mitbringt. Aber eigentlich hatte er nur prüfen wollen, ob sie die Richtige ist – wenn du verstehst, was ich meine. Aber dann kam alles ganz anders, sie fasste Vertrauen zu ihm und dachte irgendwann, sie hätte nichts mehr zu befürchten. Aber da lag sie gründlich falsch, denn er war ein eiskalter Typ, und wenn er seinen Willen bekommen hat, dann ist ihr wohl was passiert. Kannst du mir folgen?«

»Nein, nicht so richtig.«

»Hab doch gesagt, dass es eine verwickelte Geschichte ist. Als ich von euch erfahren habe, dass der Scheißkerl die Mädels noch mal besucht hat, nachdem Peter und ich nach Marokko aufgebrochen waren, war ich natürlich geschockt. Und als ich vorhin über alles nachgedacht habe, sind mir die Zusammenhänge klar geworden.«

»Welche Zusammenhänge?«

»Das ist doch sonnenklar. Er ist noch mal zum Haus gefahren, um nachzuschauen, ob sie noch da war, und dann hat er sie ans Messer geliefert, um selbst nicht einen Haufen Kohle rausrücken zu müssen.«

»Ans Messer geliefert? Wie denn?«

»Er hat sie wohl irgendwohin gelockt, wo man sie unbemerkt aus dem Weg räumen konnte. Was weiß ich.«

»Was, glaubst du, ist mit Pia geschehen?«

»Vielleicht dasselbe«, antwortete er gleichgültig. »Jetzt weißt du jedenfalls, was damals los war. Also nimm dich vor diesem Schwein von Geschäftsführer in Acht. Glaub ihm kein Wort. Und wenn du noch mehr wissen willst, musst du hierher kommen.«

»Gibt es noch mehr, was ich erfahren sollte?«, fragte sie vorsichtig.

David interpretierte diese Frage auf seine eigene Weise. »Ich garantiere dir, dass ich noch nie ein Mädchen enttäuscht habe. Und jemanden wie dich könnte ich natürlich besonders verwöhnen. Nur dass du weißt, was dir entgeht, wenn ...«

Kajsa hatte gerade aufgelegt, als es erneut klingelte. Diesmal war es Olle. Er klang sehr aufgewühlt. Joakim lärmte im Hintergrund.

Eine gute Stunde später, nachdem sie David Brandt schon wieder vergessen hatte, steuerte sie, immer dem Geräusch nach, das Wohnzimmer an, in dem in voller Lautstärke die Spätnachrichten liefen. Sie ließ sich auf den erstbesten Stuhl sinken und starrte gedankenverloren vor sich hin.

»Alles in Ordnung?«, fragte Katharina, ohne den Blick von der Mattscheibe abzuwenden.

»Weiß nicht«, antwortete sie und hörte selbst, dass ihre Stimme zitterte. Katharina drehte sich um und sah sie forschend an. Dann reduzierte sie rasch die Lautstärke, worauf auch Bertil Ekman sich umdrehte.

»Was ist mit dir?«, fragte Katharina. »Du siehst ja aus, als hättest du ein Gespenst gesehen.«

Kajsa spürte, dass sogar aus ihren Lippen sämtliche Farbe gewichen war. »Du wirst es mir nicht glauben«, sagte sie mit schwacher Stimme. »Olle hat eben angerufen. Sie haben heute die Grabungsarbeiten für die Heizungsrohre durchgeführt – und dabei eine Leiche im Moor gefunden.«

22 FRÜHER AM SELBEN TAG

»Soll das hier etwa ein Weg sein?«

»Sieht ganz so aus.«

»Nicht so schnell, verdammt, ich bin schon zweimal gegen die Decke gestoßen.«

»Ich fahr doch nur zwanzig. Wenn ich noch weniger Gas gebe, bleiben wir stehen.«

»Da vorn ist ein Haus. Nimm dich vor den Schlaglöchern in Acht. Das ist hier ja der reinste Dschungel, und brütend heiß ist es auch noch. Kannst du mir mal erklären, warum die Klimaanlage in diesem Wagen nie funktioniert, wenn es so warm ist?«

Kriminalhauptkommissar Lasse Wagnhärad schwitzte enorm in seinem dünnen Hemd und erwartete keine Antwort. Die Frage war rhetorisch und fiel jedes Mal, wenn das Thermometer über zwanzig Grad stieg. Er litt auch unter leichten Magenschmerzen. Das Mittagessen hatte er trotz guter Vorsätze, eine gesundere Lebensweise betreffend, viel zu hastig hinuntergeschlungen. Dafür musste er jetzt büßen.

Die ausgefahrenen Reifenspuren waren von der üppigen Vegetation schon teils überwuchert worden. Er drehte den Kopf und fixierte seinen Kollegen Andreas Bergh, der mit unerschütterlicher Ruhe den riesigen Ford durch die Wildnis manövrierte. Es wunderte ihn, dass Bergh, obwohl er eine Jacke über dem Hemd trug, überhaupt nicht schwitzte. Im Moment empfand er das regelrecht als Provokation.

»Wie hältst du das nur mit deinen vielen Klamotten aus? Ist dir nicht warm?«

»Ich mag die Wärme«, entgegnete Polizeimeister Bergh lakonisch.

»Ich auch, aber es gibt Grenzen. Was hältst du davon, einen kurzen Abstecher nach Åhus zu machen und ein Bad zu nehmen, wenn wir hier rechtzeitig fertig werden?«

»Ich bade nicht in der Ostsee.«

»Aha, und warum nicht?«

»Zu schmutzig.«

»Schmutzig ist es doch überall. Was ist mit dem Badesee?«

»Hab keine Badehose dabei.«

Wagnhärad gab das Thema auf. Sie waren ohnehin am Ziel. Der Weg, den man auch als Trampelpfad hätte bezeichnen können, mündete plötzlich in eine gerodete Fläche, die offenbar als Wende- und Parkplatz diente. Dort standen bereits zwei Autos. Ein rot gestrichenes Haus schimmerte linker Hand durch die Bäume. Kein Mensch war zu sehen.

Nachdem er aus dem stickigen Wagen heraus war, die Glieder gestreckt und seinen Gürtel um ein Loch gelockert hatte, betrachtete der Kommissar die Situation mit wachsendem Optimismus. Er schnupperte in die Luft. Der Duft des Falschen Jasmins war betäubend. Einige Meter entfernt sah er einen blühenden Strauch.

Ein Junge mit einem Mountainbike kam auf sie zu und machte vor ihren Füßen eine Vollbremsung.

»Hallo! Wir suchen Olle Linder – ist das dein Papa?«

»Ja, der ist oben beim Moor.«

»Kannst du uns den Weg zeigen?«

»Da geht's lang.« Der Junge wies mit dem Kopf die Richtung, bevor er mit dem Fahrrad wendete und sich in Bewegung setzte. Sie mussten sich beeilen, um ihn nicht aus den Augen zu verlieren. Nach einer plötzlichen Biegung, die hinter einem Gestrüpp üppig wachsender Fliederbüsche verborgen lag, schlängelte sich der Pfad durch Laubbäume hindurch leicht bergauf. Wagnhärad ließ sich nun Zeit, obwohl die braun gebrannten Jungenbeine ein ordentliches Tempo vorlegten. Er hatte keine Lust, sich unnötig abzuhetzen. Jetzt wollte er nach der Fahrt im stickigen Wagen erst mal die frische Luft genießen.

Vor ungefähr einer Stunde hatte er einen Anruf des Polizeidirektors erhalten, der ihn um einen Gefallen gebeten hatte. Ein Verwandter von ihm hatte soeben etwas Merkwürdiges berichtet. Es wäre schön, sagte er, wenn sich der Herr Kommissar zunächst persönlich ein Bild von dieser Angelegenheit machen könne. Solange man nichts Genaues wisse, sei es doch unnötig, gleich alle Welt aufzuschrecken. Wagnhärad hatte den Wink verstanden – der Polizeidirektor war seit dieser Geschichte auf Knigarp vor ein paar Jahren besonders vorsichtig geworden.

Nach hundert Metern brummte Bergh, dass man den Pfad auch mit dem Auto hätte bewältigen können, und nach weiteren hundert Metern sahen sie ein Stück bergauf einen Hof liegen. Die ganze Anlage war kreisförmig angelegt und sah ziemlich betagt und heruntergekommen aus. Doch offensichtlich waren Renovierungsarbeiten im Gange, und die Lage war großartig.

»Hübsch«, sagte Wagnhärad.

»Was?«, fragte Bergh.

»Der Hof natürlich.«

»Findest du?«

»Wohnst du da?«, rief Wagnhärad dem Jungen hinterher.

»Wir wollen dort später wohnen, wenn alles fertig ist.«

Doch ehe sie ihr vermeintliches Ziel erreicht hatten, ließ der Junge sein Fahrrad fallen und lief über eine Weide, die sich linker Hand von ihnen erstreckte. Sie kletterten über eine Steinmauer und überquerten dann eine weitere, ehe sie in der Ferne einen gelben Bagger zwischen den Baumstämmen entdeckten.

In dessen Nähe saßen zwei Männer, jeder auf einem Stein. Es sah so aus, als würden sie sich ausruhen. Einer von ihnen sprang auf und kam ihnen entgegen. Es war ein groß gewachsener, dunkelhaariger Mann um die vierzig. Er musterte sie unschlüssig und wandte sich an Wagnhärad.

»Ich war derjenige, der Roffe Stenberg angerufen hat. Mein Name ist Olle Linder.« Er streckte die Hand aus.

Wagnhärad schüttelte sie und lächelte verbindlich. Danach wurde er auch dem zweiten Mann vorgestellt, der Olle Linder gemächlich gefolgt war.

»Das ist Rune Nordström, ein Nachbar. Ihm gehört der Bagger.«

Olle Linder hatte dem Jungen eine Hand auf die Schulter gelegt. Sie erfuhren, dass er Joakim hieß.

Bergh reichte niemandem die Hand, sondern starrte unverwandt auf den Bagger.

Rune Nordström war der Älteste von ihnen. Um die sechzig, sehnig, mit vom Wetter gegerbter Haut. Zwischen seinen Lippen steckte ein Zigarettenstummel. Der sonnengebräunte kahle Kopf war von einem silberweißen Haarkranz umgeben. Seine Augen blickten neugierig und freundlich.

»Herrgott, was für ein Schreck«, sagte er. »Damit kann man ja nun wirklich nicht rechnen …«

»Vielleicht sollten wir erst mal zum Fundort gehen«, sagte Wagnhärad und setzte sich in Bewegung. Er hatte rasch ein klares Bild der Lage vor Augen. Vom gelben Bagger aus, der ein Stück von dem Gebiet entfernt stand, das vermutlich das besagte Moorgebiet war, verlief eine frisch ausgehobene, ungefähr anderthalb Meter tiefe Rinne zum Hof.

»Wollen Sie hier etwa Rohre verlegen?«, fragte er.

»Ja, Rohrschlangen für die Erdwärmeheizung«, antwortete Olle Linder. »Wir dachten uns, wir gehen einfach ein Stück ins Moor hinein. Das lässt sich schließlich leicht aufgraben und hat fast keine Steine, aber jetzt weiß ich nicht recht …«

Wagnhärad ließ sich bereitwillig auf das Thema ein. »Ach, dann bekommen Sie eine Art Wärmepumpe, nicht wahr? Ein Bekannter von mir hat sich solch eine Anlage installieren lassen und ist sehr zufrieden damit. Billig ist sie auch, jedenfalls auf lange Sicht.« Er schaute zu den Gebäuden hinüber. »Schöner Hof. Sieht ziemlich alt aus …«

»Schon …«

»Nichts, wo man einfach einziehen könnte, oder?«

»Nein, er wurde schon lange nicht mehr bewohnt. Es gibt viel zu tun.«

»Das kann ich mir vorstellen, und natürlich kümmert man sich zuerst um die Heizung. Gar nicht so einfach, so alte Häuser zu isolieren, wenn man ihr ursprüngliches Aussehen erhalten will. Sind es liegende Balken? Sieht von hier ganz so aus.«

Olle Linder wirkte zerstreut, als hätte er momentan anderes im Kopf als die Renovierung eines alten Hauses. »Unter anderem. Es ist ein buntes Durcheinander. Auf einer Seite befindet sich Fachwerk unter den äußeren Brettern.«

Wagnhärad nickte sachkundig. »Ich würde mir das Haus gern mal genauer ansehen, wenn Sie nachher noch Zeit haben. Solche alten Höfe interessieren mich sehr. Aber zuerst sollten wir uns wohl dem eigentlichen Grund unseres Kommens zuwenden.« Er warf einen skeptischen Blick auf den Bagger. »Haben Sie damit etwas gefunden?«

Rune Nordström räusperte sich. »Reiner Zufall, dass ich überhaupt nachgeschaut habe. Gehen Sie vorsichtig, damit Ihre Füße nicht nass werden.« Er streckte den Arm aus. »Hier beginnt das eigentliche Moor. An manchen Stellen kann man immer noch einsinken. Aber wenn man auf Zehenspitzen geht, besteht keine Gefahr.«

Wagnhärad setzte seine Füße gehorsam auf die weichen, festen Grasbüschel, was kein Problem war, weil sie wie grüne, behaarte Halbkugeln dicht nebeneinander lagen.

Sie versammelten sich um den Bagger, dessen Schaufel wie eine riesige hohle Hand auf der Erde ruhte. Sie war gefüllt mit matschiger Erde, Wurzeln und kleinen Pflanzenteilen. Nahe der äußeren Kante lag etwas, das sich durch seine charakteristische Form rasch als abgerissener Fuß erwies, lehmverschmiert und von etwas umgeben, das möglicherweise ein Schuh war. Sie betrachteten ihn eine Weile. Danach starrten sie alle fünf wie auf Kommando in den ausgehobenen Graben. Er hatte sich bereits ein wenig mit Wasser gefüllt. Vom Eigentümer des Fußes war nichts zu sehen.

Rune Nordström war der Erste, der das Bedürfnis verspürte, etwas zu sagen: »Pfui Teufel, zuerst habe ich meinen Augen nicht getraut. War ja ein verdammtes Glück, dass die Schaufel die Leiche nicht von der anderen Seite erwischt hat. Da wäre mir wohl das Herz stehen geblieben.«

Alle schienen sich mit dem Bild zu beschäftigen, das Nordström heraufbeschworen hatte, nur nicht Wagnhärad, der mit seinen Gedanken woanders war. Er verfolgte eine interessante Idee und dachte an eine Möglichkeit, die ihm noch während der Hinfahrt nicht im Traum eingefallen wäre.

Es ließ sich nicht leugnen, dass dieser Gedanke seine Laune schlagartig verbesserte – vor allem, wenn er an den Polizeidirektor dachte –, aber das zeigte er nicht. Stattdessen warf er einen verstohlenen Blick auf die anderen Personen. Zuerst auf Rune Nordström, der mit angewiderter Faszination den Fuß anstarrte, während er wiederholt ausspuckte, als erzeuge der Anblick einen üblen Geschmack im Mund. Dann schaute er Olle Linder an. Er war gefährlich blass geworden, kleine Schweißperlen standen ihm auf Stirn und Wangen. Sein Sohn hingegen begegnete der gesamten Situation mit der für sein Alter typischen wachen Neugier. Sollte irgendjemand Albträume bekommen, dann sicherlich nicht er. Abschließend blickte er zu Bergh hinüber, um möglicherweise ein Anzeichen dafür zu finden, dass er auf denselben Gedanken gekommen war wie sein Kollege. Bergh hatte seinen Blick vom Fuß abgewandt und ließ ihn mit leicht gelangweilter Miene durch die Gegend schweifen. Vermutlich überlegte er, wo man das Gebiet am besten absperren konnte.

Mit verhaltenem Lächeln servierte Wagnhärad seine These. »Ich bin mir nicht hundertprozentig sicher, aber ich hege den starken Verdacht, dass dies keine Angelegenheit für die Polizei ist.«

Vier erstaunte Gesichter wandten sich ihm zu. Doch ehe jemand den Mund öffnen konnte, fuhr er fort: »Die Leiche liegt offenkundig schon seit geraumer Zeit hier. Ich bin zwar kein Experte, doch tippe ich auf mehrere hundert Jahre.«

Olle Linder sah skeptisch aus. »Woher wollen Sie das wissen?«

»Diese Fußbekleidung sieht doch recht eigentümlich aus. Sie erinnert mich an etwas, das ich einmal in Verbindung mit einem sehr alten Fund gesehen habe. Und dann sein Zustand … Wie gesagt, ich bin mir da nicht sicher, aber ich würde mich am liebsten gleich mal mit der Bezirksarchäologin in Verbindung setzen.«

»Sie meinen, es könnte ein Fund aus der Vorzeit sein?«, fragte Rune, der den Fuß sofort mit freundlicherem Blick betrachtete.

»Ja, so was in der Art.«

Allen schien ein riesiger Stein vom Herzen zu fallen. Olle Linder stieß hörbar die Luft aus. Rune Nordström gab ein verhaltenes Lachen von sich, als hätte sich jemand einen derben Scherz mit ihnen erlaubt, und der Junge stützte eifrig seine Hände auf die Kante der Baggerschaufel und schaute sich den Fund eingehend an. Nur Bergh schien völlig unbeeindruckt. Es war ein Fuß und damit basta. Ob frisch oder antik – was spielte das für eine Rolle? Diesen Mann schien nichts verwundern zu können.

Nichtsdestotrotz hatte der makabre Fund plötzlich seinen Charakter geändert, hatte sich von etwas Entsetzlichem und Unfassbarem in etwas Interessantes und Erklärbares verwandelt. Einem Körperteil, der schon so lange unter der Erde lag, konnte nichts Unheimliches mehr anhaften. Sogar der kalte Schatten des Todes hatte seinen Schrecken verloren. Der Fuß war zum Gegenstand wissenschaftlichen Interesses geworden, und die Umstehenden betrachteten ihn mit neugierigem Respekt, als läge er bereits konserviert und hübsch beschriftet in der Glasvitrine eines städtischen Museums.

Rune Nordström brachte die Empfindung aller auf den Punkt: »Ich werd verrückt!« Und philosophisch fügte er hinzu: »Wenn man so alt ist, sollte man sowieso tot sein.«

Olle Linder legte seinem Sohn den Arm um die Schultern. »Du sagst es!«, stimmte er lächelnd zu. Er machte eine Kopfbewegung zum Hof hin. »Ich spendiere ein kaltes Bier.«

»Herzlichen Dank«, erwiderte Wagnhärad. »Wir müssen uns nur zuvor um die Absperrung kümmern.«

Das Lächeln erstarb. »Die Absperrung?«

»Ja, dieser Ort muss doch vor unbefugtem Zutritt geschützt werden, bis Sachverständige kommen und ihn untersuchen können. Schließlich besteht doch die Möglichkeit, dass es sich um einen sehr wertvollen Fund handelt, vor allem, wenn die Kleidung noch gut erhalten ist. Ganz zu schweigen von möglichen Gegenständen, die man in der Nähe des Körpers finden könnte.«

»Ja, natürlich ...«

Olle Linder ließ seinen Blick nachdenklich über das Sumpfgebiet wandern, als schwante ihm bereits Übles. Wagnhärad hatte den enttäuschten Klang in seiner Stimme wahrgenommen und verstand ihn nur allzu gut. Vermutlich würde er von Mordermittlungen auf seinem eigenen Grundstück verschont bleiben und damit auch von allen unangenehmen Begleitumständen und Arbeitsverzögerungen, die diese mit sich gebracht hätten, stattdessen konnte er sich allerdings auf eine Horde Archäologen gefasst machen, deren Gegenwart nicht minder beschwerlich sein würde.

»Es ist wohl ziemlich ausgeschlossen, dass es sich um eine frühere Siedlung oder ein Gräberfeld handelt«, sagte Wagnhärad.

Olle Linder lachte kurz auf. »Wohl kaum, bei dem Untergrund ...«

Er wäre gern ein bisschen entgegenkommender gewesen, konnte jedoch seinen Unmut nicht verbergen. »Archäologie in allen Ehren«, sagte er, »aber das kommt mir alles sehr ungelegen. Ich nehme an, wir können unsere Planungen hier erst mal über den Haufen werfen. Können Sie mir sagen, in welchem Zeitrahmen solche Untersuchungen in der Regel stattfinden?«

Wagnhärad schüttelte den Kopf. »Wenn das hier eine Sache für die Polizei wäre, dann würden die Ermittlungen vielleicht ein paar Tage, allenfalls eine Woche in Anspruch nehmen. Doch im anderen Fall kann es wohl sehr viel länger dauern.«

»Was ist mit meinem Bagger?«, fragte Nordström. »Den müsste ich spätestens übermorgen hier abholen.«

»Da sehe ich keinen Hinderungsgrund. Obwohl so schnell sicher niemand Gelegenheit haben wird, den Fuß zu untersuchen. Ich werde gleich die Bezirksarchäologin anrufen. Ich kenne sie. Zumindest weiß ich, dass sie sehr effektiv ist, wenn's drauf ankommt. Wenn es mir gelingt, sie heute noch hierher zu locken, dann erhalten wir sicher schon einige Antworten auf unsere Fragen.«

»Je eher, desto besser«, sagte Olle Linder.

Wagnhärad streckte sich gähnend. Er wollte hier schließlich nicht einschlafen.

Der Junge, der Joakim begleitete, hatte ihn vorsichtig in die Seite gestupst und ihn darauf aufmerksam gemacht, dass ein roter Audi sich dem Hof näherte.

»Fährt die etwa bis hierher?«

»Ja.«

»Unglaublich. Was für eine couragierte Frau«, brummte er. »Du kannst ihr doch wohl sagen, wo wir sind?«

Zu diesem Zeitpunkt fühlte er sich mit den Örtlichkeiten schon ziemlich vertraut. Nachdem er Bergh beauftragt hatte, das Auto zu holen, hatte er Birgit Sjögren vom städtischen Museum angerufen und ihr die Situation geschildert. Er hatte sie gar nicht erst überreden müssen, zu ihnen hinauszukommen, um sich selbst ein Urteil zu bilden. Ohne Umschweife hatte sie ihn nach dem Weg gefragt und versprochen, sich sobald wie möglich einzufinden.

Es war nicht einfach gewesen, den Fundort mit Plastikbändern abzusichern. Eine Aufgabe, die sie nur um den Preis nasser Füße hatten bewältigen können, und danach hatten sie sich die versprochenen Biere schmecken lassen. Er selbst hatte sich von Olle Linder die alten Gebäude zeigen lassen, während sich Bergh, wie nicht anders zu erwarten, ein Nickerchen gönnte.

Es war überhaupt ein ergiebiger Nachmittag geworden. Er hatte Bergh tief schlafend unter einer großen Eiche vorgefunden und sich an deren rauem Stamm niedergelassen. Von hier aus konnte er das soeben abgesperrte Gebiet gut im Auge behalten.

Auf den ersten Blick sah alles wie Weideland aus, doch wenn man genauer hinsah, verriet die Vegetation die Grenzen zwischen Moor und festem Untergrund. Das Gebiet erstreckte sich über ein unregelmäßiges Oval, dessen Größe er auf gut einen Hektar schätzte. Ein unbedeutendes Sumpfgebiet also, hinter dem sich ein alter Fichtenwald anschloss, hoch und dunkel, der bislang der Abholzung entgangen war. Ansonsten wurde das Moor hauptsächlich von Espen, Birken und Erlen gesäumt, doch sah man auch einige große Eichen, die mehrere hundert Jahre auf dem Buckel haben mochten.

Über das Moor spannte sich eine frühlingshafte Decke leuchtender Grasbüschel. Die höchsten Bäume waren einige schlanke Birken, doch gab es zahlreiches Gestrüpp und Weiden sowie am Rand eine Ansammlung von Pestwurz. Zur Mitte hin sah man kleine Wasserflächen aufblitzen, die im Lauf des Sommers vermutlich austrocknen würden. Jetzt, bei Vogelgezwitscher und Sonnenschein, bot das unberührte und friedvolle Moor einen betörenden Anblick. Wenn man sich den Bagger und die Plastikbänder wegdachte, hätte es sich um eine Landschaft aus grauer Vorzeit handeln können. So musste sie bereits ausgesehen haben, als die inzwischen einfüßige Person, die unter den Grasbüscheln verborgen lag, hier herumgestreift war. Ob Mann oder Frau – hier hatte sich ihr Schicksal besiegelt. Vielleicht war das Moos damals noch ein Weiher und der Hof noch nicht mal geplant gewesen. War die Person ertrunken? Oder hatte sie ein Messer in den Rücken bekommen? Falls es Mord gewesen war, hatte man den Körper sicher an einem Pfahl befestigt, damit er nicht nach oben trieb.

Mit diesem Gedanken war er eingeschlafen.

Jetzt hörte er eine Autotür schlagen und rüttelte Bergh an den Schultern. »Wach auf! Es geht an die Arbeit.«

Bergh setzte sich mit einer Miene auf, als sei diese Aufforderung vollkommen überflüssig. »Ich hab nicht geschlafen«, sagte er.

»Nein, natürlich nicht«, entgegnete Wagnhärad und imitierte Berghs Schnarchen mit täuschender Echtheit. »Sie ist gerade angekommen, also sollten wir uns wohl zu ihr bequemen.«

Sie hatten sich noch nicht aufgerappelt, da kam sie auch schon um die Ecke gesaust. Ihr dichtauf folgte der Rest der Gesellschaft, der sich der Tischler, der am Haus beschäftigt gewesen war, mittlerweile angeschlossen hatte. Sie sah aus wie immer, rundlich und klein gewachsen. Außerdem schleppte sie schon wieder diese riesige Aktentasche mit sich herum, von der er schon letztes Mal geglaubt hatte, sie sei mit Ziegelsteinen gefüllt. Eine fröhliche Vitalität ging von ihr aus.

»Da sind Sie ja! Und wir kennen uns doch«, sagte sie, indem sie auf Wagnhärad zeigte. »Ist schon ein paar Jahre her – erinnern Sie sich? Diese Grimsboda-Geschichte. Ihr Name kam mir gleich bekannt vor, als Sie angerufen haben, doch erst im Auto ist mir eingefallen, woher wir uns kennen. Sie müssen mir später noch mal erzählen, wie das alles abgelaufen ist. Sie haben ein bisschen in der Sonne gefaulenzt, wie ich sehe.« Sie hielt inne und betrachtete die Umgebung. »Tja, auch in den schönsten Gegenden ist man vor Überraschungen nicht gefeit. Wer ist denn der glückliche Eigentümer?«

»Das bin ich«, murmelte Olle Linder, ohne besonders glücklich auszusehen.

Sie tätschelte ihm mütterlich den Arm. »Wie schön für Sie«, sagte sie gedankenverloren. Es war schwer zu entscheiden, ob sie auf den Besitz des Hofes anspielte oder darauf, dass sie auf seinem Grund womöglich eine Moorleiche gefunden hatten.

»Wie ich sehe, haben Sie sich genau richtig verhalten«, sagte sie lobend, ohne jemand Bestimmten anzusprechen. »Es ist immer schön, informiert zu werden, ehe die Leute selbst anfangen zu graben und den Fund dabei zerstören. Aber natürlich werfe ich erst mal einen Blick darauf, um mich zu vergewissern, ob es sich um einen Fund von Interesse handeln könnte.«

»Sie meinen, solche Leichen sind in dieser Gegend nichts Ungewöhnliches?«, fragte Rune Nordström mit einem charmantem Lächeln hinter dem Qualm seiner Zigarette.

»Ich spreche von Funden im Allgemeinen. Die Bevölkerung ist mir oft eine große Hilfe.«

»Es war ein Fuß, den ich entdeckt habe.«

»Jaja, natürlich können Sie nichts finden, wenn Sie nicht ein wenig graben.«

Wagnhärad erbot sich, ihre Aktentasche zu tragen, die sie ihm willig überließ, ehe sie auf den Bagger zustrebte. Er trottete hinter den anderen her, erneut bestärkt in der Vermutung, dass die Tasche Ziegelsteine enthielt.

Birgit Sjögren war zweifellos eine selbstsichere und liebenswerte Frau, was ihm schon bei ihrer letzten Begegnung aufgefallen war. Ihr Alter mochte sich irgendwo zwischen fünfzig und sechzig bewegen, und sie war, wie gesagt, recht korpulent. In städtischem Milieu würde man ihr sicher Gewichtsprobleme attestieren. Doch niemand, der sie in diesem Augenblick sah, wäre auf einen ähnlichen Gedanken gekommen. In Gummistiefeln, verschlissenen, ausgebeulten Jeans und einem Karohemd, das ihr bis zu den Knien reichte, sprang sie behände den kleinen Abhang hinunter. Ihre kurz geschnittenen blonden Haare waren von grauen Strähnen durchsetzt, die in der Nachmittagssonne leuchteten.

Er folgte ihr über die Grasbüschel, während die anderen auf festem Boden blieben und respektvoll auf das Urteil der Expertin warteten. Ehe sie den Bagger näher in Augenschein nahm, zog sie eine Brille aus ihrer Brusttasche und setzte sie auf. Wagnhärad sah ihr gespannt zu und fürchtete, seine spontane Vermutung könne sich als Fehleinschätzung erweisen. Sie beugte sich hinab und betrachtete den Fuß eine Weile, ehe sie ihn vorsichtig berührte. Ihrem Gesichtsausdruck konnte er nichts entnehmen. Schließlich drehte sie den Fuß um, untersuchte dessen Sohle und nickte.

»Mit allem Vorbehalt würde ich auf spätes Mittelalter tippen«, sagte sie. »Vielleicht vierzehntes Jahrhundert. Der Fuß und der Schuh sind in verhältnismäßig gutem Zustand.« Sie blickte in den ausgehobenen Graben, ging in die Hocke, nahm eine Hand voll der matschigen Erde, betrachtete sie nachdenklich und ließ ihren Blick über die Umgebung schweifen. »Gut, dass hier so viele Eichen wachsen«, sagte sie. »Deshalb ist viel Gerbsäure im Boden. Die hat eine konservierende Wirkung, also dürfen wir hoffen, dass der Rest der Kleidung ähnlich gut erhalten ist.« Sie wischte sich die Hände an einem Grasbüschel ab und streckte den Arm nach ihrer Aktentasche aus. »Ich werde zunächst ein paar Fotos machen. Den Fund werde ich mir in der Stadt genauer anschauen.« Sie zog eine Kamera aus ihrer prall gefüllten Tasche, nahm mit Wagnhärads Hilfe verschiedene Positionen rund um den Bagger ein und machte eine Reihe von Fotos aus den unterschiedlichsten Perspektiven. Danach legte sie den Fuß behutsam in eine Plastiktüte, die sie zuvor beschriftet hatte.

»Was Sie nicht sagen, vierzehntes Jahrhundert ...«, schaltete sich Nordström ein, nachdem sie alle wieder beisammenstanden. »Das ist ja ein ganz schönes Alter. Handelt es sich eigentlich um einen Mann oder eine Frau?«

»Das kann ich zu diesem Zeitpunkt noch nicht sagen«, antwortete Birgit Sjögren. »Auch das Alter ist noch ungewiss«, fügte sie hinzu. »Vierzehntes Jahrhundert wäre für eine Moorleiche unter archäologischen Gesichtspunkten allerdings ein ziemlich junger Fund.«

»Wie merkwürdig, dass ich gar nicht an diesen Vogt gedacht habe«, fuhr Nordström nachdenklich fort. »Aber der ist wohl noch etwas jünger.«

»Was für ein Vogt?«, fragte Wagnhärad.

»Ach, eine historische Figur aus dem siebzehnten Jahrhundert, die einst erschlagen und irgendwo hier der Gegend begraben wurde. In meiner Kindheit spukte er auch herum.«

»Ach der«, mischte sich Tischler Augustsson in das Gespräch. »Aber erschlagen wurde er nicht. Sie waren hinter dem Geld her, das er armen Bauern und reichen Herrschaften abgeknöpft hatte. Auf seiner Flucht ist er dann hier ins Wasser gegangen. Das ist zumindest die Version, die ich kenne. Zu jener Zeit befand sich hier ein tiefer Teich, und das Geld hat er natürlich mit sich genommen.«

»Ich habe immer gehört, dass er erschlagen und an einen Pfahl gebunden wurde, damit er nicht nach oben trieb«, beharrte Nordström auf seiner Version, als würden sie über das Leben eines gemeinsamen Bekannten streiten. »Aber es hat nichts genützt. Wenn der Mond nicht schien, kam er herauf und suchte nach seiner Geldtruhe.«

Birgit Sjögren lachte. »Mit dem Vogt wird es sich verhalten wie mit allen anderen Sagengestalten auch. Auf dem Land wimmelt es ja nur so von ihnen.«

»Aber das ist keine Sagengestalt«, widersprach Augustsson. »Es gibt viele, die ihn gesehen haben.«

»Und ebenso viele, die nach seiner Schatzkiste gesucht haben«, ergänzte Nordström. »Eine große Eichentruhe war das, voll gestopft mit Gold.«

»Na, dann hoffe ich aber, dass die Leute das Suchen inzwischen aufgegeben haben«, murmelte Olle Linder.

»Ja, heute kann sich doch niemand mehr daran erinnern«, versicherte Nordström.

»Also ich wage zu behaupten, dass es sich keinesfalls um einen Vogt aus dem siebzehnten Jahrhundert handelt«, sagte Birgit Sjögren. »Der soll nur weiter in Frieden ruhen. Solche Schuhe hat es zu seiner Zeit nicht gegeben.«

Die Geschichte des spukenden Vogts und seiner verlorenen Schatzkiste ließen Joakims Augen aufleuchten. »Sie hätten doch einen Metalldetektor benutzen können«, sagte er eifrig.

»Die waren damals noch nicht erfunden«, entgegnete Nordström.

»Aber jetzt könnten wir das doch versuchen.«

Er schaute Birgit Sjögren auffordernd an, die bedauernd den Kopf schüttelte. »Ich fürchte, für ein solches Projekt würde ich keine Genehmigung kriegen«, sagte sie.

Olle Linder rief ihnen die Probleme der Gegenwart ins Gedächtnis. »Was passiert jetzt mit den angefangenen Grabungsarbeiten?« Er nickte in Richtung Bagger. »Wir müssten die Sache so bald es geht zum Abschluss bringen. Es gibt noch viele andere Dinge, die unbedingt vor Winterbeginn erledigt werden müssen.«

»Das ist schwer zu sagen«, antwortete Birgit Sjögren zögerlich. »Vieles deutet ja darauf hin, dass es sich um einen Einzelfund handelt. Eventuelle

Gegenstände müssten sich in der Nähe des Körpers befinden. In diesem Fall könnten wir die Untersuchungen in zirka drei Wochen abgeschlossen haben. Aber es lässt sich natürlich nicht ausschließen, dass man anderes Material entdeckt, das eine Ausweitung der Grabung ratsam erscheinen lässt. Leider kann ich im Augenblick nicht einmal sagen, wann mit den Arbeiten begonnen werden kann. Ich würde diesen Fall gern näher untersuchen, aber meine Ressourcen sind zurzeit sehr begrenzt. Eine Grabungsgenehmigung zu bekommen ist immer ein hartes Stück Arbeit, und die Etatkürzungen, die bereits vorgenommen wurden, machen die Sache nicht einfacher. Ich wünschte, ich könnte Ihnen noch heute definitiv Bescheid geben. Doch ich fürchte, das wird sich unter Umständen noch eine ganze Weile hinziehen.«

Sie schlug die Augen nieder und lächelte ihn dann entschuldigend an. »Geben Sie mir ein paar Tage Zeit. Dann wird mir schon was einfallen, wie sich alles zur größtmöglichen Zufriedenheit aller Parteien regeln lässt.«

»Ich habe wohl keine andere Wahl«, sagte er besänftigt. Und als hätte er plötzlich begriffen, dass die Sache auch eine angenehme Seite haben konnte, fügte er hinzu: »Das kann ja auch ganz spannend werden.«

Nordström fühlte sich veranlasst, erneut an seinen Bagger zu erinnern.

»Den können Sie vorsichtig von hier entfernen«, sagte Birgit Sjögren. »Aber wenn alles so läuft, wie ich mir das vorstelle, können wir ihn später noch gut gebrauchen. Vielleicht müssen wir einen Graben um den Fundort herum ausheben.«

»Geben Sie mir einfach Bescheid. Dann komme ich und mache das«, entgegnete er.

Als Birgit Sjögren ihren Fund auf den Beifahrersitz gelegt hatte und gerade in ihr Auto steigen wollte, hielt sie einen Moment inne: »Eines habe ich noch vergessen«, sagte sie. »Ich wäre Ihnen allen dankbar, wenn Sie die Angelegenheit bis auf weiteres mit Diskretion behandeln könnten. Es wäre nicht gut, wenn die Zeitungsleser sich bereits für den Fundort interessierten, bevor wir unsere Arbeit aufgenommen haben.«

23 FREITAG, 4. JULI

Nachdem er sich rasiert und sein Gesicht über dem winzigen Becken rasch gewaschen hatte, war Max' Morgentoilette beendet. Er zog das letzte saubere Hemd an, knöpfte es bis zum Hals zu und postierte sich dann vor das gerahmte Farbfoto seiner verstorbenen Frau.

Fast vierzig Jahre lang hatte er jeden Morgen vor ihr Aufstellung genommen, damit sie sein tadelloses Äußeres bestätigen konnte. Ihr Tod im vergangenen Jahr hatte an diesem Ritual nichts geändert. Inzwischen hatte sie nur noch selten etwas an seiner Kleidung auszusetzen, doch hin und wieder spürte er einen gewissen Einwand. So wie heute. Er wusste, was das leichte Heben ihrer Augenbrauen zu bedeuten hatte. Sie mochte es nicht, wenn er keine Krawatte trug. Doch er wollte sich jetzt auf keine Diskussionen einlassen. Für einen Schlips war es einfach zu warm, das musste sie doch verstehen.

Sein Frühstück war dürftig: Pulverkaffee sowie zwei labbrige Scheiben Brot mit Butter, die bereits ein wenig ranzig war, weil er keinen Kühlschrank besaß. Doch es spielte keine Rolle, was er in sich hineinstopfte – er war mit seinen Gedanken ohnehin woanders.

Die Wirklichkeit, die er meist bevorzugte, barg vor allem Orte und Dinge aus der Vergangenheit. Von wenigen Ausnahmen abgesehen, war sie mit Menschen bevölkert, die längst gestorben waren. Auch war sie viel überzeugender als die lärmende Gegenwart, an der er immer weniger Anteil nahm.

Seine Wirtinnen hegten dafür volles Verständnis. Sie selbst waren irgendwann in den sechziger Jahren stehen geblieben und lebten ein stilles, zurückgewandtes Leben im Obergeschoss ihres Hauses, in glücklicher Gleichgültigkeit gegenüber den Unannehmlichkeiten der Gegenwart. Ihm war das recht. Sie waren gesprächig genug, um aufkeimende Gefühle der Einsamkeit zu vertreiben, doch würden sie nie auf die Idee kommen, ihn zu belästigen. So wie sie selbst nicht belästigt werden wollten.

Max hielt viel von seinem Halbbruder Birger und dessen Familie, doch war ihm ihr ständiges Bedürfnis nach seiner Gesellschaft einfach zu viel geworden. Deshalb war er sehr zufrieden mit seinem neuen Zuhause und genoss seine wiedergewonnene Freiheit.

Gestern hatte er sich ein Auto gemietet. Einen blauen Toyota. Oder hatte er das nicht? Er musste sich vergewissern, ob die Schlüssel wirklich auf der Kommode lagen. Da lagen sie. Die Wirklichkeit hatte die Angewohnheit, viele Dinge ineinander fließen zu lassen, und es war nicht immer leicht, sie wieder voneinander zu trennen. Wo er das Auto abgestellt hatte, wusste er nicht mehr. Aber irgendwo würde er es schon finden.

Nachdem er das Frühstück glücklich hinter sich gebracht hatte, zog er sein Jackett an und ließ den Blick durch den Raum schweifen. Der Anblick des ungemachten Betts störte seinen tief verwurzelten Ordnungssinn. Er schüttelte das Kissen auf und zog die Decke über die Matratze. Dann ging er hinaus und suchte nach dem Auto. Es stand drei Häuserblocks weiter, und kurz darauf befand er sich schon auf dem Weg aus der Stadt hinaus.

Er wusste, wohin er wollte, war sich aber nicht sicher, was geschehen würde, wenn er da war. Es blieb ihm nichts anderes übrig, als seiner Intuition zu vertrauen. Vor allem machte ihm ein launischer innerer Zwang zu schaffen, der Zwang, sich zu erinnern.

Sonderbare, peinigende Gedanken drängten sich ihm in letzter Zeit auf. Zum Beispiel die Frage, was sein langes Leben für einen Sinn gehabt hatte. Wozu das eigentlich alles gut gewesen sein sollte. Fragen, die sich früher gar nicht gestellt hatten, weil er unentwegt von stürmischen, bedrohlichen Ereignissen weitergetrieben worden war. Stets hatte er all seine Kraft darauf verwandt, dem drohenden Unheil ein Schnippchen zu schlagen. Die Frage nach dem Warum hätte ihn nur behindert.

Doch jetzt, da er sich bereits auf der Zielgeraden befand und bald selbst dem großen Vergessen anheim fallen würde, musste er Gewissheit haben – und wenn es das Letzte war, das er im Leben erlangte.

Da er sich seinem Ziel von Norden her näherte, führte ihn sein Weg über Märringe. Den Ort, der das Glück oder Unglück hatte, ein vergessenes Kaff zu werden, seit die Straße nach Christiansholm umgeleitet worden war. Die Kirche erkannte er sofort wieder. Neben der niedrigen Friedhofsmauer hielt er an und warf einen Blick auf die Grabsteine. Dort lagen sie alle miteinander. Außer Anna. Doch irgendwo lag auch sie, und er würde den Ort herausfinden. Das war er ihr schuldig. Er ließ die Kupplung kommen und fuhr aus dem Ort hinaus.

Ungefähr in der Mitte zwischen Märringe und Hylleröd parkte er am Rand eines dunklen, hohen Fichtenwalds. Er schloss das Auto ab und eilte am Waldrand entlang, bis er eine geeignete Stelle fand, um in den Wald hineinzugehen. Die Stille legte sich wie eine kalte Decke um seine Schultern. Er stapfte in Richtung Süden und arbeitete sich langsam vorwärts.

Als die Fichten ein Ende nahmen, befand er sich mit einem Mal unter einem sonnendurchfluteten Blätterdach. Hier war es wärmer, die Landschaft hügelig und unübersichtlich. In seine abgestumpfte Stadtnase stiegen wohl bekannte Düfte, süß und schwer. Er legte den Kopf in den Nacken, um den Stand der Sonne zu bestimmen. Daraufhin korrigierte er leicht seinen Kurs, wenngleich er weiterhin ein wenig unsicher war, was den richtigen Weg betraf.

Plötzlich wusste er, wo er war. Er stand vor einem mannshohen dreieckigen Steinhaufen. Große moosbewachsene Steinblöcke, die einen Winkel bildeten, an dem sich zwei Steinmauern begegneten. Die Mauern selbst waren in der Erde versunken. Doch der Winkel, an dem sie sich trafen, ragte auf wie der Steven eines Schiffes, das von einem grünen Meer von Brennnesseln und Walderdbeeren umgeben war. So hatte es vor einem halben Jahrhundert ausgesehen, und so sah es immer noch aus. Der Anblick ließ ihn schaudern.

Hinter den Mauern befand sich Röshults Grundbesitz, der einen Keil in den Wald trieb. Früher hatte es einen Trampelpfad gegeben, der bis zu den aufgetürmten Steinen führte, gleichsam eine Abkürzung nach Hylleröd. Von ihm war nichts mehr zu sehen, aber damals hatte noch niemand an das Fichtenwäldchen gedacht.

Er kletterte über die eingesunkene Mauer, bewältigte eine jähe Steigung und gelangte schließlich an einen Punkt, von dem aus er durch ein Gewirr von Zweigen hindurch den alten Hof sehen konnte. Von seinem Platz aus befand sich der Hof auf einer Anhöhe. Dazwischen erstreckten sich lichter Wald und überwuchertes Weideland.

Dort oben waren Leute zu sehen. Er hörte Stimmen und sah einen blauen Kombi vor der Toreinfahrt stehen. Hin und wieder heulte eine Motorsäge auf. Hier konnte er alles beobachten, ohne selbst gesehen zu werden. Konnte in Ruhe den richtigen Augenblick abwarten. Die Nähe des Hofs löste eine Flut von Erinnerungen aus. Eine alte, wohl bekannte Furcht überfiel ihn. Er atmete schwer. Der Geist des Vaters war hier deutlich zu spüren.

Nach einer Weile entdeckte er noch einen besseren Beobachtungsplatz. Einen flachen Stein zwischen zwei Buchen, wie gemacht, um darauf zu sitzen.

Ungefähr an dieser Stelle hatte er oft gestanden und den Hof betrachtet, hatte ein starkes Zugehörigkeitsgefühl zu allem empfunden, das mit ihm in Verbindung stand. Nicht nur zu Menschen und Tieren. Auch zu den Steinen und Bäumen. Sogar die Erde war schließlich dem unbeugsamen Willen des Vaters unterworfen, so wie er selbst. Immer noch raschelten und murmelten die Baumkronen in der Höhe, sanft und tröstlich. Fast einschläfernd.

Er dachte an Anna. Warum war sie nur immer weggelaufen? Was hatte sie damit erreichen wollen? Sie hatte allen nur Unannehmlichkeiten bereitet und jedes Mal für einen Riesenwirbel gesorgt. Der Vater hatte ihre Grübelei sogar mit erstaunlicher Geduld ertragen. Und häufig musste er gerade im Frühling, wenn er am meisten zu tun hatte, eine große Suchaktion nach ihr einleiten. Küchenmädchen hatte sie auch keine haben wollen. Doch alles ging irgendwie weiter, selbst wenn sie weggelaufen war. Immer gab es irgendwelche Frauen in der Nachbarschaft, die einsprangen, bis sie wieder Vernunft angenommen hatte. Alle gewöhnten sich mit der Zeit daran.

Er sah sie jetzt deutlich vor sich. Ihre dunklen, geraden Brauen über den blauen Augen. Der Blick schwermütig und fern, die Wangen bleich. Der verschlossene Mund lächelte oft, lachte jedoch nie. Die Leute hatten ein wenig Angst vor ihr. Sie war stets mit irgendetwas beschäftigt, obwohl er sich jetzt an dieses eine Mal erinnerte, als sie mit leeren Händen dasaß.

Schließlich war Henning die Schwierigkeiten leid gewesen und hatte ein Mädchen aus der Gegend angestellt, das ihr im Haushalt zur Hand gehen sollte. So war Gertrud wie ein Wirbelwind über Röshult gekommen. Max war damals zwölf und wie alle anderen hin und weg gewesen. Um das rothaarige Mädchen hatte es Funken geschlagen.

Am Anfang war sie sicher noch nicht von großem Nutzen gewesen. Sie war erst sechzehn, ein verwöhntes Kind, das direkt von zu Hause kam. Doch sie war auch gescheit und lernte schnell. Er lief stets hinter ihr her, weil sie ihn gut behandelte, und wo sie war, war immer was los. Das Leben auf dem Hof hatte eine neue Leichtigkeit bekommen.

Sogar der Vater bekam eine sanftere Stimme, wenn er das junge Mädchen ansprach. Das imponierte Max enorm. Er hatte sich damals keine Gedanken gemacht, was wohl Anna von Gertrud halten mochte. Vermutlich war er davon ausgegangen, dass sie genauso vernarrt in sie war wie alle anderen. Wann hatte sie begriffen, worauf das alles hinauslaufen würde?

Er selbst hatte nicht bemerkt, was sich vor seinen Augen abspielte. Nicht bis zu dem Tag, an dem Anna mit dem großen Tranchiermesser auf Gertrud losgegangen war. Doch zu diesem Zeitpunkt hatte die kleine Hexe schon einen ziemlich großen Bauch gehabt. Aber was spielte es schon für eine Rolle, was er gesehen hatte? Nichts würde sich dadurch ändern.

Damals war Henning vermutlich gerade noch rechtzeitig gekommen, um seinen ungeborenen Sohn zu retten, denn Annas bleiche Miene hatte sehr entschlossen ausgesehen.

Es war ein Tag im späten Winter gewesen. Er war aus der Schule heimgekommen und hatte am Kopfende des langen Esstischs eine kleine Mahlzeit zu sich genommen: Milchsuppe und Butterbrot. Anna und Gertrud waren ebenfalls in der Küche und redeten miteinander, doch er hörte nicht zu. Nicht bevor sie die Stimmen hoben. Gertruds Stimme war schrill und erregt, die von Anna verächtlich und kalt. Verwundert blickte er auf. Sie standen dicht beieinander. Annas Lippen waren blaß geworden. Sie packte Gertrud an der Kehle und zog sie rasch zu einem der Schrankbetten. Auf dem Weg dorthin schnappte sie sich das große Tranchiermesser von der Anrichte, bevor sie Gertrud auf das Bett warf. Dann setzte sie die Messerspitze auf Gertruds Bauch. Aus Gertruds Kehle kam ein röchelndes, ersticktes Pfeifen. Ihre Augen waren vor Schreck weit aufgerissen.

Als er aufsprang, warf er den Stuhl um und wich so weit zurück, bis er gegen den Eckschrank prallte. Gewaltsame Szenen hatte er schon früher erlebt, doch bis jetzt war immer der Vater dafür verantwortlich gewesen. Er würde nie erfahren, was passiert wäre, wenn nicht sein Vater in diesem Moment in die Küche gekommen wäre. Mit wenigen Schritten war er beim Bett und riss Anna zurück, die sofort das Messer auf den Boden fallen ließ. Gertrud begann zu heulen, doch niemand tröstete sie. Henning stand mit geballten Fäusten und hochrotem Gesicht vor Anna.

»Jetzt bist du zu weit gegangen!«, schrie er.

Doch Anna schien unbeeindruckt. Sie warf stolz den Kopf in den Nacken und entgegnete ruhig: »Ich wollte ihr nichts antun, sondern nur sehen, ob sie vielleicht vor irgendetwas Angst hat.«

Dann verließ sie die Küche.

Max schlich hinter ihr die Treppe hinauf und fand sie im östlichen Giebelzimmer. Dort saß sie auf der großen Kleidertruhe vor dem Fenster und betrachtete die nasskalte Landschaft. Dieses eine Mal lagen die Hände beschäftigungslos in ihrem Schoß. An der äußersten Kante der Kiste ließ er sich auf den Boden sinken.

Lange saßen sie schweigend da, und schon in diesem Moment hatte er geahnt, dass ein Unglück bevorstand. Die Worte des Vaters hatten ihn erschreckt. Natürlich hatte er verstanden, dass Anna zu weit gegangen war. Sie hatte mit einer unergründlichen Regel gebrochen, was ernste Konsequenzen haben würde. Vielleicht für sie beide. Mit Verwunderung hatte er auch an Gertruds großen Bauch gedacht, den er bis dahin gar nicht wahrgenommen hatte. Er ahnte, dass auch dieser zu einer ernsthaften Bedrohung werden konnte.

Schließlich betrachtete er das verschlossene Profil seiner Mutter. »Schickt er uns jetzt weg?«, fragte er.

Sie drehte sich ruckartig um, als hätte sie erst jetzt seine Gegenwart bemerkt. »Was redest du denn da für einen Unsinn!«, rief sie aus. »Warum sollte er das tun?« Und in trotzigem Tonfall fügte sie hinzu: »Das soll er nur wagen ...«

Diese Worte verstärkten seine Angst. Er glaubte besser zu wissen als sie, was der Vater alles wagte. Doch er sagte nichts mehr, und nach einer Weile strich sie ihm über den Kopf. Später am Abend hatten sie erneut miteinander gesprochen, doch konnte er sich nicht mehr erinnern, worüber.

Max stützte den Kopf in die Hände und schloss die Augen. Was Anna betraf, kam er nicht weiter. Es war wie eine Nebelwand, die seine Gedanken nicht durchdringen konnten. Hinter dieser Wand befand sich ein roter Schmerz. Eigentlich saß er nahe hinter den Rippen, ein zusammengeballter Schrecken, der sich in der Nähe des Herzens verkapselt hatte. Johan hatte er bereits freigegeben, und er dachte, damit sei es gut, doch schien er weitere Geheimnisse zu bergen.

Er konnte sich an die Suchaktion erinnern, doch wusste er nicht mehr, was er empfunden oder gedacht hatte – nur die Gewissheit, dass sie niemals zurückkehren würde. Schon während der Suche hatte er begonnen, sie zu vergessen – um zu überleben.

Irgendwann im Frühling, nachdem die Suche eingestellt worden war, befahl ihm sein Vater, seinen Bruder willkommen zu heißen. Gertrud lag in

Annas Bett und hielt das Neugeborene im Arm. Sie strahlte und zwitscherte. Ihre Augen glänzten.

»Du hast ein Brüderchen bekommen«, sagte sie. »Er heißt Leif, und du musst sehr lieb zu ihm sein.«

Er schaute das Kind gleichgültig an. Er hatte nur Augen für die rosige junge Frau, die zwischen den spitzenbesetzten Kissen lag. Auf ihre Bitte hin holte er ein Kartenspiel, dann spielten sie auf ihrer Bettdecke.

Er hätte eine schlimmere Stiefmutter bekommen können. Sie war nur vier Jahre älter als er selbst und kaum den Kinderschuhen entwachsen. Zwischen ihnen bestand ein natürliches Verständnis, und oft hatte sie ihn vor dem Zorn des Vaters in Schutz genommen.

Im Haushalt brachte sie in den ersten Jahren nicht viel zustande. An einem Tag spielte sie die vornehme Dame des Hauses, am anderen Tag vergaß sie völlig, dass die anderen etwas zu essen brauchten. Dennoch war sie eine bessere Frau für Henning als Anna. Sie blieb wenigstens zu Hause. Max hatte sie sehr gemocht. Sie hatten ihre unschuldigen Geheimnisse, doch nahm ihre Freundschaft ein jähes Ende. Daran wollte er jetzt nicht denken. Er war schließlich hierher gekommen, um sich an Anna zu erinnern.

Er kehrte in die Gegenwart zurück und lauschte. Stand auf und bog ein paar Zweige zur Seite. Der blaue Kombi schaukelte langsam den Weg hinunter. Kurz darauf traten ein Mann und ein Junge aus der Toreinfahrt. Das waren sicher dieser Jurist und sein Sohn, die auf dem Weg zum Sommerhaus waren, um zu Mittag zu essen. Sobald sie außer Sichtweite waren, trat er unter dem schützenden Blätterdach hervor und schlenderte gemächlich dem Hof entgegen.

Er war bis auf dreißig Meter an die Ställe herangekommen, als er auf der Westseite des Hofes, in der Nähe der Kälberweide, etwas Merkwürdiges erblickte: ein paar blauweiße Bänder, die im Wind flatterten. Er ging weiter den Abhang hinunter. Die Bänder grenzten ein kleines Gebiet des Sumpfgebiets ab. Als er näher kam, sah er, dass sie beschriftet waren, und als er noch ein paar Schritte machte, konnte er auch den Text lesen.

24 DERSELBE TAG

Olle und Joakim waren zum Essen ins Sommerhaus gegangen, doch Kajsa blieb noch auf dem Hof, um hinter Augustsson herzuräumen. Das war ein wiederkehrendes Vergnügen, da die Berge von Säge- und Hobelspänen ein sichtbarer Beweis dafür waren, dass es vorwärts ging. Vor allem war sie jedoch geblieben, um die Einsamkeit zu genießen und sich ungestört ihren Fantasien hinzugeben, was sich aus diesem Chaos noch entwickeln würde.

Als sie fertig war und das Vorhängeschloss wieder an seinen Platz gehängt hatte, hörte sie einen unerwarteten Laut und fuhr herum.

Im Schatten der Toreinfahrt stand ein groß gewachsener Mann und starrte sie an.

Im ersten Moment fand sie seine Erscheinung bedrohlich, doch als er ins grelle Sonnenlicht trat, machte er einen harmlosen Eindruck. Dennoch war sie auf der Hut. Er war zwar schon fortgeschrittenen Alters, was jedoch keine Garantie für fromme Absichten war.

»Ich wusste nicht, dass jemand hier ist«, sagte er mit merkwürdig schleppendem Akzent.

Da diese Äußerung seine Gegenwart keinesfalls erklärte, schwieg sie abwartend.

»Gar nicht so einfach, sich zurechtzufinden.«

»So?«

»Dort hinten in der Kammer hinter der Küche bin ich zur Welt gekommen.« Er deutete auf den westlichen Giebel des Wohngebäudes.

Seine Worte und sein leichter Akzent setzten bei ihr eine Assoziationskette in Gang. »Dann müssen Sie … Leifs Halbbruder sein«, rief sie aus und fühlte sich sofort beruhigt. »Mein Mann ist Ihnen vor ein paar Monaten in Malmö begegnet.«

Sie ging zu ihm und gab ihm die Hand. Er umschloss ihre Finger mit seiner enormen Pranke, und sie hatte das Gefühl, ein Riese türme sich vor ihr auf. Alles war groß an ihm, das Gesicht, die Nase, die Ohren. Ihr Blick wanderte über seine Kleider, die von einer eingehenderen Begegnung mit dem Wald zeugten. An seinem Jackett befanden sich Reste von Moos und getrocknetem Gras, seine Hose war nass bis unter die Knie. Moos befand sich sogar in seinen dichten grauen Haaren. Andererseits sah er weder wild noch gefährlich aus, nur unleugbar ein wenig merkwürdig.

»Sie wollen sich bestimmt ein wenig umsehen«, fügte sie unsicher hinzu.

»Gern, aber ... ich möchte nicht stören.«

»Aber Sie stören doch nicht. Hier sieht es zurzeit allerdings ziemlich chaotisch aus. Wir sind mitten im Renovieren.«

Seine blassblauen Augen irrten nervös über den voll gestopften Hofplatz. »Eigentlich suche ich nach meiner Mutter«, sagte er.

In Anbetracht seines Alters war das eine überraschende, vielleicht gar ein wenig beunruhigende Aussage.

»Ist sie denn verschwunden?«, fragte sie.

»Ich habe Stücke von ihr entdeckt ...«, er berichtigte sofort seine Wortwahl, »Spuren, meine ich. Die Erinnerung ... Ich hatte sie ganz vergessen.«

Sie begriff, dass es sich hier nicht um einen alltäglichen Smalltalk handelte. Diesem Mann schien etwas auf der Seele zu lasten. Vielleicht war er auch ein wenig versponnen. Sein Gesichtsausdruck zeugte von einem fast tranceartigen Zustand. Doch ihre Neugier war geweckt.

»Dann sollten Sie sich unbedingt umsehen«, sagte sie liebenswürdig. »Hier muss es viele Erinnerungen für Sie geben.«

Doch er rührte sich nicht vom Fleck; eine starke Anspannung ging von ihm aus. Irgendetwas wollte er loswerden.

»Was haben sie da drüben gefunden?«, fragte er und wies mit dem Daumen über die Schulter.

»Bitte?«

»Ich habe die polizeiliche Absperrung gesehen.«

»Ach, die da unten beim Moor?«, fragte sie, als gäbe es verschiedene zur Auswahl.

»Haben sie eine ... Leiche gefunden?«

»Ja ... sieht so aus.« Sie dachte an den Fuß, von dem Joakim so begeistert erzählt hatte. »Vermutlich ein sehr alter Fund ... aus dem Mittelalter. Mein Mann und Rune Nordström haben ihn bei Grabungsarbeiten entdeckt. In ein paar Tagen werden hier Archäologen mit ihrer Grabung beginnen.«

»Aus dem Mittelalter? Woher wollen Sie das wissen?«

»Ich kann das natürlich nicht beurteilen. Aber die Archäologin, die hier war, meinte, dass der Fund so alt sein müsste.«

Plötzlich wechselte er unbeschwert das Thema. »Ich habe gesehen, dass Sie das Dach erneuern. Mein Vater hatte es unmittelbar nach dem Krieg mit Ziegeln gedeckt. In meiner Kindheit hatte das Wohngebäude noch ein Strohdach. Auf der Scheune und dem Kuhstall hatten wir Schindeln.«

Kajsa äußerte etwas Allgemeines über den Charme von Reetdächern. Doch er machte einen weiteren Zeitsprung.

»Mein Urgroßvater hat diesen Hof gekauft. Er kam aus Dänemark ...«

»Ihr Urgroßvater?«, fragte sie interessiert. »Das muss wohl irgendwann im neunzehnten Jahrhundert gewesen sein.«

»Ja, mein Großvater wurde 1868 geboren, das weiß ich.«

»Können Sie sich noch an ihn erinnern?«

»Er starb, als ich zehn Jahre alt war.«

»In ihrer Kindheit muss das hier alles noch vollkommen anders ausgesehen haben«, sagte sie eifrig. »Voll von Menschen und Tieren. Wir haben uns oft gefragt, welche Geschichte der Hof haben mag. Ich würde gern mehr darüber erfahren.«

Doch er hatte offensichtlich die Lust an diesem Thema verloren. Sein Blick war verschleiert.

»Wie merkwürdig – in all den Jahren in den Staaten habe ich nie an sie gedacht ...«

»An wen?«

»Anna, meine Mutter.«

»Nie?«

»Als hätte es sie nie gegeben. Ich weiß nicht mal mehr, wie sie ausgesehen hat. Obwohl ich ein Foto von ihr besaß. Aber so kann sie nicht ausgesehen haben. An ihre Stimme konnte ich mich auch nicht erinnern – doch jetzt ist sie wieder da. Sie ruft nach mir ... will, dass ich sie finde.«

Kajsa gab endgültig alle Versuche auf, so zu tun, als führten sie ein normales Gespräch. Sie waren offenbar nicht auf derselben Wellenlänge. Also bediente sie sich der Worte, die man oft sagt, wenn man nichts versteht.

»Ich verstehe.«

»Manchmal ist sie weggelaufen«, sagte er. »Doch ansonsten war alles in Ordnung mit ihr. Das letzte Mal haben wir dort oben auf dem Dachboden miteinander geredet.«

»Weggelaufen?« Sie hatte die unheimliche Vision einer verrückten Frau, die auf dem Dachboden eingesperrt worden war. »Hatte man sie eingesperrt?«

»Nein, damit hätte sie sich niemals abgefunden. Sie hatte doch einen großen Haushalt zu besorgen. Zeitweise hatte sie zehn Personen zu verköstigen, und dann webte sie auch noch für die Leute in der Umgebung.«

»Aha ...«

»Mein Großvater hat diesen Hof vorbildlich bewirtschaftet. Er war damals weithin bekannt. Die Tiere gediehen prächtig, und den Menschen ging es gut. Meine Großeltern waren gute Leute. Aber das hat ihnen nichts genützt. Alles nahm ein böses Ende.«

»Inwiefern?«

»Sie hatten zwei Söhne. Der Älteste von beiden, Einar, war ein abenteuerlustiger Kerl, der zur See fuhr. Also hat Henning den Hof übernommen.«

»Und Henning war Ihr Vater?«

»Ja.«

»Was nahm ein böses Ende?«

»Er war bösartig.«

»Ja?«

»Ich habe mich oft gefragt, was wohl passiert wäre, wenn Einar hier geblieben wäre und Anna geheiratet hätte, so wie eigentlich geplant. Dann wäre alles anders gekommen. Mich hätte es dann natürlich nicht gegeben, aber Anna hätte es sicherlich gut gehabt.«

»Aber ein wenig dankbar sind Sie doch wohl dafür, dass es anders kam, nicht wahr?«, sagte sie im Versuch, einen munteren Ton anzuschlagen.

»Ich weiß nicht ...«, entgegnete er düster.

Er schwieg und blickte auf das Kopfsteinpflaster. Im Grunde hatte er mit seinem nach innen gekehrten, unschuldigen Blick etwas Kindliches an sich.

»Die Mutter meines Vaters starb, als ich neunzehn war. Sie war eine liebe Frau und trauerte um Einar, als sei er gestorben. Das tat Anna auch. Da war es vielleicht kein Wunder, dass mein Vater mürrisch und bösartig wurde, denn alle liebten seinen Bruder. So war es anscheinend schon gewesen, als sie noch Kinder waren. Für Henning blieb da nicht viel Zuneigung übrig, auch wenn das natürlich nicht die ganze Erklärung ist.«

»Ist Einar denn nie zurückgekehrt?«

»Nein. Später ist er irgendwann in den Staaten gelandet. Ich habe ihn dort einmal getroffen. Er hatte viele sonderbare Berufe, seit er nicht mehr zur See gefahren war, und viele Frauen hatte er auch. Als ich ihn traf, hatte er eine Hundeschule in Hollywood, und vorher hatte er eine Schneiderei für Faschingskostüme und was weiß ich nicht alles ...«

Er hielt plötzlich inne, als bereue er seine Freimütigkeit. »Jetzt muss ich aber zurück in die Stadt«, sagte er.

»Dann können wir den Weg gemeinsam zurücklegen«, entgegnete Kajsa. »Ich wollte gerade nach Hause ... zu unserem Sommerhaus.«

»Tja, aber ich habe mein Auto an der alten Straße zwischen Märringe und Hylleröd stehen. Also muss ich wohl wieder durch den Wald.«

Sie gingen ein Stück zusammen den Weg entlang, und bevor er in den Wald abbog, fragte sie: »Wie kommt es, dass Ihre Eltern von hier fortzogen und den neuen Hof bauten?«

»Das war lange nachdem Anna verschwunden war«, entgegnete er.

»Meinen Sie, dass sie wirklich einfach verschwunden ist?«

»Das ist sie. Als ich zwölf war. Danach bekam ich Gertrud als Stiefmutter, und die mochte wohl nicht all die Erinnerungen an Anna in ihrem Haus.«

Er nickte ihr zum Abschied zu und kletterte über die erste Steinmauer.

Kajsa blieb stehen und sah ihm unschlüssig nach. Was für ein eigentümlicher Mann! Doch er hatte etwas an sich, das ihre Sympathie weckte. Und ihr Mitgefühl. Dass er ein wenig verwirrt war, daran bestand kein Zweifel.

»Sie können doch ein anderes Mal wiederkommen und sich etwas genauer umsehen!«, rief sie ihm hinterher.

Er blieb stehen und drehte sich um. »Ja«, rief er. »Ich muss nach ihr suchen ... Irgendwo hier muss sie zu finden sein.«

»Sie finden sie bestimmt«, rief sie aufmunternd.

»Nur wenn ich mich erinnere, wo sie vergraben wurde ...«

Im ersten Moment glaubte sie, sie habe sich verhört. »Vergraben ...?«

»Es wird Zeit, dass sie unter ihren Freunden Ruhe findet – drüben auf dem Friedhof«, fügte er hinzu und ging tiefer in den Wald hinein.

25 DIENSTAG, 8. JULI

»Warum haben Sie ausgerechnet hier gegraben?«, fragte der junge Mann, der ihr zuvor als Dan Björnbo, Doktorand der mittelalterlichen Archäologie an der Universität Lund, vorgestellt worden war.

Kajsa zeigte am ausgehobenen Graben entlang. »Wir wollten Rohre für die Erdwärmeheizung verlegen, und hier schien uns der geeignete Ort dafür zu sein.«

Er folgte mit den Augen ihrem Finger und pfiff anerkennend. »Das nenne ich einen Volltreffer«, sagte er.

»Ja, das kann man wohl sagen«, stimmte sie zu und beobachtete seinen Kampf mit einem widerspenstigen Fotostativ, das auf dem weichen Untergrund einfach nicht gerade stehen wollte. Da männliche Attraktivität sie niemals unberührt ließ, musterte sie auch den Doktoranden, der braun gebrannt und athletisch gebaut war und dessen Begeisterung so deutlich zum Ausdruck kam. Er trug lediglich Shorts und Sandalen und hatte einen Pferdeschwanz, der ihm über den Rücken hing.

Soeben war in zwei Autos auch das übrige archäologische Team eingetroffen, und Olle, der mal wieder woanders in Arbeit ertrank, hatte ihr und Joakim die Gastgeberrolle überlassen. Falls das überhaupt nötig war, denn sie schienen voll und ganz allein zurechtzukommen.

Die Bezirksarchäologin hatte lebhaft ihre Anstrengungen geschildert, die Zeit raubenden Prozeduren zu umgehen, die normalerweise erforderlich waren, um eine Grabungsgenehmigung zu erhalten. Nach einem Telefongespräch mit einem alten Kommilitonen in Lund, der inzwischen Professor war, hatte der ihr zwei seiner Studenten zur Verfügung gestellt. Der andere Student hieß Johannes und war unter ihrer Oberaufsicht gerade dabei, Gerätschaften zum Moor hinunterzuschleppen. Joakim, der als Hilfskraft angeheuert worden war, befand sich in einem Zustand der Glückseligkeit.

Außerdem sollte der Doktorand das Resultat der Grabung in einer Abhandlung festhalten, die ihm, gespickt mit gelehrten Analysen und Fußnoten, bei seinem Examen sicherlich zugute kommen würde. Und während Kajas Blick dem Kameraobjektiv folgte, das sich auf das Ende des Grabens richtete, wo Runes Bagger zum vorläufig letzten Mal gute Dienste leistete, fragte sie sich, ob es als Höhepunkt im Dasein einer Moorleiche gelten konnte, wenn sie dem Vergessen entrissen und Gegenstand einer Abhandlung wurde.

Der heutige Tag war genauso heiß und windstill wie der gestrige. Ein frischer Duft nach saftigem Gras und blühenden Kräutern schwebte über den Weiden. Das Moor strahlte einen idyllischen Frieden aus. Doch Kajsa fürchtete, dass der Schein trog.

Birgit Sjögren gesellte sich wieder an ihre Seite und nahm ihre unterbrochenen Erklärungen auf, doch Kajsa war mit ihren Gedanken woanders. Tatsächlich spukten ihr andere Leichen im Kopf herum.

»Sobald wir die äußere Vegetation beseitigt haben, gehen wir so weit in die Tiefe, dass wir die Lage des Körpers zweifelsfrei bestimmen können«, sagte sie. »Die Chance, weitere Gegenstände zu finden, ist weiter oben zwar minimal, aber natürlich müssen wir auch diese Erde untersuchen.«

Eine sechshundert Jahre alte Leiche war eine richtig spannende Angelegenheit. Eine fünfzigjährige Leiche hingegen ein Schock, vor allem, wenn sie der Nachbar vergraben hatte ...

»Gegenstände?«, fragte Kajsa zerstreut.

»Ja, es könnten sich zum Beispiel Gegenstände aus Metall in der Nähe befinden.«

Kajsa dachte an Pias Halskette. Aber die wollte sie nicht hergeben, noch nicht.

»Später suchen wir die Gegend dann mit einem Sonargerät ab«, erklärte Birgit Sjögren mit ausladender Geste.

»Womit?«, fragte Kajsa.

»Das funktioniert nach demselben Prinzip wie ein Echolot, mit dem man den Meeresgrund kartografieren kann«, erklärte sie. »Da wir jedoch in fester Materie suchen, und der Apparat leicht zu transportieren sein muss, ohne viel Energie zu benötigen, kommen wir damit nicht tiefer als fünf Meter.« Sie zog einen Flachmann aus der hinteren Hosentasche, goss sich ein wenig Wasser in die hohle Hand und erfrischte ihr erhitztes Gesicht. »Es kann immer ungefähr einen Quadratmeter am Stück untersuchen und die Tiefe jedes Steins und Metallgegenstands in diesem Gebiet registrieren. Damit wir nicht von einer Vielzahl kleiner Steine irritiert werden, können wir es so einstellen, dass es nur Gegenstände über einer gewissen Größe anzeigt. Wir wollen herausbekommen, was sich in der Nähe des Körpers befindet. Schließlich könnten dort noch Reste eines Bootes sein oder irgendwelche Waffen.«

Kajsa fragte sich, ob sie eventuell feststellen konnten, dass ihre Moorleiche schon früher einmal ausgegraben worden war. Falls es sich überhaupt um dieselbe Leiche handelte. Vielleicht gab es sogar mehrere.

»Das Terrain deutet kaum darauf hin, dass sich unter dem Körper viel Gestein befindet«, sprach Birgit Sjögren weiter. »Sollte dies doch der Fall sein, müssten wir den Großteil der Arbeit hier vor Ort erledigen. Doch wenn es so ist, wie ich glaube und hoffe, dann gibt es auf den ersten Metern nichts als Erde und Torf. Dann könnten wir alles in ein paar Wochen erledigt haben.«

»Wie wollen Sie den Körper von hier abtransportieren?«

»Das wird eine knifflige Angelegenheit. Wie heißt der nette Mann mit dem Bagger noch gleich?«

»Rune Nordström. Er wohnt nicht weit von hier.«

»Den sollten wir um Hilfe bitten. Der kann uns sicher auch helfen, ihn ins Museum zu transportieren. Hat er einen Traktor?«

»Das nehme ich an.«

»Doch zuerst sollte er einen Graben rund um den Fundort ausheben, bis ein paar Meter unter das Niveau des Körpers. Dann können wir uns mit Spaten von verschiedenen Richtungen aus bis ins Zentrum vorarbeiten. Sobald es möglich ist, durchdringen wir dann die Torfschicht, die sich unter dem Körper befindet ...«

Birgit Sjögren drehte sich um und winkte Johannes zu sich, einen hoch aufgeschossenen, flachsblonden Jungen mit schütterem Kinnbart.

»Und Johannes hier soll einen pfiffigen Apparat konstruieren ...

»Eine Art Kombination aus feinen, scharfen Stahlmessern und einer Kunststoffplane«, erklärte Johannes.

»Genau, und mit dessen Hilfe werden wir den Körper mitsamt ein paar Kubikmetern Torf anheben und unversehrt in die Stadt transportieren. Wo wir ...«

Die Archäologin hielt inne. »Kennen Sie den Mann da drüben?«, fragte sie und zeigte über das Moor hinweg.

Kajsa drehte den Kopf und sah in ungefähr hundert Metern Entfernung eine dichte, weiße Haarmähne hinter den Weidenbüschen aufleuchten. Sie brauchte nur einen Augenblick, bis sie wusste, um wen es sich handelte.

»Äh, ja ... Ich bin ihm vor ein paar Tagen begegnet. Er wurde hier auf dem Hof geboren.«

Kurz darauf war der groß gewachsene Mann zu sehen, der sich leicht schwankend über die Grasbüschel hinweg bewegte.

»Streift der hier öfter durchs Moor?«, fragte die Archäologin.

»Das weiß ich nicht ...«

Birgit Sjögren betrachtete ihn skeptisch. In ihr rundes, gutmütiges Gesicht war ein strenger Zug getreten. »Sucht er nach etwas?«

»Ich glaube, der ist ziemlich harmlos«, sagte Kajsa. »Er hat viele Jahre in Amerika gelebt und ist wohl vor drei Monaten nach Hause gekommen. Wahrscheinlich will er nur seine Kindheitserinnerungen auffrischen.«

»Meinetwegen kann er das gern tun«, brummte die Archäologin. »Hauptsache, er stört uns nicht bei der Arbeit.«

26 DIENSTAG, 15. JULI

Kajsa hielt auf einem leeren Parkplatz an, von dem aus sie freie Sicht auf den Personaleingang der Bibliothek hatte. Katharina hörte um zwei Uhr auf und würde in wenigen Minuten erscheinen, wenn nichts Unvorhergesehenes geschah.

Sie versteckte sich hinter einer Zeitung und einer großen Sonnenbrille, und um fünf nach zwei trat Katharina allein aus der Tür.

Kajsa kurbelte die Scheibe herunter und winkte. »Spring schnell rein!«, sagte sie und stieß die Autotür auf.

»Schicke Sonnenbrille«, sagte sie. »Werden wir beschattet?«

»Ich hab heute keine Lust, irgendjemanden von der Arbeit zu treffen.«

»Wessen Auto ist das? Olles?«

»Ja. Hab ich mir extra für diese Gelegenheit ausgeliehen.« Kajsa fuhr ein paar Häuserblocks weiter, bevor sie am Bürgersteig anhielt und die Sonnenbrille abnahm. »Können wir irgendwo hingehen und miteinander reden?«

Katharina sah sie forschend an. »Du siehst ziemlich ...«

»... überspannt aus?«, schlug Kajsa vor.

»Na ja, etwas nervös vielleicht.«

»Stimmt haargenau, ich bin nämlich total nervös.«

»Ist was passiert?«

»Das kann man wohl sagen.«

»Hattest du noch mal Besuch von Max Rösling?«

»Der streicht in der Gegend herum, aber das ist es nicht.«

»Wie wäre es mit einer Konditorei?«, schlug Katharina vor.

»Gute Idee. Aber es muss eine sein, in der wir ungestört reden können.«

Katharina lächelte. »Bist du sicher, dass wir nicht verfolgt werden?«

»Wenn, dann ist Olle hinter uns her. Der findet mein Verhalten langsam ziemlich merkwürdig.«

»Lass uns am Stortorget parken. Dann gehen wir zu *Malms*«, sagte Katharina. »Die haben tolle Sahnetorten.«

Malms erwies sich als gute Wahl. Dort war es frisch und kühl. Es duftete verheißungsvoll und war zufällig ziemlich leer. An der Theke gaben sie ihre Bestellungen auf und nahmen ihre Tassen zu einem einsamen Tisch am Fenster mit.

Kajsa schob sogleich ihre Tasse beiseite und kramte in ihrer Handtasche. »Jetzt halt dich fest!«, sagte sie und zog einen Umschlag heraus, den sie verstohlen durch die Luft schwenkte. »Ein Brief von Pia!«, verkündete sie dramatisch.

»Du spinnst. Woher hast du den?«

»Ausgerechnet aus Paris. Schau dir die Briefmarke an.«

»Das darf doch nicht wahr sein.«

»Hab ich auch gedacht«, entgegnete Kajsa. »Ich habe eine Gänsehaut gekriegt, als ich begriff, von wem er ist. Als bekäme man einen Brief von einer Romanfigur. Aber hör zu!«

Sie beugte sich über den Tisch und raunte Katharina zu:

An Kajsa Linder
Roeshult

Ich habe erfahren, dass Sie mich gesucht haben, um mir Schmuck zu geben, den ich vor vielen Jahren auf Roeshult vergessen habe. Ich wohne jetzt im Ausland und habe laengst jede Verbindung zu meinem alten Leben in Schweden abgebrochen. Ich bin Ihnen sehr dankbar für Ihre Freundlichkeit und Ihre Muehe und wuerde mich sehr freuen, wenn Sie mir alles an unten stehende Adresse schicken koennten.

Mit freundlichen Grüßen
Pia Bryneskog-Géraud
Boîte postale 207 Paris 17
France

Katharina schnappte sich den Brief. »Keine Unterschrift?«

»Nein, der Brief wurde am Computer geschrieben, ohne Umlaute. Was ja nicht so merkwürdig ist, wenn man eine ausländische Tastatur benutzt.«

Sie steckten die Köpfe zusammen, um sich den Text noch einmal anzusehen und womöglich eine versteckte Botschaft zwischen den Zeilen zu entdecken.

»Also ist sie mit einem Franzosen verheiratet«, sagte Katharina.

»Sieht so aus – aber wer hat sie nur benachrichtigt?«

»Da kommen wohl nur zwei in Frage. David war es vermutlich nicht. Bleibt also Clarence.«

»Oder ihre Mutter.«

»Das glaubst du doch selbst nicht. Außerdem weiß sie gar nicht, wo du wohnst.«

»Also doch Clarence. Da hat er uns ja schön an der Nase herumgeführt.«

»Wundert dich das?«, fragte Katharina.

»Was hat er denn davon, so zu tun, als ob er nichts wüsste? Nach fünfundzwanzig Jahren! Wen kümmern denn diese ollen Kamellen?«

Die Bedienung servierte ihre Sahnetorten. Katharina zerteilte nachdenklich das grüne Marzipan.

»Eigentlich nichts«, antwortete sie. »Aber wenn an Davids Behauptungen doch etwas dran sein sollte, hat Clarence sicher ein schlechtes Gewissen. Er wurde wohl nervös, als er begriff, dass wir Pia aufspüren wollten. Und wenn er Sue wirklich ans Messer geliefert hat, wie David sich ausdrückte, dann war Pia vielleicht sogar eingeweiht.«

»Und er befürchtete, sie erinnere sich vielleicht daran und könne den Mund nicht halten, meinst du?«

»Ja, etwas in der Art ...«

»Warum soll er Pia dann verraten haben, dass wir sie suchen?«

Katharina leckte gemächlich die Schlagsahne vom Löffel und legte die Stirn in tiefe Falten. »Um sich diese sonderbaren Aufzeichnungen unter den Nagel zu reißen, von denen wir die ganze Zeit geredet haben. Er konnte ja schließlich nicht direkt darum bitten.«

»Glaub ich nicht«, sagte Kajsa. »Ihm müsste doch klar sein, dass wir sein Kalkül durchschauen.«

»Und wenn schon. Er rechnet sicher nicht damit, uns noch mal über den Weg zu laufen. Und wir können mit Pia nicht direkt in Kontakt treten, solange sie sich hinter einem Postfach versteckt.«

»Wir können ihr schreiben und Fragen stellen.«

»Er kann sie instruiert haben, über die Vergangenheit zu schweigen oder die Unwahrheit zu sagen.«

»Und du meinst, sie würde sich daran halten? Das hieße doch wohl, dass er etwas gegen sie in der Hand hat.«

Katharina zuckte mit den Schultern. »Tja, wer weiß, was die beiden verbindet?«

Kajsa betrachtete nachdenklich den Strom der Passanten vor dem Fenster und rührte zerstreut in ihrer Kaffeetasse.

»Trotzdem ist es höchst sonderbar«, sagte sie nach einer Weile, »uns solch eine Gruselgeschichte aufzutischen. Warum hat sich der Kerl nur die Mühe gemacht? Warum hat er uns nicht einfach ihre Adresse gegeben, damit wir ihr die Sachen schicken können? Dann wäre die Angelegenheit ein für alle Mal aus der Welt gewesen. Wenn die beiden wirklich ein dunkles Geheimnis teilen, dann wirkt es doch nicht gerade sehr klug, diese Schauergeschichte aus dem Hut zu zaubern. Das erhöht doch nur unser Interesse.«

Katharina nahm den Brief zur Hand und schaute ihn prüfend an. »Wenn der überhaupt von ihr stammt«, sagte sie. »Vielleicht hat Clarence den Brief geschrieben.«

»In Paris?«

»Warum nicht? Er kann doch schließlich dorthin gefahren sein. Aber das müsste sich recherchieren lassen.«

»Und warum erwähnt sie in dem Brief nicht das Tagebuch?«, fragte Kajsa.

»Das ist in der Tat merkwürdig und spricht dafür, dass er nicht von ihr stammt. Du denkst doch wohl nicht daran, ihr die Sachen zu schicken?«

»Nicht, bevor wir sicher sein können, dass der Brief von ihr ist.«

»Andererseits können wir uns auch nicht darauf verlassen, dass David Brandt die Wahrheit gesagt hat.«

»Ich glaube ihm eher als Clarence.«

»Warum eigentlich?«

»Weil David ein Hallodri ist, den man leicht durchschauen kann, vor allem, wenn er lügt. Der verehrte Geschäftsführer hingegen ist mit allen Wassern gewaschen.«

Katharina nippte an ihrem Kaffee und nickte. »Ja, ein durch und durch hinterlistiger Typ.«

»Außerdem stimmt Davids Version besser mit Pias Tagebuch überein.«

»Clarence' Geschichte stimmt auch mit dem Tagebuch überein.«

Kajsa lehnte sich seufzend zurück. »Ich weiß mir keinen Rat.«

»Willst du deinen Kuchen nicht essen?«, fragte Katharina.

Kajsa schob ihr den Teller entgegen. »Willst du? Ich hab keinen Hunger.«

»Wer spricht denn von Hunger? So was isst man aus reinem Vergnügen.« Katharina machte sich ungeniert über Kajsas Torte her.

Kajsa stützte die Ellenbogen auf die Tischplatte und fing Katharinas Blick ein. »Es ist noch etwas anderes passiert. Etwas, das mich wirklich beunruhigt.«

»Ja?«

»Da gibt es jemanden, der sich im Moor zu schaffen macht – und ich spreche nicht von den Archäologen.«

Katharina hörte auf zu kauen. »Von wem redest du?«

»Gestern kam Birgit Sjögren zu uns auf den Hof. Sie wirkte sehr verärgert und sagte, sie wolle uns etwas zeigen. Sie hat im Moor einige frisch ausgehobene Löcher entdeckt, fünf an der Zahl. Sie waren alle ziemlich tief. Der Ordnung halber fragte sie uns, ob wir das getan hätten oder ob wir wüssten, wer es war. Aber wir hatten natürlich keine Ahnung. Sie war sehr erregt; schließlich will sie nicht, dass sich irgendjemand in ihre Arbeit einmischt.«

»Was glaubst du, wer es war?«

»Ich weiß nicht, doch zumindest sind wir uns einig, dass irgendjemand von dem Fund erfahren haben muss. Vielleicht irgendwelche Idioten, die jetzt Hobbyarchäologen spielen und nach geheimnisvollen Schätzen graben. Du kennst doch all die Geschichten von dem Vogt und seiner Schatzkiste.«

»Aber wann sollen sie denn graben? Dort sind doch ständig Leute.«

»Nachts natürlich.«

»Und das habt ihr erst gestern bemerkt?«

»Vom Fundort aus kann man die Löcher nicht sehen, vom Hof aus auch nicht. Überall ist die Sicht durch Büsche und Gestrüpp verstellt. Sie befinden sich ungefähr in der Mitte des Moores, auf einer Fläche von fünfhundert Quadratmetern. Als hätte das eine bestimmte Bedeutung.«

»Mein Gefühl sagt mir, dass du nicht an die Geschichte mit den Schatzsuchern glaubst«, sagte Katharina.

»Mir schweben da zugegeben ein paar andere Möglichkeiten vor.«

»Zum Beispiel?«

»Tja, in letzter Zeit werden meine Gedankenspiele zunehmend makaber.«

»Was unter den gegebenen Umständen sehr verständlich ist.«

»Ich denke zum Beispiel an Leif Rösling ...«

Katharina stieß einen gedämpften Pfiff aus. »Verstehe. Er hat Wind von der Grabung bekommen, und jetzt glaubt er, dass das Moor kein sicherer Ort mehr ist, um seine Frau zu verstecken. Außerdem weiß er nicht mehr genau, wo er sie vergraben hat. Es ist ja schon ein paar Jahre her, und das erklärt auch die vielen Löcher.«

»Ich weiß, dass er von der Grabung erfahren hat«, sagte Kajsa. »Eines Abends war er da und hat sich die Absperrung angeschaut. Joakim hat ihn gesehen.«

»Okay, die Sache ist klar.«

»Hast du noch eine andere Theorie?«

»Ja ... schließlich gibt es da noch den Bruder, Max Rösling.«

»Den, der nach seiner Mutter sucht? Ist der nicht etwas zu alt, um so viele tiefe Löcher auszuheben?«

»Ach, der ist noch sehr rüstig. Ich glaube, das wäre kein Problem für ihn.«

»Was für eine erstaunliche Familie.«

»Stimmt – und vor Gertrud Rösling muss man sich ohnehin in Acht nehmen.«

»Du glaubst doch wohl nicht, dass die Löcher auf ihr Konto gehen?«

»Nein, aber ich werde jedes Mal nervös, wenn ich ihr begegne.«

»Was ist mit dem dritten Bruder?«

»Birger? Den habe ich noch nie gesehen. Er wohnt in Malmö. Olle zufolge ist er der einzige Normale in der Familie.«

»Was wollt ihr tun?«

»Olle glaubt natürlich an die Schatzsuchertheorie. Er hat die letzte Nacht auf dem Hof verbracht, um Wache zu halten, aber nichts ist passiert. Er wird aber wohl noch ein paar Nächte weitermachen.«

»Und was wollt ihr tun, wenn er beispielsweise Leif Rösling auf frischer Tat ertappt?«

»Ich glaube, damit will ich mich im Moment gar nicht beschäftigen«, sagte Kajsa.

»Ich finde, wir sollten mit Roffe darüber reden«, sagte Katharina.

»Auf gar keinen Fall. Wer weiß, was das zur Folge hätte.«

»Lennart Roos wäre natürlich noch besser. Aber an den kommt man im Moment nicht heran.«

»Lennart Roos?«

»Der Regierungsdirektor. Du weißt schon, der vom Reichspolizeiamt, der Knigarp gekauft hat. Der wäre für eine diskrete Recherche wie geschaffen.«

»Um Himmels willen, warum schaltest du nicht gleich den Geheimdienst ein?«

»Weil ich Roos bevorzuge, der zurzeit aber leider in Indien ist, wie ich gehört habe. Also müssen wir wohl mit Roffe vorlieb nehmen.«

»Warum willst du mit ihm reden?«

»Wenn man nur lange genug in der Sache herumstochert, weiß man nicht, was noch alles zum Vorschein kommt«, entgegnete Katharina. »Vielleicht müssen wir ihn früher oder später sowieso einweihen.«

»Dann lass es später sein«, sagte Kajsa.

Katharina schüttelte irritiert den Kopf. »Ich meine doch nicht, dass wir ihn in alles einweihen sollen. Aber wir brauchen ein bisschen professionelle Hilfe, um an Hintergrundwissen heranzukommen. Zum Beispiel über Clarence und David. Vielleicht kann er sogar Kontakt zu Pia herstellen. An sie wollen wir doch schließlich rankommen. Über Leif Rösling und seine Frau verlieren wir natürlich kein Wort.«

»Er wird es merkwürdig finden, dass wir Olle nichts davon erzählt haben.«

»Dann wird er es eben merkwürdig finden. Am besten, du sprichst allein mit ihm. Wenn ich dabei bin, wird er vielleicht misstrauisch. Ich werde die delikate Aufgabe übernehmen, herauszufinden, ob Clarence vor ein paar Tagen in Paris war.«

»Wie willst du das anstellen?«

»Ich rufe einfach die Frau vom Empfang an.«

»Was soll ich Roffe erzählen?«

»Erzähl ihm einfach ein bisschen vom Tagebuch und benutz ungefähr dieselbe Version wie in Stockholm. Obwohl die Sache ja inzwischen eine andere Wendung genommen hat. Warum kommt man an Pia nur so schwer heran? Lebt sie wirklich im Ausland? In was für eine Sache war Sue in den

Siebzigern in Stockholm verstrickt? Wer ist sie? Und was spielt Clarence eigentlich für eine Rolle? So etwas herauszubekommen wäre für Roffe ein Kinderspiel.«

»Meinst du, ich soll gar nicht erwähnen, dass du dabei bist?«

»Doch, du kannst ja andeuten, dass ich am Rande beteiligt bin, aber mach keine große Sache daraus. Ich glaube, meine Hobbyermittlungen vor ein paar Jahren haben ihm wirklich gereicht.«

Kajsa starrte eine Weile versunken auf die Tischplatte. »Wenn du das für eine gute Idee hältst, dann probieren wir's.«

27 MITTWOCH, 16. JULI – DONNERSTAG, 17. JULI

In glücklicher Unkenntnis über den schweren Schlag, der ihn bald ereilen sollte, nahm sich Birger ein Bier aus dem Kühlschrank und gab sich in Anbetracht des bevorstehenden Abends angenehmen Gedanken hin.

Zwei anstrengende Ferienwochen auf Malta waren glücklich überstanden. Gunnel zufolge waren sie »himmlisch« gewesen. Soeben hatten sie sich davon überzeugt, dass ihr Haus von Einbrechern verschont worden war, und klopfenden Herzens hatte sich Birger außerdem versichert, dass der Nachbar seine Fische auch wirklich gefüttert hatte. Dann war Gunnel zu ebendiesem Nachbarn, bei dem Sessan in Pension gegeben worden war, hinübergegangen. Birger sollte in der Zwischenzeit die Taschen hineintragen, die Zimmer lüften und etwas Essbares organisieren.

Während er sich also auf einen ruhigen Abend mit seinen Fischen, einem Buch oder einer Mahler-Symphonie freute, klingelte das Telefon.

Es war Max, doch nicht einmal sein manischer Redeschwall konnte einen Schatten auf den strahlenden Augenblick werfen. Birger ließ sich in aller Ruhe am Küchentisch nieder und hörte ihm zu.

Max hatte sonderbare Dinge auf dem Herzen. So sonderbar, dass Birger mindestens drei Minuten brauchte, um zu verstehen, worum es eigentlich ging. Doch als er die ganze Tragweite von Max' Behauptungen erfuhr, erlosch das Licht in seiner Seele. Eine unwiderstehliche Schwäche erfasste ihn, eine Lust, sich förmlich zu verflüssigen, vom Stuhl zu rinnen und vom Boden aufgesogen zu werden. Zu verschwinden. Am besten für immer.

Aber so leicht würde er nicht davonkommen. Er blieb, wie er war, und man erwartete eine Reaktion von ihm. Er hörte seine eigene Stimme und registrierte seinen jämmerlichen Versuch, seine Skepsis klar zum Ausdruck zu bringen: Ob Max wirklich glaube, dass er sich so etwas weismachen ließe? Für solch wahnwitzigen Behauptungen gebe es doch überhaupt keine Beweise. Max solle seine fixen Ideen begraben, ehe sie vollends ins Absurde abdrifteten.

Aber Max ging es nicht darum, dass man ihm glaubte. Darum hatte er nicht angerufen. Er wusste Bescheid, und zwar nicht nur über die Tatsache an sich, sondern auch über das Wie und Wo. Also war er entschlossen zu handeln. Er wollte nur wissen, ob er auf Birgers Hilfe zählen könne.

Birger bemühte sich um eine angemessene Empörung. Herrgott, was für ein Vorhaben! Ob Max überhaupt einen Gedanken an die möglichen Konsequenzen verschwendet hätte? Und sollte er doch Recht haben – was machte das nach so vielen Jahren noch für einen Unterschied? Gerechtigkeit? Für wen?

Doch leider war Max solchen Argumenten nicht zugänglich. Birger glückte es allenfalls, ihn zu einem kurzen Aufschub zu überreden, denn selbst Max begriff, dass seine Neuigkeiten so schwer wiegend waren, dass er eine Nacht darüber schlafen sollte. Am nächsten Tag würde er wieder von sich hören lassen.

Sobald das Telefongespräch beendet war, ging Birger ins Wohnzimmer und legte sich aufs Sofa. Blieb dort eine ganze Weile, obwohl er zum Nachdenken kaum in der Lage war. Stattdessen spürte er Panik in sich aufsteigen.

Als Gunnel nach einer Stunde mit dem Hund zurückkam, standen die Taschen immer noch im Flur, waren die Zimmer weiterhin ungelüftet und nichts Essbares in Sicht. Da sie zudem ihren Mann mit Schuhen auf dem Sofa liegend entdeckte, fand sie sein Verhalten zu Recht ziemlich absonderlich.

»Sag mal, warum liegst du hier eigentlich rum?«, fragte sie.

»Ich bin müde«, antwortete er.

»Müde? Du hast doch seit zwei Wochen nichts anderes getan als geschlafen.«

»Das ist vielleicht die Luftveränderung«, schlug er vor.

»Zieh wenigstens die Schuhe aus«, sagte sie, bevor sie sich selbst daran machte, die Taschen nach oben zu tragen.

Aber das tat er nicht. Stattdessen stand er auf und benahm sich für den Rest des Tages einigermaßen normal: aß zu Mittag, ging mit dem Hund spazieren, sah fern.

Aber die Nacht war schlimm. In den frühen Morgenstunden hatte er die Hoffnung aufgegeben, noch ein wenig Schlaf zu finden. Das Pulsieren der Großstadt drang gedämpft zu ihm herein wie ein brausender Fluss in der Ferne, dafür hörte er laut und deutlich die regelmäßigen Atemzüge seiner Frau.

Er drehte den Kopf und betrachtete die unförmige Gestalt unter der Decke. Er musste wissen, dass sie da war. Ihre Nähe hatte, wenn auch unbewusst, eine beruhigende Wirkung auf ihn. Und er musste sich beruhigen, denn ihm gingen Dinge durch den Kopf, die jeden anderen in Panik versetzt hätten.

Wie konnte sein verzweifeltes Grübeln nach einer Lösung seines Problems nur so groteske Formen annehmen? Warum konnte etwas, das als harmloses Gedankenspiel begonnen hatte, zu einer zwingenden Notwendigkeit werden? Woher kam diese innere Stimme, die sich nicht zum Schweigen bringen ließ?

Angst hatte er sein Leben lang gehabt, vor allem vor anderen Menschen oder den Erfordernissen der Umwelt. Doch hatte er sich stets eingebildet, dass sein Innenleben ein sicherer Ort war – eng, gewiss, aber geschützt.

Wie eignete man sich nur eine so praktische Eigenschaft wie Kaltblütigkeit an? Existierte sie die ganze Zeit, um in Erscheinung zu treten, wenn der Druck zu groß wurde? Wenn einem keine andere Möglichkeit mehr blieb?

Doch es war eines, im Bett zu liegen und den perfekten Mord zu planen – etwas anderes, diesen auch zu begehen. Und jetzt, am frühen Morgen, war er gezwungen, der Realität ins Auge zu blicken. Er sollte zufrieden sein, wenn es ihm überhaupt gelang, einen durchdachten Mord zu begehen. Die Voraussetzungen waren jedoch miserabel. Er konnte nicht einmal genug

Aggressionen aufbringen, um etwas Schlechtes über sein potenzielles Opfer zu denken.

An dieser Stelle setzte hingegen die unerbittliche Logik ein, an der er sich nicht vorbeimogeln konnte. Was konnte nicht alles ans Licht kommen, wenn er Max gewähren ließ?

Ein Herzinfarkt wäre ein Geschenk des Himmels und würde allen Problemen auf einen Schlag ein Ende bereiten. Max jammerte doch ständig über sein nervöses Herz. Vielleicht konnte man einem Herzinfarkt nachhelfen, ihn provozieren?

Gift! Das Wort spukte beharrlich in seinem Kopf herum und wurde von einem bestimmten Bild begleitet: ein weißer Totenkopf und zwei gekreuzte Knochen vor einem schwarzen Hintergrund. Es beruhigte ihn gewissermaßen, als bürge es für die gelungene Ausführung des Plans. Ein starker Absud konnte sein nervöses Herz so richtig auf Touren bringen. Zweifellos der bequemste Weg. Zumindest für ihn. Der Ausweg des Feiglings.

Doch scheiterte er an seiner Unkenntnis. Abgesehen davon, dass heutzutage so vieles giftig war, kannte er sich mit Giften nicht aus, zumindest nicht mit solchen, die schnell und sicher wirkten. Und Zugang zu ihnen hatte er ohnehin nicht.

Er schlich sich ins Wohnzimmer, mit der unbestimmten Absicht, Recherchen zu betreiben. Im Buchregal stand ein zerfleddertes Medizinbuch aus dem Jahr 1932, das sie von Gunnels Vater geerbt hatten, übersetzt aus dem Deutschen und mit zahlreichen ungeschönten Illustrationen zu grässlichen Krankheitsbildern. Er vertiefte sich eine Weile in dessen unverhüllte Schreckenswelt und stieß am Ende auf ein Kapitel über Gifte, doch sein Text war zu allgemein gehalten. Seine Gedanken wanderten zum Internet, das von Linus täglich in Anspruch genommen wurde und mit dem er sich notdürftig auskannte. Wenn es Anleitungen zum Bau von Bomben gab, mussten doch auch andere Rezepte zu finden sein …

Er wurde mit ungefähr vierhundert Treffern belohnt, nachdem er das Suchwort *Gift* eingegeben hatte: *giftshops*, *giftbaskets*, *gift sets* und so weiter … Eine begrenzte Suche für Schweden ergab eine gemischte Ausbeute: *Mäusebekämpfung*, *Giftschrank* etc. Nachdem er *Giftmord*, *tödliches Gift* und *Toxine* eingegeben hatte, wurde er über giftige Pflanzen informiert und begriff, dass ihr eigener Garten voll davon war. Ein garantiert giftiger Goldregen wuchs direkt an ihrer Garagenwand. Fingerhut und Eisenhut, glaubte er, gab es ebenfalls in den Beeten und zwischen den Maiglöckchen. Aber das waren alles unsichere Karten, auf die er nicht hundertprozentig setzen konnte. Das führte seine Gedanken automatisch zu Pilzen, und schon fühlte er sich auf sichererem Grund. Die Mykologie war ihm nicht fremd. Früher einmal hatte er sich beim Pilzesuchen ziemlich gut ausgekannt. Er verließ den Computer und wandte sich unmittelbar seinen alten Pilzbüchern zu.

Als Gunnel um zehn nach sieben die Augen aufschlug, war Birger gerade eingeschlafen, aber das konnte sie nicht wissen. Nachdem sie die Jalousien hochgezogen und das Radio angestellt hatte, ging sie unter die Dusche. Sie zog sich an und machte ihr Bett, doch erst als sie hinunter zu ihrem Hund gehen wollte, warf sie der regungslosen Gestalt unter der Decke einen erstaunten Blick zu. Er schlief wie ein Stein.

Um elf Uhr wankte er schließlich die Treppe hinunter, stolperte über den Hund und kämpfte sich bis zur Kaffeemaschine vor.

Gunnel betrachtete forschend sein schlaftrunkenes Gesicht.

»Was hast du heute Nacht eigentlich getrieben?«, fragte sie.

»Geschlafen, nehme ich an«, antwortete er und stürzte eine Tasse Kaffee hinunter.

»Bist du etwa zum Schlafwandler geworden? Ich habe gerade entdeckt, dass Linus' Computer an ist.«

»Ach, wirklich? Wie merkwürdig …«

»Er wird sich kaum von selbst angeschaltet haben.«

Er drehte sich halb zur Arbeitsplatte herum und tastete nach Brot und Butter, vor allem, um ihrem Laserblick auszuweichen.

»Ach, das hatte ich ganz vergessen. Ich bin so um drei herum aufgewacht, weil ich Hunger hatte, und da bekam ich Lust, ein bisschen zu surfen.«

»Ist dir eigentlich klar, dass du dich höchst sonderbar benimmst?«

»Das fandst du doch schon immer.«

Sie verschwand im Garten, worauf es ihm gelang, ein Butterbrot und eine weitere Tasse Kaffee hinunterzuzwingen. Dann fuhr er fort, sich sonderbar zu benehmen.

Sie hörte natürlich, dass er das Garagentor öffnete, und bog kurz darauf mit einer Harke und schmutzigen Gartenhandschuhen um die Ecke.

»Was hast du denn jetzt vor?«

»Ich fahr noch mal kurz beim Geschäft vorbei.«

»Aber ... du hast doch Urlaub!«

»Muss mir nur ein paar Sachen angucken ...«

»Du hast doch wohl nicht vergessen, dass der Rasen seit zwei Wochen nicht gemäht wurde? Und sieh dir die Hecke an!« Sie zeigte angewidert auf die Zwergmispel, die nach ein paar Wochen in Freiheit ihrer natürlichen Form entgegenstrebte. »Wenigstens um die könntest du dich heute noch kümmern. Ich hab schon genug mit dem Unkrautjäten zu tun.«

»Mach ich alles, wenn ich wieder da bin«, sagte er und fuhr das Auto aus der Garage.

Sicherheitshalber, falls sie in der Firma anrufen würde, schaute er kurz im Geschäft an der Amiralsgata vorbei, um sein Gesicht zu zeigen. Danach fuhr er in den Wald, um Pilze zu suchen.

Es war bereits nach sechs Uhr, als er die Garagenzufahrt hinauffuhr. Er war sich bewusst, dass ein Besuch in der Firma sein langes Fortbleiben nicht allein erklären konnte. Deshalb hatte er sich eine glaubwürdige Geschichte zurechtgelegt – über das zufällige Zusammentreffen mit einem alten Kumpel, der ihn auf ein Bier eingeladen und ewig in Beschlag genommen hatte.

Doch das Glück war ihm weiterhin gewogen. Ihn empfing ein leeres Haus, abgesehen vom Hund und einem Zettel auf dem Küchenventilator:

Bin mit den Mädels essen gegangen, nachher wahrscheinlich ins Kino. Im Kühlschrank ist noch Fleischwurst. Linus hat angerufen, er kommt morgen nach Hause. Vergiss nicht die Hecke und Sessan.

G.

Nun würde er einen ganzen Abend lang Zeit haben, seine dürftigen Chemiekenntnisse aufzufrischen und in aller Ruhe seinen tödlichen Cocktail vorzubereiten.

Seit er diesen dunklen Weg betreten hatte, schienen ihm neue Kräfte zuzuwachsen. Bis jetzt war ihm alles unfassbar leicht von der Hand gegangen. Ein mehrere Stunden währender Ausflug in die nahe Natur hatte ausgereicht. Eigentlich hatte er sich zu dieser Jahreszeit überhaupt nichts erwartet, im Grunde hatte es ein reiner Erkundungsausflug werden sollen. Doch dann war er fast über sie gestolpert. Eine unansehnliche kleine Gruppe, die von Farnen fast vollständig verborgen wurde. Ihre graugrünen Köpfe schlossen sich eng um die rundlichen Stiele. Sie waren jung und makellos und im Vollbesitz ihrer Wirkungskraft. Es bestand kein Zweifel. Es handelte sich um *Amanita phalloides*. Seinem Buch zufolge waren dreißig Gramm dieses Pilzes eine tödliche Dosis. Sie schienen dort nur für ihn zu wachsen. Ein unsichtbarer Wille hatte ihm den Weg gewiesen, und es wäre reine Undankbarkeit gewesen, sie nicht mitzunehmen.

Er pfiff auf das Abendessen, machte stattdessen einen extra langen Spaziergang mit dem Hund und widmete sich danach seinem Experiment.

Wieder war es mitten in der Nacht. Die Flasche stand im Keller hinter dem großen Fünfhundertliter-Aquarium. Max hatte gegen acht angerufen und seine Angst erneut geschürt, ihn aber auch davon überzeugt, dass er den richtigen Weg eingeschlagen hatte. An Schlaf war nicht zu denken. Seine Gedanken liefen Amok. Gunnel schnarchte ihm ins Ohr. Ihr Atem roch nach saurem Wein. Sie war spät und so beschwipst nach Hause gekommen, dass sie sich nicht einmal um die ungeschnittene Hecke geschert, sondern ihm einen zärtlichen Kuss gegeben hatte. Aus dem Kino war nichts geworden.

Stattdessen waren die Freundinnen zu Hause bei Ingegerd gelandet, wo sie einige Flaschen Wein geköpft hatten.

Jetzt war sie endlich eingeschlafen, und Birger grübelte weiter vor sich hin. Max sollte in seinem gemieteten Zimmer in Christiansholm sterben. Er selbst wollte in Malmö sein, wenn es passierte. Das erforderte exakte Vorbereitungen und einen genauen Zeitplan.

Es sollte am Montag geschehen, seinem ersten Arbeitstag nach dem Urlaub. Er würde ein paar Stunden benötigen, um sich wieder einzuarbeiten und einen überzeugenden Grund für erforderliche Überstunden angeben zu können. Aber das sollte eigentlich kein Problem sein. Gunnel war es gewohnt, dass er Überstunden machte. Erst nach Hause zum Abendessen, dann um acht zurück und das Licht in seinem Büro einschalten. Den Rechner hochfahren. Dafür sorgen, dass er von jemandem im Haus gesehen wurde. Oder, besser noch, bei Muhammeds Lebensmittelladen vorbeischauen, sich etwas zum Kaffee kaufen, ein bisschen über Gott und die Welt plaudern. Der Wagen konnte auf der anderen Seite des Häuserblocks stehen. Er würde den Weg über die Hinterhöfe nehmen. Oder sollte er lieber einen Mietwagen benutzen? Nein, zu riskant. Wenn er auf kürzestem Weg nach Christiansholm fuhr, konnte er in einer guten Stunde dort sein. Wo sollte er parken? Ach, das würde sich schon zeigen. Nicht zu nah jedenfalls. Am Kanal entlang bis zum Haus. Die beiden Schwestern waren zum Glück fast taub. Er brauchte einen triftigen Grund für seinen späten Besuch. Erst mal Max reden lassen. Die in Papier eingeschlagene Flasche herausholen, wieder verschwinden. Zurück nach Malmö und ins Büro. Licht löschen, abschließen, nach Hause fahren. Eigentlich war alles entsetzlich einfach.

Die Schwierigkeit bestand nicht darin, die Tat zu begehen, sondern sich zu ihr zu entschließen.

Er ging alles noch einmal durch, mit kleinen Variationen. Und ein weiteres Mal …

28 DONNERSTAG, 17. JULI

Da Roffe immer noch in dem Irrglauben lebte, der meistbeschäftigte Mann der Welt zu sein, konnte sie sich die Mühe sparen, ihn anzurufen, um sich mit ihm zu verabreden. Er würde ja doch nur über seinen furchtbar engen Terminplan jammern und sie an einem überfüllten Ort für eine halbe Stunde in seine Mittagspause mit einplanen. Deshalb wollte ihn Kajsa unangemeldet in seinen eigenen vier Wänden aufsuchen.

Es gab noch einen weiteren Grund für einen improvisierten Besuch. Vor ein paar Wochen war er in eine frisch renovierte Dreizimmerwohnung im Herzen Christianholms umgezogen. Ein standesgemäßerer Wohnsitz für einen Polizeidirektor, sollte man annehmen. Sie hatte die Wohnung noch nicht gesehen und war natürlich sehr neugierig.

Die Chance, ihn an einem Wochentag um sieben Uhr abends zu Hause anzutreffen, schätzte sie als gut ein. Als sie seine neue, in unmittelbarer Nähe des großen Marktplatzes gelegene Adresse ausfindig gemacht hatte und sein Namensschild aus Messing musterte, stieg ihr ein verführerischer Duft in die Nase.

Im ersten Moment sah er ein wenig verdutzt aus, fing sich jedoch gleich wieder.

»Wolltest du mich oder die neue Wohnung sehen?«

»Beides.«

»Ich mache mir gerade was zu essen. Du kannst dich ja so lange schon mal umsehen.« Auf dem Weg in die Küche fügte er hinzu: »Vielleicht reicht das Essen ja sogar für uns beide. Bist du hungrig?«

»Ja«, gab sie zu. »Was gibt's denn?«

»Wirst du gleich sehen.«

Nachdem sie einen Blick auf das frisch geschliffene Kiefernparkett geworfen hatte, zog sie die Schuhe aus und schlenderte barfuß durch die großen, luftigen Räume. Pappkartons und zusammengerollte Teppiche zeugten davon, dass der Umzug noch nicht abgeschlossen war. Doch es gab bereits Vorhänge vor den Fenstern und ein paar Bilder an den Wänden, die sie noch nie gesehen hatte. Sie befühlte nachdenklich den Stoff der Vorhänge, schaute in einige aufgeschlagene Bücher hinein und strich mit der Hand über eine neu angeschaffte Sitzgruppe, die ein wenig unmotiviert mitten im Raum stand. Alles hatte einen unverkennbar künstlerischen Touch, was darauf schließen ließ, dass hier eine Frau ihre Hände im Spiel hatte. Behutsam schob sie die Schlafzimmertür auf, und richtig: Dort stand ein nagelneues Doppelbett. Sie ging in die Küche.

»Und, wie findest du's?«, fragte Roffe, während er ein Blech mit Kartoffelspalten aus dem Ofen nahm.

»Hübsch. Sieht mir so aus, als hätte eine Frau dir dabei zur Seite gestanden.«

»Stimmt, Monica. Sie wohnt hier ab und zu.«

»Das habe ich mir gedacht. Wollt ihr nicht fest zusammenziehen?«

»Ach, wir sind da vorsichtig. Schließlich sind wir beide gebrannte Kinder. Uns gefällt es gut, mal hier und mal da zu sein. Sie will ihr Haus nicht aufgeben, und ich freue mich auch, wenn ich sie ab und zu besuchen kann.«

»Dann ist das doch die perfekte Lösung«, entgegnete sie.

Ein paar hübsch marmorierte Fleischstücke brutzelten in der Pfanne. Sie verfolgte mit Interesse seine Tätigkeiten am Herd. Jetzt rührte er gerade eine Kräuterbutter zusammen, dessen Hauptbestandteil Meerrettich war.

»Ich nehme an, dass du dir niemals ein paar Würstchen in die Pfanne haust, wenn du nach Hause kommst«, sagte sie.

»Doch, das kommt schon mal vor. Schließlich gibt es Würstchen und

Würstchen. Aber ich stelle mich gar nicht mehr jeden Tag in die Küche. Ich habe angefangen, auf meine Figur zu achten; das heißt, Monica achtet darauf. Ist dir schon aufgefallen, dass ich abgenommen habe?«

Das war ihr zwar nicht aufgefallen, doch sie griff zu einer Notlüge: »Das sieht man doch schon von weitem.«

Als sie sein Gesicht näher betrachtete, fiel ihr tatsächlich auf, dass seine Züge schmaler geworden waren. Sie klopfte ihm auf die Schulter und fügte hinzu: »Monica tut dir gut, auch das sieht man schon von weitem.« Ehe er sich wieder der Bratpfanne zuwandte, sah sie einen glücklichen Schimmer in seinen Augen.

Der Bratenwender nahm jetzt seine volle Konzentration in Anspruch. »Ja, das ist wohl so. Was macht eigentlich eure Moorleiche? Darf man gratulieren oder kondolieren?«

»Schwer zu sagen. Am Anfang waren wir natürlich ganz schön erschrocken, vor allem Olle. Aber das alles ist auch sehr spannend.«

»Ich hab mir schon vorgenommen, mal zu euch rauszufahren und mir den Ort anzusehen – hatte nur bis jetzt noch keine Gelegenheit. Haben die Arbeiten denn schon begonnen?«

»Die graben schon seit über einer Woche. Es scheint nicht besonders schnell voranzugehen.«

»Gebt mir einfach Bescheid, wenn etwas zu erkennen ist. Dann komme ich und sehe mir das Ganze mal an. Wagnhärad ist auch interessiert. Er meint übrigens, dass es in meinem Freundeskreis vor Leichen nur so wimmelt. Wahrscheinlich spielt er auf die Sache mit PM und Katharina vor ein paar Jahren an.«

»Apropos: Ich habe von Katharina gehört, dass Lennart Roos Knigarp gekauft hat. Ich wollte es erst gar nicht glauben. Was will er bloß dort?«

»Ich vermute mal, er will dort wohnen.«

»Mit einer russischen Tänzerin?«

Roffe schüttelte lachend den Kopf. »Um ihn hat es ständig Gerüchte gegeben. So eine Persönlichkeit wie er lädt einfach dazu ein.«

»Ist er denn genauso geheimnisvoll, wie die Gerüchte besagen?«

»Verlass dich drauf, dass er die Fantasie der Leute in der Gegend mächtig anheizen wird. Aber jetzt kannst du den Tisch decken.« Er wies mit dem Kopf in Richtung Küchenschrank. Würdest du mir zwei Teller geben, dann lege ich uns direkt auf. Besteck ist in der Schublade unter der Arbeitsplatte. Und nimm zwei Bier aus dem Kühlschrank.«

Er stellte eine Schüssel mit grünem Salat auf den Tisch. Nachdem sie Platz genommen hatten, wandte er sich dem Essen mit der Ernsthaftigkeit zu, die für ihn so typisch war.

»War eine gute Idee von dir, mich zu besuchen«, sagte er nach einer Weile. »Ein Essen in netter Gesellschaft ist doch etwas ganz anderes. Hattest du auch etwas auf dem Herzen?«

»Ich war natürlich sehr neugierig auf deine neue Wohnung, aber um die Wahrheit zu sagen, habe ich auch etwas auf dem Herzen.«

»Schieß los!«

»In einer bestimmten Angelegenheit brauche ich deine Hilfe.« Nachdenklich trank sie einen kleinen Schluck Bier. »Wir … das heißt ich bin da auf eine merkwürdige Geschichte gestoßen. Katharina weiß auch Bescheid … und da dachten wir uns, dass du genau der richtige Mann wärst, ich meine, mit deinen Möglichkeiten …«

Roffe gab ein leises, schnaubendes Geräusch von sich. »Was für Möglichkeiten?«

»Na, als Polizeidirektor. Du könntest uns helfen, eine bestimmte Person aufzuspüren … und ein paar andere vielleicht auch.«

Er hob eine Augenbraue, kaute jedoch weiter.

»Aber zuerst muss ich dich wohl in die Geschichte einweihen, damit du auch weißt, worum es geht.«

»Das wäre hilfreich.«

»Es fing damit an, dass ich ein Tagebuch gefunden habe, geschrieben von einer jungen Frau, die im Jahr 1972 unser Sommerhaus gemietet hatte. Das Tagebuch war dort zusammen mit ein paar anderen Dingen versteckt.

Olle weiß nichts davon ... Ich will ihn damit nicht belasten. Er hat zurzeit schon genug um die Ohren.«

Sie berichtete ausführlich von dem Fund in der Küchenvitrine und ihrer Auseinandersetzung mit Joakim. Über den Inhalt des Tagebuchs und ihre eigene Reaktion darauf drückte sie sich nur vage aus. Sicherheitshalber unterstrich sie noch einmal, dass Olle in die ganze Sache nicht mit hineingezogen werden sollte.

»Welche Sache?«

»Unsere Nachforschungen. Katharina und ich haben versucht, die Tagebuchschreiberin ausfindig zu machen, da ich ihr natürlich alles zurückgeben möchte, vor allem den Schmuck, aber auch die anderen Dinge. Alles, was wir von ihr wissen – ich meine die Fakten –, ist, dass sie Pia Bryneskog heißt und 1972 ungefähr achtzehn Jahre alt war.«

»Ihr seid also nicht an sie herangekommen?«

»Nein.«

Er warf einen skeptischen Blick auf die Kartoffelspalte, die er gerade auf seine Gabel gespießt hatte. »Erzähl weiter«, sagte er.

»Zuerst habe ich die Auskunft angerufen und erfuhr dort, dass kein Eintrag existiert, jedenfalls nicht unter dem Namen Pia Bryneskog. Es kann natürlich sein, dass sie inzwischen den Namen gewechselt hat, zum Beispiel durch eine Heirat. Aber ich fand eine Britta Bryneskog in Norrköping, die sich als ihre Mutter herausstellte. Katharina und ich haben ihr einen Besuch abgestattet.«

»Seid ihr nach Norrköping gefahren, nur um sie zu treffen?«, fragte Roffe mit leichter Verwunderung.

»Ja und nein. Eigentlich waren wir auf dem Weg nach Stockholm. Doch leider ist die Mutter schon ziemlich senil. Sie hat zwar gesagt, Pia würde sie regelmäßig anrufen, aber sie schien keine richtige Zeitvorstellung mehr zu haben und wusste auch gar nicht, wo ihre Tochter wohnt. Der Besuch hat nicht viel gebracht, aber im Tagebuch werden verschiedene Personen genannt, weil Pia damals nicht allein in dem Haus gewohnt hat. Am Anfang waren sie zu viert, zwei Jungs und zwei Mädchen. Sie kamen im Mai 1972, und die Jungs blieben bis in den Sommer hinein. Dann fuhren sie nach Marokko und kamen nicht mehr zurück. Pia und das andere Mädchen, eine Amerikanerin namens Sue, blieben den ganzen Winter über. Alle Personen werden nur beim Vornamen genannt, doch Pias Freund David hat ihr später einen Brief geschickt, auf dem sein Nachname steht. Daher hatten wir einen Anhaltspunkt.«

»Vergiss nicht zu essen«, sagte er und nickte in Richtung ihres Tellers.

Sie aß gehorsam ein paar Bissen, ehe sie fortfuhr: »Zuerst haben wir also ihren Freund getroffen; das heißt, wir sind nach Stockholm weitergefahren. Es war keine Kunst, ihn ausfindig zu machen. Seine Nummer stand im Telefonbuch. Er heißt David Brandt, aufgeführt ist er dort als Lehrer, obwohl er ziemlich heruntergekommen wirkte. Angeblich hat er keine Ahnung, wo Pia sich inzwischen aufhält, und sagte, dass er sie seit dem Sommer '72 nie wieder gesehen hat. Das brachte uns also auch nicht viel weiter. Doch sie hatte in ihrem Tagebuch noch einen anderen Typ erwähnt, der später bei ihnen war und mit dem sie, also die Mädchen, wahrscheinlich zusammen weggefahren sind. Er heißt Clarence, und da David Brandt wusste, wer er ist, hat er uns seinen Nachnamen gesagt. Also konnten wir auch ihm einen Besuch abstatten. Er heißt mit Nachnamen Jankelius und ist Geschäftsführer des Unternehmens *Jankelius Orientalimport.* Wir sind uns sicher, dass er ein paar Leichen im Keller hat. Natürlich hat er ebenfalls behauptet, Pia seit dem Sommer '72 nicht mehr gesehen zu haben. Außerdem hat er uns eine Schauergeschichte aufgetischt, die er auf Röshult erlebt haben will. Ich brauche die hier nicht zu wiederholen, aber ich bin mir sicher, dass er etwas zu verbergen hat ...«

Roffe hatte seine Mahlzeit während ihres Berichts beendet und schaute sie streng an. »Jetzt redest du erst weiter, wenn du aufgegessen hast.«

Und erst als sie tatsächlich ihren Teller geleert hatte, fuhr er fort: »Du kannst ja weitererzählen, während ich uns Kaffee mache.« Als sie nicht sofort anfing, half er ihr auf die Sprünge:

»Der Geschäftsführer mit den Leichen im Keller ...«

»An dieser Stelle wird es wirklich merkwürdig«, sagte Kajsa. »Dieses andere Mädchen, Sue, Pias Freundin, war in Stockholm in irgendwelche Machenschaften verwickelt. David zufolge war sie Zeugin eines Mords geworden und wurde von der Polizei gesucht. Das war offenbar der Grund, weshalb sie sich alle zusammen auf Röshult versteckten. Was damals genau passiert ist, haben wir nicht herausbekommen, doch nachdem wir diesen Geschäftsführer getroffen hatten, rief David Brandt mich an und wusste plötzlich jede Menge über Jankelius' Beteiligung an dieser Geschichte zu berichten. Ihm zufolge wurde Sue von professionellen Killern verfolgt, und er, David also, hätte schwören könne, dass Jankelius mit ihnen unter einer Decke steckte und sie ans Messer liefern wollte. Jankelius selbst behauptet, Röshult allein verlassen zu haben, während die Mädchen dageblieben wären. Wir haben jedoch Informationen, die darauf hindeuten, dass er mit ihnen zusammen nach Kopenhagen gefahren ist. Sie scheinen sehr überstürzt aufgebrochen zu sein. Das ist wohl auch der Grund, warum Pia ihr Tagebuch und die Wertgegenstände zurückgelassen hatte. Wie dem auch sei – diesem Jankelius traue ich nicht über den Weg.«

»Wann habt ihr ihn getroffen?«

»Vor drei Wochen, genau genommen am selben Tag, an dem die Moorleiche gefunden wurde. Doch jetzt komme ich zu dem, was wirklich sonderbar ist. Vorgestern bekam ich einen Brief von Pia Bryneskog-Géraud, abgestempelt in Paris, in dem sie sich höflich für meine Freundlichkeit und Mühe bedankt und mich bittet, ihr einfach alles an eine Postfachadresse nach Paris zu schicken.«

Während Roffe an der Spüle stand und heißes Wasser über die Teller laufen ließ, fuhr sie fort: »Es fragt sich also, woher sie weiß, dass wir sie suchen. Und war wirklich sie es, die den Brief geschrieben hat?«

Sie begriff zwar, dass ihrer Darstellung mitunter die nötige Klarheit fehlte, doch ganz unzufrieden war sie auch nicht. Darum war sie völlig überrascht, als er sich plötzlich umdrehte und verärgert ausrief: »Du willst mir also erzählen, dass ihr extra nach Stockholm gefahren seid, nur um eure private Schnüffelei zu betreiben?«

»Ja, äh, so kann man das natürlich auch sehen. Obwohl das nicht der einzige Grund unserer Reise war. Wir hatten dort noch andere Dinge vor.«

»Aha, und welche Rolle habt ihr mir bei der ganzen Angelegenheit zugedacht?«

Sie fühlte sich plötzlich unsicher. »Da Katharina und ich als Privatpersonen nicht weiterkommen, dachten wir, äh, haben wir gehofft, dass du … Ich meine, als Polizeidirektor hast du doch ganz andere Möglichkeiten als wir. Kurz gesagt, dachten wir, du könntest an gewisse Informationen herankommen.«

Roffe trocknete sich die Hände sorgfältig an einem Handtuch ab. Seine Miene war grimmig. »Ihr glaubt doch wohl nicht im Ernst, dass ich meine Nase in uralte Angelegenheiten stecke, nur damit ihr eure Neugier befriedigen könnt.«

»Also eigentlich haben wir vor allem gehofft, dass du uns helfen könntest, Pia aufzuspüren.«

»Sie ist doch in Paris.«

»Ja, vielleicht – aber wir glauben nicht so recht an die Echtheit des Briefes. Wir verdächtigen Clarence Jankelius, ihn geschrieben zu haben. Irgendwas ist faul an der ganzen Sache, und möglicherweise hat das mit der alten Geschichte zu tun, in die Sue involviert war. Da sie von der Polizei gesucht wurde, muss es doch noch irgendwelche alten Akten geben … auf die du vielleicht einen Blick werfen könntest, dachten wir.«

»Herrgott noch mal!« Roffe warf das Handtuch weg und starrte an die Decke, als wolle er höhere Mächte um Hilfe anrufen. »Das kann doch nicht dein Ernst sein. Die Polizei ist doch kein Kindergarten. Man stöbert nicht einfach in alten Akten, um seinen Freunden einen Gefallen zu tun.«

»Ich wusste nicht, dass es so kompliziert ist«, sagte sie kleinlaut. »Und schließlich dreht es sich doch um sehr alte Vorgänge.«

»Aber du begreifst doch wohl, dass ich mir hier in Christiansholm nicht einfach alte Akten aus Stockholm schicken lassen kann, ohne eine richtige Arbeitsgrundlage zu haben.«

»Arbeitsgrundlage?«

»Ja, dass wir zum Beispiel in einem Fall ermitteln, der das Prüfen dieser Akten erforderlich macht. Nur weil ich Polizeidirektor bin, kann ich doch nicht einfach vertrauliche Unterlagen anfordern. Das verstieße außerdem gegen den Datenschutz.«

Der bloße Gedanke daran machte ihn offenbar so nervös, dass er den Rest des Bieres in sein Glas goss und dieses in einem Zug leerte.

Nach dieser Breitseite brauchte Kajsa einige Sekunden, um sich zu sammeln. »Okay, ich fühle mich wie ein kleines Dummchen, dem der Herr Polizeidirektor die Leviten lesen musste, weil ich die Spielregeln nicht verstanden habe.«

»Das war auch nötig!«, gab er hitzig zurück. »So läuft das einfach nicht!«

»Das habe ich verstanden«, entgegnete sie frostig.

»Entschuldige, dass ich so schroff war«, sagte er versöhnlich. »Aber ich muss euch leider enttäuschen. Ich werde genauer beobachtet und heftiger kritisiert als je zuvor. Da kann ich es mir nicht leisten, in den Verdacht zu geraten, meine Position für private Ermittlungen zu missbrauchen.«

»Was schlägst du vor, was wir tun sollen?«, fragte sie. »Oder ist es schon Amtsmissbrauch, uns einen Rat zu geben?«

»Habt ihr's schon beim Einwohnermeldeamt probiert?«, fragte er, während er Kaffeetassen aus dem einen Schrank und Zwieback aus einem anderen holte.

»Ja, natürlich. Sie haben uns mitgeteilt, dass keinerlei Einträge existieren. Ich habe es auch beim Pfarramt in Norrköping versucht, wo sie doch irgendwann mal registriert gewesen sein müsste. Ich habe mich erkundigt, wo sie hingezogen ist, aber leider hatte ich einen verschnarchten Küster in der Leitung, der sich ohne Angabe von Gründen weigerte, mir irgendetwas mitzuteilen.«

»Ihr wart ja wirklich fleißig«, konstatierte er trocken und schenkte ihnen Kaffee ein.

»Wir haben auch die Möglichkeit in Betracht gezogen, dass sie in einer Pflegeeinrichtung oder sogar im Gefängnis sitzen könnte. Es gab da einige Kommentare ihrer Mutter, die uns stutzig gemacht haben.«

»Das glaube ich kaum, denn dann müsste sie ordnungsgemäß gemeldet sein. Falls sie keinen anderen Namen angenommen hat, versteht sich. Aber sie kann Schweden natürlich auch verlassen haben. Das registriert niemand, es sei denn, man meldet sich offiziell ab.«

Kajsa nippte an ihrem Kaffee.

»Warum ist euch die Sache eigentlich so wichtig?«, fragte Roffe.

»Das hat nicht nur mit Neugier zu tun, falls du das glauben solltest.«

»Womit dann?«

»Tja, zuerst wollte ich die Sachen, die wir gefunden haben, einfach nur loswerden. Ich fühlte mich dazu verpflichtet. Zugegeben, wir waren auch neugierig. Aber dann stießen wir auf so viele Ungereimtheiten. Und dass das Tagebuch und die Wertgegenstände einfach zurückgelassen wurden, deutet ja darauf hin, dass sie Röshult in großer Eile verlassen haben.«

»Wäre doch nicht das erste Mal, dass Leute bei ihrer Abreise etwas vergessen.«

»Das stimmt, und wenn man bedenkt, in welchem Zustand sie bereits vor ihrer Abreise war, dann sollte es einen nicht wundern. Du findest bestimmt, dass sich das alles sehr irrational anhört, aber ich habe das Gefühl, dass dieses Tagebuch … wenn schon kein Hilferuf, so doch ein Flehen um Aufmerksamkeit ist. Ich weiß, dass sich das ziemlich gewagt anhört, aber mir kommt es fast so vor, als sei hier eine Spur ausgelegt worden, der wir nur zu folgen brauchen. Ich meine, nicht bewusst ausgelegt, sondern durch einen blinden Zufall. Vieles spricht doch dafür, dass es den Mädchen sehr schlecht ergangen ist.«

Roffe schüttelte langsam den Kopf. »Hört sich ziemlich verworren an, wenn ich das sagen darf.«

»Aber findest du es nicht sonderbar, dass sie nicht aufzuspüren ist? Die Informationen, die wir von David Brandt und Clarence Jankelius bekommen haben, lassen das Ganze noch dubioser erscheinen. Das musst du doch zugeben. Und dieser Brief setzt allem die Krone auf. Wir bezweifeln, dass Pia ihn selbst geschrieben hat.«

»Warum?«

»Weil wir Clarence und David gegenüber das Tagebuch nicht erwähnt haben. Und wenn sie den Brief wirklich selbst geschrieben hätte, dann wäre es doch eine Selbstverständlichkeit gewesen, auch auf das Tagebuch einzugehen. Außerdem ist der ganze Ton des Briefes nicht überzeugend, auch wenn man in Rechnung stellt, dass sich ein Mensch im Lauf von fünfundzwanzig Jahren sehr verändern kann. Am selben Tag, an dem ich den Brief bekam, hat Katharina in Jankelius' Firma angerufen und nach dem Geschäftsführer verlangt. Doch er war nicht im Büro. Nach mehrmaligem Nachfragen hat sie dann herausbekommen, dass er sich im Ausland aufhielt. Unter anderem war er auf einer Teppichmesse in Paris. Es ist natürlich nicht auszuschließen, dass er Pia in Paris getroffen und ihr von uns erzählt hat. Wir glauben jedoch eher, dass er den Brief selbst geschrieben hat und sich wahrscheinlich sehr clever vorkam, weil er keine Umlaute benutzte. Fragt sich nur, warum er sich solche Umstände macht. Ich vermute, dass ihm unsere Recherchen einen gehörigen Schreck eingejagt haben. Das Tagebuch haben wir ihm gegenüber zwar verschwiegen, dafür aber umso mehr von ihren Aufzeichnungen erzählt, und jetzt hofft er eben, dass wir dumm genug sind, sie ihm mit der Post zu schicken.«

Roffe knabberte an einem Zwieback, den er zuvor in den Kaffee getunkt hatte.

»Was ist eigentlich erforderlich, um offizielle Nachforschungen einzuleiten?«, fragte Kajsa.

»Nun, da Pia mündig ist und selbst bestimmen kann, wo sie sich aufhält, kann ich mir nur einen Grund denken, der offizielle Ermittlungen rechtfertigte.«

»Und der wäre?«

»Dass sie in ein Verbrechen verwickelt ist.«

»Und wenn man den Verdacht hegt, sie selbst könnte Opfer eines Verbrechens geworden sein?«

Roffe gähnte. »Natürlich kann man jemanden suchen lassen, der möglicherweise einem Verbrechen zum Opfer fiel, aber dann muss man schon einen begründeten Verdacht nennen. Herrgott, wenn wir jedes Mal gleich Ermittlungen einleiten würden, nur weil jemand ein komisches Gefühl hat ...«

Kajsa lächelte. »Ich habe den begründeten Verdacht, dass du dich mit dieser Sache nicht länger beschäftigen willst.«

Er zuckte mit den Schultern und unterdrückte mit Mühe ein weiteres Gähnen.

»Wenn sie seit einem Monat oder einem Jahr verschwunden wäre, aber fünfundzwanzig Jahre ...«

»Zugegeben, die Spur ist schon ziemlich kalt«, sagte sie.

29 AM SELBEN TAG

Kajsa wartete nicht, bis sie zu Hause war; noch im Auto rief sie Katharina an. »Ich komme gerade von Roffe. War ein ziemlicher Schuss in den Ofen. Er hat so getan, als wollte ich ihn zu einem Banküberfall anstiften.«

»Macht nichts. Ich habe gerade erfahren, dass Lennart Roos zurückgekommen ist. Er ist jetzt auf Knigarp.«

»Bist du verrückt geworden?«

»Wiso? Der ist doch noch besser geeignet als Roffe.«

»Schon möglich, aber du hättest mal hören sollen, was Roffe für ein Theater gemacht hat wegen der Vertraulichkeit von Unterlagen und so weiter. Wenn sich schon ein Polizeidirektor so anstellt, wie soll dann erst ein Regierungsdirektor vom Reichspolizeiamt reagieren?«

»Roos ist Regierungsdirektor *a. D.*«

»Und du meinst, das macht ihn geneigter, bestehende Gesetze zu umgehen?«

»Man merkt, dass du diesem Wunderwerk von einem Mann noch nicht begegnet bist«, stellte Katharina fest. »Er ist eine faszinierende Persönlichkeit, die sich nie gescheut hat, unkonventionelle Wege zu gehen.«

»Wenn er in Pension ist, kann er doch sowieso nichts mehr machen.«

Angesichts von Kajsas Verzagtheit stieß Katharina unwillkürlich einen Seufzer aus. »Er war schließlich nicht irgendein kleiner Polizeibeamter, und du kannst sicher sein, dass er immer noch Kontakte hat – und zwar solche, die nie auf den Gedanken kämen, sein Interesse an Ereignissen, die mehr als zwanzig Jahre zurückliegen, zu hinterfragen. Und mit geheimen Unterlagen hat er sich doch von jeher beschäftigt.«

»Und du glaubst wirklich, dass er sich darauf einlässt?«

»Würde mich wundern, wenn er es nicht täte. Aber dann müssen wir ihn auch in alles einweihen: das Tagebuch, Leifs Frau, einfach alles.«

»Müssen wir das?«

»Auf jeden Fall. Er ist viel zu intelligent, um uns irgendwelche Halbwahrheiten abzukaufen. Aber du brauchst dir keine Sorgen zu machen. Er wird schon nicht Himmel und Hölle in Bewegung setzen, um vagen Mordandeutungen in einem Tagebuch auf die Spur zu kommen. Er ist ein durch und durch kultivierter Mann.«

Kajsa lachte. »Jetzt weiß ich endlich, woran man einen kultivierten Mann erkennt.«

»Ich werde ihm eine komprimierte Form der ganzen Geschichte erzählen, und wenn er uns helfen will, kann er das Tagebuch lesen.«

»Du willst es einfach so aus der Hand geben?«

»Er braucht doch das vollständige Material. Ich komme morgen bei dir vorbei, dann können wir in Ruhe über alles reden.«

»Ja, einverstanden.«

Damit beendeten sie das Gespräch.

30 MONTAG, 21. JULI

Er rollte an der endlosen Reihe der über Nacht abgestellten Fahrzeuge entlang, fand eine Lücke und parkte den Saab ein.

Das Wohngebiet lag am Rand des Zentrums und machte einen ziemlich verschlafenen Eindruck. Es war bereits nach zehn Uhr abends, kein Mensch war zu sehen. In Christiansholm war es windig und regnerisch, die Leute blieben in ihren Häusern. Ein zehnminütiger rascher Spaziergang im Schutz der Dunkelheit, dann war er am Ziel.

Sicherheitshalber schluckte er noch eine weitere der wunderbaren kleinen Tabletten, die er Gunnel zu stibitzen pflegte. Sie legten sich wie schützende Wolle um seine wunden Nerven, erstickten alle Einwände und ließen zumindest einen Teil von ihm zur Ruhe kommen.

Er schloss das Auto ab und überquerte die Straße. Auf halbem Weg zum Kanal erhaschte er im erloschenen Schaufenster eines Möbelgeschäfts einen kurzen Blick auf sich. War das wirklich er?, fragte er sich erschrocken.

Der hochgeschlagene Mantelkragen als Schutz vor dem Nieselregen, sein vorgestreckter Kopf, der entschlossene Gang. Wusste man nicht, wer er war, würde man ihn für einen furchtlosen Mann halten, der es gewohnt war, Risiken einzugehen. Wie die Anfangsszene eines Films, dachte er und blickte verstohlen in das Schaufenster eines Frisiersalons – die einsame, regennasse Straße, der Diplomatenkoffer mit seinem gluckernden Inhalt. Ein gefährlicher Mann mit einem gefährlichen Auftrag …

Er bog in die Straße ab, die sich zwischen dem von Weiden gesäumten Kanal und den hübschen Villengrundstücken befand. Am Ende der Häuserzeile lag das Haus der beiden Schwestern.

Die Pforte war in halb geöffnetem Zustand festgerostet. Der vertrocknete Spierstrauch stand in deutlichem Kontrast zu der getrimmten Hecke. Hinter den tropfnassen Büschen lag das Haus in undurchdringlichem Dunkel. In Anbetracht der zentralen Lage herrschte eine auffallende Stille.

Auf der anderen Straßenseite zeigte sich eine Frau unter einer Straßenlampe. Doch ihre ganze Aufmerksamkeit richtete sich auf einen störrischen Pudel, der vermutlich auf dem sanften Abhang zum Kanal hinunter sein Geschäft verrichten sollte. Wie ein aufgeschrecktes Phantom zwängte Birger sich hastig durch die Gartenpforte und verschwand im Dunkel des schwarzen Laubs – was ihm jedoch die Orientierung erschwerte und zu einem abenteuerlichen Irrgang durch den Garten führte. Er verfehlte den Weg und stolperte über den heimtückischen, nassen Rasen. Unsichtbare Zweige schlugen ihm ins Gesicht, bis ihn eine Steinkante fast zu Fall gebracht hätte.

Doch erst als er das Geräusch seines Fingerknöchels hörte, der an die Tür klopfte, verlor sich der Zauber, der ihn bis jetzt getragen hatte. Seine Beine wollten ihn im Stich lassen, und sein Magen rumorte bedrohlich.

Hier würden ihm keine höheren Mächte beistehen. Und auch keine niederen. Ganz auf seine eigenen jämmerlichen Bemühungen gestellt, würde er durchschaut werden, sobald er den Mund öffnete. Der Wille zur Flucht war da, doch sein Körper bewegte sich nicht vom Fleck. Seine Lippen waren zu einem verzerrten Grinsen erstarrt.

Im Haus rührte sich etwas, ein Schlüssel drehte sich im Schloss. Die Tür öffnete sich einen Spaltbreit.

»Ach, du bist's!«

Die Tür flog auf, worauf Max' mächtige Gestalt den Türrahmen ausfüllte.

»Ja.«

»Das ist aber eine Überraschung.«

»Ich bin zufällig vorbeigekommen …«

Max zog sich auf den Flur zurück. »Komm schon rein, es regnet ja.«

Birger trat sich die Schuhe ordentlich an der Fußmatte ab. Nun war es zu spät. Nun würde alles seinen Lauf nehmen, ob er wollte oder nicht.

Max humpelte zum Bett und ließ sich auf die Kante sinken. Er trug eine Unterhose und ein Netzunterhemd. Seine weißen Haare standen zu Berge.

Birger befeuchtete seine Lippen. »Hattest du dich schon hingelegt?«

»Ich habe schon fast geschlafen.«

»Was ... hast du mit deinem Fuß gemacht?«

»Den habe ich mir auf Röshult verstaucht.«

»Bist du noch mal dort gewesen?«

»Ja, gestern.«

Mit der unerbittlichen Realität konfrontiert, stand Birger in der Mitte des Raumes und klammerte sich an seinen Diplomatenkoffer, den letzten Haltepunkt seines großartigen Plans. Er warf einen verstohlenen Blick auf die mächtige Gestalt, die er noch nie mit so wenig Kleidung gesehen hatte. Der alte Mann war muskulös und behaart wie ein ergrauter Gorilla. Eine tätowierte blaue Schlange wand sich um den rechten Oberarm und biss sich selbst in den Schwanz. Max gähnte herzhaft und kratzte sich seine Bartstoppeln.

»Sieh an, du kommst mich besuchen. Das ist aber wirklich eine Überraschung«, wiederholte er bedächtig.

»Tja ...« Birger suchte verzweifelt nach der richtigen Gesprächseröffnung. »Ich hatte zufällig hier in der Gegend zu tun, und da dachte ich ... ich schau mal auf einen Sprung vorbei, ehe ich wieder nach Hause fahre. Soll nur eine Stippvisite sein.«

»So eilig wirst du's doch auch wieder nicht haben.«

»Ach, ich muss heute noch einiges erledigen ...«

»Es ist mitten in der Nacht!« Max wühlte im Bettzeug. »Ziehe mir nur schnell was an. Du kriegst in jedem Fall was zu trinken. Ich hab Whiskey da.«

»Lieber nicht – ich muss noch fahren.«

»Dann aber wenigstens einen Kaffee?« Er riss ungeduldig an der Decke. »Irgendwo hatte ich hier doch ein Hemd ... setz dich!«

Sein Herzschlag beschleunigte sich. Die Flasche in seinem Koffer wog eine Tonne.

»Gern ein bisschen Kaffee, aber dann muss ich wirklich ...«

Er schaute sich diskret um. Der Raum, den Gunnel und er so erbärmlich gefunden hatten, war nun in behagliches Halbdunkel gehüllt. Die einzige Lichtquelle war die Deckenlampe über dem Tisch, die einen orangefarbenen Plastikschirm hatte. Doch der überladene Schreibtisch wurde von der Glühbirne unbarmherzig beleuchtet. In Ermangelung anderer Möbel fungierte er als Abstellplatz für all die unentbehrlichen Dinge, die ein alleinstehender Mann brauchte.

Sein Blick wanderte über die verschiedenen Gegenstände. Aufgerissene Lebensmittelpackungen, Toilettenartikel, Kochtöpfe, Gläser und Geschirr, das meiste nicht abgewaschen, ein Radio, Socken, ein Rasierapparat, Zeitungen und ein Haufen Münzen. Eine Flasche Bourbon, Wild Turkey, die noch beinahe ganz voll war, stand inmitten des Chaos.

Mit verzweifelter Entschlossenheit öffnete er den Koffer und nahm die eingeschlagene Flasche heraus. Mindestens hundert Mal hatte er den Satz rekapituliert, den er jetzt sagen musste.

»Ich habe eine Flasche selbst gemachten Kräuterlikör dabei. Wermut. Ist gut nach dem Essen. Ich meinte mich erinnern zu können, dass du Magenbitter ...« Seine Stimme hatte einen ungewöhnlichen Klang. Als er einen Schritt auf den Schreibtisch zu machte, um die Flasche abzustellen, bemerkte er das Farbfoto von Alice.

Sie sah ihm ernst in die Augen. Er hatte das Bild schon früher gesehen und flüchtig registriert, dass sie keine Schönheit war, eine sehr lange Nase und die Tendenz zum Überbiss hatte. Ein richtiges Pferdegesicht, hatte er gedacht. Doch jetzt fiel ihm auf, dass ihre Augen schön und durchdringend waren. Sie passt auf ihn auf, schoss es ihm durch den Kopf.

Max hatte ein Hemd angezogen und sagte freundlich: »Das ist aber nett, dass du mich besuchst. Was tust du in Christiansholm?«

Birger riss sich von Alice' Augen los, die ihn aus dem Jenseits prüfend ansahen, und rasselte seinen vorgefertigten Text herunter: »Ein alter Schulkamerad hatte mich zum Abendessen eingeladen. Er hat mal einen Fernseher und einen Videorekorder bei mir gekauft. Wir haben uns so festgequatscht, dass ich völlig die Zeit vergessen habe. Ich hatte mir fest vorgenommen, noch bei dir vorbeizuschauen, aber ich hätte nicht gedacht, dass es so spät werden würde.«

»Das macht doch nichts. Schlafen kann ich ja schließlich immer. Außerdem brauche ich jemanden, mit dem ich reden kann. Die Abende sind so schrecklich einsam hier. Willst du nicht doch einen kleinen Whiskey?«

»Nein, danke.«

Max wollte aufstehen, ließ sich jedoch mit schmerzverzerrtem Gesicht auf das Bett zurücksinken. »Verflixt, der Fuß tut immer noch weh.«

»Bleib nur sitzen. Ich mach den Kaffee.« Birger entdeckte einen Kochtopf, der einigermaßen sauber aussah. »Wasser gibt es vermutlich auf der Toilette?«

Max zog sich mühsam die Hose an. »Ich danke dir. Der Kaffee steht neben dem Radio. Mir geht's nicht besonders ... Bin so schrecklich einsam ...«

»Ja, das kommt vor, manchmal ...«

Zur Birgers Schrecken brach Max plötzlich in Tränen aus. Sein Gesicht verzerrte sich bis zur Unkenntlichkeit. Große, klare Tränen kullerten über die stoppeligen Wangen. Sein Körper wurde von gewaltigen Erschütterungen gebeutelt. Zwischen den Schluchzern stieß er abgehackt und gepresst hervor: »So unglaublich einsam ... wünschte, ich wäre nie zurückgekommen ... die schrecklichen alten Geschichten ... so viel Bosheit ... bin ganz allein ... alle sind tot, und bald ... werde ich auch tot sein.«

Birger flüchtete auf die Toilette und begann hektisch den Topf im schmutzigen Waschbecken zu schrubben. Er warf einen Blick in den zersprungenen Spiegel, und was er sah, beruhigte ihn keineswegs. Ich sehe aus wie ein Serienmörder, dachte er, und irgendwann müssen wir schließlich alle dran glauben. Doch bis jetzt war ja nichts passiert. Er hatte Max einen kurzen Besuch abgestattet ... und würde bald wieder gehen. Mit oder ohne Flasche. Mit? Nein, ohne ...

Max schniefte und setzte seinen depressiven Monolog fort: »Ich hätte nie gedacht, dass es so sein würde, nach Hause zurückzukehren. Hatte vergessen, was für eine verkommene Familie ich habe. Nicht du, Birger, du bist anders als die anderen. Seit Alice' Tod habe ich niemanden mehr … Aber man muss doch wissen, dass man irgendwo zu Hause ist. Kein Mensch hält es aus, ganz allein auf der Welt zu sein. Ich habe oft an euch gedacht, habe mich gefreut, nach Hause zu kommen. Aber es war keine Freude. Du bist der Einzige, der mich gut behandelt hat. Die anderen wären froh, wenn ich krepiere. Aber du hast ein gutes Herz, Birger … bist immer ein netter Kerl gewesen.«

Birger hielt es nicht mehr länger aus. »Sag nicht, dass ich ein netter Kerl bin, verdammt noch mal!«, schrie er. »Ich bin nicht nett!«

Max hickste und sagte kleinlaut: »Aber ich meine es ehrlich.«

Birger sah sich mit dem gefüllten Topf in den Händen suchend um: »Ich bin doch nicht netter als andere auch«, entgegnete er versöhnlich. »Wo hast du eine Kochplatte?«

»Auf der Fensterbank, hinter dem Vorhang. Jedenfalls bin ich froh, dass du da bist.«

»Hinter dem Vorhang? Ist das nicht ein bisschen gefährlich?«

Max schnäuzte sich umständlich ins Laken und schaute ihn mit einem flehenden Hundeblick an. »Du stehst doch in dieser Sache auf meiner Seite, Birger? Du hilfst mir doch, oder?«

»Wobei?«

»Du weißt schon, was ich meine. Sie heraufzuholen.«

»Diese Kochplatte würde ich so schnell wie möglich austauschen. Die sieht ziemlich gefährlich aus.«

»Ach, was spielt das denn jetzt für eine Rolle?«

»Was machen die beiden alten Schwestern?«, fragte Birger, um das Thema zu wechseln.

»Die sind schon in Ordnung … kommen manchmal zu mir nach unten, um ein bisschen zu reden. Ich habe nur dich, Birger. Du musst mir helfen.«

Birger schwieg und richtete seine volle Konzentration darauf, in beide Tassen exakt dieselbe Menge Kaffeepulver zu füllen.

»Am Telefon hast du es mir versprochen«, insistierte Max. »Du glaubst doch nicht, dass ich mir das alles nur einbilde?«

»Ich weiß nicht ...«

»Sie liegt dort – ich weiß es genau.«

»Wie willst du das genau wissen, nach so vielen Jahren? Und verstehst du eigentlich nicht, was du damit anrichtest?«

»Soll ich sie denn mit dem Mord davonkommen lassen?«, rief Max erregt. »Fast hätten sie mich auch getötet. Das weißt du.«

»Das kann ich mir kaum vorstellen ...«

»Hast du etwa solche Angst vor ihr?«

Birger goss das kochende Wasser in die beiden Tassen. Sein Blick streifte die Flasche. Er würde sie in jedem Fall hier lassen. Er musste es tun.

»Komm, trink ein bisschen Kaffee.« Er reichte Max eine Tasse.

»Leif war auch daran beteiligt... mein eigener Halbbruder. Wäre ich nicht mitten in der Nacht abgehauen, dann säße ich jetzt nicht hier. Die sind doch nicht richtig im Kopf, alle miteinander. Da hat man fünfundvierzig Jahre in den Staaten mit Ach und Krach überlebt – in einer der gefährlichsten Branchen, die es überhaupt gibt –, und da wird man zu Hause um ein Haar von seiner eigenen Familie ermordet.«

Birger blies in seinen Kaffee. »Ist die Autobranche wirklich so hart da drüben?«

Max stieß ein düsteres Lachen aus. »Du würdest mir nicht glauben, wenn ich dir erzählte, wie oft ich mich im letzten Moment gerettet habe. So viel Glück hatten nicht alle – aber die anderen hatten ja auch nicht Alice. Sie war mein Schutzengel.«

Birger schaute zu Alice hinüber, die sie gelassen beobachtete. »Du hast doch Autos verkauft, oder?«

»Ich war kein verdammter Autohändler, falls du das glauben solltest.«

»Nicht? Was warst du dann?«

»Ich brauch was zu trinken. Gib mir die Flasche.«

»Jetzt?« Birger zog sich das Zwerchfall zusammen.

»Nicht dein Gebräu. Ich meine den Whiskey.« Max streckte ihm auffordernd die Tasse entgegen. »Gib mir einen Schuss in den Kaffee, dann werd ich dir was erzählen.«

»Ich glaube, ich sollte lieber sehen, dass ich nach Hause komme. Es ist schon spät.«

»Du kommst schon irgendwann nach Hause. Aber schließlich erzähle ich nicht jeden Tag *the story of my life*.«

»Ich hab sie schon mehrere Male gehört.«

»Ja, das glaubst *du*! Aber jetzt werde ich erzählen, wie es wirklich war.«

Birger schaute auf die Uhr. »Ich weiß nicht, ob das eine kluge Idee ist.«

Max schwenkte ungeduldig seine Tasse hin und her, sodass die Hälfte des Kaffees auf dem Boden landete.

»Besonders weise war ich noch nie, dafür aber ziemlich clever. Weißt du, was ein *survivor* ist? So einer wie ich. So haben sie mich drüben genannt. Gib mir die Flasche.«

Birger gehorchte, nachdem er zuvor den Rest des Kaffees mit einem ordentlichen Schuss Whiskey verlängert hatte. Max zog mit der freien Hand einen Sprossenstuhl zu sich heran, fegte einen Kleiderhaufen herunter und klopfte auf die Sitzfläche.

»Setz dich. Ich kann nicht erzählen, während du stehst.«

»Na gut, noch einen Moment«, entgegnete Birger, »dann muss ich aber wirklich.«

Max beugte sich vor und raunte ihm zu: »Die Sache ist streng geheim, verstehst du? Du darfst kein Sterbenswort darüber verlieren. Ich werde verfolgt. Versprichst du, zu schweigen wie ein Grab?«

»Ich verspreche, die Story nicht an die *Kvällsposten* zu verkaufen«, entgegnete Birger mit müder Ironie.

Max nahm einen großen Schluck aus der Tasse und kam ganz nah an ihn heran.

»Das FBI hat mein Flugticket nach Schweden gezahlt, du weißt schon, die Bundesschnüffler. Harte Jungs, kann ich dir sagen. Haben mich in ein Flugzeug nach *good old Sweden* gesetzt. *Witness protection* heißt das wohl. Ich hatte keine Wahl … da ich kein Fischfutter werden wollte.«

Herrgott, was faselt der denn da?, dachte Birger.

»Du weißt doch, dass ich bei *Herzner and Gouldman Motors* in Aurora gearbeitet habe.«

»Du hast es einige Male erwähnt.«

»Gute Firma … traditionsreiches Unternehmen. War fast vierzig Jahre dort angestellt. Aber ich habe sie verraten, und das ist nichts, worauf ich stolz bin. Aber ich hatte keine Wahl, versteht du … musste meine eigene Haut retten.«

»Was meinst du mit ›verraten‹?«

»Das ist eine lange und blutige Geschichte.«

»Ja, aber es war doch wohl eine Firma, die mit Autos gehandelt hat? Das hast du jedenfalls erzählt.«

»Schon, aber keine gewöhnlichen Scheißkarren. Die Firma kaufte und reparierte die Autos reicher Leute – wir hatten es also auch nicht mit gewöhnlichen Kunden zu tun.«

»Ja, ja, ich verstehe …«

»Ich erzähle dir das alles, damit du kapierst, was für ein verdammter Überlebenskünstler ich bin.«

»Hm …«

»Du weißt ja, dass ich vierundzwanzig war, als ich in die Staaten kam – ein dummer Bauerntölpel, der kein Wort englisch sprach und keine Menschenseele kannte dort drüben. Hab mich mit irgendwelchen miesen Jobs über Wasser gehalten … mich abgerackert. Herrgott, was für ein Heimweh ich hatte. Aber du weißt ja, wie es war … Nach Hause konnte ich nicht, und dann habe ich Alice getroffen.«

Birger stöhnte innerlich auf. War er wirklich durch die Hölle gegangen, um sich das hier anhören zu müssen? »Das hast du mir alles schon oft erzählt«, unterbrach er Max unhöflich und schaute demonstrativ auf die Uhr. »Später hast du dann durch einen Zufall diesen wunderbaren Job gekriegt und hast die Werkstatt von Vincent Fioni oder wie auch immer der hieß in Ordnung gehalten, bis er auf dich aufmerksam wurde und bemerkte, was für ein Gewinn du für den Laden warst ... Und so bist du dann rasch aufgestiegen und konntest Alice und dir ein Haus kaufen und ein Auto für jeden von euch ...«

»Ja, ja, aber du kennst nur die geschönte Version«, sagte Max energisch. »Außerdem hieß er Vincenzo Fiosconi und war nicht irgendwer, sondern ein gefürchteter Mann. Einer der mächtigsten in ganz Chicago seinerzeit. *A made guy.*«

»Wie meinst du das, mächtig? War er eine Art Gangster?«

»Gangster«, schnaubte Max. »Er hatte Einfluss, verstehst du? War kultiviert, hatte einen Riecher für große Geschäfte, und seine Freunde konnten sich auf ihn verlassen. Habe ich dir eigentlich schon erzählt, dass er meinen Nachnamen nicht aussprechen konnte? Er nannte mich Max Rossy, und so hieß ich dann über all die Jahre. Für ihn habe ich allerdings nur sieben Jahre lang gearbeitet ... Später ist es nie wieder so geworden wie früher.«

»Hast du nicht erzählt, dass ihm die Firma gehörte? Was ist passiert? Hat er sie verkauft?«

»Das nicht ... Er hat Probleme mit anderen Geschäftsleuten aus Chicago gekriegt. *It's hard to explain*. Er war Sizilianer, musst du wissen, die halten ja immer zusammen, und so gab es Krieg mit den *Micks*, den Iren ... die sind lammfromm, solange sie nicht gereizt werden, aber dann sind sie lebensgefährlich. Schließlich musste er seine Verwandten aus New York um Hilfe bitten. Aber das hätte er nicht tun dürfen, denn nun ging es erst richtig los. Für mich endete die ganze Sache mit einer Bombe. Sie wollten die Firma in die Luft sprengen. Aber diese Iren wussten nicht, wie man das anstellt. Also hat es nur eine Wand und ein paar Jungs in der Werkstatt zerrissen. Ich kam mit einigen Brand- und Schnittwunden davon.«

Max stellte die Tasse zwischen seine Beine, beugte sich vor und teilte seine dichte Mähne.

»Hier, fühl selbst, wenn du mir nicht glaubst… Mein ganzer Schädel ist voller Narben. Ich lag ein halbes Jahr im Krankenhaus, bevor ich wiederhergestellt war.«

Birger untersuchte gehorsam Max' Kopfhaut und stellte fest, dass sie tatsächlich von Narben übersät war. Dennoch verzog er skeptisch den Mund.

»Soll ich dir das wirklich glauben?«, fragte er.

»Wart's ab, es kommt noch schlimmer«, entgegnete Max. »Während ich im Krankenhaus lag, geschahen einige unangenehme Dinge. Als ich zu *Herzner and Gouldman Motors* zurückkehrte, war die Firma an Fiosconis Verwandte in New York vererbt worden. Fiosconi lag inzwischen bei den Fischen. Das war ein harter Schlag für alle seine Freunde.«

»Du meinst, er wurde ermordet?«

Max nickte und leerte seine Tasse. »Er und ein paar andere.«

»Willst du mich etwa zum Narren halten?«

Max setzte eine verletzte Miene auf. »Warum sollte ich das?«

»Aber du hast mir doch früher eine ganz andere Geschichte erzählt.«

»Nein, keine andere. Ich habe nur einige Details weggelassen.«

»Und das… Detail mit dem FBI entspricht also der Wahrheit?«

»Aber natürlich.« Max sah ihm unverwandt in die Augen. »Ich lüge nie.«

Birger hielt seinem offenen Blick nicht stand und schlug die Augen nieder. Er sollte nicht länger hier bleiben. Mit jeder Minute wurde sein Wille schwächer…

»Es war wirklich kein Vergnügen, nach diesen Vorkommnissen wieder bei der Firma anzufangen«, fuhr Max fort. »Aber ich musste schließlich an die Ratenzahlungen für das Haus denken. Außerdem war es nicht leicht, einen ähnlich gut bezahlten Job zu bekommen. Wir trauerten um Fiosconi, Alice und ich. Er ist immer nett zu uns gewesen, hat mit Geschenken nur so um sich geworfen. Er liebte es, anderen eine Freude zu machen. Seine Verwandten dagegen waren mehr … *strict business.* Sie wollten die Werkstatt auf andere Weise führen, sich einen neuen Kundenkreis erschließen. Spezialanfertigungen für Leute mit ganz speziellen Ansprüchen, wenn du verstehst, was ich meine.«

»Nein – was für Ansprüche?«

»Na, schusssichere Fenster zum Beispiel, gepanzerte Türen und so was. In den Boden eingelassene Waffenfächer und jede Menge andere Hohlräume. Rundfunksender – die waren ja damals was ganz Neues. Und dann bekamen wir manchmal Autos herein, die von innen gereinigt werden sollten, und andere, die auf der Stelle verschwinden mussten. Wir haben sie dann in Windeseile in ihre Einzelteile zerlegt. Ich will ja nicht angeben, aber unser Team in der Werkstatt hat manchmal wahre Wunder vollbracht. Ging es um wirklich schwierige Fälle, kam nur *Herzner and Gouldman* in Frage. Aber glaub ja nicht, dass ich noch viel Freude daran hatte. Es war immer ein schrecklicher Stress, kein Vergnügen mehr. Die neuen Besitzer haben wir nie zu Gesicht bekommen. Die Aufträge wurden von irgendwelchen Mittelsmännern erteilt, empfindlichen Typen, mit denen man sich besser nicht anlegte. Die Bezahlung war allerdings in Ordnung, und als Extravergütung konnte ich über einen bronzefarbenen 67er Buick LeSabre verfügen. Ein unglaubliches Fahrgefühl, als segele man in einem goldenen Schiff über die Straßen. Wir haben das Auto geliebt, Alice und ich.«

»Wusste sie davon? Ich meine, war deine Frau einverstanden mit dem Job?«

»Natürlich! Alice wusste alles – das ist immer noch so. Ohne sie hätte ich das nie durchgestanden. Manchmal wollte ich alles hinschmeißen und diesen Typen mal richtig die Meinung sagen, aber das wäre natürlich verdammt unklug gewesen, und daran hat mich Alice immer wieder erinnert, wenn es nötig war. Das hätte nur auf eine Weise geendet – sie hätten mich mit den Füßen zuerst hinausgetragen, wenn du verstehst, was ich meine. Während dieser Jahre habe ich einige Kollegen verloren. Die haben dem Druck einfach nicht standgehalten.«

»Du meinst, sie wurden ermordet?«

»Frag mich nicht. Keine Ahnung, wie die das geregelt haben. Aber die Firma hat zumindest die Begräbniskosten übernommen. Was das Finanzielle angeht, waren die Jungs in New York nie kleinlich.«

Birger goss Max erneut ein, als dieser ihm die Tasse hinhielt. »Was war mit dem FBI?«, fragte er. »Du brauchst mir nicht jedes Detail zu erzählen. Gunnel fragt sich bestimmt schon, wo ich nur abgeblieben bin.«

»Ich muss dir alles erzählen, damit du die Zusammenhänge verstehst«, entgegnete Max. »Warum rufst du Gunnel nicht einfach an? Ohne dieses Telefondings gehst du doch nie aus dem Haus.«

»Mein Handy ist kaputt«, sagte Birger. In Wahrheit lag es ausgeschaltet in seiner Manteltasche. »Aber erzähl nur weiter. Hat sich die Situation später gebessert?«

»Tja, das kommt auf den Blickwinkel an. Jedenfalls wurde es ruhiger. Irgendwas war in New York passiert. Niemand wusste genau, was, aber unsere Auftraggeber oder wie immer man die bezeichnen will – die Typen also, die immer nur Poker spielten und Däumchen drehten, während wir uns abrackerten –, die kriegten plötzlich Panik und machten sich aus dem Staub, und einige Leute aus der Werkstatt verschwanden gleich mit ihnen. Jungs, mit denen ich jahrelang zusammengearbeitet hatte. Es war eine sehr angespannte Situation, jeden Moment hätte man der Nächste sein können. Damals hat Alice mich in letzter Minute gerettet. Sie holte mich eines Tages mit dem Buick von der Arbeit ab. Sagte, wir würden einen Ausflug aufs Land machen. Aber stattdessen hat sie Vollgas gegeben und ist mit Karacho gegen einen Baum gefahren. Es hat nicht viel gefehlt, und wir hätten beide ins Gras gebissen. Am schlimmsten hatte es mich erwischt. Ich lag ein Jahr lang im Krankenhaus, ehe ich wieder auf die Beine kam. Aber es war mein Glück, dass ich auf diese Weise völlig vergessen wurde, und genau darauf hatte sie es auch abgesehen gehabt.«

»Sie hat es mit Absicht getan?«

»Sie musste sich zwischen dem Geld für mein Begräbnis oder dem Unfall entscheiden. Also hat sie's riskiert. Bloß schade um den Buick.«

»Woher wusste sie, dass sie hinter dir her waren?«

»Sie hat ein Näschen für so was – spürt schon von weitem, wenn etwas in der Luft liegt.«

»Spürt ...?«

Max drehte lachend den Kopf, um Alice' langer Nase einen bewundernden Blick zuzuwerfen. Vielleicht waren es die Schatten auf dem Tisch, die ihr Antlitz verzerrten. Birger hätte schwören können, dass sie eben gezwinkert hatte.

»Alice hat immer noch ein Auge auf mich«, sagte Max. »Sie hat nie geglaubt, dass ich auf mich selbst aufpassen kann.«

»Nicht?« Birger wandte sich von Alice ab, spürte jedoch ihren Blick im Nacken. Wenn er sich nicht bald davonmachte, würde sein ganzer Plan den Bach runtergehen. Wenn er nicht ganz schnell verschwand, würde er Max seine Märchen noch abnehmen.

Der tätschelte ihm das Knie. »Meinst du, dass ich verrückt bin?«, fragte er ernst.

»Verrückt? Nein – warum?«

»Weil ich glaube, dass sie immer noch da ist.«

»Ich nehme an, du meinst das ... symbolisch.«

»Überhaupt nicht. Ich glaube, dass sie in diesem Moment hier im Raum ist.«

»In diesem Moment ...?« Er widerstand der Versuchung, sich umzudrehen.

»Ich will dir was erzählen.« Max beugte sich vor. »Die beiden Schwestern haben sie gesehen.«

»Die Fotografie?«

»Nein, nein, in Wirklichkeit. Sie haben sie auch gehört.«

»Haben sie das gesagt?«

»Natürlich. Sie hören, wenn wir uns unterhalten.«

»Und wann haben sie ... sie gesehen?«

»Sie geht manchmal zu ihnen nach oben.«

»Aha ...«

»Aber das muss unter uns bleiben«, sagte Max. »Du darfst nicht einmal Gunnel davon erzählen. Die würde doch glauben, ich sei übergeschnappt.«

»Ja, das würde sie wohl«, sagte Birger.

»Wo war ich stehen geblieben?«, fragte Max.

»Du lagst im Krankenhaus, nach diesem Autounfall.«

»Genau! Ein weiteres Jahr musste ich an Krücken gehen. Diese zwei Jahre waren sehr schwer für mich, verstehst du? Alice musste das Haus verkaufen. Es kostet unheimlich viel Geld, in den Staaten im Krankenhaus zu liegen. Und wir wollten nicht mehr riskieren, eine feste Adresse zu haben. Also hat sie ihren alten Beruf wieder aufgenommen. Habe ich dir eigentlich schon erzählt, wie wir uns damals kennen gelernt haben?«

Birger hatte abwechselnd das Gefühl, der Raum ziehe sich zusammen oder dehne sich aus und fülle jeden Winkel von Max' Bruchbude. Vielleicht war beides der Fall. Auch mit seinem Gehör schien etwas nicht in Ordnung zu sein. Würde er jeden Moment zusammenbrechen? Er konnte sich nur noch mit Mühe auf seinem Stuhl halten.

Max tätschelte ihm erneut das Knie. »Hab ich das?«

»Was?«

»Hab ich dir erzählt, wie Alice und ich uns kennen gelernt haben?«

»Ja, ich glaub schon. In einer Bar in Minneapolis, wo sie gearbeitet hat.« Seine Stimme kam aus weiter Ferne.

»Sobald sie mich sah, wusste sie, dass ich aus Schweden komme, und nachdem wir ein wenig miteinander geredet hatten, war mir klar, dass wir zusammengehören. Sie war wie ein Engel – du siehst es ja selbst.«

Birger kniff die Augen zusammen, um die Wände, die ihn bedrängten, auf Distanz zu halten. Kalter Schweiß lief ihm über den Rücken. Max' Stimme hallte dumpf in seinem Kopf.

»Hat eine Weile für uns beide geschuftet ... in diesen Kneipen ... waren Schlupfwinkel ... wenig Geld ... immer auf dem Sprung ... schäbige Pensionen … gemietete Zimmer … ehe das Blatt sich wendete … die Firma in neuen Händen … aus dem Loch gekrochen … noch mal mein Glück versucht …«

Jemand packte ihn an den Schultern, schüttelte ihn vorsichtig. Er schlug die Augen auf und blickte direkt in Max' Gesicht. Sah alle Bartstoppeln in extremer Vergrößerung, jede Pore und jede Linie der sich heftig bewegenden Lippen – doch er hörte keinen Laut.

Dann dröhnte es plötzlich: »… siehst richtig krank aus. Du wärst fast vom Stuhl gefallen.«

»Ich bin ein bisschen müde.«

»Ein bisschen müde?« Max gluckste, während er ihn unter den Achseln stützte. »Todmüde würde ich sagen. Komm her und leg dich eine Weile aufs Bett.«

Birger segelte durch die Luft und landete auf dem Rücken auf Max' zerknittertem Bettzeug. Immer weiter sank er ein, zu Tode erschöpft. Irgendwas hatte sich gelöst, die Spannung, die ihn seit Tagen angetrieben hatte. Es war wie eine Befreiung. Die Decke blieb an ihrem Platz, und auch die Wände bewegten sich nicht vom Fleck. Max hinkte zur Toilette und kam mit einem Glas Wasser zurück.

»Hier, trink!« Birger spürte die große, warme Hand, die seinen Kopf stützte. Er trank gierig. Es schmeckte gut.

»Danke, jetzt geht's mir schon viel besser. Mir war nur etwas schwindelig.«

»Du bist doch wohl nicht krank?«

Die Besorgnis in Max' Stimme machte den letzten Rest von Birgers Entschlusskraft zunichte. Herrgott, was hatte er nur tun wollen? Dieser plumpe Kerl war ihm doch sogar sympathisch. Tränen füllten seine Augen. Jetzt fing er auch noch an zu heulen! Er musste aufpassen, dass nicht einfach alles aus ihm heraussprudelte.

»Geht schon«, grummelte er. »Hatte in letzter Zeit viel zu tun, die Nerven …«

Max gab ihm einen unbeholfenen Klaps auf den Kopf. »Hast du Sorgen?«

Birger fühlte sich durchsichtig – als läge seine Seele mit all ihren schrecklichen Geheimnissen offen zutage.

»Wer hat das nicht?«, entgegnete er mit unsicherem Lachen.

»Es ist die Sache mit Anna, oder?«, fragte Max und traf damit genau Birgers wunden Punkt. Dieser wollte die Vermutung schon entschieden zurückweisen, besann sich aber.

»Das kommt natürlich hinzu.«

»Denkst du an Gertrud?«

Da es unmöglich war, über seine Gedanken zu sprechen, doch ebenso unmöglich, in das Gesicht zu sehen, das über ihm schwebte, blickte Birger starr auf zwei im Kreuzstich ausgeführte schielende Pekinesen, die gerahmt quer über dem Bett hingen. Jemand namens Klara hatte das Werk 1944 geschaffen, in seinem Geburtsjahr.

»Ich weiß nicht … Irgendwie wird sich das schon klären. Hauptsache, ich finde ein wenig Schlaf.«

»Wenn du willst, kann ich damit warten, bis die Erbteilung geschehen ist.«

»Das wäre sehr nett von dir«, flüsterte Birger, der für jeden Aufschub dankbar war.

»Es genügt mir, wenn ich weiß, dass du auf meiner Seite bist. Du verstehst doch, dass ich das geklärt haben muss, ehe ich verschwinde. Aber mach dir darüber keine Sorgen.«

Birger hielt sich den Arm vor die Augen. Bald würde er mit seinen Kräften am Ende sein und den letzten erbärmlichen Rest seiner Selbstbeherrschung verlieren. Eigentlich wollte er nur noch weg, doch ihm fehlte die Kraft dazu.

»Jetzt reden wir nicht mehr von mir«, sagte er mit erzwungenem Lachen. »Erzähl mir, was dann passiert ist. Hast du den Job zurückgekriegt?«

Max setzte sich auf den Sprossenstuhl und stützte die Hände auf die Knie. Unter den Bartstoppeln leuchteten seine rosigen Wangen. Es war kaum zu glauben, dass seine hellblauen Augen je etwa anderes als eine heile Welt gesehen hatten.

»Klar. Die Firma hat ja völlig neu angefangen, mit anderer Geschäftsführung und geordneten Verhältnissen.«

»Du und Alice, ihr seid also wieder auf die Beine gekommen?«

»Na ja, eine Weile hat es schon gedauert. Und anstrengend war es auch, weil die Firma ihren Tätigkeitsbereich erweitert hatte. Das mit den Autos war wohl mehr zum Schein.«

»Was habt ihr dann gemacht?«

»Tja, irgendwelche Waren geliefert. Die Firma war zu einer Art Spedition geworden. Du weißt schon, eine Ladung kam, die andere ging, und ich habe lieber nicht gefragt, worum es sich im Einzelnen handelte. Man wird ja ein bisschen klüger mit den Jahren. Andere hingegen waren neugierig – zu neugierig ...«

»Aber man hat ihnen immerhin das Begräbnis bezahlt«, fuhr Birger fort, dem Max' Worte bekannt vorkamen.

»Ganz genau.«

»Was hat Alice dazu gesagt? War sie damit einverstanden, dass du schon wieder einen gefährlichen Lebenswandel führtest?«

Max zuckte mit den Schultern. »Es war eben mein Job. Riskant, meinetwegen, aber gut bezahlt. Wir waren es leid, arm zu sein. Man braucht vieles, damit das Leben erträglich wird. Aber dieser Job dauerte auch nur ein paar Jahre, dann war wieder alles vorbei. An die genauen Vorgänge kann ich mich nicht erinnern, jedenfalls bekam ich eine Kugel in den Bauch. Nichts Persönliches – ich stand wohl irgendwie im Weg.«

Max zog Hemd und Unterhemd nach oben und zeigte – nicht ohne Stolz – eine imponierende Narbe, die quer über den behaarten Bauch verlief.

Birger beugte sich über die Bettkante und betrachtete sie interessiert. »Sieht aus, als hätten sie dir den ganzen Bauch aufgeschlitzt«, sagte er. »Wie hast du das nur überlebt?«

Max kicherte amüsiert. »Das haben sich viele gefragt. Ich bin viermal operiert worden. Ich dachte schon, die hören nie auf, an mir rumzuschnipseln.«

»Und die Polizei? Wurde die nicht irgendwann auf die Firma aufmerksam?«

»Aufmerksam schon, doch schließlich hatten sie nichts in der Hand. Und du glaubst ja wohl nicht, dass ich geplaudert habe.«

»Sie wollten doch bestimmt wissen, was passiert war. Warum man auf dich geschossen hatte.«

»Weißt du, wie viele Menschen in Chicago Jahr für Jahr einem Raubmord zum Opfer fallen? Die armen Bullen haben schon genug mit all den Berichten zu tun, die sie schreiben müssen. Nur in den Fernsehserien haben sie noch für was anderes Zeit.«

Max nahm die Tasse vom Boden auf und bediente sich aus der Whiskeyflasche. Birgers Gedanken kreisten um die andere Flasche. Er würde sie wieder mitnehmen, den Inhalt aber nicht wegschütten. Falls, wie zu erwarten, alles böse endete, konnte er ihn selbst trinken. Ein tröstlicher Gedanke.

»Ich nehme an, du hast deinen alten Job wieder aufgenommen, nachdem du dich erholt hattest.«

»*Sure*. Nach all den Jahren fühlte ich mich dort schließlich irgendwie zu Hause. Und die allgemeine Lage hatte sich auch wieder entspannt.«

»Die Firma ging auf die Erben über.«

»*Exactly*. Obwohl wir zuerst nicht wussten, was das zu bedeuten hatte. Wir waren die ewige Unsicherheit leid. Aber dann kam irgendein Bonze und versprach, dass bei *Herzner and Gouldman* von nun an Ordnung herrschte. In Zukunft sollten wir in eine Kette von Werkstätten eingegliedert werden, die sich über das ganze Land verteilten, und uns auf die Wartung und Reparatur europäischer Sportwagen konzentrieren. Was sich ja nicht so dumm anhörte. Dann bekamen wie einen neuen Chef namens Angelo Terzini. Ein komischer Vogel. Habe nie jemanden gesehen, der so hässlich war – und so große Angst hatte, sich die Hände schmutzig zu machen. Ohne Handschuhe gab der keinem die Hand. Ein langer Lulatsch, über zwei Meter groß, und spindeldürr, sodass seine schicken Anzüge an ihm dranhingen wie an einem Kleiderbügel. Eine merkwürdige Krankheit muss er auch gehabt haben, denn sein Gesicht war völlig vernarbt. Ein richtiger Kinderschreck. Er ließ alles umbauen und modernisieren. Hinterher sah die Werkstatt aus wie ein strahlend heller Operationssaal, und wir trugen weiße Overalls mit dem Schriftzug der Firma auf dem Rücken. Er stellte auch haufenweise neue Leute ein – *from the old country* –, die uns neue Sachen beibrachten. Er selbst hat seinen Fuß nie in die Werkstatt gesetzt, hat alle Anweisungen am Telefon gegeben. Sein Büro sah aus wie die Royal Suite im Ritz. Wir haben fantastische Autos reinbekommen, die reinsten Kunstwerke. Es war eine Freude, an denen zu arbeiten. Auch die Kunden hatten Klasse und haben uns nie unnötig gehetzt. Und jetzt glaubst du bestimmt, dass alles irgendwann den Bach runterging, so wie früher, aber da irrst du dich. Terzini gab sich nur mit handverlesenen Leuten ab, denen er absolut vertrauen konnte.«

»Das habe ich nicht geglaubt«, protestierte Birger. »Irgendwann muss es doch auch einmal gut gehen.«

»Du sagst es. Das Blatt hatte sich gewendet. Terzini bat mich in seine königliche Suite, bot mir Zigarren und schottischen Whisky an und fragte mich, ob ich wüsste, dass ich in New York so etwas wie eine Legende sei. Ich war ja der einzige Überlebende aus Fiosconis Zeit, und das imponierte ihm. Er wollte von mir wissen, wie ich das geschafft hätte, ob es da einen geheimen Trick gäbe. Ich sagte nur, dass ich stets mein Bestes gegeben und meine Nase nie in Angelegenheiten gesteckt hätte, die mich nichts angingen. Und da sagte er mir, dass in dieser Branche genau solche Kerle wie ich gebraucht werden, und ob ich nicht scharf darauf wäre, doppelt so viel Gehalt zu kriegen. Du kannst dir ja denken, was ich geantwortet habe.«

»Ich hoffe, du hast mit Ja geantwortet.«

»Natürlich. Sonst hätte ich Alice nicht mehr in die Augen sehen können. Ich bekam ein eigenes Büro direkt neben Terzinis – piekfein, sage ich dir – und eine eigene Sekretärin. Dann schickte er mich zu seinem Schneider. Damit ich besser ins Büro passe, sagte er. Das hat Alice natürlich gefallen, und so dauerte es nicht lange, bis sie fand, dass wir viel zu bescheiden wohnen, und das fand Terzini auch. Also hat er uns eine Villa in einem vornehmen Stadtteil besorgt. Später fing Alice sogar an, in die Kirche zu gehen und Bridge mit den Nachbarinnen zu spielen.«

»Was hast du getan? Worin bestand dein Job?«

»Das war an sich keine Überraschung. Ich sollte die Lieferungen an die verschiedenen Werkstätten kontrollieren; wir hatten ja Filialen in sieben Bundesstaaten. Dafür sorgen, dass die richtigen Leute zur richtigen Zeit am richtigen Ort waren. Du weißt schon ... ein bisschen Buchführung. Aber am allerwichtigsten war Terzini mein Aussehen. Ich sollte gewissermaßen das Gesicht der Firma nach außen sein. Was man eigentlich gut verstehen konnte, denn er selbst sah ja nicht gerade vorteilhaft aus. Außerdem hielt er sich lieber im Hintergrund. Er sagte immer, dass meine blauen Augen und mein ehrliches Gesicht der Firma von großem Nutzen wären.«

»Also keine weiteren Gefahren mehr?«

»Nein, die letzten fünfzehn Jahre waren gut. Alice hat sie unsere goldenen Jahre genannt. Und als sie vorbei waren, war sie tot. Ich weiß, dass sie nicht unzufrieden war mit mir. Ich habe mich immer an ihren Rat gehalten. Aber ich bin froh, dass sie nie persönlich mit hineingezogen wurde. Sie liebte es, auf großem Fuß zu leben, und Geschenke konnte sie nie genug bekommen. Wenn alles nach Plan gelaufen wäre, dann hätten wir unseren Lebensabend in einer hübschen Villa auf den Florida Keys verbracht. Aber daraus wurde nichts ...«

Max ließ den Blick durch den schäbigen Raum wandern. »Stattdessen bin ich hier gelandet.«

Aus irgendeinem Grund wurde Birger plötzlich bewusst, wie spät es war. Er schaute auf die Uhr und fuhr aus dem Bett.

»Ich muss nach Hause – es ist schon fast ein Uhr!«

Max drückte ihn wieder auf die Bettkante. »Werd dich gleich nach Hause lassen. Mehr gibt es auch nicht zu erzählen.«

»Was ist dann passiert? Hat das FBI dich geschnappt?«

»Nachdem Alice gestorben war, hatte ich keine Kraft mehr. Außerdem braute sich was gegen mich zusammen. Die Bedrohung kam jeden Tag näher. Wäre Alice noch am Leben und gesund gewesen, hätte sie es rechtzeitig gespürt. Es war letztes Jahr am dreiundzwanzigsten Dezember. Ich wollte nach Rockford, um mit Alice' Schwester und ihrem Mann Weihnachten zu feiern. Doch auf halber Strecke, es war mitten im Weihnachtsverkehr, bin ich von einem Polizeiauto angehalten worden. Ich dachte zuerst, ich wäre zu schnell gefahren, begriff aber rasch, dass das nicht der Fall war. Es waren auch keine gewöhnlichen Bullen, verstehst du? Sie bugsierten mich einfach in ihr Auto, und mein Wagen blieb am Straßenrand stehen, mit Weihnachtsgeschenken und allem. Und dann wurde ich in ein Flugzeug nach Washington gesetzt, wo man mich in eine Zelle sperrte. Da konnte ich dann in Ruhe darüber nachdenken, was zum Teufel nur schief gegangen war. Ich war doch nur ein kleiner Fisch, also nahm ich die Sache anfangs gelassen. Doch nachdem sie mich eine Weile in die Mangel genommen hatten, stellten sie mich vor die Entscheidung: Entweder ich mache meinen Mund auf, oder sie klagen mich wegen *federal tax evasion* an. Das hätte mir ungefähr zehn Jahre Gefängnis eingebracht. Wenn ich rede, so boten sie mir an, würde ich einen neuen Namen bekommen und nach Idaho umziehen. Natürlich wollte ich nicht ins Gefängnis, aber nach Idaho wollte ich auch nicht. Was sollte ich also tun? Ich sagte, ich wolle nach Hause nach Schweden, und nach einigem Hin und Her ließen sie sich darauf ein.«

»Warum ausgerechnet du? Oder haben sie die ganze Firma drangekriegt?«

»Nein, sie waren nur hinter mir her, nicht hinter der Firma. Die war *untouchable* – tadellose Buchführung, nicht eine illegale Schraube, da war nichts zu machen.«

»Was hatten sie gegen dich in der Hand?«

»Nicht viel, aber genug. '94 hat ein neuer Kerl in der Firma angefangen. Natürlich war es Terzini, der ihn aufgetrieben hat und von den New Yorker Bossen genehmigen ließ. Er hieß Pete Alvorado. Ich mochte ihn. Alle mochten ihn. Er machte sich in vielerlei Hinsicht nützlich. Übernahm heikle Aufgaben, obwohl er natürlich nicht in schwer wiegende Vorgänge eingeweiht wurde. Dann wurde Alice krank, und ich habe mich fast nur noch um sie kümmern können. Pete hat in der Firma alles am Laufen gehalten. Hat sich um meine privaten Geschäfte gekümmert. Wurde meine rechte Hand. Als Alice gestorben war, hat er mitgeholfen, das Begräbnis zu organisieren und so. Ohne ihn hätte ich das alles nicht geschafft. Ich sagte damals immer, er wäre *to good to be true,* und wusste nicht einmal, wie verdammt Recht ich hatte.«

»War er ein FBI-Agent?«

»*You bet your ass!* Er hieß genauso wenig Pete Alvorado wie ich Michael Jordan. Und genau auf mich hatte er es abgesehen. Ich war zwar kein *big shot*, aber schon lange in der Firma und hatte im Lauf der Jahre so einiges mitgemacht. Er nahm mich genau unter die Lupe, stellte mein Büro auf den Kopf und hielt mir jeden Strafzettel und jeden Cent unter die Nase, den ich nicht ordentlich versteuert hatte. Und ich machte es ihm leicht. Also glaubten sie, mich im Sack zu haben. Aber wer zuletzt lacht, lacht bekanntlich am besten; als es nämlich wirklich um Dinge ging, die sie absolut wissen wollten, war ich für sie ohne Wert, da unser Deal da bereits perfekt war. Terzini wusste, was er tat, als er mich anstellte. Ich hatte keine Ahnung, womit ich es eigentlich zu tun hatte, und auch kein Interesse, es herauszufinden.«

Birger stand vom Bett auf, machte ein paar wackelige Schritte und registrierte ein leichtes Zittern in den Beinen. Er fror.

»Sind sie immer noch hinter die her, ich meine, deine Arbeitgeber?«

»Ich glaube nicht. Es ist einfach verdammt teuer und aufwändig, Leute wie mich aufzuspüren, und Terzini ist ein ökonomisch denkender Mann. Es ist ja kein größerer Schaden entstanden. Ich habe ihm allenfalls ein paar Mückenstiche zugefügt. Doch eines ist richtig – ich sollte mich lieber nicht über einen längeren Zeitraum an ein und demselben Ort aufhalten.«

»Wolltest du deshalb hier wohnen?« Birger zog seinen Mantel an und näherte sich dem Tisch, auf dem die eingeschlagene Flasche stand.

»Das hier ist ein guter Platz«, sagte Max.

»Was willst du jetzt tun? Hier kannst du doch wohl nicht bleiben.«

»Du weißt, was ich tun werde – dafür sorgen, dass Anna ein anständiges Grab bekommt. Danach werde ich weitersehen.«

»Aber du hast doch versprochen ...«

»Ja, ja, ein bisschen zu warten. Wenn sie schon so lange da gelegen hat, kann sie das auch noch ein paar weitere Monate.«

Birger erlaubte sich einen letzten Blick auf Alice, ehe er die Flasche in seiner Manteltasche verschwinden ließ.

»Ich muss jetzt nach Hause«, sagte er.

»Kommst du allein zurecht?«

»Wird schon gehen, wenn ich mich ein bisschen bewege ...«

Als Birger zu seinem Wagen zurückging, war es kurz nach zwei Uhr nachts. Der Besuch bei Max hatte vier Stunden gedauert, doch es kam ihm viel länger vor.

31 MITTWOCH, 23. JULI

Die Aussicht vom Fenster war nicht schlecht. Eine weit gestreckte Talsenke, die in goldenes Sonnenlicht getaucht war. Hänge in allen nur erdenklichen Grüntönen. Laubwald, vor allem Buchen. Weiden und wogende Kornfelder. Rot und weiß gestrichene Höfe waren wie kleine Spielzeughäuschen über die Landschaft verteilt, und das alles unter einem klaren blauen Himmel mit weißen Zirruswolken.

Kajsa erinnerte sich an einen kalten, windigen Novembertag vor anderthalb Jahren, an dem sie und Katharina über dieselbe Talsenke geblickt hatten. Damals hatte sich die Farbskala auf dumpfe graubraune Töne beschränkt, und der Wald war ein schwarzes tropfendes Baumskelett gewesen. Sie waren im Herbstmatsch um die verlassenen Häuser auf Knigarp herumgestapft, während es aus einem bleigrauen Himmel genieselt hatte. Sie hatte sich die ganze furchtbare Geschichte anhören müssen, die sich dort zugetragen hatte. Patriks Beteiligung und Katharinas Angst. Nachdem Katharina ihr die Jauchegrube sowie die leeren Schweineställe gezeigt hatte, war sie von der gedrückten Stimmung angesteckt worden, die über dem Hof schwebte. Und als sie schließlich, als Höhepunkt des schaurigen Rundgangs, das abseits gelegene Wohnhaus erreichten, war die Stille plötzlich von einem Hundegebell zerrissen worden, das schließlich in ein trauriges Heulen überging. Katharina war erbleicht, hatte sie am Arm gepackt – und gemeinsam waren sie die Allee hinuntergerannt, als wäre ihnen der Hund von Baskerville auf den Fersen.

Aber jetzt bot Knigarp, ebenso wie die Umgebung, einen betörenden Anblick.

Und was gab es über Lennart Roos zu sagen?

Ganz am Anfang, als sie die Allee hinaufgeschlendert und ihn vor dem Haupteingang hatten stehen sehen, war sie ein wenig enttäuscht gewesen. Nach Katharinas lebhafter Beschreibung hatte sie einen zweiten Sean Connery erwartet, vielleicht gar ein wenig größer gewachsen und muskulöser. Doch er war nicht besonders kräftig, eher schmal und auch nicht groß. Als er ihnen aber gemessenen Schrittes entgegenkam, hatte sie James Bond bereits vergessen und dachte stattdessen an einen eleganten Meisterdieb im Ruhestand à la David Niven. Sie konnte sich gut vorstellen, wie der frühere Regierungsdirektor im schwarzen Trikot geschmeidig wie eine Katze die Hausfassaden emporkletterte. Er ging nicht, sondern schritt einher, drahtig und unbekümmert, als hätte er keine Sorgen auf dieser Welt.

Doch was sie wirklich für ihn einnahm, war sein exzentrischer Einfall, ihr die Hand zu küssen. Bei ihm wirkte diese Geste vollkommen ungekünstelt. Dazu hatte er ihr tief in die Augen geblickt, als wolle er ihre Seele erforschen oder gar verführen. Ob es ein Trick war oder ehrlichem Interesse für sie entsprang, blieb dahingestellt.

Jetzt, da sie mit einem Cappuccino in der Hand auf einem moosgrünen Sofa saß, bekam sie die russische Tänzerin, die vielleicht nur ein Gerücht war, nicht aus dem Kopf. Nicht, dass man im Haus irgendwelche konkreten Spuren gesehen hätte, aber es bestand doch eine besondere Atmosphäre. Die Einrichtung der sparsam möblierten Räume, in denen die zahlreichen Bücher das dominierende Element waren, war weder von Nachlässigkeit noch Unsicherheit geprägt. Jedes Detail schien äußerst durchdacht zu sein und einem bestimmten Effekt zu dienen. Sie überlegte, welche Wirkung vorrangig erzielt wurde, und kam zu dem Ergebnis, dass alles von einer gewissen Sinnlichkeit zeugte. Vor allem dachte sie über den breiten Diwan und dessen strategische Platzierung vor dem offenen Kamin nach. Ganz gleich, ob er für die Einrichtung allein verantwortlich zeichnete oder nicht, so zeugte sie nicht nur von einer Lust am Lesen, sondern auch von einem ausgeprägten Sinn für Ästhetik und entspannte Zweisamkeit.

»Neugier ist ein höchst kreativer Zustand«, sagte er. »Ich hätte es niemals vierzig Jahre lang bei der Polizei ausgehalten, wenn ich nicht ein unstillbares Interesse am Schicksal anderer Menschen gehabt hätte. Aber darum scheint es heute schlecht bestellt zu sein. Die Leute überlassen einander zu sehr sich selbst. Viele sterben einsam in ihren Wohnungen, ohne dass jemand Notiz davon nimmt.«

Oder verwesen in unbekannten Gräbern, dachte sie.

»Ich finde, dass Sie bis jetzt ausgezeichnete Arbeit geleistet haben«, sagte er anerkennend.

Also kein Vorwurf wegen privater Ermittlungen oder unbefugter Einmischung in vertrauliche Vorgänge. Sie sah, dass sein graublauer Blick offen und intelligent war. Das feine Netz der Linien um die Augen zeugte von Humor. Auch der schmale Mund schien gern zu lächeln. Katharina hatte Recht gehabt. Er war ganz klar ihr Mann.

»Doch Neugier hat manchmal ihren Preis«, fuhr er fort. »Man weiß nie, was man alles ans Tageslicht befördert.«

»Was für eine treffende Formulierung«, murmelte Katharina.

Kajsa blickte verstohlen zum Couchtisch hinüber. Dort lagen Pias Habseligkeiten sowie das Tagebuch, das er vermutlich schon gelesen hatte. Daneben ein paar unbekannte Papiere. Er hatte eine knappe Woche Zeit gehabt, das Material zu sichten. Katharina hatte ihn von ihren Aktivitäten in der Gegend und in Stockholm in Kenntnis gesetzt. Nun lehnte er sich in dem tiefen Sessel zurück und nippte an seinem Kaffee.

»Was wollen Sie mit Ihren Recherchen erreichen?«, fragte er.

»Gewissheit«, schlug Katharina vor.

»Ruhe und Frieden«, antwortete Kajsa.

»Ich finde, es gibt bessere Wege, um sich Ruhe und Frieden zu schaffen«, entgegnete er freundlich. »Diese Sache kann sehr unangenehm werden.«

»Sind Sie auf Hinweise gestoßen, die das vermuten lassen?«, fragte Katharina.

»Ich bin auf Dinge gestoßen, die dafür sprechen, dass es sich um eine komplizierte Angelegenheit handelt«, sagte er. »Dabei habe ich erst ein wenig an der Oberfläche gekratzt.«

»Haben Sie etwas über Ingabritt Rösling in Erfahrung gebracht?«

»Nein – von ihr fehlt jede Spur. Die offiziellen Kanäle bringen uns hier nicht weiter. Aber es gibt Leute, die durch das Netz der Meldestellen schlüpfen, ohne dass ein Verbrechen zugrunde liegen muss. Ich versuche es auch über andere Kanäle, aber das kann ein wenig dauern.«

»Halten Sie es für einen Fehler, dass wir das Tagebuch nicht der Polizei gezeigt haben?«, fragte Kajsa.

Er deutete ein Kopfschütteln an. »Es handelt sich schließlich um vage Angaben in einem fünfundzwanzig Jahre alten Tagebuch«, sagte er. »Über eine Leiche, die angeblich im Moor gefunden wurde. Pia hatte sicher gute Gründe für ihre Mutmaßungen, aber gesehen hat sie die Leiche nicht. Auch Clarence Jankelius berichtet von einem Leichenfund. Doch gibt es keine handfesten Argumente, die den Verdacht stützen, es könnte sich um Ingabritt Rösling handeln. Vielleicht war es dieselbe Leiche, die von den Archäologen derzeit ausgegraben wird. Oder es handelt sich um die Mutter von Max Rösling, sofern man seinen Aussagen Glauben schenken darf. Das ist eine recht dürftige Grundlage, um offizielle Ermittlungen einzuleiten. Und Ermittlungen, die zu nichts führen, könnten für Sie in dieser Gegend sehr unangenehme Folgen haben.«

»Das habe ich mir auch schon gedacht«, sagte Kajsa.

»Was aber natürlich nicht heißt, dass Ihre Vermutungen falsch sein müssen«, fügte er hinzu.

»So sehe ich das auch …«, sagte Katharina.

»Darum finde ich, dass Sie absolut richtig gehandelt haben, sich an mich zu wenden«, schloss er mit dezentem Lächeln.

Sie beobachteten andächtig, wie er seine Brille aufsetzte und die auf dem Tisch liegenden Papiere zur Hand nahm.

»Von den sechs Personen, an denen Sie interessiert sind, habe ich Informationen über vier von ihnen erhalten«, sagte er. »David Brandt, Peter

Lövhult, Sue Adams und Clarence Jankelius. Über Pia Bryneskog und, wie schon gesagt, über Ingabritt Rösling habe ich bislang nichts herausfinden können.«

»Adams?«, fragte Katharina. »Dann wissen wir zumindest ihren vollständigen Namen.«

»Sie werden noch mehr als das erfahren«, sagte er geheimnisvoll und fuhr fort: »Über David Brandt und Peter Lövhult gibt es keine Unterlagen vor November '72. Zu diesem Zeitpunkt verbüßten sie in Spanien eine vierzehnmonatige Haftstrafe wegen Schmuggels von Cannabis.«

»Das ist also die Erklärung, warum sie nie nach Röshult zurückgekehrt sind«, warf Kajsa ein. »Das wirft natürlich ein neues Licht auf David. Vielleicht ist er doch kein so großer Mistkerl, wie wir geglaubt haben.«

»Warte noch mit seiner Rehabilitation«, sagte Katharina. »Er hätte ja zumindest eine Postkarte schreiben können: ›Hallo, hat leider nicht so geklappt, wie wir uns das vorgestellt hatten. Haben ein billiges Hotel in Spanien nehmen müssen, werden wohl noch eine Weile bleiben. Viele Grüße, David‹. So was in der Art. Ich nehme doch an, dass man in spanischen Gefängnissen Postkarten schreiben darf.«

»Sicher«, sagte Lennart Roos. »Doch über ihn wissen wir nur noch, dass er 1975 wegen betrügerischer Buchführung zu einer sechsmonatigen Haftstrafe in Schweden verurteilt wurde.«

»Betrügerische Buchführung?«, wunderte sich Katharina. »Verstand er sich auf so was?«

»Offensichtlich nicht. Er war Teil einer verdeckten Operation und wusste ebenso wenig wie andere, wofür er eigentlich bezahlt wurde – besser gesagt, nicht bezahlt wurde. Denn vor Gericht klagte er darüber, dass er sein Honorar nicht bekommen habe, was aber natürlich kein mildernder Umstand ist. Danach ist er wohl auf dem Pfad der Tugend geblieben, oder er war zu clever für die Polizei.

Peter Lövhult hingegen scheint in Fälschungsdelikte verwickelt gewesen zu sein, deretwegen 1978 ermittelt wurde. Mehrere Personen wurden verurteilt, doch konnte seine Schuld nicht zweifelsfrei bewiesen werden. Es existiert eine umfangreiche Akte über ihn, aber solange wir nicht genau wissen, wonach wir eigentlich suchen, kann die noch warten.«

Sein Lächeln, als er aufblickte, war so flüchtig, dass man schon in der nächsten Sekunde zweifelte, ob es überhaupt existiert hatte.

»Zu Sue Adams gibt es allerdings so einiges zu sagen«, fuhr er fort.

Was für ein Gewinn dieser Mann ist, dachte Kajsa. Informationen, an die sie und Katharina nie herangekommen wären, zauberte er wie Kaninchen aus dem Hut.

»Also ...« Roos ging seine Papiere durch und las vor: »Sue Adams, geboren 1948 in Utica im Staat New York. Einreise nach Schweden am 24. April 1971 in Begleitung von Brian Copolsky und ihrem zweijährigen Sohn. Das Paar kam direkt aus Nepal. Brian Copolsky verließ Schweden zusammen mit seinem Sohn nach drei Monaten, weil ihr Touristenvisum auslief. Über eine Ausreise von Sue Adams ist nichts bekannt. Späteren Ermittlungen zufolge wohnte das Paar während des ersten Monats ihres Aufenthalts in Schweden bei Sue Adams' Tante Birgitta Sundahl in der Nähe von Karlstad. Danach zogen sie zu Freunden nach Stockholm, worauf Frau Sundahl den Kontakt zu ihnen verlor. Während der Befragung gab Birgitta Sundahl an, die Beziehung zwischen ihrer Nichte und Brian Copolsky sei sehr angespannt gewesen. Sue Adams habe den Wunsch geäußert, sich scheiden zu lassen, was möglicherweise der Grund ist, warum Brian Copolsky Schweden allein mit seinem Sohn wieder verlassen hat. Des Weiteren sagte Frau Sundahl aus, dass Frau Adams mit ihren Eltern gebrochen habe, die zu diesem Zeitpunkt in New York lebten. Seit mindesten fünf Jahren habe sie keinen Kontakt mehr zu ihnen gehabt und sich in dieser Zeit vorwiegend in Asien und Europa aufgehalten. Der Vater von Frau Adams sei Immobilienmakler und habe eine eigene Firma. Ihre Mutter, eine gebürtige Schwedin, kümmere sich um die Buchführung des Unternehmens. Frau Sundahl zufolge haben sie zwei Töchter, von denen Sue die Ältere ist.«

Roos schaute von seinen Papieren auf. »So viel zu ihrem Hintergrund.«

Da weder Kajsa noch Katharina zu einer Bemerkung ansetzten, legte er ein Blatt beiseite und las weiter.

»Am Sonntag, dem 7. Mai 1972, wurde ein Mann namens Rickard Björnheden in seiner Wohnung am C. A. Cederborgsväg in Kristineberg ermordet aufgefunden. Den Aussagen eines benachbarten Ehepaars zufolge war eine junge Frau Zeugin des Mordes.« Er zog ein weiteres Blatt hervor.

»Hier haben wir eine Zusammenfassung der Zeugenaussage von Lars und Ewy Börjesson: Um zirka dreiundzwanzig Uhr am 7. Mai 1972 sitzt das Ehepaar in der Küche seiner Wohnung, als Frau Börjesson plötzlich ›komi sche Geräusche‹ aus dem Wohnzimmer hört. Als sie dorthin geht, um nachzuschauen, sieht sie auf ihrem Balkon eine nackte Frau, die offenbar zu ihnen hereingelassen werden will. Da sich die Wohnung im sechsten Stock befindet, traut Frau Börjesson zunächst ihren Augen nicht. Sie ruft ihren Mann, und nach einer kurzen Beratschlagung lassen sie die Frau herein, die unter Schock zu stehen scheint und zudem unterkühlt ist. Sie hat zunächst Schwierigkeiten, sich verständlich zu machen. Frau Börjesson holt sofort einen Mantel aus dem Flur, in den sich die Frau einhüllen kann. Die Eheleute begreifen rasch, dass die Frau aus der Wohnung kam, die sich im Haus nebenan befindet. Sie war über die Plastikabsperrung geklettert, welche die Balkone, die sich über die gesamte Hausseite erstrecken, voneinander trennen. Frau Börjesson hat den Eindruck, dass die Frau noch sehr jung ist und mit einem leichten Akzent spricht, der schwer zu identifizieren ist. Die Frau sagt, ihr Verlobter, Rickard Björnheden, sei gerade erschossen worden. Nach der teils konfusen Schilderung der Frau machen sich die Eheleute folgendes Bild vom Handlungsverlauf:

Die Frau und ihr Verlobter waren bereits zu Bett gegangen, als es an der Tür klingelt. Herr Björnheden zieht sich einen Bademantel an und geht in den Flur, um zu öffnen. Die Frau bleibt im Bett liegen, das sich im dunklen Wohnzimmer befindet, kann durch die halb geöffnete Tür jedoch auf den hell erleuchteten Flur blicken. Björnheden lässt zwei Männer herein, die er zu kennen scheint, und wechselt ein paar Worte mit ihnen. Plötzlich zieht einer der beiden Männer eine Waffe und schießt Björnheden mehrmals in die Brust. Die Frau ist sicher, dass sie auch erschossen werden soll, springt aus dem Bett und flüchtet in Panik auf den Balkon. Die Balkontür ist angelehnt. Sie klettert über die Plastikabsperrung zum Nachbarbalkon und klopft an die Glastür. Während sie erzählt, bittet sie um etwas Warmes zu trinken. Frau Börjesson geht daraufhin in die Küche, um Milch warm zu machen. Ihr Mann geht ins Schlafzimmer, um die Polizei anzurufen. Die Frau bittet darum, kurz das Badezimmer benutzen zu dürfen. Nachdem der Mann die Polizei verständigt hat, bemerkt er, dass die Frau durch die Haustür verschwunden ist. Kurz darauf stellt das Ehepaar fest, dass sie nicht nur den Mantel von Frau Börjesson mitgenommen hat, sondern auch ein paar Stiefel sowie ihre Handtasche, in der sich gut vierhundert Kronen befanden.

Die Polizisten, die kurz darauf erscheinen, bekräftigen die Aussage der unbekannten Frau. Rickard Björnheden wurde unmittelbar hinter der Eingangstür zu seiner Einzimmerwohnung erschossen aufgefunden.

Bei der Obduktion wurden drei Einschüsse im Brustkorb festgestellt. Eine Kugel traf das Herz, die beiden anderen den linken Lungenflügel.

Rickard Björnheden war wegen Scheckbetrugs und Drogendelikten vorbestraft. Da er auch bei den Ermittlungen gegen verschiedene, lose miteinander verbundene Verbrecherorganisationen eine Rolle spielte, zog die Polizei die vorläufige Schlussfolgerung, dass es sich bei dem Mord um eine Abrechnung unter Kriminellen handelte.

Durch die Ermittlungen konnte auch die Identität der verschwundenen Frau festgestellt werden. Ihr Name war Sue Adams, eine amerikanische Staatsbürgerin, die sich illegal in Schweden aufhielt. Ihr Touristenvisum war seit über neun Monaten abgelaufen. Während des letzten halben Jahres wohnte sie in einer Mietwohnung in der Krukmakargata. Dort fand die Polizei ihren Pass sowie weitere Dokumente. Nichts deutet darauf hin, dass sie noch einmal in ihrer Wohnung war, seit sie das Haus in Kristineberg am 7. Mai verlassen hat. Die Polizei hatte keine weiteren Spuren und leitete eine Fahndung ein. Aber die Frau wurde nie gefunden.«

Roos ließ die Papiere auf die Knie sinken und streckte den Arm nach der Kaffeetasse aus. Er wirkte recht zufrieden, als schätze er die Ergiebigkeit seines Vortrags.

Kajsa war von der Flut an Information überwältigt. Sie war sich sicherer als je zuvor, dass diese Angelegenheit nun in den besten Händen lag.

»Wo sie sich in den nächsten vier Tagen versteckt hielt, wissen wir nicht«, fuhr Roos fort, »doch ich wage die Vermutung, dass sie bei Peter Lövhult oder David Brandt war. Dank des Tagebuchs wissen wir zumindest, dass sie am Freitag, dem 12. Mai, zusammen mit beiden Männern und Pia Bryneskog auf dem Weg nach Schonen war. Doch nun kommen wir zu einem Punkt, an dem die Geschichte etwas merkwürdig wird«, sagte er. »Bei der Untersuchung von Sue Adams' Wohnung wurde neben ihrer persönlichen Habe auch ein versiegelter Umschlag gefunden, der sieben Briefe enthielt, geschrieben an einen Oberst Henrik Ulleräng. Und hier beginnen die Merkwürdigkeiten, denn im Anschluss an diese Information wird auf ein Dossier Nummer *7205244313, Clarence Jankelius*, verwiesen. Womit wir wie von selbst zu der fünften Person kommen, an der Sie, wenn ich recht verstanden habe, ohnehin besonders interessiert sind.«

»O ja!«, bestätigte Katharina. »Über den würden wir gern mehr erfahren.«

»Wovon handelten die Briefe?«, fragte Kajsa.

»Darüber kann ich leider noch nichts sagen«, entgegnete er, »und zwar aufgrund äußerer Umstände, die höchst sonderbar sind. Dem Register zufolge soll das Dossier die besagten Briefe sowie das Protokoll eines Verhörs mit Clarence Jankelius enthalten, aber das ist nicht der Fall. Der Ordner ist leer. Das Material ist verschwunden.«

»Verschwunden?« Katharina klang enttäuscht.

»Wie ist das möglich?«, fragte Kajsa.

Lennart schien mit der Reaktion, die er bewirkt hatte, alles andere als unzufrieden zu sein. Er sah sie mit leuchtenden Augen an und sagte geradeheraus: »Das ist nicht möglich, und trotzdem ist es so.«

Kajsa, die eine betrübliche Erfahrung darin hatte, dass die Dinge sich nur selten dort befanden, wo man sie zurückgelassen hatte, sagte: »Könnte das Material nicht falsch einsortiert worden sein, ich meine, aus Versehen?«

Er schüttelte den Kopf. »Das ist sehr unwahrscheinlich. Die Dossiers werden so in den Ordnern befestigt, dass sie nicht herausfallen können. Und wenn es von jemandem angefordert wurde und sich seitdem auf Abwegen befindet, würde der gesamte Ordner fehlen. Doch der ist an seinem Platz. Jemand muss unbefugt seinen Inhalt entfernt haben.«

»Warum sollte das jemand tun?«

»Vermutlich, um Clarence Jankelius oder Oberst Ulleräng zu schützen«, sagte er.

»Wer hätte die Möglichkeit, so etwas zu tun?«, fragte Katharina.

»Das Archivpersonal und im Prinzip alle, die Zugang zum Archiv hatten, doch angesichts der Tatsache, dass es irgendwann in den letzten fünfundzwanzig Jahren ...« Er beendete den Satz mit einem Schulterzucken.

»Wir können doch wohl davon ausgehen, dass Clarence irgendwie in den Mord verwickelt war«, sagte Kajsa.

Er schüttelte den Kopf. »Wir können lediglich davon ausgehen, dass man ihn in Zusammenhang mit den Briefen verhört hat.«

»Aber dann muss er doch schon etwas mit Sue zu tun gehabt haben, bevor er nach Röshult kam«, beharrte sie.

Roos legte die Unterlagen beiseite und nahm seine Brille ab. »Wenn die Polizei in ihrer Wohnung Material fand, das sie veranlasste, ein spezielles Dossier über Jankelius anzulegen, dann ist das wahrscheinlich«, stimmte er zu.

»Und uns gegenüber hat er behauptet, weder Sue noch Pia je zuvor gesehen zu haben, als er nach Röshult kam, um David zu besuchen. Er hat uns also eiskalt belogen.«

»Natürlich hat er das«, sagte Katharina. »Obwohl Pia ihn nicht kannte. Das schreibt sie ausdrücklich im Tagebuch.«

Kajsa dachte nach. »Irgendwo gegen Ende schreibt Pia, dass Clarence etwas gegen Sue in der Hand hatte – und dass er ihr Angst machte. David behauptet ja ebenfalls, dass Sue Angst hatte, als Clarence um Mittsommer herum plötzlich auftauchte. Obwohl er nicht wusste, warum.«

»Vielleicht war dies ein Geheimnis zwischen Sue und Clarence, dass sie sich bereits von früher her kannten«, sagte Katharina.

Kajsa schaute in Lennart Roos' unergründliche Miene. Es war schwer zu entscheiden, ob er ihnen zuhörte oder mit seinen Gedanken woanders war.

»Wenn das Material verschwunden ist, werden wir wohl nie herausbekommen, inwiefern Clarence in die Sache verstrickt ist«, sagte sie.

»Da kann man nie sicher sein«, entgegnete er. »Hat man erst mal angefangen zu ermitteln, kommen Neuigkeiten oft aus völlig unerwarteten Richtungen.«

Kajsa hatte das Gefühl, dass sie irgendetwas außer Acht gelassen hatten, und sagte plötzlich: »Aber was ist mit diesem Oberst, der die Briefe geschrieben hat?«

Roos warf ihr einen anerkennenden Blick zu. »Ich habe schon drauf gewartet, dass sich jemand an ihn erinnert. Aber er hat die Briefe nicht geschrieben. Sie wurden *an* ihn geschrieben. Er hieß Henrik Ulleräng und war Oberst beim Militär in Stockholm. Das Einzige, was ich gegenwärtig über ihn weiß, ist, dass er im November '71 Selbstmord beging. Er hat sich erschossen, im Alter von neunundfünfzig Jahren.«

»Erschossen?«, rief Kajsa. Ein weiteres Schussdrama schien ihr offenbar an die Grenzen der Glaubwürdigkeit zu gehen.

»Ich nehme an, bei einem Militär liegt diese Art des Selbstmords auf der Hand«, entgegnete er gelassen.

»Und Sue besaß seine Briefe …«, fuhr Katharina nachdenklich fort. »Vielleicht stammten sie von ihr.«

»Du meinst, sie könnte sie zurückbekommen haben, nachdem er sich erschossen hat?«, fragte Kajsa.

»Vielleicht waren die Briefe ja der Auslöser für seinen Selbstmord«, mutmaßte Katharina.

»Über den Inhalt der Briefe wissen wir nichts«, brachte Roos in Erinnerung. »Aber wir dürfen annehmen, dass sie für Jankelius inkriminierende Aussagen enthielten. Also wird ihm daran gelegen gewesen sein, dass sie aus dem Polizeiarchiv verschwinden. Wir sollten nach einer Verbindung zwischen ihm und einer anderen Person suchen, die die Möglichkeit besaß, das Material aus dem Archiv zu entfernen.«

»Wie sollen wir das denn machen?«, fragte Kajsa kleinlaut.

»Nichts ist unmöglich«, entgegnete er mit unerschütterlicher Überzeugung.

»Sie glauben also, dass es noch mehr Material gibt?«

»Material gibt es immer«, sagte er leichthin, »wie viel das auch sein mag. Es kommt nur darauf an, Leute zu finden, die willens sind, es auch aufzustöbern.«

Sie wünschte, Roffe hätte diese Replik gehört.

Lennart erhob sich aus dem Sessel und streckte sich. »Ich glaube, es lohnt sich, diesen Oberst Ulleräng näher unter die Lupe zu nehmen«, sagte er. »Geben Sie mir noch ein paar Tage, dann werde ich schon was herausbekommen.«

»Und?«, sagte Katharina, nachdem sie schweigend die halbe Allee hinter sich gelassen hatten. »Habe ich nicht gesagt, dass der Kerl das reinste Wunder ist?«

»Ich bin tief beeindruckt«, sagte Kajsa, die gern noch länger in dem moosgrünen Sofa gesessen hätte. Schon allein, um sich ein Bild davon zu machen, was er tat, wenn er nicht gerade zwei Frauen aus der weiteren Nachbarschaft Informationen aus der Polizeiarchiv anvertraute. »Ich frage mich, was er im Allgemeinen für ein Verhältnis zu Frauen hat«, fügte sie hinzu.

Katharina lachte. »Ein weitläufiges, nehme ich an. Hast du nicht auch so ein Gefühl?«

»Doch …«

»Vielleicht ist sein Verhalten ja verführerischer als seine Absichten«, sagte Katharina nachdenklich. »Doch wenn man mit ihm allein ist, kann man nie wissen, was passiert. Jedenfalls rate ich zur Vorsicht, wenn dir an deiner Tugend gelegen ist.«

»Was ist mit *deiner* Tugend?«

»Ach, ich selbst bin da relativ unbesorgt – im Gegensatz zu Patrik. Und da wir ja nun mal Nachbarn sind … werde ich mich in Acht nehmen.«

32 SAMSTAG, 2. AUGUST

»Schläfst du?«, flüsterte er.

»Nein, du?«

»Keine Chance – ich denke nach ...«

»Hast du schon versucht, mit dem Denken aufzuhören?«

»Geht nicht. Mein Kopf ist zu voll.«

Sie rückte auf seine Seite und kroch zu ihm unter die Decke. »Ist es was Bestimmtes, das dich beunruhigt?«, fragte sie.

»Alles ...«

»Erzähl!«, sagte sie und schob einen Arm unter seinen Nacken. Den anderen legte sie über seinen Brustkorb.

»Ich weiß nicht, wie ich anfangen soll.«

»Fang mit dem Schlimmsten an.«

»Im Moment frage ich mich, was ich in einer Anwaltskanzlei eigentlich soll.«

»An Dingen arbeiten, die dich interessieren.«

»Und wenn ich dazu nicht tauge?«

»Natürlich tust du das! Du hast nur Angst vor dem Unbekannten. Das ist ganz normal. Dir geht's nicht anders als Joakim, der auf einer neuen Schule anfängt. Nach einer Woche wirst du dich pudelwohl fühlen.«

»Alles ist plötzlich so konkret.«

»Plötzlich?«

»Ja ... das wird wohl meine letzte Veränderung. Das endgültige Ende ... meines alten Lebens.«

»Mmh ...«

»In einer einzigen Woche muss ich noch unzählige Leute treffen und tausend Dinge abwickeln. Mir ist einfach schleierhaft, wie ich das auf die Reihe bekommen soll.«

»Stopp!«, sagte sie und strich ihm beruhigend über den Bauch. »Du sollst doch nicht in die Südsee ziehen. Malmö wird es auch weiterhin geben. Und du musst dich nicht endgültig von allen Menschen verabschieden. Du wirst nur ein bisschen mehr Abstand zu ihnen gewinnen. Was musst du denn eigentlich alles erledigen?«

»Na, alles eben. Ich muss so viele Vorgänge wie möglich abschließen, verschiedene Entscheidungen vorantreiben und meinen Nachfolger einarbeiten. Das allein wird mehrere Tage beanspruchen. Dann gibt es wohl ein feuchtes Abschiedsfest mit den Jungs im *Petri Pumpa*. Die Wohnung muss ausgeräumt und ein Teil der Dinge hierher gebracht werden. Außerdem muss ich mich um den Verkauf von Elsies Haus kümmern.«

»Ist das denn so eilig?«

»Ja! Es kommt zwar schrecklich ungelegen, aber sie hat einen Käufer gefunden, und ich kann sie jetzt nicht im Stich lassen. Mårten hat nächsten Mittwoch seinen fünfzigsten Geburtstag und will irgendwo in Kopenhagen feiern. Einen Abend muss ich für Mama freihalten, sonst verzeiht sie mir nie, und ein anderer Abend ist für den Orchesterverein reserviert, der schon irgendwas organisiert hat. Und dann habe ich Harry versprochen – wirklich versprochen! –, ihm beim Einspruch gegen seine Steuerfestsetzung beim Oberverwaltungsgericht zu helfen. Verflucht, das hatte ich ganz vergessen! Am Montag soll alles fertig sein. Das sind nur die Sachen, die absolut unerlässlich sind – die ganze Liste ist noch viel, viel länger.«

»Wir werden sie nur in Zukunft ohne dich klarkommen?«

»Das werden sie nicht.«

»Du wirst an Stressentzug leiden.«

»Dann kann ich mich immer noch über unsere finanzielle Lage aufregen.«

»Du wirst doch jetzt besser bezahlt.«

»So viel besser nun auch wieder nicht. Wer weiß, ob wir nicht irgendwann pleite sind. Wenn ich gewusst hätte, wie verdammt teuer die ganze Angelegenheit wird ...«

»Noch sind wir nicht pleite.«

»Weißt du, wie viel wir im Moment in den Miesen sind?«

Sie presste ihre Nase an seinen Hals, während ihr eines Bein über seine glitt.

»Mmm ... du riechst gut. Das regelt sich schon alles«, murmelte sie.

»Ja, natürlich – mehr als auf einer Parkbank zu landen kann uns ja nicht passieren.«

Sie nahm seine unterschwellige Abwehrhaltung wahr und zog das Bein zurück. »Da ist doch noch etwas, das dich beunruhigt, oder?«

»Ich sagte doch, dass mich alles beunruhigt. Diese Grabung, zum Beispiel, die zieht sich ewig hin. Schon einen ganzen Monat sind sie jetzt an der Arbeit.«

»Man kann doch nicht verlangen, dass sie arbeiten, wenn es in Strömen regnet.«

»Und dann diese Leute, die heimlich graben. Ich sehe ja ein, dass hier tagsüber viel los ist, aber auch noch nachts ... Da wohnt es sich in Malmö wirklich ruhiger.«

»Vielleicht haben sie inzwischen aufgegeben. Wir haben doch seit fast einer Woche keine Spuren mehr entdeckt.«

»Ich habe das Gefühl, dass noch irgendeine Teufelei kommt.«

Sie schmiegte sich an ihn. »Noch was?«

»Du.«

»Ich? Warum?«

»Du warst so komisch in letzter Zeit.«

»War ich das?«

»Ich bin doch nicht blind und taub. Du hast dich sehr oft mit Katharina getroffen.«

»Was ist daran so merkwürdig?«

»Dieser Tag, zum Beispiel, an dem du den Brief aus Frankreich bekommen hast. Da hast du einfach alles stehen und liegen lassen und bist zu ihr in die Stadt gefahren. Außerdem ruft ihr euch ständig an, und wenn ich in deine Nähe komme, benutzt ihr offenbar irgendeine Geheimsprache.«

»Wenn dir das etwas ausmacht, wird es dich freuen zu hören, dass sie und Marika heute nach Italien gefahren sind. Für vier Wochen.«

»Italien?«

»Ja, nach Piacenza. Sie hat Verwandte dort. Noch was?«

»Letzten Mittwoch, als du behauptet hast, sie zu Hause besuchen zu wol len ...«

»Behauptet? Ich war da.«

»Wirklich? Ich habe bei ihnen angerufen und mit PM gesprochen. Er hatte keine Ahnung, wo ihr seid. Es hörte sich alles ziemlich vage an, was normalerweise nicht seine Art ist.«

»Spionierst du mir etwa hinterher?«

»Nein. Ich hatte ein bestimmtes Anliegen. Joakim und ich wollten zum Bach runter und konnten die Angelsachen nicht finden.«

»Kein Wunder, dass du mich nicht erreicht hast. Wir waren auf Knigarp und haben diesem pensionierten Regierungsdirektor einen Besuch abgestattet, du weißt schon, der vom Reichspolizeiamt. Lennart Roos ist sein Name. Ich war neugierig auf ihn.«

»Etwa der, auf den PM so eifersüchtig ist? Wie hat er ihn noch gleich genannt – Bürocasanova.« Er gähnte und klang ein wenig schläfrig.

»Das ist wirklich ein sehr interessanter Mann«, sagte sie. »Ich glaube, du würdest ihn mögen. Er hat auch Interesse an unserer Moorleiche. Ich habe ihm angeboten, bei uns vorbeizukommen, um einen Blick auf sie zu werfen.«

»Warum hast du ein Geheimnis aus dem Besuch gemacht?«

»Das war kein Geheimnis. Ich hatte einfach vergessen ...«

Er gähnte erneut und murmelte dösig. »Irgendwas ist da jedenfalls ...«

»Ich und Joakim wollen oben auf dem Hof übernachten, während du in Malmö bist.«

Schlagartig war er hellwach. »Herrgott, kannst du denn nicht ein bisschen Geduld haben? Es gibt kein vernünftiges Schloss dort oben und auch keinen Strom. Wir haben alle Leitungen rausgerissen.«

»Schlimmer als Zelten kann's ja wohl nicht sein. Wir kommen schon mit Kerzen und dem Ofen aus. Und das Vorhängeschloss, das vor der Haustür hängt, benutzen wir eben von innen. Das ist doch der Sinn des Ganzen – sich wie echte Bauherren zu fühlen, die improvisieren müssen.«

»Es gibt kein Schloss zwischen dem Melkraum und der Speisekammer.«

»Wer sollte denn auf die Idee kommen, von dort aus ins Haus zu kommen?«

»Wir haben das damals so gemacht.«

»Dann werden wir eben ein zweites Vorhängeschloss benutzen.«

»Ich werde mir Sorgen machen.«

»Das tust du doch sowieso. Joakim will es so gern. Ich habe es ihm schon versprochen. Und in gewisser Weise ist es dort sicherer als hier. Solange der Weg noch nicht in Ordnung gebracht ist, kommt doch niemand dorthin.«

»Abgesehen von diesen komischen Typen, die im Moor rumgraben. Was willst du tun, wenn die plötzlich auftauchen?«

»Ich kann sie ja durch das Fenster beobachten. Vielleicht kriege ich sogar raus, wer sie sind.«

»Wo wollt ihr schlafen?«

»In den Schrankbetten natürlich. Seit ich sie das erste Mal gesehen habe, freue ich mich darauf, in ihnen zu schlafen.«

»Die sind für Pygmäen gebaut. Nimm auf jeden Fall dein Handy mit.«

33 SONNTAG, 3. AUGUST

In der ersten Nacht auf dem Hof lag sie wach und lauschte dem leisen Trippeln auf dem Dachboden. Ein weiches Rascheln über den Fußbodenbrettern. Komische Mäuse, die im Sommer dort im Haus wohnten. Sie leisteten ihr in ihrer schlaflosen Einsamkeit in gewisser Weise Gesellschaft. Als hörte man, dass zumindest die Nachbarn zu Hause waren.

Sie hatte nicht direkt Angst, doch viel fehlte nicht dazu. Sobald sie sich bewegte, antwortete das Holz der garantiert antiken Schrankbetten mit einem ächzenden Knarren. Warm war es auch und eng. Wenn sie nicht aufpasste, stieß sie sich beim Umdrehen die Knie. Vom anderen Bett drangen Joakims gleichmäßige Atemzüge zu ihr herüber. Er schlief sicher und tief.

Am Anfang war die unzeitgemäße Stille hier oben spannend, nahezu berauschend gewesen. Sie hatten den stromlosen Abend damit verbracht, Monopoly bei Kerzenschein zu spielen. Dann hatte Joakim Bedenken bekommen.

Nachdem sie eine Weile die Schatten beobachtet hatten, die von den Winkeln verschluckt wurden, schlug er vor, sofort zum Sommerhaus zurückzukehren. Wenn sie sich beeilten, würden sie sogar noch das Ende von *Akte X* sehen können. Sie war im Namen des Hauses und der wunderbaren Schrankbetten beleidigt gewesen und hatte darauf bestanden, dass sie das Abenteuer fortführten. Doch nachdem er sich hingelegt hatte, war es an ihr, Bedenken zu bekommen. Die Stille machte ihr zunehmend zu schaffen.

Sie versank immer weiter in einer verräterischen Zeitlosigkeit. So wie sie konnte schon jemand vor zweihundert Jahren hier gelegen und dem Wind gelauscht haben, der an den Baumkronen rüttelte. Oder der beharrlich schreienden Eule im Wald. Dem fernen Hundegebell. Ganz in ihrer Nähe vernahm sie ein Knarren und Klopfen. Ein leises Ächzen der Wände. Das Haus regte sich, atmete wie ein lebendes Wesen. Ihre Gedanken schwirrten in alle Richtungen. Sie fühlte sich schläfrig, doch alle ihre Sinne waren gespannt. Immer stärker wurde das Gefühl, das Haus sei wirklich ein lebendes Wesen, das seinerseits ihrem Atem und ihren Bewegungen lauschte. Vielleicht sogar ihren Gedanken. Dass sie Gegenstand einer misstrauischen Aufmerksamkeit war. Dass ihre Gegenwart immer noch nicht akzeptiert wurde.

Sie war schon fast eingeschlafen, als ein neuer Laut durch ihren Schlummer drang. Dumpfe Schläge, die in regelmäßigen Abständen erklangen. Der Wind hatte aufgefrischt. Vermutlich war es die morsche Giebeltür des Viehstalls, die im Wind schlug. Aber da war noch etwas anderes. Ein kaum hörbares Schleifen. Schwer zu lokalisieren. Womöglich kam es aus der Melkkammer auf der anderen Seite der Vorratskammer. Sie fand das Geräusch unerklärlich und beunruhigend. Mit einem Mal war sie wieder hellwach.

Mit weit aufgerissenen Augen starrte sie zur Tür der Speisekammer, die sich am anderen Ende der dunklen Küche erahnen ließ. Es war lächerlich. Hier wollte sie wohnen, vielleicht für den Rest ihres Lebens, und jetzt fragte sie sich, wie sie nur diese eine Nacht überstehen sollte. Zumindest sah sie die Bank, die sie in weiser Voraussicht dorthin geschoben hatte, weil sie krachend umfallen musste, wenn jemand versuchte, die Tür zur Speisekammer von innen zu öffnen. Die Frage war, was sie in diesem Fall tun würde.

Sie hatte die Tür nicht mit einem Vorhängeschloss gesichert, wie sie Olle versprochen hatte. Hätte sie es getan, bräuchte sie jetzt nicht in Panik zu geraten. Nicht dass ein Vorhängeschloss ein absolut sicherer Schutz gewesen wäre. Doch jetzt gab es nicht einmal dieses – nur drei leicht zu öffnende Türen und eine Bank, die ohne weiteres umgeworfen werden konnte. Da draußen war etwas. Sie war sich ganz sicher.

Bilder drängten sich ihr auf. Ihr Gehirn fabrizierte eine Reihe von Möglichkeiten, wie das Geräusch zu erklären war. Eine Katze, die durch die halb geöffnete Tür in den Stall und weiter in die Melkkammer gelaufen war. Vermutlich eine große Katze. Oder ein Dachs – Dachsspuren hatten sie bereits auf dem Stallboden gesehen. Obwohl sie mehr an eine Katze glaubte, zumindest so lange, bis sich ein überzeugendes Bild einstellte, das noch besser zu dem Geräusch passte: eine diffuse menschliche Gestalt, die da draußen umherschlurfte. Eine Person, die unschlüssig vor der Speisekammertür verharrte, sich entfernte, zurückkam …

Handelte es sich um ein Gespenst, halfen weder Türen noch Vorhängeschlösser. Der Gedanke überwältigte sie und ließ ihr Herz rasen. Jetzt war es so weit. Jetzt verlor sie die Beherrschung. Jetzt waren der Panik Tür und Tor geöffnet. Vielleicht war es hier die Regel, dass unglückselige Geister nachts das Haus in Besitz nahmen – oder ein …

Fragte sich, was ihr lieber war. Gespenst oder Psychopath? Es gab genug Leute in dieser Gegend, die wussten, wo der Hof lag. Doch wer konnte darüber informiert sein, dass sie und Joakim heute Nacht hier schlafen würden? Und dass Olle in Malmö war? Rune und Per hatten es mitbekommen, als sie darüber geredet hatten. Doch fiel es ihr schwer, sich vorzustellen, dass einer von ihnen ein Doppelleben führte. Allerdings waren beide sehr redselig und kannten in dieser Gegend jeden Einzelnen. Ein paar Worte – zum Beispiel Leif Rösling gegenüber – würden genügen. Vielleicht stand er gerade dort draußen vor der Tür und bereitete sich vor – worauf auch immer.

Ein schriller Laut beendete alle Spekulationen. Sie setzte sich auf und lauschte. Vergaß den Eindringling in der Melkkammer. Kein Zweifel, sie hörte Schritte. Jemand schlich draußen vorüber. Auf der Westseite, dort, wo sich das Moor befand. Dann sah sie einen Lichtkegel. Er drang in die Küche und verschwand wieder. Er war vom Giebelzimmer neben der Speisekammer gekommen. Die Tür dorthin war angelehnt. Das Licht kehrte zurück. In diesem Moment begriff sie, dass jemand ein starkes Licht auf das Giebelfenster richtete. Fast hätte sie aufgeschrien, konnte sich aber beherrschen. Ein namenloser Schrecken durchfuhr sie. Sie hielt sich die Hände vor den Mund.

Das Licht verschwand, die Schritte ebenfalls. Wie gelähmt saß sie da, während sich die Zeit schier unendlich in die Länge zog. Sie verfluchte ihre Starrköpfigkeit, auf Teufel komm raus in einem Haus ohne richtiges Schloss übernachten zu wollen. Sie verfluchte alle Umstände, die dazu geführt hatten, dass sie in kalten Schweiß gebadet und am Rande des Nervenzusammenbruchs war. Doch sie musste endlich Gewissheit haben. Mit äußerster Vorsicht stieg sie aus dem knarrenden Bett, schlich zum Giebelzimmer und weiter ans Fenster.

Sie entdeckte sofort den wandernden Lichtkegel, der sich jetzt in beruhigend großer Entfernung befand. Er schweifte von der Kälberweide zum Moor, als hätte er ein Eigenleben. Das beruhigte sie ein wenig. Wer auch immer dort sein mochte, so fand diese Person das Moor offenbar interessanter als das Haus.

Schaudernd verfolgte sie, wie der Lichtkegel rastlos über das Moor wanderte. Manchmal wurde er von dunkler Vegetation verdeckt, leuchtete um Hindernisse herum, verharrte und kreiste weiträumig über der Erde, ehe er sich wieder nach vorn richtete. Sie hätte viel darum gegeben, zu erfahren, wer sie Lampe in der Hand hielt. Dass diese Person etwas suchte, stand außer Frage. Einen Schatz oder einen Leichnam?

Sie versuchte objektiv nachzudenken, doch immer wieder drängte sich ihr Leif Rösling auf. Warum war er beim Haus gewesen? Um sich zu vergewissern, dass es immer noch leer stand? Als sie mit ihren Überlegungen so weit gekommen war, fuhr ihr ein neuer Schreck in die Glieder. Ein weiteres Licht flammte auf – die erste Taschenlampe hatte Gesellschaft bekommen. Der Abstand zwischen den Lampen war zu groß, um von ein und derselben Person zu stammen. Das machte sie völlig perplex und warf all ihre Erwägungen über den Haufen. Gleich zwei Eindringlinge? Mit einem wäre sie zur Not noch zurechtgekommen.

Vielleicht war es wirklich höchste Zeit zu verschwinden, obwohl der Gedanke, Joakim zu wecken und sich mit ihm zum Sommerhaus durchzuschlagen, nicht gerade verlockend war. Sie dachte an ihr Handy, das irgendwo in der Küche lag. Die Polizei anrufen? Was sollte sie sagen? Es war doch wohl nicht verboten, mit einer Taschenlampe durchs Moor zu streifen. Olle? Unmöglich! Er konnte ohnehin nichts tun und würde sich nur unnötig aufregen. Doch sie konnte nicht sicher sein, dass die beiden Personen nicht zum Haus zurückkehren würden. Also musste sie jemanden anrufen. Katharina war unerreichbar, irgendwo in Italien.

Petrus? Ihr Herz machte bei diesem Gedanken einen Sprung. Sie hatte ihn seit über einem Monat nicht mehr gesehen. Seine Vertreibung war wirklich effektiv gewesen; schon der Gedanke an ihn schien ihr unerlaubt zu sein. Außerdem war es bestimmt keine gute Idee, ihn mitten in der Nacht anzurufen und um Hilfe zu bitten. Er würde die Situation vielleicht missverstehen. Als er ihr das letzte Mal zu Hilfe kam, war es nicht sehr gut ausgegangen. Und wie sollte sie Olle erklären …

Sie schlich sich zurück in die Küche und zog sich an. An Schlaf war nicht mehr zu denken. Joakim murmelte etwas im Traum und drehte sich um. Abermals ein Blick aus dem Fenster. Jetzt sah sie nur einen Lichtkegel, der ruhig auf die Erde gerichtet war. Vielleicht leuchtete der eine, während der andere grub. Falls Petrus in seinem Sommerhaus war, konnte er in einer Viertelstunde hier sein. Sie tastete nach dem Telefon und wählte die Nummer. Er war im Sommerhaus.

Eine Woge der Zärtlichkeit überkam sie, als sie seine verschlafene Stimme hörte. Wie sehr sie ihn vermisst hatte!

Er verstand sofort. Ließ sie nicht einmal ihre abgehackte Darstellung beenden, ehe er sie unterbrach. »Ich komme sofort.«

Sie blieb sitzen und drückte den Hörer an die Wange. Dankbar und gerührt. Jetzt war alles in guten Händen. Olle konnte sagen, was er wollte, doch so war es am besten.

Plötzlich schallte Joakims klare Stimme durch die Dunkelheit. »Mit wem hast du geredet?«

»Pst!«, flüsterte sie ängstlich. »Mit Petrus. Er kommt hierher. Da sind irgendwelche Leute im Moor und graben.«

Joakim war mit einem Satz aus dem Bett. Bevor sie ihn aufhalten konnte, schaute er schon aus dem Fenster.

»Wie viele? Ich sehe nur eine Taschenlampe.« Die Aussicht auf ein nächtliches Abenteuer schien ihn zu beflügeln. Er starrte auf den unbeweglichen Lichtkegel.

»Ich glaube, es sind zwei. Ich habe vorhin noch ein weiteres Licht gesehen.«

Man sah bereits die ersten Anzeichen der Dämmerung. Die Finsternis war in ein diffuses Grau übergegangen, und die Silhouetten der Büsche und Bäume traten hervor.

»Wollen wir uns ein bisschen anschleichen?«, fragte er.

»Auf gar keinen Fall.«

»Was soll Petrus tun?«

»Keine Ahnung. Das werden wir sehen, wenn er da ist. Ich hätte gern gewusst, wer sich da zu schaffen macht.«

»Glaubst du, er hat sein Gewehr dabei?« In Joakims Stimme lag ein hoffnungsvoller Klang.

So weit hatte sie noch gar nicht gedacht. Vielleicht waren die Männer bewaffnet.

»Das glaube ich nicht. Ich meine, ich hoffe nicht, dass er das tut.« Die ganze Situation schien ihr mit einem Mal noch bedrohlicher zu sein als zuvor. Für Petrus konnte es übel ausgehen. Für sie alle konnte es übel ausgehen. Doch blieb ihr zu weiteren Befürchtungen keine Zeit. Etwas völlig Unerwartetes geschah.

Noch bevor sie ein Motorengeräusch hörten, wurde die Nacht von den Scheinwerfern eines Autos illuminiert. Die Landschaft wurde in ein gespenstisches weißes Licht getaucht. Sie hatte gar nicht daran gedacht, dass die Scheinwerfer von Petrus' Wagen auch das Moor treffen konnten, während er den kurvigen Weg entlangfuhr, der zum Hof führte. Die Lichter verblassten und verschwanden, ehe sie an der nächsten Kurve erneut aufleuchteten. Zwei menschliche Silhouetten flüchteten Hals über Kopf ins Dickicht.

»Sie fliehen, sie fliehen!«, rief Joakim frustriert, der zusehen musste, wie das ganze Abenteuer ein jähes Ende nahm. Er hüpfte vor Aufregung auf und ab.

Auch sie war ein wenig enttäuscht. An die Selbstverständlichkeit, dass die beiden fliehen würden, wenn ein Auto auftauchte, hatte sie gar nicht gedacht. Doch jetzt konnte sie aufatmen. Zumindest würde es nicht zu einer gewalttätigen Auseinandersetzung kommen. Sie tastete sich vor zum Tisch und fand die Streichholzschachtel. Mit einer brennenden Kerze ging sie zur Tür, um Petrus zu öffnen.

Er schlenderte ihr ruhig über das Kopfsteinpflaster entgegen.

Und sie hätte sich ihm am liebsten an den Hals geworfen, ließ es aber bleiben.

»Sie sind abgehauen«, teilte sie ihm mit.

»Hab ich mir schon gedacht«, entgegnete er. Aus seinem Mund hörte es sich an, als sie dies Teil seines Plans gewesen. »In welche Richtung sind sie gelaufen?«

Sie zeigte es ihm, und er nickte erneut, als habe er auch damit gerechnet.

»Sie haben die Abkürzung durch den Wald genommen. Ihr Auto steht unten am Weg, ungefähr hundert Meter von der Einfahrt entfernt.«

»Ihr Auto?«

»Ein blauer Mazda. Ich habe mir das Kennzeichen notiert.«

»Dann kommen sie von woanders her.«

»Natürlich. Wo sollten sie sonst herkommen?«

»Ich weiß nicht. Kann man herausfinden, wem das Fahrzeug gehört?«

»Ich werde morgen die Zulassungsstelle anrufen.«

»Gute Idee.«

Sie war plötzlich verlegen. Vielleicht, weil er solch eine Entschiedenheit und Kompetenz ausstrahlte und sie gleichzeitig mit unverhüllter Wärme betrachtete. Sie kam nicht umhin festzustellen, wie weiß seine Zähne im Dunkeln leuchteten und wie gut das zu seiner sonnengebräunten Haut passte. Sie waren genauso hell wie sein weißes Hemd, das er in der Eile nur unzureichend zugeknöpft hatte. Und als ihr Blick seine Schuhe streifte und sie sah, dass er nicht einmal Socken trug, war sie tief bewegt. Ein Kerl, der sich mitten in der Nacht Hals über Kopf auf den Weg machte, um einer Frau in Not zu Hilfe zu eilen, hatte etwas gefährlich Verführerisches an sich, etwas Heldenhaftes, für das sie im Moment sehr empfänglich war. Wie er da entspannt am Türpfosten lehnte, war er wirklich eine Versuchung. Wie gut, dass Joakim da ist, dachte sie sittsam, doch ihre Begeisterung darüber hielt sich in Grenzen.

»Wie nett von dir, dass du gleich gekommen bist.«

Er lachte, als amüsiere er sich über ihre Wortwahl. »Nett? Danke, dass ich kommen durfte!«

Sie trat zur Seite. »Komm rein.«

Joakim übernahm die reichlich ausgeschmückte Darstellung der Ereignisse. Kajsa packte inzwischen ihre Sachen zusammen. Sie hatte keine Lust mehr, den Rest der Nacht auf dem alten Hof zu verbringen. Im Moment hatte sie keinen Bedarf mehr an romantischen Schrankbetten. Petrus würde sie zum Sommerhaus fahren; das lag der Zivilisation zumindest ein wenig näher. Er half ihnen, das Bettzeug zum Auto zu tragen.

Als sie schaukelnd den Weg entlangfuhren, hatte die Morgendämmerung bereits eingesetzt. Es war halb vier, und die Müdigkeit hatte von ihr Besitz ergriffen.

Sie erzählte ausführlich von den nächtlichen Eindringlingen und hielt sich an die offizielle Theorie, dass es sich vermutlich um Schatzsucher handelte.

»Ich tippe auf irgendwelche Jungs aus der Gegend«, sagte Petrus. »Die haben bestimmt was von den Ausgrabungen gehört. So was spricht sich doch schnell rum. Und dann haben sie sich an die alte Geschichte vom vergrabenen Schatz erinnert. Vermutlich wollten sie sich erst mal vergewissern, dass der Hof wirklich unbewohnt ist, bevor sie zu graben anfingen.«

»Aber es ist doch ziemlich sinnlos, auf Verdacht in einem Moorgebiet zu graben, das über einen Hektar groß ist«, sagte sie.

»Wahrscheinlich haben sie einen Metalldetektor, mit dem sie das Gebiet nach und nach absuchen.«

»Wenn die so weitermachen, wird das Moor bald aussehen wie ein Schweizer Käse.«

»Das werden sie nicht«, sagte er. »Morgen wissen wir vermutlich, wer sie sind. Dann werde ich mit ihnen reden.«

Sie warf ihm einen dankbaren Blick zu. »Das wäre sehr schön ...«

Während er ihnen half, das Gepäck ins Haus zu tragen, führte sie eine stille Diskussion mit sich selbst.

Am besten wäre es, sich mit einem Dank zu verabschieden und ihn fahren zu lassen. Sie alle hatten Schlaf nötig. Aber stattdessen hörte sie sich sagen: »Willst du nicht noch mit reinkommen? Ich muss mich erst beruhigen, ehe ich schlafen kann. Wie wär's mit einer Tasse Tee?«

»Gern«, sagte er.

Es zeigte sich, dass sie alle hungrig waren. Bei munterem Geplauder suchten sie etwas Essbares zusammen. Petrus schnitt und toastete Brot. Sie sorgte für den Aufschnitt, und Joakim deckte den Tisch.

Nach den langen einsamen Stunden im warmen Schrankbett fühlte sie sich wie befreit. Ihre Angst kam ihr jetzt, in der gemütlichen Küche, beinahe unwirklich vor. Petrus' entschlossenes Eingreifen hatte die Normalität wieder hergestellt. Sie registrierte seine ruhigen Bewegungen und genoss seine Gegenwart. Alles zwischen ihnen war wieder so, wie es sein sollte, einfach und natürlich.

Zumindest bis zu dem Augenblick, als sie den Tee auf den Tisch stellte – und Joakim mit einem Salamibrot in der Hand vom Schlaf überwältigt wurde. Seine plötzliche Abwesenheit hatte fatale Folgen für die Atmosphäre, die plötzlich etwas Beklemmendes bekam. Sie starrten befangen in ihre Teetassen, waren verstummt und wussten doch sehr genau um all die Fragen, die zwischen ihnen ungeklärt waren.

Aus purer Verlegenheit versuchte sie die Aufmerksamkeit auf ein unverfängliches Thema zu lenken, stach jedoch sogleich in ein Wespennest.

»Ich glaube, es war Leif Rösling, der da im Moor gegraben hat«, sagte sie.

»Warum?«

»Ich sollte es eigentlich nicht erzählen, Olle weiß auch nichts davon … Ich will ihn nicht beunruhigen. Aber ich habe Grund zu der Annahme, dass Leif Rösling vor fünfundzwanzig Jahren seine Frau ermordet hat.«

Er stieß ein unsicheres Lachen aus, als wisse er nicht, wie er diese Aussage verstehen solle.

»Das musst du mir näher erklären«, sagte er.

Und dann erzählte sie. Es kam ihr alles leicht und befreiend vor, denn sie war es ja gewohnt, ihm alles zu erzählen, und niemand konnte so zuhören wie er.

Es war halb sieben, als Petrus aufbrach, und da hatte sie sich das meiste von der Seele geredet.

In einem späten Versuch, ihr Gewissen zu beruhigen, sagte sie: »Natürlich werde ich auch mit Olle darüber reden … wenn sich alles ein wenig beruhigt hat.«

Als sie ihn durch die Fliederbüsche verschwinden sah, war sie etwas verwirrt. Er hatte nicht den geringsten Versuch unternommen, sie zu berühren, obwohl die Situation, gelinde gesagt, günstig gewesen wäre.

Sie gähnte und lachte leise in sich hinein. Alles in allem war er ein waschechter Gentleman. Nur ein solcher wusste, wie unziemlich es war, sich an eine Frau heranzumachen, die man gerade gerettet hatte. Es sei denn, diese hätte ausdrücklich dazu eingeladen …

34 MONTAG, 4. AUGUST

Petrus rief am nächsten Tag gegen elf an und hatte Neuigkeiten. »Jetzt weiß ich, wem das Auto gehört«, sagte er.

»Wem?«, fragte sie aufgeregt.

»Jemand aus Christiansholm. Einer gewissen Maj Bergström, Bastiongata 15 …«

Sie gab einen erstaunten Laut von sich. »Das gibt's doch gar nicht …«

»Warum? Weißt du, wer das ist?«

»Ja, die Mutter von Joakims bestem Freund, Fredrik. Sie kann es nicht gewesen sein. Das ist absurd.«

»Aber es war ihr Auto.«

Kajsa dachte nach. In rasender Geschwindigkeit schossen ihr verschiedene Möglichkeiten durch den Kopf, eine unwahrscheinlicher als die andere.

»Das passt doch alles nicht zusammen«, sagte sie.

»Vielleicht solltest du mal mit Joakim reden.«

»Ja … ja, vielleicht.«

In diesem Moment bemerkte sie Joakims dunklen Schopf vor dem Küchenfenster.

»Ich rufe dich später zurück«, sagte sie und beendete das Gespräch.

Joakim hockte vor der Veranda und pumpte das Hinterrad seines Fahrrads auf.

»Willst du weg?«, fragte sie.

»Ja.«

»Wohin?«

»Zu Birgit und Dan ins Moor.«

Sie setzte sich auf die Stufen. »Petrus hat gerade angerufen. Er hat bei der Zulassungsstelle nachgefragt, um herauszufinden, wem der Wagen gehört.«

Sie beobachtete ihn genau, als sie ihm die Nachricht verkündete. »Er gehört Maj Bergström, Fredriks Mama.«

Er ließ die Pumpe fallen, sagte jedoch nichts. Sie sah, dass er die Lippen zusammenpresste.

»Weißt du etwas davon?«, fragte sie.

Er ging mit der Pumpe schweigend zum Vorderrad. Sie nahm seine Hand und zog ihn zur Treppe. Er zog seine Hand weg, setzte sich aber neben sie.

»Du hast Fredrik doch bestimmt erzählt, dass im Moor gerade eine Ausgrabung stattfindet.«

Er runzelte die Stirn, als versuche er sich zu erinnern. »Ja, kann schon sein.«

»Hast du auch seiner Mutter davon erzählt?«

Er schüttelte energisch den Kopf. »Ich bin doch nicht bekloppt.«

»Dann hat Fredrik das wohl getan«, sagte sie. »Du kennst sie besser als ich. Kannst du dir vorstellen, dass sie mitten in der Nacht hierher kommt, um im Moor zu graben?«

Joakim fand diesen Gedanken offenbar ziemlich komisch, denn er stieß plötzlich ein nervöses Kichern aus.

»Aber was für eine Erklärung sollte es sonst dafür geben, dass ihr Auto in der Nacht am Weg parkte?«, fragte sie.

»Vielleicht hat es jemand gestohlen.«

»Das wäre immerhin eine Möglichkeit. Ich glaube, ich rufe mal an und frage sie einfach.«

Er wandte sich ihr abrupt zu und sah plötzlich erschrocken aus. »Nein, warte … Vielleicht ist alles ganz anders.«

»Ich bin für jeden Vorschlag zu haben.«

»Es könnte auch Fredriks Vater gewesen sein. Der ist ziemlich verrückt.«

»Ich dachte, Fredrik hat keinen Vater, jedenfalls nicht in der Nähe.«

»Doch nicht sein richtiger Vater.«

»Warum glaubst du, dass er es gewesen sein könnte?«

Joakim schlang die Arme um die angezogenen Knie und starrte vor sich hin. »Okay, ich habe Fredrik erzählt, dass wir eine Moorleiche gefunden haben«, sagte er in resigniertem Ton.

»Wann?«

»Ein paar Tage später. Aber ich habe ihm auch gesagt, dass es ein Geheimnis ist und niemand davon wissen darf. Und dann haben wir ein bisschen über diesen Vogt geredet, der herumspukt, und von seinem Schatz ... dass es toll wäre, den zu finden. Und dann hab ich ihm noch von dem Schmuck erzählt, den ich in der Vitrine gefunden habe, weil der ja vielleicht zum Schatz dazugehört. Von den anderen Sachen hab ich aber wirklich nichts gesagt.«

Er warf ihr einen raschen Seitenblick zu, als wolle er überprüfen, wie verärgert sie war, ehe er weitersprach. »Fredrik hat gesagt, dass sein Vater, also Roland, einen Metalldetektor hat, mit dem er schon viele Sachen gefunden hat ... und dass wir ihn ausleihen dürften. Ich dachte, er macht nur Spaß, aber vielleicht hat er Roland wirklich davon erzählt.«

»Was macht Roland eigentlich. Wo arbeitet er?«

»Weiß nicht, irgendwelche Geschäfte ...«

»Ist er schon lange Fredriks Papa?«

»Nee, noch nicht so lange, glaube ich.«

»Wie ist er denn so? Du meintest vorhin, er wäre ein bisschen verrückt.«

»Ach, der ist ganz schön nervig, will Fredrik immer sagen, was er tun und lassen soll, obwohl er keine Ahnung hat, verstehst du?«

»Nein. Wovon hat er keine Ahnung?«

»Na, von allem. Der lebt in seiner eigenen Welt.«

»Du meinst also, es würde zu ihm passen, mitten in der Nacht mit seinem Metalldetektor hierher zu kommen, um nach einem Schatz im Moor zu suchen?«

Joakim dachte einen Moment nach. »Ja, wenn es das Auto von Fredriks Mutter war ... dann muss er es gewesen sein.«

»Aber sie waren zu zweit. Wer könnte der andere gewesen sein?«

»Sein Kumpel«, sagte Joakim mit Überzeugung. »Er hat einen Freund, der genauso verrückt ist wie er. Der ist ziemlich oft da. Dann reden sie immer darüber, wie sie am besten reich werden können.«

Sie lachte. Das war also des Rätsels Lösung. Aus irgendeinem Grund war sie erleichtert. Vermutlich, weil es endlich einmal eine natürliche Erklärung für etwas gab. Niemand, der nach menschlichen Überresten suchte, sondern nur zwei Schwachköpfe, die einen Schatz heben wollten. Im Moment war sie geneigt, alles als unschuldigen Unfug anzusehen.

»Bist du auch nicht sauer auf mich?«, fragte Joakim unsicher.

»Überhaupt nicht«, entgegnete sie unbeschwert. Sie, die Petrus vor ein paar Stunden alles erzählt hatte, wusste nichts mehr zu sagen.

»Ich hab auch nichts von dem Tagebuch erzählt«, versicherte er.

»Das glaube ich dir.«

»Was machen wir jetzt?«

»Jetzt nehmen wir uns diesen Roland zur Brust.«

»Wie denn?«, fragte er scheu.

»Wir machen ihm einfach klar, dass seine Schatzsuche ein für allemal beendet ist.«

»Willst du wirklich selbst mit ihm reden?«

»Tja, möglicherweise genügt es ja, wenn ich mit Maj rede.«

»Aber die weiß vielleicht von gar nichts.«

»Ach, das glaube ich schon. Sie hat ihm schließlich ihr Auto geliehen, und Fredrik oder sie müssen ihm auch gesagt haben, wo das Moor zu finden ist.«

Joakim biss sich auf die Lippe. Es war ihm anzumerken, dass ihm die Idee, Fredriks Mutter zu befragen, überhaupt nicht gefiel. Doch wusste er offenbar nicht mehr, was er sagen sollte.

Kajsa stand auf. »Am besten rufe ich gleich an«, sagte sie und wollte das Telefon holen.

Joakim folgte ihr. »Willst du dich beschweren?«

»Überhaupt nicht«, antwortete sie. »Mach dir keine Sorgen. Ich werde so behutsam vorgehen, dass keiner von uns Angst haben muss, das Gesicht zu verlieren. Zumindest nicht sehr.«

Sie tippte die Nummer und hörte im nächsten Moment Majs muntere Stimme. »Ach, du bist's«, zwitscherte sie.

Kajsa zwitscherte ebenfalls mit dieser ganz besonderen Unter-uns-Müttern-Vertrautheit, die sie sich im Lauf der Zeit zu Eigen gemacht hatten. »Alles okay bei euch?«

»Ja, ja, alles in Ordnung so weit.«

»Du, hier ist etwas völlig Merkwürdiges passiert. Heute Nacht ist ein guter Freund von uns am großen Weg vorbeigefahren und hat gesehen, wie ein Auto ganz in der Nähe von unserer Einfahrt parkte. Ein blauer Mazda. Ihm kam das komisch vor, also hat er sich das Kennzeichen aufgeschrieben. Dann hat er sich heute bei der Zulassungsstelle nach dem Eigentümer erkundigt, und stell dir vor, es war dein Auto. Erst habe ich gesagt, das kann gar nicht sein, aber dann dachte ich, dass es wahrscheinlich gestohlen wurde. Hast du schon mal geguckt, ob es noch da ist?«

Wie erwartet, entstand ein Moment der Stille. Während Kajsa Majs kurzen Atemstößen lauschte, sah sie, dass Joakims Ohrläppchen glühten, wie sie das immer taten, wenn er sehr aufgeregt war.

Doch Maj fand rasch ihre Sprache wieder. »Nein, das hab ich noch nicht. Das Auto müsste eigentlich unten auf dem Hof stehen. Warte mal, ich schau mal eben durch das Schlafzimmerfenster.« Sie verschwand für ein paar Sekunden. Kajsa zwinkerte Joakim beruhigend zu.

Als Maj wieder am Apparat war, wirkte sie äußerst erstaunt. »Es steht immer noch da ...«

»Wie merkwürdig! Aber jemand muss es heute Nacht doch benutzt haben. Bist du sicher, dass es abgeschlossen war?«

»Ja, bestimmt ... oder vielleicht doch nicht?«

»Geh doch mal runter, und sieh es dir genau an. Vielleicht solltest du sogar die Polizei verständigen. Wenn du willst, kann ich das auch machen.«

»Nein, nein, das ist wirklich nicht nötig. Ich schau es mir gleich an. Vielleicht hatte ich wirklich vergessen, es abzuschließen. Jemand könnte die Zündung kurzgeschlossen haben.«

»Daran habe ich auch gedacht«, entgegnete Kajsa.

»Aber wie kommt es ...?«

»Dass der Wagen bei uns stand? Das ist auch so eine mysteriöse Geschichte. Wir haben den Verdacht, dass es damit zusammenhängt, dass irgendwelche Leute nachts hierher kommen und im Moor Löcher ausheben. Wir verstehen gar nicht, warum.«

»Wie sonderbar ...«

»Wir haben überlegt, dass sie vielleicht verschiedene Autos stehlen, mit denen sie hierher fahren. Und heute Nacht haben sie anscheinend deins benutzt. Ist das nicht ein komischer Zufall?«

Weil ihr offenbar nichts Besseres einfiel, wiederholte Maj: »Ja, komisch ...«

»Und beunruhigend. Aber so langsam haben wir die Schnauze voll. Ein Nachbar hat uns angeboten, sich mit einem Gewehr auf die Lauer zu legen. Vor allem, um sie zu erschrecken, natürlich. Aber sieh doch erst mal nach, ob der Wagen okay ist. Ansonsten solltest du wohl die Polizei anrufen.«

»Ja, gut, ich gehe sofort nach unten. Ich hoffe, die Sache klärt sich auf.«

»Bestimmt. Ich habe irgendwie das Gefühl, dass sie sich nicht noch einmal hierher trauen. Wir werden sehen. Rufst du mich nachher zurück und erzählst mir, was sich ergeben hat?«

»Ja, klar, werd ich machen.«

»Ich bin schon wieder auf dem Sprung, so wie üblich«, sagte Kajsa abschließend. »Viel zu tun, weißt du. Bis später.«

Nachdem sie das Gespräch beendet hatten, erntete Kajsa einen vorwurfsvollen Blick aus Joakims wachen Augen.

»Ist doch gut gegangen«, sagte sie zögerlich.

Er schüttelte den Kopf. »Das hat sie dir nicht abgenommen«, sagte er.

»Vielleicht nicht so ganz«, gab sie zu. »Aber wenn sie die Nachricht erst mal verarbeitet hat, wird sie schon daran glauben.«

Joakim sah nicht überzeugt aus. Mit hängenden Schultern ging er wieder zu seinem Fahrrad.

Sie folgte ihm. »Ich komm mit«, sagte sie. »Hab auch Lust, mal zu gucken, wie weit sie inzwischen mit der Ausgrabung gekommen sind.«

Joakim stieg aufs Fahrrad, blieb jedoch an ihrer Seite.

»Bist du sauer auf Fredrik, weil er die Geschichte weitererzählt hat?«, fragte sie ihn.

»Ein bisschen.«

»Er meinte es sicher nicht böse. Er wollte Roland bestimmt etwas über den Metalldetektor fragen, und da hat er sich verplappert. So was passiert schnell.«

Joakim schien wenig Verständnis zu haben. »Und ich kann ihm nicht mal eine in die Schnauze hauen«, sagte er. »Weil dann kapiert er ja, dass wir wissen …«

»Du kriegst schon noch eine Gelegenheit, ihm eine zu verpassen«, sagte sie aufmunternd.

Im Grunde war sie nun bester Laune. Das Bedrohliche der Nacht war zu einer merkwürdigen Geschichte geworden, die durchaus ihre komischen Seiten hatte. Sie war sehr zufrieden mit ihrem Vorgehen und spielte mit dem Gedanken, Olle anzurufen, um ein wenig Lob zu kassieren. Doch bei näherem Nachdenken kam sie zu dem Ergebnis, dass das noch warten konnte. Denn eine wirklich gute Erklärung, warum sie Petrus mitten in der Nacht zu sich gerufen hatte, fiel ihr nicht ein.

Unten beim Moor herrschte eine gelassene Stimmung. Die Archäologen hatten gerade zu Mittag gegessen. Jetzt lagen sie im Gras verteilt unter den Baumkronen und verscheuchten schläfrig die Fliegen.

Selbst Rune Nordström war Teil der friedlichen Szenerie. Seinen Auftrag, weitere Gräben auszuheben, hatte er längst ausgeführt, doch aus unerfindlichen Gründen kam er sich immer noch unentbehrlich vor. Jedenfalls war er es gewesen, der die Leiche gefunden hatte, und vermutlich war ihm daran gelegen, dass diese Tatsache nicht in Vergessenheit geriet. Er hatte Kajsa auch anvertraut, dass sich die Archäologen seiner Ansicht nach ziemlich ungeschickt anstellten, doch da er ein sensibler Mann war, beschränkte er sich darauf, ihre Arbeit zu überwachen und ihnen den ein oder anderen guten Rat zu geben.

Kajsa gesellte sich zu den Archäologen und ließ sich von Johannes einen Becher Kaffee aus der Thermoskanne anbieten. Joakim, der sein Fahrrad oben beim Hof abgestellt hatte, stapfte derweil ins Moor hinaus, um die nächtlichen Grabungen zu inspizieren.

Sie warf einen Blick über den Ausgrabungsplatz. »Wie weit ihr gekommen seid«, sagte sie, obwohl sie von Tag zu Tag kaum einen Unterschied feststellte.

Dan Björnbo hob ein wenig den Kopf und schirmte seine Augen mit der Hand vor der Sonne ab. »Ja, Rune sei Dank«, entgegnete er mit vielsagendem Zwinkern. »Der passt schon auf, dass es hier vorwärts geht.«

Rune fasste diese Aussage als Kompliment auf. »Wenn ich noch mal mit meinem Bagger ran dürfte, dann wärt ihr ruckzuck fertig«, sagte er. »Ich glaube nicht, dass es gefährlich wäre, etwas näher ranzugehen. Diese Leiche mit dem einen Fuß kann doch nicht so viel Platz einnehmen.«

Birgit setzte sich stöhnend auf und begann die Überreste ihres Picknicks aufzulesen.

»Ach, nein, Rune, wir gehen lieber schön langsam vor«, sagte sie gähnend.

»Heute Nacht waren sie wieder hier und haben gegraben«, teilte Kajsa mit und nickte aufs Moor hinaus.

»Was sagst du da?«, fragte Birgit mit großen Augen. »Ich dachte, die hätten nach all dem Regen aufgegeben. Habt ihr sie gesehen?«

»Ich habe sie gehört und ihre Taschenlampen gesehen. Joakim und ich haben heute auf dem Hof übernachtet. Olle ist in Malmö.«

Voller Interesse richteten sich vier Augenpaare auf sie.

»Ich habe einen guten Freund angerufen, Petrus Levin. Er hat ein Sommerhaus nur wenige Kilometer von hier entfernt. Er kam mit dem Auto hierher, doch als sie die Scheinwerfer sahen, sind sie natürlich abgehauen. Da sie ihr Auto am großen Weg geparkt hatten, konnte er sich aber ihr Nummernschild aufschreiben.«

»Und, wer sind sie?«, fragte Rune.

»Zwei Männer aus der Stadt, die einen Metalldetektor haben. Sie dachten wohl an die Schatzkiste des Vogts.«

»Aus der Stadt? Hat sich die Sache schon bis dort herumgesprochen?«, fragte Dan.

»Sie haben es wohl von irgendjemandem hier aus der Gegend erfahren«, sagte Kajsa.

»Hast du schon mit ihnen gesprochen?«, fragte Birgit.

»Nein, nicht direkt, aber sie wissen jetzt zumindest, dass wir sie kennen, und ich kann euch versprechen, dass sie es nicht noch mal versuchen werden.«

In dem Moment kam Joakim zurück und verkündete, er habe das Loch entdeckt, das die Eindringlinge in der Nacht ausgehoben hätten.

»Man sieht was darin«, sagte er, »eine scharfe Metallkante.«

Durch Rune ging ein Ruck. »Das muss ich sehen. Zeig mir das Loch.« Er machte sich mit Joakim im Schlepp auf den Weg.

Nach kurzem Zögern kamen auch die anderen auf die Beine und trotteten hinter ihnen her.

In zirka fünfzig Metern Entfernung, mehr in der Mitte des Moores, zeigte Joakim nach kurzer Suche auf ein frisch ausgehobenes Loch. Es maß fast einen Meter im Durchmesser und war über einen Meter tief. Er kniete sich hin, steckte den Kopf hinein, zog ihn rasch wieder heraus und verkündete stolz: »Ganz unten auf dieser Seite.«

Dan und Johannes gingen auf verschiedenen Seiten des Lochs in die Hocke.

»Sieht aus wie die Kante eines Spatens«, stellte Dan fest.

»Vielleicht haben sie ihren Spaten vergessen, als sie geflüchtet sind«, schlug Rune vor, der nicht genug Platz hatte, um ebenfalls einen Blick in das Loch zu werfen.

Johannes streckte den Arm in die Tiefe und versuchte das Blatt zu bewegen, doch brachte er es nicht vom Fleck.

»Den hier können sie unmöglich vergessen haben«, sagte er. »Der steckt bombenfest. Aber vielleicht hat ihr Metalldetektor darauf reagiert.« Er entfernte einen Teil der schweren, feuchten Erde mit den Händen.

Birgit reichte ihm ihre kleine Metallschaufel, die an ihrem Gürtel hing. »Grab noch etwas weiter und schau, ob du den Schaft findest«, sagte sie.

»Ist der alt?«, fragte Joakim erwartungsvoll.

Rune lachte triumphierend. »Vielleicht ist das gar kein Spaten. Vielleicht haben wir die Schatzkiste gefunden.«

»Dann hatten die Jungs aber wirklich Pech heute Nacht«, sagte Kajsa.

Dan und Johannes gelang es mit vereinten Kräften, das halbe Blatt freizulegen, das gegen die Grubenwand gepresst wurde. Sie zerrten und zogen daran, bis sie plötzlich mit einem Ruck das ganze Blatt in der Hand hielten, an dem noch ein Stumpf hing, der sich als morscher Rest eines abgebrochenen Schafts erwies.

Alle starrten den Spaten an, bis auf Joakim, dessen Arm sich bereits tief in der Grube befand. »Das ist noch was!«, schrie er erregt. »Ein … ein Halsband und Stoff.«

Alle drängten sich erneut um die Grube, und Joakim zog sich widerwillig zurück. Dan legte sich auf den Bauch und kratzte vorsichtig mit Birgits Handschaufel.

Kajsa sah anfangs nichts anderes als schwarzen Matsch, in den sich ein paar abgerissene Wurzelfasern mischten. Doch plötzlich, wie bei einem Vexierbild, wurde eine ebenmäßige Reihe hellroter, perfekter kleiner runder Steine sichtbar. Wie lehmverschmierte Vogelbeeren, ging es ihr durch den Kopf. Unter den Steinen, die sich anmutig zu einem Halbkreis formten, ließ sich ein anderes Material erahnen, das weder aus Erde noch Pflanzenfasern bestand, etwas in dunklen, unbestimmbaren Farben. Vielleicht Stoff, der bereits halb vermodert, aber noch nicht völlig unkenntlich war.

Als Kajsa ein schlimmer Verdacht kam, zog sich ihr Zwerchfell zusammen. Instinktiv packte sie Joakim an den Schultern und riss ihn zurück.

Während die anderen immer noch in die Grube starrten und Dans Bemühungen verfolgten, das immer noch nicht identifizierbare Material weiter freizulegen, schaute sie beharrlich zum Waldrand hinüber, ließ ihren Blick über den hellen Saum aus Traubenkirschen und Holunderbüschen schweifen, hinter dem sich die dunkle Fichtenwand auftürmte. Herr im Himmel, dachte sie, was tun wir nur hier?

Im nächsten Augenblick sah sie, wie Dan abrupt seine Hände zurückzog, als hätte er sich verbrannt. Birgit beugte sich nach unten und nahm vorsichtig ihre Handschaufel auf, die immer noch in der Grube lag.

Alle schwiegen, bis Rune schließlich flüsterte: »Liegt dort jemand?«

Birgit saß immer noch in der Hocke und betrachtete das, was Dan und Johannes freigelegt hatten. »Sieht so aus«, antwortete sie leise.

Joakim befreite sich aus Kajsas festem Griff um seine Schultern. Doch als müsse sie ihn davor schützen, in das Loch zu fallen, hielt sie ihn rasch am Arm fest.

»Lass mich los!«, fauchte er, in seiner zwölfjährigen Würde gekränkt. Sie ließ ihn los und spürte eine erste Woge von Übelkeit in sich aufsteigen.

Birgit wischte die Handschaufel an einem Grasbüschel ab, ehe sie aufstand. »Wir sollten die Polizei verständigen«, sagte sie.

»Ist es keine alte Leiche?«, fragte Rune.

»Nein ...«

»Woran siehst du das?«

»Am Stoff«, sagte Dan. »Und am Halsband.«

»Wenn es ein Halsband ist«, überlegte Rune, »dann gehört es sicher zu einer Frau.«

»Ich hole mein Handy«, sagte Birgit.

Kajsa fragte sich, ob sie in der Lage war, noch einmal das Moor zu überqueren, oder ob sie riskierte, in Ohnmacht zu fallen. In ihren Ohren summte es unheilvoll, während sie die Übelkeit weiter in heftigen Wellen überkam.

Birgit schaute sie besorgt an. »Geht es dir nicht gut?«

Kajsa wollte verneinen, brachte jedoch kein Wort heraus, weil sie sich ganz auf den schwankenden Untergrund konzentrierte. Oder war es Birgit, die schwankte?

Ich habe einen Schock, wollte sie sagen, als müsste sie ihr sonderbares Verhalten erklären. Doch stattdessen hörte sie sich sagen: »Es ist seine Frau.«

Alle schauten sie überrascht an.

»Wessen Frau?«, fragte Birgit bestürzt.

»Leifs ...«, sagte sie.

Bevor die Dunkelheit sie umfing, dachte sie noch, dass sie das nicht hätte sagen sollen.

35 AM SELBEN TAG

Kommissar Lasse Wagnhärad warf einen desillusionierten Blick auf seinen Schreibtisch. Sein Mitarbeiter Mikael Sköld hatte die zu bearbeitenden Unterlagen mit beharrlichem Optimismus nach ihrer Wichtigkeit geordnet. Im Grunde seines Herzens war der Kommissar nicht unglücklich darüber, diese hübsche Anordnung ignorieren zu können.

»Ich mache mich sofort auf den Weg«, sagte er und zog seine Jacke an.

Mikael schaute wehmütig auf seine hübsche Anordnung und dann auf die Uhr. »Du bist für den Rest des Tages unterwegs?«

In seinem Ton lag der Anflug eines Vorwurfs. In zehn Tagen würde Wagnhärads Urlaub beginnen, und jeden Morgen waren sie sich rührend einig, dass die Zeit bis dahin unbedingt darauf verwandt werden musste, die Aktenberge zu reduzieren und ein wenig Ordnung ins Chaos zu bringen.

»Vermutlich«, antwortete Wagnhärad. »Sag Bergh, dass er in fünf Minuten am Wagen sein soll. Ich seh zu, wen ich vom Erkennungsdienst zusammenkratzen kann.«

Den letzten Satz rief er über die Schulter hinweg, als er bereits auf dem Flur war.

Elf Minuten später traf er mit Bergh auf dem Parkplatz vor dem Präsidium zusammen. Er hatte die Leute von der Spurensicherung verständigt, die nachkommen wollten. Bergh konnte er auch während der Fahrt informieren.

Birgit Sjögren war die Frau, die ihn von seinen Büropflichten losgeeist hatte. Mit sanfter Stimme hatte sie an ihrem knisternden Handy erklärt, dass nun er an der Reihe sei, ihrem Ruf nach Röshult zu folgen. Beiläufig hatte sie auch den Fund einer Leiche erwähnt, die vermutlich in sein Ressort falle. Trotz der ungezwungenen Wortwahl spürte er, dass sie erschüttert war. Im Hintergrund waren erregte Stimmen zu hören. Zunächst hatte er ihr zugesichert, einen Sachverständigen zu schicken, dann jedoch ihrem flehenden Ton nachgegeben und chevaleresk versprochen, selbst an den Fundort zu eilen.

Doch gab es noch einen weiteren Grund, sich der Sache persönlich anzunehmen. Das Auffinden von Leichen im Polizeidistrikt von Christiansholm war nicht gerade an der Tagesordnung. Und die Wahrscheinlichkeit, dass persönliche Freunde oder Bekannte des Polizeidirektors irgendeine Verbindung zu dieser Leiche hatten, tendierte, wie man glauben sollte, gegen null. Doch genau dies schien zum zweiten Mal innerhalb von drei Jahren möglich zu sein. Eine unangenehme Statistik, die auf dem Präsidium Anlass zu Klatsch und Tratsch geben konnte.

Da sich Roffe Stenberg derzeit auf einer Dienstreise befand, fühlte sich der Kommissar dafür verantwortlich, dass die Sache so diskret wie möglich behandelt wurde.

»Wiedersehen macht Freude«, sagte Bergh, als er an der gut getarnten Abzweigung das Tempo drosselte. »Am Zustand des Wegs hat sich auch nichts geändert«, brummte er, während ihr Ford über den buckligen Untergrund rumpelte.

Wagnhärad blickte sich um, ein wenig aufmerksamer als beim ersten Mal. Die Bäume zu beiden Seiten – vor allem Ahorn und Eschen, so weit er sehen konnte – steckten ihre Kronen zusammen und bildeten einen grünen Tunnel.

»Obwohl es hier eigentlich wunderschön ist«, fügte Bergh hinzu.

»Du nimmst mir die Worte aus dem Mund«, sagte Wagnhärad.

Wie beim letzten Mal tauchte der Junge auf dem Mountainbike auf, als sie den Wendeplatz erreichten. Und während sie im Schneckentempo dem Hof entgegenschaukelten, konnten sie seine ebenso virtuose wie halsbrecherische Fahrweise in der dschungelartigen Wildnis bewundern.

Vor der Toreinfahrt standen bereits drei Autos. Es gab nicht mehr viel Platz, und wenn die Leute von der Spurensicherung kamen, würde es noch enger werden. Bergh blieb beim Auto, um auf sie zu warten.

Wagnhärad ging um das Haus herum, überquerte rasch die Weide und sah in der Nähe des Grabungsgebiets sofort zahlreiche Personen. Mit dem Jungen waren es acht.

Birgit Sjögren eilte ihm entgegen. In Anbetracht der Tatsache, dass sie gerade ein Grab entdeckt hatte, das nicht aus frühgeschichtlicher Zeit stammte, schien sie erstaunlich gefasst.

»Schön, dass Sie da sind«, sagte sie lächelnd. »Wir wissen im Moment nicht so recht, was wir tun sollen. Sie sind doch nicht allein gekommen?«

»Nein, nein«, antwortete er. »Die Leute von der Spurensicherung und mein Assistent kommen gleich nach.«

»Du lieber Himmel, das wird ja der reinste Volksauflauf hier«, sagte sie.

Er warf der kleinen Gruppe, die sich unter einem Baum versammelt hatte, einen missbilligenden Blick zu. »Das scheint ja jetzt schon der Fall zu sein«, entgegnete er. »Es geht nicht, dass die alle hier herumlaufen. Sie sollen sich ein bisschen weiter auf die Weide zurückziehen. Es reicht völlig, wenn wir beide uns den Fundort ansehen.«

»Im Weg sind sie uns nicht«, sagte sie. »Der Fundort ist ein ganzes Stück entfernt. Ungefähr fünfzig Meter in dieser Richtung.«

»Warum haben Sie dort überhaupt gegraben?«, fragte er verwundert.

»Das waren nicht wir«, entgegnete sie, »sondern irgendwelche Schatzsucher, die sich dort nachts zu schaffen gemacht haben. Letzte Nacht wurden sie auf frischer Tat ertappt und haben die Flucht ergriffen. Wir wollten uns ansehen, was sie angerichtet haben – und so haben wir die Leiche entdeckt.«

»Sie haben die Leiche heute Nacht ausgegraben?«

»Einen kleinen Teil von ihr, aber sie dürften sie kaum erkannt haben. Ich erkläre Ihnen das besser vor Ort.«

»Wissen Sie, wer das war? Ich meine, die so genannten Schatzsucher.«

»Ja, wahrscheinlich. Aber darüber müssen Sie mit Kajsa Linder sprechen.«

»Ich werde mit ihr reden – und mit all den anderen auch«, fügte er hinzu. »Doch jetzt will ich mir erst mal den Fundort ansehen. Kann man trockenen Fußes dorthin kommen?«

»So einigermaßen. Hier hat es seit Tagen gegossen, aber alles ist inzwischen versickert. Der Untergrund trägt immer noch ziemlich gut.«

Als sie die schweigende Gruppe an Rand des Moores passierten, ließ er es bei einem geschäftigen Kopfnicken bewenden. Dann heftete er sich an Birgits Fersen.

Als sie das Loch erreicht hatten, zeigte sie ihm das teils von Rost zerfressene Blatt eines Spatens, an dem noch die Reste eines morschen, abgebrochenen Schafts hingen.

»Das hier hat zuerst unsere Aufmerksamkeit erregt«, sagte sie. »Joakim, der Sohn von Kajsa, hat es entdeckt. Es klemmte an einer Seite der Grube fest. Wir vermuten, dass ihr Metalldetektor darauf reagiert hat. Als meine Jungs das Blatt herausgerissen haben, ist ein Teil der Grubenwand eingestürzt.« Sie zeigte ihm die Stelle.

Er ging in die Knie und blickte in das Loch. Es war nicht viel zu erkennen. Ein abgerissenes Halsband mit roten Perlen. Einige hingen immer noch zusammen, doch die meisten lagen in der Erde verstreut. Womöglich eine Schulter und ein Oberarm, bedeckt von einem nicht zu bestimmenden Material. Ein Stück Stoff mit einem dunklen Muster war zu erkennen. Ein Halsausschnitt, darüber schwarz gewordene Haut. Der Rest des Körpers war weiterhin verborgen.

Birgit hatte ein Stöckchen vom Boden aufgehoben. Sie zeigte damit auf die freigelegte Schulter. »Ich finde, das sieht aus wie Leder«, sagte sie. »Vermutlich von einer Jacke.«

»Was glauben Sie, wie alt die Leiche ist?«, fragte er.

»Tja, wenn ich daran denke, wie festgekeilt das Blatt des Spatens war … die Erde war ja sehr hart … Die Leiche wird kaum in letzter Zeit vergraben worden sein. Der Stoff war sehr rissig. Kein Leichengeruch ... zumindest bis jetzt nicht. Ich würde auf ein paar Jahre tippen.«

»Zwei – zehn – zwanzig?«

Sie schüttelte den Kopf. »Warten wir lieber auf die Spurensicherung. Aber wenn ich einen Tipp abgeben müsste, dann würde ich eher zwanzig sagen als zwei.«

Er stand auf. »Nein – es handelt sich wohl kaum um einen brandneuen Fund«, sagte er.

Beide ließen den Blick über die stille Landschaft schweifen.

»Wie schön und friedlich es hier ist«, sagte er. »Die Eigentümer tun mir Leid. Die werden nicht viel Ruhe haben. Was sagt denn Herr Linder dazu?«

»Der ist in Malmö und weiß wahrscheinlich noch gar nichts davon. Aber seine Frau ist dort drüben. Sie war dabei, als wir den Spaten entdeckt haben.«

»Dann muss ich wohl mit ihr reden, um etwas über diese Schatzsucher zu erfahren.«

Er wollte zurückgehen, doch Birgit hielt ihn zurück, indem sie kurz seinen Arm berührte.

»Eines sollte ich vielleicht noch erwähnen«, sagte sie.

Er blieb stehen.

Sie sah zweifelnd aus, als bereue sie bereits ihre plötzliche Eingebung. »Da war etwas, das sie gesagt hat ... Kajsa Linder, meine ich. Sie hatte einen Schock und war für einen Moment bewusstlos, doch kurz zuvor hat sie eine Bemerkung gemacht ... Ich bin mir nicht einmal sicher, dass sie sich selbst noch daran erinnert, und vielleicht hat es auch keine Bedeutung. Jedenfalls sagte sie: ›Es ist seine Frau.‹ Und als ich fragte: ›Wessen Frau?‹, sagte sie: ›Leifs.‹ Alle Anwesenden haben es gehört.«

»War das alles, was sie gesagt hat?«

»Ja.«

»Und Sie wissen nicht zufällig, wer Leif ist?«

»Nein, ich glaube, ich kenne niemanden, der so heißt.«

»Ich werde mit ihr darüber reden«, sagte er.

»Da kommen Ihre Mitarbeiter«, sagte sie und zeigte auf die Weide.

Angeführt von Bergh schleppten drei Männer ihre Ausrüstung mit sich: Grabungswerkzeug, ein Kamerastativ und mehrere Koffer.

»Dann warte ich hier, bis sie angefangen haben«, sagte Wagnhärad. »Übrigens ...«, fuhr er fort und nickte in Richtung der Gruppe, die sich in der Nähe des Ausgrabungsplatzes befand. »Waren die alle dabei, als Sie begonnen haben, die Leiche freizulegen?«

»Alle außer Petrus Levin und Per Augustsson. Per hat oben auf dem Hof gearbeitet, und Petrus Levin ist später von Kajsa Linder verständigt worden. Er ist ein alter Freund der Familie, und sie dachte vielleicht, dass sie seine Unterstützung brauchte – da ihr Mann nicht da ist.«

»Wer sind die anderen?«

»Die beiden Jungs gehören zu mir, Dan Björnbo und Johannes Ek. Und dann gibt es natürlich noch Rune, den Mann, der meine Moorleiche gefunden hat.« Sie lachte. »Den werden wir so schnell nicht mehr los. Er hat sich selbst zum Grabungsleiter ernannt.«

»Fällt er Ihnen zur Last?«

»Ach, nicht besonders. Das wird durch seinen Einsatz vollkommen aufgewogen. Für uns ist er eine Art Maskottchen geworden. Aber davon weiß er natürlich nichts.«

Als er sich eine halbe Stunde später auf den Rückweg machte, spürte er, dass sein Strumpf im linken Schuh klatschnass war. Es hatte zwar überall trocken ausgesehen, doch offensichtlich war er trotzdem irgendwo ins Nasse getreten.

Er steuerte auf die Frau zu, von der er vermutete, dass sie Kajsa Linder war. Sie stand ein Stück von den anderen entfernt am Rand des Moores und schien auf jemanden zu warten. Auf diese Entfernung sah sie sehr jung aus. Sie war zierlich und hatte lockige rotblonde Haare, trug verwaschene, ausgefranste Jeans und ein hellgrünes Hemd. Als er näher kam, bemerkte er, dass ihr Gesicht noch kindliche Züge besaß. Die Nase war kurz und knubbelig und der Mund ein wenig zu groß, als wäre der Rest des Gesichts nicht richtig mitgewachsen. Dennoch war es das Gesicht einer reifen Frau, das von einer gewissen Lebenserfahrung zeugte. In ihren klaren blauen Augen lag eine gewisse Tiefe. Er schätzte sie auf zirka dreißig.

Nachdem sie sich miteinander bekannt gemacht hatten und sie ihm den Rücken zudrehte, um vorauszugehen, warf er einen etwas genauen Blick auf sie. Sie war eine äußerst attraktive Erscheinung. Hätte er sie auf der Straße inmitten vieler Menschen gesehen, wäre sie ihm mit Sicherheit aufgefallen.

»Das ist bestimmt keine angenehme Angelegenheit für Sie«, begann er, als er zu ihr aufgeschlossen hatte. Eine idiotische Einleitung, aber irgendwie musste er schließlich anfangen.

Sie warf ihm einen raschen Blick zu. »Nein, das … ist ein ziemlicher Schock.«

»Ich habe von diesen Schatzsuchern gehört, die letzte Nacht aufgeschreckt wurden«, sagte er. »Sie wissen, wer diese Leute sind?«

»Nun ja … nicht direkt.«

Er zog einen Notizblock und einen Stift aus seiner Jackentasche. »Ich würde mich natürlich gern mit ihnen unterhalten.«

Sie blieb stehen und zog die Augenbrauen hoch. »Ist das unbedingt notwendig?«, fragte sie brüsk. »Die haben absolut nichts mit der Sache zu tun.«

Er war so erstaunt, dass er nicht wusste, was er erwidern sollte.

Sie ging weiter. Anscheinend wollte sie mehr Abstand zu den übrigen Personen, was ihm nur recht war.

»Ich habe den Eindruck, dass sie sehr viel mit der Sache zu tun haben«, beharrte er.

»Nicht das Geringste«, entgegnete sie.

Ihm lag auf der Zunge, dass er es war, der entschied, welche Personen für die polizeilichen Ermittlungen interessant waren, doch sagte er nur: »Es gehört zu unseren Aufgaben, lieber zu viel als zu wenig Fragen zu stellen. Die Erfahrung lehrt, dass sich das lohnen kann.«

»In diesem Fall wäre das aber verschwendete Zeit«, sagte sie. »Es war reiner Zufall, dass sie dort gegraben haben. Ihr Metalldetektor hat auf den Spaten reagiert. Vermutlich haben sie ihn aber gar nicht gefunden, ehe sie aufgeschreckt wurden und wegrannten. Von der Leiche können sie unmöglich etwas gesehen haben.«

»Kennen Sie ihre Namen?«, fragte er erneut.

»Nein ... eigentlich nicht.«

»Aber Sie wissen, wer sie sind?«

Sie stieß ein ungehaltenes Seufzen aus. »Ich weiß, wem der Wagen gehört, den sie sich ausgeliehen und am großen Weg geparkt hatten. Er gehört jemandem, den ich kenne, aber ich will dieser Person keine Unannehmlichkeiten bereiten«, entgegnete sie ausweichend.

Er sagte nichts, doch hatte er seit langem Übung darin, wie man mit Schweigen den Druck erhöhte.

»Das Auto gehört der Mutter seines besten Freundes.«

»Aha ...«

»Joakim – das ist mein Sohn – hat seinem Freund im Vertrauen von der Ausgrabung erzählt, die hier stattfindet. Leider hat der es dem Lebensgefährten seiner Mutter weitergesagt, der offenbar einen Metalldetektor besitzt. Zusammen mit seinem Kumpel wollte der wohl ein bisschen Hobbyarchäologie betreiben. Ich glaube nicht, dass die Mutter von dieser Idee sehr begeistert war. Ich vermute, sie hat ihr Auto nur sehr widerwillig zur Verfügung gestellt.«

»Haben Sie die Männer gesehen?«

»Nein, aber ich habe sie gehört und ihre Taschenlampen gesehen. Daraufhin habe ich einen guten Freund angerufen und gebeten, bei mir vorbeizukommen. Er sah den Wagen und notierte sich das Kennzeichen. Als er auf den Hof zufuhr, schreckte er die beiden mit den Scheinwerfern seines Autos auf. Ich habe gesehen, wie sie in den Wald hineinliefen.« Sie zeigte in die entsprechende Richtung. »Ich will nicht, dass die Freundschaft zwischen Joakim und dem anderen Jungen darunter leidet.«

»Sie haben also mit der Mutter des Freundes darüber gesprochen?«

»Ja, aber ich habe es auf eine Weise getan, die niemanden unnötig in Verlegenheit bringt«, antwortete sie.

Er ließ dieses heikle Thema vorläufig ruhen.

Sie hatten den Pfad, der durch die Weiden hindurchführte, hinter sich gelassen, und als sei die Steinmauer an deren Ende ihr Ziel gewesen, ließen sie sich auf ihr nieder. Von hier aus hatten sie einen hervorragenden Blick auf das Moor. Zwischen Bäumen und Büschen konnten sie die Männer von der Spurensicherung erkennen, die sich um das Loch geschart hatten. Es war deutlich zu sehen, dass sie weitergruben. Sie sah ihnen eine Zeit lang zu, ehe sie den Kopf abwandte.

»Wer ist Leif?«, fragte er nach einer Weile.

Es dauerte ein bisschen, ehe sie antwortete. »Leif Rösling ist der Bauer auf Röshult. Sein Grundstück grenzt an unseres. Wir haben den Hof von ihm gekauft.«

»Warum glauben Sie, dass es seine Frau ist, die dort gefunden wurde?«

»Glaube ich das?«

»Sie haben es vor vier Zeugen gesagt.«

»Ich weiß, was ich gesagt habe. Aber ich weiß nicht, warum. Ich stand unter Schock.«

»Unter einem schweren Schock«, sagte er. »Ich habe gehört, dass Sie eine Zeit lang bewusstlos waren. Keiner der anderen hat so heftig reagiert wie Sie.«

»Die Leute sind eben verschieden. Ich bin für meine starken Reaktionen bekannt.« Sie lachte zum ersten Mal. »Sogar berüchtigt.«

»Kennen Sie Leif Rösling gut?«

»Nein.«

»Haben Sie ihn schon gekannt, bevor Sie den Hof von ihm gekauft haben?«

»Wir hatten drei Sommer lang ein Ferienhaus von ihm gemietet, haben ihn aber nur zu Gesicht bekommen, wenn er seine Miete haben wollte.«

»Lebt er allein auf seinem Hof?«

»Nein, zusammen mit seiner Mutter.«

»Ich nehme doch an, dass er früher einmal verheiratet war.«

»Ja, ich habe mal so was gehört.«

»Wissen Sie, wann das war?

»Vor fünfundzwanzig Jahren, glaube ich.«

»Ist es hier in der Gegend vielleicht ein offenes Geheimnis, dass seine Frau damals unter mysteriösen Umständen verschwand?«

»Das weiß ich nicht genau. Ich habe nur gehört, dass sie damals Hals über Kopf verschwunden ist.«

Er spürte, dass sie sich bedrängt fühlte. »Dieses Land hier gehörte also ihm, bevor Sie es gekauft haben?«

»Ja.«

»Da liegt es doch auf der Hand, dass ich ihn bitte, sich den Fund einmal persönlich anzuschauen. Vielleicht kann er die Leiche identifizieren.«

»Ich nehme es an.«

Er betrachtete sie von der Seite und fragte sich, ob es zu diesem Zeitpunkt einen Sinn hatte, das Gespräch fortzusetzen. Sie hatte das Gesicht abgewandt und ließ ihre Hand behutsam durch eine frisch erblühte Staude mit Weidenröschen gleiten. Da erst bemerkte er, dass der gesamte obere Teil der Wiese von den rötlich violetten Blüten übersät war.

Bergh konnte sich einige vergleichende Bemerkungen nicht verkneifen, seit sie sich auf der Abzweigung befanden, die zum neuen Röshult führte. Sie war breit, gerade und ebenmäßig. Bäume und andere Naturerscheinungen waren in ihrer Nähe nur spärlich vorhanden. Ein Weg ganz nach Berghs Geschmack.

Sie brauchten nicht einmal die gesamte Strecke bis zum Hof zurückzulegen. Schon auf halben Weg trafen sie auf Leif Rösling. Zumindest nahmen sie an, dass der athletische Mann, der gerade Pfosten für einen neuen Zaun in die Erde rammte, der Bauer persönlich war.

Bergh hielt den Wagen an, während er nach seinem Polizeiausweis tastete.

Sie wurden erst bemerkt, als sie etwa zwei Meter vor ihm standen. Näher wagten sie sich nicht heran, weil der Mann vor ihnen einen mächtigen Vorschlaghammer schwang, den er mit gleichmäßigen, entschlossenen Schlägen auf einen Eichenpfosten niedersausen ließ. Er war eine dunkle Erscheinung, groß gewachsen und muskulös.

Er legte den Hammer hin und zog ein buntes Taschentuch aus seinem Overall. Nachdem Wagnhärad sich versichert hatte, dass es Leif Rösling war, mit dem sie sprachen, sagte er den üblichen Text auf und hielt ihm seine Legitimation entgegen. Der Bauer wischte sich sorgsam den Schweiß aus dem Gesicht.

»Was gibt's?«, fragte er mürrisch.

Wagnhärad hielt es für das Beste, sofort zur Sache zu kommen. Auf weitschweifige Einleitungen legte der andere sicher keinen Wert.

»Oben beim alten Hof ist eine Leiche im Moor gefunden worden«, sagte er und zeigte mit dem Daumen die Richtung an.

»Ja, ich weiß, dieser historische Fund ...«

»Nein, von dem rede ich nicht. Heute ist dort die Leiche einer Frau gefunden worden, vor ein paar Stunden. Und die stammt nicht aus einem früheren Zeitalter.«

Er wartete gespannt, aber Rösling zeigte keinerlei Reaktion. Seine Augen waren nicht zu erkennen, denn sein Blick war starr auf den Boden geheftet.

»Und was hat das mit mir zu tun?«, kam die lakonische Entgegnung.

»Da Sie bis vor ein paar Monaten Eigentümer des Grundstücks waren, auf dem die Leiche gefunden wurde, möchte ich Sie bitten, einen Blick auf sie zu werfen. Vielleicht könnten Sie uns bei der Identifizierung behilflich sein.«

»Das kann ich mir nicht vorstellen.«

Wagnhärad lächelte gewinnend. »Das kann man nie wissen.«

Leif Rösling nahm die Schirmmütze ab und kratzte sich am Kopf. Dann warf er einen langen Blick auf seine unvollendete Arbeit.

Wagnhärad rechnete mit Ausflüchten und weiteren Widerständen, wurde aber erneut in Erstaunen versetzt.

»In Ordnung. Hauptsache, es dauert nicht so lang. Ich will morgen die Tiere auf die Weide lassen, also muss der Zaun bis dahin fertig sein.«

»Es wird nicht lange dauern. Sie können gleich mit uns fahren, und nachher bringen wir Sie zurück«, sagte Wagnhärad, immer noch lächelnd. Es sei denn, ich muss Sie wegen Mordverdachts festnehmen, noch ehe der Tag beendet ist, dachte er sich im Stillen.

Als sie den Wagen erreichten, zögerte Leif Rösling erneut. »Ich bin nicht besonders sauber«, sagte er, indem er an seinem Overall hinabblickte, der in der Tat ziemlich verdreckt war.

»Das macht nichts«, entgegnete Wagnhärad, doch Bergh zeigte sich weniger tolerant als sein Vorgesetzter und breitete rasch eine Tageszeitung über dem Rücksitz aus.

Die Archäologen hatten sich tapfer wieder an ihre Arbeit gemacht, auch wenn ihnen dazu im Moment die richtige Konzentration fehlte. Als Wagnhärad und Bergh mit einem neuen Darsteller des Dramas an ihnen vorbeigingen, spähten sie den dreien neugierig hinterher.

Kajsa Linder hatte sich zusammen mit ihrem Sohn sowie Petrus Levin auf den Hof zurückgezogen. Desgleichen Per Augustsson. Rune Nordström hingegen hatte sich an einem strategisch günstigen Punkt zwischen den beiden Ausgrabungsorten postiert. Rauchend saß er auf einem großen Grasbüschel und schien guter Dinge zu sein.

Der Körper war inzwischen vollständig ausgegraben. Er lag zwischen zwei grünen Plastikplanen, ein paar Meter von der beträchtlich vergrößerten Grube entfernt.

Die einleitende Untersuchung war abgeschlossen. Zwei Männer waren damit beschäftigt, eine Bahre aus Leichtmetall zusammenzusetzen, und waren im Großen und Ganzen bereit, die Leiche abzutransportieren.

Leif Rösling blieb mindestens vier Meter von der Plane entfernt stehen, als würde es ausreichen, aus dieser Entfernung einen flüchtigen Blick darauf zu werfen.

Wagnhärad ließ ihn gewähren. Zunächst wollte er sich einen eigenen Eindruck verschaffen, ehe er die Männer vom Erkennungsdienst zu ihren Ergebnissen befragte. Einer von ihnen schlug vorsichtig die obere Plane beiseite, sodass der Körper dem unbarmherzigen Sonnenlicht ausgesetzt war. Es bestand kein Zweifel, dass es sich um eine Frau handelte. Sie lag mit leicht angewinkelten Beinen auf der Seite, die Arme gebeugt und die Hände gegen die Brust gedrückt. Die Haut war verschrumpelt und dunkelbraun. Die Beine, die nur noch teilweise mit Stoffresten bedeckt waren, bestanden nur noch aus dem Skelett, über das sich die faltige, lederartige Haut spannte. Die Frau trug eine große Jacke, die von der Feuchtigkeit schwarz und glänzend war. Darunter sah man Überreste eines langes Kleids, das aus einem gemusterten Stoff bestanden hatte. Die Füße waren nackt. Die nach oben gekehrte Gesichtshälfte war deformiert, vielleicht durch langjährigen Druck. Die Haare sahen relativ normal aus. Lang, dicht und dunkel umgaben sie den Kopf in einem feuchten, verfilzten Durcheinander. Die gefundenen roten Perlen lagen neben dem Kopf in einer Plastiktüte.

Wagnhärad wandte sich an Sten Håkansson, der für die Spurensicherung verantwortlich war. »Wie weit seid ihr gekommen?«

Håkansson betrachtete die Frau, während er sich mit einem feuchten Tuch sorgsam die Hände abwischte. »Vorläufig schätzen wir ihr Alter auf zwanzig bis dreißig«, sagte er. »Das Alter der Leiche dürfte sich im selben Zeitraum bewegen.«

»Todesursache?«

»Noch ungewiss. Wir haben keine Anzeichen für eine äußere Gewaltanwendung entdeckt. Aber das können sie in der Stadt genauer untersuchen. Der Körper ist gegerbt und ausgetrocknet und verhältnismäßig gut in Schuss. Der Stoff des Kleids besteht aus Baumwolle, die erstaunlich gut erhalten ist. Sie fiel allerdings zusammen, als wir den Körper aus der Grube hoben. Die Unterwäsche ist noch besser erhalten – irgendein synthetisches Material.«

Sie blickten verstohlen zu Leif Rösling hinüber, der mit ausdrucksloser Miene in die Ferne starrte. Er schien vollkommen unbeteiligt und nur darauf zu warten, dass er zu seinen Zaunpfählen zurückkehren konnte. Wenn es seine Frau ist, dann weiß er sicher Bescheid, dachte Wagnhärad. Ansonsten kann man wohl nicht erwarten, dass er die Tote wiedererkennt.

»Die Jacke ist interessant«, fuhr Håkansson fort. »Man sieht es ihr nicht mehr an, aber ich glaube, sie bestand aus weichem Wildleder, mit langen Fransen und irgendwelchen Verzierungen und Nieten. Möglicherweise im indianischen Stil.«

Aus unerfindlichen Gründen veranlasste Håkanssons Beschreibung Leif Rösling dazu, näher an die Plane heranzutreten. Von dort aus warf er zum ersten Mal einen eingehenden Blick auf die Frau. Im selben Moment wusste Wagnhärad, dass eine spektakuläre Wende bevorstand. Die Verwandlung, die mit dem verschlossenen, mürrischen Mann vor sich ging, war ebenso abrupt wie erstaunlich. Es war schwer zu sagen, was in seinem Inneren geschah, doch sein Gesicht wurde von plötzlich hervorbrechenden Empfindungen erschüttert. Seine Reaktion war so heftig, dass alle um ihn herum ihre Tätigkeiten einstellten und ihn wortlos anstarrten.

Er zitterte. Seine Kiefer arbeiteten, als habe er etwas im Mund, das ihn zu ersticken drohte.

»Sie wissen, wer die Frau ist?«, fragte Wagnhärad sofort.

»Ja«, lautete die kaum hörbare Antwort.

In diesem Moment begann Leif Rösling zu schwanken. Seine plötzliche Blässe kündigte eine bevorstehende Ohnmacht an.

Wagnhärad streckte einen Arm aus, um ihn zu stützen. »Setzen Sie sich«, forderte er ihn freundlich auf.

Bergh eilte herbei und zog den kräftigen Mann mit sanfter Gewalt auf die Erde. »Halten Sie den Kopf eine Weile zwischen die Knie«, sagte er, »dann wird's besser.«

Während Leif Rösling keuchend den Kopf zwischen die Knie hielt, tauschte Wagnhärad einen Blick mit Bergh und schaute dann zu Håkansson hinüber, der zufrieden den Daumen hob.

Man musste das Eisen schmieden, solange es heiß war.

»War es die Jacke, die Sie wiedererkannt haben?«, fragte der Kommissar.

Doch er bekam keine Antwort. Eines war ziemlich sicher, dachte er. Falls dieser Mann nicht an extremem Gedächtnisverlust litt, hatte er die Frau zumindest nicht selbst begraben. Vermutlich auch nicht getötet. Eine solche schauspielerische Leistung traute er ihm nicht zu.

»Wer ist sie?«, fragte er.

Rotz und Wasser tropften aus dem gebeugten Gesicht.

Immer noch keine Reaktion. Er fragte sich, ob der andere ihn nicht verstanden hatte, und wiederholte die Frage.

»Jemand, den ich kannte ...«, kam es dumpf.

»Wie war ihr Name?«

Er beugte sich nach unten, um ihn besser verstehen zu können, schrak jedoch zurück, als Leif Rösling unerwartet den Kopf zurückwarf und ein Gebrüll ausstieß, das unheimlich über das Moor hallte. Das Brüllen ging in ein lang gezogenes Jammern über, das er schließlich erstickte, indem er beide Hände gegen den Mund drückte. Rune Nordström sah aus, er erwäge er, näher zu kommen, wurde jedoch durch eine entsprechende Geste zurückgehalten.

Håkansson zog die Plane wieder über den Leichnam, während Bergh, der bemerkt hatte, dass Leif Rösling am ganzen Körper zitterte, seine Jacke auszog und sie ihm über die Schultern legte.

Wagnhärad kümmerte sich nicht um den feuchten Boden und hockte sich neben den Mann, der unverständlich vor sich hin murmelte. »Ich habe Sie nicht richtig verstanden.«

»Sue«, murmelte er mit klappernden Zähnen.

»Ist das der Name der Frau?«

»Sie kam aus ... Amerika.«

»Aha. Wie war ihr Nachname?«

»Weiß nicht.«

»Wohnte sie hier?«

»Sie hat das Sommerhaus gemietet.«

»Wann war das?«

»1973. Ich will … jetzt zurück. Mir geht's nicht gut.«

»Sofort«, sagte Wagnhärad. »Aber Sie verstehen sicher, dass wir in Ruhe darüber reden müssen.«

»Heute … schaffe ich das nicht mehr.«

»Sie sollten jetzt nach Hause gehen und sich ausruhen. Ich komme morgen wieder. Dann werde ich Sie bitten, uns in aller Ausführlichkeit zu berichten, was Sie über diese Frau wissen.«

Leif Rösling nickte mit gesenktem Blick. Wagnhärad beobachtete eine Weile sein Profil. Schwer, dem Kerl in die Augen zu sehen, ging ihm durch den Kopf.

Bergh half Leif Rösling auf die Beine. Als sie gerade den Platz verlassen wollten, fiel Wagnhärads Blick auf den kettenrauchenden Rune, der aus gehörigem Abstand alles mit angesehen hatte. »War Rune Nordström ebenfalls mit der Frau bekannt?«, fragte er Leif.

»Natürlich. Er ist doch schließlich unser Nachbar.«

»Dann will ich, dass auch er die Leiche identifiziert. Sie können mit meinem Kollegen schon zum Auto vorgehen. Es wird nur ein paar Minuten dauern.«

Leif Rösling schien das nichts auszumachen. Auf wackeligen Beinen folgte er Bergh in Richtung Weideland.

Rune genügte ein kurzes Kopfnicken, um zu verstehen, dass er endlich erwünscht war. Sofort warf er einen neugierigen Blick auf die grüne Plane.

»Haben Sie etwas von dem verstanden, was hier gerade vor sich ging?«, fragte Wagnhärad.

»Ich kam nicht umhin zu hören, dass Leif unter Schock stand. Wahrscheinlich hat man das bis nach Märringe gehört.«

»Was folgern Sie daraus?«

Doch Rune war anscheinend nicht bereit, auf jede x-beliebige Frage zu antworten. Er kniff den Mund zusammen und zuckte mit den Schultern. Sah man genauer hin, dann entdeckte man in seinen Augen nicht nur Neugier, sondern auch eine gewisse Unruhe.

»Kennen Sie Leif Rösling gut?«

»Seit unserer Kindheit.«

»Sind Sie gute Freunde?«

»Wir haben uns nie zerstritten.«

Wagnhärad wies mit dem Kopf in Richtung Plane. »Haben Sie eine Idee, wen man hier heute gefunden haben könnte?«

»Nein.«

»Ich möchte Sie bitten, sich die Leiche anzusehen und mir zu sagen, ob Sie sie identifizieren können.«

Er beugte sich hinunter und schlug die Plane beiseite. Rune schaute die Frau schweigend an. Es war schwer, seinen Gesichtsausdruck zu deuten.

»Können Sie mir etwas sagen?«, fragte Wagnhärad nach einer für sein Empfinden angemessenen Wartezeit.

»Das ist nicht so leicht. Aber die Jacke ...«

»Was ist mit der Jacke?«

»Sie sieht aus wie eine Jacke ... die ich früher einmal gesehen habe.«

»Wann? Und wem gehörte sie?«

»Vor langer Zeit wohnten einmal zwei Mädchen hier in der Gegend. Die eine von ihnen hatte eine solche Jacke mit langen Fransen.«

»Wie war ihr Name?«

»Sie hieß Sue, und die andere hieß Pia.«

»Kannten Sie sie näher?«

»Ich habe ab und zu mit ihnen geredet.«

»Unter welchen Umständen haben sie diese Gegend wieder verlassen?«

Rune sah erstaunt aus. »Sue hat sie ja offensichtlich nicht verlassen. Eigentlich glaubten alle, sie wären weggefahren. Wohin, weiß ich nicht.«

»Leif Rösling hat, wie Sie bemerkt haben, sehr heftig reagiert, als er begriff, wer die Tote ist. Was für eine Beziehung hatte er eigentlich zu diesen Mädchen?«

Runes Blick wurde verschlossen. »Das fragen Sie ihn am besten selbst«, sagte er ausweichend.

»Das werde ich auch tun, aber im Moment interessiert mich Ihre Meinung dazu.«

»Nach so vielen Jahren kann ich mich nicht mehr richtig erinnern ...«

Mit seiner Gesprächigkeit war es offenkundig vorbei. Wagnhärad ließ es gut sein. »Ich komme morgen wieder«, sagte er. »Dann werden wir uns eingehender unterhalten.«

»Aha ...«, sagte Rune, als frage er sich, worüber sie überhaupt sprechen sollten.

Wagnhärad schaute Rune aufmerksam nach, als dieser mit den Händen in den Taschen davonschlenderte. Dem würde er schon noch auf den Zahn fühlen.

Er nickte den Leuten vom Erkennungsdienst zu und nahm den kürzesten Weg zu seinem Wagen.

Leif Rösling wollte am heutigen Tag keine Pflöcke mehr einschlagen. Auf Berghs Frage, wo er ihn absetzen solle, antwortete er knapp: »Beim Hof.«

Mehr sagte er nicht.

Bevor er kurz darauf vor dem Hof das Auto verließ, gelang es Wagnhärad zum ersten Mal, seinen flüchtigen Blick zu erhaschen. »Morgen früh um neun werde ich mit einem Aufnahmegerät hier erscheinen. Passt Ihnen das?«

Leif Rösling antwortete mit einem kurzen Kopfnicken, ehe er mit plötzlicher Eile der Haustür entgegenlief.

Bergh wendete den Wagen. »Er sah sehr erregt aus«, sagte er.

Wagnhärad nickte nachdenklich. »Wenn ich seinen Blick deuten müsste, würde ich von kalter Wut sprechen.«

»So kann man das natürlich auch ausdrücken«, gab Bergh ihm Recht und gestattete sich ein Gähnen. »Wollen wir zurück in die Stadt?«

»Gleich. Aber fahr noch mal kurz beim Sommerhaus vorbei. Ich will ein paar Worte mit Kajsa Linder sprechen.«

»Ich dachte, mit der wolltest du morgen reden.«

»Auch darüber möchte ich mit ihr sprechen.«

Als sie den Wendeplatz unterhalb des Sommerhauses erreichten, sahen sie Kajsa neben einem grünen Range Rover stehen. Sie war in ein Gespräch mit Petrus Levin vertieft, der sich vermutlich gerade auf den Weg machen wollte.

Wagnhärad stieg aus und ging zu ihnen, doch es war Kajsa Linder, der er erklärte, dass er am nächsten Tag wiederkommen werde, um weitere Zeugenaussagen einzuholen. Außerdem wies er darauf hin, dass der abgesperrte neue Fundort keinesfalls betreten werden dürfe, ehe die weiteren Untersuchungen nicht abgeschlossen seien. Er versuchte den Ausdruck in ihren Augen zu entschlüsseln und glaubte eine Spur der Neugier entdeckt zu haben, auf die er gehofft hatte. Doch ansonsten ließ sie sich nichts anmerken.

»Leif Rösling und Rune Nordström haben die Leiche identifiziert«, fuhr er fort. »Beide werden morgen eine vollständige Aussage machen.«

»Wirklich?«

Er spannte sie einige Sekunden auf die Folter, ehe er fortfuhr: »Es war nicht seine Frau.«

Es gelang ihr immer noch, sich zu beherrschen.

»Beide haben angegeben, dass es sich um eine Frau handelt, die Anfang der siebziger Jahre das Sommerhaus gemietet hatte. Sie kannten jedoch nur ihren Vornamen. Sie hieß Sue.«

Kajsa hielt sich mit einer kindlichen Geste die Hand vor den Mund und riss die Augen auf. »Das ist nicht möglich!«, rief sie.

»Nicht?«

Er schaute zu Petrus Levin hinüber, der ausdruckslos die Bäume anstarrte, als ginge ihn dieses Gespräch nichts an.

»Warum ist das nicht möglich?«, wiederholte Wagnhärad.

»Ich … ich weiß nicht …«, stotterte sie. »Das Sommerhaus … vor so vielen Jahren?«

»Vor ungefähr fünfundzwanzig Jahren.«

Sie hatte die Arme um sich geschlungen, als sei ihr kalt. Da sie den Kopf geneigt hatte, konnte er ihr Gesicht nicht sehen, doch hätte er schwören können, dass sich in ihm noch etwas anderes als Erstaunen spiegelte.

»Ich fand es nur so schrecklich zu hören … dass sie in unserem Sommerhaus wohnte«, sagte sie ausweichend.

Wäre es nicht so unwahrscheinlich, könnte man annehmen, sie habe die Frau gekannt, dachte er, während er zum Auto zurückging. Doch vor fünfundzwanzig Jahren mochte Kajsa Linder nicht älter als zehn gewesen sein.

»Jetzt fahren wir nach Hause«, sagte er zu Bergh.

36 AM SELBEN ABEND

Sie sollte Olle anrufen und ihm alles erzählen. Er hatte ein Recht darauf, zu erfahren, was auf seinem Hof vor sich ging. Ansonsten sollte sie erst einmal etwas zu essen machen. Die Geschwindigkeit, mit der Joakim Kartoffelchips in sich hineinstopfte, deutete darauf hin, dass er Hunger hatte. Doch sie blieb regungslos auf dem Sofa sitzen und starrte auf die Mattscheibe, auf der Donald Duck zu sehen war.

Plötzlich schaltete Joakim auf einen Kanal um, auf dem gerade Nachrichten liefen.

»Nein!«, protestierte sie. »Schalt zurück!«

»Du magst Donald Duck doch gar nicht.«

Da hatte er Recht, aber offenbar gab es Momente, an denen selbst Donald Duck ihr gelegen kam.

»Ich möchte ein bisschen der Wirklichkeit entfliehen«, sagte sie.

»Warum?«, fragte Joakim, der kein Problem mit der Wirklichkeit hatte.

»Ich habe heute Nacht kein Auge zugemacht«, erinnerte sie ihn. »Und dieser Tag … war einfach zu viel für mich.« Sie legte ihm den Arm um die Schultern. »Wie geht's dir denn eigentlich?«

»Gut«, sagte er, ohne seinen Blick vom Fernseher abzuwenden. »Obwohl es natürlich ein bisschen unheimlich ist«, fügte er hinzu.

»Zu unheimlich?«

»Wie meinst du das?«

Sie überlegte kurz, bevor sie antwortete. »Hast du Angst? Ich meine, findest du es unheimlich, hier zu wohnen?«

»Nee, ich hab keine Angst vor toten Menschen – nur vor Gespenstern. Aber natürlich hatte ich Angst, als du ohnmächtig geworden bist.«

»Ja, da war nicht schön«, bestätigte sie.

»Wollen wir bald essen?«

»Ja, gleich. Ich muss nur erst zu mir selbst kommen.«

Damit war sie wohl gerade beschäftigt, wenn auch mit mäßigem Erfolg. Die Teile passten einfach nicht zusammen. Sie musste einen merkwürdigen Eindruck auf den Kommissar gemacht haben.

»Hast du was von dem Tagebuch gesagt?«, fragte Joakim.

»Nein. Warum hätte ich das tun sollen?«

»Es war doch eines des Mädchen.«

»Wie kannst *du* das wissen?«

»Rune hat das gesagt.«

»Zu dir?«

»Nein, zu Birgit, als die Bullen weg waren. Aber ich hab es gehört. Er hat gesagt, dass es das amerikanische Mädchen war und dass er sie gekannt hat.«

Er drehte die Chipstüte um und ließ die letzten Krümel in seinen Mund rieseln. Seine Geistesgegenwart hatte eine beruhigende Wirkung auf sie.

Donald Duck war vorbei. Joakim hatte auf eine amerikanische Comedy-Serie umgeschaltet, in der jeder Satz von eingespieltem Gelächter begleitet wurde.

»Wollen wir nicht irgendwann mal Olle anrufen?«, fragte er.

»Machen wir nachher«, sagte sie und schloss die Augen.

Sie hatte Petrus zum Abendessen eingeladen. Das war sehr unbedacht gewesen, vor allem die Art und Weise, in der sie es getan hatte. Sie befürchtete ernsthaft, alles erneut zu verpfuschen.

»Petrus kommt zum Abendessen«, sagte sie.

»Wann?«

»Er kommt später, so gegen zehn. Er muss vorher noch in die Firma.«

Mit offensichtlicher Begeisterung hatte er ihre Einladung angenommen, die sie in einem Moment der Verwirrung ausgesprochen hatte. Vermutlich mit einem vielversprechenden Glanz in den Augen. Wer wusste, was er sich erwartete? Sicher würde er auch eine Flasche Wein mitbringen.

Joakim schaltete resolut den Fernseher aus und drückte ihr das Handy in die Hand.

»Immer mit der Ruhe«, sagte sie, tippte jedoch gehorsam Olles Nummer ein.

Er war nicht zu Hause. Der Anrufbeantworter forderte sie auf, nach dem Signal eine Nachricht zu hinterlassen oder die Nummer seines Handys zu wählen. Sie tat nichts von beidem.

»Wir versuchen es später noch mal«, sagte sie.

Sie stemmte sich aus dem Sofa. Auf dem Weg in die Küche warf sie einen Blick aus dem Fenster und erstarrte. Die Prüfungen des Tages waren keinesfalls vorbei. Eine weitere unangenehme Überraschung schaukelte mit dem Fahrrad den Weg hinauf, bei deren Anblick ihr eine Gänsehaut über die Arme lief.

»Gertrud Rösling kommt hierher«, verkündete sie in einem Ton, als stünde ihnen die ultimative Heimsuchung bevor.

Joakim spähte durch die Geranien. »Ja, das ist sie«, bestätigte er.

Da sie weder im Boden versinken noch durch die Hintertür verschwinden konnten, mussten sie sich den Gegebenheiten beugen. Kajsa versuchte einen klaren Gedanken zu fassen, das heißt, sie stocherte hilflos im Nebel, in dem Ängste und Hypothesen eine trügerische Verbindung mit der Realität eingingen. Und da sie auf die Schnelle nicht zu entscheiden vermochte, wer was von welchen Vorgängen, Personen oder Leichen wusste, entschied sie sich dafür, überhaupt nichts zu wissen.

»Sag um Gottes willen kein Wort von … von gar nichts«, stieß sie hervor, während sie zur Tür eilte.

Auch unter normalen Umständen wäre ein Besuch von Gertrud Rösling eine Belastung gewesen. Doch als Kajsa in diesem Moment auf die dürre Gestalt wartete, die sich ihren Weg durch die Fliederbüsche bahnte, fühlte sie sich regelrecht bedroht. Sie würde sich nicht wundern, wenn Gertrud ihr eine Standpauke hielt. Vielleicht war ihr die unglückselige Äußerung über Leifs Frau zu Ohren gekommen.

Doch Gertrud sah nicht besonders streitlustig aus. Nachdem sie ihr Fahrrad gegen die Wand des Toilettenhäuschens gelehnt hatte, überquerte sie zögerlich den vermoosten Rasen. Ihr Gesichtsausdruck war schwer zu deuten. Zu Kajsas Erstaunen stieß sie keuchend hervor: »Dürfte ich mal Ihr Telefon benutzen? Sie haben doch Telefon?«

»Ja«, sagte Kajsa. »Ist etwas passiert?«

Eine unnötige Frage, denn in den letzten vierundzwanzig Stunden war schließlich fortwährend etwas passiert. Andererseits eine berechtigte Vermutung, da Gertrud nach Luft rang und äußerst erregt wirkte. Der scharfe Blick, dem Kajsa normalerweise auswich, flackerte unruhig. Die sonst so herrischen Züge waren einem furchtsamen und ratlosen Ausdruck gewichen.

»Ich muss meinen Sohn in Malmö anrufen«, erklärte sie.

Natürlich hätte Kajsa zu gern gewusst, warum sie nicht ihr eigenes Telefon benutzte, trat jedoch höflich einen Schritt zur Seite.

»Natürlich, kommen Sie rein.«

Gertrud orientierte sich rasch in der Küche und setzte sich auf den nächstbesten Stuhl, und Joakim reichte ihr bereitwillig sein Handy. Sie nahm es nicht entgegen.

»Ich weiß nicht, wie diese Dinger da funktionieren«, sagte sie skeptisch. »Haben Sie kein richtiges Telefon?«

»Nein«, antwortete Kajsa. »Aber ich kann Ihnen helfen, die Nummer zu wählen.«

Gertrud zögerte. Ihre Mundwinkel zuckten, und auf ihren Wangen waren rote Flecken zu sehen. Gut möglich, dass sie vor kurzem geweint hatte.

»Das ist … eine Privatangelegenheit.«

»Ach so.«

»Ich würde gern unter vier Augen mit ihm sprechen.«

»Das ist kein Problem«, entgegnete Kajsa. »Sie können draußen telefonieren. Dort ist die Verbindung sowieso besser.«

»Kann man da besser hören?«

»Ja. Der Empfang ist besser – weniger Rauschen und so.«

»Ja, wenn das so ist … Und Sie können die Nummer für mich wählen?«

Kajsa war ihr auf der Veranda mit dem Telefon behilflich und schloss die Tür hinter sich. Joakim verdrehte die Augen und machte eine respektlose Geste, die hinreichend zum Ausdruck brachte, was er von Gertrud hielt. Doch als er seiner Meinung gerade lautstark Ausdruck verschaffen wollte, zog ihn Kajsa mit sich in den angrenzenden Raum, in dem sie ungestört reden konnten.

»Warum kommt sie hierher, wenn sie telefonieren will?«, fragte er aufgebracht.

»Vielleicht ist ihr eigenes Telefon kaputt?«, schlug Kajsa vor.

»Dann hätte sie das doch wohl gesagt.«

»Da hast du Recht. Außerdem ist es näher zu Rune und Eivor, die sie eigentlich auch besser kennt als uns. Schon merkwürdig, dass sie hierher gekommen ist.«

»Die spinnt doch.«

»Oder sie hat Angst.«

»Wovor?«

»Vor dem, was heute passiert ist.«

»Glaubst du, sie weiß etwas?«

»Irgendwas weiß sie bestimmt …«

Am Skogsduvestigen führte eine milde Abendbrise den appetitanregenden Duft gegrillten Fleisches mit sich, der aus einem Garten hinter einem der Backsteinhäuser kam. Dort lagen tatsächlich einige Entrecotes und schwitzten auf einem glühend heißen Grillrost.

Birger, der eine Grillschürze trug, kümmerte sich sachkundig um das Fleisch sowie verschiedene delikate Beilagen, während Gunnel letzte Hand an den Salat legte.

Insgesamt waren es sechs Personen, die an den vielversprechenden Vorbereitungen beteiligt waren. Der Gartentisch war bereits geschmackvoll gedeckt. Mindestens vier Flaschen passablen Rotweins waren schon entkorkt, weitere hatte man in Reserve. Es herrschte eine erwartungsfrohe Stimmung.

Mehrere Nachbarn waren anlässlich Gunnels neunundvierzigstem Geburtstag zu einem einfachen Mahl geladen. Eigentlich war er auf einen Sonntag gefallen und der Familie vorbehalten, doch Gunnel pflegte die Beziehung zu ihren Nachbarn mit derselben Hingabe, mit der sie Tomaten, Zucchini und Rittersporn anpflanzte. Daher nutzte sie auch jede Gelegenheit, mit ihnen zusammenzukommen.

Abgesehen vom Essen, dem Birger sich mit liebevoller Fürsorge widmete, erwartete er sich von diesem Abend nicht viel. Gunnels improvisierte Einladungen gehörten nun einmal zu den unumgänglichen Herausforderungen des Lebens. Gewisse Rituale musste er einfach durchstehen, um sich das Anrecht auf ein friedvolles Dasein zu sichern. Außerdem war es doch normal, mit seinen Nachbarn Kontakt zu pflegen, und Birger war viel daran gelegen, als normal zu gelten.

Darum war er weder besonders gut noch schlecht gelaunt, als er im Mittelpunkt des allgemeinen hungrigen Interesses stand. Er sah ein paar mehr oder minder langweiligen Stunden entgegen, die mit dem obligatorischen Smalltalk über die Arbeit begannen, um sich bald den Sorgen um die eigenen Kinder, blödsinnigen Fernsehsendungen und schlimmstenfalls der Wirtschaftspolitik zuzuwenden – Themen, die allesamt mit viel Rotwein hinuntergespült wurden.

Etwas später, nachdem der Wein seine Wirkung entfaltet und der Umgangston sich gelockert hatte, würde Gunnel auf die glänzende Idee verfallen, im Wohnzimmer zu tanzen. Was ihr Gelegenheit gab, mit Jörgen oder Bosse ein bisschen rumzuknutschen. Und Ingegerd, die es wie üblich auf Birger abgesehen hatte, würde ihn in irgendeine Ecke drängen und ihre riesigen Brüste gegen seine Rippen drücken. Und während er fasziniert ihre feuchten, plappernden Lippen anstarrte, würde er sich fragen, ob sie sich eigentlich darüber im Klaren war, dass sie seine Pobacken knetete. Da jedoch alle angeheitert waren, würde es niemand mit den Umgangsformen allzu genau nehmen, und was auch geschah, der Abend würde damit enden, dass sie alle zusammen vor dem Fernseher landeten – und irgendwann einschliefen.

So war es vorgesehen, doch das Schicksal wollte es anders. Als sie sich gerade an den Tisch gesetzt hatten und die saftigen Steaks in Angriff nehmen wollten, klingelte das Telefon.

Gunnel ging in die Küche und hob ab.

Sie kam sofort zurück und sah ihren Mann an. »Es ist Gertrud«, sagte sie in einem Ton der Verwunderung, denn es war sehr ungewöhnlich, dass ihre Schwiegermutter von sich hören ließ.

Birger, der sich gerade den ersten Bissen in den Mund schieben wollte, hielt inne und starrte seine Frau an, als hätte sie gerade erklärt, Malmö sei von feindlichen Truppen besetzt und die ersten Panzer seien bereits am Skogsduvestigen gesichtet worden.

»Geh doch und rede mit ihr«, forderte Gunnel ihn ungeduldig auf. »Sie wartet auf dich. Sag ihr, dass wir Gäste haben und gerade essen wollten.«

Er schnappte sich rasch einige Kroketten und ging widerwillig in die Küche.

Dort nahm er den Hörer zur Hand und hielt ihn vorsichtig an sein Ohr. Kein Zweifel, dass es seine Mutter war. Beim Klang ihrer Stimme verhärteten sich seine Nackenmuskeln.

Als Gunnel nach einer Viertelstunde in die Küche kam, um nach Birger zu schauen, saß er regungslos auf einem Stuhl. Mit dämlicher Miene starrte er die Wand an.

»Was sitzt du hier rum?«, fuhr sie ihn an. »Wir warten auf dich.«

Als er nicht antwortete, fragte sie nach: »Was ist denn mit dir? Du siehst ganz verwirrt aus. Ist was passiert?

Birger hatte plötzlich das dringende Bedürfnis, seine Blase zu leeren. »Ich muss weg«, sagte er und sprang auf. »Aber zuerst muss ich pinkeln.« Er ging in Richtung Toilette.

Gunnel folgte ihm. »Wo willst du hin?«

»Nach Röshult.«

»Warum denn das?«

»Leif ist … krank.«

»Wieso krank? Ist es was Ernstes?«

»Ich weiß nicht, aber ich muss dorthin.«

Gunnel betrachtete schweigend seinen Rücken; um ihren Mund lag ein gespannter Zug. »Wozu soll das gut sein?«, fragte sie. »Ist es denn unbedingt notwendig, noch heute Abend da hinzufahren?«

Er spülte und rannte sofort an ihr vorbei, als er von der Toilette kam, aber sie war ihm dicht auf den Fersen.

»Wenn er nicht zufällig einen Unfall hatte, und das scheint ja nicht der Fall zu sein, dann kann das doch bis morgen warten. Hast du nicht gesagt, dass wir Gäste haben?«

Birger stieß ein hohles Lachen aus. »Als ob das eine Rolle spielen würde.«

Er lief hektisch durch die Gegend und suchte seine Jacke.

»Du willst doch wohl nicht im Ernst dorthin fahren?«, sagte sie misstrauisch.

»Ich muss.«

»Da hast du dich ja mal wieder schön unterbuttern lassen!«, rief sie. »Und typisch für sie, keine Rücksicht zu nehmen. Alle sollen mal wieder nach ihrer Pfeife tanzen.«

Birger hatte seine Jacke gefunden und suchte jetzt nach seinem Handy. Gunnel, die sich vergeblich um Blickkontakt bemühte, versperrte ihm den Weg. »Ich dachte, du hättest inzwischen gelernt, deine Meinung zu sagen.«

Er stopfte sein Handy in die Tasche und sah sich nach dem Autoschlüssel um.

Sie zerrte an seinem Arm. »Was fehlt ihm denn?«, rief sie. »Er liegt ja wohl nicht im Sterben.«

»Hast du meinen Autoschlüssel gesehen? Ich bin sicher, dass ich ihn auf die Kommode im Flur gelegt habe.«

»Ich scheiß auf deinen Autoschlüssel!«, schrie Gunnel.

Er fand ihn unter einem Stapel von Briefen und strebte zur Haustür.

Als Gunnel einsah, dass sie ihn nicht aufhalten konnte, stampfte sie mit ihren weißen Sommersandalen auf. Ihre Stimme war schrill. »Und wie stehe ich jetzt da?«

Er hielt inne und drehte sich um.

Dann betrachtete er sie im unbarmherzigen Licht einer herannahenden Katastrophe, was ihr nicht gerade zum Vorteil gereichte. Ihre Lippen waren zu einer kindlich beleidigten Grimasse verzerrt. Ihr Gesicht sah hart und verbittert aus. Die krampfhaft geballten Fäuste sowie ihre gesamte Haltung kündigten einen Wutausbruch an. Er sah ihr an, dass sie maßlos enttäuscht war. Sie hatte wohl gerade erst begriffen, dass sie heute auf abendliche Vergnügungen verzichten musste. Man konnte sich schlecht an andere Ehemänner heranmachen, wenn man im Gegenzug nicht seinen eigenen anzubieten hatte.

Sie hatte keine Ahnung, was ihnen noch bevorstand. Sie konnte einem Leid tun. Sie wusste ja nicht, dass ihnen bedeutend Schlimmeres ins Haus stand als ein verpfuschter Abend. Er kam sich vor wie ein Verräter. Sie war eine anstrengende Partnerin, und er war nie aus ihr schlau geworden. Sie war stets voller lächerlicher und unrealistischer Ambitionen und im Grunde ziemlich dumm. Dennoch bedeutete sie ihm etwas, ohne dass er in diesem Moment hätte sagen können, warum.

»Geh zu den anderen und iss weiter«, sagte er, bevor er sich auf den Weg machte.

Joakim öffnete die Tür einen Spaltbreit. Gertrud war wieder in der Küche. Was auch immer sie ihrem Sohn gesagt hatte, es war zumindest schnell gegangen. Und was Birger seiner Mutter auch erzählt haben mochte, es schien sie ein wenig beruhigt zu haben. Sie rang sich sogar ein Lächeln ab.

»Ich danke Ihnen sehr herzlich«, sagte sie und legte das Handy auf die Arbeitsplatte zurück.

Doch wenn sie geglaubt hatten, dass sie jetzt wieder verschwinden würde, wurden sie bitter enttäuscht. Ohne jede Einleitung ging sie zu den Ereignissen des Tages über.

»Wo ist sie eigentlich gefunden worden?«

Kajsa brauchte ein paar Sekunden, um umzuschalten. »Im Moor«, antwortete sie vage.

Gertrud warf ihr einen raschen Blick zu. »Ja, das weiß ich, aber wo genau?«

»So ziemlich in der Mitte …«

»Was hatten sie da zu tun?«

»Es waren nicht die Archäologen …« Kajsa verhedderte sich in Erklärungen über Schatzsucher und Metalldetektoren.

»Das ist das Schlimmste, was ich je gehört habe!«, sagte Gertrud entrüstet. »Dass so was überhaupt möglich ist.«

Es war nicht zu entscheiden, was sie meinte: dass Menschen eingebuddelt wurden oder dass man sie wieder ausgrub.

»Ja, das stimmt …«, murmelte Kajsa sicherheitshalber.

Gertrud ließ sich auf der Küchenbank nieder. »Leif ist völlig außer sich«, erklärte sie. »Er kannte diese Person schließlich. Was man halt so kennen nennt … Sie hatte ja damals das Häuschen gemietet. Aber es hat nichts als Ärger gegeben. Wir haben ja nicht so viel davon mitgekriegt und uns nicht eingemischt, aber die anderen Leute hier aus der Gegend, die haben ganz schön was mitgemacht. Die Miete haben sie natürlich auch nicht pünktlich bezahlt, und die Kerle haben sich bei denen die Klinke in die Hand gegeben.«

Joakim huschte aus der Tür und ließ Kajsa allein. Sie blieb stehen, um Gertrud zu signalisieren, dass sie an einem längeren Gespräch kein Interesse hatte.

Doch Gertrud war für subtile Signale offenbar nicht empfänglich und fuhr fort: »Das ist ein richtiger Schock für ihn gewesen. Er ist sehr erregt … und zornig, weil jetzt vermutlich wieder das Gerede losgeht. Wir glaubten doch damals, sie wären abgereist. Und wir waren froh darüber, das lässt sich nicht leugnen. Dabei hat sie die ganze Zeit hier unter der Erde gelegen. Wer hätte das gedacht?«

»Tja, wer hätte das gedacht«, wiederholte Kajsa, weil ihr nichts Besseres einfiel.

»Wir hatten nichts mit ihr zu schaffen, abgesehen davon, dass Leif ständig hinter der Miete herlaufen musste. Es war kein Geheimnis, was für ein leichtfertiges Ding sie war. Hätte Leif das von Anfang an gewusst, hätte er das Häuschen natürlich niemals an sie vermietet.«

Sie wischte seufzend ein paar Brotkrümel vom Tisch. »Wer weiß schon, was damals alles vorgefallen ist … sind ja haufenweise komische Typen hier rumgelaufen zu der Zeit.«

Kajsa hegte inzwischen den Verdacht, dass Gertrud noch etwas ganz anderes mit ihrem Besuch bezweckte als zu telefonieren. Offenbar wollte sie auch eine Botschaft hinterlassen. Fragte sich nur, welche.

»Soll jetzt etwa die Polizei alles wieder ans Tageslicht zerren?«, fragte Gertrud.

»Ich weiß nicht«, entgegnete Kajsa vorsichtig. »Aber ich nehme es an.«

»Was wollen die nach so langer Zeit denn noch herausbekommen? Außerdem liegt doch auf der Hand, was damals passiert ist.«

»Ja?«

»Irgendwelche Kerle haben sich an ihr vergangen. Das musste ja irgendwann passieren … bei den vielen Männern, mit denen sie sich eingelassen hat.«

»Kamen die hier aus der Gegend?«

»Das auch, aber die meisten kamen wohl aus Stockholm. Sie versuchte wohl auch, sich an Leif und Birger heranzumachen, aber das brachte ihr nichts. Das Ganze ist eine schreckliche Geschichte für uns. Ich kann mir schon denken, was jetzt passiert. Jede Menge Gerede wird's geben.«

»Das ist doch alles schon so lange her«, sagte Kajsa vage.

Gertrud stieß ein bitteres Lachen aus. »Als würde das die Leute davon abhalten, sich das Maul zu zerreißen. Und bestimmt werden sie sich auf Leif stürzen.«

»Auf ihn stürzen?«

»Kann mich noch genau erinnern, was für Gerüchte es gab, ehe sie … abgereist sind. Und jetzt soll der ganze Dreck wieder aufgewühlt werden. Ist doch kein Wunder, dass Leif außer sich ist.«

Dass Leif sehr aufgewühlt war, hatte Gertrud mehr als deutlich gemacht. Doch Kajsa fragte sich immer noch, warum gerade sie davon überzeugt werden sollte. Und warum saß Gertrud wie festgenagelt auf ihrer Küchenbank, statt nach Hause zu gehen und ihren aufgebrachten Sohn zu beruhigen?

»Was gab es denn für Gerüchte?«, fragte sie, vor allem, um zu zeigen, dass sie zugehört hatte.

Doch Gertrud antwortete nicht. Hingegen schien sie sich in diesem Moment an einen weiteren traurigen Aspekt der Angelegenheit zu erinnern. »Er spielt völlig verrückt«, sagte sie leise.

»Wer? Leif?«

Gertrud nickte und warf Kajsa plötzlich einen flehentlichen Blick zu. Ihre Augen waren feucht. »Ich traue mich erst nach Hause, wenn Birger da ist«, sagte sie mit zitternder Stimme. »Deshalb habe ich ihn angerufen. Er wird bald hier sein.«

Kajsa war von dieser Wendung vollkommen überrascht. Und peinlich berührt. Sie legte überhaupt keinen Wert darauf, in Gertruds heikle Familienverhältnisse eingeweiht zu werden.

»Aber warum … Ist er böse auf Sie?«

Gertrud versuchte ihre Lippen zu beruhigen, die wieder zu zucken begonnen hatten. »Er hatte schon immer sehr heftige Stimmungsschwankungen«, sagte sie. »Und wenn ihm etwas gegen den Strich geht, ist es schwer, mit ihm zurechtzukommen. Da ist er wie sein Vater ... Ansonsten ist er ein guter Kerl.« Nach einer Pause fügte sie hinzu: »Wenn wir ihn doch nur ein bisschen beruhigen könnten.«

Kajsa blickte aus dem Fenster. Die Dämmerung war bereits ein Stück weit fortgeschritten. Sie fragte sich, wo Joakim nur geblieben war. Petrus konnte jeden Moment da sein, und sie hatte noch nicht einmal angefangen zu kochen. Wann würde Birger aus Malmö eintreffen? Am Ende würden sie noch mit Gertrud zusammen essen müssen. In diesem Moment piepte glücklicherweise das Handy. Sie entschuldigte sich und ging aus der Tür.

Es war Petrus. Er sagte, ihm sei etwas dazwischengekommen.

»Heißt das, du wirst nicht zum Essen hier sein?«, fragte sie enttäuscht.

»Da ist was ... worum ich mich sofort kümmern muss«, sagte er. »Es tut mir wirklich schrecklich Leid.«

Man hörte ihm an, dass er die Wahrheit sagte. Seine Stimme zitterte vor Erregung.

»Und ich hatte gehofft, du würdest kommen und mich vor Gertrud Rösling retten«, sagte sie.

»Ist sie bei dir?«

»Sie sitzt in der Küche, und ich glaube, so schnell werde ich sie auch nicht wieder los. Vermutlich sollte ich *sie* zum Essen einladen.«

»Warum ist sie da? Was will sie?«

Kajsa seufzte. »Zuerst wollte sie telefonieren, dann zog sie über Sue her, und am Ende versuchte sie, aus Leif einen Heiligen zu machen. Dabei hat sie eben noch erklärt, dass sie sich nicht nach Hause traut, weil Leif so ein Spektakel veranstaltet. Jetzt wartet sie darauf, dass ihr anderer Sohn aus Malmö eintrifft, um seinen Bruder zu beruhigen.«

Sie spürte, dass er es eilig hatte. »Worum musst du dich denn so dringend kümmern?«, fragte sie.

»Es ist wegen Marcus«, sagte er gequält. »Der beansprucht wie üblich meine ganze Aufmerksamkeit. Er will ein paar Tage in der Stadt bleiben und bei mir wohnen. Ich kann ihm das doch nicht verwehren, und allein im Haus lassen will ich ihn auch nicht.«

»Nein. Das verstehe ich. Was ist mit ihm? Ich meine ... geht es ihm nicht gut?«

Sie hörte ein bebendes Seufzen. »Ach, das Übliche ... Es ist ein verdammter Mist. Und vor allem ärgert es mich, dass ich dich heute Abend nicht treffen kann.«

»Nimm's nicht so schwer. Es ergibt sich schon noch eine andere Gelegenheit«, sagte sie. »Außerdem hättest du heute sowieso nichts Besonderes zu essen bekommen. Ich bin völlig fertig.«

»Kommst du allein mit ihr klar?«

»Ja, das schaffe ich schon. Im Grunde tut sie mir Leid. Ich werde sie jetzt gut behandeln und ihr einen Kaffee anbieten.«

»Ich ruf dich morgen an«, sagte er.

»Tu das ... und viel Glück mit Marcus. Grüß ihn von mir, wenn die Gelegenheit passt.«

Er klang zerstreut, als sei er mit seinen Gedanken bereits woanders.

Sie blieb noch eine Weile im dunklen Garten stehen und versuchte ihre Enttäuschung zu verdauen. Eigentlich sollte sie erleichtert sein. Und vielleicht war sie sogar Gertrud und Marcus zu Dank verpflichtet, weil sie das späte Abendessen verhinderten. Sie hatte von einer anderen Gelegenheit gesprochen, aber die würde es wohl nicht geben. Ihr Gewissen würde so rein bleiben wir frisch gefallener Schnee.

Jetzt wollte sie wieder hineingehen und nett zu Gertrud sein.

37 SPÄTER AM SELBEN ABEND

Der Mann lag der Länge nach auf dem Boden, gleich hinter der Küchentür, den Kopf auf der Schwelle. Er hatte offenbar keinen Versuch unternommen, den Sturz mit den Armen abzufangen. Sie ruhten neben dem Körper, als wäre der Tod eingetreten, noch ehe er auf den Boden aufgeschlagen war. Der Kopf lag etwas verdreht, die linke Gesichtshälfte zeigte nach oben. Augen und Mund waren weit geöffnet. Der Hinterkopf war gebrochen, vermutlich durch die Kollision mit einem schweren Gegenstand. Ein Großteil des Blutes war vom Flickenteppich aufgesogen worden, doch ein Rinnsal war über den hellen Kunststoffboden gelaufen und bildete eine dunkel glänzende Lache.

So viel konnte Wagnhärad erkennen, ohne die Küche zu betreten. Er hatte auch nicht die Absicht, näher heranzugehen, bevor die Spurensicherung und der Gerichtsmediziner ihre vorläufigen Untersuchungen beendet hatten. Spätestens in einer halben Stunde würden sie eintreffen.

»Irgendeine Idee?«, fragte er Bergh, der neben ihm in der Türöffnung stand.

»Was ist das?«, fragte Bergh, indem er auf etwas zeigte, das neben einem der Stühle lag.

»Sieht aus wie ein Cocktailwürstchen. Da ist noch eins. Und unter dem Tisch liegen auch mehrere.«

»Auf dem Fensterbrett ebenfalls«, stellte Bergh fest.

Eine Weile dachten sie über den sonderbaren Anblick nach. Abgesehen von dem Toten, dem besudelten Teppich und den verstreuten Würstchen herrschte in der Küche eine mustergültige Ordnung. Auf dem Tisch war für eine Person gedeckt. Teller und Besteck waren unbenutzt. Daneben stand eine Schüssel, deren Inhalt Kartoffelbrei sein mochte, daneben eine weitere mit gekochten Karotten und Erbsen. Ein sauberes Glas und eine zusammengefaltete Zeitung. Auf der Fensterbank, zwischen den Topfpflanzen, stand ein ausgeschaltetes Radio. Die Spüle und die Arbeitsflächen waren sauber und weitgehend leer.

Dann warfen sie beide gleichzeitig einen Blick auf den Herd. Auf ihm stand nichts weiter als eine fettige, leere Bratpfanne.

Wagnhärad nickte. »Da haben wir vermutlich die Mordwaffe«, sagte er.

»Möglicherweise«, schränkte Bergh ein, der im Allgemeinen sehr vorsichtig mit raschen Schlussfolgerungen war.

Der Küche gegenüber lag ein großer Raum – wahrscheinlich das Wohnzimmer –, den sie ebenfalls nicht betraten. Lediglich eine Stehlampe warf einen gelben Lichtkreis um einen Sessel, in dem ein uniformierter Polizist saß. Der Rest des Raumes lag im Halbdunkel. Die Frau starrte regungslos in die Ferne, scheinbar unempfänglich für die furchtbare Wirklichkeit, die sie umgab. Sie saß mitten auf dem Sofa, sehr still, mit gestrecktem Rücken und den Händen im Schoß. Die Haare weiß und kurz geschnitten. Das Gesicht verhärtet. Über dem geblümten Kleid trug sie eine weiße Strickjacke. Wagnhärad schätzte ihr Alter auf siebzig bis fünfundsiebzig. Der Polizist im Sessel stand auf und kam zu ihnen.

»Wo ist der Sohn geblieben?«, flüsterte Bergh.

»Im Zimmer nebenan«, sagte der andere gedämpft und wies mit dem Kopf in Richtung einer offenen Tür auf dem Flur. »Er wollte nicht hier bleiben. Göranson ist bei ihm.«

»Hat sie etwas gesagt?«

»Keinen Ton. Sie ist nicht ansprechbar. Nur der Sohn hat ein paar Worte gesagt.«

»Was denn?«

»Dass er gegen halb zehn hierher kam und seinen Bruder tot in der Küche vorgefunden hat. Dass er sich danach draußen auf die Stufen gesetzt hat und dort geblieben ist, bis seine Mutter kam. Dann hat er die Polizei angerufen.«

Wagnhärad schaute auf seine Uhr. »Er rief um 22.15 Uhr an, also ungefähr eine Dreiviertelstunde, nachdem er hier angekommen war.«

»Ja, das ist eine ziemlich lange Zeitspanne.«

»Hat er noch mehr gesagt?«

»Nein, er hat die meiste Zeit geweint.«

»Sie können jetzt nach Hause fahren. Bergh und ich übernehmen die Sache. Der Arzt und die Spurensicherung werden bald hier sein.« Er schaute zur Treppe. »Haben Sie schon das Obergeschoss kontrolliert?«

»Ja, dort gibt es zwei Schlafzimmer und ein Bad. Alles sauber und ordentlich. Nichts Auffälliges.«

Das Polizeiauto fuhr davon. Für Wagnhärad war es an der Zeit, sich an die Arbeit zu machen. Es war Punkt zwölf Uhr. Vor einer knappen Stunde war er aus dem Bett geholt worden. Nach einem arbeitsreichen Tag hatte er es sich guten Gewissens mit einem neuen Grisham bequem gemacht, aber nur zehn Seiten geschafft, ehe ihm die Augen zugefallen waren. Da hatte das Telefon geklingelt. Der diensthabende Beamte, der schrecklich munter klang, hatte von einem mutmaßlichen Gewaltverbrechen berichtet, das sich auf einem Bauernhof ereignet hatte, ungefähr dreißig Kilometer nordwestlich von der Stadt entfernt. Der Polizist, der bereits vor Ort sei, ginge von einem Mord aus. Der Ort heiße Röshult. Bei dieser Mitteilung war er hellwach geworden. Sein Körper, der auf Regeneration eingestellt gewesen war, hatte mürrisch seine Reserven mobilisiert. Und allmählich war sogar das Gehirn wieder in Gang gekommen. Doch nun, nach einer Stunde, meldete sich die Müdigkeit zurück. Er sehnte sich nach einer Tasse starken Kaffee. Doch eine solche war nicht in Reichweite, also würde er sich irgendwie durch die nächsten Stunden quälen müssen, ehe er wieder ins Bett konnte. Er streckte sich und atmete ein paarmal tief durch.

Nachdem er sich vergewissert hatte, dass Bergh ein Auge auf die Frau im Wohnzimmer hatte, ging er zu dem Sohn im angrenzenden Raum. Es schien am einfachsten und vernünftigsten, mit demjenigen zu beginnen, der am zugänglichsten war.

Der Mann saß auf der äußersten Kante eines schmalen Betts. Seine Arme hingen schlaff herunter, die Beine waren gestreckt und die Zehen gekrümmt. Er weinte still in sich hinein. Sein bleiches Gesicht hatte keine auffallenden Züge, obgleich ihm die tiefe Erschütterung anzusehen war. Sein Haaransatz war auf dem Rückzug. Der Körperbau schlaksig. Kein Aussehen, an das man sich erinnerte. Er war sicherlich um die fünfzig, trug eine helle Hose, ein weinrotes Hemd und eine graue Jacke. Die tiefen roten Spuren zu beiden Seiten der Nasenwurzel deuteten auf den jahrelangen Gebrauch einer Brille hin. Erst jetzt fiel Wagnhärads Blick darauf. Sie lag auf dem Bett.

Der Raum war ziemlich klein. Die spartanische Möblierung und das Fehlen persönlicher Gegenstände ließen darauf schließen, dass es sich um das Gästezimmer handelte. Wagnhärad setzte sich auf einen Stuhl neben der Tür und legte das Diktiergerät auf eine Kommode, die zwischen sich und dem Bett stand. Der andere trocknete sich mit dem Jackenärmel umständlich das Gesicht und starrte erschrocken auf das kleine schwarze Gerät, das offenbar jeden Ton aufzeichnete, den er von sich geben würde.

»Soll ich jetzt verhört werden?«, fragte er mit tränenerstickter Stimme.

Wagnhärad lächelte, um ihn zu beruhigen. »Ich möchte mich nur in Ruhe mit Ihnen unterhalten«, sagte er. »Ich benötige ein paar Informationen.«

Er schaltete das Diktiergerät ein. »Sie heißen Birger Rösling und sind der Bruder von Leif Rösling?«

Der andere nickte stumm, presste jedoch nach einem scheuen Blick auf das Diktiergerät ein leises »Ja« hervor.

»Sie wohnen also nicht hier?«

»Nein, in Malmö.«

»Haben Sie eine Vorstellung, was hier geschehen sein könnte?«

Birger ließ sich viel Zeit bei der Überlegung, ob er eine Vorstellung davon hatte. Seine Hände waren fortwährend in Bewegung. Er rieb sie aneinander, fuhr durch seine Haare und nestelte an seiner Kleidung. Aber das Ergebnis war offenbar negativ, denn er schüttelte sachte den Kopf.

»Niemand, den Sie verdächtigen, Ihren Bruder getötet zu haben?«

Erneutes Kopfschütteln.

»Ja oder nein?«, fragte Wagnhärad freundlich, während er dem Diktiergerät einen vielsagenden Blick zuwarf.

»Nein.«

»Sind Sie heute Abend aus einem bestimmten Anlass hierher gekommen?«

»Meine Mutter hatte mich darum gebeten.«

»Aha – warum?«

»Leif war … sehr erregt. Sie wusste nicht, wie sie allein mit ihm fertig werden sollte.«

»Fertig werden? Hat er sie bedroht?«

»Das weiß ich nicht. Sie hatte Angst, doch vor allem um ihn, glaube ich.«

»Hatte sie Angst, dass er sich was antun könnte?«

»Ja, schon möglich.«

»Hatte Leifs Erregung mit dem heutigen Fund der Leiche zu tun?«

»Ja.«

»Was wissen Sie darüber?«

»Nichts. Nur das, was meine Mutter mir erzählt hat … dass er die Frau wiedererkannt hat.«

»Es handelt sich ja anscheinend um eine Frau, die vor fünfundzwanzig Jahren ein Ferienhaus von Ihrem Bruder gemietet hatte. Wo haben Sie damals gewohnt?«

»Hier auf dem Hof.«

»Sie kannten die Frau also ebenfalls?«

»Ein wenig … Wir hatten damals nicht viel mit den Mietern zu tun. Das Haus liegt ja auch ein ganzes Stück entfernt.«

»Ihr Bruder hatte aber offenbar einiges mit ihr zu tun.«

»Das ist möglich.«

»War die Frau die Einzige, die damals in dem Haus gewohnt hat?«

»Nein. Da gab es noch ein paar andere.«

»War Ihr Bruder damals verheiratet?«

»Ja.«

»Was geschah mit seiner Frau?«

»Geschah? Ich weiß nicht.«

»Sie haben doch hier gewohnt«, erinnerte ihn Wagnhärad.

»Sie ist einfach ausgezogen. Ich weiß nicht, wo sie geblieben ist.«

»Hat sie denn nicht gesagt, wo sie hin wollte?«

Birger Rösling stieß einen klagenden Laut aus und presste die Knöchel gegen die Schläfen. Vermutlich war ihm das Tempo der Befragung zu hoch. Für eine ruhige Unterhaltung kamen die Fragen jedenfalls ziemlich schnell. Doch Wagnhärad hatte es eilig. Er hatte viel zu erledigen, ehe er diesen Ort wieder verlassen konnte, und wollte gern noch ein paar Stunden Schlaf bekommen. Dennoch machte er eine kurze Pause, ehe er einen neuen Weg einschlug.

»Warum war Ihre Mutter nicht zu Hause, als Sie ankamen?«

»Sie war bei unseren Nachbarn.«

»Welche Nachbarn?«

»Bei Linders.«

»Hatte sie von dort aus angerufen?«

»Das nehme ich an.«

»Sie hat also Ihren Bruder allein zu Hause zurückgelassen? Sie sagten doch eben, sie hatte Angst, dass er sich was antut.«

»Ich weiß nicht. Vielleicht war es auch ... weil er so wütend war.«

»Wütend auf sie?«

»Ja.«

»Können Sie mir erklären, warum er wütend auf seine Mutter gewesen sein sollte?«

»Nein ...«

»Könnte er sie im Verdacht gehabt haben, etwas über den Tod der Frau zu wissen?«

»Das ... glaube ich nicht.«

Wagnhärad hörte Stimmen aus der Diele und schaltete das Diktiergerät ab.

»Wir machen gleich weiter«, sagte er und ging hinaus, um seine Kollegen zu begrüßen.

Es waren dieselben, die früher am Tag bereits da gewesen waren. Håkansson, der seinen Koffer abgestellt hatte, um sich einen ersten Eindruck zu verschaffen, schaute Wagnhärad verblüfft an.

»Aber das ist ja der Mann, der heute die Leiche im Moor identifiziert hat«, sagte er.

»Ja, und das ist ihm wohl schlecht bekommen«, entgegnete Wagnhärad.

Håkanssons Blick wanderte durch die Küche und blieb am Herd hängen.

»Könnte die Bratpfanne gewesen sein«, sagte er.

»Das kam mir auch in den Sinn. Wenn auch nicht so schnell. Ich trage im Moment ein paar Informationen zusammen. Es war sein Bruder, der ihn gefunden und uns angerufen hat. Seine Mutter sitzt mit Bergh in einem anderen Zimmer. Mit ihr habe ich noch nicht gesprochen.«

Die Kollegen von der Spurensicherung packten ihre Koffer aus und machten sich sofort an die Arbeit. Gedämpft wechselten sie ein paar Worte miteinander. Wagnhärad ging ins Gästezimmer zurück und schaltete das Diktiergerät wieder ein.

»Erzählen Sie mir genau, was geschah, als Sie heute Abend hierher kamen. Fangen Sie mit dem Moment an, als Sie den Wagen anhielten und ausstiegen. Wissen Sie, wie spät es zu diesem Zeitpunkt war?«

Birger Rösling tastete nach seiner Brille, setzte sie jedoch nicht auf. »Ungefähr halb zehn«, sagte er dann.

»Was war das Erste, das Ihnen aufgefallen ist?«

»Ich fand es merkwürdig, dass drinnen kein Licht brannte, obwohl es schon dunkel wurde. Dann ging ich zur Haustür und öffnete.«

»War die Tür unverschlossen?«

»Das ist sie eigentlich immer, wenn jemand zu Hause ist und sie nicht schlafen. Ich ging hinein und habe ihn sofort gesehen. Das heißt, ich habe nicht gleich gesehen, dass er es ist und dass er … tot war. Es war ja ziemlich dunkel. Ich habe nur eine Gestalt erkannt, die in der Küche auf dem Boden lag. Dann habe ich Licht gemacht und alles gesehen. Danach bin ich rausgegangen und habe mich auf die Stufen gesetzt.«

»Warum haben Sie nicht die Polizei angerufen?«

»Ich weiß nicht. Ich konnte nicht denken.«

»Und später?«

»Später kam meine Mutter nach Hause, auf dem Fahrrad, und fragte mich, was ich da draußen mache. Ich sagte, Leif ist tot, und da lief sie ins Haus …«

Er brach ab, übermannt von heftigen Gefühlen. Die Tränen begannen wieder zu fließen. »Sie dachte, ich hätte es getan.«

»Was genau hat sie gesagt?«

»Du hast ihn getötet – du Ungeheuer! Das hat sie mehrmals gesagt und mich mit geballten Fäusten gegen Brust und Bauch geschlagen. Später hat sie sich dann beruhigt und gesagt, ich soll die Polizei anrufen.«

»Es dauerte ja sicher eine halbe Stunde, bis die Polizei hier war. Was ist in der Zwischenzeit geschehen?«

»Nichts. Sie ging da rein und setzte sich aufs Sofa und wollte nicht mehr mit mir reden.«

»Ist einer von Ihnen in die Küche gegangen?«

»Nein … ich glaube nicht. Nein, das sind wir nicht.«

Wagnhärad fand es an der Zeit, sich der Frau auf dem Sofa zuzuwenden. »Wie heißt Ihre Mutter?«, fragte er.

»Gertrud.«

»Ich werde jetzt hineingehen und mit ihr reden. Mein Kollege Andreas Bergh wird Ihnen Gesellschaft leisten.«

Birger Rösling, der bisher einen ziemlich gefügigen Eindruck hinterlassen hatte, brauste plötzlich auf: »Warum? Glauben Sie etwa, dass ich abhaue?«

»Nein, das glauben wir nicht«, antwortete Wagnhärad, der wusste, wie merkwürdig sich Menschen verhalten konnten, die gerade Zeuge eines Gewaltverbrechens geworden waren oder eines begangen hatten. »Aber Sie haben einen schweren Schock erlitten und sollten jetzt nicht allein sein. Ich bin dafür verantwortlich, dass ... nichts weiter passiert.«

Als er Bergh in der Diele traf, um den Platz mit ihm zu tauschen, flüsterte er im Vorbeigehen: »Pass auf – sollte mich nicht verwundern, wenn er es war.«

Sobald er die Schwelle zu dem größeren Raum überschritten hatte, bemerkte er eine drastische Temperaturänderung. Er blieb stehen und nahm die eisige Atmosphäre wahr. Vielleicht lag es am Fehlen jeder Gemütsregung oder an der unpersönlichen Möblierung mit den vielen glatten, staubfreien Oberflächen.

Es gab keinen Platz, der zur Entspannung einlud. Man bewegte sich einfach nicht unbefangen zwischen den vielen Kristallvasen und Porzellanhunden, die ihren unverrückbaren Platz auf den hauchfeinen Spitzendeckchen zu haben schienen.

Nachdem Birger Rösling so emotionsgeladen reagiert hatte, wirkte das Verhalten seiner Mutter umso beherrschter. Vielleicht schottete sie sich vor einer Gewissheit ab, die ihre Fassade jederzeit zum Einsturz bringen konnte. Wie sie mit gestrecktem Rücken zwischen den zahlreichen harten Kissen saß, sah sie genauso zerbrechlich aus wie die Porzellanfiguren, die sie umgaben.

Sie schien nicht zu bemerken, dass er sich dem Sofa gegenüber in einen Sessel gesetzt hatte. Doch sie sah verstohlen auf das Diktiergerät, das zwischen ihnen auf dem Tisch stand.

Da er wusste, dass es von Vorteil sein konnte, gleich am Anfang die unangenehmsten Fragen zu stellen, ehe der Befragte sich richtig sammeln konnte, kam er – nachdem er sich rasch vorgestellt hatte – sofort zur Sache.

»Was glauben Sie, wer Ihren Sohn getötet hat?«

Keine Antwort. Sie schien nicht einmal die Frage verstanden zu haben. Während er den nächsten Zug überdachte, nahm er neben den gedämpften Geräuschen, die aus der Küche kamen, nun auch das beständige Ticken der großen Wanduhr wahr.

Mit einem mulmigen Gefühl fuhr er fort: »Es erleichtert uns die Ermittlungen, wenn Sie auf meine Fragen antworten.«

Sie ließ ein Taschentuch durch die Finger gleiten. Es war trocken. Bislang hatte sie nicht eine Träne vergossen.

Er unternahm einen neuen Versuch: »Ihr Sohn sagte, dass Sie ihn beschuldigt haben.«

Sie gab ein überraschtes Schnauben von sich. »Er ist ein Idiot«, murmelte sie kaum hörbar.

Diese Mitteilung versetzte ihn in Erstaunen. Vielleicht war sie doch nicht so zerbrechlich, wie sie aussah.

»Wer hat Leif gefunden?«

Sie presste die Lippen zusammen, als wolle sie ihr Schweigen fortsetzen, doch dann besann sie sich. »Er.«

»Wo waren Sie?«

»Bei unseren Nachbarn.« Sie nickte mit dem Kopf, um die Richtung anzudeuten.

»Wann kamen Sie nach Hause?«

»Um kurz nach zehn.«

»Wann sind Sie losgegangen, besser gesagt, mit dem Fahrrad losgefahren?«

»Um fünf vor acht.«

Er bemerkte ihre exakten Zeitangaben. »Das Essen, das auf dem Tisch steht – war das für Leif bestimmt?«

»Ja.«

»Warum haben Sie Birger beschuldigt, seinen Bruder getötet zu haben?«

»Weil ich anfangs davon ausgegangen bin.«

»Hatten Sie einen besonderen Grund für diese Annahme?«

»Ich dachte, sie hätten gestritten und dabei wäre es zu Handgreiflichkeiten gekommen.«

»Stritten sie sich oft?«

»Nein.«

»Was glauben Sie jetzt?«

Die dünnen Lippen verzogen sich zu einer verzweifelten Grimasse. Sie presste rasch das Taschentuch vor den Mund, nahm es jedoch sogleich wieder fort.

»Was ich glaube?«, fragte sie schneidend. »Ich kann nicht glauben, dass er tot ist. Da ich es aber mit eigenen Augen gesehen habe, muss es ja jemand gewesen sein.«

»Gibt es noch jemanden, den Sie im Verdacht haben?«

Sie begnügte sich mit einer kraftlosen Geste, die Verwirrung und Hilflosigkeit ausdrückte.

»Ich möchte wissen, was passiert ist, als Leif nach Hause kam. Nachdem er im Moor war und die Leiche identifiziert hat. Wie hat er sich verhalten, als er nach Hause kam?«

Die Frage löste nachdenkliches Schweigen aus. Während er auf die Antwort wartete, vertiefte er sich in ein Ölgemälde, das hinter ihr über dem Sofa an der Wand hing. Es hatte einen schweren, goldverzierten Rahmen und zeigte eine Landschaft. Das Bild war unbeholfen gemalt, mit einem dunklen Wald als Hintergrund und wogenden leuchtend grünen Wiesen und Weiden davor.

Ihre Stimme riss ihn abrupt aus seiner Betrachtung.

»Ich weiß nicht, was Birger erzählt hat.«

»Ich hatte nach Leif gefragt«, erinnerte er sie. »Wie er sich verhalten hat, als er nach Hause kam.«

»Er war nicht gerade bester Laune.«

»War er zornig?«

Ihr Blick verlor sich in den Schatten des Raumes. »Zornig? Nein. Warum hätte er das sein sollen?«

»Seine Reaktion war sehr heftig, als er sah, wer die Frau war. Offenbar hat er sie gut gekannt und auch gemocht. Meinem Eindruck nach zeigte er anfangs Bestürzung und Trauer, was dann in großen Zorn umschlug.«

Sie beugte sich vor und glättete nervös eine Falte, die er auf der gehäkelten Decke verursacht hatte, als er das Diktiergerät auf den Tisch stellte.

»Davon weiß ich nichts«, sagte sie. Dann stieß sie einen Seufzer aus. »Er hat mir nicht immer alles erzählt.«

Ihre Unwissenheit wirkte nicht überzeugend. »Aber Sie werden die Frau doch ebenfalls gekannt haben, wenn sie damals das Haus von Ihnen gemietet hat.«

Sie nestelte immer noch an der Tischdecke. »Das ist ja schon so lange her«, sagte sie vage. »Mindestens fünfundzwanzig Jahre. Außerdem haben dort mehrere Leute gewohnt. Ich kann Ihnen gar nicht mehr sagen, wer das im Einzelnen war.«

»Hat er Ihnen von dem Fund erzählt, als er nach Hause kam?«

»Er sagte, sie hätten eine Moorleiche gefunden, und ich habe geantwortet, damit hätten wir nichts zu tun. Damals sind so viele komische Leute da rumgesprungen. Alkohol und Drogen haben sie genommen. Da wird sie wohl in irgendwas reingeraten sein – was weiß denn ich?«

»Hatte Leif ein Verhältnis mit dieser Frau?«

»Woher soll ich das wissen?«

»Leif war doch damals verheiratet«, warf er ein.

Ihre Finger hielten inne, während sie den Blick von der Decke hob. Nach kurzem Schweigen, das er als gespannt empfand, wiederholte sie: »Das ist schon so lange her ...«

»Ja, ungefähr fünfundzwanzig Jahre, wie ich gehört habe. Die Frau, die wir im Moor gefunden haben, hat dort vermutlich so lange gelegen. Wo ist eigentlich Leifs Frau geblieben?«

»Was hat das mit der Sache zu tun?«, fragte sie aufgebracht. »Sie ist einfach weggegangen. Sie kam aus Dänemark, also wird sie wohl dorthin zurückgegangen sein.«

»Kam Birger oft zu Besuch?«

»Nein – der hat genug um die Ohren.«

»Wussten Sie, dass er heute Abend kommen wollte?«

Sie hatte ihr Interesse an der Decke verloren und war dazu übergegangen, die Kissen auf dem Sofa zu richten, was ihre volle Aufmerksamkeit beanspruchte. Er wiederholte seine Frage.

»Na ja … ich wusste eigentlich, dass er kommen wollte … aber dann hab ich's wohl vergessen. Ich bin manchmal etwas vergesslich. Das kommt vom Alter.«

»Warum sind Sie mit dem Fahrrad zu Kajsa Linder gefahren?«

»Weil ich sie über diesen … Fund befragen wollte. Sie war ja schließlich dabei.«

»Haben Sie Birger von dort aus angerufen?«

»Ja, das habe ich.«

»Kamen Sie allein mit ihm nicht klar? Hat er gewalttätig reagiert?«

»Nein. Warum hätte er das tun sollen?«

»Birger sagte, Sie hätten ihn angerufen und wegen Leif um Hilfe gebeten. Er hat angedeutet, dass Leif sehr wütend war.«

Mit unerwarteter Leidenschaft brach es aus ihr heraus:

»So, das hat er gesagt? Vielleicht war er es ja, der wütend und gewalttätig wurde.«

»Und seinen Bruder tötete, meinen Sie?«

Vielleicht waren es seine bedrängenden Fragen oder die Formulierung »seinen Bruder tötete« der Grund, weshalb sie schließlich die Selbstbeherrschung verlor. Plötzlich brachen ihre unterdrückten Gefühle mit unaufhaltsamer Wucht hervor. Sie schlug die Hände vors Gesicht und schluchzte, als hätte sie Angst vor der Stärke ihres Schmerzes.

Wagnhärad schaltete das Diktiergerät aus und schwieg taktvoll. Er war ziemlich sicher, dass sie log, und hielt es durchaus für möglich, dass sie – vielleicht bedrängt und bedroht – ihren Sohn getötet hatte. Doch der Echtheit ihrer Trauer tat dies keinen Abbruch. Seiner Erfahrung nach war die wahrscheinlichste Erklärung, dass einer von ihnen oder beide zusammen Leif Rösling getötet hatten.

Das krampfhafte Schluchzen ging bald in ruhigeres Weinen über. Er entschuldigte sich leise und ging hinaus. Schon vor einer Weile hatte er gehört, dass der Arzt gekommen war. Als er die Küche betrat, zog er die Tür hinter sich zu.

Magnus Sahlgren hatte soeben die Untersuchung beendet und wollte sich sogleich wieder auf den Weg machen. Er gab Wagnhärad eine konzentrierte Zusammenfassung: »Der Tod traf vor vier bis sieben Stunden ein. Die Leichenstarre ist vollkommen eingetreten. Kein Zweifel, was die Todesursache betrifft: starke Fraktur des rechten Scheitelbeins. Keine weiteren äußeren Verletzungen erkennbar.«

»Ein oder mehrere Schläge?«

»Einer, aber der war sehr effektiv.«

Håkansson warf ein: »Auch an der Mordwaffe besteht kein Zweifel. An der Bratpfanne befinden sich Blut und Haare.« Er zeigte auf die Pfanne, die neben anderen Gegenständen, allesamt in beschrifteten Plastiktüten, auf dem Boden lag. »Und in seinen Haaren war Brattfett«, fügte Sahlgren hinzu. »Die Pfanne muss ihn mit der Kante von der Seite getroffen haben.«

»Wäre eine alte Frau dazu in der Lage?«, fragte Wagnhärad.

»Ein größeres Kind hätte das geschafft«, sagte Håkansson. »Es ist eine schwere gusseiserne Pfanne. Wenn man den Griff mit beiden Händen festhält und eine halbe Drehung macht, erledigen das Gewicht und die Fliehkraft den Rest. Vorausgesetzt, man geht mit der nötigen Entschlossenheit ans Werk.«

Sahlgren hatte seine Sachen zusammengepackt und schritt über den toten Körper hinweg.

»Ich muss nach Hause«, sagte er. »Meine Frau ist hochschwanger. Es kann jederzeit so weit sein, und ich lass sie nachts ungern allein. Ich werde versuchen, gleich morgen die Obduktion durchzuführen.«

Nachdem er gegangen war, schob Håkansson eine Tür im hinteren Teil der Küche auf und winkte Wagnhärad heran. »Schau dir das an«, sagte er.

Es war ein ziemlich kleiner Raum, der offenbar als Büro und Fernsehzimmer genutzt wurde.

Außer dem Fernseher und einem durchgesessenen Sofa gab es einen großen Schreibtisch vor dem Fenster, einen Aktenschrank und ein Bücherregal. Im Gegensatz zum Wohnzimmer hätte dieser Raum recht gemütlich sein können, wenn man die Spuren der Verwüstung außer Acht ließ. Jemand hatte alles auf den Fußboden gefegt. Dort lagen haufenweise Stifte, Büroklammern, Unterlagen und Aktenordner in einem heillosen Durcheinander. Dazwischen ein Telefon und eine ramponierte Schreibtischlampe. Ein paar Stühle waren umgeworfen, eine übel zugerichtete Topfpflanze lag auf dem Sofa. Erde und Tonscherben verteilten sich über einen Großteil des Zimmers. Håkansson zeigte auf einen dunklen Fleck auf der Tapete hinter dem Sofa. »Den Blumentopf hat jemand gegen die Wand geworfen«, sagte er. »Und das da zwischen Schreibtisch und Bücherregal«, fuhrt er fort, indem er auf einen Haufen Porzellanscherben zeigte, »waren einmal eine Vase und ein Aschenbecher.«

Wagnhärad betrachtete aufmerksam das Chaos. »Wie merkwürdig«, sagte er. »Im ganzen Haus herrscht eine mustergültige Ordnung, abgesehen von den Würstchen in der Küche. Wenn hier eine Schlägerei stattgefunden hat, war sie auf diesen Raum begrenzt.«

»Ich vermute, dass eine einzige Person für das Durcheinander verantwortlich ist«, sagte Håkansson. »Sieht doch aus wie ein Wutausbruch, als hätte sich jemand abreagiert.«

Als Wagnhärad ins Wohnzimmer zurückkehrte, spürte er erneut, wie ihn die Müdigkeit überfiel. Gertrud Rösling schien sich gesammelt zu haben, doch ihre Hände verrieten die große Anstrengung, mit der sie sich zur Beherrschung zwang. Eine Beherrschung, mit der es jeden Moment vorbei sein konnte. Mit nervösen, fast wütenden Bewegungen zerrte sie an ihrem tränengetränkten Taschentuch.

»Fahren Sie jetzt gleich mit ihm weg?«, fragte sie und wies mit dem Kopf in Richtung Küche.

»Ja, bald«, antwortete er.

Er schaltete das Diktiergerät wieder ein und nahm Blickkontakt zu ihr auf. »Wir haben festgestellt, dass er mit der Bratpfanne erschlagen wurde.«

Sie gab ein dünnes Lachen von sich; es klang wie ein heiseres Husten. »Haben Sie so lange gebraucht, um das festzustellen?«, fragte sie. »Das hätte ich Ihnen auch gleich sagen können.«

»Woher wissen Sie das?«

»Es lagen ja überall Würstchen auf dem Boden.«

Ein Punkt für sie, dachte er und kam sich ziemlich dämlich vor. Manchmal vergaß er, dass auch Leute, die nicht bei der Polizei waren, zwei und zwei zusammenzählen konnten.

»Haben Sie eine Erklärung für den Zustand des Raumes hinter der Küche?«, fragte er.

Sie schien etwas sagen zu wollen, besann sich jedoch und fuhr fort, ihr Taschentuch zu traktieren. Nachdem sie eine Weile mit sich gerungen hatte, warf sie dem Diktiergerät einen raschen Blick zu und sprach hektisch: »Dass er nicht zornig auf mich war, das … das stimmte nicht ganz.«

Nein, offenbar nicht, dachte er und fragte sich, ob sie das Durcheinander im Fernsehzimmer einfach vergessen hatte.

»Ich wollte erst nichts davon erzählen, weil ich mir dachte, das geht niemanden außerhalb der Familie etwas an. Aber das, was heute … besser gesagt, gestern passiert ist, diese Leiche, die sie gefunden haben, das hat ihn fix und fertig gemacht. Ich habe ihn kaum wiedererkannt … Hätte nie gedacht, dass diese Frau ihm nach so vielen Jahren noch so viel bedeutet.«

»Warum war er so wütend auf Sie?«

»Nun, ich war ja die Einzige, die im Haus war. Außerdem meinte er wohl, ich hätte ihn hinters Licht geführt. Aber es war zu seinem Besten. Ich hatte ihm erzählt – also vor fünfundzwanzig Jahren –, dass sie mit diesem Kerl aus Stockholm weggefahren ist. Ich musste ihn schließlich irgendwie zur Vernunft bringen. Er war wie besessen von diesem Flittchen, hatte nichts anderes mehr im Kopf. Es ging so weit, dass er den Hof und die Finanzen völlig vernachlässigte. Wer weiß, wie das alles geendet hätte, wenn sie nicht verschwunden wäre.«

»Bis sich gestern herausstellte, dass sie gar nicht abgereist war.«

»Das konnte ich doch nicht wissen. Ich dachte, sie wäre endlich abgehauen. Das Sommerhaus stand schließlich leer. Aber ich hatte Angst, dass er sie suchen würde. Das wäre ihm ohne weiteres zuzutrauen gewesen. Er war wie von Sinnen. Also habe ich behauptet, dieser Stockholmer wäre zurückgekommen und hätte sie und die andere mitgenommen. Ich wollte ihm klar machen, dass es keinen Zweck hätte, sie zu suchen.«

»Die andere – wer war das?«

Sie machte eine abfällige Handbewegung. »Na, das andere Flittchen, das in dem Haus gewohnt hat.«

»Und der Stockholmer?«

»Wie der hieß, weiß ich nicht. Der kam eines Tages und hat dort so lange gewohnt, bis Leif ihn rausgeschmissen hat. Aber ich glaube, der ist auch danach in der Gegend geblieben.«

»Was war mit Leifs Frau? Was hat sie zu alldem gesagt?«

»Die war schon fort, weil sie sich nicht damit abfinden wollte, dass Leif sie und sich selbst zum Gespött in der ganzen Gegend machte.«

»Was ist passiert, als Leif gestern nach Hause kam?«

»Er kam sofort in die Küche gerannt und hat herumgeschrien. Ich war fürchterlich erschrocken, weil ich gar nicht wusste, was los war. Er hat sich aufgeführt, als wäre er betrunken.«

»Was hat er gesagt?«

»Dass er die Wahrheit aus mir herausquetschen würde, und wenn es mein Tod wäre. Er hat nichts von dem geglaubt, was ich ihm gesagt habe. Dann hat er versucht, mich in dem Fernsehzimmer da drüben einzuschließen. Als er auf mich losgegangen ist, meinte ich, mein letztes Stündlein hätte geschlagen. Er hat alle möglichen Sachen auf den Boden geworfen und weitergebrüllt.«

»Was hat er Ihnen vorgeworfen?«

»Er hat behauptet, ich hätte sie umgebracht.«

»Das haben Sie nicht?«

»Nein. Ich habe bei meiner Seele geschworen, dass ich sie nicht ermordet habe und dass ich auch nicht wüsste, wer es gewesen ist, und das kann ich auch jetzt schwören, wenn es erforderlich ist. Ich glaube, dass es dieser Mann aus Stockholm gewesen ist.«

»Waren Sie es, die das Essen zubereitet hat?«

»Ja. Nach einer Weile hatte er sich beruhigt und fing an zu weinen. Da bin ich in die Küche, um Essen zu machen. Später ist er dann wieder wütend geworden, also bin ich weggelaufen.«

»Sie sind zu Kajsa Linder gelaufen?«

»Ich bin mit dem Fahrrad gefahren.«

»Was haben Sie zu ihr gesagt?«

»Ich habe sie gebeten, ihr Telefon benutzen zu dürfen, weil ich wollte, dass Birger kommt und Leif beruhigt. Aber ich war so in Panik, dass ich nicht mehr genau weiß, was ich gesagt habe.« In ihrer Stimme lag ein Anflug von Verärgerung.

»Und als Sie nach Hause kamen, dachten Sie, Birger hätte seinen Bruder erschlagen?«

Sie verzog das Gesicht und wiegte den Oberkörper hin und her, als würde sie erneut vom Schmerz überwältigt. »Was sollte ich denn sonst glauben?«, stieß sie hervor. »Aber jetzt weiß ich nicht …«

Er schaltete das Diktiergerät aus. Es war an der Zeit, sich wieder Birger Rösling zuzuwenden.

Gegen fünf Uhr morgens sah Wagnhärad ein, dass die vorläufigen Verhöre keine neuen Erkenntnisse mehr bringen würden. Er war erschöpft und hatte in den vorangegangenen Stunden seine letzten Reserven aufgebraucht. Birger Rösling kniff immer wieder die Augen zusammen und schien aller

Emotionen beraubt. Mit sturer Monotonie wiederholte er ein ums andere Mal seine Version der Geschehnisse und ließ sich keine groben Widersprüche nachweisen. Als Wagnhärad sein Diktiergerät einpackte, empfand er Mitleid. Er gönnte dem ausgelaugten Mann aufrichtig ein paar Stunden Schlaf und Vergessen.

Der Tote war abtransportiert worden, und die Kollegen von der Spurensicherung hatten sich ebenfalls auf den Weg gemacht. Da die Untersuchung des Tatorts jedoch noch immer nicht abgeschlossen war, sollte Bergh noch dableiben. Außerdem sollte er die Familienangehörigen während der ersten Nacht im Auge behalten. Wagnhärad wollte nach Hause, um ein paar Stunden zu schlafen, ehe er die Verhöre am nächsten Tag fortsetzte.

Bergh begleitete ihn zum Auto. Es war bereits hell geworden, vereinzeltes Vogelgezwitscher war zu hören. Als Wagnhärad hinter dem Lenkrad Platz genommen hatte, versuchte er seine Eindrücke zusammenzufassen.

»Ich glaube, dass beide noch wesentliche Informationen zurückhalten«, sagte er. »Da gibt es irgendwas, mit dem sie absolut nicht herausrücken wollen. Vor allem ihr traue ich nicht.«

Bergh blieb an der geöffneten Autotür stehen. »Hast du gesagt, es gäbe da noch einen anderen Bruder?«

»Ja, einen Halbbruder. Er wohnt in der Stadt und hat eine Erbauseinandersetzung in Gang gesetzt. Gertrud Rösling zufolge ist er Leif und ihr gegenüber regelrecht feindselig. Den werden wir uns morgen genauer ansehen.«

»Wer und warum? Hast du schon eine Idee?«

»Was das Warum angeht, halte ich bisher zwei Möglichkeiten für wahrscheinlich«, sagte Wagnhärad. »Erstens: Leif identifiziert eine Leiche und will am nächsten Tag eine vollständige Aussage machen, wodurch sich jemand aus gutem Grund bedroht fühlt. Er wird also erschlagen, damit er nicht aussagen kann.«

»Auch Rune Nordström hat die Leiche identifiziert und will morgen aussagen«, erinnerte ihn Bergh.

»Ja, wollen wir hoffen, dass er die Nacht überlebt. Aber er hatte ja auch keine persönliche Beziehung zu dieser Frau. Behauptet er jedenfalls.«

»Und die zweite Möglichkeit?«

»Dass Leif Rösling so außer sich war vor Wut, dass er zu einer unmittelbaren Bedrohung für seine Umgebung wurde. Jemand hat ihn aus Notwehr getötet. Was natürlich die Frage aufwirft, was ihn so in Rage versetzt hat. Im Moment neige ich zu der Annahme, dass sie es getan hat.«

»Diese schmächtige, alte Frau?«

»Sie sieht zwar schmächtig aus, aber ich traue ihr durchaus zu, eine Bratpfanne durch die Luft zu schwingen, wenn der Anlass stark genug ist. Man kann sich die Szene doch vorstellen: Leif hat soeben erfahren, dass eine Frau, die ihm viel bedeutet hat und die angeblich vor fünfundzwanzig Jahren abgereist ist, in Wahrheit ermordet und auf seinem eigenen Grund und Boden vergraben wurde. Er verdächtigt seine Mutter, die Finger mit im Spiel zu haben oder zumindest etwas davon zu wissen, stürzt nach Hause, verlangt Antworten, steigert sich in eine blinde Wut hinein und bedroht sie. Schließlich weiß sie sich nicht mehr anders zu wehren, als ihn mit der Bratpfanne zu erschlagen.«

Bergh machte ein skeptisches Gesicht. »Er ist mindestens eins achtzig groß und sie doch wohl höchstens ein Meter sechzig. Die Bratpfanne hat den Hinterkopf getroffen. Außerdem erschlägt man doch niemanden von hinten, wenn es Notwehr ist.«

»Kommt ganz drauf an, ich meine, wie groß ihre Angst und wie berechnend sie war. Und ob sie ihn zum Schweigen bringen wollte. Vielleicht hat er gesessen.«

»Und dann?«

»Dann ist sie mit dem Fahrrad zu Kajsa Linder gefahren. Hat ihren anderen Sohn angerufen und ihn gebeten zu kommen, um Leif zu beruhigen. Sie wartet kaltblütig darauf, dass er seinen toten Bruder findet, damit sie ihn später beschuldigen kann.«

»Hört sich etwas sehr kaltblütig an.«

»Mag sein, aber in diesem weißhaarigen Kopf scheint sich mir so einiges zu verbergen. Ich habe das Gefühl, dass sie viel auf dem Gewissen hat. Natürlich ist es auch denkbar, dass Birger ihn getötet hat. Ich empfinde eine gewisse Sympathie für ihn, aber auch er scheint einiges zu verheimlichen.«

»Fahr nach Hause und schlaf ein bisschen«, sagte Bergh.

Wagnhärad nickte. »Ich komme so gegen neun und löse dich ab.«

Er drehte den Zündschlüssel.

38 DIENSTAG, 5. AUGUST

Mehrmals wurde sie durch das Geräusch vorbeifahrender Autos aus dem Schlaf gerissen. Sie verfluchte es kraftlos, wurde aber nie wach genug, um sich wirklich darüber zu wundern. Stattdessen trug es dazu bei, ihre unruhigen Träume im Zaum zu halten.

Gegen neun Uhr befreite sie sich aus ihrem fahrigen Schlaf und kam vollständig zu sich. Körperlich fühlte sie sich einigermaßen erholt, doch ihre Seele war wie zerschlagen.

Joakim war bereits ausgeflogen. Die Reste seines Frühstücks standen auf dem Tisch. Im Moment war kein Auto in Sicht. Sie aß ein bisschen Jogurt, bevor sie zum Hof hinaufging, um der Realität des Tages ins Auge zu sehen.

Vier Autos standen dicht gedrängt auf der kleinen Fläche vor der Toreinfahrt. Außer Birgits rotem Audi und Augustssons Volvo parkten dort noch zwei unbekannte Fahrzeuge, die schon von weitem nach Polizeiautos aussahen. Doch auf dem Hof atmete alles Ruhe und Frieden.

Per Augustsson saß in aller Seelenruhe auf dem Treppenabsatz, hatte eine Tupperdose im Schoß und aß etwas, das wie Gulasch aussah. Er spülte es mit kleinen Schlucken Leichtbier hinunter, das er direkt aus der Flasche trank.

»War ja ganz schön was los hier heute Morgen«, begann sie.

Augustsson kaute umständlich zu Ende, ehe er ruhig antwortete. »Solange sie mir nicht im Weg rumstehen, ist mir das egal.«

»Wissen Sie, wer die Leute waren?«

»Polizisten natürlich … und Pressevolk«, fügte er mit düsterer Stimme hinzu. »Vermutlich wird hier jetzt für einige Zeit der Teufel los sein.«

»Haben Sie schon mit irgendwelchen Journalisten geredet?«, fragte sie besorgt.

»Geredet haben die ...«, antwortete er kryptisch.

»Und die Polizei? Wissen Sie, was die vorhat?«

Augustsson hatte erneut den Mund voll, also dauerte es eine Weile, bis er antworten konnte. »Nein, weiß ich nicht. Verstehe auch gar nicht, was die die ganze Zeit über hier treiben.«

Kajsa seufzte. »Hoffen wir, dass sich alles schnell wieder beruhigt.«

»Darauf würde ich mich nicht verlassen«, sagte er und rührte in seinem Gulasch.

»Nicht?«

Er wies mit dem Kopf in eine unbestimmte Richtung. »Sieht verdammt noch mal so aus, als hätte jemand Leif Rösling getötet.«

»Was sagen Sie da?«

»Jemand hat ihn ermordet.«

Sie sah Augustsson zweifelnd an, der sich im Allgemeinen nicht durch seine verlässlichen Aussagen auszeichnete. »Aber das ist doch nicht möglich!«, rief sie mit schwacher Stimme.

Er stärkte sich gemächlich mit einem tiefen Schluck aus der Flasche und wischte sich mit dem Handrücken den Mund ab. »Eigentlich nicht, aber jedenfalls behaupten sie es.«

Plötzlich fühlte sie sich schwach in den Beinen und schaute sich nach einer Sitzgelegenheit um, sah jedoch keine, die sich in Reichweite befand. Sich direkt neben Augustsson auf die Stufen zu setzen kam ihr etwas zu vertraulich vor.

»Wer hat das getan?«, brachte sie heraus.

»Darüber haben sie mir nichts gesagt«, entgegnete er. »Aber es muss wohl jemand gewesen sein, der sehr wütend auf ihn war.«

»Aber was macht die Polizei dann hier?«

»Ach, die sind wohl hier und dort. Scheinen immer hin- und herzuflitzen.«

Als wolle er Augustssons Worte bekräftigen, erschien in diesem Augenblick der hoch aufgeschossene Polizist von gestern in der Toreinfahrt.

Er schien aufrichtig erfreut über Kajsas Anwesenheit, sein Lächeln hätte kaum fröhlicher sein können. »Genau mit Ihnen wollte ich sprechen«, sagte er.

Mit mulmigem Gefühl schaute sie ihn an. »Warum das?«

»Gertrud Rösling hat Ihnen doch gestern Abend einen Besuch abgestattet, nicht wahr?«

»Ja.«

»Darüber möchte ich mit Ihnen reden.«

In Anbetracht dessen, was sie von Augustsson erfahren hatte, empfand sie seinen munteren Ton als nahezu anstößig.

Der gutmütige Polizist hatte sie eine geschlagene Stunde in die Mangel genommen, bevor sie allein zum Häuschen zurückkehrte. Sie hatte Joakim nicht dazu bewegen können, sie zu begleiten. Ihn hielt es im Zentrum der Ereignisse, an der Seite der Archäologen.

Als sie zur Tür hereinkam, suchte sie sofort nach ihrem Handy. Ein Telefongespräch mit Olle ließ sich nicht länger aufschieben.

Wenn sie an ihn dachte, sah sie einen Mann auf dem Sprung, mit wehendem Schlips und flatterndem Jackett. Wie zu erwarten, war er unerreichbar. Sie hinterließ eine Nachricht auf seiner Mailbox.

Weil sie das Bedürfnis hatte, ihrem Herzen Luft zu machen, wählte sie in ihrer Verzweiflung die Nummer von Katharina. Doch sobald sie Patriks gereizte Stimme hörte, sah sie ihren Fehler ein.

»Ich hab ganz vergessen, dass sie in Italien ist«, entschuldigte sie sich. »Es passiert im Moment so viel, dass ich gar nicht mehr klar denken kann.«

»Sie ruft mich heute Abend an«, sagte er. »Soll ich ihr was ausrichten?«

»Leif Rösling ist ermordet worden.«

»Wer ist das? Irgendein Politiker?«

»Nein, unser Nachbar. Der, von dem wir den Hof gekauft haben.«

»Hm, dann sind das wohl schlechte Nachrichten.«

»Ja.«

»Hast du ihn gerade gefunden, oder ist die Polizei schon eingeschaltet?«

»Ganz offensichtlich ist sie schon eingeschaltet. Hier wimmelt es nur so von Polizisten.«

»Wimmelt nur so …?«

Sie hörte, dass er sich gestört fühlte, hatte im Moment aber auch keine Lust, ihn in alle verwickelten Details einzuweihen.

Er senkte die Stimme. »Du, ich hab gerade Leute hier, die sich meine Bilder ansehen. Nicht nur ansehen, hoffe ich. Kann ich dich heute Abend zurückrufen?«

»Ja, kannst du gern versuchen. Aber du wirst sowieso bald von der ganzen Geschichte erfahren. Ich hoffe, du kannst was verkaufen. Grüß Katharina. Ich muss jetzt sehen, dass ich Olle erreiche.«

Doch es war Petrus, den sie anrief.

Er war nicht bei der Arbeit, und sein Handy war ausgeschaltet. Ohne große Hoffnung versuchte sie es bei ihm zu Hause. Nach sieben Freizeichen war er am Apparat. Er klang, als sei er geweckt worden.

»Hast du geschlafen?«

»Nein, nein, ich hab mich nur ausgeruht.«

Das war so ungewöhnlich, dass er sie damit aus dem Konzept brachte. »Bist du krank.«

»Nur müde.«

»Leif Rösling ist ermordet worden.«

»Ermordet?«, wiederholte er matt.

»Ich habe es gerade erfahren. Es würde mich nicht wundern, wenn das mit der Leiche zu tun hat, die sie gestern gefunden haben.«

Ehe er etwas entgegnen konnte, fuhr sie fort: »Eigentlich weiß ich noch nicht viel. Die Polizei hüllt sich natürlich in Schweigen. Aber ich glaube, dass sein Bruder unter Verdacht steht. Er war es ja, den Gertrud gestern Abend angerufen hat. Dieser Kommissar, mit dem wir gestern gesprochen haben, hat mich gefragt, ob ich gehört hätte, was sie zu ihm am Telefon gesagt hat.«

»Und, hast du das?«

»Nein, nicht ein Wort. Sie stand auf der Veranda, und wir waren drinnen. Sie war sehr darauf bedacht, dass ihr niemand zuhört. Aber Augustsson hat von Rune gehört, dass sie Birger die ganze Nacht lang verhört haben.«

»Aha.«

Seinen zerstreuten Ton nahm sie kaum zur Kenntnis. »An Olle komme ich leider nicht heran. Im Grunde weiß ich auch gar nicht, was ich ihm erzählen soll. Er hat ja noch nicht mal von dem Fund der Leiche erfahren. Herrgott, ich glaube, es wird ihn ziemlich mitnehmen, weil er doch Birger Rösling gut kennt. Das Ganze ist ein Albtraum. Hier geht's zu wie in einem Bienenstock. Und was soll man eigentlich von Gertruds Besuch halten? Am liebsten würde ich weglaufen.«

Sie begriff endlich, dass er mit seinen Gedanken woanders war, und bremste sich. »Warum bist du eigentlich zu Hause?«

»Weil's mir nicht gut geht.«

»Was ist mit dir?«

»Ich hatte einen schrecklichen Krach mit Marcus, der die halbe Nacht gedauert hat. Wir haben beide kein Auge zugemacht.«

Sie hatte sofort ein schlechtes Gewissen, weil sie Marcus völlig vergessen hatte. »Ist er immer noch da?«, fragte sie.

»Ja.«

»Bleibt er noch länger?«

»Weiß ich nicht.«

»Worüber habt ihr euch denn gestritten? Ging es um seine, ich meine, die alten Probleme?«

»Ja.«

»Er kann doch von dir nicht erwarten, dass du seine Probleme löst.«

»Nein.«

»Was erwartet er denn eigentlich von dir? Was sollst du tun?«

»Ich kann jetzt nicht darüber sprechen!«, rief er so heftig, dass sie zusammenzuckte.

»Nein, natürlich nicht. Entschuldige. Du bist sicher sehr müde.«

»Ich fühle mich völlig ausgelaugt.«

Es klang wie ein Vorwurf, als würde sie ihm keine Müdigkeit zugestehen. In diesem Moment fiel ihr ein, dass er auch in der vorletzten Nacht nur zu wenig Schlaf gekommen war, nachdem sie ihn aus dem Bett geholt hatte. Sie war verlegen.

»Versuch jetzt zu schlafen«, sagte sie.

»Tut mir Leid, dass ich für die Geschichte mit Leif gerade nicht viel Energie aufbringe. In ein paar Tagen vielleicht ...«

Er schien mit seiner Kraft wirklich am Ende zu sein.

»Ja, lass uns telefonieren, wenn es dir wieder besser geht.«

Nachdem sie aufgelegt hatte, fühlte sie sich bedrückt. Er schien sich wirklich über sie geärgert zu haben. Das war eine neue Erfahrung, die nicht sehr angenehm war. Dieser gereizte Ton hatte sich nie zuvor gegen sie persönlich gerichtet. Nie zuvor war sie auf den Gedanken gekommen, dass auch seine Hilfsbereitschaft Grenzen kannte. Und nun hatte er ihr Bescheid gesagt. Hatte genug mit seinen eigenen Problemen zu tun, so wie alle anderen. Offenbar war sie nicht der Mittelpunkt der Welt. Zumindest nicht heute.

Das Handy meldete sich. Auf dem Display las sie, dass es Olle war. Sie befeuchtete sich die Lippen und holte tief Luft.

Er klang geschäftig und kurzatmig. Im Hintergrund hörte sie den hektischen Stadtverkehr. »Du hast versucht mich anzurufen?«

»Jaa ... ich dachte ... ich wollte ... Wie geht's dir denn?«

»Ach, ich weiß gar nicht, wo mir der Kopf steht. Hab den ganzen Vormittag mit unglaublich zähen Typen verbracht. Und heute Nachmittag geht's so weiter, in Lund. Ich bin müde, und heute Abend muss ich an drei Orten gleichzeitig sein. Wolltest du was Bestimmtes?«

»Nein ... eigentlich nicht. Kommst du irgendwann auch zum Essen und Schlafen?«

»Ja, ja, hab zwischendurch was in mich reingestopft. Schlafen kann ich nächste Woche, wenn ich wieder zu Hause bin. Alles in Ordnung bei euch?«

»Ja, ja … so ziemlich.«

»Du, ich hab's eilig. Ich lass von mir hören, wenn ich mal einen Augenblick Zeit habe. Grüß Joakim.«

Er verschwand in einem rauschenden Inferno.

So war das also. Auch er hatte genug mit seinen eigenen Problemen zu tun.

Eigentlich hing ihr die Situation zum Hals raus. Gab es nicht einen Menschen, der bereit war, ihr zuzuhören?

Beklommen wählte sie die Nummer von Lennart Roos. Womöglich steckte auch er bis über beide Ohren in Arbeit, war schlechter Laune und wusste nicht, wer Leif Rösling war.

Doch ihre Befürchtungen waren unbegründet. Sollte sie ihn gestört haben, dann allenfalls beim stillen Genuss der schönen Aussicht aus seinem Fenster.

Ruhig und konzentriert widmete er ihr seine volle Aufmerksamkeit.

39 AM SELBEN TAG

Roffe Stenberg riss den Hörer an sich, um sich ein für alle Mal die ewigen Anrufe zu verbitten, die ihm schon den ganzen Morgen auf die Nerven gingen. Er bellte seinen Namen ins Telefon, um dem Anrufer sofort klar zu machen, dass er keine Zeit habe. Doch als er die Stimme am anderen Ende der Leitung hörte, öffnete sich sein Gesicht zu einem erstaunten Lächeln.

»Ja, aber ... so eine Überraschung. Wie schön, von Ihnen zu hören. Sind Sie auf Knigarp?«

Lennart Roos bestätigte das und sagte ungezwungen: »Ich rufe in Zusammenhang mit dem aktuellen Mord auf Röshult an.«

Roffes Überraschung ging in handfeste Verwunderung über, denn er selbst war erst vor weniger als zwei Stunden von dem Mord in Kenntnis gesetzt worden. »Wie haben Sie das denn schon wieder so schnell erfahren?«

»Durch Kajsa Linder. Sie hat mich vorhin angerufen.«

Er hätte am liebsten ausgerufen: Und woher kennen Sie die schon wieder?, konnte sich aber beherrschen. »Ach so«, sagte er stattdessen.

»Sie ist gerade zu der Erkenntnis gelangt, dass sich verschiedene Umstände so entwickelt hätten, dass die Polizei informiert werden müsste«, fuhr Roos fort.

»Aha ...«

»Und so habe ich mich angeboten, da ich ja sozusagen mit der Polizei auf vertrautem Fuß stehe, Sie zu informieren.«

»Ach ...«

»Es gibt, kurz gesagt, einige Anhaltspunkte, die ein neues Licht auf bislang offene Fragen werfen.«

Roffes Miene verfinsterte sich. Schon das Gespräch mit Wagnhärad hatte gewisse Befürchtungen bei ihm geweckt, die sich nun offenbar bestätigten. Die Vorstellung, dass Kajsas Informationen die Mordermittlungen entscheidend voranbringen könnten, gefiel ihm ganz und gar nicht. Außerdem war er sich nicht so sicher, was er von Roos' Einmischung halten sollte.

»Um was für Informationen geht es denn?«, fragte er.

Roos gab das für ihn charakteristische leise Lachen von sich. Es klang fast wie ein Schnurren. »Sie kennen ja meine Abneigung, so etwas am Telefon zu erörtern«, sagte er. »Daher wollte ich Sie fragen, ob Sie mir nicht einen kleinen Besuch abstatten wollen. Als Entschädigung lade ich Sie zum Essen ein.«

»Heute?«

»Gern. Je eher, desto besser.«

Roffe zügelte seine Neugier und versuchte denselben entspannten Ton anzuschlagen wie sein Gesprächspartner. »Abgemacht. Ein Abendessen bei Ihnen ist mir Entschädigung genug. Sagen wir, gegen sechs?«

»Ausgezeichnet«, sagte Roos. »Dann bis heute Abend.«

Nachdem Roffe aufgelegt hatte, überlegte er, ob er sogleich Kajsa anrufen und eine Erklärung verlangen sollte. Nach längerem Nachdenken beschloss er jedoch, zunächst abzuwarten und sich von Roos informieren zu lassen. Dennoch kam ihm die ganze Geschichte äußerst merkwürdig vor, und natürlich musste sie etwas mit ihrem Besuch vor ein paar Wochen zu tun haben. Er versuchte sich daran zu erinnern, worum es damals gegangen war. Sie hatte ziemlich wirr von einem gefundenen Tagebuch erzählt.

Entschlossen griff er nach irgendwelchen Unterlagen und unternahm einen ernsthaften Versuch, dort anzuknüpfen, wo ihn Roos mit seinem Anruf unterbrochen hatte. Doch seine Konzentration war dahin. Als seine Sekretärin Vera Sahlstedt kurz darauf vor ihm stand, um die nötigen Vorbereitungen für die morgige Konferenz bei der Provinzialregierung zu besprechen, saß er unbeweglich da und grübelte über die Frage nach, was für ein Abendessen ihm ein Mann wie Roos wohl servieren würde.

Roffe war seit dem Sommer 1995 nicht mehr auf Knigarp gewesen. Als er die Lindenallee entlangfuhr und das rote Backsteinhaus sah, wurde natürlich seine Erinnerung in Gang gesetzt. Er dachte an die Leiche, die in der Jauchegrube gefunden worden war, und die dramatischen Ermittlungen, bei denen Roos schließlich eine entscheidende Rolle gespielt hatte. Es war eine inspirierende Zusammenarbeit mit dem damaligen Regierungsdirektor gewesen. Hin und wieder wurde er von Wehmut befallen, wenn er von den Höhen seines Polizeidirektorendaseins zu seinen Kollegen hinabblickte, deren Arbeit immer noch in der konkreten Realität verwurzelt war. Sein fettes Gehalt war ihm in solchen Momenten nur ein kleiner Trost.

Er war sehr überrascht gewesen, als Roos im Jahr darauf von sich hören ließ und von seiner Absicht erzählte, Knigarp zu kaufen. Natürlich hatte der Hof eine großartige Lage, und er überzeugte sich später mit eigenen Augen davon, dass er wunderbar in Stand gesetzt worden war, doch er persönlich hatte Schwierigkeiten, Roos' Begeisterung dafür nachzuvollziehen. Für ihn würde er immer mit den schauerlichen Vorgängen verknüpft bleiben, die seiner Freundschaft mit PM und Katharina fast ein Ende bereitet hatten.

Als er vor dem Eingang parkte, kam der Gastgeber die Treppe herunter. Die Pensionierung hatte seiner drahtigen Gestalt nicht das Geringste anhaben können. Roos sah genauso vital und entspannt aus wie eh und je.

Sie bewunderten eine Weile die berühmte Aussicht und vergegenwärtigten sich, was sich an dieser Stelle alles ereignet hatte. Nachdem sie einige Höflichkeiten über die gute Verfassung des jeweils anderen ausgetauscht hatten, wandten sie ihre Aufmerksamkeit dem Essen zu.

In der Küche stellte Roffe fest, dass nur zwei Teller auf dem Tisch standen. Mit stiller Erleichterung folgerte er daraus, dass Kajsa und Katharina an ihrem geselligen Beisammensein nicht beteiligt waren. Jetzt entdeckte er auch, dass es gegrilltes Lachsfilet mit Safranreis und einer exotischen Sauce geben würde, die sein Geruchsorgan in Verzückung versetzte.

Dass Lennart Roos genau wie er selbst eine innige Beziehung zum Essen pflegte, war keine Neuigkeit. Nachdem sie sich eine Weile über die unzähligen Zubereitungsarten von Lachs ausgetauscht hatten, kam er unvermittelt auf den eigentlichen Grund seines Besuchs zu sprechen.

»Die Verwunderung über Ihren Anruf ist verflogen«, sagte er, »doch meine Neugier ist ungebrochen.«

»Sie wird gestillt werden, ebenso wie Ihr Appetit«, entgegnete Roos und schmeckte die Sauce ab. »Was meine Einmischung in diese Angelegenheit betrifft, ist die Erklärung ganz einfach. Ich wurde von zwei Damen um Hilfe gebeten, die versuchen, die Entstehungsgeschichte eines sonderbaren Tagebuchs zu klären.«

»Und Sie wollten gern helfen?«

»Da Sie die beiden Damen kennen, werden Sie auch verstehen, dass ich nicht Nein sagen konnte.«

Roffe lächelte bitter. »Auch ich wurde gebeten, ein wenig Forschungsarbeit zu betreiben, doch war ich weniger entgegenkommend als Sie. Ich habe mich geweigert, mich näher mit dieser Angelegenheit zu befassen.«

»Unter den gegebenen Umständen absolut verständlich und korrekt«, sagte Roos. »Es hat doch seine Vorteile, in Pension zu sein. Da kann man sich so einiges erlauben …«

Roffe schüttelte den Kopf über so viel Bescheidenheit. »Ich dachte, das konnten Sie auch früher schon.«

»Schon, aber jetzt macht es mehr Spaß.«

»Waren Ihre Nachforschungen erfolgreich?«

Roos wischte sorgsam die Marinade von den Lachsfilets. »O ja, ich bin ein paar interessanten Zusammenhängen auf die Spur gekommen«, sagte er und legte die Filets in die heiße Pfanne.

»Zusammenhänge, die etwas mit dem Mord auf Röshult zu tun haben?«

»Das kann ich noch nicht sagen. Ich habe noch keine rechte Erklärung dafür, warum Leif Rösling ermordet wurde. Ich bin darüber genauso erstaunt wie alle anderen auch. Aber es gibt eine ganze Menge Material, dessen Auswertung das Rätsel um Sue Adams lösen könnte. Warum sie ermordet wurde, meine ich. Denn man kann wohl davon ausgehen, dass auch sie ermordet wurde.«

»Ja, der Ansicht bin ich auch.«

»Wenn es wirklich sie war, die gefunden wurde.«

»Wer sollte es sonst sein?«

»Es hätte mich weniger verwundert, wenn es beispielsweise Leif Röslings Frau gewesen wäre. Gibt es eigentlich noch jemand anders, der die Leiche bislang identifiziert hat?«

»Ja, einen Nachbarn, der sagt, er habe die Jacke und die Haare wiedererkannt«, antwortete Roffe. »Lasse Wagnhärad ist felsenfest von Leif Röslings Aufrichtigkeit überzeugt. Er meint, Rösling sei viel zu geschockt gewesen, um sich verstellen zu können.«

Roos griff nach den Tellern, legte die Filets darauf und goss die würzige Sauce darüber.

Roffe ließ sich am Tisch nieder. »Wagnhärad hat auch von Leif Röslings Frau gesprochen«, sagte er. »Kajsa hat wohl irgendwas Rätselhaftes über sie in Zusammenhang mit dem Fund der Leiche geäußert.«

»Ja, es gibt ein paar dunkle Passagen im Tagebuch, die man so deuten könnte, dass seine Frau auf Röshult ermordet und vergraben wurde«, sagte Roos.

Roffe verspürte einen Anflug von Gereiztheit, die sich vor allem gegen Kajsa richtete. Als hätte sie selbst das Tagebuch geschrieben, um die Sache umso mysteriöser aussehen zu lassen.

»Dann sollte auch ich endlich erfahren, was alles in diesem Tagebuch steht«, sagte er. »Wenn solch brisante Dinge darin zu lesen sind, kann ich auch besser nachvollziehen, warum sich Kajsa in dieser Sache so ins Zeug legt. Mir gegenüber hat sie von solchen Verdachtsmomenten jedenfalls nichts gesagt. Sie hat nicht mal Leif Rösling erwähnt. Ich hatte den Eindruck, sie wollte in erster Linie die Tagebuchschreiberin ausfindig machen – das andere Mädchen, wenn ich sie recht verstanden habe.«

»Ja, sie dachte vermutlich, Pia Bryneskog könnte ihr selbst einige Erklärungen liefern.« Roos öffnete den Kühlschrank. »Möchten Sie Leichtbier oder Mineralwasser?«

»Leichtbier«, sagte Roffe. »Warum hat sie nur mir gegenüber nichts von alldem gesagt?«

»Vermutlich hat sie an ihr Verhältnis zu den Nachbarn gedacht und wollte sich dem Problem so diskret wie möglich nähern. Ihren Mann hat sie auch nicht eingeweiht.«

»Komische Art, sich der Sache zu nähern«, brummte Roffe und nahm die Bierflasche entgegen.

Roos lachte und platzierte den duftenden Reis neben dem Fisch. »Hand aufs Herz«, sagte er. »Hätten Sie dem Tagebuch größere Aufmerksamkeit geschenkt, wenn sie es Ihnen gezeigt hätte? Ich nehme doch an, dass erst der Leichenfund und der Mord an Leif Rösling Ihr Interesse geweckt hat.«

»Haben Sie neue Spuren der Tagebuchschreiberin entdeckt?«

»Nein – man kommt einfach nicht an sie heran. Und jetzt, nach dem Fund der Leiche, ist ihre Rolle bei der ganzen Geschichte noch dubioser geworden.«

»Warum? Gibt es irgendwelche Hinweise, sie könnte etwas mit dem Tod von Sue Adams zu tun haben?«

Roos ließ sich ebenfalls am Tisch nieder, füllte zuerst Roffes Glas und dann sein eigenes. »Kajsa hat ja vermutlich einen Brief von jemandem bekommen, der sich als Pia Bryneskog ausgegeben hat. Nicht besonders überzeugend, wenn Sie mich fragen. Sollte er aber doch authentisch sein, deutet er darauf hin, dass Pia Bryneskog in Kontakt zu einer der Personen steht, die Kajsa und Katharina in Stockholm getroffen haben. Das würde unweigerlich ein neues Licht auf ihre damalige Abreise von Röshult werfen, die offensichtlich ohne Sue Adams geschah.«

Roffe prüfte die Konsistenz des Lachsfilets mit der Gabel. »Ich muss etwas mehr über den Inhalt des Tagebuchs wissen, sonst kann ich Ihnen nicht folgen«, sagte er.

»Ich werde es Ihnen sogar überlassen«, entgegnete Roos, »aber jetzt sollten wir uns erst mal dem Essen zuwenden.«

Die darauf folgende Stille wurde nur von Roffes unartikulierten Komplimenten, die er während des Kauens vorbrachte, unterbrochen.

»Wie war das mit den interessanten Zusammenhängen, von denen Sie sprachen?«, fragte er ein wenig später und lehnte sich zurück.

Roos schob den Teller von sich. »Hat Ihnen Kajsa etwas von Clarence Jankelius erzählt?«

Roffe runzelte die Stirn. »Der Name kommt mir bekannt vor. Vermutet Kajsa nicht, dass der ziemlich viel Dreck am Stecken hat?«

»Doch, und da hat sie vermutlich Recht. Seine Beziehung zu Sue Adams war jedenfalls komplizierter, als er im Nachhinein zugeben will. Zwar gibt es keine Stelle im Tagebuch, die das ausdrücklich belegt, aber wir können davon ausgehen, dass Pia Bryneskog nicht über alles Bescheid wusste. Ich berichte Ihnen in aller Kürze, was ich bisher herausfinden konnte: Im April 1972 wurde ein Mann namens Rickard Björnheden in Stockholm ermordet. Zwei Männer hatten ihn in seiner Wohnung aufgesucht und mit drei Schüssen getötet. Sue Adams befand sich zum Tatzeitpunkt in Björnhedens Wohnung, genauer gesagt, in seinem Bett. Es gelang ihr, über den Balkon zur Nachbarwohnung zu flüchten, ohne von den Tätern entdeckt zu werden, was den Berichten zufolge eine akrobatische Meisterleistung war. Außerdem glückte es ihr, sich unbemerkt von dort wegzustehlen, während die Nachbarn die Polizei verständigten. Danach war sie wie vom Erdboden verschluckt. Die Polizei suchte sie natürlich als Zeugin des Mordes, und dass die Mörder sie aus dem Weg räumen wollten, nachdem sie in der Zeitung von ihrer Gegenwart in der Wohnung gelesen hatten, versteht sich von selbst. Die Polizei bekam einen Tipp, wo sich ihre Wohnung befand, doch nach dem Mord scheint sie nicht mehr dorthin zurückgekehrt zu sein.«

»Also hat sie sich nach Schonen abgesetzt?«

»Ja, zusammen mit zwei Männern und Pia Bryneskog. Die Polizei fand ihren Pass, der darüber Auskunft gab, dass sie amerikanische Staatsbürgerin war und sich illegal in Schweden aufhielt. Sie fanden auch ein Bündel Briefe, die an einen Oberst Henrik Ulleräng adressiert waren. In Zusammenhang mit diesen Briefen wurde Clarence Jankelius verhört, doch die Protokolle dieses Verhörs sind ebenso wie die Briefe selbst aus dem Archiv verschwunden. Jemand hat sie sich offenbar unter den Nagel gerissen. Fragt sich, wer dieser Ulleräng war. Bis vor ein paar Tagen wusste ich nichts weiter, als dass er Oberst beim Militär in Stockholm war und sich im November '71 das Leben nahm. Doch jetzt habe ich weitere Informationen erhalten. Ulleräng wohnte in einem Haus auf Djursholm und war der Nachbar von Clarence' Eltern, Viktor und Aina Jankelius. In derselben Gegend wohnte auch Sven Björnheden, der Vater von Rickard. Diese drei Männer waren sehr gute Freunde. Ihre Familien pflegten regelmäßigen Umgang miteinander, die Kinder waren ungefähr gleich alt. Clarence und Rickard wurden beide 1950 geboren; sie kannten sich also von Kindesbeinen an und sind auch zusammen zur Schule gegangen. Ulleräng hatte zwei Töchter, die ein paar Jahre älter waren. Die Väter Viktor, Henrik und Sven spielten Golf miteinander und waren Logenbrüder. Die Welt war in Ordnung, bis sich Henrik Ulleräng 1971 zur allgemeinen Bestürzung und ohne erkennbaren Grund erschoss. Er war damals fünfzig und hatte eine reibungslose Karriere hinter sich. Keiner der Befragten konnte sich seinen Selbstmord erklären. Nun ja, eine ganz heile Welt war es wohl auch vorher nicht gewesen. Rickard Björnheden war gewissermaßen das schwarze Schaf in der Familie, mit dem diese gebrochen hatte. Mit zwanzig bekam er eine Bewährungsstrafe wegen Scheckbetrugs. Dann wurde er verdächtigt, an einem Raubüberfall beteiligt gewesen zu sein, doch man konnte ihm nichts nachweisen. Später wurde er wegen Drogendelikten verurteilt. Er hatte Djursholm definitiv den Rücken gekehrt und trieb sich in der Stockholmer Unterwelt herum. Clarence hingegen hat seinen Eltern, jedenfalls nach außen hin, keine Schande bereitet. Nachdem er sein BWL-Examen an der Fachhochschule gemacht hatte, stieg er planmäßig in die Firma seines Vaters ein. Ihr Name ist *Jankelius Orientalimport*. Er ist verheiratet, hat zwei erwachsene Kinder und ist inzwischen Geschäftsführer des Unternehmens.

Aber wir wissen ja, dass er nicht eine ganz so reine Weste hat, wie sein Lebenslauf vermuten lässt. Das geht unter anderen aus Pia Bryneskogs Tagebuch und aus seinem eigenen Bericht gegenüber Kajsa und Katharina hervor, als sie ihm vor ein paar Wochen einen Besuch abstatteten.

Außerdem haben wir die Angaben von David Brandt, Pias damaligem Freund, der nicht nur behauptet, Clarence hätte seine Finger beim Mord an Björnheden mit im Spiel gehabt, sondern auch, dass er Sue den Mördern ans Messer lieferte. Natürlich sind das nur lose Behauptungen, mit denen er sich vielleicht wichtig machen oder an Clarence rächen wollte. Nichtsdestotrotz sollte man sie näher untersuchen. Man fragt sich doch Folgendes: Warum besaß Sue Adams, die Clarence nach seiner eigenen Aussage nie gesehen hatte, ehe sie nach Röshult kam, ein Bündel Briefe von Henrik Ulleräng, die schließlich der Anlass waren, ein Verhör mit Clarence zu führen? Vielleicht, weil sie diese von Rickard Björnheden bekommen hatte, den sie nachweislich kannte und der seinerseits mit dem Oberst und mit Clarence bekannt war. Was stand in den Briefen? Und wie kommt es, dass sowohl die Briefe selbst als auch das Verhörprotokoll aus dem Archiv verschwunden sind? Ich habe keine Antworten auf diese Fragen, aber ich bin mir ganz sicher, dass Clarence Jankelius und Sue Adams eine Menge zu diskutieren hätten, wenn sie sich jetzt träfen.«

»Sie meinen also, er hätte gute Gründe gehabt, sie zu ermorden?«

»Beziehungsweise ihren Mördern einen Tipp zu geben, wo sie sich aufhielt, damit sie die Zeugin des Mordes an Björnheden aus dem Weg räumen konnten.«

»Wir haben also allen Anlass, diesen Jankelius unter die Lupe zu nehmen«, sagte Roffe.

Roos stand auf und räumte die Teller ab.

»Ich mache uns zwei Cappuccino, und dann können wir uns dem Material widmen, das mir vorliegt«, sagte er.

»Aber was für eine Verbindung könnte es denn zwischen dem Fund der Leiche und dem jüngsten Mord geben?«, fragte Roffe. »Man kann doch Jankelius nicht des Mordes an Leif Rösling verdächtigen. Der ist doch schließlich in Stockholm, und selbst wenn ihn jemand über die Identifizierung der Leiche informiert hat, ja selbst, wenn er sich unmittelbar bedroht fühlte, müsste er schon Superman sein, um wenige Stunden später auf Röshult aufzutauchen.«

»Es sei denn, er hat einen Verbündeten vor Ort, der die Sache für ihn erledigt hat.«

»Ist das Ihr Ernst?«

»Eigentlich nicht. Aber was kann man in diesem Stadium schon ausschließen?«

40 AM SELBEN NACHMITTAG

Lasse Wagnhärad nahm interessiert das Wenige in Augenschein, das man vom Haus am Kanal noch erkennen konnte. Es verbarg seine ramponierte Fassade hinter einem wuchernden Spierstrauch und einer Reihe unbeschnittener, teils abgestorbener Apfelbäume. Der abblätternde Putz, der von einer unbestimmbaren dunklen Farbe war, ließ ihn unwillkürlich an eine Hautkrankheit denken.

Er entfernte eine Fleischfaser zwischen seinen Vorderzähnen und trommelte mit den Fingern gegen das Lenkrad. »Wie kann man sich nur so lange an einem Döner aufhalten?«, sagte er mürrisch.

»Ich ziehe es vor, auch zu kauen«, entgegnete Bergh und aß ungestört weiter, den Blick starr geradeaus gerichtet.

Normalerweise würde eine solche Replik nicht unkommentiert bleiben, doch stattdessen gähnte er. Im Gegensatz zu seinem Assistenten besaß er leider nicht die beneidenswerte Fähigkeit, auch während schweißtreibender Ermittlungen ein erholsames Nickerchen einlegen zu können. Letzte Nacht hatte er es nur auf zwei Stunden Schlaf gebracht. Und der heruntergeschlungene Döner verstärkte seine Müdigkeit nur umso mehr.

Er wollte nach Hause und schlafen.

Nach den vielen Verhören, die sie im Lauf des Tages geführt hatten, war das Bild keineswegs klarer geworden, allenfalls tiefer und komplexer. Im Moment war es unmöglich, all die eingeholten Informationen zu überblicken. Und ein weiteres vorläufiges Verhör stand ihnen bevor, ehe der Tag beendet war.

Die Persönlichkeit Max Röslings hatte nach zahlreichen Aussagen fast mystische Dimensionen angenommen. Die Beurteilungen waren so wechselhaft gewesen, dass sie nahezu beliebig erschienen: total durchgedreht; ein guter Kerl; etwas verrückt, aber harmlos; die personifizierte Bosheit und so weiter.

Bergh war inzwischen dazu übergegangen, sich pedantisch jeden einzelnen Krümel von der Hose zu wischen. Doch erst nachdem er alle Servietten eingesammelt und sich schließlich die Hände an einem mitgebrachten Erfrischungstuch abgewischt hatte, war er bereit, den Wagen zu verlassen.

Sie klopften an die alterschwache Tür und hörten nach langem Warten das leise Rasseln einer Sicherheitskette. Offenbar wurde sie nicht entfernt, sondern vor die Tür gespannt, ehe sich diese einen Spaltbreit öffnete und das ängstliche Gesicht einer alten Frau zum Vorschein kam.

Wagnhärad zwang sich zu einem Lächeln. »Wir suchen Max Rösling.«

Eine schmale, durchsichtige Hand wurde durch den Türspalt gesteckt und zeigte mit einem Finger nach links. Dann schloss sich die Tür wieder.

Sie gingen um die Ecke und entdeckten auf der Giebelseite des Hauses eine weitere Tür, die sie eine Weile bearbeiteten, ehe sie endlich dem sagenumwobenen Mann gegenüberstanden. Was die physische Erscheinung betraf, hatte er gewisse Ähnlichkeiten mit Leif Rösling, doch sah er bedeutend älter und harmloser aus.

Aber ihre Ausweise brachten ihnen kein Glück. Die scheinbare Harmlosigkeit wich sofort einer Abwehrhaltung, und wäre Bergh nicht so vorausschauend gewesen, seinen Fuß auf die Schwelle zu setzen, wäre ihnen wohl auch diese Tür vor der Nase zugeschlagen worden.

Das Zimmer, in das Max Rösling sie führte, machte wie erwartet einen heruntergekommenen Eindruck. Es war dürftig möbliert, und da es keine anderen Sitzgelegenheiten als das Bett gab, blieben er und Bergh stehen.

Ob verrückt oder nicht – jedenfalls war Max Rösling gerade beim Essen und ließ sich nicht stören. Neben dem Bett stand ein Stuhl, auf dem sich eine Dose weiße Bohnen in Tomatensoße sowie ein Stück geräucherte Wurst befanden. Der Mann löffelte direkt aus der Dose. Er sah robust und gesund aus. Die Wangen hatten eine rosige Farbe und die blauen Augen einen unschuldigen Ausdruck. An Appetit schien es ihm nicht zu mangeln.

Wagnhärad entschuldigte sich für ihr forsches Auftreten, ehe er die obligatorische Frage stellte: »Wo waren Sie gestern Abend zwischen acht und halb zehn?«

Max Rösling biss von der Wurst ab und blickte treuherzig zur Decke. »Ich war wohl hier.«

»Gibt es jemanden, der das bezeugen kann?«

»Wieso?«

»Waren Sie auf Röshult?«

Auf diese Frage zog sich das Gesicht des Mannes nachdenklich zusammen. »Gestern? Nein, ich glaube nicht. Nicht gestern.«

»Eine Person glaubt, ihren Wagen in der Nähe gesehen zu haben. An dem kleinen Waldweg gegenüber der Abzweigung nach Röshult, gestern Abend gegen neun. Sie haben einen blauen Toyota, nicht wahr?«

»Ja, einen Mietwagen.«

Wagnhärad zückte sein Notizbuch und sprach konzentriert weiter: »Mehrere Personen haben Sie letzten Monat wiederholt in der Nähe des alten Hofes auf Röshult gesehen. Am Mittwoch, dem neunten, und Sonntag, dem zwanzigsten Juli, haben Sie Rune Nordström auf seinem Hof besucht und sind in dieser Zeit auch in der Nähe des neuen Röshult gesehen worden. Gertrud Rösling hat Sie am ersten August unmittelbar vor ihrem Wohnhaus gesehen. Und gestern Abend, am vierten August, hat Eivor Nordström zufolge Ihr Auto am Waldweg gegenüber der Abzweigung nach Röshult gestanden. Sie sagte, das sei auch schon früher der Fall gewesen. Können Sie diese Angaben bestätigen?«

Max Rösling fuhr sich nachdenklich durch seine weißen Haare, die bemerkenswert dicht und ungeschnitten waren. »Ich kann mich nicht mehr genau erinnern, an welchen Tagen ich da war. Warum ist das so wichtig?«

»Wir sind auch hierher gekommen, um Sie davon zu unterrichten, dass Ihr Halbbruder Leif Rösling tot ist«, sagte Wagnhärad. »Er wurde gestern Abend zwischen acht und halb zehn ermordet.«

Die Reaktion des Mannes wirkte authentisch. Er ließ die Wurst fallen, die, begleitet von seinem hilflosen Blick, unter das Bett rollte.

»Aus den Verhören, die wir mit Ihren Familienangehörigen und einigen Nachbarn geführt haben, ging hervor, dass Sie eine unausgesprochene Feindschaft zu Ihrem Bruder hegten.«

»Leif ist tot?«, fragte er leise, als hätte er sie nicht richtig verstanden.

»Ja.«

»Wie ist das passiert?« Er schien sich von den beiden Polizisten keine Antwort zu erwarten, sondern hatte die Frage an höhere, unsichtbare Mächte gerichtet.

»Genau das versuchen wir gerade herauszufinden«, sagte Wagnhärad. »Können Sie diese Aussagen bestätigen?«

»Wie merkwürdig«, sprach Max weiter. »Davon hat Alice kein Wort gesagt.«

»Alice?«

»Meine Frau, sie ist ebenfalls tot.«

Wagnhärad entdeckte in all dem Durcheinander ein gerahmtes Frauenporträt. Also doch meschugge, dachte er.

»Vielleicht können Sie mir trotzdem sagen, ob die Angaben der Wahrheit entsprechen.«

»Welche Angaben?«

Wagnhärad erzählte alles noch einmal.

»Wenn Sie das sagen, dann wird es wohl stimmen. Ich kann mich nicht erinnern.«

»Sie waren also gestern auf Röshult?«

Max Rösling zog sich rülpsend am Ohrläppchen. »Wer hat das gesagt?«

»Eivor Nordström behauptet, gestern Abend Ihren Wagen gesehen zu haben.«

»Dann lügt sie. Ich war den ganzen Abend lang zu Hause.«

»Sie sagten doch eben, Sie könnten sich nicht genau erinnern, an welchen Tagen Sie dort waren.«

»Ja, ich bringe die Dinge leicht durcheinander.«

Wagnhärad und Bergh tauschten vielsagende Blicke.

»Würden Sie sich bitten entscheiden«, sagte Bergh.

Keine Reaktion.

Wagnhärad spürte beinahe körperlich, wie die Aufmerksamkeit des Mannes sich verflüchtigte. Der Ausdruck in dem großen, kindlich runden Gesicht war in sich gekehrt, der Blick starr in die Ferne gerichtet.

Bergh, der sich niemals eine Flucht aus der konkreten Wirklichkeit gestattete, wiederholte ungeduldig: »Wir haben nicht den ganzen Abend lang Zeit. Waren Sie gestern auf Röshult, oder waren Sie es nicht?«

Nach einer Weile antwortete er zerstreut: »Ich war wohl zu Hause.«

»Es ist aber auch möglich, dass Sie sich irren?«, fragte Wagnhärad.

Ein gereizter Zug huschte über Max Röslings Gesicht, als würde ihr Geschwätz ihn von der Beschäftigung mit wichtigeren Dingen abhalten. »Ach, was weiß ich, an welchen Tagen ich da war!«, brummte er ungehalten.

Wie er da so zusammengesunken auf der Bettkante saß, die Hände zwischen die Beine gestreckt, sah er wirklich ziemlich verloren aus. Doch Wagnhärad war sich nicht sicher, ob die extreme Geistesabwesenheit gespielt war oder nicht.

»Wie ich hörte, haben Sie fünfundvierzig Jahre lang in Amerika gelebt«, sagte er, »und sind erst im April dieses Jahres nach Schweden zurückgekehrt. Ich habe auch erfahren, dass Sie umgehend Gertrud und Leif auf Röshult aufgesucht haben, um Ihr Erbe einzufordern.«

»Das ist richtig.«

»Sie gerieten sofort in Streit und sind seitdem verfeindet?«

»Das ist auch richtig.«

Angespornt von diesen Bestätigungen fuhr Wagnhärad fort: »Gertrud Rösling zufolge sind Sie sehr feindselig aufgetreten und haben sie seitdem bei jeder Gelegenheit schikaniert. Stimmt das?«

»Lüge.«

»Warum haben Sie Röshult besucht?«

»Weil ich nach Anna gesucht habe.«

Wagnhärad sah sich unwillkürlich nach weiteren gerahmten Fotos um. »Wer ist Anna?«

»Meine Mutter.«

»Und Sie meinten, Sie würden sie auf Röshult finden?«

»Sie liegt im Moor begraben.«

Der Kommissar hatte ein kribbliges Gefühl. Vielleicht war es höchste Zeit, nach Hause zu fahren und zu schlafen. »Was für Gründe haben Sie, das zu glauben?«

»Sie hat es mir erzählt.«

»Wer? Ihre Mutter?«

Max Rösling besann sich und sah dem Kommissar in die Augen. »Ja, wer sonst.«

Sein Ton ließ erkennen, dass er die Frage für töricht hielt.

Wagnhärad blickte sich unschlüssig um. Eine Fortsetzung des Verhörs mit Max Rösling hätte sich durchaus lohnen können. Doch fühlte er sich zu kraftlos, um weiter in das Seelenleben dieses Mannes einzudringen. Dieses Gespräch raubte ihm einfach den letzten Nerv. Bergh erging es sicherlich genauso. Seine sonst so phlegmatischen Züge verrieten nur zu deutlich, wo Max Rösling seiner Meinung nach hingehörte.

»Wir möchten das Gespräch gern ein anderes Mal fortsetzen«, sagte Wagnhärad verbindlich. Er ließ den Notizblock in seiner Tasche verschwinden und strebte mit Bergh im Schlepptau der Tür zu.

Das heimische Bett lockte.

41 MITTWOCH, 6. AUGUST

Fax an Kriminalkommissar Hjalmar Påhlström, Stockholm:

Lieber Hjalle,

ich wende mich an dich, weil wir erneut deine Hilfe brauchen. Vor ein paar Jahren hat uns Gudrun ja schon einmal gute Dienste geleistet. Wir würden uns also sehr freuen, wenn sie uns wieder zur Verfügung stehen könnte. Aber entscheide selbst, wer sich unseres Problems annehmen könnte.

In einem Moorgebiet, etwa dreißig Kilometer von der Stadt entfernt, ist eine Leiche entdeckt worden, die ungefähr fünfundzwanzig Jahre alt ist. Die Identifizierung hat ergeben, dass es sich um die Amerikanerin Sue Adams handelt, die in den Jahren 1972/73 ein Sommerhaus hier in der Gegend gemietet hatte. Sie kam damals aus Stockholm und wurde sowohl von der Stockholmer Polizei als auch von gewissen kriminellen Kreisen gesucht, weil sie Zeugin des Mordes an Rickard Björnheden war. Wie allgemein angenommen wurde, reiste sie irgendwann im April 1973 wieder ab, doch wie sich jetzt herausstellte, wurde sie vermutlich ermordet und anschließend im Moor vergraben. Unmittelbar vor ihrem Verschwinden hatte sie Besuch von einem gewissen Clarence Jankelius aus Stockholm, und in diesem Punkt benötigen wir eure Hilfe.

Unseres Wissens existiert eine Akte mit dem Namen Jankelius aus dem Jahr 1972, deren Inhalt verschwunden ist. Wir möchten euch bitten, Jankelius in dieser Sache zu verhören, um Klarheit über den

Inhalt der Akte zu gewinnen, ohne dass Jankelius etwas von ihrem Verschwinden erfährt.

Es ist nicht ausgeschlossen, dass sein Vater Viktor Jankelius etwas darüber weiß.

Außerdem wäre ich dir dankbar, wenn du mir alle Unterlagen (oder Kopien) zur Verfügung stellen könntest, die euch über folgende Personen vorliegen: Sue Adams, David Brandt, Peter Lövhult, Pia Bryneskog, Rickard Björnheden, Henrik Ulleräng sowie Vater und Sohn Jankelius.

Bei der Suche nach Pia Bryneskog, die aus anderem Anlass stattfand, sind einige interessante Tatsachen ans Licht gekommen. Ich schlage vor, dass die von euch abgestellte Person mit mir Kontakt aufnimmt, um sich über den Stand der Ermittlungen zu informieren.

Wir wissen nicht, ob Clarence Jankelius etwas mit dem Verbrechen zu tun hat, doch möglicherweise gibt es gewisse Anhaltspunkte dafür, und mit Sicherheit war er einer der Letzten, der Sue Adams lebend gesehen hat.

Mit freundlichen Grüßen
Roffe Stenberg

42 AM SELBEN TAG

»Die Gruselgeschichte von Jankelius gefällt mir irgendwie«, sagte Roos mit skeptischem Blick auf das panierte Schollenfilet, das gerade vor ihm auf den Tisch gestellt worden war. »In gewisser Weise wirkt sie sogar authentisch.«

Lasse Wagnhärad, der soeben seine Fleischklößchen mit Preiselbeeren in Angriff nahm, erwiderte mit vollem Mund: »Das müssen Sie mir erklären.«

»Wenn er bloß eine erfundene Geschichte erzählen wollte, um von der Wahrheit abzulenken, dann hätte er sich doch etwas Glaubwürdigeres ausdenken können. Es wäre doch nicht schwierig gewesen, eine Reihe von guten Gründen anzuführen, warum er Röshult ohne oder mit den beiden Frauen verlassen hat. Aber stattdessen erzählt er eine vollkommen bizarre Spukgeschichte, die sich so unwahrscheinlich anhört, dass sie schon wieder glaubhaft ist.«

»Sofern man an Gespenster glaubt …«

»Es reicht, dass *er* daran geglaubt hat. Das Erlebnis kann so überwältigend gewesen sein, dass er es sich nie auf eine andere Weise hat erklären können.«

»Sie meinen, es hätte auch irgendein lebender Mensch sein können, der ins Haus kam und ihm einen Schrecken eingejagt hat?«

»Ja, zum Beispiel.«

»Jemand, der einen dunklen, knöchellangen Mantel trug, lautlos über den Boden glitt und einen Schlammgeruch im Haus verbreitete?«

»Wir dürfen nicht außer Acht lassen, dass seine Nerven schon ziemlich blank lagen. Zwei Nächte zuvor hatten er und Sue eine Leiche im Moor gefunden. Die ganze Situation war unheimlich und seine Fantasie überreizt. Er war gerade aufgewacht, es goss in Strömen, und möglicherweise hatte er auch noch Drogen genommen.

Sie saßen in einem der beliebtesten Mittagsrestaurants der Stadt, und das Stimmengewirr um sie herum war so laut, dass sie sich über Leichen und Gespenster unterhalten konnten, ohne ihre Stimmen senken zu müssen.

»Auch der hartgesottenste Bursche kann mal die Nerven verlieren«, fuhr Roos fort. »Es ist durchaus möglich, dass er Sue gegenüber böse Absichten hatte. Vielleicht wollte er sie ›verkaufen‹, wie David sich ausdrückte, oder sie selbst ermorden, aber dann kam der Spuk dazwischen und er ist geflohen. Dass ein anderer seinen Job erledigte, hat er möglicherweise nie erfahren.« Er schob sich ein Stück Fisch in den Mund und kaute nachdenklich. »Ist nur so ein Gedanke«, fügte er hinzu.

Im Stillen dachte sich Wagnhärad, dass Roos, im Gegensatz zu ihm selbst, eine Vorliebe für alles Mysteriöse hegte. Doch er hatte ja stets eine exzentrische Arbeitsweise gepflegt. Wagnhärad schätzte Roos als Person. Er bewunderte dessen berufliche Leistungen, doch seine Einmischung in die aktuellen Ermittlungen war ihm eher ein Dorn im Auge. Vor allem stand er dem Material, über das Roos verfügte, skeptisch gegenüber. Seit ihm das Tagebuch bekannt war und er eine Erklärung für Kajsa Linders sonderbare Aussagen angesichts des Leichenfunds bekommen hatte, wusste er, dass zwischen dem jüngsten Mord und Sue Adams' Umtrieben in Stockholm eine Verbindung bestehen konnte. Doch an sich war er keinesfalls davon überzeugt, dass das Tagebuch für seine Ermittlungen von größerer Bedeutung war. Außerdem gab es in diesem schon so viele Ungereimtheiten, dass man nicht auch noch mysteriöse Vorgänge und ungeklärte Fälle aus der Vergangenheit heranziehen musste. Vor allem fürchtete er um seinen Urlaub, sollten sich die Ermittlungen in die Länge ziehen.

Aber er behielt diese sehr privaten Erwägungen wohlweislich für sich. Als guter Ermittler wollte er neuen Perspektiven natürlich aufgeschlossen gegenüberstehen.

»Ich dachte, Jankelius selbst sei höchst verdächtig, die Amerikanerin getötet zu haben«, sagte er.

»Natürlich kommt er weiterhin als Mörder in Betracht, auch wenn er ein Gespenst gesehen hat«, widersprach Roos sich unbeschwert. »Aber sicher wird er nicht für beide Morde verantwortlich sein.«

»Wer auch immer es war, so dürfte dem Täter doch klar sein, dass die Gefahr sehr viel größer ist, für einen frisch verübten Mord zur Rechenschaft gezogen zu werden als für einen vor fünfundzwanzig Jahren«, sagte Wagnhärad.

»Vielleicht ist diesem Jemand plötzlich klar geworden, dass Leif über etwas aussagen könnte, das ihm erst durch den Fund der Leiche bewusst wurde. Wodurch er den Kopf verlor und sich zu einer irrationalen Handlung hinreißen ließ«, sagte Roos.

Wagnhärad spülte nachdenklich ein halbes Glas Milch hinunter. »Dann kommen wohl nur Gertrud und Birger in Frage«, sagte er dann. »Vielleicht noch Rune Nordström ... oder auch seine Frau.«

»Rune Nordström – der Nachbar?«, fragte Roos erstaunt. »Dieser Gedanke ist mit neu. Gibt es da irgendwelche Anhaltspunkte?«

»Er lügt, was seinen Aufenthaltsort zum Tatzeitpunkt betrifft. Beim Verhör hat er ausgesagt, dass er zu Hause war. Seiner Frau hatte er jedoch erzählt, er sei bei einem Kunden gewesen. Als ich ihn mit diesem Widerspruch konfrontierte, wollte er mir weismachen, dass er einen langen Waldspaziergang gemacht hat, weil er so aufgeregt über den Fund der Leiche war. Ziemlich unwahrscheinlich. Er scheint mir nicht der Typ zu sein, den so etwas sehr aufregt. Der angebliche Spaziergang fand zufällig zum Tatzeitpunkt statt. Nur – ein konkretes Motiv kann ich in seinem Fall nicht erkennen.«

»Die Motive liegen oft tief verborgen, so tief, dass sie einen Menschen regelrecht überrumpeln können. Wissen Sie etwas über seine Beziehung zu Sue Adams?«

»Er behauptet, sie sei nur sehr oberflächlich gewesen. Er hatte den beiden Frauen hin und wieder bei technischen Problemen geholfen. Allerdings hat Gertrud Rösling angedeutet, dass Leif und Rune irgendwelche Geschäfte miteinander gemacht hätten. Wie sie das meinte, wollte sie nicht sagen.«

»Verstehe. Und da er einen Spaziergang gemacht hat, weiß natürlich auch niemand, wo seine Frau in dieser Zeit war. Was könnte sie für Motive haben?«

»Eivor Nordström sagt, sie sei auf Sue Adams grundlos eifersüchtig gewesen. Im Übrigen ist sie eine ehrenwerte Dame, Mitglied der Missionskirche.«

Roos nippte lächelnd an seinem Mineralwasser. »Wenn sich nicht rasch das Gegenteil herausstellt, gibt es vielleicht zwei weitere Kandidaten«, sagte er.

Wagnhärad blickte auf. »Wie meinen Sie das?«

»Den anonymen Inhaber des Dorfladens und Ingabritt Rösling.«

Um Himmels willen, dachte Wagnhärad matt, nickte jedoch aufmerksam. »Sie halten es also für eine voreilige Annahme, dass Ingabritt Rösling ermordet wurde?«

»Es könnte ja auch das Gegenteil der Fall sein«, sagte Roos. »Dass sie es war, die Sue Adams ermordete.«

»Aber sie war doch zum Zeitpunkt von Sue Adams' vermeintlicher Abreise schon seit Monaten verschwunden.«

»Gertrud und Birger Rösling können durchaus die Wahrheit gesagt haben – dass sie ihren Mann Anfang Februar mit unbekanntem Ziel verlassen hat. Was machen eigentlich Ihre Ermittlungen in dieser Sache?«

»Wir wissen noch nichts Genaues. Möglicherweise ist sie nach Dänemark zurück. Dass ihr Geburtsname Hansen ist, macht die Sache auch nicht einfacher. Könnte sie sich also so sehr in der Nähe aufhalten, dass sie vom Fund der Leiche erfahren hat?«

»Es sind schon die merkwürdigsten Dinge passiert«, sagte Roos.

Wagnhärad schaute zerstreut zu einem Tisch am Fenster hinüber, an dem eine mutige junge Frau mit drei übermüdeten Kleinkindern Platz genommen hatte. Eines schrie sich im Kinderwagen die Seele aus dem Leib, worauf auch die beiden Älteren sich nicht länger zurückhielten. Da der Lärmpegel eine weitere Unterhaltung unmöglich machte, widmeten sie sich eine Zeit lang ausschließlich ihrem Essen.

Als das Kindergeschrei ein wenig leiser zu werden schien, warf Wagnhärad sofort ein:

»Was für einen anonymen Inhaber meinen Sie?«

Roos lehnte sich über den Tisch, um besser verstanden zu werden. »Er wird mehrfach im Tagebuch erwähnt, meist als der Mann mit dem Laden. Pia nahm an, dass Sue ein Verhältnis mit ihm hatte. Fragt sich, um welchen Laden es sich handelte, den in Märringe oder den in Lekeröd. Beide gibt es schon seit Jahren nicht mehr. Ich habe Maria Holm in Hylleröd danach gefragt. Aber sie kann sich beim besten Willen nicht mehr an die Inhaber erin nern; wie sie aussahen, wie sie hießen oder ob sie für amouröse Abenteuer in Betracht kommen könnten.«

Der Name Maria Holm weckte bei Wagnhärad unangenehme Erinnerungen, was mit seinen Berufsanfängen in dieser Gegend zusammenhing, die gut zwanzig Jahre zurücklagen. Irgendein Trottel hatte ihn damals angerufen und gesagt, die Junkies in Hylleröd würden sich gegenseitig die Köpfe einschlagen. Im Hintergrund hatte er Hilferufe gehört. Die Kommune in Hylleröd war bei der Polizei in Christiansholm kein unbeschriebenes Blatt. Also machte er sich damals, den Kopf voller Vorurteile, mit ein paar kräftigen Kollegen auf den Weg. Dort angekommen, fanden sie keinerlei Anzeichen für körperliche Auseinandersetzungen. Maria Holm, die streitlustige Sprecherin der Kommune, erklärte ihnen hingegen, sie pflegten eine Art der Meditation, die eine teils lautstarke Katharsis auslöse. Wagnhärad hatte seinen Blick über die lärmende Schar wandern lassen und Unheil gewittert. Nicht dass er Erfahrung mit Meditation gehabt hätte, doch er glaubte zu wissen, dass diese normalerweise still und im Sitzen ausgeübt wurde. Da er den Verdacht hegte, dass man ihn zum Narren hielt, ordnete er – unerfahren und dienstbeflissen, wie er war – eine rechtswidrige Hausdurchsuchung an, die tatsächlich ein paar Krümel Haschisch zutage förderte, die er umgehend beschlagnahmte. Maria Holm betonte, dass der Besitz einer solch geringen Menge kaum als illegal eingestuft werden könne – im Gegensatz zu seinem Verhalten. Sie drohte damit, sich bei seinem Vorgesetzten über ihn zu beschweren, und wenige Tage später war er tatsächlich zu seinem Chef zitiert worden, der ihm wegen grober Missachtung seiner Befugnisse eine scharfe Rüge erteilte. Aus irgendeinem Grund errötete er stets, wenn er an diesen Zwischenfall dachte.

»Was halten Sie von Maria Holm?«, fragte er.

Es war nicht schwer zu erraten, was Roos von ihr hielt. Wie immer, wenn es um Frauen ging, bekam er einen leicht verklärten Blick.

»Eine großartige Frau«, antwortete er. »Couragiert und sehr erwerbstüchtig. Sie töpfert auch ausgezeichnet. Ich habe ihr ein paar Krüge abgekauft.«

»Die sollte ich vermutlich auch befragen«, konstatierte Wagnhärad ohne große Begeisterung. Er hegte die schwache Hoffnung, dass sie sich vielleicht nicht an ihn erinnern würde.

Roos beugte sich erneut über den Tisch.

»Wie stehen Sie zu der Theorie, dass es sich um zwei verschiedene Mörder handelt?«, fragte er.

Wagnhärad schob den Teller beiseite und lockerte seinen Gürtel. »Ich stehe dieser Theorie alles andere als negativ gegenüber«, sagte er. »Zum jetzigen Zeitpunkt kann man wohl niemanden ausschließen, der die Möglichkeit gehabt hätte, einen der beiden Morde zu verüben. Clarence Jankelius zum Beispiel könnte die Amerikanerin getötet haben. Als Leif sie identifiziert, glaubt er, dass seine eigene Familie für ihren Tod verantwortlich ist. Seine Wut steigert sich bis zur Raserei, und Gertrud und Birger gehen im Versuch, ihn zu beruhigen, etwas zu effizient zu Werke.«

»Ja, die Familie ...«, sagte Roos. »Wie sieht's mit dem Halbbruder aus?«

Wagnhärad versuchte eine Zusammenfassung über das gestrige Gespräch mit Max Rösling zu geben.

Die Vorgänge am Fenstertisch nahmen derweil zunehmend dramatische Formen an. Unter den immer eisigeren Blicken der übrigen Gäste versuchte die bemitleidenswerte Frau, ihre Nachkommen mit Würstchen und Pommes frites zu beruhigen, war jedoch nicht sonderlich erfolgreich.

Roos schlug vor, aufzubrechen und das Gespräch draußen fortzusetzen.

43 FREITAG, 8. AUGUST

Der Polizeidirektor blickte seine Sekretärin Vera Sahlstedt durchdringend an. »Wo steckt der Kerl denn bloß? Und warum hat er sein Handy nicht eingeschaltet?«

Da Vera darauf keine Antworten hatte, zog sie es vor, zu schweigen. Sie stöberte in aller Ruhe in den Aktenbergen auf seinem Schreibtisch, fand die Unterlagen, die sie gesucht hatte, und legte andere auf den Haufen.

»Wollen Sie nicht lieber aufbrechen«, fragte sie, als sie auf ihre Armbanduhr sah. »Sie sollen doch in zwanzig Minuten im Rathaus sein.«

Roffe schnappte sich schnell seine Jacke und eilte die Treppe hinunter. In der Eingangshalle lief er sogleich Wagnhärad über den Weg, der gerade ankam.

»Da bist du ja endlich«, sagte er giftig. »Wo hast du die ganze Zeit gesteckt, und warum ist dein Handy nicht eingeschaltet?«

Wagnhärad wich demonstrativ zurück. »Ich komme gerade von Max Rösling. Bergh ist mein Zeuge. Außerdem ist mein Handy eingeschaltet.«

»Und warum habe ich dich dann nicht erreicht?«

Wagnhärad zog sein Handy aus der Tasche und warf einen prüfenden Blick darauf. »Ich glaub, mit dem Akku ist was nicht in Ordnung.«

»Dann schaff dir ein neues an.«

»Wolltest du was Bestimmtes?«

»Ich hab mich ausführlich mit der reizenden Gudrun aus Stockholm unterhalten. Du solltest dich schnellstens mit ihr in Verbindung setzen.«

»Ich wusste noch gar nicht, dass sie so reizend ist.«

»Das anmutigste Wesen, das je seine wohlgeformten Füße über die

Schwelle der Kriminalpolizei gesetzt hat. Aber sag ihr das bloß nicht weiter, sonst ist sie sauer auf mich.« Roffe schaute auf die Uhr. »Gleich muss ich eine Verkehrsplanungssitzung im Rathaus über mich ergehen lassen. Eine Viertelstunde haben wir noch. Wie wär's mit einem kleinen Spaziergang?«

»Nichts dagegen«, sagte Wagnhärad und hielt die Tür auf. »Eigentlich hab ich zwar keine Zeit, aber das Wetter ist so schön; außerdem kann ich ein bisschen Bewegung gut gebrauchen.«

»Wer hat schon Zeit?«, brummte Roffe und hetzte aus der Tür.

Im Eiltempo strebten sie dem Zentrum entgegen, der Polizeidirektor immer einen halben Schritt voraus.

»Gudrun ist schon dabei, alle erforderlichen Unterlagen zusammenzusuchen«, sagte er. »Ich habe ihr sämtliche Informationen gegeben, aber es ist gut, wenn du diese noch ergänzt. Sie nimmt selbst Kontakt zu Kajsa Linder auf, was ihre und Katharinas Gespräche mit Jankelius und Brandt betrifft.«

»Sie scheint ja nicht nur reizend, sondern auch ziemlich auf Zack zu sein.«

»Ja, sie ist sehr tüchtig. Am Montag beginnt sie mit der Vernehmung. Übrigens will sie wissen, ob irgendwas darauf hindeutet, dass Sue Adams noch am Leben war, als Jankelius Röshult verließ.«

Wagnhärad schüttelte den Kopf. »Das glaube ich nicht.«

»Was? Dass etwas darauf hindeutet oder dass sie noch am Leben war?«

»Keines von beidem. Soviel ich weiß, existieren keine exakten Angaben über ihre Abreise; das gilt für Sue Adams wie für Jankelius. Niemand hat ein Datum nennen können. Wir können allenfalls davon ausgehen, dass es Anfang April war. Der letzte Tagebucheintrag datiert vom 2. April. Nein, meiner Meinung nach gibt es keine Anhaltspunkte dafür, dass sie noch lebte, als Jankelius Röshult verließ. Die einzige Zeugenaussage, die in diesem Punkt glaubhaft erscheint, ist die von Maria Holm.«

»Wer ist das?«

»In Hylleröd gab es damals eine Kommune. Heute wohnt nur noch Maria Holm mit zwei erwachsenen Töchtern dort. Ich habe gestern mit ihr gesprochen. Jankelius hatte dort seinen Wagen abgestellt, als er sich auf Röshult nicht mehr blicken lassen durfte. Ihr zufolge war es beschlossene Sache, dass er und die beiden Frauen nach Kopenhagen fuhren. Einen Dänen aus der Kommune wollten sie auch noch mitnehmen. An besagtem Abend hat der Däne dann vergeblich darauf gewartet, dass sie ihn abholen würden, was sie als Gipfel der Unzuverlässigkeit empfand. Am nächsten Tag ist sie dann nach Röshult gefahren, um ihnen die Meinung zu sagen, aber da waren sie bereits verschwunden. Da die Haustür nicht abgeschlossen war, konnte sie sich mit eigenen Augen davon überzeugen, dass sie nichts zurückgelassen hatten. Sie schloss daraus, dass ihnen der Däne entweder egal gewesen war oder sie ihn wirklich vergessen hatten.«

»Okay, nimm so rasch wie möglich Kontakt mit Gudrun auf. Wie kommt ihr eigentlich voran?«, fragte Roffe, der mit diesen Worten über die Straße eilen wollte.

Wagnhärad hielt ihn am Arm zurück und bewahrte somit einen Autofahrer davor, sich unglücklich zu machen. »Da vorn ist ein Zebrastreifen«, sagte er. »Ach, wir treten ziemlich auf der Stelle.«

»Und die Vernehmung?«

»Die ist ziemlich zäh. Mutter und Sohn Rösling tischen einem ständig neue Versionen auf, vor allem sie. Ihr Sohn ist sehr sensibel und hat nah am Wasser gebaut. Sie versteckt sich hinter ihrer angeblichen Vergesslichkeit und Zerstreutheit, aber die nehme ich ihr nicht ab. Wenn's drauf ankommt, ist sie hellwach.«

»Wie steht's mit dem Halbbruder?«

»Der redet wirres Zeug, und Rune Nordström hüllt sich in Schweigen.«

Sie hatten eine der verkehrsreichsten Straßen der Stadt erreicht und durchquerten den Menschenstrom, ohne ihr Tempo zu verlangsamen.

»Hast du schon den Abschlussbericht der Spurensicherung?«

»Ja, der entlastet Gertrud Rösling in gewisser Weise. Die Körperhaltung des Toten spricht laut Håkansson dafür, dass Leif im Stehen erschlagen wurde. Da die Bratpfanne das Schädelbein traf, müsste Gertrud auf einem Stuhl oder dergleichen gestanden haben. Mit Notwehr oder Affekt passt das nicht zusammen. Birger und Rune dagegen wären groß genug. Auch Max. Das Chaos in dem kleinen Raum hinter der Küche scheint von Leif Rösling allein angerichtet worden zu sein. Es wurden keine anderen Fingerabdrücke gefunden, Fußspuren ebenfalls nicht.«

»Was ist mit der Mordwaffe?«

»Es befinden sich keine Fingerabdrücke darauf. Was die Frage aufwirft, warum sich Gertrud die Mühe machen sollte, ihre Bratpfanne abzuwischen. Eigentlich müssten doch an der Pfanne und in der gesamten Küche ihre Fingerabdrücke zu finden sein. Doch gerade der Griff der Bratpfanne war sehr sorgfältig abgewischt. Das spricht für ein besonnenes Handeln, wer auch immer dafür verantwortlich ist.«

»Wie lautet deine persönliche Meinung?«

»Schwer zu sagen. Im Grunde neige ich zu der Auffassung, dass es jemand aus der Familie getan hat; eher sie als er. Auf der anderen Seite könnten sich beide auch als unschuldig erweisen, wenn man ihre Aussagen miteinander vergleicht.«

Vor dem Schaufenster eines staatlichen Alkoholgeschäfts blieb Roffe stehen.

»Willst du was kaufen?«, fragte Wagnhärad.

»Nein, nein, jetzt nicht. Hab nur gerade daran gedacht, dass ich für Monicas Geburtstag nächsten Samstag noch einen anständigen Wein besorgen muss.« Er setzte sich wieder in Bewegung. »Sprich weiter. Sie könnten sich auch beide als unschuldig erweisen, hattest du gesagt.«

»Ja, in ihrer ersten spontanen Reaktion hat sie Birger angeklagt, was sie später zurücknahm. Sie hat sich anfangs wohl keine andere Möglichkeit vorstellen können. Birger hingegen versichert, dass seine Mutter, was auch immer passiert sei, nie in der Lage gewesen wäre, ihren Lieblingssohn Leif zu töten. Hätte Birger die Tat begangen, wäre ihm doch nicht so viel daran gelegen, die Unschuld seiner Mutter zu beteuern.«

»Oder er tut es gerade deshalb, um seine eigene Glaubwürdigkeit zu erhöhen.«

»Schon möglich, aber ich zweifle daran, dass er zu solchem Taktieren in der Lage wäre. Natürlich kann ich mich irren. Wir haben ja auch noch Ingabritt Rösling, die entweder im Moor begraben liegt oder zu den Verdächtigen gezählt werden kann. Du siehst also, dass wir uns immer noch in einem ziemlich unübersichtlichen Stadium befinden. Ich starre auf ein Vexierbild, sehe aber nur ein einziges Durcheinander.«

»Du weißt doch, wie das ist«, sagte Roffe, »auf einmal werden die Linien sichtbar.«

»Stimmt schon, obwohl mich diese Spur, die nach Stockholm führt, irritiert. Die macht alles nur noch komplizierter. Es müsste sich eine einfache Verbindung zwischen dem Fund der Leiche und dem Mord an Leif finden lassen. Am besten derselbe Mörder, der ein zweites Mal zugeschlagen hat. Aber warum wird ein Mann aus dem Weg geräumt, der eine Leiche identifiziert hat, die irgendwelche Typen aus Stockholm vor einem Vierteljahrhundert vergraben haben?«

Sie überquerten den Platz und blieben vor der stattlichen Rathausfassade aus dem achtzehnten Jahrhundert stehen.

Wagnhärad schaute auf die Uhr. »Du bist fast pünktlich. Sie werden ihren Augen nicht trauen. Ich gehe jetzt zurück und rufe Gudrun Skog an.«

Er hielt inne und fügte hinzu: »Übrigens werde ich nachher noch nach Röshult fahren, um einem feierlichen Ereignis beizuwohnen.«

Roffe blieb auf der Treppe stehen. »Welchem Ereignis?«

»Dem Auszug des Röshult-Manns. Er soll heute aus dem Moor geborgen und in die Stadt transportiert werden.« Er wies mit dem Kopf in Richtung des Museums, das sich auf der anderen Seite des Platzes befand.

»Verdammt!«, sagte Roffe. »Das hatte ich ganz vergessen. Das wollte ich mir auch nicht entgehen lassen.«

Er warf dem Tor einen unschlüssigen Blick zu und sah aus, als würde er ihm am liebsten den Rücken kehren.

»Du verpasst nicht viel«, sagte Wagnhärad tröstend. »Verkehrsplanung ist doch fast genauso spannend. Unser Toter wird immer noch von ein paar Kubikmetern Torf umhüllt sein.«

»Wie wollen sie ihn dann in die Stadt bekommen?«

»Auf einem Anhänger, der von einem Traktor gezogen wird.«

»Dann wird es jedenfalls ein würdiges Tempo sein«, sagte Roffe und nahm die restlichen Stufen in Angriff.

»Ach, übrigens«, rief Wagnhärad ihm nach, »erinnerst du dich an die Halskette, die zu Pias Hinterlassenschaften gehörte?«

Roffe blieb wieder stehen. »Diese Kette, die vielleicht aus dem Mittelalter stammt?«

»Birgit Sjögren hat sie sich angesehen. Sie stammt definitiv aus dem Mittelalter. Sie ist sicher, dass sie mit dem Fund zusammengehört. Ich werde sie ihr heute offiziell übergeben.«

»Wie ärgerlich ...« Roffe zögerte erneut. »Mal sehen, wie lange das hier dauert. Wenn ich's schaffe, dann komme ich noch zu euch raus.«

Wagnhärad winkte ihm zum Abschied zu und trat den Rückweg an.

44 MONTAG, 11. AUGUST

Als Gudrun Skog im Ledersessel gegenüber von Clarence Jankelius Platz nahm, hatte sie bereits aufmerksam seine erste Reaktion registriert. Sie unterschied sich nicht nennenswert von der, die sie von einem gewissen Typ Mann gewohnt war: *Sie sind wirklich Kriminalkommissarin? Also ich muss schon sagen …*

Clarence Jankelius gehörte nicht zu denen, die so etwas äußerten, doch hätte sie darauf wetten können, dass seine schmutzige Fantasie bereits auf Hochtouren lief.

Manchmal war sie dessen überdrüssig und hatte sich im Lauf der Jahre ein großes Repertoire an schlagfertigen Formulierungen zugelegt, mit denen sie die Kerle abblitzen ließ. Doch um nichts auf der Welt hätte sie vollständig auf diese Art der Aufmerksamkeit verzichten wollen. Sie machten ihr bewusst, dass sie immer noch attraktiv war, und sie fürchtete den Tag, an dem die Reaktionen ausbleiben würden.

Da sie sich über ihre Wirkung auf Männer vollkommen im Klaren war, wäre es dumm gewesen, sie nicht beruflich zu nutzen. Sie besaß daher die Fähigkeit, die Verdächtigen abzulenken, die Ängstlichen in Sicherheit zu wiegen und die Unentschlossenen zum Reden zu bringen. Auch was die Glaubwürdigkeit von Männern anging, besaß sie ein sicheres Gespür, und obwohl dieses Exemplar kaum den Mund geöffnet hatte, spürte sie instinktiv, dass etwas Zwielichtiges von ihm ausging.

Es irritierte sie, wie perfekt er in den ästhetischen Rahmen passte und wie bewusst er sich dessen war. Sicher war er es gewohnt, sich in der Bewunderung der Frauen zu sonnen. Sie gab sich besondere Mühe, das Interieur völlig zu ignorieren und vor allem ihren Blick nicht einen Millimeter unter sein wohl geformtes Kinn zu senken.

Er hatte gerade die Hände unter diesem gefaltet und sagte in einem Ton, als nehme er sie nicht richtig ernst: »Ich brenne vor Neugier. Was kann ich für Sie tun?«

Sie griff in die Aktentasche, die sie neben den Sessel gestellt hatte, zog ein kleines Diktiergerät heraus, platzierte den kleinen, unangenehmen Gegenstand auf dem Walnusstisch zwischen ihnen und drückte auf den roten Knopf. Er blickte den Apparat mit beherrschtem Widerwillen an, als fände er ihn unpassend neben der chinesischen Lackschale.

»Vielleicht haben Sie in der Zeitung ja schon etwas über den Leichenfund in Schonen gelesen«, begann sie im Plauderton, »vor einer Woche, in der Nähe von Göinge.«

Er schüttelte den Kopf. »Ich lese schwedische Zeitungen nur sehr sporadisch.«

»Es geht um eine junge Frau, die vermutlich seit fünfundzwanzig Jahren tot ist. Sie ist als eine gewisse Sue Adams identifiziert worden.«

Er erbleichte tatsächlich, wie sie zufrieden registrierte. Sein Gesicht wechselte so abrupt und drastisch die Farbe, dass er versuchte, es durch eine andere Körperhaltung zu überspielen.

»Kannten Sie diese Frau?«, fragte sie.

»Das lässt sich wohl nicht leugnen«, antwortete er. »Aber das ist schon Ewigkeiten her. Daher wüsste ich auch nicht, was ich mit dieser Angelegenheit zu tun habe. Ich habe sie nicht begraben.«

»Allgemein wird angenommen, dass sie Anfang April 1973 Röshult verlassen hat. Da Sie unseren Informationen zufolge zu dieser Zeit dort waren, müssten Sie einer der Letzten gewesen sein, der sie lebend gesehen hat.«

Er hatte sich im Stuhl gedreht und wandte ihr jetzt sein rechtes Profil zu, den Blick aus dem Fenster gerichtet.

»Darf ich fragen, von wem Sie diese Informationen haben?« Doch ehe sie etwas entgegnen konnte, gab er die Antwort selbst: »Ach, natürlich, von den beiden Damen, die mich vor ein paar Monaten besucht haben.«

»Nicht nur von ihnen. Ihre Aussage wird von einem Tagebuch gestützt. Außerdem gibt es mehrere Personen aus der Gegend, die Ihre damalige Anwesenheit bestätigen.«

»Das ist schon möglich. Dennoch weiß ich nicht, wie ich Ihnen helfen kann. Ich hatte keine Ahnung, dass sie tot ist. Es muss doch zahlreiche Leute geben, die mehr wissen als ich. Haben Sie schon mit dem Bauern gesprochen, dem der Hof gehörte?«

»Ja. Er hat sie identifiziert.«

»Dann hat er sie sicher auch umgebracht.«

»Falls das der Fall ist, hatte er keine Gelegenheit mehr, die Tat zu gestehen«, sagte sie. »Er wurde am selben Tag erschlagen, an dem sie gefunden wurde, nur wenige Stunden nachdem er sie identifiziert hatte. Also vor einer Woche.«

Clarence Jankelius wandte ihr den Kopf zu und starrte sie an, als verdächtige er sie, ihm Märchen aufzutischen. »Von wem?«

»Das wissen wir leider noch nicht.«

Er stieß ein trockenes Lachen aus. »Die nächste Frage kann ich mir schon denken«, sagte er. »Wo war ich vor einer Woche?«

»Ja, der Ordnung halber sollte ich Ihnen diese Frage wohl stellen«, sagte sie ernst. »Wo waren Sie?«

»Hier … und zu Hause. Umgeben von Leuten, die das bezeugen können. Zu welcher Uhrzeit wurde er ermordet?«

»Irgendwann zwischen sieben und zehn Uhr abends.«

Er dachte einen Augenblick nach.

»Da habe ich mit einer chinesischen Handelsdelegation im Stallmästargården zu Abend gegessen.«

»Wie schön für Sie«, entgegnete sie und musste über seinen Eifer lächeln, sogleich ein Alibi aus dem Ärmel zu schütteln. »Ich bin auch nicht davon ausgegangen, dass es Ihnen möglich war, innerhalb einer so kurzen

Zeit sechshundert Kilometer zurückzulegen. Es sei denn, sie besäßen ein Privatflugzeug. Aber das ist wohl nicht der Fall.«

»Das ist gerade in der Werkstatt«, antwortete er und lächelte zurück.

»Das dachte ich mir«, erwiderte sie. »Doch um zu Sue Adams zurückzukehren, so waren Sie also auf Röshult, als sie noch lebte?«

»Ich vermute, die beiden wissbegierigen Damen waren der Polizei eine große Hilfe«, sagte er mit unüberhörbarer Ironie.

»Das ist richtig«, antwortete sie ruhig.

»Dann wissen Sie ja schon alles. Ich meine, das mit dem Gespenst und so. Ich habe die beiden einen ganzen Abend lang mit meinen Gruselgeschichten unterhalten.«

»Ja, ja, auch der Spuk ist mir zu Ohren gekommen. Aber jetzt haben wir es mit Mordermittlungen zu tun. Vielleicht wollen Sie Ihre Geschichte in diesem Licht ja revidieren oder ergänzen.«

»Nein, warum sollte ich das tun?«, fragte er. »Ich gebe zu, dass ich mir an diesem Abend ganz schön einen hinter die Binde gekippt habe. Aber ich war nicht so hinüber, dass ich mich nicht erinnern könnte, was ich gesagt habe. Ich nehme kein Wort zurück, und ich habe auch nichts hinzuzufügen.«

»Die Geschichte ist ja ohnehin nicht besonders glaubwürdig.«

Er zuckte mit den Schultern.

»Glaubwürdigkeit ist immer relativ. Tut mir Leid, wenn meine Geschichte für die Ermittlungen ohne Wert ist. Wenn Sue Adams ermordet wurde, dann nachdem ich Röshult verlassen hatte.«

»Und Sie behaupten weiterhin, nichts von ihrem Tod gewusst zu haben?«

»Selbstverständlich. Ich war wie vor den Kopf gestoßen«, sagte er unbeschwert.

»Sie scheinen die Nachricht ziemlich gelassen zu nehmen.«

»Meine Bekanntschaft mit dieser Frau fällt ja in eine ganz andere Zeit. Jugendsünden nimmt man in meinem Alter nicht allzu schwer.«

Sie fragte sich, wie selbstbewusst er auftreten würde, hätte er nur die geringste Ahnung, welche Rolle er in den Ermittlungen spielte. Aber sie hatte Anweisung, behutsam vorzugehen, also fragte sie: »Wir haben kein genaues Datum für Ihre Abreise. Könnten Sie uns auf die Sprünge helfen?«

Er legte den Kopf schief und schaute sie mit entspannter Nachsicht an. »Ist das nicht etwas zu viel verlangt nach fünfundzwanzig Jahren? Es war zu Beginn des Frühjahrs. Und ich erinnere mich, dass Sue Adams bei bester Gesundheit war, als ich sie das letzte Mal sah.«

»Dieses andere Mädchen, Pia Bryneskog – was war sie für eine Person?«

»Die war ganz normal.«

»Meinen Sie?«

»Nun ja, sie hatte destruktive Züge, aber das hatte Sue Adams auch.«

»Wie geht es ihr heute?«

»Woher soll ich das wissen?«

»Sie haben doch wohl Kontakt zu ihr?«

Seine Augenbrauen schnellten nach oben. »Wie kommen Sie denn da drauf?«

»Wie ist es sonst zu erklären, dass Kajsa Linder einen Brief von ihr bekam, und zwar nur wenige Tage nachdem sie und Katharina Ekman Sie aufgesucht hatten? Es gibt doch wohl niemanden sonst, der sie darüber hätte informieren können, dass sie gesucht wird.«

Er schwieg einen Moment lang, machte aber weiter einen entspannten Eindruck. »Darauf kann ich Ihnen keine Antwort geben«, sagte er. »Aber die beiden haben behauptet, auch mit David Brandt gesprochen zu haben. Vielleicht steht er im Kontakt zu ihr.«

Gudrun ließ diese Vermutung unkommentiert. Sie lehnte sich im Sessel zurück und schaute ihn unverwandt an, bereit, jeden Moment die entscheidende Frage zu stellen. »Welcher Zusammenhang besteht zwischen Ihrem Besuch auf Röshult und der Tatsache, dass Sie im Mai 1972 verhört wurden?«

Sie hatte offenbar einen Volltreffer gelandet, denn plötzlich sah er sehr wachsam aus.

»Jetzt kann ich Ihnen nicht ganz folgen«, sagte er. »Sollte ich schon damals mit der Polizei gesprochen haben?«

»Nach meinen Unterlagen, ja.«

»Im Mai '72 ...« Er spitzte die Lippen und schien aufrichtig sein Gedächtnis zu bemühen. »Ach, die Geschichte. Jetzt erinnere ich mich ... aber das hatte nichts mit ihr zu tun. Da ging es um ganz andere Dinge.«

»Was für Dinge?«

»Die Polizei wollte, dass ich eine Person identifiziere, die in einem Verkehrsunfall verwickelt war.«

Gudrun hatte Mühe, ihre Miene unter Kontrolle zu halten. Für diese erstaunliche Lüge konnte es nur eine Erklärung geben: Er wusste, dass die Unterlagen aus dem Polizeiarchiv verschwunden waren.

»Und konnten Sie die Person identifizieren?«

»Nein.«

»Wie merkwürdig. Ich hatte den Eindruck, dass dieses Verhör auch mit Sue Adams zu tun hatte.«

»Ausgeschlossen!«, sagte er mit Entschiedenheit. »Außerdem war es kein Verhör.«

Sie fragte sich, ob sie im Moment noch viel mehr erreichen konnte. Im Grunde war sie mit dem Gespräch sehr zufrieden. Ohne eine direkte Frage stellen zu müssen, hatte sie erfahren, was sie bereits geahnt hatte. Eine gute Voraussetzung für die weiteren Ermittlungen. Er hielt sich offenbar für unangreifbar, und das sollte ruhig noch eine Weile so bleiben.

Sie blickte zum Diktiergerät. »Wollen Sie noch etwas sagen, ehe ich das Gerät ausschalte?«, fragte sie.

Er schüttelte den Kopf. »Ich würde gern, aber mir fällt nichts mehr ein.«

»Dann machen wir Schluss für heute«, sagte sie und ließ das Diktiergerät wieder in ihrer Aktentasche verschwinden.

»Für heute?« Seine Stimme verriet echte Verwunderung. »Auch an anderen Tagen werde ich Ihnen kaum mehr zu erzählen haben.«

Sie stand auf. »Das kann man nie wissen«, sagte sie geheimnisvoll.

Als sie aus dem Zimmer ging, dachte sie: Mit dir bin ich noch nicht fertig.

45 AM SELBEN TAG

Kajsa verlor sich für einige lange Sekunden in den klugen, freundlichen Augen, die sie anblickten. Doch sie hielt sich zurück – schließlich hatte Katharina bei Lennart Roos zur Vorsicht geraten.

Ihr Bedürfnis nach seiner alles umschließenden Teilnahme allerdings war groß. Er schien alles zu verstehen, ohne dass sie viele Worte machen musste. Sie war sicher, dass diesem Mann nichts Menschliches fremd war.

Erst kürzlich hatte er am Telefon gesagt: »Kommen Sie einfach rüber, wenn Sie ein bisschen reden wollen«, aber da war sie vollauf mit all den Dingen beschäftigt gewesen, die sie mit Olle hatte besprechen wollen: mit den Erklärungen, auf die er ein Recht hatte, den beruhigenden Versicherungen, die bestimmt nötig waren. Doch als es darauf ankam, war er für beruhigende Versicherungen nicht mehr empfänglich. Das klärende Gespräch, das sie erhofft hatte, war zu einer hysterischen Szene ausgeartet.

Der erneute Leichenfund im Moor und Leifs jäher Tod hatten ihn bereits in Katastrophenstimmung versetzt. Und als sie vorsichtig auf die Unglücke zu sprechen kam, die mit dem gefundenen Tagebuch in Verbindung standen, auf die Einmischung Katharinas und eines ehemaligen Regierungsdirektors sowie auf Petrus' beherztes Eingreifen, da hatte er von alldem nichts wissen wollen und sich geweigert, überhaupt irgendeinen Standpunkt einzunehmen.

Diesen verfluchten Hof, sagte er, hätten sie niemals kaufen dürfen. Sie wisse ja, dass er von Anfang an dagegen gewesen sei. Wäre es nach ihm gegangen, hätten sie sich niemals für ein so schwachsinniges Unternehmen ruiniert. Und wie zum Teufel solle er sich eigentlich auf einen neuen, anspruchsvollen Job konzentrieren, wenn man hier nirgends seinen Spaten in die Erde stechen könne, ohne sogleich auf eine Leiche zu stoßen? Wenn Nachbarn ermordet würden und man sich vor lauter Polizisten und Archäologen nicht mehr frei bewegen könne? Außerdem scheine Petrus ja stets in den Startlöchern zu stecken und nur darauf zu warten, dass er ein paar Nächte fortbliebe. Und habe sie eigentlich einen Gedanken an Joakim verschwendet? An die Schäden, die all diese makabren Vorfälle bei ihm auslösen konnten? Und wenn sie schon dieses Tagebuch vor ihm geheim gehalten hatte, frage er sich, was sie ihm noch alles verschwieg. Und wer zum Teufel sei dieser Roos, von dem sie offensichtlich so begeistert war?

Voll Bitterkeit hatte er weitere Heimsuchungen prophezeit, was sie so wütend machte, dass sie ihm ein paar derbe Wahrheiten über sein kindisches Misstrauen und seinen grenzenlosen Egoismus an den Kopf warf.

Jetzt hatte sie selbst Beruhigung nötig. Sie musste mit jemandem sprechen, der die Situation objektiv beurteilte. Und da Katharina verreist war und Petrus nicht mehr jederzeit zur Verfügung stand, hatte sie einem spontanen Impuls nachgegeben, der sich als Glücksfall erwies – Knigarp einen neuerlichen Besuch abzustatten.

Der Regierungsdirektor a. D. hatte all ihre Erwartungen erfüllt. Er brachte sie weder mit Handküssen noch tiefen Blicken in Verlegenheit, und als sie auf dem moosgrünen Sofa mit dem atemberaubenden Blick über das weite Tal Platz genommen hatte, dachte sie, dass dieser Mann die Kunst, eine Frau gebührend zu empfangen, wirklich beherrschte.

Sie wusste nicht recht, wie ihr geschah, denn obwohl sie den Mann kaum kannte, bestand von Anfang an eine große Vertrautheit zwischen ihnen, und so war alles einfach aus ihr herausgesprudelt. Zunächst ihr furchtbarer Streit mit Olle, der natürlich ein bisschen Hintergrundwissen voraussetzte. Also hatte sie ein lebendiges Bild ihrer Ehe gezeichnet, ihre Sorge um Joakim zum Ausdruck gebracht, ihre Beziehung zu Petrus in wohl dosierten Details geschildert und ihre Schuldgefühle beschrieben, die in verschiedene

Richtungen gingen. Bis sie den alles entscheidenden Punkt erreichte, dass letztlich sie für alles verantwortlich sei.

Hätte sie nicht durchgesetzt, dass sie den Hof kauften, und wäre sie nicht auch noch auf die wahnsinnige Idee verfallen, die Wärmeleitungen durch das Moor zu verlegen, dann wäre das alles nicht passiert. Das Moor läge immer noch unberührt und friedlich da, und kein Mensch würde sich dafür interessieren, was sich in ihm befand. Wäre sie klug genug gewesen, das Tagebuch zu verbrennen und ihre Nase nicht in Dinge zu stecken, die sie nichts angingen, würde sie sich jetzt nicht persönlich betroffen fühlen. Hätte sie doch zumindest ihren Mann nicht hinters Licht geführt und ihn glauben gemacht, alles sei in bester Ordnung. Doch sie liebe diesen Hof nun mal und wünsche sich nichts mehr, als dass er ihn auch liebe. Indem sie alles dafür getan habe, die unheilschwangeren Anzeichen zu vertuschen, habe sie diese – Ironie des Schicksals – umso schneller ans Tageslicht gefördert.

Roos hatte ihr zu verstehen gegeben, dass sie sich nichts vorzuwerfen brauchte und die komplexen Zusammenhänge unmöglich hatte voraussehen können. Er bescheinigte ihr vielmehr, sensibel und angemessen gehandelt zu haben. Da dies genau die Worte waren, die sie hören wollte, hatte sie sich zusehends entspannt und überrascht Roos' Aussage zur Kenntnis genommen, dass Olle in Wahrheit doch ein beneidenswerter Mann sei.

In diesem Moment war sie so unvorsichtig, etwas tiefer in seine Augen zu blicken. Doch sie sah nichts, das auf eine routinierte Technik schließen ließ – nur Empathie und aufrichtiges Interesse. Als er mit ihren Fingern spielte, die sich auf rätselhafte Weise plötzlich zwischen seinen warmen Händen befanden, erfuhr sie, warum Olle so beneidenswert war. Und während sie eine wohlige Mattigkeit überkam, wurde sie von einem plötzlichen Gedanken aufgeschreckt: Ich lasse mich gerade verführen, und wenn ich nicht sofort etwas dagegen unternehme, werde ich es bereuen.

Aber sie kam nicht dazu, etwas zu unternehmen. Das Schlagen einer Autotür ließ sie beide zusammenzucken. Durch das Fenster sahen sie einen kleinen, silberfarbenen Wagen, aus dem eine auffällige Erscheinung stieg, die eine hübsche Reisetasche vom Rücksitz nahm.

»Ich bekomme Besuch«, stellte er mit bewundernswertem Gleichmut fest. Kajsa stieß unwillkürlich einen Seufzer aus. Ob aus Erleichterung oder Enttäuschung, hätte sie in diesem Moment selbst nicht entscheiden können.

Die russische Tänzerin!, schoss es ihr durch den Kopf, und nur wenige Minuten später stand sie Auge in Auge der Frau gegenüber, die sie womöglich vor einer Dummheit bewahrt hatte. Während Roos die beiden Damen unbeschwert miteinander bekannt machte und Kajsa den exotisch klingenden Namen Karenka Ivanovna vernahm, erwartete sie einen Temperamentsausbruch, zumindest ein paar spöttisch gehobene Augenbrauen. Doch Karenka lächelte liebenswürdig und erklärte in charmant gebrochenem Englisch, sie sei die ganze Nacht durchgefahren – woher sie kam, sagte sie nicht –, sehe schauderhaft aus und sehne sich nach einer Dusche und einem Bett. Worauf sie mit freundlicher Geste, die in etwa »Lasst euch nicht stören« zu bedeuten schien, irgendwo im Haus verschwand.

Nach solch einer abrupten Ernüchterung schien Kajsa ein Aufbruch unvermeidlich. Doch vielleicht war Lennart Roos ein Mann, der ein Gespräch ungern abbrach, denn sie wurde umgehend gebeten, doch wieder Platz zu nehmen, worauf er ungezwungen den verlorenen Faden wieder aufnahm. Allerdings hatte sich der Abstand der Gesprächspartner wieder vergrößert, und ihre Hand durfte sie bei sich behalten.

Es bestand kein Zweifel, dass sie ein wenig zerstreut war. Vielleicht war er das ebenfalls. Die intensive Atmosphäre hatte sich verflüchtigt. Jedenfalls war sie erstaunt, als sie plötzlich feststellen musste, dass er unbemerkt das Thema gewechselt hatte. Dass er plötzlich von seinem Boiler sprach, der in einem erbärmlichen Zustand sei und unbedingt ausgetauscht werden müsse. Und als hätte es eines Beweises für seine Behauptung bedurft, hörte man in diesem Moment irgendwo im Haus das Rauschen von Wasser, gefolgt von kräftigem Klopfen und etwas, das durchaus russische Flüche hätten sein können. Was ihm Gelegenheit verschaffte, auf Rune Nordström zu sprechen zu kommen, der doch wohl Klempner von Beruf sei, was sie bestätigte. Ob er ein guter Klempner sei? Sie glaubte schon; jedenfalls hatten sie niemals Grund zur Klage gehabt. Ob sie ihm diesen ehrenwerten Mann vorstellen könne, am besten schon morgen?

Das wollte sie natürlich. Ob sie sich um zwölf vor Runes Hof treffen könnten? Keine Einwände.

So verblieben sie. Danach gab es nicht mehr viel zu sagen.

Auf dem Heimweg fühlte sie sich ebenso aufgekratzt wie verwirrt. Der Besuch auf Knigarp war trotz oder, besser gesagt, dank der Unterbrechung sehr ergiebig gewesen und hatte den gewünschten Effekt erzielt. Sie war jetzt ruhiger. Und verführt worden war sie auch nicht, sofern eine Verführung überhaupt im Bereich des Möglichen gelegen hatte. Inzwischen war sie sich da nicht mehr so sicher.

Die morgige Verabredung wunderte sie allerdings ein wenig. Offenbar war Lennart Roos ein Mann der schnellen Entschlüsse. Und vielleicht war Karenka eine Frau, die hohe Ansprüche an den allgemeinen Komfort stellte. Dennoch hätte Kajsa darauf schwören können, dass er noch anderes als seinen Boiler im Sinn hatte, als er so darauf drang, Rune bald kennen zu lernen.

46 AM SELBEN TAG

Um zwanzig nach zwölf stellte sich Gudrun Skog auf die Schwelle ihres Dienstzimmers und spähte den Gang hinunter. Sie verglich die Zeit ihrer Armbanduhr mit der großen Uhr, die ein paar Meter entfernt an der Decke befestigt war.

Fünf Minuten wollte sie ihm noch geben.

In diesem Augenblick sah sie ihn in Begleitung eines uniformierten Beamten. Er sah ungefähr so aus wie ein Kaninchen, das sich in einen Fuchsbau verirrt hat.

Nachdem er an ihrer Tür abgeliefert worden war, lächelte sie ihn herzlich an und reichte ihm die Hand. »Schön, dass Sie da sind«, sagte sie und fügte leise hinzu: »Ich beiße nicht.«

»Sind Sie die Kommissarin?«, fragte er.

Die Verwunderung war sie gewohnt, doch klang seine Stimme so erleichtert, dass sie lachen musste.

»Ja – mein Name ist Gudrun Skog.«

Sie unterließ einen demonstrativen Blick auf die Uhr, obwohl er fast fünfundzwanzig Minuten zu spät kam. Stattdessen bat sie ihn mit freundlicher Geste in ihr Büro und zeigte auf den Stuhl, der für ihre Gäste bestimmt war.

»Möchten Sie einen Kaffee?«, fragte sie.

Das wollte er gern, und während sie ihm eine Tasse einschenkte, verschaffte sie sich einen Eindruck von seinem Erscheinungsbild. Er war stämmig, mit breiten Schultern und ordentlich entwickeltem Bauch. Die Jeans sah aus, als würde man nur ungern an ihr riechen. Über dem Hemd trug er eine abgewetzte braune Lederjacke. Sein Gesicht war frisch rasiert, wirkte jedoch ungesund geschwollen. Seine Oberlippe stand ein wenig vor, was sie auf den Gebrauch von Kautabak zurückführte, den man sich unter die Lippe klemmte. Sie wusste, dass er knapp unter fünfzig war, doch er sah älter aus. Der Gesamteindruck deutete auf einen Mann hin, der lange und methodisch Raubbau mit seiner Gesundheit getrieben hatte.

»Nehmen Sie Zucker?«

»Ja, danke, vier Stück.«

Hab ich mir's doch gedacht, ging es ihr durch den Kopf. Sie hoffte, dass er zumindest das Verhör durchstehen würde.

Zweifellos hatte David Brandt in jungen Jahren sehr viel besser ausgesehen. Betrachtete man aufmerksam sein aufgedunsenes Gesicht, fand man darin immer noch Spuren seiner früheren Attraktivität. Er selbst hatte sich bestimmt noch nicht daran gewöhnt, dass sie verschwunden war. Seine hübschen braunen Augen, die anfangs so ängstlich dreingeschaut hatten, musterten sie jetzt herausfordernd und neugierig.

Er nippte am Kaffee und schlug einen unbefangenen Ton an. »Wie geht's den Mädels vom Land? Alles okay mit ihnen?«

Weil sie schon am Telefon das Gefühl hatte, dass er leicht zu erschrecken war, hatte sie sich nur sehr vage zu ihrem Anliegen geäußert und gesagt, sie wolle sich auf das Gespräch beziehen, das er vor ein paar Monaten mit Kajsa Linder und Katharina Ekman geführt habe.

»Ich glaube, denen geht's gut«, sagte sie, indem sie hinter ihrem Schreibtisch Platz nahm. »Eigentlich wollte ich mit Ihnen über Clarence Jankelius sprechen.«

Er schien sofort auf der Hut zu sein. »Den habe ich schon seit Jahren nicht mehr gesehen.«

»Das spielt keine Rolle«, entgegnete sie leichthin. »Ich bin vor allen an Vorgängen interessiert, die sich vor vielen Jahren ereignet haben.«

»Ich habe ein furchtbar schlechtes Gedächtnis.«

»Aber Sie erinnern sich doch bestimmt an Sue Adams?«

»Ja, aber von der habe ich auch schon seit Ewigkeiten nichts mehr gehört.«

»Ihre Leiche ist soeben auf Röshult im Moor gefunden worden. In der Nähe des Sommerhauses, das Sie vor fünfundzwanzig Jahren gemietet hatten. Ihre Leiche ist ungefähr genauso lange dort vergraben gewesen.«

Zum Glück hatte er seine Kaffeetasse auf den Tisch gestellt, denn er zuckte auf seinem Stuhl gewaltig zusammen. Seine Lippen verzerrten sich krampfhaft, als hätte sie ihm gerade etwas Ekelhaftes zu essen gegeben.

»Um Gottes willen ... das ist ja fürchterlich ...«

»Das finde ich auch«, sagte sie, »deshalb hoffe ich auf Ihre Mithilfe.«

Dass er bereits weiterdachte, war deutlich in seinen weit aufgerissenen Augen zu lesen. »Sie glauben doch nicht ... Es kann doch niemand glauben, dass ich ...«

»Nein, nein«, beruhigte sie ihn rasch. »Sie waren ja außerdem im Ausland, als sie verschwand.«

»Ich saß im Gefängnis ... in Spanien, das kann ich beweisen!«, beteuerte er und griff nach hinten, als habe er sein Entlassungszeugnis in der Gesäßtasche.

Sie lächelte. »Das ist mir bereits bekannt. Aber Clarence Jankelius saß nicht im Gefängnis. Er war zu dem vermutlichen Zeitpunkt ihres Todes auf Röshult.«

David kippte hastig den restlichen Kaffee hinunter. Als er sie wieder ansah, war sein Blick verschlossen. »Ach wirklich? Ja, kann schon sein ...«

»Als Sie im Frühsommer mit Kajsa Linder sprachen, haben Sie einige interessante Bemerkungen über Jankelius' merkwürdiges Verhältnis zu Sue Adams gemacht. Darüber hätte ich gern etwas mehr erfahren.«

Er ließ den Blick durch ihr spärlich möbliertes Büro wandern. Man sah ihm an, dass sein Gehirn auf Hochtouren lief. »Ich kann mich nicht mehr daran erinnern, was ich ihr erzählt habe«, sagte er schließlich. »Beide haben eine Menge Fragen zu Sue und Pia gestellt, und ich wollte ihnen gern behilflich sein. Aber was man zwei netten Frauen erzählt, die man zufällig trifft, und was man bei der Polizei aussagt, sind doch zwei Paar Stiefel. Nicht dass Sie weniger nett wären … aber ein Aufschneider bin ich auch nicht.«

»Fühlen Sie sich Clarence gegenüber verpflichtet?«

Er wäre fast aufgesprungen. »Warum sollte ich mich diesem Drecksack gegenüber verpflichtet fühlen?« Tonfall und Körpersprache verrieten, dass er eine solche Vermutung als Beleidigung empfand.

»Wirklich nicht?«

»Nein, verdammt! Der ist mir scheißegal. Diesen Angeber können Sie ruhig einbuchten. Aber wenn ich was sage, könnten sich vielleicht andere auf den Schlips getreten fühlen. Ich kann mich zwar an keine Namen erinnern, aber man weiß ja nie. Man will schließlich nicht in den Ruf geraten, seinen Mund nicht halten zu können, wenn Sie verstehen, was ich meine.«

»Clarence scheint Ihnen ja nicht sonderlich sympathisch zu sein.«

Davids geschwollene Oberlippe verzog sich zu einem höhnischen Grinsen, das eine breite Zahnlücke in seinem Oberkiefer offenbarte. »So würde ich das nicht formulieren«, entgegnete er leise. »Dass ich überglücklich wäre, wenn's dem Kerl an den Kragen ginge, und dass ich mit Freuden auf seinem Grab tanzen würde, käme der Wahrheit schon näher.«

Gudrun lachte. Ihr war bereits klar, dass sie mit David Brandt leichtes Spiel haben würde.

»Ich verstehe«, sagte sie. »Dann stehen wir auf derselben Seite. Ich würde natürlich nicht so weit gehen wie Sie, aber ich kann Ihre Empfindungen gut nachvollziehen. Mehr Kaffee?«

Er hielt ihr die Tasse entgegen und tat selbst vier Zuckerwürfel hinein.

»Haben Sie was gegen ihn vorliegen?«, fragte er. Sein Ton zeugte von echter Schadenfreude.

»Schon möglich. Das hängt auch davon ab, was Sie uns noch erzählen können.«

David zog sich wieder zurück und hob beschwichtigend die Hände. »Damit das von Anfang an klar ist – ich hatte nicht das Geringste mit dieser Sache zu tun.«

»Mit welcher Sache?«

»Na, mit allem, was zwischen Rickard und Sue vorgefallen ist. Ich habe nie richtig verstanden, worum es da eigentlich ging.«

»Aber Sie wissen einiges über Clarence' Rolle?«

Davids hübsche Augen irrten rastlos durch den Raum. »Wissen und wissen ... Man hat ja so einiges gehört. Aus sicherer Quelle, wie es so schön heißt.«

»Zum Beispiel, dass Clarence hinter dem Mord an Rickard Björnheden gesteckt hat?«

»Es gab da gewisse Gerüchte ...«

»Können Sie mir etwas zu Oberst Henrik Ulleräng sagen?«

Sein Blick hielt inne. »Nein. Wer ist das?«

»Jemand, mit dem Clarence möglicherweise Geschäfte gemacht hat.«

»Ich habe keine Ahnung, was Clarence so alles getrieben hat. Okay, ein bisschen Shit und Speed hat er verkauft, aber das haben schließlich alle gemacht. Und ich wusste natürlich, dass er jede Menge Kohle hat – obwohl ich immer dachte, die käme von seinem reichen Vater.«

»Wie gut kannten Sie ihn vor fünfundzwanzig Jahren?«

»Wir hatten da ein Geschäft am Laufen. Haben uns manchmal bei irgendwelchen Kumpels oder auf Partys getroffen. Eine Zeit lang dachte ich, wir wären Freunde, obwohl wir uns eigentlich auf unterschiedlichen Levels bewegten.«

»Auf unterschiedlichen Levels?«

»Ja, die Bedingungen waren ja etwas verschieden, wenn Sie verstehen, was ich meine. Natürlich hat er gern mit uns gesoffen und gekifft, aber für ihn war das mehr so ein Spaß nebenher. Er hat eine Art Doppelleben geführt, das war sein Kick. Neben einem Typen, der in der Firma seines Vaters arbeitet, einen Alfa Romeo fährt und mit seinen reichen Freunden im Opernkeller essen geht und so weiter, kommt man sich ja schon etwas komisch vor. Der war einfach anders als wir.«

»Was haben Sie *damals* von ihm gehalten?«

»Wenn Sie auf die Zeit anspielen, bevor Peter und ich nach Marokko fuhren, dann fand ich ihn klasse. Erst als wir zurückkamen, habe ich begriffen, was für ein Drecksack er ist.«

»Was war passiert?«

Mit einer geübten Bewegung entfernte er die alte Portion Kautabak aus seinem Mund, legte sie auf die Untertasse und zog eine Dose *Grov* aus der Hosentasche. Erst nachdem er sich eine frische Prise unter die Oberlippe gesteckt und mit der Zunge an ihren Platz gedrückt hatte, sagte er: »Es spielt zwar eigentlich keine Rolle, warum er ein Dreckskerl ist, aber das kann ich Ihnen ruhig erzählen.«

»Ich bin an allen Informationen interessiert, die dazu beitragen, ein vollständiges Bild von ihm zu bekommen«, sagte sie.

Er ließ sich etwas zurücksinken und legte einen Fuß über sein Knie. Die Hände waren hinter dem Nacken gefaltet. Er schaute sie mit halb geschlossenen Lidern an und schien sich jetzt fast wie zu Hause zu fühlen.

»Peter und ich waren ziemlich auf den Hund gekommen, als wir nach Hause zurückkehrten«, sagte er. »In einem spanischen Gefängnis zu sitzen ist kein Zuckerschlecken, müssen Sie wissen. Außerdem waren wir völlig abgebrannt. Kurz, ich habe mich natürlich sofort auf Clarence gestürzt, und als er begriff, was ich von ihm wollte, hat er mir ein interessantes Angebot gemacht. Er kannte ein paar Jungs, die irgendwelche Gesellschaften aufgekauft haben und so was. Die brauchten einen Strohmann, irgendeinen Loser, der blöd genug war, seinen Namen auf ihre Papiere zu setzen. Ich hatte zwar keine Ahnung, worum es überhaupt ging, aber Clarence hat mir garantiert, die Sache sei völlig wasserdicht, und ich würde fünftausend dafür bekommen. Ich war ziemlich verzweifelt, musste zu Hause bei meiner Mutter wohnen, was kaum besser war als das Gefängnis in Spanien, ich hatte die Kohle also bitter nötig. Ich unterschrieb und bekam eintausend Vorschuss. Aber das restliche Geld ließ auf sich warten. Ab und zu habe ich es geschafft, ihnen einen Hunderter abzuschwatzen, doch plötzlich waren die Finanzjongleure mit dem ganzen Zaster über alle Berge, während ich eine Anklage am Hals hatte. Für sechs Monate haben sie mich eingelocht. Als ich wieder auf freiem Fuß war, bin ich natürlich zu Clarence ins Büro, um zumindest den Rest der Summe zu kassieren, die sie mir versprochen hatten. Aber das miese Stück hat nur eine stinkvornehme Miene aufgesetzt und wusste angeblich gar nicht, wovon ich rede. Der Kerl besaß sogar die Frechheit, mir vorzujammern, er wolle nicht in irgendwas Illegales mit reingezogen werden. Und als ich ihm begreiflich machen wollte, worum es ging, hat er irgendwelche Typen rufen lassen, die mich rausgeschmissen haben. Jetzt wissen Sie, warum er für mich ein verdammter Drecksack ist.«

Davids Teint hatte eine beunruhigend dunkle Färbung angenommen. Wangen und Kinn zitterten vor Verbitterung.

Gudrun nickte ernst. »Das nenne ich wirklich einen echten Drecksack«, pflichtete sie ihm bei. »Was ist dann passiert? Haben Sie sich später noch einmal getroffen?«

Er schüttelte den Kopf. »Nein. Das heißt, ich habe ihn ein paar Mal in der Stadt gesehen, aber er hat mich immer ignoriert.«

»Okay, lassen Sie uns ein paar Jahre zurückspringen«, sagte Gudrun. »In die Zeit, als Sie immer noch große Stücke auf Clarence hielten und zusammen mit den Mädchen in dem Haus wohnten. Kannten Sie Sue eigentlich von früher?«

»Nein. Bis zu diesem Tag, als wir nach Schonen unterwegs waren, hatte ich sie noch nie gesehen.«

»Wussten Sie, dass sie gesucht wurde?«

»Ich wusste ein paar Dinge. Peter und ich waren schließlich Freunde, außerdem kannte er Rickard. Er arbeitete für ihn, war praktisch seine rechte Hand. Also schien es nahe liegend, dass Sue bei ihm Unterschlupf fand, nachdem ihr Freund erschossen worden war. Aber in Stockholm konnte sie nicht bleiben, Peter natürlich auch nicht. Sie waren in einer verdammt schwierigen Situation, und da dachte Peter an mich. Ich hatte gerade die alte Schrottkiste meines Bruders übernommen, als er mich fragte, ob ich sie irgendwohin bringen konnte, möglichst weit weg.«

»Hat er davon erzählt, was passiert war?«

»Nur dass Rickard in seiner Wohnung erschossen worden und dass auch ein Mädchen dort gewesen war, das hatte fliehen können, jetzt aber in Gefahr sei.«

»Sie gingen also darauf ein?«

»Ich hatte nichts dagegen, für eine Weile aus der Stadt zu verschwinden. Außerdem hatte Peter ja genug Kohle. Wir sind dann Richtung Süden gefahren.«

»Und Pia?«

»Tja, sie war ja damals meine Freundin, also ist sie mitgekommen.«

»Hatten Sie von Anfang an geplant, irgendwo ein Sommerhaus zu mieten?«

»Wir hatten überhaupt nichts geplant. Ich kannte ein Mädchen in Schonen, das in einer Kommune lebte. Die habe ich angerufen und gefragt, ob wir eine Zeit lang bei ihnen bleiben könnten. Wir hatten uns auch überlegt, eventuell nach Kopenhagen weiterzufahren – aber dann kam die Gelegenheit mit dem Haus, also sind wir bis auf weiteres dort geblieben.«

»Haben Sue und Peter erzählt, wer hinter dem Mord an Rickard steckte?«

»Nur andeutungsweise. Peter wusste wohl wirklich nichts, und Sue hat nichts verraten. Sie hat zwar viel geredet, aus gewissen Sachen aber stets ein Geheimnis gemacht.«

»Wann ist Clarence bei Ihnen aufgetaucht?«

David verzog das Gesicht, als bereite ihm die Erinnerung Übelkeit. »Ich hatte ja nicht die geringste Ahnung, dass er etwas mit dieser Geschichte zu tun hatte. Zu dieser Zeit wusste ich nicht mal, dass er Rickard kannte. Wir brauchten was zu rauchen, und ich wusste, dass man kein Risiko einging, wenn man von ihm etwas kaufte. Also habe ich ihm Geld geschickt, und nach ein paar Wochen tauchte er selbst auf und brachte den Stoff mit. Er war auf dem Weg nach Paris und schaute quasi nur bei uns vorbei. Das hat er jedenfalls behauptet, und ich hatte keinen Anlass, ihm zu misstrauen.«

»Aber ...«

»Aber Sue hat sich anfangs komisch verhalten, das heißt, ein bisschen sonderbar ist sie ja immer gewesen, hypernervös, hat überall getarnte Bullen gesehen. Als Clarence plötzlich auf der Matte stand, ist sie völlig durchgedreht und hat sich im Wald versteckt. Als sie seinen Nachnamen erfuhr, hat sie behauptet, er hätte den Mord an Rickard in Auftrag gegeben. Ich dachte natürlich, sie wäre völlig ausgeflippt. Ich meine, das glaubt man doch einfach nicht, dass ein Kumpel einen Mord in Auftrag gibt. Später hat sie sich dann beruhigt, und Clarence wirkte vollkommen normal, ist auch noch einige Tage geblieben. Und dann haben sie sich zusammengetan.«

»Er und Sue?«

»Ja, er ist einfach voll auf sie abgefahren.«

»Was hat Peter dazu gesagt?«

»Keinen Mucks. Sue hat sowieso gemacht, was sie wollte. Wenn er das nicht kapieren wollte, hat sie ihm eine geknallt.«

»Sie hatte also keine Angst mehr vor Clarence?«

»Das weiß ich nicht. Vielleicht hatte sie immer noch Angst, aber das war eben ihre Art, Probleme zu lösen.«

»Zu dieser Zeit wussten Sie also überhaupt nichts über Clarence' Rolle in dieser Angelegenheit?«

»Richtig. Alles blieb ruhig, und später ist er dann nach Paris weitergefahren.«

»Und wann sind Sie und Peter nach Marokko aufgebrochen?«

»Das war mehrere Monate später. Wir hatten kaum noch Geld, also mussten wir was unternehmen – leider ging die Sache völlig schief.«

»Haben Sie beide sich nie gefragt, was eigentlich aus den Mädchen wurde? Soweit ich weiß, wussten die beiden nicht mal, dass Sie in Marokko festsaßen.«

David sah beleidigt aus. »Wir mussten doch wirklich all unsere Kräfte mobilisieren, um die Sache irgendwie durchzustehen. Im Knast herrschte das reinste Mittelalter – Sklavenarbeit und kaum was zu essen. Für ein paar Zigaretten konnte einem jederzeit der Hals durchgeschnitten werden. Ich hatte schon manchmal daran gedacht zu schreiben, aber es ist nie was daraus geworden; ich hab's einfach nicht geschafft. Ich war immer davon ausgegangen, dass sie irgendwann von dort abgehauen sind, als wir nicht mehr auftauchten.«

»Wussten Sie, dass Sue ein Verhältnis mit Leif Rösling hatte, dem Bauern, dem der Hof gehörte?«

»Ich wusste, dass er total scharf auf sie war und irgendwann wohl auch seinen Willen gekriegt hatte. Aber Verhältnis ist sicher übertrieben. Sie hat die Männer ja schnell gewechselt.«

»Da Sie kein Geld zurückgelassen hatten und die Mädchen sich ja irgendwie ernähren mussten, blieb ihnen wohl keine Wahl.«

David schüttelte betrübt den Kopf und schnalzte mit der Zunge, als könne er sich angenehmere Wege vorstellen, seinen Lebensunterhalt zu bestreiten. »Pfui Teufel, das war sicher kein Vergnügen für sie.«

»Haben Sie denn nicht versucht, zu den Mädchen Kontakt aufzunehmen, nachdem Sie wieder zu Hause waren?«

»Wie ich schon sagte … es ging uns nicht besonders gut, als wir nach Hause kamen. Da hatte ich wirklich anderes im Kopf als die Mädchen.«

»Was ist aus Peter geworden?«

»Der hat sich ziemlich schnell kaputt gemacht. Ich sehe ihn manchmal – ein trauriger Anblick.«

»Harte Drogen?«

»Ich glaube, er nimmt alles, was er in die Finger kriegt.«

»Zurück zu Clarence«, sagte sie. »Wann haben Sie zum ersten Mal geahnt, dass er etwas mit dem Mord an Rickard zu tun haben könnte?«

David nahm rasch wieder eine aufrechte Haltung ein. »Ich weiß nicht, ob man da überhaupt von Ahnung sprechen kann.«

»Zu Kajsa Linder haben Sie unter anderem gesagt, dass Clarence Sue vielleicht Rickards Mördern ans Messer geliefert hat. Sie hatte den Eindruck, Sie wären sich ziemlich sicher gewesen, dass es mit Sue ein schlimmes Ende genommen hat.«

»Ich wusste nicht, was aus ihr geworden ist, aber man hat doch manchmal so ein Gefühl …«

»Natürlich. Aber was haben Sie geglaubt, und worauf basierte dieses Gefühl?«

»Ich kann nur sagen, was ich in der Stadt gehört habe. Keine Namen – an die kann ich mich jedenfalls nicht erinnern, aber in gewissen Kreisen kursierten Gerüchte.«

»Was für Gerüchte?«

»Dass Clarence zwei Typen bezahlt hat, die Rickard aus dem Weg räumen sollten.«

»Aha …«

»Dass die beiden Typen ihren Auftrag erledigt haben, das Mädchen jedoch nicht auf der Rechnung hatten. Angeblich sind die beiden dann nervös geworden und haben einen Risikozuschlag gefordert, den Clarence aber verweigert hat. Er meinte, es wäre eine bessere Idee, das Mädchen zu finden und zum Schweigen zu bringen.«

»Wusste er, wie das passieren sollte?«

»Nicht, dass ich wüsste – aber er hat ja meinen Brief bekommen.«

»In dem Sie bei ihm Drogen bestellt hatten …«

»Ja. Ich schrieb, dass Peter und ich mit zwei Mädels in Schonen sind und dort bleiben wollten, bis sich gewisse Dinge in Stockholm wieder beruhigt hätten. Und da er wusste, dass Peter und Rickard gute Freunde waren, konnte er sich schon vorstellen, wer die Mädchen waren. Im Nachhinein kann man sich ja denken, wie er kalkuliert hat. Er wollte sich selbst ein Urteil bilden, wie gefährlich sie für ihn war.«

»Und offenbar kam er zu dem Ergebnis, dass sie nicht sonderlich gefährlich war, jedenfalls am Anfang.«

»Ja, sieht so aus, und als ich viel später von den Gerüchten erfuhr, bin ich davon ausgegangen, er hätte es sich anders überlegt, da er so scharf auf sie war. Ich habe nie mehr an diese Geschichte gedacht, bis im Sommer die beiden Frauen aus Schonen auftauchten. Und erst als sie sagten, er sei noch mal dort gewesen, nachdem Peter und ich nach Marokko gereist waren, schwante mir etwas.«

»Aha, Ihnen schwante etwas. Und haben Sie auch etwas unternommen?«

»Ich habe mich mit einem alten Bekannten in Verbindung gesetzt, der stets bestens informiert ist, und fragte ihn nach dieser alten Geschichte.«

Gudrun lehnte sich über den Schreibtisch und fing Davids umherirrenden Blick auf. »Und wie kommt es, dass dieser Bekannte stets bestens informiert ist?«

»Also er selbst war nicht in diese Sache verwickelt, falls Sie das glauben sollten. Aber er war eine Weile im Knast, und da erfährt man schließlich so einiges.«

»Was hat er erfahren?«

»Also ich glaube, er hat es irgendwo gehört ...«

»Na, kommen Sie schon.«

»Ich meine, die Leute erzählen sich ja so allerhand. Nicht, dass ich ihm nicht traue, aber ...«

»Okay, was hat er gesagt?«

»Er sagte, dass diese Typen, die Rickard getötet haben, vierzigtausend für den Job bekommen hätten. Und nur weil das Mädchen entkommen war, hingen sie wie die Kletten an Clarence. Es waren schwere Verhandlungen. Schließlich war er gezwungen, ihnen einen Tipp zu geben, wo sie zu finden ist. Er wollte schließlich nicht dasselbe Schicksal erleiden wie Rickard. Aber es waren ja schon einige Monate vergangen ...«

»Sie glauben also, er ist noch mal nach Röshult gefahren, um nachzusehen, ob sie noch da war?«

»So in etwa.«

»Haben Sie eine Idee, warum Clarence so viel riskiert haben sollte, um Rickard umzubringen?«

»Nicht die leiseste Ahnung – das ist mein voller Ernst.«

»Aber Sie wussten, dass er Rickard Björnheden kannte?«

»Damals wusste ich das nicht. Aber wenn er ihn umbringen wollte, wird er ihn wohl gekannt haben.«

»Rickard Björnheden war in verschiedene kriminelle Machenschaften verwickelt und wurde mehrmals verurteilt, unter anderem wegen Scheckbetrugs und Drogendelikten. Gab es irgendwelche Anzeichen, dass Clarence in ähnliche Geschäfte verwickelt war? Und ich rede jetzt nicht von Cannabis.«

David zuckte mit den breiten Schultern. »Wenn das so war, dann hat er es gut vertuscht. Mir ist jedenfalls nie etwas aufgefallen.«

»Wer waren die beiden Männer, die Björnheden umgebracht haben?«

David grinste listig. »Ich habe schon mehr gesagt, als gut für mich ist. Aber so dumm bin ich nicht. Außerdem sind mir ihre Namen nicht bekannt.«

»Ist ja auch schon lange her ...«

»Offenbar nicht lange genug.«

»Wissen Sie sonst noch etwas, das uns helfen könnte, Sues Schicksal aufzuklären?«

Er kniff die Lippen zusammen und schüttelte den Kopf.

»Hatten Sie keinen Kontakt zu Pia, nachdem Sie und Peter aus Spanien zurückgekehrt waren?«

»Nein. Ich kann mich jedenfalls nicht daran erinnern.«

Gudrun begriff, dass er für heute genug gesagt hatte, und insistierte nicht weiter. Doch nachdenklich fügte sie hinzu: »Wenn diese beiden Männer tatsächlich nach Röshult gefahren sind, um Sue aus dem Weg zu räumen, und dort ein weiteres Mädchen angetroffen haben, dann nehme ich an, dass sie ihren alten Fehler nicht noch einmal machen wollten.«

David starrte stumm auf die Tischkante. Sie hatte das Gefühl, dass ihn das kaum interessierte.

47 AM SELBEN NACHMITTAG

Nachdem sie sich am Gartentor von der Richtigkeit der Hausnummer überzeugt hatte, lenkte sie ihren betagten Nissan auf die mit Kies bedeckte Auffahrt. Sie parkte hinter einem marineblauen Mercedes, der frisch gewaschen im Sonnenlicht glänzte. Es war kurz vor vier.

Die gelbe Villa, Marke bescheidener Gutshof, lag ungefähr zehn Meter zur Linken. Ein gepflasterter, von Buchsbäumen gesäumter Zugang führte von der Garagenauffahrt zum Hauseingang. Ehe sie das Auto verließ, nahm sie die ganze Pracht in Augenschein.

Es war eine zweigeschossige Holzvilla mit Ziegeldach. Ein pompöser halbrunder Altan wurde von zwei weißen Säulen getragen, die sich zu beiden Seiten einer dezent geschmackvollen Haustür befanden. Sie kannte sich mit Baustilen nicht besonders aus, meinte aber, dass die frühen zwanziger Jahre eine realistische Annahme waren. An den Wandspalieren blühten üppige weiße und rote Kletterrosen. Alle welken Triebe waren sorgsam entfernt worden. Blauweiß gestreifte Markisen verdeckten die oberen Hälften der Fenster.

Der Großteil des Gartens, den man schon fast als Park bezeichnen konnte, schien hinter dem Haus zu liegen. Weitläufige leuchtende Rasenflächen, von Baumgruppen bestanden, die bereits ein ehrwürdiges Alter erreicht hatten. Die Nachbarvilla, die durch die Baumkronen schimmerte, lag ein gutes Stück entfernt. Eine friedvolle Abgeschiedenheit, hier brauchte man sich nicht gegenseitig auf die Zehen zu treten. Man konnte sich wahrhaftig fragen, was es überhaupt für eine Verbindung geben konnte zwischen dieser Oase des Wohlstands und dem Fund einer fünfundzwanzig Jahre alten

Leiche in einem schonischen Moor. Doch Gudrun liebte Unklarheiten, sofern sie einen gewissen »Stil« hatten, und dies schien hier ganz der Fall zu sein.

Sie hatte Informationen über Viktor Jankelius' derzeitige Lebenssituation eingeholt und herausgefunden, dass er seit neun Jahren Witwer war, sich von allen Geschäften zurückgezogen hatte und nur mehr ein passionierter Golfspieler war, der offenbar allein in seinem großen Haus lebte. Ihren Unterlagen zufolge hatte er außer Clarence keine weiteren Kinder, dafür aber zwei Enkel, die auf Lidingö wohnten. Sein Unternehmen, das inzwischen von seinem Sohn geleitet wurde, war von beträchtlichem Wert, und ob Jankelius senior genauso glatt und unnahbar war wie sein Sohn, würde sich zeigen.

Sie betrachtete ihr Gesicht im Rückspiegel, zog einen Kamm durch ihre kurzen, blonden Haare und überprüfte, ob eine neue Minidisc in ihr Diktiergerät eingelegt war. Dann stieg sie aus dem Auto.

Viktor Jankelius schien auf den ersten flüchtigen Blick eine ältere und freundlichere Ausgabe seines Sohnes Clarence zu sein, was vor allem an seinen Augen lag, die sie vorurteilsfrei und unverwandt betrachteten. Im Grunde beschränkte sich die Ähnlichkeit auf Körpergröße und Physiognomie. Sie hatten beide dieselben gemeißelten Gesichtszüge und dieselbe frische Sonnenbräune. Stimme und Bewegungen hingegen unterschieden sich erheblich und die Manieren vollkommen. Mit unvoreingenommenem Lächeln schritt Vater Jankelius ihr entgegen und begrüßte sie mit einer herzlichen Zuvorkommenheit, die aus einer anderen Zeit zu stammen schien. Nachdem er sie in eine kühle Eingangshalle geleitet hatte, tätschelte er ihr sogar wohlwollend den Handrücken.

»Pünktlich auf die Minute«, sagte er lobend, indem er auf die riesige Standuhr am Ende der Halle blickte. Dann studierte er höflich ihren Dienstausweis, als wolle er sie keinesfalls durch sein Desinteresse brüskieren. »Darf ich Ihnen eine Erfrischung anbieten?«, fragte er. »Es ist sehr warm heute.«

»Sehr gern«, antwortete sie und hätte fast einen Knicks gemacht.

Er führte sie durch verglaste Flügeltüren in einen Salon, der ganz Gudruns Erwartungen entsprach. Sobald er verschwunden war, um das versprochene Getränk zu holen, schaute sie sich interessiert um, worauf sich ein zufriedenes Lächeln auf ihrem Gesicht breit machte. Genau so hatte sie sich eine Djursholm-Villa vorgestellt. Die Wände über und über mit wertvollen Bildern geschmückt. Kein Möbelstück und kein Gegenstand, der nicht mindestens hundert Jahre alt sein mochte. Teppiche, die man kaum zu betreten wagte; große Terrassentüren, die zum Garten hinausgingen.

Die perfekte Kulisse für eine gehobene Soap Opera, dachte sie und verkniff sich ein stilles Seufzen. Dunkle Familiengeheimnisse, unterdrückte Begierden und abgewaschenes Blut – alles verborgen und nahezu vergessen unter der edlen Politur.

Sie entdeckte eine weitere, halb geöffnete Tür, die eine Zimmerflucht preisgab. Zunächst eine große Bibliothek, dahinter womöglich ein Speisesaal, gefolgt von ... Um Himmels willen, das Haus war wirklich riesengroß.

Als Viktor Jankelius zurückkam und behände die Gläser sowie zwei beschlagene Flaschen Mineralwasser auf ein ovales Tischchen mit gekreuzten Beinen stellte, machte sie sich bereits Gedanken darüber, was für eine Alarmanlage er wohl installiert haben mochte.

»Mir ist noch nicht ganz klar, um welche Art Ermittlungen es sich handelt«, äußerte er vorsichtig.

»Das ist auch völlig verständlich«, entgegnete sie lächelnd, »weil ich darüber am Telefon nichts gesagt hatte.«

Als sie ihr Treffen verabredeten, hatte sie angedeutet, es handle sich um Ermittlungen, deren Ursprung schon viele Jahre zurücklag, was ihn sicher nicht klüger gemacht hatte. Jetzt versuchte er seine leichte Nervosität mit einer unverbindlichen Plauderei zu überspielen. Nachdem sie auf einem harten Sofa Platz genommen hatte, das sie zögerlich der gustavianischen Epoche zurechnete, und er sich auf der anderen Seite des Tisches für einen Lehnstuhl entschied, erkundigte er sich höflich, ob ihr die Wegbeschreibung von Nutzen gewesen sei.

»O ja, sie war sehr genau. Ich habe auf Anhieb hierher gefunden.« Sie zog das Diktiergerät aus ihrer Aktentasche. »Damit ich nicht mitschreiben muss«, erklärte sie, während sie es auf den Tisch stellte.

Er nippte abwartend an seinem Mineralwasser, und da er sich ganz sicher seit geraumer Zeit den Kopf darüber zerbrach, wollte sie so nett sein und gleich zur Sache kommen.

»Ich bin Ihnen wirklich sehr dankbar, dass Sie sich schon heute Zeit für mich genommen haben«, begann sie.

»Keine Ursache«, entgegnete er lächelnd. »Heutzutage kann ich selbst über meine Zeit verfügen. Am meisten nimmt mich das Golfspielen in Anspruch, aber ich habe mich heute bereits um mein Handicap gekümmert.«

Gudrun bemühte sich um eine bewundernde Miene. »Spielen Sie jeden Tag?«

»Wenn das Wetter es zulässt.«

»Ich habe vorhin mit Ihrem Sohn gesprochen. Hat er Ihnen davon erzählt?«

Offenbar hatte er das nicht, denn Viktor Jankelius sah zunächst regelrecht bestürzt aus, ehe er sich hinter einer Mauer der Reserviertheit verschanzte. »Davon ist mir nichts bekannt«, antwortete er zugeknöpft. »Geht es um etwas, das ihn betrifft?«

»Vermutlich. Es ist eine sehr verwickelte Geschichte, die mit Verbrechen zusammenhängt, die in den siebziger Jahren begangen wurden.«

»Das ist schon lange her. Sind diese Verbrechen nicht inzwischen verjährt?«

»Einige sind es ganz bestimmt, andere nicht. Zum Beispiel geht es um einen wahrscheinlichen Mord vom April 1973.«

»Mord?«, wiederholte er und sah sie erschrocken an.

»Dazu komme ich gleich, aber lassen Sie uns der Reihe nach vorgehen. Sie kannten ja sicherlich Oberst Henrik Ulleräng, der bis zu seinem Tod 1971 Ihr Nachbar war.«

Er stellte behutsam sein Glas auf den Tisch. Sie registrierte, dass seine Hand zitterte, was vielleicht nicht verwunderlich war. Sie hatte ihm drei gezielte Nadelstiche nacheinander versetzt.

»Ja, äh, natürlich kannte ich Oberst Ulleräng. Ich darf sagen, dass wir eng miteinander befreundet waren.«

»Dann kannten Sie vielleicht auch eine Familie Björnheden, die am Vanstigen wohnte?«

»Aber ja. Auch Sven Björnheden gehörte zu meinen Freunden.«

»Wissen Sie, warum Oberst Ulleräng sich erschossen hat?«

Er warf ihr einen gequälten Blick zu, ehe er diesen durch die Glastüren in den Garten schweifen ließ.

»Wissen kann man so etwas nie genau«, sagte er zögerlich. »Die verbreitete Meinung war, dass er nicht mehr weiterleben wollte, nachdem seine Frau ein halbes Jahr zuvor an Krebs gestorben war.«

»Mich interessiert vor allem Ihre persönliche Meinung«, sagte Gudrun, »aber wir können auch später darauf zurückkommen. Vor ein paar Tagen wurde in einem Moor in Schonen, genauer gesagt, in Göinge, die Leiche einer Frau gefunden. Wir nehmen an, dass sie ermordet und vor zirka fünfundzwanzig Jahren im Moor vergraben wurde. Sie konnte als Amerikanerin identifiziert werden, die damals ein knappes Jahr in dieser Gegend gewohnt hat. Als sie 1973 verschwand, dachte man, sie wäre fortgezogen. Eine der Personen, die sie kurz vor ihrem Tod mit Sicherheit noch getroffen hat, war Ihr Sohn Clarence ...«

Viktor Jankelius hatte die Augen geschlossen. Ob er sich das Gehirn zermarterte oder von ihren Worten wie gelähmt war, wusste sie nicht, neigte jedoch zu Letzterem.

Mindestens zwei Minuten herrschte eine bedrückende Stille, dann flüsterte er: »Fahren Sie fort.«

»Wir wissen, dass zwischen Clarence und Oberst Ulleräng eine Verbindung bestand, die komplizierter erscheint, als es ein rein nachbarschaftliches Verhältnis vermuten lässt. Wir wissen ebenfalls, dass zwischen dem

Oberst und der ermordeten Frau eine Verbindung bestand. Und um die Angelegenheit noch komplizierter zu machen, führt eine Linie zu Rickard Björnheden, der im April 1972 in seiner Wohnung in Kristineberg ermordet wurde. Die Amerikanerin namens Sue Adams war Zeugin dieses Mordes. Wir haben verschiedene Theorien zu diesen Umständen, doch gibt es nach wie vor viele offene Fragen. Da Sie mit mehreren der betreffenden Personen persönlich bekannt waren, hoffen wir, dass Sie uns nähere Aufschlüsse geben können.«

Sie hatte ins Schwarze getroffen. Viktor Jankelius schien über eine Reihe von Informationen zu verfügen, wie ihr schlagartig klar wurde. Sie hatte das Gefühl, er sei innerhalb der letzten Minuten um mindestens zehn Jahre gealtert. Von seinem frischen sonnengebräunten Teint war nicht viel übrig geblieben. Sein Gesicht war zu grauem Stein erstarrt.

Als er schließlich etwas sagte, bewegte er kaum die Lippen: »Was hat Clarence gesagt?«

»Bisher nur sehr wenig. Andererseits habe ich ihn auch noch nicht ausführlich befragt. Zuerst möchte ich gern Ihre Version hören. Ihr Sohn schien der Meinung zu sein, dass ihn die Ermittlungen der Polizei nichts angingen.«

»Steht mein Sohn unter Mordverdacht?«

»Wir befinden uns immer noch in einem frühen Stadium der Ermittlungen«, antwortete sie diplomatisch.

»Aber Sie glauben, dass er sie ermordet hat«, brachte er tonlos über die Lippen.

»Es gibt gewisse Anzeichen, dass er etwas mit ihrem Tod zu tun haben könnte. Aber wir treffen keine übereilten Schlussfolgerungen. Zunächst müssen wir Klarheit über die Fakten gewinnen.«

Die erneute Stille zog sich so in die Länge, dass Gudrun Gelegenheit hatte, eingehend den prachtvollen Inhalt einer Glasvitrine zu begutachten, die neben dem Sofa stand. Sie war bis zum Rand mit kleinen chinesischen Figuren aus Porzellan, Jade und Terrakotta gefüllt. Sicher das Resultat jahrelanger Sammelleidenschaft, das ein kleines Vermögen wert sein musste.

Die Minuten verstrichen, und als sie schließlich die Vitrine auf sich beruhen ließ und zu ihrem Gastgeber hinüberblickte, hatte sie das Gefühl, ihm ein Messer ins Herz gestoßen zu haben. Sie war es zwar gewohnt, ihre Gesprächspartner nicht mit Samthandschuhen anzufassen, doch mit einer solchen Situation hatte sie nicht gerechnet: Die zusammengesunkene Gestalt im Lehnstuhl war förmlich das Abbild eines vernichteten Vaters. Es hätte sie nicht überrascht, wenn er plötzlich in Tränen ausgebrochen wäre und sie um Gnade für sein eigen Fleisch und Blut angefleht hätte.

Umso erstaunter war sie, als er plötzlich sagte: »Er ist ein verkommenes Subjekt, und ich habe mich lange genug vor ihn gestellt.«

Die kalte Wut, die sich hinter diesen Worten verbarg, schockierte sie. Auch fand sie die Formulierung ein wenig theatralisch, wartete aber nichtsdestotrotz gespannt auf die Fortsetzung.

»Am Anfang habe ich ihn seiner Mutter wegen geschützt«, fuhr er fort. »Dann seiner Frau und seiner Kinder wegen. Um der Wahrheit die Ehre zu geben, hatte ich natürlich auch ein Eigeninteresse. Ich hatte so furchtbare Angst um den guten Namen der Familie. Ich habe versucht, alle schmutzigen Geschichten von uns fern zu halten, aber auf die Dauer geht das nicht, das hätte mir klar sein müssen. Früher oder später kommt alles ans Licht, und jetzt muss ich mit der Schande leben. Aber ich schwöre, dass ich nicht wusste … dass er einen Mord auf dem Gewissen hat. Hätte ich das gewusst, hätte ich längst meine schützende Hand von ihm genommen.«

Gudrun hatte sich auf ein zähes Ringen eingestellt, auf ein löchriges Gedächtnis und vage Ausflüchte, doch diese verbitterte Offenheit stimmte sie sehr hoffnungsfroh.

»Kannten Sie diese Frau? Sue Adams?«, fragte sie aufs Geratewohl.

»Ich bin ihr einmal begegnet, unter nicht sehr erfreulichen Umständen.«

»Nicht?«

»Sie hat versucht, mich zu erpressen. Sie hatte einige Briefe in die Hände bekommen … Eigentlich war es Rickard, der sie geschickt hat, weil er nicht wagte, selbst zu erscheinen.«

»Sie meinen die Briefe an Oberst Ulleräng?«

»Ja. Ich besitze sie allesamt. Sie liegen in einem Schließfach. Ich weiß nicht, wie oft ich sie schon vernichten wollte, aber ich war einfach nicht in der Lage dazu. Es hört sich zwar boshaft an, aber ich wollte etwas gegen Clarence in der Hinterhand haben. Er sollte wissen, dass diese Briefe existierten und ich sie jederzeit hervorholen konnte.«

»Bitte eins nach dem anderen«, bat Gudrun, der die Zusammenhänge nicht klar waren. »Vielleicht könnten Sie mir zunächst erklären, um was für Briefe es sich handelt. Wenn ich Sie recht verstehe, hatte Clarence sie an Ulleräng geschrieben.«

Viktor Jankelius schien die Kraft zu verlassen. Er sank erneut zusammen und schlug die Hände vors Gesicht. Es war offensichtlich, dass er sich quälte.

»Ich schäme mich«, sagte er mit gebrochener Stimme. »Es ist so eine scheußliche Geschichte – so widerwärtig. Viele Jahre habe ich mit ihr gelebt und wusste, was mein Sohn auf dem Kerbholz hat, aber ich hätte nie geglaubt, dass ich eines Tages gezwungen sein würde, der ... der Polizei davon zu erzählen.«

Gudrun wusste nicht, was sie darauf entgegnen sollte, um ihm seine Beichte zu erleichtern. In diesem Augenblick tat er ihr aufrichtig Leid.

»Im Grunde muss ich mir selbst Vorwürfe machen«, sagte er. »Ich habe diese unguten Tendenzen seit Clarence' Kindheit wahrgenommen – und habe vor ihnen die Augen verschlossen. Er hatte keine Geschwister, und seine Mutter hat seiner Entwicklung den Boden bereitet. Sie konnte es nicht ertragen, wenn ich ihn kritisierte. Und bereitwillig habe ich nachgegeben. Ich bin meiner Verantwortung nicht gerecht geworden. Damals habe ich meine Firma aufgebaut und meinte, mich nicht auch noch um die Probleme meiner Familie kümmern zu können. Ich ging meiner Arbeit nach und habe darauf gesetzt, dass sich alles andere schon regeln würde.«

Er nahm die Hände vom Gesicht und schaute sie an. »Haben Sie Kinder?«, fragte er.

Gudrun hasste diese Frage. Jedes Mal hatte sie das Gefühl, einen Makel einzugestehen. Sie nahm ihr Glas und trank.

»Nein«, antwortete sie.

»Dann ersparen Sie sich viel Leid«, sagte er.

»Ja, vielleicht.«

»Clarence hat nie zwischen Wahrheit und Lüge unterscheiden können. Ebenso wenig wie zwischen Gut und Böse. Ich glaube, er ist nicht fähig, Mitleid zu empfinden. Er war intelligent, ist es immer noch, aber kalt und verlogen. Ich habe versucht mir einzureden, dass man seine Charakterschwächen nicht überbewerten sollte. War naiv genug, mich damit zu trösten, dass er zumindest nicht Rickards Benehmen besaß – auch wenn ich mich inzwischen frage, ob nicht doch Rickard der Bessere von beiden gewesen ist ...«

Gudrun wartete, dass er endlich zur Sache kam, begriff jedoch, dass er ihr gezielt auswich; daher versuchte sie ihm auf die Sprünge zu helfen. »Hatte Clarence mit dem Mord an Rickard Björnheden zu tun?«

Viktor Jankelius betrachtete seine Hände. »Ich weiß es nicht«, sagte er. »Er schwor hoch und heilig, nichts damit zu tun zu haben, und ich habe ihm geglaubt. Aber ich bin mir nicht sicher ...«

Er befeuchtete sich die Lippen und starrte angsterfüllt auf das kleine, schwarze Diktiergerät, das seine Worte aufzeichnen und archivieren würde.

»Das ist eine lange Geschichte ...«, sagte er heiser.

»Beginnen Sie ganz von vorn«, entgegnete sie sanft.

»Vor Henriks Tod wusste ich von nichts. Als ich hörte, dass er sich erschossen hat, war ich vollkommen schockiert, so wie alle anderen auch. Es war einfach unbegreiflich, dass ein solcher Mann sich das Leben nahm. Wir waren so enge Freunde, und er hatte nie etwas zu mir gesagt. Aber dann bekam ich Besuch von dieser Frau ...«

»Sue Adams?«

»Ja, sie hat mich zu Hause aufgesucht und zeigte mir einen Brief. Es war ein Brief, den Henrik Ulleräng an Rickard Björnheden geschrieben hatte, und als ich seinen Inhalt begriff, war mir, als täte sich ein Abgrund vor mir auf. Ich konnte nicht glauben, was ich da las. Aber dieser Frau war sehr daran gelegen, dass ich alles verstand, und so hat sie mir eingehend erklärt, wie alles zusammenhing.«

»Und wie hing alles zusammen?«

»Seit mindestens fünf Jahren war mein Freund schon von meinem Sohn erpresst worden – wegen eines Fehltritts, den er sich unter widrigen Umständen hatte zu Schulden kommen lassen. Ich wusste nichts von seinen … Neigungen und bin mir sicher, dass er alles versucht hat, sie unter Kontrolle zu halten. Aber die beiden haben ihn in die Falle gelockt.«

»Die beiden? Meinen Sie Clarence und Rickard?«

»Ja, die meine ich. Zu dieser Zeit waren sie Freunde. Leider hatten sie keinen guten Einfluss aufeinander. Irgendwie hatten sie von seiner persönlichen Schwäche erfahren und dies genutzt, um ihn zu erpressen.«

Gudrun fand, er habe lange genug um den heißen Brei herumgeredet, also fragte sie geradeheraus: »Was für Neigungen meinen Sie?«

Viktor Jankelius stieg die Röte ins Gesicht. Er schaute ihr nicht ins Gesicht, als er fast unhörbar murmelte: »Er hatte eine Schwäche für Jungs.«

»Hatten Clarence und Rickard ein sexuelles Verhältnis mit Ulleräng?«, fragte sie.

»Das war nur ein einziges Mal«, versicherte er, als gelte es, das zu retten, was vom ruinierten Ansehen des verstorbenen Oberst noch zu retten war.

»Und das soll der Grund für eine Jahre währende Erpressung sein?«, fragte Gudrun ungläubig.

Jankelius wand sich in seinem Stuhl. Der Becher der Scham war immer noch nicht vollständig geleert. Er räusperte sich und rang sich das endgültige Geständnis ab: »Die Jungen waren noch minderjährig, als es passierte. Nicht einmal sechzehn Jahre alt sind sie gewesen.«

»Und Ulleräng wusste das?«

»Ja.«

»Wer hat die Initiative ergriffen?«

»Die Jungen natürlich. Clarence hat später zugegeben, dass sie alles sorgfältig geplant hatten. Sie warteten einen Zeitpunkt ab, zu dem Henriks Frau und seine beiden Töchter verreist waren. Henrik befand sich allein in seinem Haus. Sie klingelten mitten in der Nacht und tischten ihm eine erfundene Geschichte auf: dass jemand hinter ihnen her sei und sie sich nicht nach Hause trauten. Es war wohl kein Problem, ihn zu überzeugen. Zu dieser Zeit waren sie wegen kleiner Diebstähle und anderer Delikte schon mehrmals mit der Polizei in Konflikt geraten. Henrik kannte sie ziemlich gut. Unsere Familien pflegten schließlich Umgang miteinander, seit die Kinder klein waren. Jedenfalls ließ er sie herein. Ich weiß wirklich nicht, wie es zugegangen ist, aber offensichtlich haben sie ihn dazu gebracht, die Kontrolle über sich zu verlieren. Sie waren abgebrüht genug, Fotos zu machen, natürlich ohne sein Wissen. Wenn er mit einem … zugange war, hat der andere die Bilder gemacht. Ich habe sie nie zu Gesicht bekommen, Clarence zufolge waren es nicht gerade brillante Aufnahmen. Sie waren dunkel und unscharf, doch man konnte erkennen, welche Personen beteiligt waren. Diesen Fehltritt sollte Henrik bitter bereuen. Nach fünf Jahren hielt er es nicht mehr aus und erschoss sich.«

»Es standen also beide Jungen hinter der Erpressung? Vorhin hörte es sich so an, als seien die Briefe ausschließlich von Clarence gewesen.«

»Am Anfang waren es beide. Sie begnügten sich mit mäßigen Summen; ich glaube, es ging um ein paar tausend für jeden. Sie verkauften ihm die einzelnen Fotos, danach sollte Schluss sein. Henrik dachte wohl auch, die Sache sei ausgestanden. Doch nach einem Jahr … ist Rickard in verschiedene Sachen reingeschlittert. Er war radikaler als Clarence und neigte mehr zur offenen Rebellion. Ich weiß nicht, ob das hierher gehört, doch er hat sich damals gewaltig mit seinem Vater angelegt. Wie auch immer, jedenfalls ist er von zu Hause abgehauen und hat sich in Stockholm mit ein paar zwielichtigen Kerlen eingelassen, wie wir gehört haben. Er war noch keine siebzehn, aber er ist von der Schule abgegangen und hat seinem ganzen bisherigen Leben den Rücken gekehrt. Ich habe ihn nie wieder gesehen. Eine Zeit lang saß er anscheinend in irgendeinem Jugendgefängnis. Auf jeden Fall verloren die Jungen den Kontakt zueinander, und ich war dumm genug zu glauben, das hätte einen positiven Einfluss auf Clarence. Er zeigte mehr Interesse an seinem Studium, und sein allgemeines Auftreten deutete darauf hin, dass er seine kriminellen Neigungen hinter sich gelassen hatte. Doch in Wahrheit hatte er nur gelernt, uns besser hinters Licht zu führen. Erst viel später habe ich erfahren, dass er in dieser Zeit anfing, Drogen zu nehmen, und dafür brauchte er eine Menge Geld. Sehr viel mehr, als er von mir bekommen konnte. Also begann er Briefe an Henrik Ulleräng zu schreiben.«

»Aber was hatte er denn noch gegen ihn in der Hand?«, fragte Gudrun. »Die Fotos hatten sie doch schon verkauft.«

Zum ersten Mal, seit er mit seinem quälenden Bekenntnis begonnen hatte, verzog er den Mund zu einem Lächeln, als fände er sie blauäugig.

»Ich dachte, ich hätte hinreichend deutlich gemacht, dass Clarence' Verkommenheit grenzenlos ist«, sagte er. »Später hat er mir erzählt, dass er ohne Rickards Wissen Abzüge der Fotos gemacht hatte. Das war kein Problem für ihn. Fotografie zählte ohnehin zu seinen großen Hobbys, und er besaß eine ziemlich teure Fotoausrüstung. Dann fing er an, von seinem Opfer wirklich große Beträge zu fordern. Henrik muss in einer schrecklichen Situation gewesen sein. Es standen ja nicht nur seine berufliche Karriere und seine Familie auf dem Spiel, sondern es handelte sich auch noch um die Söhne seiner besten Freunde. Ihm blieb keine andere Wahl – er musste bezahlen.«

»Wie sind die Briefe bei Rickard gelandet?«

»Das war sehr merkwürdig. Bevor Henrik sich zum Selbstmord entschloss, schickte er Rickard alle Briefe, die er von Clarence erhalten hatte, berichtete ihm von der weiteren Erpressung und schrieb, er halte das nicht länger aus. Ich vermute, dass er Rickard noch für den Ehrlicheren der beiden hielt und auf dessen Empörung setzte, weil Clarence die Erpressung allein fortgesetzt hatte. Henrik flehte Rickard förmlich an, die Briefe so einzusetzen, dass Clarence große Unannehmlichkeiten entstehen würden.«

»Doch Rickard erpresste nun Sie?«

Viktor stieß ein bitteres Lachen aus. »Richtig. Was für clevere Jungs. Geschäftstüchtigkeit kann man ihnen wirklich nicht absprechen.«

»Wie ist er vorgegangen?«

»Wie schon gesagt, er hat diese Frau mit Henriks Brief zu mir geschickt. Sie zeigte mir auch Fotokopien verschiedener Briefe von Clarence. Warenproben sozusagen. Clarence fragte in diesen scheinheilig, ob Ulleräng ihm erhebliche Beträge ›leihen‹ könnte, wie er sich ausdrückte, und bedankte sich gleichzeitig für die Begleichung alter Schulden. Es handelte sich ganz offensichtlich um Erpresserbriefe, geschrieben in einem boshaften Ton, der sich hinter einer verlogenen Herzlichkeit verbarg.«

»Können Sie mir die Frau beschreiben? Wie sie aussah und wie sie sich benahm? Hat sie sich eigentlich vorgestellt?«

Jankelius dachte eine Weile nach. »Sie stellte sich als Rickards Verlobte vor. Ich erinnere mich nur an ihren Vornamen, Sue. Mir fiel auf, dass sie mit deutlichem amerikanischem Akzent sprach. Ansonsten war ihr Schwedisch sehr gut. Sie war ziemlich groß gewachsen, dunkelhaarig, fraglos attraktiv. Aber nicht der Typ Frau, den ich anziehend finde. Sie trat selbstsicher und geschäftsmäßig auf. Ich glaube, sie hatte blaue Augen, dunkelblau. Eine genauere Beschreibung kann ich Ihnen nicht geben, fürchte ich. Ich habe sie nur einmal gesehen, und das ist schon lange her.«

»Alter?«

»Ich ging davon aus, dass sie so alt wie Rickard war, knapp über zwanzig.«

»Lassen Sie uns auf den Brief zurückkommen. Sind Sie miteinander ins Geschäft gekommen?«

»Aber ja. Erst mal habe ich ihr Henriks Begleitbrief an Rickard abgekauft, und zwar für bescheidene zehntausend Kronen. Sie wollte unbedingt Bargeld haben, und das ließ sich schnell regeln. Ich fand sogar, ich hätte ein gutes Geschäft gemacht. Sie müssen bedenken, dass ich vollkommen überrumpelt war. Ich war völlig ahnungslos, und plötzlich wird man mit so einer Geschichte konfrontiert. Allein der Gedanke, dass meine Frau etwas erfahren könnte, versetzte mich in Panik. Die Briefe von Clarence hingegen, sieben an der Zahl, wurden richtig teuer. Für sie sollte ich je dreißigtausend bezahlen. Polizei und Presse waren die Alternativen. Sie gingen also davon aus, dass mir der gute Name meiner Familie zweihundertzehntausend Kronen wert sein würde.«

»Und, war er das?«, fragte Gudrun gespannt.

»Ja, möglicherweise ...« Er änderte seine Sitzhaltung und atmete tief durch. Sie sah, wie schwer es ihm fiel, sich die Vorgänge noch einmal ins Gedächtnis zu rufen. »Ich weiß wirklich nicht, welche Summen ich gezahlt hätte, wenn alles nach Plan verlaufen wäre. Der Gedanke an einen Skandal ließ mich erschaudern, doch ich war auch Geschäftsmann. Also begann ich zu taktieren. Ich sagte ihr, ich müsse in Ruhe darüber nachdenken, und da ist *sie* nervös geworden. Nachdem sie mir zuerst angeboten hatte, die Briefe nacheinander zu kaufen – die Zeitspanne sollte sich nach meinen finanziellen Möglichkeiten richten –, machte sie mir jetzt einen anderen Vorschlag. Sie wollte nämlich ihr eigenes Spiel spielen. Zumindest behauptete sie das. Sie sagte, dass sie Rickard satt habe und zurück nach Amerika wolle. Deshalb brauche sie sofort Geld. Wenn ich innerhalb von einer Woche sechzigtausend mobilisieren könne, wollte sie mir sämtliche Briefe übergeben. Ich bin mir auch heute nicht sicher, ob sie Rickard hintergehen wollte oder ob das eine Taktik war, die sie zusammen ausgetüftelt hatten – zuerst immense Forderungen zu stellen, um mich dann glauben zu lassen, ich sei noch billig davongekommen. Natürlich habe ich angebissen, und wir haben uns darauf geeinigt, dass unser Geschäft vier Tage später über die Bühne gehen sollte. Aber daraus wurde nichts ...«

»Rickard wurde erschossen, und Sue tauchte ab«, warf Gudrun ein.

»Ja. Obwohl ich erst sechs Tage später von dem Mord an Rickard erfahren habe.«

»Wie haben Sie davon erfahren?«

»Durch Clarence. Er sagte, er hätte es in der Zeitung gelesen. Dort sei zwar kein Name genannt gewesen, aber es wäre ganz klar, dass Rickard gemeint sei.«

»Wie hat Clarence die Nachricht aufgenommen, dass Rickard Sie erpresst hat? Ich nehme doch an, dass Sie ihm davon erzählt haben.«

»Schon am selben Abend, an dem sie hier war, hatte ich ein ausführliches Gespräch mit ihm. Er war natürlich am Boden zerstört, was ja wohl auch das Mindeste war, und gelobte hoch und heilig, sich zu bessern. Das hatte er freilich schon oft zuvor getan und tat es auch weiterhin. Er hat diese Kunst bis zur Perfektion entwickelt. Man konnte gar nicht anders, als ihm zu glauben.«

»Kannte er Sue Adams?«

»Nein. Ich erinnere mich, dass ich ihn danach gefragt habe. Er hatte ihren Namen noch nie gehört.«

»Wie haben Sie sich den Mord an Rickard erklärt?«

»Ich glaubte das, was ich glauben wollte. Clarence beteuerte, nichts mit der Sache zu tun zu haben. Er selbst kam als Täter ohnehin nicht in Frage, weil er zum Zeitpunkt der Tat nicht in Schweden war. Er vertrat unsere Firma bei einer Auktion in London.«

»Auf wessen Veranlassung ist er nach London gereist?«

»Daran kann ich mich nicht erinnern. Vermutlich auf meine. Wenn ich recht verstanden habe, förderten die Ermittlungen auch zutage, dass Rickard viele Feinde besaß. Er bewegte sich ja in kriminellen Kreisen.«

»Und Clarence hatte keine Verbindung zu diesen Kreisen?«

Sie wurden von einem Klingeln unterbrochen, das aus der angrenzenden Bibliothek kam. Es war ein gedämpfter Ton, der jedoch eine heftige Reaktion bei Viktor Jankelius hervorrief. Er zuckte zusammen und starrte in Richtung des Apparats, der ihn so brutal daran erinnerte, dass es noch eine andere Welt gab, in der er sich weiterhin den Anschein geben musste, als stehe alles zum Besten. Für einen kurzen Moment blickte er unsicher zu Gudrun hinüber, als brauche er ihre Erlaubnis, zum Telefon zu gehen, ehe er sich daran erinnerte, dass er Herr in seinem eigenen Haus war.

Es war ein kurzes Gespräch, zu dem er im Großen und Ganzen nur einige Jas und Neins beisteuerte.

Nachdem er wieder im Lehnstuhl Platz genommen hatte, sagte er: »Das war Clarence.«

»Hat er etwas von meinem Besuch heute Morgen gesagt?«, fragte Gudrun interessiert.

»Nein, kein Wort, und ich habe auch nicht gesagt, dass Sie hier sind. Er pflegt zu dieser Tageszeit anzurufen, um mir über ... Firmenangelegenheiten zu berichten.«

Viktor Jankelius schien plötzlich das Interesse verloren zu haben. Er sah erschöpft aus und machte den Eindruck, als müsse er sich bald hinlegen. Aber Gudrun war noch nicht bereit, ihn zu entlassen. Es gab immer noch rätselhafte Punkte, über die sie Klarheit gewinnen wollte, und auf ihre entscheidende Frage hatte sie noch keine Antwort bekommen.

»Hatte auch Clarence Kontakt zu den kriminellen Kreisen, die vermutlich für den Mord an Rickard verantwortlich sind?«, fragte sie erneut.

»Das kann ich mir nicht vorstellen«, antwortete er gleichgültig.

»Wussten Sie, dass Clarence Sue Adams zweimal auf einem Hof in Schonen besuchte, wo sie ein Sommerhaus gemietet hatte?«

»Nein, das wusste ich nicht. Hat er das der Polizei gegenüber gesagt?«

»Ja. Und es gibt mehrere Personen, die bestätigen können, dass er dort war und ein Verhältnis mit ihr hatte. Vieles spricht dafür, dass er den Hof gemeinsam mit ihr verlassen hat. Er behauptet jedoch, ihn allein verlassen zu haben.«

Viktor Jankelius schien verwirrt. »Wann sollte das gewesen sein?«

»Sein letzter Besuch fand offenbar im April 1973 statt.«

»Aber da war er doch verheiratet ...«

Sie begriff, dass sie ihm heute nicht mehr viel zumuten konnte, und entschied sich, zum Abschluss noch eine zentrale Frage zu stellen: »Wie Sie wohl wissen, hat die Polizei die Briefe in Sue Adams' Wohnung gefunden. Sie fand diese so interessant, dass sie daraufhin Clarence zu einem Verhör vorluden. Womit wir zu einem großen Rätsel kommen, nämlich zu der Frage, wie die Briefe sowie das Vernehmungsprotokoll aus dem Polizeiarchiv verschwinden konnten. Ich nehme an, dass Sie die Antwort kennen, da sich die Briefe in Ihrem Besitz befinden.«

»Diese Frage habe ich erwartet«, entgegnete Jankelius mit mattem Lächeln. »Henrik Ulleräng und ich waren Mitglied in einer Bruderschaft. In welcher, tut hier nichts zur Sache. Einer unserer Brüder hatte eine hohe Position bei der Stockholmer Polizei. Er ist mittlerweile verstorben, also kann es ihm nicht schaden, dass ich darüber spreche. Ihm habe ich mich anvertraut, und er war sehr verständnisvoll. Wir kamen überein, dass es niemandem nutzte, wenn in dieser Erpressungssache noch weiter Dreck aufgewühlt würde. Außerdem hatten wir ein gemeinsames Interesse, das Andenken an unseren Freund Henrik und natürlich auch den Namen meiner Familie nicht in den Schmutz zu ziehen. Ich weiß nicht, wie der Polizeidirektor seinen Einfluss geltend machte, doch schon nach kurzer Zeit händigte er mir das Vernehmungsprotokoll und die Briefe aus. Clarence wurde danach nicht mehr von der Polizei behelligt.«

Da sieht man mal wieder, wie praktisch einflussreiche Freunde sind, dachte Gudrun, sagte jedoch: »Und jetzt sind Sie bereit, der Polizei die Unterlagen zurückzugeben?«

»Selbstverständlich«, murmelte er.

»Ich hätte sie gern morgen. Lässt sich das machen?«

»Nennen Sie mir eine Uhrzeit, zu der wir uns in meiner Bank treffen können«, sagte er.

Nachdem sie Ort und Zeit vereinbart hatten, stellte Gudrun das Diktiergerät ab und ließ es in ihrer Aktentasche verschwinden. Als sie aufstehen wollte, wurde sie durch eine Handbewegung zurückgehalten.

Viktor Jankelius sah sie durchdringend an. »Was geschieht jetzt mit Clarence?«, fragte er.

Sie nahm wieder Platz. »Das kann ich Ihnen momentan nicht beantworten«, sagte sie. »Viel wird von seiner eigenen Aussage abhängen.«

»Ja, das ist mir klar. Aber verdächtigen Sie ihn immer noch, die Frau ermordet zu haben?«

»Es gibt ein paar Anhaltspunkte, die darauf hindeuten, aber es ist wirklich zu früh …«

Er unterbrach sie ungeduldig. »Ich denke nicht an ihn … sondern an seine Kinder … und seine Frau. Für mich selbst spielt das alles keine Rolle mehr. Er hat die Grenze weit überschritten, und die Folgen waren vorauszusehen.«

Er ließ den Blick durch den Raum schweifen, als verschaffe er sich rasch eine Übersicht über seine Vermögenswerte, und fügte mit einer vielsagenden Geste triumphierend hinzu: »Das alles hier wird einzig und allein meinen Enkeln zugute kommen.«

Ein harter, geiziger Zug umspielte mit einem Mal seinen Mund, und sie dachte, dass seine Augen eigentlich kalt waren. Ohne zu wissen, woher dieses Gefühl kam, empfand sie plötzlich so etwas wie Mitleid mit Clarence. Vielleicht gab es ja einen Grund für seinen Charakter. Vielleicht war es nicht leicht gewesen, solch einen Vater zu haben.

Als sie kurz darauf durch die Einganghalle auf die Haustür zuging, bemerkte sie eine Tasche mit Golfschlägern. Sie fragte sich, ob Viktor Jankelius sich auch morgen um sein Handicap kümmern würde, falls das Wetter es zuließ. Sicher würde er das.

48 DIENSTAG, 12. AUGUST

Kajsa wurde den Verdacht nicht los, dass Lennart Roos' Interesse an Rune doch vielschichtigere Gründe hatte, als er sie hatte wissen lassen. Darum fiel es ihr nicht leicht, in aller Ungezwungenheit »einen guten Freund« vorzustellen, »der dringend einen Klempner sucht«.

Außerdem schien irgendwas schief gelaufen zu sein, sie wusste nur nicht, was. Die Stimmung war von Anfang an gedrückt. Aus unerfindlichen Gründen war Runes gewohnte Gutmütigkeit einer eisigen Reserviertheit gewichen. Er schaute sie verletzt an, als hätte sie ihn seinem Erzfeind ausgeliefert. Dass Roos einen neuen Boiler brauchte, schien er ihm nicht abzunehmen.

Da Roos aber auf ein Gespräch unter sechs Augen bestand, wechselte er sicherheitshalber erst einmal das Thema und kam erst in Runes Werkstatt, die sich in der ehemaligen Scheune befand, wieder auf sein Anliegen zu sprechen. Doch hatte er gerade erst sein Warmwasserproblem dargelegt und ferner seine Absicht zum Ausdruck gebracht, sich eine Mischbatterie für die Dusche zuzulegen, als auch schon Eivor um die Ecke gelaufen kam. Dass Kajsa den beiden Männern Gesellschaft leistete, schien ihr ein Dorn im Auge zu sein, und nachdem auch sie vorgestellt worden war, schwante Kajsa nichts Gutes.

Eivor lud die ganze Runde sofort zum Kaffee ein und setzte sich über alle kraftlosen Einwände hinweg – auch den von Rune, der irgendetwas über seine Arbeit murmelte, die nicht warten könne. Und mit einer Entschiedenheit, die sicher ihrer langjährigen Erfahrung im Umgang mit zaudernden Missionsmitgliedern zuzuschreiben war, trieb sie alle in ihre Küche, wo sie ein beeindruckendes Sortiment an Kuchen und Keksen hervorzauberte.

Dass Rune litt, stand außer Frage. Mit abwesender Miene hing er buchstäblich über dem Tisch, als frage er sich, wann die ihm gestellte Falle endlich zuschnappen würde. Kajsa war sein Verhalten ein Rätsel. Roos war der Einzige in der Runde, der sichtlich entspannt war. Zumindest ließ er es sich nicht anmerken, falls er sich doch an Runes ablehnender Haltung oder an der Einmischung seiner Frau stieß.

Eivor plapperte munter drauflos. Und als Kajsa begriff, worüber sie plapperte, wurde ihr Runes Benehmen verständlicher.

Es zeigte sich, dass Lennart Roos sein Ruf bereits vorausgeeilt war und ihn mit erschreckenden Eigenschaften ausgestattet hatte. Doch falls man Eivors unausgegorenem Geplapper Glauben schenken durfte, dann hatte es in der Gegend wilde Gerüchte über den getarnten Polizisten aus Stockholm gegeben, der nach Knigarp gezogen war, nachdem er einem internationalen Verbrechersyndikat das Handwerk gelegt hatte. Schusswechsel habe es gegeben, und viel Blut sei geflossen. Eivors lüsterner Blick ließ keinen Zweifel, dass sie die Gelegenheit zu nutzen gedachte, sich über dieses und jenes Klarheit zu verschaffen.

Rune hingegen hegte, wie Kajsa wusste, ein eingefleischtes Misstrauen gegenüber allen Behörden. Polizisten konnte er zur Not tolerieren, wenn ihnen mit Spott und Humor beizukommen war. Doch mit Polizisten, die *inkognito* operierten, kannte er sich aus verständlichen Gründen nicht aus. Und einen solchen hatte er unter falschen Voraussetzungen über seine Schwelle gelassen. Kein Wunder, dass er verunsichert wirkte.

Eivor stellte geblümte Kaffeetassen auf den Tisch und zwitscherte einschmeichelnd: »Ich verstehe ja, dass Sie uns nicht verraten dürfen, was sich damals auf Knigarp eigentlich abgespielt hat, aber man hat doch so einiges gehört. Es heißt, dass zwei Menschen erschossen wurden.«

»Nur zwei?«, fragte Roos verwundert, als hätte er sich andere Gerüchte erwartet.

»Waren es etwa noch mehr?«, fragte Eivor und kleckerte erregt ein bisschen Kaffee auf die Decke.

Roos betrachtete den Kuchenteller mit unergründlicher Miene.

»Mussten nicht auch ein paar Schweine ihr Leben lassen?«, wagte sie sich vor.

»Ich fürchte, das mussten sie alle«, sagte er todernst.

Eivor lachte verunsichert. »Nein – jetzt halten Sie uns zum Narren.«

Er schaute sie mit funkelnden Augen an. »Ehrenwort. Keines der Schweine ist heute noch am Leben.«

»Das versteht sich ... Sie sind ja wohl inzwischen geschlachtet worden.« Er erntete einen koketten Blick. »Ist es nicht etwas unheimlich, an einem Ort zu wohnen, an dem so fürchterliche Verbrechen begangen wurden?«

»Man gewöhnt sich daran«, antwortete er bescheiden.

»Ja, sicher. Ich bin oft dort vorbeigefahren; der Hof liegt ja wirklich sehr schön. Und jetzt sollen Sie herausfinden, was auf Röshult passiert ist, kann ich mir denken. Tja, auch wir sind von Verbrechen nicht verschont worden.« Sie schaute seufzend zu ihrem Mann hinüber. »Und Polizisten haben wir in letzter Zeit wirklich mehr als genug gesehen. Ich meine, gewöhnliche Polizisten ...«

Roos nickte teilnahmsvoll, als sei ihm so etwas auch schon zu Ohren gekommen.

»Aber sie scheinen ja kein bisschen voranzukommen«, fuhr sie eifrig fort. »Ständig laufen sie hier herum und löchern uns mit ihren Fragen. Als ob wir ihnen weiterhelfen könnten.« Ihr Tonfall wurde düster. »Nein, es ist wirklich kein Vergnügen, wenn so etwas in der Nachbarschaft geschieht, das kann ich Ihnen sagen. Leif war ja ein wenig eigen, aber man kann ihm nichts Böses nachsagen. Im Grunde war er ein guter Mensch ... wenngleich auch er nicht frei von Verfehlungen war. Ja, das ist ein harter Schlag für Gertrud.«

Sie neigte den Kopf zur Seite, kniff die Augen zusammen und schaute Roos fragend an. »Ist es so, dass die Polizei Sie bei der Lösung des Falls um Hilfe gebeten hat?«

Er lächelte entwaffnend. »Nein, von solchen Anfragen bin ich Gott sei

Dank verschont geblieben«, sagte er. »Ich genieße meinen Ruhestand. Mein Interesse an diesem Fall ist eher allgemeiner Natur.«

»Ach so.« Eivor sah ein wenig enttäuscht aus. »Also das hätte ich wirklich nie gedacht ... dass Sie pensioniert sind.«

»Als frisch gebackener Besitzer eines Hofes hab ich ja auch anderes zu tun«, entgegnete er und warf ihr einen raschen Blick zu. »Und auch wenn Ihr Mann mir nicht glauben will, brauche ich sachkundige Hilfe, was einen neuen Boiler betrifft.«

»Warum sollte er Ihnen nicht glauben?«, rief sie aus und schaute ihren Mann tadelnd an. »Natürlich wird er Ihnen dabei behilflich sein.«

»Ja, ja, das mache ich schon«, brummte Rune, der von Roos' Harmlosigkeit noch lange nicht überzeugt war.

»Aber wenn man bei der Polizei war, dann kann einen solch ein Fall doch bestimmt nicht kalt lassen«, beharrte Eivor. »Sie haben doch sicher eine Theorie, wer ... Ich meine, wie sich das Ganze zugetragen hat.«

Roos, der immer tiefer in Eivors Seele blickte, während er ausgiebig von ihrem Kuchen aß, sagte: »Eigentlich nicht, aber wenn Sie eine haben, würde ich sie gern hören.«

»Ich?«, rief sie mit gespieltem Schrecken. »Gott bewahre! Ich habe zwar im Lauf der Jahre so einiges mitbekommen, aber an Klatsch und Tratsch beteilige ich mich grundsätzlich nicht.«

Rune verschluckte sich am Kaffee und bekam einen Hustenanfall.

»Aber es besteht doch ein großer Unterschied zwischen Klatsch und Tratsch und objektiven Beobachtungen«, philosophierte Roos.

»Ja, natürlich«, pflichtete Eivor ihm bei. »Und auf Röshult hat ja schon immer eine ziemliche Unruhe geherrscht. Das kann auch Rune bestätigen«, fügte sie mit einem strengen Blick auf ihren Mann hinzu. »Irgendwie hat man ja fast darauf gewartet, dass früher oder später so was passiert. Ich meine, nicht dass Leif ermordet wird, aber dass alles irgendwann mit Gewalt endet.«

Roos blickte sie ermunternd an.

»Ja, äh, von diesen Mädchen da aus Stockholm, die vor vielen Jahren das Sommerhaus gemietet hatten, haben Sie ja bestimmt schon erfahren. Das ist von der Polizei ja alles schon bis zum Überdruss untersucht worden. Aber ich kann mir nicht vorstellen, dass Leif deswegen mit einer Bratpfanne erschlagen wurde. Das kann mir keiner weismachen.«

Roos nickte zustimmend, als hätte er bereits begriffen, dass Eivor nicht zu den Leichtgläubigen gehörte.

»Wenn Sie meine ehrliche Meinung wissen wollen, dann ist es dieser verrückte Bruder aus Amerika gewesen, und es war bestimmt nicht das erste Mal, dass er jemanden umgebracht hat.«

»Was für eine interessante Theorie«, sagte Roos anerkennend.

Nun konnte sich Rune nicht länger zurückhalten. »Die Theorie ist mit Vorsicht zu genießen«, protestierte er. »Max ist nicht verrückter als andere, soviel ich weiß. Und woher diese alten Gerüchte kommen, ist doch wohl sonnenklar. Die stammen von Gertrud – die hatte schon immer eine giftige Zunge.«

»Was für alte Gerüchte?«, fragte Kajsa.

»Es gibt das Gerücht, er hätte seinen Vater erschlagen und wäre deshalb so schnell nach Amerika gegangen. Ist aber alles dummes Gerede. Er wurde beim Baumfällen von einem Ast erschlagen. Es war ein Unfall, nichts weiter ...«

»Natürlich haben sie das behauptet«, unterbrach ihn Eivor, »weil sich nichts anderes beweisen ließ. Aber es gibt Zeugen, dass sie einen heftigen Streit hatten und er seinen Vater bedroht hat – und wenn man's genau nimmt, dann ist der Ast nicht so gefallen, wie er eigentlich sollte.«

»Sagst ausgerechnet du, die noch nie einen Baum gefällt hat«, sagte Rune zurechtweisend. »Henning war sehr erfahren im Wald, der hätte sich nicht versehentlich einen Ast auf den Kopf fallen lassen.«

»Genau das ist aber passiert!«, entgegnete Eivor triumphierend. »Er hat einen Ast auf den Kopf gekriegt. Oder meinst du, er hat sich freiwillig darunter gestellt?«

Rune warf seiner Frau einen müden Blick zu. Es war vermutlich schon lange her, dass er in einer Diskussion mit Eivor das letzte Wort behalten hatte.

»Es war ein Unfall«, wiederholte er beharrlich und fischte eine zerknüllte Zigarettenpackung aus der Brusttasche seines Hemds. Er steckte sich eine Zigarette in den Mundwinkel, zündete sie jedoch nicht an.

»Wie auch immer es sich mit dem Ast verhalten haben mag«, versuchte Roos zu vermitteln, »was für einen Grund sollte er gehabt haben, seinen Bruder zu töten?«

»Sie haben sich doch um das Erbe gestritten«, sagte Eivor. »Das wissen doch schließlich alle, dass er wahnsinnig viel Geld haben wollte.« Sie fand es offenbar höchst erstaunlich, dass ein verdeckter Ermittler von diesen Vorgängen nicht unterrichtet war. »Er kehrte im Frühjahr nach Schweden zurück, nachdem er über vierzig Jahre lang fort gewesen war, und hat beinahe ihren gesamten Besitz eingefordert. Er war so boshaft und voller Hass, dass es Gertrud richtig mit der Angst gekriegt hat. Und Leif war ja nicht derjenige, dem gegenüber man sich zu viel herausnehmen durfte. So sind sie eben in Streit geraten miteinander, und dann hat Max die Bratpfanne genommen und zugeschlagen, als Leif ihm den Rücken zugekehrt hat.«

Rune schaute entnervt an die Decke und schnalzte so heftig mit der Zunge, dass ihm seine Zigarette aus dem Mund fiel.

»Erst beschuldigst du ihn, verrückt zu sein, dann stellst du ihn als dämlich hin. Glaubst du, er hätte so eine Chance, an sein Geld zu kommen?«

»Woher soll ich wissen, was in ihm vorgeht?«, verteidigte sich Eivor. »Aber Gertrud sagt, es kann gar kein anderer gewesen sein.«

Rune schlug sich an die Stirn. »Und wenn Gertrud das sagt, dann stimmt es natürlich, weil doch alle wissen, dass es keine ehrlichere Person in ganz Schonen gibt.«

Doch seine Ironie prallte an Eivor ab. »Sie wollten doch meine Meinung hören«, sagte sie an Roos gewandt.

»Ja, natürlich. Vielen Dank«, sagte er höflich.

»Haben Sie das auch der Polizei erzählt?«, fragte Kajsa.

»Ich habe es wohl erwähnt«, antwortete sie vage. »Sie haben ja vor allem mit Rune geredet, aber worüber, kann ich Ihnen nicht sagen, da schweigt er sich aus.«

»Je weniger geredet wird, desto besser«, sagte Rune und steckte sich seine Zigarette wieder zwischen die Lippen. »Und wenn Sie mich entschuldigen wollen, dann gehe ich jetzt raus, eine rauchen«, fügte er hinzu und stand auf.

Das war das Signal zum allgemeinen Aufbruch, und nachdem Roos Eivor mehrere Komplimente für ihren Kuchen gemacht hatte, strebte auch er der Tür entgegen.

Zu Rune sagte er: »Können Sie mir irgendwelches Ansichtsmaterial zeigen?«

»Kommen Sie doch wieder mit in die Werkstatt«, sagte Rune. »Dort habe ich ein paar Kataloge.«

Plötzlich fiel Roos etwas ein. »Ach, ich wollte Sie ja noch etwas ganz anderes fragen.« Sein Ton ließ auf ein harmloses Thema schließen. »Ich habe einen guten Freund in Stockholm, der vor vielen Jahren hier in der Gegend gewohnt hat. Er hat mir etwas von dem Inhaber eines Ladens erzählt. Es handelt sich wohl um eine Art Gemischtwarenladen, aber mir ist nicht ganz klar geworden, ob er in Lekeröd oder in Märringe liegt.« Mit gewisser Erwartung blickte er von Eivor zu Rune.

Rune, die Hand auf der Türklinke, drehte sich um. »In beiden Orten gab es so einen Laden, aber der in Lekeröd hat zuerst dichtgemacht, soweit ich mich erinnere.«

»Stimmt, das war zu Beginn der siebziger Jahre«, sagte Eivor.

»Der in Märringe hat dann später zugemacht«, sagte Rune. »Ich glaube, das war '73.«

»'73?«, sagte Roos. »Dann war es der, den mein Freund meinte. Und es war ein Gemischtwarenladen?«

»Ja, so was in der Art. Obwohl es in den letzten Jahren immer weniger zu kaufen gab.«

»Wie hieß der Inhaber des Ladens noch gleich?« Roos schnippte mit den Fingern, als läge ihm der Name auf der Zunge.

»Das war Sven Jönsson«, sagte Rune.

»Genau, so war sein Name. Wohnt er immer noch in Märringe?«

»Nein – er ist 1973 gestorben. Darum wurde sein Laden auch zugemacht.«

»Wie betrüblich zu hören«, sagte Roos. »Ich sollte ihm eigentlich Grüße ausrichten.«

»Er liegt auf dem Friedhof in Märringe«, warf Eivor hilfsbereit ein.

»Ja, aber besonders gesprächig wird er nicht sein«, sagte Rune.

Roos legte die Stirn in Falten. »Meinem Freund zufolge war er ein warmherziger und positiv denkender Mensch. Lebensfroh, so hat er sich ausgedrückt. Ein Verehrer der Frauen und ein Freund von gutem Essen. Sie haben doch sicher ab und zu ein Gläschen miteinander getrunken ...«

Er hielt inne, als er die Verwunderung in ihrer Gesichtern bemerkte. »Wir meinen doch wohl dieselbe Person?«, fügte er unsicher hinzu.

»Sven war Mitglied der Missionskirche und Abstinenzler«, sagte Eivor kühl.

Rune hingegen schien sich zu amüsieren. »Teufel noch mal, wenn ich gewusst hätte, was der für ein Schwerenöter war ...«

»Vielleicht liegt ja eine Verwechslung vor«, sagte Roos. »Könnte es zwei Läden in Märringe gegeben haben?«

»Nein, ausgeschlossen«, entgegnete Rune und schaute grinsend zu seiner Frau hinüber. »Aber vielleicht gab es ja zwei Sven Jönssons – eine fromme und eine verlorene Seele.«

Eivor überhörte diese Bemerkung. »Sven war Diabetiker und musste genau darauf achten, was er aß«, sagte sie bedächtig. »Und was den Alkohol betraf, so hatte er, wie gesagt, feste Prinzipien. Er hat nie welchen angerührt.«

»Na, dann bleiben ja nur die schönen Frauen«, schnaubte Rune fröhlich. »Was er mit denen anstellen wollte, verstehe ich allerdings nicht.«

»Es war ein großer Verlust für die Missionskirche, als er von uns ging«, sagte Eivor salbungsvoll.

»Irgendwas ist hier offenbar durcheinander geraten«, sagte Roos. »Vielleicht war der Laden doch in einem anderen Ort dieser Gegend.«

Rune war bereits aus der Tür gegangen, um sich endlich seine Zigarette anzuzünden, und als sie ihm kurz darauf in seiner Werkstatt Gesellschaft leisteten, konnte Kajsa feststellen, dass das Eis gebrochen war. Die Vorstellung von Sven Jönsson als lebensfrohem Frauenheld hatte ihn in gute Laune versetzt.

Er warf Roos einen prüfenden Seitenblick zu. »Arbeiten Sie mit den anderen Polizisten zusammen oder sind Sie sozusagen Ihr eigener Herr?«

»Sowohl als auch«, antwortete Roos wahrheitsgetreu. »Ich kenne die anderen Kollegen und habe meine Meinung zu gewissen Punkten zum Ausdruck gebracht. Aber mit den Ermittlungen habe ich eigentlich nichts zu tun. Ich bin Privatmann und ermittle nur noch aus Spaß.«

»Ich habe sofort gespürt, dass Sie irgendwas aus mir herauskriegen wollten«, sagte Rune.

»Ja, das ist mir nicht entgangen«, sagte Roos. »Im Übrigen brauche ich wirklich einen Klempner.«

»Aber warum eigentlich?«

»Warum ich einen Klempner brauche?«

»Nein, warum Ihnen die privaten Ermittlungen solch eine Freude bereiten?«

Roos lächelte Rune gewinnend an. »Ich bin einfach neugierig«, antwortete er. »Geheimnisse liegen mir ganz allgemein, und menschliche Verhaltensweisen interessieren mich jederzeit, vor allem wenn sie problematisch sind. Wenn sich dann noch zugespitzte Situationen ergeben und manches im Dunkeln liegt, kann ich einfach nicht widerstehen.«

Rune sah wieder sehr angespannt aus. Er spuckte nervös auf den Boden und hielt den Blick gesenkt. Dennoch sagte er freundlich: »Natürlich helfe ich Ihnen mit dem Boiler. Und eine Mischbatterie brauchen Sie auch, sagten Sie?«

Er hielt seinen beiden Gästen die Tür auf und fand nach einigem Suchen die erwähnten Kataloge.

»Ganz hinten sind die Preislisten«, sagte er.

Roos vertiefte sich eine Weile in das Angebot, und da die Kataloge auch Artikel enthielten, die für Kajsa von Interesse waren, kam es zu einem lebhaften Gedankenaustausch über die Vor- und Nachteile verschiedener Lösungen. Rune nahm an der Diskussion nicht teil. Er stand etwas abseits und starrte ins Leere. Ganz offensichtlich war er mit seinen Gedanken weit entfernt von allen Mischbatterien.

»Die haben mich im Verdacht, Leif erschlagen zu haben«, sagte er plötzlich.

Roos blickte auf. »Tun sie das? Warum?«, fragte er mit sanfter Verwunderung.

»Weil ich kein Alibi habe!«, brach es heftig aus ihm hervor. Aus einem Mund klang es so, als hätte er sich eine Auszeichnung verdient. »Eivor weiß nichts davon«, fügte er mit ängstlichem Blick über die Schulter hinzu.

»Haben Sie ihn erschlagen?«, fragte Roos.

»Nein.«

»Hm, ich nehme an, dann haben Sie auch ein Alibi, wollen aber nicht darüber sprechen – stimmt's?«

Rune sah beeindruckt aus. »Ja ... ich finde, das geht niemanden was an.«

Roos nickte verständnisvoll und fuhr mit dem Studium des Katalogs fort.

Rune räusperte sich. »Obwohl ich annehme, dass sie es sowieso irgendwann rauskriegen«, sagte er.

»Wahrscheinlich.«

Runes Gesicht war feuerrot geworden. Kajsa sah, dass er mit sich kämpfte.

»Ach, die ganze Geschichte ist mir schrecklich unangenehm«, sagte er. »Ich wollte sowieso damit aufhören, von daher spielt es keine Rolle, aber es wird eine Menge Gerede geben ... und Eivor wird an die Decke gehen.«

Er zwang sich, Roos anzusehen.

»Aber wenn ich Ihnen … und Kajsa davon erzähle …«, er blickte sich um und senkte die Stimme, »… dann können Sie mir vielleicht einen Rat geben.«

»Ich werde mein Bestes tun«, versicherte Roos, der seiner Stimme ebenfalls einen konspirativen Klang gab.

»Ich war oben bei der Hütte von Ben-Oskar und hab mir die Apparatur angesehen …«

»Die Apparatur?« Roos schaute ihn fragend an.

»Irgendjemand muss sich doch darum kümmern.«

Roos' Gesicht hellte sich auf. »Ach, die Apparatur …«, sagte er gedämpft, als wäre damit alles geklärt.

»Und wer ist Ben-Oskar?«, fragte Kajsa.

»Er hat früher dort gewohnt. Jetzt steht sie leer … liegt ganz allein mitten im Wald. Leif und ich haben uns zusammen darum gekümmert, vor allem … für den eigenen Gebrauch. Aber ein paar feste Kunden hatten wir auch.«

Kajsa ging allmählich ein Licht auf. »Du meinst die Apparatur zum Schnapsbrennen?«, rief sie.

Rune schaute sie tadelnd an und blickte sich um, als hätten die Wände Ohren. »Leider hatten wir genau an diesem Tag etwas angesetzt«, sagte er. »Eigentlich wollten wir am Abend beide noch einen Blick darauf werfen, aber mich hat es nicht gewundert, dass Leif nicht gekommen ist. Ich wusste ja, dass er sehr mitgenommen war. Das war ich schließlich auch. Zu Eivor habe ich gesagt, dass ich beruflich noch was zu tun hätte. Ich konnte ja nicht ahnen, dass sich die Polizei bei ihr nach meinem Aufenthaltsort erkundigen würde. Und als sie mich selbst fragten, habe ich ihnen gesagt, ich hätte einen Waldspaziergang gemacht, weil mir nichts Besseres einfiel, aber das haben sie mir sowieso nicht abgenommen. Das hätte ich an ihrer Stelle auch nicht.«

Roos sah Rune eine Weile nachdenklich an, ehe er sagte: »Es hat Sie also auch sehr mitgenommen, als Sie erfuhren, wessen Leiche an diesem Tag im Moor gefunden wurde?«

»Ja, sicher«, murmelte Rune und fingerte an seiner Zigarettenpackung.

»Sie kannten sie recht gut?«

»Nicht so gut wie Leif. Zu ihm war sie ja am nettesten. Obwohl sie auch ein bisschen nett zu mir war ... hin und wieder.«

»Gab es noch andere ... zu denen sie nett war?«

Rune zuckte mit den Schultern. »Da gab es ja diese Jungs aus Stockholm.«

»Sonst niemand aus dieser Gegend?«

Rune sah ein wenig schockiert aus. »Sie hat mir jedenfalls nichts davon erzählt.«

»War auch nur eine Vermutung«, sagte Roos nachdenklich. »Haben Sie schon damals heimlich gebrannt?«

»Das machen wir seit über dreißig Jahren«, sagte Rune, nicht ohne einen gewissen Stolz in der Stimme. »Aber jetzt ist Schluss damit«, ergänzte er düster. »Ohne Leif will ich nicht weitermachen.«

»Steht die Apparatur immer noch da?«, fragte Kajsa.

»Ja. Ich bin noch nicht dazu gekommen, sie zu entfernen.«

»Kommt denn kein anderer an sie ran?«, fragte sie.

»Nein, nein – die Fenster sind mit Brettern vernagelt, und der Weg dorthin ist in den letzten zwanzig Jahren völlig zugewachsen. Es weiß doch niemand, dass es die Hütte überhaupt noch gibt.«

»Nur der Ordnung halber ...«, sagte Roos. »Was glauben Sie, warum Leif getötet wurde?«

»Ach, woher soll ich das denn wissen?«, rief Rune erregt.

»Aber Sie glauben nicht an die Theorie, dass es der Bruder aus Amerika war?«

Darauf gab Rune nur ein Schnauben von sich.

»Was ist mit dem anderen Bruder?«

»Birger?« Rune schüttelte den Kopf. »Der ist ein durch und durch gutmütiger Kerl.«

»Und Gertrud?«, fragte Kajsa.

Rune kratzte sich bedächtig den Nacken. »Der traue ich zwar alles zu, aber auf Leif hat sie nie etwas kommen lassen.«

Roos schien für eine Weile in Gedanken versunken zu sein.

»Ich rate Ihnen, nichts über die Apparatur bei Ben-Oskar zu sagen, falls es nicht unumgänglich ist«, sagte er. »Mit ein bisschen Glück wird das auch nicht nötig sein.«

Rune schaute Roos, der soeben eine schwere Last von seinen Schultern genommen hatte, beinahe ergeben an. »Sie glauben wirklich, es wird nicht nötig sein?«

»Bis es so weit kommt, habe ich den Fall sicher gelöst«, entgegnete Roos zuversichtlich.

49 AM SELBEN NACHMITTAG

Sie wollte standhaft bleiben, wie sehr ihr der Wind auch ins Gesicht blies. Vor allem das Wesentliche nicht aus den Augen verlieren: ein Heim für ihre Familie zu schaffen. Einen Zufluchtsort in einer unsicheren Welt. Auch wenn Olle diesen Zufluchtsort am Morgen mal wieder verflucht hatte, nachdem er zum wiederholten Mal mit einem aufdringlichen Journalisten aneinander geraten war. Derzeit hatte er den Glauben an ihre Vision sicher verloren, doch sie wollte beharrlich an ihrem Ziel festhalten. Und im Moment widmete sie sich sehr konkreten Maßnahmen. Sie wollte das Wohnhaus rot streichen, auch wenn vielleicht wichtigere Dinge zu erledigen gewesen wären.

Mit Feuereifer machte sie sich ans Werk. Als müsse sie das Recht auf ihre Träume verteidigen.

Seit einer Stunde war sie beschäftigt gewesen, als der Chor sich dem Finale der *Carmina Burana* näherte und das »Ave formosissima« anstimmte. Da bemerkte sie plötzlich, dass sie nicht allein war. Sie drehte sich um.

Petrus stand hinter ihr und betrachtete sie. Bei seinem Anblick machte ihr Herz vor Freude einen Satz. Sie schaltete den CD-Player aus.

»Hast du die Stille nicht mehr ausgehalten?«, fragte er.

»Ich vertreibe die bösen Geister.«

»Hast du's schon mit Bach versucht?«

»Der wird auch noch seine Chance bekommen.«

Sie wusch sich die Hände an der Pumpe und wischte sie an der Jeans ab, bevor sie sich nervös durch das Haar strich.

»Ich sehe fürchterlich aus – aber das Haus wird schön, findest du nicht?«

»Du siehst strahlend aus«, sagte er. »Das Haus auch. Wo ist Joakim?«

»In der Stadt, bei Fredrik. Die sind wieder dicke Freunde. Er fährt mit Olle nach Hause.«

Sie schwiegen verlegen. Es war so viel geschehen, seit sie sich das letzte Mal gesehen hatten. Sie wussten beide nicht so recht, was der andere dachte. Doch Petrus war sicher gekommen, um ihr Verhältnis wieder ins Lot zu bringen, und sie wollte ihm dabei helfen.

»Ich war eben beim Sommerhaus«, sagte er. »Ich wollte dich einfach sehen.«

»Was für eine gute Idee«, sagte sie.

Nach einer weiteren Pause fragte sie: »Ist Marcus noch da?«

Es huschte ein schmerzhafter Zug über sein Gesicht, wie immer, wenn sie auf Marcus zu sprechen kamen. »Nicht mehr lange, hoffe ich.«

Sie ließen sich zu beiden Seiten des Gartentischs nieder, inmitten all des Gerümpels. Er streckte seine Hand nach ihr aus. Sie fand, dass er erschöpft aussah. Als hätte er nicht gut geschlafen.

»Hast du eine schwere Zeit gehabt?«

»Ja«, sagte er. »Kannst du mir verzeihen, dass ich letztes Mal so unfreundlich zu dir war?«

»Da gibt es nichts zu verzeihen«, versicherte sie und drückte seine Hand. »Ich weiß ja, dass du sehr unter Druck standst.«

»Ich bin nicht ich selbst … seit er aufgetaucht ist. Es ist ungeheuer anstrengend, mit jemandem zusammen zu sein, der Depressionen hat. Vor allem wenn es der eigene Sohn ist und er damit droht, sich umzubringen.«

»Hat er wieder damit angefangen? Willst du darüber reden?«

Er schüttelte den Kopf. »Ich will dich nicht mit meinen Sorgen behelligen. Du hast genug mit deinen eigenen zu tun, und ich drücke mich so gern darum, über ihn zu reden. Aber ich konnte nicht länger warten …«

Sie gab einem spontanen Impuls nach und strich ihm über die Wange – froh, ihn wiederzuhaben. »Hoffentlich ist jetzt alles vorbei«, sagte sie.

»Ihr bleibt auf jeden Fall hier wohnen?«

»Natürlich bleiben wir. Sonst würde ich doch wohl das Haus nicht streichen. Ich lasse mich nicht … *Wir* wollen uns nicht vertreiben lassen.«

Er zeigte auf die *Christiansholmsposten*, die auf dem Tisch lag. »Was machen die Ermittlungen?«

»Ich weiß auch nicht mehr als das, was in der Zeitung steht«, erwiderte sie.

»Und was glaubst du?«

»Ich glaube, sie verdächtigen seinen Bruder.«

»Birger oder den anderen?«

»Birger. Er kam ja an dem Abend extra hierher.«

»Was sollte er für einen Grund haben?«

»Keine Ahnung«, seufzte sie, »und ich bin mir nicht sicher, ob ich es überhaupt wissen will.«

Petrus' Handy piepte aus irgendeiner Tasche. Er riss es an sich.

»Es ist Anna-Lena in der Firma«, sagte er und ließ widerwillig ihre Hand los. »Sie wartet vermutlich auf mich.«

»Grüß sie von mir.«

Während er ein kurzes Gespräch führte, überlegte sie, dass Olle von diesem Besuch lieber nichts erfahren sollte. Zumindest nicht unter den gegebenen Umständen.

Petrus nahm erneut ihre Hand. So saßen sie eine Weile, ohne ein Wort zu sprechen, er mit gerunzelter Stirn.

»Es ist frustrierend, auf die Spekulationen der Zeitungen angewiesen zu sein«, sagte er schließlich. »Was ist denn mit dem Tagebuch? Hat das inzwischen die Polizei?«

»Ja.«

»Und gibt es keine Hinweise darin, die den Ansatz für eine Erklärung liefern? Zumindest irgendeine Spur?«

»Ich weiß nicht, ob sie inzwischen weitergekommen sind.«

»Nerve ich dich mit meinen Fragen?«

»Nein, nein, ich bin nur das Thema langsam leid. Außerdem fühle ich mich persönlich betroffen. Es kommt mir so vor, als hätte ich die Mädchen gekannt.«

»Reden wir nicht mehr davon. Wie wird Joakim mit alldem fertig?«

»Ganz gut, hoffe ich. Wir haben viel darüber gesprochen.«

»Wie geht's mit deinem Job weiter?«

»Ich habe noch Urlaub bis Ende August. Danach werde ich halbtags arbeiten. Ich will zu Hause sein, wenn Joakim aus der Schule kommt.«

»Das finde ich gut. Er sollte nicht zu viel allein sein. Darf ich dich mal zum Mittagessen einladen, wenn du in der Stadt zu tun hast?«

Sie zögerte, gab dann jedoch seinem bittenden Ton nach. »Gern.«

»Diese Woche?«

»Ich rufe dich an.«

Er stand auf. »Ich muss los. Es wartet jede Menge Arbeit auf mich.«

Sie verabschiedeten sich mit einer vorsichtigen Umarmung. Zwischen den Bäumen sah sie das Auto verschwinden. Dann ging sie zurück zum Hof und rührte im Farbeimer, doch sie hatte die Lust am Streichen verloren. Sein Besuch hatte einen Anflug von Wehmut in ihr ausgelöst. Ihr Versuch, die alte Vertrautheit wiederherzustellen, hatte etwas Angestrengtes und Verzweifeltes an sich, und das war vermutlich ihre Schuld. An jenem Abend im Frühling hatte ihre Freundschaft den ersten Riss bekommen. Und später war so viel geschehen, das diesen Riss vertieft hatte. Vielleicht ließ sich so etwas im Lauf der Zeit reparieren. Aber dazu musste Olle seine Einstellung ändern.

Schließlich begann sie doch wieder mit dem Streichen und hatte sich schon ziemlich voll gekleckst, als sich das Handy auf dem Gartentisch meldete.

Fluchend wischte sie sich die Hände an einem Lappen ab und schnappte sich den beharrlich piependen Apparat.

Nach kurzem Schweigen hörte sie eine männliche Stimme: »Ja, hallo, das ist aber lange her …«

»Wer ist denn da?«

»Marcus.«

Welcher Marcus?, dachte sie irritiert, besann sich aber im nächsten Augenblick. »Ach, du bist's. Ich habe zuerst deine Stimme gar nicht erkannt. Ja, das ist wirklich lange her. Ich hatte gerade Besuch von deinem Vater.«

Er gab ein zögerliches Lachen von sich. »Und wo ist er jetzt?«

»Er war eben noch hier. Du hast doch wahrscheinlich gehört, dass Olle und ich einen alten Hof gekauft haben.«

»Jetzt komme ich nicht mit. Ist er denn nicht mehr da?«

»Nein, er ist gerade in die Stadt zurückgefahren.«

»Und wo bist du?«

»Na, zu Hause natürlich.«

»Da muss irgendein Fehler vorliegen. Ich dachte, ich hätte ihn auf seinem Handy angerufen.«

Sie schaute sich den Apparat näher an – drehte es um und las Petrus' Namen auf der Rückseite.

»Das hast du auch. Er hat es hier vergessen.« Sie schaute sich um. »Offenbar hat er meins mitgenommen. Wir haben genau dieselben.«

»Das erklärt die Sache.«

»Er kann noch nicht weit gekommen sein. Ich werde ihn ... auf meinem Handy anrufen und sagen, dass du nach ihm gefragt hast.«

»Sag ihm, es ist dringend. Ich bin immer noch in Sundsvall und sitze hier mit Janne und warte. Er hätte vor einer Stunde anrufen sollen.«

»In Sundsvall?«, wiederholte sie ungläubig.

»In Sundsvall«, bekräftigte er.

Sie wollte gerade etwas einwenden, ließ es aber bleiben. Hatten die Depressionen seinen Realitätssinn beeinflusst?

»Zu Hause bei Janne«, fügte er hinzu. »Sag ihm das.«

»Aber ... ich dachte, du bist in Christiansholm.«

»Nein, leider nicht. Das würde die Sache viel einfacher machen.«

»Wann bist du da weggefahren?«

»Wie meinst du das?«

»Warst du nicht vorhin noch da?«

»Ich war seit mindestens einem Jahr nicht mehr in Christiansholm, aber für den Herbst habe ich einen Besuch geplant.«

Sie entgegnete nichts. Seine Worte trafen sie wie ein Schlag in die Magengrube. Eine kribbelnde Unruhe breitete sich rasch in ihrem Körper aus. Marcus fuhr fröhlich fort: Doch, natürlich wisse er, dass sie einen Hof gekauft hätten. Er habe auch von der Moorleiche aus dem Mittelalter gehört. Und sie habe doch sicher schon erfahren, dass er jetzt außerhalb von Sundsvall wohne und geschieden sei. Außerdem habe er eine Frau kennen gelernt, mit der es ihm ernst sei. Sie habe einen Hundezwinger und sei sehr zielstrebig. Ihre Eltern wohnten unweit von Höör, also hätten sie für den Herbst eine Tour nach Schonen geplant, um ihre Familien zu besuchen.

Für jemanden mit Depressionen klang er erstaunlich aufgeräumt.

»Vielleicht sollten wir dann auch bei dir vorbeischauen«, fügte er mit munterer Unverbindlichkeit hinzu. Er bekam keine Chance, noch mehr zu sagen, weil sie aus reiner Zerstreutheit aufgelegt hatte.

Sie starrte einen kräftigen Löwenzahn an, der zu ihren Füßen wuchs. Ein leichter Schwindel erfasste sie. Es musste eine Erklärung geben. Eine, die sie beruhigte … die alles ins rechte Licht rückte. Sonst wusste sie nicht, wem sie überhaupt noch glauben konnte. Hatte sie etwa alles falsch verstanden? Er hatte doch von Marcus' Besuch erzählt. Mehrmals sogar.

Sie pfefferte das Handy auf den Tisch.

Log Marcus? War er so unberechenbar? Zu viel Alkohol, zu viele Tabletten? Vielleicht gehörten diese Fantasien zu seinem Krankheitsbild. Doch hatte er vollkommen normal geklungen, als wäre er wirklich in Sundsvall bei einer Person, die Janne hieß.

War alles nur ein merkwürdiger Spaß gewesen? Wer kam auf solche Ideen? Merkwürdige Späße waren nicht Petrus' Sache. Und Markus kam sicher auch nicht in Frage. Was sollte er für einen Anlass haben? Also hatte Petrus doch gelogen. Aber warum? Sie wollte nicht wissen, warum.

Das Handy gab erneut Laut. Sie zuckte zusammen und starrte mit Abscheu auf den Apparat. Sie dachte gar nicht daran zu antworten. Sie würde ihn nicht mehr anfassen, sondern weit von sich werfen … oder im Farbeimer ertränken … oder doch antworten!

Sie hörte Petrus' ruhige Stimme. »Entschuldige, dass ich dich ständig von der Arbeit abhalte. Das ist bestimmt schon das dritte Mal diese Woche, dass ich mein Handy liegen lasse. Ich hab schon umgedreht und bin in einer Viertelstunde wieder bei dir.«

Sie schwieg und horchte gespannt auf die Nuancen seiner Stimme.

»Hallo, bist du noch dran?«

»Ja.«

»Hat irgendjemand bei mir angerufen?«

»Nein.«

»Gut. Geh nicht dran, wenn's klingelt. Schalt das Handy einfach aus.«

»Okay.«

Als er kam, hatte sie sich der Hausfassade zugewandt. Mit enormer Willensanstrengung tauchte sie den Pinsel in den Eimer und begann die Farbe auf das Holz aufzutragen. Aus dem Augenwinkel heraus sah sie, dass er zum Tisch ging und das Handy an sich nahm. Sie hörte das Signal, als er es einschaltete, und hielt die Luft an. Dann stand er schweigend hinter ihr.

»Marcus hat angerufen, nicht wahr?«, sagte er schließlich.

Sie brachte keinen Ton heraus, sondern fuhr damit fort, die Wand zu bearbeiten, als hätte sie ihn nicht gehört. Er nahm sie an den Schultern und drehte sie sanft herum. Sie war nicht in der Lage, ihren Blick höher als bis zu seinen Knien zu heben.

»Lass mich es dir erklären«, sagte er leise.

Doch sie wollte keine Erklärung hören. Sie wollte nur, dass er ihre Schultern losließ.

»Was Marcus angeht, habe ich dir nicht die Wahrheit gesagt. Aber ich stand unter Schock … weil etwas passiert ist.«

Unter Schock?, dachte sie verwirrt. Sie war es, die unter Schock stand. Sie fühlte sich wie versteinert.

»Ich bin einfach meiner ersten Eingebung gefolgt, auf der Flucht …«

»Heute?«, fragte sie.

»Hat man erst mal mit dem Lügen angefangen, kommt man so schnell nicht wieder davon los.«

Eine Erinnerung kam ihr zu Bewusstsein, ein Umstand, den sie längst verdrängt hatte. Ein Dialog mit Joakim. Einige Sätze, die an dem Abend gefallen waren, als Gertrud … und Leif … Aber das konnte sie damals natürlich nicht wissen.

Der Griff um ihre Schultern wurde fester. »Ich habe im Dunkeln einen Menschen angefahren.«

Sie versuchte sich daran zu erinnern, was an jenem Abend gesagt worden war, aber es gelang ihr nicht. Damals hatte sie andere Dinge im Kopf gehabt.

»Ich habe nichts gesehen, bis ich den Aufprall hörte.«

Joakim hatte auf seiner Meinung beharrt, und schließlich war sie böse geworden.

»Hörst du mir zu?«

Sie entzog sich seinem Griff. »Joakim hat dich gesehen«, sagte sie.

»Mich gesehen? Wo denn? Und wann?«

»Er hat dein Auto hier in der Nähe gesehen, aber ich habe ihm nicht geglaubt. Ich sagte, das sei unmöglich. Du hattest ja aus der Stadt angerufen.«

Ihre Stimme war eine Oktave nach oben gerutscht und hatte einen schrillen Klang angenommen. Sie war kurz davor, hysterisch zu werden.

»Beruhige dich.« Er schlang die Arme um sie, was eine unmittelbare Wirkung hatte. Vielleicht lag es auch an seiner festen Stimme oder am vertrauten Geruch seiner Haut und seiner Kleider. Ihre Starre ließ nach. Sie drückte die Nase gegen sein Hemd, und er strich ihr über den Rücken, so wie er es immer getan hatte, wenn sie aufgebracht oder traurig war.

»Zieh keine falschen Schlüsse, sondern hör dir erst mal an, was ich zu sagen habe.«

Sie schämte sich. Was hatte sie denn geglaubt?

Er zog sie mit sich an den Tisch. Sie sanken auf dieselben Stühle nieder, auf denen sie erst vor kurzem gesessen hatten. Und erneut griff er nach ihrer Hand und drückte sie fest.

Die Situation hatte etwas Unwirkliches und sonderbar Zwiespältiges an sich. Es fiel ihr immer noch schwer, ihm in die Augen zu blicken, doch jetzt aus Verlegenheit.

»Ich habe dir angesehen, was du für einen Moment geglaubt hast«, sagte er sanft. »Dieser schreckliche Gedanke war ja auch nahe liegend, aber so war es nicht, das weißt du doch.«

»Das habe ich auch nicht wirklich geglaubt«, beteuerte sie. Obwohl sie genau wusste, was ihr in einem furchtbaren Moment durch den Kopf geschossen war.

»Darf ich es dir jetzt erklären?«

Sie nickte. Doch das reichte nicht. Er hob ihr Kinn an, bis sie ihm in die Augen sehen musste.

»Ich lege mein Schicksal in deine Hände«, sagte er mit ironischem Gesichtsausdruck. Aber sie sah die Angst in seinen Augen.

»Ich war an diesem Abend wirklich auf dem Weg zu dir ... und so glücklich wie schon lange nicht mehr. Ich dachte ja, ich hätte einen Grund dazu.«

Seine Stimme brach. Er sammelte sich und begann erneut. »Es ist schon möglich, dass Joakim mich gesehen hat. Ich musste ja hier vorbeifahren, um nach Hylleröd abbiegen und in die Stadt zurückfahren zu können, ohne wenden zu müssen.«

»Aber warum?«

»Das habe ich doch gesagt. Weil ich einen Menschen angefahren hatte.«

»Angefahren?«, flüsterte sie.

»Ja, ich bin mit jemandem kollidiert.«

»Wo?«

»Unmittelbar hinter Röshult. Auf diesem kurvigen Weg, der sich durch die Fichten schlängelt. Ich bin zu schnell gefahren.«

»Um Gottes willen ...«

»Ich spürte einen dumpfen Schlag gegen meine Kühlerhaube. Erst glaubte ich, es wäre ein Reh gewesen. Ich setzte zurück ... nahm meine Taschenlampe ... stieg aus ... und bekam den Schock meines Lebens.« Er sprach abgehackt und mit gepresster Stimme. »Es war ein Mann. Er lag halb im Graben. Ich habe Blut gesehen und völlig den Kopf verloren. Bin wieder in den Wagen gesprungen und weggefahren. Ich hatte nur einen Gedanken ... so schnell wie möglich in die Stadt zurückzukommen.«

Sie wandte den Blick von ihm ab, versuchte seine Worte zu begreifen, aber es gelang ihr nicht.

»Unmittelbar hinter Hylleröd habe ich dich angerufen.«

»Warum die Geschichte mit Marcus?«, fragte sie.

Er ließ ihre Hand los und presste seine Handflächen gegen die Augen.

»Ich weiß nicht, wie ich gerade auf die Lüge gekommen bin. In solch einer Situation sagt man Dinge ... tut man Dinge, die man selbst nicht erklären kann. Ich hatte an diesem Tag mit ihm geredet. Da war der Gedanke wohl nahe liegend.« Seine Stimme klang brüchig und gequält.

»Du hast also Fahrerflucht begangen?«, sagte sie.

»Ja, ich habe Fahrerflucht begangen.«

»Und wenn er verletzt war? Vielleicht brauchte er Hilfe.«

»Auf diesen Gedanken bin ich in dem Moment gar nicht gekommen«, sagte er. »Ich war sicher, dass er tot war.«

»Tot? Aber das ist doch nicht möglich. Dann hätten wir doch später davon erfahren.«

»In diesem Augenblick glaubte ich, sowieso nichts mehr für ihn tun zu können. Es hätte auch nichts genützt, wenn ich einen Krankenwagen und ... die Polizei verständigt hätte. Ich dachte, dass es vielleicht Blutspuren am Wagen gäbe. Ich wollte so schnell wie möglich nach Hause, das Auto in die Garage fahren und es abwaschen. So geht es sicher vielen, die Fahrerflucht begehen.«

Als sie nichts sagte, fuhr er fort: »Ich hatte ein bisschen zu viel Promille im Blut.«

»Das gibt's doch nicht!«, rief sie aus.

»Du glaubst also nicht, dass sich unter meiner vortrefflichen Oberfläche solche Abgründe auftun?«

»Aber … das passt nicht zu dir.«

Er lachte bitter auf. »Ich habe in letzter Zeit ziemlich viel getrunken. Das passt wohl auch nicht zu mir.«

Sie wollte schon fragen, warum, ließ es aber bleiben, weil sie plötzlich vom Gewicht seines Geständnisses eingeholt wurde. Wie sollte sie damit umgehen? Und wie sollte sie mit der Abneigung umgehen, die sie plötzlich gegen ihn empfand?

»Ich will nicht, dass mein Leben zerstört wird«, sagte er.

»Aber wie konntest du nur?«

Das ging ihr alles zu schnell. Sie fühlte sich von seinen Worten überrollt.

»Du kannst dir ja vorstellen, was die Zeitungen schreiben würden«, sagte er.

Natürlich konnte sie das: *Betrunkener Kommunalpolitiker begeht Fahrerflucht*. Was mit seinem Image nur schwerlich zusammenpasste. Was pflegte Olle so spöttisch zu sagen, wenn die Rede auf Petrus kam? Das personifizierte Gewissen.

Er fuhr fort, sich zu verteidigen. »Ich kann doch meinen Namen nicht einfach in den Schmutz ziehen lassen.«

Sie pfiff darauf, was der Presse eventuell entgangen war. Sie konzentrierte all ihre Kraft darauf, seine Handlungsweise zu verstehen. Das, was er gerade eingestanden hatte, war so abstoßend. Sie kämpfte darum, wenigstens einen Rest von Vertrauen aufrechtzuerhalten.

»Ich versuche zu verstehen …«, sagte sie.

»Ich erwarte kein Verständnis«, sagte er. »Mein Verhalten ist unverzeihlich.«

»Unverzeihlich?« Bei diesem Wort zuckte sie zusammen. Gab es etwas, das unverzeihlich war?

»Aber warum haben wir dann gar nichts von einem Unfall ganz in der Nähe gehört?«, rief sie aus.

»Tja«, sagte er, »ich habe gewartet, dass du diese Frage stellen würdest.«

»Wie meinst du das?«

»Dass man überhaupt nichts davon gehört hat, ist wirklich ein Rätsel. Ich war sicher, am nächsten Tag etwas darüber in der Zeitung zu lesen, aber nicht eine Zeile … später auch nicht. Und als du angerufen und von Leif erzählt hast, da begann ich mir eine Frage zu stellen.«

»Was für eine Frage?«

»Verstehst du nicht? Derjenige, den ich angefahren habe, war anscheinend noch in der Lange, selbst vom Unfallort zu verschwinden – und irgendetwas scheint ihn davon abgehalten zu haben, Anzeige zu erstatten.«

»Aber warum?« Sie hielt sich die Hand vor den Mund, als ihr die Bedeutung seiner Worte aufging. »Meinst du etwa, er könnte von Röshult gekommen sein?«

»Der Zeitpunkt käme doch hin, oder? Ich habe viel darüber nachgedacht. Warum hat sich dieser Jemand nicht von einem Auto fern gehalten, das mit hoher Geschwindigkeit unterwegs war? Da müssen doch besondere Umstände vorgelegen haben.«

Sie fühlte sich unmittelbar erleichtert, als mindere es seine Schuld, dass er womöglich einen Mörder angefahren und dann im Stich gelassen hatte.

»Wie schnell warst du eigentlich unterwegs?«

»Ich weiß es nicht. Zu schnell. Man darf dort wohl siebzig fahren, aber die Sicht auf diesem Teil der Strecke ist ziemlich eingeschränkt. Ich sollte keinesfalls schneller als sechzig gefahren sein.«

»War es stockdunkel?«

»Nein, aber die Dämmerung war weit fortgeschritten, und die Bäume machen es noch dunkler.«

»Aber dann muss er viel zu weit auf der Straße gegangen sein.«

»Ich hab ihn zwar nicht gesehen, aber das denke ich auch. Das meinte ich ja mit besonderen Umständen. Jeder weiß doch, wie gefährlich es ist, im Dunkeln am Straßenrand entlangzugehen.«

»Aber du dachtest doch, er wäre tot?«

»Ich habe Blut gesehen, aber jetzt bin ich mir nicht mehr sicher, dass es sein Blut war.«

»Hast du ihn gesehen? Wie sah er aus?«

»Nein – ich war nicht geistesgegenwärtig genug, ihn mir genau anzusehen. Der Aufprall hatte ihn fast in den Graben gestoßen. Er lag mit dem Gesicht nach unten. Um ihn herum wuchs hohes Gras. Ein Arm lag über seinem Kopf. Die Hand war blutig. Ich hatte irgendwie den Eindruck, dass er nicht mehr ganz jung war. Vielleicht in meinem Alter, vielleicht älter. Aber ich weiß nicht …«

Er stützte den Kopf auf die Hände. »Ich glaube, mehr halte ich jetzt nicht aus«, sagte er.

Das zumindest konnte sie verstehen. Sie selbst war mit ihren Kräften am Ende.

Er schaute auf die Uhr. »Ich muss los«, sagte er. »Olle kommt sicher bald nach Hause, und einer Begegnung mit ihm hier und heute wäre ich nicht gewachsen.«

Sie erschrak. Auch sie wäre dem heute nicht gewachsen.

Sie gingen gemeinsam zu seinem Auto. Doch hinter dem Steuer blieb er regungslos sitzen, ließ die Arme hängen und starrte vor sich hin.

»Verstehst du, in was für einer schwierigen Lage ich mich befinde?«, fragte er.

»Ja.«

»Ich habe jemanden angefahren, der vielleicht Leifs Mörder ist, aber ich kann mich nicht an die Polizei wenden.«

»Es muss doch eine Möglichkeit geben …«, sagte sie.

»Ich sehe keine.«

»Was willst du jetzt tun?«

»Tun? Ich muss erst mal versuchen, mit mir selbst ins Reine zu kommen.«

Sie wollte, dass er jetzt losfuhr. Mit jeder Minute, die er noch blieb, wuchs das Risiko, dass Olle und Joakim auftauchten.

»Fahr jetzt«, sagte sie, nahm seine Hand und legte sie ans Lenkrad. »Wir werden später weiter darüber reden; es wird sich schon eine Lösung finden.« Doch sie glaubte ihren eigenen Worten nicht. Was für eine Lösung sollte das sein?

Er warf ihr einen desillusionierten Blick zu und ließ endlich den Motor an.

50 MITTWOCH, 13. AUGUST

Clarence Jankelius sah nicht mehr so selbstsicher aus wie noch vor zwei Tagen in seiner eigenen Umgebung. Kaffee lehnte er ab und ließ sich mit kaum unterdrückter Verärgerung auf den Besucherstuhl sinken.

Gudrun saß bereits hinter ihrem Schreibtisch und studierte ihre eigenhändig verfassten Berichte über die Verhöre mit Viktor und David. Nicht, dass sie ihr Gedächtnis hätte auffrischen müssen, aber sie musste sich sammeln und eine Taktik austüfteln.

Als sie ihn gestern anrief und aufs Präsidium bestellte, hatte nichts darauf hingedeutet, dass er über ihr Gespräch mit dem Vater Bescheid wusste. Aber sie konnte natürlich nicht wissen, ob er nicht später davon erfahren hatte. Sie hoffte inständig, dass dies nicht der Fall wäre und sie den Überraschungseffekt zu ihrem Vorteil nutzen konnte.

Er rutschte ungeduldig auf seinem Stuhl hin und her und sah auf seine Uhr. »In einer halben Stunde habe ich eine äußerst wichtige Sitzung. Ich wäre Ihnen also sehr verbunden, wenn wir bald beginnen könnten, worum auch immer es sich handelt.«

Sie blickte von ihren Papieren auf und musterte ihn.

Was für ein Unterschied zu David, dachte sie. Die ehemaligen Freunde verkörperten inzwischen gegensätzliche Enden der sozialen Leiter. Wie auch immer es in ihm aussehen mochte, seine äußere Erscheinung war jedenfalls in tadellosem Zustand.

Mit liebenswürdigem Lächeln sagte sie: »Dann ist es wohl am besten, Sie rufen an und verschieben die Sitzung, denn in einer halben Stunde dürften wir kaum fertig werden.«

Nun ließ er seiner Verärgerung freien Lauf. »Was wollen Sie denn noch von mir? Ich dachte, wir hätten bereits alles zu dieser alten Geschichte besprochen. Jedenfalls habe ich meiner Aussage nichts hinzuzufügen.«

»Sie haben also nicht mit Ihrem Vater gesprochen?«

»Mit meinem Vater? Was hat der mit der Sache zu tun?«

»Ich habe ihn am Montag getroffen.«

»Ach so?«

Sie holte die Briefe hervor, die unter ihren Papieren lagen, und hielt einen von ihnen in die Luft.

»Gestern erhielt ich den Brief, den Sie an Oberst Ulleräng geschrieben haben.«

Für ein paar Sekunden verlor er die Kontrolle über seine smarten Gesichtszüge. Sein Mund stand weit offen. Zufrieden registrierte sie, dass sie ihr erstes Ziel erreicht hatte, dachte jedoch mit einen Anflug von Mitgefühl, dass er in diesem Moment einfältig und verletzlich aussah.

»Sie verstehen also, dass wir einiges zu besprechen haben«, sagte sie.

Er schloss den Mund wieder, doch die Zungenspitze fuhr unruhig zwischen den Lippen hin und her. Eine Gesichtshälfte zuckte. Ihm versagte die Stimme, und als er ein höhnisches Lachen ausstoßen wollte, wurde daraus nur ein jämmerliches Krächzen. »Wie haben Sie das nur rausgekriegt? Haben Sie ihm einen geblasen?«

Seine Unverschämtheit ließ sie kalt. Er war bis ins Mark erschüttert, und der Ausdruck in seinen Augen zeugte von allem anderen als von Selbstbeherrschung.

»Er hat mir alles erzählt, nachdem er begriffen hatte, dass Sie vermutlich selbst vor einem Mord nicht zurückgeschreckt sind«, sagte sie.

Er ging in Verteidigungshaltung: überkreuzte Beine, der Oberkörper leicht nach vorn gebeugt, die Arme gegen das Zwerchfell gepresst. »Sie müssen entschuldigen, aber ich weiß nicht, wovon Sie reden.«

»Fangen wir mit Rickard Björnheden an. Um nicht noch mehr Ihrer kostbaren Zeit zu vergeuden, sollten Sie wissen, dass ich alles bereits ziemlich genau vor Augen habe. Auch was Sue Adams betrifft. Ich habe nämlich nicht nur mit Ihrem Vater gesprochen.«

»Ich bin davon überzeugt, dass Sie Ihr Geld wert sind. Aber was erwarten Sie eigentlich von mir?«

»Ich will wissen, was genau Anfang April 1973 auf Röshult vor sich ging. Und da ich weiß, dass diese Vorgänge in direkter Verbindung zum Mord an Rickard Björnheden stehen, will ich, dass Sie mir die ganze Geschichte aus Ihrer Perspektive erzählen.«

Er hörte nicht zu. Sein starrer Blick schien einen Punkt zu fixieren, der direkt hinter ihr lag. Offenbar hatte er den Schock noch längst nicht überwunden.

»O Gott, er muss mich wirklich hassen«, stöhnte er.

»Ihr Vater?«

»Er war gestern Abend bei uns zu Hause, hatte sich selbst zum Essen eingeladen und war so gut gelaunt wie schon lange nicht mehr. Danach saßen wir im Garten beisammen und redeten, nur wir beide, und ich habe mir eingebildet ...«

Er brach ab, und so erfuhr sie nicht mehr, was er sich eingebildet hatte, doch sie konnte es sich denken. Sie konnte sich auch denken, dass das Verhältnis zu seinem Vater von Schmerzen geprägt war. Und dieser Schmerz brachte ihn jetzt dazu, seine Maske fallen zu lassen.

»Er hat diese Geschichte mit keiner Silbe erwähnt. Auch sonst war ihm überhaupt nichts anzumerken. Er war zwar schon immer gefühllos, aber das ist doch der Gipfel.«

Sie konnte seine Bestürzung gut nachvollziehen. In der Tat war das Verhalten seines Vaters nur schwer zu begreifen. Andererseits hätte sie ihn gern gefragt, ob er nicht auf den Gedanken käme, dass der Vater genauso deprimiert und desillusioniert war wie er selbst. Dass dieser ihn jetzt fühlen lassen wollte, was er selbst hatte durchmachen müssen. Aber solche Fragen gehörten nicht zu ihren Aufgaben. Sie wartete schweigend ab.

Erneut sah er sie an, während er immer noch um Fassung rang. »Was wollen Sie? Dass ich einen Mord gestehe, den ich nicht begangen habe? Ich habe sie nicht getötet.«

»Umso besser«, sagte sie. »Dann haben Sie jetzt die beste Gelegenheit, sich reinzuwaschen.«

»Mich reinzuwaschen? Sie haben sich doch längst Ihre Meinung gebildet und tun alles dafür, um mich zu überführen.«

Sie schüttelte den Kopf. »Ich habe nicht das geringste Interesse daran, einen persönlichen Kreuzzug gegen Sie zu führen«, entgegnete sie. »Wir ermitteln im Mord gegen Sue Adams und verfügen über einige Informationen, die darauf hindeuten, dass Sie in diesen Mord verwickelt sind. Vielleicht basieren diese Informationen teilweise auf Falschaussagen, also liegt es in Ihrem eigenen Interesse, uns über den wahren Sachverhalt aufzuklären.«

Eine Zeit lang saß er schweigend da, als ließe er sich ihre Worte durch den Kopf gehen.

»Mit wem haben Sie eigentlich gesprochen?«, fragte er dann.

Als sie sich mit einem weiteren Kopfnicken begnügte, fuhrt er fort: »Wer sagt denn, dass ich nicht das Opfer einer Verleumdungskampagne bin?«

Auch darauf ging sie nicht ein. »Sie haben zwei Männern vierzigtausend Kronen gezahlt, damit sie Rickard Björnheden erschießen. Aber die Männer haben einen Fehler gemacht und eine Augenzeugin entwischen lassen. Damit hatten Sie ein Problem am Hals. Sollen wir hier anfangen oder noch früher, bei Ulleräng? Sie wissen genauso gut wie ich, dass der Mord an Rickard so lange her ist, dass er keine Bedrohung mehr für Sie darstellt. Sie können also ruhig davon erzählen.«

Er starrte sie an, als begriffe er erst jetzt, wie viel sie bereits wusste. »Herrgott, ich habe es doch wegen ihm getan.«

»Wen meinen Sie?«

»Meinen Vater.«

»Ich glaube, seine Dankbarkeit hält sich in Grenzen.«

»Er hat mich schon immer gehasst.«

»Erzählen Sie mir von dem Mord an Rickard.«

Diesmal glückte es ihm, ein Lachen auszustoßen, in dem Verachtung mitschwang. »Wenn Sie es wirklich geschafft haben, diese beiden Idioten ausfindig zu machen, dann kann ich Ihnen nur gratulieren.«

Das sollte er gern glauben. »Es ist immer gefährlich, die Polizei zu unterschätzen«, sagte sie.

»Ich würde sie gar nicht wiedererkennen, selbst wenn ich ihnen direkt in die Arme liefe«, sagte er. »Wie sie heißen, weiß ich nicht. Ich glaube, wir haben uns nie namentlich vorgestellt. Aber es stimmt, dass sie sich dumm angestellt haben. Ich vermute, dass sie gar keine richtigen Profis waren.«

Sie bemerkte, wie angestrengt er sich bemühte, seine selbstsichere Attitüde wieder zu erlangen, doch er übertrieb ein wenig. Man hörte es an den falschen Tönen, die sich einschlichen.

»Warum sollte Rickard aus dem Weg geräumt werden? Nur weil er Ihren Vater erpresste?«

»Ich finde, das ist doch Grund genug. Da Sie ja so gut Bescheid wissen, wird Ihnen auch bekannt sein, dass wir seit unserer Kindheit befreundet waren. Wir standen uns früher einmal sehr nah. Natürlich hatten wir über viele Jahre nur noch wenig Kontakt miteinander – ich mochte seine Freunde nicht und umgekehrt. Aber gewisse Dinge macht man einfach nicht, zum Beispiel, Geld von meinem Vater zu erpressen. Das habe ich ihm sehr übel genommen, vor allem, weil mein Vater in unserer Kindheit immer sehr nett zu ihm gewesen ist.«

Gudrun lauschte dieser seltsamen Logik mit einer gewissen Faszination und konnte sich die Frage nicht verkneifen: »Sie finden also immer noch, dass Sie darauf angemessen reagiert haben?«

»Spielt das noch irgendeine Rolle?«

»Eigentlich nicht«, räumte sie ein. »Kannten Sie Sue Adams bereits vor dem Mord an Rickard?«

Er schüttelte den Kopf. »Wie ich schon sagte, hatten Rickard und ich kaum Kontakt miteinander. Außerdem war ich an seinen Mädchen nicht interessiert. Mein Vater hat mir erzählt, dass er eine von ihnen, eine Amerikanerin, geschickt hatte, um mit ihm zu verhandeln. Ich wusste nicht, wer sie ist.«

Er hatte sich ein wenig entspannt und nahm eine bequemere Position ein. Genau wie David ließ er sich etwas zurücksinken und faltete die Hände über dem Bauch, während er die Beine übereinander schlug.

»Dass sie sich an diesem Abend in Rickards Wohnung befand, war einfach Pech«, fuhr er fort. »Wären die beiden Typen nur ein bisschen cleverer gewesen, dann hätte sie keine Chance gehabt, doch leider musste ich feststellen, dass Cleverness nicht ihre starke Seite war.«

»Und dann fingen die beiden an, Ihnen Schwierigkeiten zu machen?«

»Ja, die beiden Schwachköpfe meinten doch tatsächlich, ich hätte sie in die Irre geführt, weil ich ihnen nicht gesagt hätte, dass sich ein Mädchen in der Wohnung befindet. Darum forderten sie im Nachhinein einen Risikozuschlag von fünfzig Prozent, das heißt, sie boten mir an, das Mädchen für die Hälfte des regulären Preises aus dem Weg zu räumen. Sie machten mir außerdem klar, dass ich mit weniger nicht davonkäme. Das Problem war, dass ich kein Geld mehr hatte. Mein Vater hielt mich damals ziemlich knapp. Die vierzigtausend hatte ich mir bereits von meiner Verlobten – meiner heutigen Frau – geliehen; natürlich ohne ihr zu sagen, wofür ich das Geld brauchte. Da konnte ich sie nicht erneut um zwanzigtausend bitten. Da ich aus nahe liegenden Gründen keinen Streit mit den beiden Typen wollte, habe ich versucht, das Ganze in die Länge zu ziehen, um eine Art Kompromiss zu finden. Da bekam ich plötzlich einen Brief von einem alten Freund …«

Plötzlich trat ein Leuchten in seine Augen. »David!«, sagte er. »Mit ihm haben Sie ja sicher schon gesprochen.«

Gudrun ging darauf nicht ein und fragte: »Was hat er Ihnen geschrieben?«

»Ich wette, David hat jubiliert, als er hier über mich hergezogen ist. Aber viel hat er bestimmt nicht erzählen können. Er hat noch nie richtig begriffen, was um ihn herum alles vorging. Jedenfalls schrieb er mir diesen Brief, in dem stand, dass er sich mit einem Freund namens Peter und zwei Mädels in Schonen aufhielt. In seiner üblichen verschwommenen Ausdrucksweise schrieb er irgendwas davon, dass sie untergetaucht seien – warum, blieb unklar – und dass sie etwas Shit von mir kaufen wollten. Er hatte ein paar Hunderterscheine beigelegt und bat demütig darum, die Ware an die angegebene Adresse zu schicken und so weiter. Als ich zufällig erfuhr, dass Peter für Rickard eine Art Laufbursche war, habe ich mich natürlich gefragt, ob eines der Mädchen nicht eine von Rickards Verflossenen war. Ich entschloss mich, der Sache selbst auf den Grund zu gehen.«

Gudrun warf einen Blick in ihre Unterlagen. »Das stimmt. An Mittsommer haben Sie sie zum ersten Mal besucht«, ergänzte sie, damit er nicht vergaß, dass sie mit der Reihenfolge der Vorgänge vertraut war.

Doch er schien viel zu sehr mit seiner Erinnerung beschäftigt zu sein, um ihr zuhören zu können. »Die Sache war die, dass ich am ersten Juli heiraten wollte. Die Eltern meiner Braut lebten in Paris, ihr Vater war Diplomat. Die Hochzeit sollte in der schwedischen Botschaft stattfinden. Ich wollte ungefähr eine Woche vorher dort eintreffen, um ein paar Einkäufe für unser zukünftiges Heim zu erledigen. Da ich vorhatte, mit dem Auto zu fahren, dachte ich mir, dass es eine gute Idee wäre, auf dem Weg bei David und den anderen vorbeizuschauen. Die beiden Typen wollten mir sogar einen Rabatt einräumen, wenn ich ihnen sagte, wo sich das Mädchen befindet. Alles sah also vielversprechend aus, und schon nach wenigen Minuten auf Röshult wusste ich, dass es das richtige Mädchen war. Leider habe ich mich dann in sie verliebt ...«

»Wusste sie, wer Sie sind?«

»Ja, das hat sie schnell herausgefunden.«

»Wurden Ihre Gefühle erwidert?«

»In allerhöchstem Maß. Sicher waren es die absurden und gefährlichen Umstände, die ihr irgendwie gefielen – genau wie mir. Nach einer Woche habe ich mich dann davongemacht, denn obwohl ich gewissermaßen den Kopf verloren hatte, war ich doch noch genug bei Verstand, um meine Hochzeit nicht zu gefährden. Das hätte ich mir einfach nicht leisten können. Ich fuhr also nach Paris und musste mir einiges anhören, weil ich erst zwei Stunden vor der Trauung dort aufkreuzte.«

»Ich vermute, dass Ihre Frau nichts von alldem weiß.«

Er warf ihr einen scharfen Blick zu. »Das ist richtig, und ich will auch nicht, dass sich daran etwas ändert.«

»Die Trauung fand also statt?«

»Richtig – und als ich wieder in Stockholm war, wusste ich, dass es das Klügste und ökonomisch Sinnvollste gewesen wäre, den beiden Ratten einen Hinweis zu geben, wo Sue zu finden war. Aber das konnte ich nicht. Also habe ich mir eine verwegene Geschichte zusammengereimt, sie und Peter hätten sich nach Sri Lanka abgesetzt. Ich dachte, das wäre weit genug weg, um die beiden in Sicherheit zu wiegen. Sie sehen also, dass ich nicht das geringste Interesse an ihrem Tod hatte.«

»Was mussten Sie dafür bezahlen?«

»Ich habe ihnen die halbe Summe gezahlt und hoffte, sie damit für alle Zeit los zu sein.«

»War das der Fall?«

»Ungefähr ein halbes Jahr lang hatte ich Ruhe, bis sie wieder aus ihren Löchern gekrochen kamen. Und jetzt verstanden sie wirklich keinen Spaß mehr. Ich war ihre hässlichen Visagen gründlich leid und hatte keine Ahnung, wie sie an ihre Informationen gekommen waren. Jedenfalls wussten sie, dass Peter nicht in Sri Lanka war, nachdem er bereits ein paar Monate in einem spanischen Gefängnis verbracht hatte. Sie wollten eindeutige Informationen, ansonsten drohten sie, wirklich ungemütlich zu werden. Zehntausend forderten sie sofort und weitere zwanzigtausend, falls ich ihnen keine eindeutigen Beweise liefern könnte, dass Sue außer Reichweite war.«

»Da entschlossen Sie sich zu einem weiteren Besuch auf Röshult?«

»Mit diesem Gedanken hatte ich schon lange gespielt. Aber ich war frisch verheiratet und hatte geschäftlich viel um die Ohren. Da konnte ich mich nur schwer loseisen. Außerdem wusste ich ja gar nicht, ob sie noch da war. Eines allerdings wusste ich sicher: dass ich sie ihnen nicht ans Messer liefern würde. Da wollte ich ihr schon lieber helfen, in die USA zurückzukehren, und den Typen ihren verdammten Beweis gleich mitzuliefern. Aber ich hatte nicht viel Geld. Ich war praktisch nur Angestellter in der Firma meines Vaters, und obwohl sich meine Frau finanziell keine Sorgen machen musste, hatte sie die lästige Angewohnheit, nach dem Verbleib jeder einzelnen Öre zu fragen, die ich ausgab. Aber ich war gezwungen, nach Röshult zu fahren. Allein schon, um herauszufinden, ob Sue noch da war. Es gelang mir, eine glaubwürdige Geschäftsreise nach Kopenhagen vorzutäuschen. Auf Röshult hätte ich höchstens drei Tage bleiben können, mehr ließ mein enger Terminplan nicht zu. Dennoch blieb ich vier Wochen. Vier albtraumhafte Wochen, mit denen ich meine Ehe und das Vertrauen meines Vaters aufs Spiel setzte.«

»Was war geschehen?«

»Sie haben die Geschichte ja gehört. Im Großen und Ganzen entsprach alles der Wahrheit, was ich den beiden Frauen damals erzählt habe. Ich traf Sue und das andere Mädchen in bedauernswertem Zustand an. Innerhalb eines halben Jahres waren sie schrecklich heruntergekommen. Sue kippte jeden Tag unmäßig viel Schnaps in sich hinein, und um die andere, Pia, war es eigentlich noch schlechter bestellt, weil sie weder etwas essen noch trinken wollte. Die meiste Zeit lag sie apathisch in ihrem Bett und starrte in die Luft. Aber das änderte nichts daran, dass ich mich erneut Hals über Kopf in Sue verliebte. Ich wollte ihr wirklich helfen, von dort wegzukommen, und wusste genau, dass ich die gesamte Situation zu verantworten hatte. Das Einzige, was ich für sie tun konnte, war, ihren Flug in die Staaten zu bezahlen. Aber das war nicht so einfach. An einem Tag wollte sie verschwinden, und am nächsten Tag glaubte sie, ich wollte sie verraten. Sie hatte eine ausgewachsene Paranoia, was einen nicht wundert, wenn man sich überlegt, wie viel sie in sich reingeschüttet hat. Außerdem weigerte sie sich, irgendwohin zu gehen ohne Pia. Sie wollte sie nicht im Stich lassen. Eigentlich wusste sie gar nicht mehr, was sie wollte. Auch in praktischer Hinsicht war es schwierig, ein Flugticket für sie zu organisieren, ohne einen Pass vorlegen zu müssen. Man hätte es machen können, wenn sie zum Beispiel das amerikanische Konsulat in Malmö aufgesucht hätte, aber das traute sie sich nicht, weil sie von der schwedischen Polizei gesucht wurde. Ich habe ihr Kopenhagen vorgeschlagen, aber dann fiel ihr ein, dass Pia ebenfalls keinen Pass hatte, also war auch dieser Plan nicht zu verwirklichen. Obendrein war dieser Bauerntölpel hinter mir her, den seine Eifersucht fast umgebracht hätte. Der Wendepunkt kam in der Nacht, als wir seinen Köter verscharren wollten – und zufällig eine Leiche ausgruben. Die Situation hätte unheimlicher nicht sein können, was jedoch das Gute hatte, dass sie schlagartig zur Besinnung kam. Sie hat zwar auch weiterhin diesen selbst gebrannten Fusel in sich reingeschüttet, den sie von dem Bauern bekam, aber sie begriff endlich, dass sie von dort verschwinden musste. Und dann kam sie auf diesen verrückten Plan, der ihre finanzielle Situation verbessern und es außerdem möglich machen sollte, Pia mitzunehmen.

Ihre Anhänglichkeit diesem Mädchen gegenüber war unbegreiflich. Sie empfand eine unmäßige Verantwortung für dieses Klappergestell, das beschlossen hatte, sich zu Tode zu hungern. Ihr Plan, sie auf eine lange Reise mitzunehmen, war bei ihrer Verfassung von vornherein zum Scheitern verurteilt. Jedenfalls sollte ich sie nach Kopenhagen mitnehmen, und Sue hatte die aberwitzigsten Pläne, wie sie von dort aus weiterkommen wollten.«

»Was waren das für Pläne?«

»Es ging natürlich um Erpressung. In dieser Hinsicht hatte sie einiges von Rickard gelernt.«

»Und vielleicht auch von Ihnen.«

»Ja, vielleicht. Jedenfalls war sie ganz sicher, dass Leif Rösling eine Menge für diese Leiche bezahlen würde, die wir ausgegraben hatten. Sie war nämlich überzeugt davon, dass wir seine Frau gefunden hatten. Und da sie schon dabei war, wollte sie auch gleich ihren anderen Lover in der Gegend schröpfen, der verheiratet war und sicher auch ein hübsches Sümmchen springen lassen würde, um nicht aufzufliegen. Ich habe an diesen Plan nicht geglaubt, er erschien mir auch zu gefährlich. Außerdem hing mir die ganze Situation zum Hals raus. Meine Leidenschaft schwand zunehmend. Ich fühlte mich wie unter Freigängern einer psychiatrischen Klinik. Trotzdem wollte ich sie wie versprochen nach Kopenhagen bringen. Ich gab ihr so viel Geld, wie ich entbehren konnte, ungefähr achttausend Kronen. Danach hatte ich das Gefühl, alles getan zu haben, was in meiner Macht stand.«

»Wer war dieser andere Liebhaber?«

»Den habe ihn nie zu Gesicht bekommen. Er hatte einen Laden irgendwo in der Gegend.«

Gudrun blätterte in ihren zahlreichen Unterlagen. »In Märringe?«

»Keine Ahnung.«

»Lekeröd?«

»Ich kann mich an die Namen dieser Käffer nicht erinnern.«

»War die Erpressung erfolgreich?«

»Das weiß ich auch nicht. Sie wollte das in letzter Minute erledigen, und da ich mich auf Röshult nicht mehr blicken lassen konnte, haben wir verabredet, dass ich sie um neun Uhr abends abholen würde. Ich kam zur verabredeten Zeit, und glauben Sie mir oder nicht, aber dann erlebte ich das, was ich den beiden Frauen auch schon erzählt habe, und nahm Reißaus.«

»Sie halten also weiterhin an Ihrer Spukgeschichte fest?«

»Was soll ich machen? Genauso habe ich alles erlebt.«

»Standen Sie unter dem Einfluss von Drogen?«

»Das stand ich damals ständig, wenn ich nicht gerade meinen Vater traf.«

»Sie könnten also halluziniert haben.«

Er zuckte mit den Schultern. »Das kann ich mir nicht vorstellen, so stoned war ich nun auch wieder nicht.«

»Was geschah, als Sie nach Stockholm zurückkehrten?«

»Da brach die Hölle über mich herein. Meine Frau kreischte und wollte die Scheidung, und mein Vater las mir die Leviten. Ich wurde auf Wasser und Brot gesetzt.«

»Wussten sie, wo Sie gewesen sind?«

»Nein.«

»Und Ihre Freunde, die professionellen Killer?«

»Beide Bezeichnungen sind falsch. Das waren elende Amateure, aber sie waren lebensgefährlich, und da ich keine zwanzigtausend hatte, gab ich Ihnen die Adresse.«

»Tatsächlich? Was hatte das zur Folge?«

»Dass sie eine Woche später bei mir aufkreuzten und sagten, dass sie sie verpasst hätten. Sue war ein paar Tage zuvor verschwunden. Und das war genau das, womit ich gerechnet hatte.«

»Warum haben Sie damit gerechnet?«

»Sie konnte doch nicht dort bleiben, nachdem sie die Leute erpresst hatte.«

»Aber hatte sie denn irgendeine Möglichkeit, gemeinsam mit Pia von dort zu verschwinden?«

»Sie hatte ja Geld. Und sie kannte Leute von dieser Kommune. Irgendjemand hat sie sicher zum Bahnhof mitnehmen können.«

»Haben Sie die Geschichte geglaubt, dass die beiden Killer sie verpasst haben?«

»Ja.«

»Hatten Sie danach Ihre Ruhe?«

»Die hatten vermutlich andere Sorgen. Das Ganze verlief im Sand.«

»Und von Sue und Pia haben Sie nie wieder was gehört?«

»Nein.«

»Was denken Sie jetzt? Wer hat sie ermordet?«

»Natürlich der Bauer. Das war ein hitzköpfiger Dreckskerl. Wenn der schon seine Frau umgebracht und vergraben hat, dann liegt es doch wohl auf der Hand, dass er sich auch Sue vom Hals schaffte, als sie ihm Schwierigkeiten machte.«

»Was hat es mit diesem Brief aus Paris auf sich?«

»Welcher Brief?«

»Der Brief, den Kajsa Linder angeblich von Pia Bryneskog bekommen hat.«

»Den habe ich geschrieben.«

»Warum?«

»Das war nur so eine Idee, nachdem die beiden Frauen wie Sendboten aus der Vergangenheit bei mir aufgetaucht waren und irgendwas von mysteriösen Aufzeichnungen erzählten, die Pia zurückgelassen hätte. Das war mir alles nicht geheuer. Ich hätte zu gern herausgefunden, was die beiden eigentlich wussten, und habe einen ganzen Abend dafür geopfert. Doch als ich ihnen schließlich mehr erzählt hatte, als ich eigentlich wollte, konnten sie gar nicht schnell genug wieder verschwinden. Mir gefiel der Gedanke überhaupt nicht, dass sie meinen Namen in irgendwelchen alten Aufzeichnungen gefunden hatten, also unternahm ich einen verzweifelten Versuch. Hätte ja sein können, dass die beiden so dumm wären, darauf einzugehen.«

»Aber das waren sie nicht«, sagte Gudrun und schaltete das Diktiergerät aus.

Für heute wollte sie ihn entlassen, machte jedoch deutlich, dass dies nicht ihr letztes Gespräch gewesen war.

»Mehr kann ich Ihnen beim besten Willen nicht sagen.«

»Das werden die weiteren Ermittlungen zeigen«, entgegnete sie und stand auf.

Als er mit einer ironischen kleinen Verbeugung den Raum verließ, dachte sie, dass er sich erstaunlich schnell gefasst hatte. Wenn er einen Mordverdacht so rasch von sich abschüttelte, würde er sicher auch Mittel und Wege finden, ohne das Wohlwollen seines Vaters weiterzuleben.

51 AM SELBEN TAG

Was sagte man nur zu einem Freund, der vermutlich um seinen kürzlich verstorbenen Bruder trauerte, zugleich jedoch im Verdacht stand, diesen getötet zu haben? Olle hielt sich nicht für sonderlich begabt, wenn es darum ging, in einer heiklen Situation die richtigen Worte zu finden, und dieser konkreten Aufgabe war er definitiv nicht gewachsen.

An sich gab es Dinge, die zu größerer Besorgnis Anlass gaben, doch aus unerfindlichen Gründen zerbrach er sich den Kopf, wie er das Gespräch nur beginnen sollte.

Hätte er sich im Voraus Gedanken über die Begegnung mit seinem ersten Mandanten gemacht, dann wären diese sicher um so triviale Dinge wie Geschäftsverträge und Steuerberatung gekreist, aber dass ausgerechnet Birger Rösling anrufen und um einen Termin bitten würde, wäre ihm nicht im Traum eingefallen.

Da er nichts anderes zu tun hatte, nestelte er nervös an den wenigen Gegenständen auf seinem noch jungfräulichen Schreibtisch. Außer einem Telefon, einem Notizblock und einem mächtigen Aktenstapel, der Informationen über die letzten Änderungen der Steuergesetzgebung enthielt, gab es nur einen kleinen Haufen mit der ungeöffneten Post des Tages. Ihn nahm er in Angriff, nachdem er in einer der Schubladen einen Brieföffner gefunden hatte.

Sein Büro trug immer noch Spuren des grandiosen Stils der Jahrhundertwende: Stuck an der Decke, edles Parkett und ein schneeweißer Kachelofen in der Ecke. Außerdem war in diesem Raum die Kanzleibibliothek untergebracht und seine Wände waren folglich mit in Leder gebundenen Buchrücken geschmückt. Das Fenster ging auf den Stadtpark hinaus; von seinem

Schreibtisch aus genoss er den Blick auf leuchtend grüne Baumkronen und gewundene Spazierwege. An diesen Luxus hatte er sich immer noch nicht gewöhnt. Fünfzehn Jahre lang hatte er auf einen asphaltierten Hinterhof mit stets überfüllten Müllcontainern geblickt. Darum bekam er jedes Mal einen leichten Schrecken, wenn er zufällig einen Blick aus dem Fenster warf.

Iris Berghagen, die gemeinsame Sekretärin, öffnete die Tür ein wenig und streckte ihren grau gelockten Kopf herein. Sie lächelte aufmunternd. »Ihr Mandant ist da – soll ich ihn hereinlassen?«

Olle stand auf. »Ja, wenn Sie so freundlich wären.«

In der kurzen Zeit, die Birger benötigte, um einzutreten und sich zu orientieren, ersann und verwarf Olle im Stillen eine ganze Reihe taktvoller Begrüßungsworte. Doch blieb ihm gar keine Zeit, um in etwaige Fettnäpfchen zu treten. Birger warf ihm sogleich einen verzweifelten Blick zu und schleuderte ihm die Frage entgegen, die allem Taktgefühl die Spitze nahm: »Bist du an die Schweigepflicht gebunden?«

»Bitte?«

»Ich meine als Anwalt – gegenüber dem, was ich dir als dein Mandant erzählen will.«

Wilde Spekulationen schossen Olle durch den Kopf. Er betrachtete Birger eingehend, und was er sah, gefiel ihm nicht.

»Ich bin kein Anwalt – noch nicht. Aber als Jurist dieser Kanzlei unterliege ich selbstverständlich der Schweigepflicht.«

Eines war sicher: Birger war mit seinen Nerven am Ende. Seine Gesichtszüge zeugten von Übernächtigung und Verzweiflung. Seine angestauten Emotionen konnten jederzeit hervorbrechen. Olle sah keine Möglichkeit, sich dem zu entziehen.

Warum gerade ich?, dachte er, sagte jedoch: »Ohne deine Einwilligung wird nichts, was wir besprechen, weitergetragen werden.«

Birger war sichtlich erleichtert. Er ließ den Blick über das Interieur wandern, wobei nicht klar war, was er davon zur Kenntnis nahm. Sein Aussehen ließ darauf schließen, dass er aufgehört hatte zu schlafen und sich zu rasieren, möglicherweise auch zu essen. Seine sonst so gepflegte Erscheinung hatte verwahrloste Züge angenommen.

»Du weißt ja, was passiert ist«, sagte er.

»Ja, natürlich. Wie geht's dir denn? Du siehst … müde aus.«

»Ich habe die letzten Tage nicht viel geschlafen. Aber jetzt bin ich krankgeschrieben. Bin derzeit nicht in der Lage zu arbeiten.«

»Das kann ich gut nachvollziehen.« Olle wusste nicht recht, ob er sich nach Gunnel erkundigen sollte – hatte auch keine Ahnung, wie sie zu den Vorfällen stand –, also ließ er es bleiben.

»Ich brauche deine Hilfe«, sagte Birger, »oder zumindest deinen Rat. Die Polizei setzt mich enorm unter Druck, und bald weiß ich nicht mehr, was ich sagen soll. Aber ich kann es ihnen nicht erzählen!« Er riss sich die Brille herunter und rieb sich die Augen. »Ich habe mir immer wieder den Kopf zerbrochen, aber ich sehe keinen Ausweg.«

»Den gibt es bestimmt«, sagte Olle mit gespielter Überzeugung. Er schwankte zwischen der Rolle des verständnisvollen Freundes und einem professionellen Auftreten.

»Du bist der Einzige, dem ich vertraue«, sagte Birger. »Ich kann es einfach nicht mehr länger für mich behalten.«

»Sei ganz beruhigt. Alles wird unter uns bleiben.«

Birger warf ihm einen wachsamen Blick zu. »Ich habe Leif nicht erschlagen, falls du das glauben solltest.«

»Bis jetzt glaube ich gar nichts«, versicherte Olle, dem bereits alles Mögliche durch den Kopf geschossen war.

»Und wenn ich es der Polizei erzähle, glauben sie, Gertrud hätte ihn getötet, und das ist unmöglich. Sie hat ihn mehr als alles andere geliebt. Sie kann es einfach nicht gewesen sein.«

»Sprichst du von deiner Mutter?«, fragte Olle vorsichtig.

»Was immer sie auch getan haben mag – ich kann sie nicht ausliefern. Das Problem ist, dass Leif nur ermordet wurde, weil diese … Leiche gefunden wurde … Und es war noch nicht mal die richtige Leiche.«

»Nicht die richtige Leiche?«

»Es war nicht die Frau, die Leif meinte erkannt zu haben. Er hat die Jacke gesehen und dachte, es wäre Sue. Aber das war sie nicht. Es war die andere, die Sues Jacke trug. Ich weiß nicht, warum sie die anhatte.«

»Wer war es dann?«

»Die sie gefunden haben, hieß Pia.«

»Woher willst du das wissen?«

Birger schlug die Augen nieder. »Weil ich sie vergraben habe«, sagte er leise.

Olle spürte ein deutliches Kribbeln am Hinterkopf, das sich bis zum Nacken fortpflanzte. Er fragte sich zerstreut, ob das ein Zeichen dafür war, dass sich die Nackenhaare sträubten.

»Warum?«, fragte er dämlich.

»Meine Mutter hat sie getötet.«

»Deine Mutter?«

»Das ist eine schreckliche Geschichte, mit der ich dich belaste ...« Birger kämpfte darum, seine gequetschte Stimme unter Kontrolle zu halten. »Es ist schwer, das alles zu erklären.«

»Ganz ruhig«, sagte Olle, »wir haben viel Zeit.« Dieser Hinweis war ebenso an ihn selbst gerichtet.

»Ich hatte Angst und tat, was mir gesagt wurde. Ich sage das nicht, um die Schuld von mir abzuwälzen. Ich hätte mich weigern können ... aber ich war zu feige ... genauso feige wie jetzt. Nichts passiert einfach so ... Es schleicht sich an einen heran, nach und nach. Dann muss man Dinge tun, nur um andere zu verbergen ... und schon ist was passiert ... was Schreckliches. Gertrud wollte sie nicht töten, aber sie dachte, sie muss Leif schützen. Und das Schlimmste war, dass sie alles falsch verstanden hat. Aber es kann sein, dass er trotzdem Schutz brauchte, denn natürlich hätten alle geglaubt, dass er es getan hat. Ich wusste, dass er an diesem Tag nicht mit ihr allein war, also mit Sue ... und trotzdem habe ich getan, was Gertrud gesagt hat. Widerspruch wäre zwecklos gewesen – und da begriff ich, dass sie es war, die es getan hatte, und nur ihre Spuren verwischen wollte, und da hab ich wirklich eine wahnsinnige Angst gekriegt.«

Olle griff sich willkürlich ein paar Worte des chaotischen Berichts heraus: »Warum musste sie Leif schützen?«

»Weil sie sicher war, dass er es war, der Sue getötet hatte.«

Olle verlor für einen Moment die Beherrschung und rief geschockt aus: »Willst du mir etwa sagen, dass *beide* Frauen im Moor vergraben wurden?«

Birgers erloschene Gesichtszüge waren Antwort genug. Im Geiste sah Olle eine Karawane von Polizisten, Journalisten und Schaulustigen über seine Felder trampeln. Verflucht!, dachte er, während die Kassandra in ihm triumphierend ihre Stimme erhob: Hab ich's nicht gleich gesagt?

»Glaubst du, du kannst mir alles der Reihe nach erzählen, damit ich dir folgen kann?«, fragte er.

»Es tut mir Leid, dass ich dich mit alldem belasten muss, aber ich kenne sonst niemanden ...«

»Das ist schon in Ordnung. Aber versuch die Reihenfolge einzuhalten.«

Birger starrte auf seine Hände, deren Finger er abwechselnd verdrehte und ineinander schlang. Er begann zögerlich: »Gertrud wollte die beiden weghaben ... also die beiden Mädchen. Sie meinte, sie würden unser Leben zerstören, vor allem das von Leif. Sie drohte damit, die Polizei zu holen, wenn er sie nicht rausschmeißt. Er war es ja, der ihnen das Sommerhaus vermietet hat. Am Anfang waren es mehrere, aber zwei Jungs sind nach einer Weile wieder verschwunden. Sie waren alle aus Stockholm, nur dieses eine Mädchen, Sue, das kam aus den Staaten. Mit ihr hat Leif sich eingelassen, was keine gute Idee war ... Er war ja damals verheiratet.«

Olle erinnerte sich mit Schaudern an Kajsas Theorie von der entlaufenen Ehefrau. »Was ist mit ihr geschehen, ich meine, mit Leifs Frau?«, fragte er etwas zu laut.

Birger schaute auf, erstaunt über Olles Heftigkeit. »Sie hat ihn verlassen.«

»Verlassen? Du meinst, sie ist einfach gegangen?«

»Ja.«

»Bist du sicher?«

Birger sah alles andere als sicher aus. »Sie wusste ja die ganze Zeit, dass er ein Verhältnis mit Sue hatte. Wäre es ein normaler kleiner Seitensprung gewesen, wäre sie bestimmt darüber hinweggekommen ... aber so war es nicht. Er war von Sue wie besessen. Das ist ihr sehr nahe gegangen – sie konnte einem wirklich Leid tun. Schließlich hatte sie genug und ging fort.«

»Wohin?«

»Das weiß ich nicht. Eines Tages war sie plötzlich verschwunden. Dass sich die Leute in der Gegend das Maul zerrissen, war ihm völlig egal. War auch eigentlich kein Wunder, dass Leif jede Gelegenheit nutzte, um von zu Hause wegzukommen, denn dort hatte er keine Ruhe mehr. Die ganze Zeit setzten sie ihm zu, entweder Ingabritt oder Gertrud oder beide zusammen. Ständig gab es Krach. Er war in einer elenden Verfassung und hat ziemlich viel getrunken. Gertrud war sicher, dass ihn diese Frau verhext hatte. Das Schlimmste für sie war, dass er sie umsonst in dem Häuschen wohnen ließ, und als sie später erfuhr, dass er ihnen auch noch Geld zusteckte, da ist sie völlig durchgedreht. Sie glaubte natürlich, dass sie sich für das Geld nur Drogen kauften und dass Leif uns ruinieren würde ... Und später, nachdem Ingabritt verschwunden war, wurde alles nur noch schlimmer. Da hat er alle Hemmungen abgelegt. Gertrud drohte zum ersten Mal, sie würden ihnen die Polizei auf den Hals hetzen. Das tat sie dann immer wieder, und jedes Mal wurde er wütend und trank noch mehr als zuvor. So ging das mehrere Monate. Es war die reinste Hölle ... Ich habe mir nichts sehnlicher gewünscht, als einfach abzuhauen.«

Olle rechnete rasch aus, dass Birger 1972 achtundzwanzig Jahre alt gewesen war. Wohnte er damals wirklich noch zu Hause bei seiner Mutter?

»Hast du damals auf Röshult gewohnt?«

Birger errötete leicht. »Ich weiß«, sagte er, »dass ich nicht gerade stolz darauf sein muss. Ich war damals immer noch zu Hause, obwohl ich auf die dreißig zuging ... gab gewissermaßen den Dorftrottel. Es hat sehr lange gedauert, bis ich mich freigestrampelt habe.« Mit einem Anflug von Selbstironie fügte er hinzu: »War doch bequem. Ich brauchte keine Verantwortung zu übernehmen, und sie hatten eine billige Arbeitskraft.«

»Das muss sehr ... anstrengend für dich gewesen sein.«

»Es war unerträglich.«

»Was für ein Verhältnis hattest du zu den beiden Frauen?«

Birgers Röte nahm zu. »Das hört sich für dich sicher unglaublich an, aber bis zu meinem zweiunddreißigsten Lebensjahr war ich völlig unerfahren, was Frauen angeht. Ich tat alles dafür, um dem Häuschen, in dem sie wohnten, aus dem Weg zu gehen. Hatte eine Riesenangst vor Sue ... habe diesen Quatsch geglaubt, dass sie Leif verhext hätte. Wenn wir uns zufällig über den Weg liefen, habe ich sie nicht angeschaut, weil ich dachte, dass sie mich auch verhext. Ich war zu dieser Zeit ein ziemlicher Einfaltspinsel. Aber vor der anderen hatte ich weniger Angst, ich war nur schüchtern. Sie behandelte mich immerhin wie ... wie einen Menschen. Leif hat mich ein paarmal zu ihnen mitgenommen, und ich habe ihnen bei verschiedenen Dingen geholfen. Manchmal habe ich mit ihr geredet, wenn die andere ... wenn Sue nicht da war. Sie war ein süßes Mädchen, wirkte aber sehr zerbrechlich, irgendwie verloren. Ich glaube, sie war noch ziemlich jung, nicht älter als achtzehn. Wenn die Umstände nicht so schwierig gewesen wären, hätte ich mich gern um sie gekümmert. Ich habe mir oft überlegt, was für eine Möglichkeit es geben könnte, ihr näher zu kommen. Aber ich habe mich nicht getraut. Stattdessen habe ich sie begraben ...«

Er verzog schmerzhaft den Mund. Tränen standen in seinen Augen. Olle warf rücksichtsvoll einen Blick aus dem Fenster. Das kann doch alles nicht wahr sein, dachte er.

Er hörte Stimmen an der Rezeption. Rahmén, der den Morgen im Gericht verbracht hatte, sprach mit Iris. Vermutlich hatte sie ihm gerade mitgeteilt, dass Olle mit einem Mandanten spreche und nicht gestört werden wolle. Der Duft des Vormittagskaffees drang durch die Türritzen.

Birgers Stimme zitterte bedenklich, als er fortfuhr: »Eines Abends kam Leif nach Hause und erzählte eine sonderbare Geschichte. Er behauptete, dass Sue eine Leiche im Moor entdeckt hätte. Das war zu Beginn des Frühjahrs, ich glaube, im April. So fing alles an und wurde mit der Zeit zu einem einzigen nicht enden wollenden Albtraum. Gleichzeitig verhielt er sich so merkwürdig, als handle es sich um einen Scherz. Er fragte Gertrud, ob sie jetzt nicht endlich die Polizei anrufen wollte, da es wirklich einen Anlass gab. Oder ob er es tun sollte. Ich begriff nur, dass er sie irgendwie erschrecken wollte, aber ich wusste nicht, warum. Aber sie wusste es ...«

Olle beugte sich vor. »Hatte Sue eine Leiche im Moor gefunden? Einfach so?«

»Ja, es hört sich komisch an, aber manchmal hat Sue den Müll im Moor vergraben. Leif gefiel das nicht. Er sagte, er könne ihren Müll auch zur Deponie fahren. Aber ich glaube, das war ihr egal. Jedenfalls hatte sie gegraben, und sie muss tief gegraben haben, denn sie hat Anna gefunden.«

Olle schloss die Augen und konstatierte, dass es sich mittlerweile – vom Röshult-Mann abgesehen – um drei Leichen handelte.

»Anna?«

»Die Mutter von Max, die erste Frau meines Vaters. Max ging ja nach Amerika, als ich acht war. Ich wusste zwar, dass er eine andere Mutter hat als ich, aber irgendwie habe ich nie so viel darüber nachgedacht. An diesem Abend erfuhr ich jedenfalls, dass man sie gefunden hatte. Leif behauptete, dass Gertrud und mein Vater sie gemeinsam getötet und im Moor vergraben hätten, und zwar schon vor langer Zeit, vor meiner Geburt, als Gertrud mit Leif schwanger war.«

»Wie konnte er das wissen?«

»Das machte ihr ja so zu schaffen, dass er es wusste. Seit er zwölf war, kannte er diese Geschichte. Unser Vater hatte ihm davon erzählt. Man glaubte es ja nicht, dass er einem Zwölfjährigen davon erzählte, aber das war typisch für ihn. Er war ein sehr eigentümlicher Mensch.

Zuerst hat sie alles abgestritten. Hat rumgeschrien, das wäre eine Lüge. Da schlug er vor, sie ins Moor zu begleiten und selbst einen Blick auf Anna zu werfen. Er sagte, er hätte sie vollständig ausgegraben und die Grube mit einer Plane bedeckt. Aber die würde er natürlich gern wieder entfernen, damit sie alles sehen könne. So hat er sie immer weiter bedrängt, bis sie ihn schließlich angefleht hat. Er hörte erst auf, als sie anfing zu heulen. Ich konnte nicht begreifen, warum er sie so demütigte. Aber offenbar wollte er ihr etwas heimzahlen, und Angst hat er nie vor ihr gehabt. Vielleicht wollte er nur etwas gegen sie in der Hand haben, damit sie ihn in Frieden ließ. Danach war sie am Boden zerstört. Er hatte ein schlechtes Gewissen und versuchte sie zu beruhigen, sagte, sie brauche sich keine Sorgen zu machen, natürlich würde er die Grube wieder zuschütten. Niemand solle etwas davon erfahren. Gleich am nächsten Tag wollte er es tun.

Das Schlimmste für sie war wohl nicht, dass er es wusste, sondern dass diese Schlampe, die sie abgrundtief hasste, Anna gefunden hatte. Sie hat Sue nie anders als ›diese Schlampe‹ genannt. Aber Leif hat die Grube am nächsten Tag nicht zugeschüttet, weil die Ereignisse sich plötzlich überschlugen.

Ich habe später noch oft über diesen Tag nachgedacht. Minute für Minute bin ich ihn durchgegangen, und ich kann mir nicht vorstellen, dass Leif irgendeine Möglichkeit hatte, Sue umzubringen. Am Vormittag ist er in die Stadt gefahren. Hat zehntausend von der Bank abgehoben, was ich damals nicht wusste. Später am Tag habe ich Sue noch quicklebendig gesehen, als sie auf den Hof zuging. Es herrschte ein schreckliches Wetter, daher waren Leif und ich die meiste Zeit in der Scheune und haben einen Wagen repariert. Sie ging durch das Tor und winkte ihn zu sich heran. Dann sah ich, wie sie lange miteinander tuschelten, ehe sie wieder kehrtmachte. Von da an haben wir die ganze Zeit zusammen gearbeitet, abgesehen von ein paar Minuten, als wir pinkeln waren. Er wirkte niedergeschlagen und sprach nicht viel. Ich dachte an das Grab im Moor und fragte mich, ob er am Morgen wohl da gewesen war und es zugeschüttet hatte, aber ich traute mich nicht zu fragen. Gegen vier hat er eine Ladung Futter zu den Kälbern gebracht, die auf der Winterweide standen. Das dauerte nicht länger als eine halbe Stunde und war nicht einmal dieselbe Richtung wie das Sommerhaus. Etwas später, gegen Abend, machte er einen Abstecher zum alten Hof, um nach Tor zu schauen. Das war sein Jagdhund, der seit ein paar Tagen verschwunden war. Er machte sich große Sorgen deswegen. Ich habe ihn die ganze Zeit rufen gehört. Als wir zum Abendessen nach Hause gingen, stellte Gertrud schweigend das Essen auf den Tisch, war aber nicht ansprechbar. Als sie ihre Küchenarbeit beendet hatte, ging sie nach oben auf ihr Zimmer und knallte die Tür zu. Wir nahmen an, dass sie sich hingelegt hätte. Leif stellte eine Flasche Schnaps auf den Tisch und wollte, dass ich auch trinke. Ich trank ein wenig, um ihm Gesellschaft zu leisten, und hatte schließlich den Mut zu fragen, ob er etwas mit der Grube unternommen hätte. Aber ich kann mich nicht mehr an seine Antwort erinnern. Er wollte nur von Sue reden, während er ein Glas nach dem anderen runterkippte. Während er mir erzählte, wie unglücklich er ist und dass er sich auch gleich umbringen könnte, wenn sie ihn verlässt, hat er sich also hemmungslos voll laufen lassen. Im Suff fing er dann an zu heulen.

Es war mir neu, dass sie verschwinden wollte, und ich fragte mich, was dann aus Pia werden sollte. Leif glaubte, dass sie mitkommen würde. Er tat mir nicht besonders Leid. Er selbst hatte kaum eine Miene verzogen, als Ingabritt verzweifelt gewesen war. Jetzt sollte er am eigenen Leib erfahren, wie es ist, im Stich gelassen zu werden, dachte ich.

Von der Erpressung ahnte ich damals nichts. Erst mehrere Wochen später erfuhr ich, dass Sue ihm gedroht hatte, der Polizei einen Tipp über den Leichenfund zu geben, wenn er ihr kein Schweigegeld zahlte. Das war das Komische an Leif, man wusste bei ihm nie, woran man war. Er drohte Sue mit der Polizei, als wäre ihm vollkommen egal, ob die ganze Gegend davon erfuhr oder nicht. Doch letztendlich wollte er lieber auf Sues Forderungen eingehen, als mit ansehen, wie der Ruf des Hofes in den Schmutz gezogen wurde. Ich glaube, er dachte gar nicht so viel an Gertrud und an sich selbst. Es war unser Vater, auf den kein Schatten fallen durfte. Leif war ihm sehr ähnlich, was das Aussehen, aber auch das Temperament betraf. Obwohl er nicht so bösartig war. Er konnte sehr einschüchternd sein, wenn er wütend wurde, doch soviel ich weiß, ist er nie gewalttätig geworden. Als Kinder hatten wir beide Angst vor unserem Vater – ich natürlich am meisten. Jederzeit konnte man sich eine Ohrfeige einfangen. Es gab nur zwei Stimmungen bei ihm, und beide sah man ihm nicht an. Wenn er gut gelaunt war, ließ er uns in Frieden; wenn er schlecht gelaunt war, schlug er wahllos um sich, und vor allem ich bekam seine Schläge zu spüren. Der Tag, an dem er starb – ich war damals acht –, war einer der glücklichsten meines Lebens. Ich dachte, jetzt müsste ich nie mehr im Leben Angst haben. Ich begriff nicht, dass die Angst bereits in mir steckte. Doch mit Leif war es anders. Er trauerte. Ich kann mich noch erinnern, wie sehr ich mich darüber gewundert habe. Mit der Zeit habe ich dann begriffen, dass zwischen ihnen doch eine Form von Zuneigung bestanden hatte. Zwischen Gertrud und Leif war es ja nicht anders. Er war der geglückte Sohn, auf den sie stolz waren. Obwohl ich natürlich nicht mit Sicherheit sagen kann, was in Leifs Kopf vorging, nur dass er sich dem Hof sehr verbunden fühlte.

Wie ich später erfahren habe, hat Sue zwanzigtausend Kronen Schweigegeld gefordert. So viel konnte er natürlich nicht aus dem Ärmel schütteln – das war zu Beginn der siebziger Jahre eine ziemlich hohe Summe –, also willigte sie doch ein, sich mit zehntausend zu begnügen, Hauptsache, es ging schnell über die Bühne. Deswegen war er am selben Tag auch noch auf der Bank. Und als sie zu uns in die Scheune kam, hatte er ihr das Geld wohl schon gegeben. Aber zu mir hat er kein Wort davon gesagt. Er hockte einfach da und schluchzte, dass er sie verlieren würde, und trank den Schnaps direkt aus der Flasche. Und von einem auf den anderen Moment schlief er ein, als hätte man eine Lampe ausgeknipst. Das passierte übrigens nicht zum ersten Mal. Nur eine Stunde später kam Gertrud in die Küche. Ich hab mich ziemlich gewundert, denn ich hatte ja geglaubt, sie wäre längst schlafen gegangen. Noch mehr gewundert hat mich, dass sie von draußen kam. Das Regenwasser lief an ihr herunter; draußen goss es in Strömen. Und sie kam auch noch mit dreckverschmierten Stiefeln in die Küche – ausgerechnet sie, die immer hysterisch wurde, wenn man mit nassen Schuhen über ihre Teppiche ging. Und wie erst ihr Gesicht aussah! Und wie sie Leif anstarrte, als hätte sie ihn noch nie gesehen! Ich spürte, dass irgendwas Außerordentliches geschehen sein musste. Und dann sagte sie in etwa, dass Leif jedenfalls Manns genug gewesen sei, der Schlampe das Maul zu stopfen. ›Die Hure ist tot‹, sagte sie. Als ich nichts erwiderte, ist sie wütend geworden. ›Sitz nicht so blöd rum!‹, rief sie. ›Hörst du nicht, was ich sage? Wir müssen sie begraben.‹

Ich war geschockt und glaubte, dass sie durch die Ereignisse des vergangenen Abends den Verstand verloren hätte. Was hätte ich sonst glauben sollen? Ich brachte mühsam die Frage über die Lippen, wo sie gewesen sei. Darauf antwortete sie, dass sie beim alten Hof im Dunkeln über Sue gestolpert wäre. Leif hätte sie erwürgt. Als ich den Kopf schüttelte und sagte, dass das nicht möglich sei, beugte sie sich über mich und fragte: ›Wer sollte es sonst gewesen sein? Du etwa?‹ Ich war sicher, dass sie log. Das Ganze wirkte völlig unglaubwürdig. Sie suchte in mehreren Schubladen nach neuen Batterien für die Taschenlampe, dann holte sie meine Regenjacke und sagte, ich solle zwei Spaten und eine der großen Schubkarren holen. Als ich nicht sofort reagierte, schrie sie mich an, ich solle mich beeilen, wenn ich nicht wollte, dass mein Bruder hinter Gittern landete. Leif lag die ganze Zeit über der Tischplatte und schnarchte. Schließlich haben wir uns im strömenden Regen auf den Weg gemacht. Ich schob die Karre mit den Spaten, und Gertrud folgte mit der Taschenlampe. Es war stockdunkel, obwohl es nicht später als neun Uhr war.

Als wir beim alten Hof ankamen, richtete sie die Taschenlampe auf eine Gestalt, die vor uns im Matsch lag. Ich sah, dass es sich um Sue handelte, aber ich glaubte nicht, dass sie tot war.

Sie lag mitten auf dem Weg, ein Stück vom Toreingang entfernt, auf dem Rücken, mit geöffneten Augen. Obwohl sie die Lider nicht bewegte, sah sie nicht tot aus. Durch meinen Kopf rasten alle möglichen Gedanken. Dass sie besoffen oder high war oder sich einfach dorthin gelegt hatte, um uns zu erschrecken. Das Wasser lief ihr übers Gesicht, und vermutlich lag es an den Lichtreflexen der Taschenlampe, dass ihre Augen glitzerten. Gertrud zeigte mit der Stiefelspitze auf ihren Hals. Man konnte blauschwarze Blutergüsse erkennen, die Lippen waren bläulich verfärbt und geschwollen. Da begann ich mich zu fragen, ob Leif es vielleicht doch getan hatte. In diesem Moment konnte ich jedenfalls keine andere Erklärung finden. Ich erinnere mich nicht mehr, was wir gesprochen haben, aber es verstand sich von selbst, dass wir sie im Moor begraben mussten. Wir wussten ja, dass es kein Problem war, die Erde auszuheben, und wir kaum Spuren hinterlassen würden. Sie wie einen Sack Kartoffeln auf die Schubkarre zu hieven war, als würde man ihr erneut Gewalt antun.

Wir nahmen den direkten Weg über die Weide, kamen allerdings kaum voran, weil der Untergrund nach dem langen Regen schwer und glitschig war. Ich schob die Karre, und Gertrud hielt sie an den Seiten fest, damit sie nicht umkippte. Als wir das Moor erreicht hatten, wollte sie noch ein Stück weiter gehen, und ich wusste auch sofort, warum. Da fing ich an, mich zu wehren. Und als sie sagte, dass es am einfachsten wäre, dieselbe Grube zu benutzen, drehte ich durch. Als wäre die Situation nicht schon schlimm genug gewesen. Ich heulte wie ein kleines Kind, denn irgendwie hatte ich immer noch nicht begriffen, dass Sue tot war, und der Gedanke, sie in eine Grube zu werfen, in der bereits eine verweste Leiche lag, war unerträglich.

Sie schimpfte und fluchte, sagte, dass wir jetzt keine Zeit für Kindereien hätten und dass uns wegen Leif keine andere Wahl bliebe und so weiter. Da ging mir wieder durch den Kopf, dass Leif mit dieser Sache nichts zu tun hatte. Wann hätte er das denn tun sollen? Und warum war sie hinaus in den Regen gegangen, während wir dachten, sie würde längst schlafen? Sie musste Sue erwürgt haben, und diese Erkenntnis erschreckte mich mehr als alles andere. Aber ich konnte ja nicht einfach davonlaufen, ich musste ihr gehorchen, schließlich war sie meine Mutter. Also gab ich auf. Besser, mit dem Denken aufhören und sie einfach bestimmen lassen. Je eher ich tat, was sie sagte, desto schneller war alles überstanden.

Wir ließen die Schubkarre stehen und trugen sie das letzte Stück. Ich fand es merkwürdig, dass sie nach so vielen Jahren überhaupt keine Schwierigkeiten hatte, den richtigen Weg zu finden. Obwohl es dunkel war und regnete, steuerte sie genau die Stelle an, wo die Plane lag. Sie war schwer vom Regen, und Leif hatte um den Rand einige Steine gelegt. Nachdem wir die Plane entfernt hatten, bemerkte ich, dass sie sich hütete, in die Grube zu leuchten. Sie gab mir die Taschenlampe und sagte, ich soll nachgucken, ob die Grube auch tief genug ist. Aber das brachte ich nicht fertig, weil ich vollauf damit beschäftigt war, nicht in Ohnmacht zu fallen. Ich sagte einfach, die Grube sei tief genug, und dann rollten wir Sue hinein und schaufelten alles zu. Der Regen war inzwischen noch stärker geworden, man sah kaum die Hand vor Augen. Die Erde war so weich und glitschig, dass wir aufpassen mussten, nicht selbst in die Grube zu fallen. Wir erledigten die Arbeit mehr schlecht als recht, also einigten wir uns darauf, dass ich am nächsten Tag zurückkommen und die Stelle noch mit einigen Grasbüscheln bedecken sollte. Hinterher waren wir völlig ausgepumpt, durchgeschwitzt und mit Dreck verschmiert. Die Plane ließen wir liegen, nahmen nur die Spaten mit und machten uns davon. Ich dachte, damit wäre alles vorbei. Ich wollte nur noch nach Hause, eine Dusche nehmen und ins Bett kriechen – und alles vergessen. Aber es war nicht vorbei. Das Schlimmste sollte noch kommen.

Denn plötzlich blieb sie stehen und packte mich am Arm, als hätte sie große Angst. Dann sagte sie, dass wir die andere vergessen hätten. Ich wusste erst gar nicht, wovon sie redet. Sie sagte, dass alles vergebens wäre, wenn die andere übrig bliebe. Als ich verstand, was sie meinte, verließ mich die letzte Kraft. Ich konnte mich nicht länger auf den Beinen halten, sank in den Dreck und winselte und bettelte, dass sie mich verschonen sollte …

Alles andere kann ich mir verzeihen – aber nicht, dass ich einwilligte, Pia zu töten. Denn genau das habe ich am Ende getan. Für solch eine Schwäche gibt es keine Entschuldigung, nur Erklärungen. Und schon als ich auf den Boden sank, wusste ich, dass sie mich überreden würde. Mein ganzes Leben lang habe ich nie gewagt, mich ihr zu widersetzen. Sie redete und redete … und alles, was sie sagte, hörte sich so vernünftig an. Dass wir

Pia töteten, war unbedingt notwendig – das verstand ich jetzt. Es gab einfach keinen anderen Ausweg.

Gertrud wollte es selbst tun. Alles, was ich tun musste, war, zu graben und ihr beim Tragen zu helfen. Irgendwie schaffte sie es, mich wieder auf die Beine zu bringen. Sie redete mit mir wie mit einem kleinen Kind, lobte mich ausgiebig und tat so, als würde ich eine Heldentat vollbringen. Mir ekelte davor, aber das war mir immer noch lieber als ihr Zorn, den ich zu spüren bekam, wenn ich ihr nicht gehorchte.

Wir stapften also wieder aufs Moor hinaus und suchten uns irgendeine Stelle aus, ein gutes Stück von der anderen Grube entfernt. Dann drückte sie mir den Spaten in die Hand und machte sich auf dem Weg zum Häuschen, um das zu tun, was getan werden musste. Ich sollte mit der Schubkarre nachkommen, wenn ich tief genug gegraben hätte. Ich tat, wie sie mir gesagt hatte, ich schaufelte wie ein Verrückter, denn ich wagte nicht, auch nur eine Sekunde zu unterbrechen und darüber nachzudenken, was ich da eigentlich machte. Ich hatte das Gefühl, von Gespenstern umgeben zu sein in diesem undurchdringlichen Dunkel. Schließlich hielt ich es nicht mehr länger aus – ich warf den Spaten hin und lief davon, um nicht mehr allein zu sein. Ich traf sie auf halbem Weg. Sie war wütend, dass ich die Schubkarre vergessen hatte. Also musste ich zurückgehen, um sie zu holen.

Ich fragte nicht, wie es gewesen war. Sie sagte nur, dass alles gut gegangen sei, und ich dachte noch, was für eine merkwürdige Formulierung das ist. Doch eigentlich war mir alles egal. Zu diesem Zeitpunkt empfand ich gar nichts mehr. Es war, als hätte ich eine Grenze überschritten. Nichts war mehr von Bedeutung. Ich war sowieso verloren.

Pia lag auf dem Bett in der Küche, und ich sah, dass sie Sues Jacke anhatte. Es war eine ungewöhnliche Jacke, aus Wildleder mit langen Fransen. Ansonsten sah sie aus wie immer, als ob sie schliefe. Sie war so leicht und dünn, ich hatte das Gefühl, ein Kind zu tragen.«

Birger begann leise zu weinen. Von der Rezeption drang dröhnendes Gelächter herüber, als hätte gerade jemand einen guten Witz erzählt.

Olle kramte in seinen Schreibtischschubladen, doch er besaß weder Taschentücher noch geheime Kognakvorräte.

»Wenn es dich zu sehr mitnimmt, brauchst du nicht weitere Details zu erzählen«, sagte er unbeholfen.

Birger trocknete sich mit dem Jackenärmel die Augen. »Viel mehr gibt es nicht zu erzählen«, sagte er mit erstickter Stimme. »Wir haben sie beerdigt. Wie genau, weiß ich nicht mehr. Ich war zu dieser Zeit nicht mehr bei klarem Verstand. Als wir fertig waren, wollte Gertrud noch das Häuschen ausräumen. Da erst setzte ich mich zu Wehr. Ich kümmerte mich nicht mehr um sie, sondern ging einfach nach Hause und sank ins Bett. Sie musste das allein erledigen. Erst im Morgengrauen kam sie nach Hause. Was sie mit den Sachen der Mädchen gemacht hat, weiß ich nicht. Vermutlich hat sie alles zur Mülldeponie gefahren. Es würde mich nicht wundern, wenn sie das noch in derselben Nacht gemacht hätte. Ich habe nie danach gefragt.«

»Und Leif?«

»Der hat nie etwas davon erfahren.«

»Aber wie war es mit Sue? War es Gertrud oder Leif, der …?«

»Keiner von beiden.«

»Keiner?«

Birger hatte sich müde geredet. Er hatte seinen ganzen Bericht in rasendem Tempo heruntergerattert, als wolle er so schnell wie möglich fertig werden, ehe er es sich anders überlegte. Jetzt krümmte er sich auf seinem Stuhl zusammen, saß weit vornübergebeugt, hatte die Knie umfasst und starrte auf den Boden. Olle fragte sich, ob Birger die Beichte vollenden würde.

»Ich weiß, dass Gertrud Pia im Schlaf tötete«, sagte Birger langsam. »Sie hat sie mit einem Kissen erstickt. Das war kein Problem. Aber mit Sue wäre sie niemals fertig geworden. Auch wenn ich in dieser Nacht daran geglaubt habe. Sie hätte es sicher getan, wenn sie dazu in der Lage gewesen wäre, aber Sue war groß und stark, und Gertrud reichte ihr nur bis zu den Schultern. Nein, sie war sich ganz sicher, dass Leif Sue getötet hatte – bis sie am nächsten Tag seine Reaktion erlebte. Da konnte sie nicht mehr daran glauben. Und ich weiß, dass er es nicht getan hat.«

»Wie kannst du da so sicher sein?«

»Man merkte es ihm an. Außerdem hatte er keine Gelegenheit. Ich glaube jedenfalls nicht, dass ihm Sue beim alten Hof zufällig über den Weg lief, als er nach dem Hund suchte, und er sie spontan erwürgte. Ich habe ihn ja die ganze Zeit rufen gehört. Irgendein anderer muss sie erwürgt haben. Und dieser jemand hat auch Leif getötet.«

»Wer sollte das sein?«

»Ich weiß es nicht.«

»Du sagst aber, dass Gertrud es gern getan hätte. Woher willst du wissen, ob sie es nicht doch war? Sie hätte Sue doch beispielsweise bewusstlos schlagen können, ehe sie sie erwürgt hat.«

Birger schüttelte den Kopf.

»Ich sah ihren Gesichtsausdruck, als sie begriff, dass Leif es nicht gewesen sein konnte. Eine solche Verwunderung vorzutäuschen, traue ich nicht einmal ihr zu.«

Olle, für den die ganze Geschichte noch zahlreiche Ungereimtheiten aufwies, war noch lange nicht von Gertruds oder Leifs Unschuld überzeugt. »Du sprachst von Leifs Reaktion am Tag darauf. Woraus schließt du, dass er es nicht gewesen sein kann?«

»Aus seiner Reaktion, als er entdeckte, dass das Sommerhaus leer war. Er war wütend und verletzt, weil sie einfach abgehauen waren, ohne was zu sagen. Dann fasste er den verzweifelten Beschluss, nach ihnen zu suchen. Dass sie tot sein könnten, war ihm gar nicht in den Sinn gekommen.«

»Und ihr habt ihm nicht die Wahrheit gesagt?«

»Nein, so verrückt waren wir nicht. Nicht auszudenken, was er dann getan hätte. Gertrud fing sich rasch wieder und machte eine große Nummer aus diesem Stockholmer, der kürzlich noch hier gewesen war.«

»Ein Stockholmer? Wer war das?«

»Ich weiß es nicht. Ein Typ, der eine Weile bei den Mädchen gewohnt hat. Leif war natürlich eifersüchtig und hat ihn davongejagt. Doch Gertrud hatte den Verdacht, dass er bei der Kommune in Hylleröd untergekommen war. Sie behauptete, sie hätte mehrmals seinen Wagen gesehen und dass er die Mädchen sicherlich mitgenommen hat. Leif fuhr sofort nach Hylleröd, um herauszufinden, ob da was dran ist, und sie bestätigten ihm, dass er die ganze Zeit da war und die Mädchen wahrscheinlich mit nach Kopenhagen genommen hat.«

»Das hat er geglaubt?«

»Was blieb ihm anderes übrig?«

»Und die ausgehobenen Gräber?«

»Es dauerte ein paar Wochen, ehe er sich überhaupt an Annas Grab erinnerte, und zu diesem Zeitpunkt hatte ich sorgfältig alle Spuren verwischt. Ich sagte, Gertrud hätte mich gebeten, das Grab wieder zuzuschaufeln. Ihm war das gleichgültig, er hatte jedes Interesse an der Angelegenheit verloren. Er trank ziemlich viel in den nächsten Wochen, und jedes Mal, wenn er besoffen war, fing er an zu heulen, und eines Abends hat er mir dann von der Erpressung erzählt. Er sagte, er hätte ihr gern weiter Geld gegeben, sie hätte ihm gar nicht drohen müssen. Doch er war nicht verbittert, nur ungeheuer traurig. Ich glaube, er hat noch jahrelang auf ein Lebenszeichen von ihr gehofft.«

»Wie hat Gertrud sich verhalten, als sie einsehen musste, dass sie Pia sozusagen unnötigerweise ermordet hatte?«

»Es klingt vielleicht merkwürdig, aber wir haben über die Vorgänge dieser Nacht nie wieder ein Wort verloren. Manchmal hatte ich das Gefühl, alles nur geträumt zu haben. Wenn wir in unserer Familie eines wirklich beherrschten, dann war es das Verschweigen unangenehmer Tatsachen. Was sie später darüber dachte, hat sie immer für sich behalten. Das heißt ... einmal sind wir doch darauf zu sprechen gekommen, aber da ging es nur um das Geld, das sie gefunden hatte ...«

»Geld?«

»Die zehntausend, die Leif Sue gegeben hatte. Das war, als ich ausziehen wollte. Etwas Gutes hat diese furchtbare Nacht immerhin gehabt – ich habe endlich meinen Hintern hochgekriegt. Ich hasste mein bisheriges Leben, das völlig von den beiden dominiert wurde. In gewisser Weise stand meine Seele auf dem Spiel. Wenn ich nicht untergehen wollte, musste ich weg. Ich bekam einen Job in Malmö und brachte all meinen Mut auf, um meine Stelle als unbezahlter Stallknecht zu kündigen. Das stieß natürlich auf Widerstand, denn sie waren auf meine Hilfe angewiesen, doch dieses eine Mal blieb ich bei meiner Entschluss. Das war wohl die mutigste Entscheidung, die ich je in meinem Leben getroffen habe. An dem Tag, an dem ich endgültig ausziehen wollte – das war ein halbes Jahr später im Herbst –, steckte sie mir zehn Tausendkronenscheine zu und sagte, die hätte sie beim Aufräumen im Sommerhaus gefunden. Sie hatte wohl erfahren, dass Leif diese Summe vom Konto abgehoben hatte. Ohne mich anzusehen, murmelte sie etwas davon, dass ich ein bisschen Startkapital gebrauchen könnte und das Geld auf jeden Fall verdient hätte. Ich habe nie verstanden, ob als Stallknecht oder als Totengräber.«

Olles Blick konzentrierte sich auf die langen Reihen der in Leder gebundenen Rechtsfälle. Er hasste es, sich inkompetent zu fühlen, und genau das tat er im Moment. Vor allem schreckte er vor der Aufgabe zurück, die Birger ihm offenbar zu stellen gedachte. Was, im Himmel, fing man nur mit einer Aussage von solchen Dimensionen an? Der Gedanke an einen guten Rat war absurd. Würde er Birger doch zumindest nicht persönlich kennen! Lägen die Leichen nicht in unmittelbarer Nähe seines Wohnsitzes! Vom einzigen Rat, den er zu geben imstande war, wollte Birger sicherlich nichts wissen.

»Was hast du gehofft, wie ich reagieren würde?«, fragte er.

Birger richtete sich auf und sah ihm in die Augen. »Ich hoffte wohl wider alle Vernunft, dass du mir helfen würdest, eine Lösung zu finden, auch wenn ich mir nicht vorstellen kann, wie die aussehen sollte.«

»Dir ist wohl klar, dass deine Mitschuld in diesem Fall verjährt ist.«

»Meine eigene Lage interessiert mich nicht.«

»Denkst du vor allem an Gertrud?«

»Wenn die Polizei davon erfährt, geht es ihr an den Kragen – oder?«

»Des Mordes an Pia kann sie immer noch angeklagt werden.«

»Und wer sagt denn, dass sie nicht auch der anderen Morde verdächtigt wird? Ich meine, es gibt doch schließlich keine Beweise, dass sie sie nicht begangen hat.«

»Darum geht es nicht«, sagte Olle. »Die Frage ist, ob es Beweise für ihre Schuld gibt. Aber du bist vielleicht selbst nicht hundertprozentig davon überzeugt, dass sie die anderen Morde nicht begangen hat?«

Birger antwortete nicht darauf, stattdessen sagte er: »Ich hätte mich nie getraut, davon zu berichten, wenn Leif noch am Leben wäre. Ich zittere schon, wenn ich nur daran denke, wie er es aufgenommen hätte. Und was Gertrud gesagt hätte, das wage ich mir gar nicht erst vorzustellen. Aber jetzt ist die Situation anders. Die Art und Weise, wie er gestorben ist, war ja eine Folge der anderen Vorkommnisse. Er wäre nicht erschlagen worden, wenn wir ihn nicht hintergangen hätten. Ich finde, ich bin es ihm schuldig, dass endlich die Wahrheit ans Licht kommt. Ich will, dass sein Mörder gefasst wird.«

Olle fühlte sich zunehmend irritiert und entgegnete ungehalten: »Wie soll denn das funktionieren? Wenn du willst, dass der Mörder gefasst wird, solltest du der Polizei eine Chance geben.« Dann fügte er in freundlicherem Ton hinzu: »Mal ganz ehrlich – hast du nicht schon genug Rücksicht auf sie genommen? Was auch immer sie getan hat, sie muss die Konsequenzen dafür tragen.«

»Du rätst mir also, zur Polizei zu gehen?«

»Ich sehe keine andere Möglichkeit.«

»Ich kann nicht mit der Polizei reden.«

Olle schwieg und versuchte nachzudenken. Er wusste, dass es der Griff nach einem Strohhalm war, als er sagte: »Wenn du willst … hätte ich da einen Vorschlag: Ich weiß nicht, ob er was taugt, aber vielleicht ist es einen Versuch wert. Ich kenne zufällig den Polizeidirektor hier in der Stadt, weil er der Cousin meiner Frau ist. Abgesehen davon glaube ich, dass er ein erstklassiger Polizist ist. Ich kann ihm deine Geschichte als einen hypothetischen Fall schildern, ohne irgendwelche Namen zu nennen. Das verpflichtet zu nichts. Er hat viele Jahre praktische Erfahrung als Kriminalkommissar. Falls es eine Lösung gibt, kann *er* sie uns aufzeigen.«

»Aber wird er nicht sofort wissen …?«

»Vielleicht, aber das ändert ja nichts an der Sache.«

Birger dachte eine Weile über den Vorschlag nach, der ihn nicht recht zu überzeugen schien. Doch schließlich sagte er: »Ich wäre dir dankbar, wenn du das für mich tun würdest.«

52 DONNERSTAG, 14. AUGUST

Roffe musterte aufmerksam Lasse Wagnhärads vielsagende Mimik, in der sich Erstaunen und Misstrauen gleichermaßen spiegelten. Vor einer Weile hatte er vermutlich genauso ausgesehen.

Schließlich stieß der Kommissar aus: »Herrje! Was soll man davon halten?«

»Du sagst es«, erwiderte Roffe und erinnerte sich an den Kaffee, der während ihres Gesprächs kalt geworden war. Er leerte durstig den ganzen Becher und füllte ihn erneut.

Sie saßen in seinem Dienstzimmer in der Sitzgruppe am Fenster. Ein großspuriges Zeugnis seiner Privilegien. Der Kaffee in den obligatorischen Plastikbechern war hingegen so wässrig wie eh und je, doch eine Schale mit vier frischen Plundertaschen, die Vera Lasse zuliebe besorgt hatte, hellte die Stimmung etwas auf. Der Polizeidirektor begnügte sich jedoch im Großen und Ganzen mit den Krümeln.

»Und das alles ist ausschließlich …?«

»Ja«, sagte Roffe. »Nichts von dem, was du gehört hast, kannst du für deine Ermittlungen verwenden. Die ganze Geschichte ist mir als hypothetischer Fall geschildert worden. Keine Namen. Wenn die geschilderten Vorgänge überhaupt der Wahrheit entsprechen und nicht nur Hirngespinste sind, dann können sie sich genauso gut in Värmland abgespielt haben.«

»Dann verstehe ich nicht, was das Ganze überhaupt soll.«

Roffe nahm sich den abgebrochenen Rand einer Plundertasche, betrachtete ihn freudlos und tauchte ihn dann langsam in seinen Kaffee. »Vielleicht hat es auch keine Bedeutung«, sagte er.

»Zumindest eines glaubten wir sicher zu wissen«, sagte Wagnhärad düster. »Dass es sich bei der Leiche im Moor um Sue Adams handelte. Das zeigt doch erneut, wie unzuverlässig Zeugenaussagen sind. Gleich zwei Personen haben die Leiche identifiziert – dabei haben sie nur ihre Jacke erkannt.«

»Dass Zeugenaussagen unzuverlässig sein können, ist ja nichts Neues«, entgegnete Roffe ruhig.

»Aber wozu soll denn das gut sein – ein Geständnis unter dem Siegel der Verschwiegenheit? Was bezweckt er damit?«

»Gute Frage. Aber das weiß er wohl selbst nicht so genau. Fünfundzwanzig Jahre hat er dieses Geheimnis mit sich herumgeschleppt. Dann geschehen plötzlich unerwartete Dinge. Eine der Frauen wird gefunden, und unmittelbar darauf wird sein Bruder ermordet. Die Situation wird plötzlich unerträglich, seine Schuldgefühle werden wieder wach. Er sieht sich einem Mordverdacht ausgesetzt. Vielleicht will er, dass alles ans Tageslicht kommt, um einen verhängnisvollen Kreislauf endlich zu durchbrechen.«

Der Kommissar machte sich über seine zweite Plundertasche her und sprach mit vollem Mund: »Okay, das verstehe ich. Aber warum dann halbe Sachen machen? Das führt doch zu nichts. Er hätte doch auch direkt zu mir kommen können.«

Roffe legte die Beine hoch und lächelte weise. »Vielleicht hegt er irgendwelche Vorurteile gegen dich«, sagte er. »Auch wenn du es nicht glauben magst, ich habe schon gehört, dass manche Leute sehr geheimnisvoll werden, wenn sie es mit Polizisten zu tun bekommen.«

Lasse Wagnhärad starrte nachdenklich vor sich hin. »Das wirft ohne Frage ein neues Licht auf die wirren Aussagen von Max Rösling.«

»Ach wirklich? Was hat er gesagt?«

»Viel zu viel. Wenn er erst mal richtig in Fahrt kommt, ist er kaum noch zu bremsen. Unter anderem sagte er, dass seine Mutter von seinem Vater und seiner Stiefmutter erschlagen wurde, als er zwölf Jahre alt war. Dass er sich erst jetzt auf seine alten Tage daran erinnert hätte.«

»Gütiger Himmel«, murmelte Roffe. »Was geht in der schwedischen Provinz nur vor sich? Ich dachte, man widmet sich hier dem Ackerbau.«

»Das eine schließt das andere ja nicht aus.«

»Du tust seine Worte also nicht einfach als Unsinn ab?«

»Nein, aber er macht trotzdem einen etwas verwirrten Eindruck.«

»Glaubst du, dass er Leif getötet hat?«

»Vieles spricht dafür, dass er an dem Abend, an dem Leif ermordet wurde, auf Röshult gewesen sein kann. Das Verhältnis zu Leif und Gertrud war regelrecht feindselig, wie du weißt. Es geht unter anderem um Erbstreitigkeiten. Das Verhältnis zwischen ihm und Birger scheint dagegen ganz gut zu sein, was man unter den gegebenen Umständen nicht außer Acht lassen sollte.«

»Erbstreitigkeiten?«

»Max Rösling hat das Erbe seiner beiden Eltern eingefordert und wollte eine Teilung der Erbmasse erreichen. Was Birger natürlich ebenso betrifft. Die juristische Auseinandersetzung läuft.«

»Wenn also jemand von Leifs Tod profitieren würde – finanziell, meine ich –, dann Birger?«

»Ja – er ist jetzt Gertruds Alleinerbe. Sie und Eivor Nordström haben angedeutet, dass die Erbstreitigkeiten das eigentliche Motiv sind. Eivor zufolge haben Max und Birger alles zusammen ausgeheckt und nutzen jetzt den Leichenfund, um die Spuren zu verwischen.«

Roffe sah den Kommissar aufmerksam an. »Aber was sollte das für einen Sinn haben? Das wirkt doch ziemlich weit hergeholt. Und das soll einen Zusammenhang zwischen den Morden ausschließen? Sue Adams ermordet von Clarence Jankelius? Pia Bryneskog versehentlich von Gertrud ermordet? Und Leif von Biger oder Max oder beiden zusammen getötet, weil sich eben gerade die Gelegenheit bot?«

»Stimmt, das hört sich nicht sehr überzeugend an.«

»Apropos Jankelius, auf seine Geschichte fällt ja ebenfalls ein neues Licht«, fuhr Roffe fort. »Angenommen, er sagt die Wahrheit, was sein Verschwinden von Röshult betrifft. Dass es Gertrud war, die er an jenem Abend, als sie nach

Kopenhagen aufbrechen wollten, gesehen hat. Gertrud kommt direkt aus dem Moor, nachdem sie Sue begraben hat. Das Regenwasser rinnt an ihr herab. Sie ist über und über mit Dreck beschmiert, als sie die nahezu dunkle Küche betritt. Sie bleibt eine Weile stehen, um nach den Atemzügen von Pia zu lauschen. Dann geht sie zum Bett und drückt ihr ein Kissen auf das Gesicht. Clarence, der gerade aufgewacht ist, steht in der halb geöffneten Tür und glaubt, ein Gespenst zu sehen. Sobald das Gespenst fort ist, um Birger zu holen, rennt er in Panik davon. Was nicht ausschließt, dass er es war, der Sue erwürgt hat.«

»Oder es ist doch Gertrud gewesen«, sagte Wagnhärad. »Sie ist zwar klein gewachsen, doch anscheinend sehr willensstark. Und was wissen wir eigentlich von Birger? Seine Aussagen könnten doch eine geschickt hingedrehte Version der Wirklichkeit sein.«

»Was ist mit Rune?«, fragte Roffe, der neidisch registrierte, dass Wagnhärad nicht die geringsten Hemmungen hatte, noch mehr Kuchen in sich hineinzustopfen. In der Schale lag nur noch eine einzige Plundertasche, deren Schicksal ungewiss war.

»Mit dem komme ich überhaupt nicht weiter. Ich glaube, er kann Polizisten nicht ausstehen.«

Nach einer kurzen Pause fügte er nachdenklich hinzu: »Fehlt nur noch, dass plötzlich jemand auftaucht, der uns über den Tod von Ingabritt Rösling Auskunft gibt.«

Roffe schüttelte sich. »Verschone mich«, sagte er. »Kehren wir lieber zum Ausgangspunkt zurück.«

»Die Frage ist, was es ihm bringt, auf die Schweigepflicht von Olle Linder zu setzen.«

»Wahrscheinlich will er Zeit und auch Mut gewinnen. Angesichts der vielen Todesfälle auf dem Hof vielleicht kein dummer Gedanke. Er hat Angst, auspacken zu müssen, und hofft, dass wir ihn irgendwie davor bewahren.«

»Und seiner Mama geht es an den Kragen?«

»Wenn nur die Hälfte von dem wahr ist, was er über seine Mutter erzählt, würde ich es mir an seiner Stelle zweimal überlegen, sie zu provozieren.«

Wagnhärad schüttelte bedächtig den Kopf. »In seinen Aussagen steckt ein Widerspruch. Einerseits schürt er das Misstrauen gegenüber seiner Mutter, indem er zeigt, wozu sie imstande ist, um ein Geheimnis zu wahren. Andererseits insistiert er darauf, dass sie Leif nicht getötet hat und Sue Adams vermutlich auch nicht.«

»Sein Verhalten ist doch vor allem Ausdruck seiner Ratlosigkeit und Verzweiflung.«

»Die Mutter ist mir einfach nicht geheuer. Sie macht zwar einen leicht reizbaren, aber doch ziemlich unscheinbaren Eindruck. Dennoch habe ich das Gefühl, dass sich hinter ihrer zerfurchten Stirn schwindelnde Abgründe auftun.«

»Du neigst also zu der Auffassung, dass sie auch die Bratpfanne geschwungen hat?«

»Nach dem, was ich jetzt gehört habe ...«

»Du hast überhaupt nichts gehört«, erinnerte ihn Roffe. »Wir können diese Aussage nicht verwenden. Alles, was wir tun können, ist, Olle Linder zu bitten, seinem Mandaten einen guten Rat von uns zu übermitteln. Der Name dieses Mandanten ist uns ebenfalls nicht bekannt.«

»Hast du denn einen guten Rat auf Lager?«

»Möglicherweise. Darüber wollte ich unter anderem mit dir diskutieren. Wir müssen ihn dazu bringen, den nächsten Schritt zu tun. Zum Beispiel darüber zu reden, wo die Leichen liegen. Wenn wir das wissen, kommen wir von allein weiter.«

Wagnhärad schenkte Kaffee nach und nahm die letzte Plundertasche in Angriff. »Er wird sich hüten, uns einen anonymen Tipp zu geben«, sagte er. »Seine Mutter würde sofort wissen, wer da geredet hat.«

»Tja, das ist das Problem«, entgegnete Roffe nachdenklich. »Seine Angst ist ja mehr psychologischer als physischer Natur. Ich wette, dass er ihre Reaktion auf seinen Verrat fürchtet. Auch wenn er ihr keine Liebe entgegenbringt, scheint ihm ihr Urteil doch ungeheuer wichtig zu sein. Bestimmt ist er sich auch bewusst, dass sie für den Mord an Pia Bryneskog immer noch zur Verantwortung gezogen werden kann. Ich nehme an, dass Olle Linder ihn über die Verjährungsfristen informiert hat. Wenn wir die Ermittlungen so bald abschließen, dass innerhalb des nächsten halben Jahres Anklage gegen sie erhoben werden kann, dann wird sie vermutlich aufgrund seiner Aussage verurteilt werden. Beim Mord an Leif stehen wir nicht unter Zeitdruck.«

»Wie sollen wir ihn aus der Deckung locken?«

»Er hat sich doch schon herausgewagt, sonst hätte er sich Olle Linder nicht anvertraut. Aber zuerst will er eine Garantie, dass er nicht selbst in die Bredouille gerät.«

»Diese Garantie können wir ihm nicht geben.«

»Nein, natürlich nicht, aber darauf scheint er zu hoffen. Er hat wohl nicht nur vor seiner Mutter Angst. Auch wenn seine eigenen Taten verjährt sind, ist es doch keinesfalls angenehm, in aller Öffentlichkeit die Beihilfe zu einem Mord eingestehen zu müssen.«

Wagnhärad rutschte tiefer in den Sessel und ließ die Hände schlaff über die Armlehnen baumeln.

»Wenn wir zu forsch sind, wird er vielleicht misstrauisch und zieht sich wieder zurück. Aber die Leichen werden wir wohl nicht ohne seine Mithilfe finden.«

»Darum werden wir mit aller Behutsamkeit und Raffinesse vorgehen«, sagte Roffe. »Ich finde, wir sollten ihm vorschlagen, erst einmal Olle Linder die entsprechende Stelle zu zeigen. Als Nächstes muss er ihm dann erlauben, uns diese Stelle zu zeigen. Das dürfte auch in Olles Interesse liegen. Schließlich handelt es sich um sein eigenes Grundstück, auf dem noch irgendwelche Leichen vergraben liegen – kein sehr angenehmer Gedanke.«

»Das also ist dein guter Rat?«

»Das ist mein Vorschlag. Aber ich bin auch offen für andere«, entgegnete Roffe, der nicht wollte, dass Wagnhärad sich überfahren fühlte.

»Im Moment fällt mir kein besserer ein.«

»Gut, dann machen wir es so und hoffen das Beste.«

53 AM SELBEN ABEND

Er ergriff ihre Hand, als sie am Sofa vorbeiging, doch sein leichtes Drücken wurde nicht erwidert.

»Schläft Joakim?«, fragte er.

Sie entzog ihm ihre Hand. »Er schläft schon seit einer Weile – warum?«

»Ich finde, wir sollten die Chance nutzen, um miteinander zu reden.«

Sie entgegnete nichts und war bereits auf dem Weg in die Küche.

Er versuchte es anders. »Ich gebe zu, dass ich mich neulich wie ein Idiot benommen habe!«, rief er ihr nach.

Keine Reaktion. Aus der Küche drangen klappernde Geräusche. Er stand auf und trottete hinterher. »Was tust du da?«

»Ich mache sauber.«

Sie war gerade dabei, den Staubsauger unter der Küchenbank hervorzuziehen.

»Du willst doch wohl jetzt nicht staubsaugen?«

»Doch, genau das habe ich vor.«

Sie zog das Kabel heraus, kehrte ihm den Rücken zu und kniete sich neben die Bank, wo sich die Steckdose befand. Sollte ihm aus unerfindlichen Gründen entgangen sein, dass er in Ungnade gefallen war, dann hatte er jetzt alle Chancen, es zu begreifen. Niemand besaß einen so gekränkten und abweisenden Rücken wie sie. Und in solchen Situationen hatte er sich noch nie besonders geschickt angestellt. Was er auch sagte, es würde das Falsche sein. Eisblock oder Furie, Pest oder Cholera – er hatte die Wahl.

»Es muss doch möglich sein, miteinander zu reden!«, rief er.

Sie kam auf die Beine und starrte ihn an, als hätte er den Fauxpas des Jahrhunderts begangen.

»Was du nicht sagst«, entgegnete sie. »Genau das wollte ich natürlich tun, aber das war ja nicht möglich.«

»Ich habe doch zugegeben, dass ich mich wie ein Idiot benommen habe.«

»Wie kommt es, dass du es heute nicht tust?«

Was sollte man darauf antworten? Er vergrub die Hände in den Hosentaschen und lehnte sich gegen den Türrahmen. »Herrgott, ich war gerade nach einer fürchterlichen Woche nach Hause gekommen und sollte am nächsten Tag meinen neuen Job antreten, und dann wirfst du mir all diese Sachen einfach an den Kopf. Ist doch kein Wunder, dass ich gereizt reagiere.«

»Du meinst, ich hätte mir einen passenderen Zeitpunkt aussuchen können.«

»Du hättest mich am Telefon ein bisschen darauf vorbereiten können.«

Er sah, dass ihr eine vernichtende Antwort auf der Zunge lag. Wenn es darum ging, sich gegenseitig vorzuwerfen, wer sich in welcher Situation falsch verhalten hatte, war ihr beider Vorrat stets unerschöpflich. Doch sie besann sich und sagte stattdessen: »Ich will von dir wissen, ob du hier wohnen bleibst?«

»Dazu bin ich ja wohl gezwungen«, antwortete er düster. »Oder meinst du etwa, wir könnten den Hof in der jetzigen Situation verkaufen und woanders hinziehen? Den Makler möchte ich sehen, der ihm noch was Positives abringen kann: alter Hof, abgeschiedene Lage in makabrer Moornähe, blutrünstige Nachbarn ...«

Sie ging wieder ins Wohnzimmer.

Er trottete hinter ihr her und wurde von ihrem abweisenden Rücken am Fenster begrüßt. Sie spähte hinaus in die Dämmerung.

»Was soll ich denn sagen?«, fragte er ratlos. »Wir sollten einfach versuchen, das Beste aus dieser Situation zu machen.«

»Ich habe meinen Platz gefunden, und hier werde ich bleiben«, sagte sie. »Und das nicht, weil ich mich dazu gezwungen fühle.«

»Na, dann ist es ja gut«, sagte er matt.

»Nein, es ist überhaupt nicht gut, wenn du lieber woanders wohnen würdest. Ich habe geglaubt ... gehofft, dass dich eine Reihe unglückseliger Vorkommnisse nicht abschrecken würde. Ich lasse mich jedenfalls nicht so leicht von hier vertreiben.«

Er dachte darüber nach, ob »unglückselige Vorkommnisse« ein adäquater Ausdruck war. Dann ging er zu ihr und legte die Arme um sie.

»Doch, es ist gut so«, murmelte er in ihr Haar. »Wenn du es so betrachtest, ist es sehr gut. Ich wusste nicht, wie du all die Vorkommnisse verkraften würdest. Ich dachte, du fändest es hier vielleicht etwas zu ... unbehaglich.«

»Unbehaglich?« Sie fuhr herum und starrte ihn mit großen Augen an, befreite sich jedoch nicht aus seiner Umarmung. »Nenn mir einen Ort auf diesem Planeten, wo es nicht in irgendeiner Weise unbehaglich ist. Außerdem weiß ich nicht, ob unbehaglich das richtige Wort ist. Hier sind furchtbare Dinge geschehen, aber furchtbare Dinge geschehen auf der ganzen Welt.«

»Was wird jetzt aus unserem friedlichen Moor?«, fragte er. »Werden wir es je wieder so genießen können wie früher?«

»Die Vorfälle können dem Moor nichts anhaben«, sagte sie. »Es ist so viel größer als sie.«

Er hoffte, dass sie immer noch dieser Meinung sein würde, nachdem er ihr erzählt hatte, was er erzählen musste. Er zog sie zum Sofa und umfasste ihre Arme. Sie legte den Kopf auf seine Schulter.

»Ich war so verletzt«, sagte er, »weil du mir nichts gesagt hast. Was mich am meisten getroffen hat, war, dass du Petrus eingeweiht hast, aber mich nicht.«

Sie erstarrte und hob den Kopf. »Aber ich habe doch erklärt ...«

»Ja, ja, du hast es erklärt, und es hörte sich auch plausibel an, aber es war einfach zu viel für mich. Vor allem, dass er mitten in der Nacht als heroischer Retter zu dir geeilt ist.«

»Das wird nie wieder vorkommen.«

»Das hoffe ich. Aber bedeutet das, dass er hin und wieder hier auftauchen wird?«

Sie antwortete nicht sofort. »Nein, das glaube ich nicht.«

»Wie geht es seinem Sohn mit den Alkoholproblemen? Ist er immer noch da?«

»Wer?«

»Na, Marcus. Du sagtest doch, er hätte ihn wieder am Hals.«

»Das ... weiß ich nicht.«

Er stieß ein trockenes Lachen aus, das nicht gerade wohlwollend klang. »Dann ist Petrus' Leben wohl gar nicht so perfekt?«

»Wessen Leben ist das schon? Aber die Schadenfreude kannst du dir sparen.«

»Seine scheinbare Vollkommenheit ging mir schon immer auf die Nerven. Ich bin jedenfalls nicht so verdammt edel und großherzig, wie es vielleicht den Anschein hat.«

»Das hat auch niemand geglaubt«, sagte sie, »aber es ist edel und großherzig von dir, das zuzugeben.«

»Da wir schon über verdächtige Männer sprechen, wie geht's denn eigentlich diesem pensionierten Polizisten, Lennart Roos?«

»Ich habe ihn vorgestern getroffen. Er wollte gerade mit Rune sprechen.«

»Wo ist er jetzt?«

»Jedenfalls nicht hier. Er war eine Weile oben beim Hof und wollte noch einen Blick auf das Moor werfen.«

»Und wohl auch auf dich.«

»Er ist fünfundsechzig.«

»Hohes Risiko also, Vaterersatz – wir wissen ja, wie das enden kann. Den werde ich im Auge behalten.«

»Sind wir jetzt nicht vom Thema abgekommen?«

»Was war noch gleich das Thema? Ich kann mich nicht erinnern.«

»Willst du hier wohnen bleiben?«

»Nichts lieber als das.«

Sie rückte näher an ihn heran und legte einen Arm um seinen Nacken. »Ich habe hier schon Wurzeln geschlagen, und meine Wurzeln sehnen sich danach, mit deinen zu verwachsen.«

»Hört sich verführerisch an«, sagte er.

Sie drehte ihm ihr Gesicht zu und wollte geküsst werden. Doch er unterbrach die vielversprechende Szene und sagte: »Es gibt da etwas, das ich dir erzählen muss.«

»Kann das nicht warten?«

»Ich muss. Morgen bekommen wir Besuch, in aller Frühe.«

»Von wem?«

»Von Birger Rösling.«

Er trat einen Schritt zurück, um ihr in die Augen sehen zu können. »Er hat mich gestern in der Kanzlei aufgesucht.«

»Ja?«

»Er wollte zunächst wissen, ob ich der Schweigepflicht unterliege, und dann erzählte er mir haarsträubende Dinge, die mit dem Fund der Leiche und dem Mord an Leif zu tun haben.«

Ihre Augen weiteten sich. »Ist er es gewesen?«, flüsterte sie.

»Was?«

»Hat er Leif getötet?«

Er schüttelte den Kopf. »Das glaube ich kaum. Aber da du wissen solltest, was hier in den nächsten Tagen geschehen wird, will ich dir sagen, dass es noch zwei Leichen gibt, die aus dem Moor geborgen werden müssen.«

Sie zog rasch die Arme zu sich und hielt sich die Ohren zu, als wolle sie nichts mehr hören. Das Blut wich aus ihren Lippen, und sie wurde bleich um die Nase. »Woher weiß er das?«, fragte sie.

»Das ist eine lange Geschichte, die ich dir ein anderes Mal erzähle. Ich habe meine Schweigepflicht schon genug missachtet.«

»Und was soll dann morgen hier passieren?«

»Er kommt hierher und zeigt mir die Stelle. Wenn er wieder fort ist, werde ich die Polizei verständigen, die mit ihren Spaten schon in den Startlöchern steht.«

Sie saß eine Weile schweigend da und starrte auf den Boden. »Und deine Schweigepflicht?«, fragte sie schließlich.

»Die ganze Situation ist ziemlich verfahren. Er will selbst, dass alles herauskommt, traut sich aber nicht, mit der Polizei zu reden. Hinzu kommt die Tatsache, dass die Leichen auf unserem Grund und Boden liegen, und ich will, dass sie von hier verschwinden. Er gab mir die Erlaubnis, Roffe den Fall als hypothetisch zu schildern, um seinen Rat einzuholen. Er schlug diese Vorgehensweise vor. Birger wird sich sehr wohl darüber im Klaren sein, dass ich die Polizei verständigen werde. Ich habe ihm aber versprochen, über meinen Informanten Stillschweigen zu bewahren.«

»Roffe hat das Spiel doch sicher durchschaut.«

»Ja, natürlich.«

»Dann hintergeht ihr ihn also.«

»In gewisser Weise. Andererseits könnte man sagen, wir helfen ihm, mit sich ins Reine zu kommen.«

»Wird er festgenommen werden?«

»Das ist sehr unwahrscheinlich. Aber ich kann die weiteren Ermittlungen der Polizei natürlich nicht beeinflussen. Er wird genauso verhört werden wie die übrigen Verdächtigen auch.«

»Er hätte sich also auch direkt an die Polizei wenden können – das Resultat wäre dasselbe?«

»Ja, in etwa. Es kann aber auch sein, dass er nichts von alldem erfährt. Bei ihm prallen so viele unterschiedliche Empfindungen aufeinander. Im Moment braucht er das Gefühl, einer direkten Konfrontation mit der Polizei aus dem Weg gehen zu können.«

»Kannst du mir nicht einmal sagen, wessen Leichen ausgegraben werden sollen?«

»Du wirst alles noch früh genug erfahren.«

»Ich kann es mir denken«, sagte sie.

Er schwieg.

»Zwei ...«, sagte sie nachdenklich, »und ich dachte ...« Plötzlich umarmte sie ihn. »Was sollen wir Joakim sagen?«

»Das ist eine der Fragen, die mich beunruhigen«, entgegnete er. »Ich denke, ihr beide solltet morgen irgendwohin fahren und am besten den ganzen Tag fortbleiben.«

Sie verzog missmutig das Gesicht und stieß einen tiefen Seufzer aus. »Dann weiß ich, wohin wir fahren werden.«

»Zu deiner Mutter?«

»Ja. Sie hat mich heute angerufen und sich beschwert, dass wir schon drei Wochen nicht mehr bei ihr waren.«

54 FREITAG, 15. AUGUST

Der dunkelhaarige, hoch aufgeschossene Mann war nur mit Shorts und Sandalen bekleidet. Mehr hätte man bei diesen Temperaturen auch nicht ausgehalten. Er sah ein wenig verloren aus, wie er dort vor seinem Hof stand und auf sie wartete, und als sie in den beiden Wagen näher kamen, sahen sie, dass er ziemlich schlechte Laune hatte.

Die Situation war zweifellos sonderbar, und der Tag versprach alles andere als angenehm zu werden. Wagnhärad machte vor allem das Wetter zu schaffen, das in den letzten Tagen tropische Werte erreicht hatte. Wirklich keine idealen Bedingungen, um eine Leiche auszugraben. Doch welche wären das gewesen? Aus alter Gewohnheit zwang er sich zu einem Lächeln und schlug einen beruhigenden Ton an, als könne nichts seine angeborene Zuversicht beeinträchtigen. »Ich hoffe, Sie haben akzeptables Trinkwasser hier oben. Wir werden jede Menge davon benötigen.«

Olle verwies auf die Pumpe und wurde Zeuge einer höchst unwirklichen Szene: Sechs Polizisten entkleideten sich bis auf Badehosen und Gummistiefel.

»Was halten Sie davon, wenn wir uns die Stelle zunächst gemeinsam ansehen?«, schlug Wagnhärad vor, nachdem er sich ebenfalls seiner Kleider entledigt hatte. »Später brauchen Sie uns dann keine Gesellschaft mehr zu leisten.«

Er wies Bergh an, in zehn Minuten mit den anderen nachzukommen. Als sie über die Weide gingen, fragte er: »Sind Sie heute allein auf dem Hof?«

»Ja, unser Tischler hat gerade viel zu tun, da habe ich ihm vorgeschlagen, sich heute freizunehmen.«

»Wo sind Ihre Frau und Ihr Sohn?«

»Die machen einen Ausflug und besuchen ihre Mutter.«

Wagnhärad nickte. Eine kluge Entscheidung. Zwei Leichen wären dann doch wohl zu viel, selbst für einen »coolen« Zwölfjährigen.

»Und Ihr … Mandant?«

»Der hat sich schon vor einer Weile wieder verabschiedet.«

In Wahrheit wussten sie beide, dass sich der »Mandant« in diesem Moment auf dem Friedhof von Märringe befand, wo Leif Rösling heute in aller Stille – falls sich nicht doch zu viele Schaulustige einfanden – beigesetzt werden sollte.

Nach einer Pause fuhr Olle Linder fort: »Das Gebiet ist ziemlich groß …«

»Aha.«

»Er war sich natürlich nicht mehr hundertprozentig sicher … nach so langer Zeit. Ich wäre froh, wenn Sie auf die Absperrbänder verzichten könnten.«

»Einverstanden. Wir tun unser Bestes.«

»Ich möchte nicht, dass der Platz so auffällt …«

Sie gingen zum nördlichen Rand des Moores, dort, wo die Pestwurz wuchs. Sie bahnten sich ihren Weg durch die dichte, kniehohe Vegetation, bis sie eine freie Fläche von wenigen Quadratmetern erreichten, wo die regenschirmgroßen Blätter abgerissen worden waren. Ein kräftiges, langes Bambusrohr war ungefähr in der Mitte der Fläche in den Boden gesteckt worden. Olle Linder schloss die Hand darum und betrachtete den Wald aus Blättern, der ein Gebiet von ungefähr zweihundert Quadratmetern bedeckte.

»Hier hat sich natürlich viel verändert«, sagte er. »Inzwischen sind viele neue Bäume und Sträucher gewachsen. Die Pestwurz gab es sicher schon damals, aber sie hatte sich bestimmt noch nicht so ausgebreitet wie heute, außerdem war sie Anfang April noch nicht so weit gewachsen.«

»Diesen Punkt hat er also als den wahrscheinlichsten angegeben?«, fragte Wagnhärad.

»Ja – mit einer möglichen Abweichung von fünf bis sechs Metern in jede Richtung.«

»Das wird ein hartes Stück Arbeit. Es handelt sich also um eine Fläche von … achtzig bis hundert Quadratmetern. Aber vielleicht haben wir ja Glück.«

»Dafür meinte er, dass die Grube nicht besonders tief wäre. Er schätzt, einen knappen Meter … bis zu der Frau, die er selbst begraben half. Die andere Leiche muss knapp darunter liegen.«

»Hat er noch mehr gesagt, das von Nutzen sein könnte?«

»Nein, das war alles.«

»Hatte er eine Erklärung für den abgebrochenen Spaten in der anderen Grube?«

»Ja, das war ihm selbst beim Graben passiert. Er konnte sich nicht mehr erinnern, was er mit dem Schaft gemacht hat.«

Wagnhärad blickte sich nachdenklich um. »Wir sollten mit dem Entfernen der Vegetation beginnen. Eine Sense wäre praktisch. Haben Sie eine?«

»Ja, oben beim Hof.«

Eine halbe Stunde später machten sie sich ans Werk. Wagnhärad hatte Bergh, der die Arbeiten leiten sollte, mit allen nötigen Informationen ausgestattet. Ein Mann war mit dem Entfernen der Pflanzen beauftragt worden. Planen wurden ausgelegt. Mit dem Bambusrohr als Zentrum begannen vier Leute, eine Grube von zwei mal zwei Metern auszuheben. Die Erde wurde auf die hinter ihnen liegende Plane geschaufelt. Wenn sie in zwei Metern Tiefe immer noch nichts fanden, sollte das Loch wieder zugeschaufelt und das nächste Stück in Angriff genommen werden.

Auch Wagnhärad schaufelte ein wenig, doch die meiste Zeit schaute er den anderen zu, ehe er das Moor verließ und wieder zum Hof hinaufging, um mit Olle Linder zu sprechen. Dieser war gerade damit beschäftigt, ein paar Latten über den Fenstern des Wohnhauses festzunageln, als Wagnhärad den Wunsch äußerte, ein Auge auf die Renovierungsarbeiten werfen zu dürfen. Olle legte zwar keinen besonderen Eifer an den Tag, doch gemeinsam drehten sie eine Runde und bewunderten Augustssons Werk.

Als das Vergnügen beendet war, fand es der Kommissar an der Zeit, sich nähere Aufschlüsse zu verschaffen. Er wollte Klarheit über gewisse Details der hypothetischen Darstellung gewinnen, die er bisher nur aus dritter Hand erfahren hatte. Außerdem war er sich nicht sicher, dass die Erinnerung des Polizeidirektors wirklich unfehlbar war. Sie setzten sich auf der Westseite des Hauses ins Gras, da er von dort aus beobachten konnte, was im Moor vor sich ging. Olle Linder hatte ein paar kühle Flaschen Bier mitgenommen, war jedoch nicht in Gesprächslaune. Er war auf der Hut, als wittere er hinter jeder Frage eine Falle. Der wechselnde Ton seiner Stimme verriet mehr als die sorgsam abgewägten Antworten.

Schon bei ihrer letzten Begegnung hatte Wagnhärad etwas Hypersensibles in der Persönlichkeit dieses Mannes wahrgenommen. Genau der Typ, der sich alles zu Herzen nahm, dies jedoch hinter einem formellen Auftreten verbarg.

Da sie so nicht weiterkamen, wechselte er das Thema. »Wie gut kennen Sie Rune Nordström?«

»Gut genug, um ihm nichts Böses zuzutrauen«, kam es postwendend.

»Wissen Sie etwas über sein Verhältnis zu Leif Rösling?«

»Nur, dass sie ihr Leben lang Nachbarn waren. Rune hat den Hof von seinen Eltern geerbt.«

»Ich habe gehört, dass die beiden miteinander Geschäfte gemacht haben. Wissen Sie etwas darüber?«

»Ich weiß, dass Leif in den letzten zehn Jahren Runes Land gepachtet hatte.«

»Kennen Sie Max Rösling?«

»Ja, ich bin ihm einmal begegnet. Ich weiß, dass meine Frau davon berichtet hat.«

»Das ist richtig. Ich würde gern Ihren persönlichen Eindruck erfahren.«

»Da kann ich Ihnen nicht viel erzählen. Wir hatten uns für eine knappe Stunde in einem Restaurant getroffen. Er wirkte nicht unsympathisch. Vielleicht ein bisschen rechthaberisch. Wollte die Sache mit der Erbteilung unbedingt geregelt haben.«

»Was ist mit Birger, seinem Halbruder?«

Olle warf ihm einen raschen, wachsamen Blick zu. »Was soll mit ihm sein?«

»Sie kennen ihn ziemlich gut, wie ich gehört habe.«

»So gut, wie man jemanden nach einer mehrjährigen Bekanntschaft eben kennt.«

»Würden Sie ihn als vertrauenswürdige Person bezeichnen?«

Nach minimalem Zögern sagte er: »Ja, das würde ich.«

»Was halten Sie von Petrus Levin?«

Diese Frage löste echte Verwunderung aus. »Was hat der mit der Sache zu tun?«

»Eigentlich nichts. Er war nur zufällig in der Nähe, als Sue Adams identifiziert wurde. Es ist eine reine Routinemaßnahme, auch Personen wie ihn zu überprüfen.«

»Er ist ein alter Freund meiner Frau.«

»Dann kennen Sie ihn sicherlich auch gut.«

»Ja, selbstverständlich. Er ist seit vielen Jahren ein ... Freund der Familie.«

»Würden Sie auch ihn als vertrauenswürdig bezeichnen?«

Olle brauchte offensichtlich Bedenkzeit. Sekundenlang starrte er unbewegt vor sich hin. Die Augenbrauen waren zusammengezogen. Dann kam ein trockenes Lachen. »Von seinen politischen Gegnern abgesehen, dürfte es niemanden geben, der seine Redlichkeit in Zweifel zieht. Sie kennen ihn doch sicher. In der Stadtpolitik ist er in die meisten Entscheidungen involviert.«

Wagnhärad registrierte das elegante Ausweichmanöver. »Natürlich kenne ich ihn. Ich kaufe regelmäßig in seinem Baumarkt ein«, fügte er hinzu. »Doch um auf die Familie Rösling zurückzukommen – was halten Sie von Gertrud?«

Die Antwort musste warten, denn in diesem Moment signalisierte Bergh, dass sie etwas gefunden hatten.

55 AM SELBEN TAG

Das Erste, was sie bemerkte, als sie ins Auto stieg, war der Ausdruck in seinen Augen. Einen solchen hatte sie bei ihm noch nie zuvor gesehen. Dann nahm sie sein ganzes Gesicht in Augenschein und erschrak. Am Dienstag hatte er müde und blass ausgesehen, doch jetzt sah er regelrecht mitgenommen aus.

»Hast du überhaupt geschlafen?«, fragte sie.

»Nicht ohne Hilfsmittel«, antwortete er. Doch als er ihre ängstliche Miene bemerkte, fügte er hinzu: »Du brauchst dir keine Sorgen zu machen – ich habe genug geschlafen, um fahrtauglich zu sein.«

»Ich habe nur zwei Stunden Zeit«, sagte sie. »Wo wolltest du noch hin?«

»Ich hab in Österlen was zu erledigen.«

Während Petrus aus der Stadt hinausfuhr, warf sie ihm einen verstohlenen Blick zu.

Er lächelte scheu, als er es bemerkte. »Ich bin froh, dass du mich treffen wolltest«, sagte er.

Das veranlasste sie, ihren Blick sogleich wieder abzuwenden und aus dem Fenster zu schauen. Wäre alles gewesen wie immer, hätte sie zurückgelächelt und »Ich auch« geantwortet. Stattdessen sagte sie: »Es müssen mindestens dreißig Grad sein.«

»Bestimmt«, sagte er und fügte hinzu, als er ihre Reserviertheit bemerkte: »Warum wolltest du mich treffen?«

»Das habe ich doch am Telefon gesagt.«

Er schwieg, während ihr durch den Kopf ging, dass er sehr angespannt wirkte, so als halte allein sein Wille ihn aufrecht. Sie fragte sich, ob auch andere diese Veränderung an ihm bemerkten.

Erst als sie die Straße nach Ystad erreichten, brach sie die Stille. »Wir sind doch in zwei Stunden wieder zurück?«

»Musst du zu einer bestimmten Zeit wieder da sein?«

»Ja, ich will mit Joakim ins Kino. Spätestens um sechs muss ich zurück sein.«

»Wo ist er jetzt?«

»Bei meiner Mutter.« Sie zögerte, ehe sie fortfuhr: »Wir wollten doch ... unser Gespräch vom Dienstag fortsetzen.«

»Warum das?«

»Das versteht sich doch von selbst. Ich habe seitdem an nichts anderes mehr denken können.«

»Kann das nicht warten, bis wir da sind?«

»Da sind ... Wo?«

Er schien sie nicht zu hören und konzentrierte sich ganz auf die Straße. Erst jetzt bemerkte sie, wie er gekleidet war – trotz der Hitze. Vermutlich gehörten Anzug und Schlips zu seiner üblichen Arbeitskleidung als Politiker und Geschäftsführer, aber da sie ihn selten so zu Gesicht bekam, machte er einen fremden Eindruck.

Er fuhr viel zu schnell, schon über hundert, und er überholte einen Wagen nach dem anderen.

»Wohin fahren wir eigentlich?«, fragte sie nach einer neuerlichen Gesprächspause.

»Zu einem Haus, das einem Bekannten von mir gehört.«

»Was willst du da?«

Er antwortete nicht, weil er gerade dazu ansetzte, auf einem Abschnitt bei durchgezogener Linie und schlechter Sicht einen Lastwagen zu überholen. Er merkte, wie sie den Atem anhielt.

Nach einer Weile wiederholte sie ihre Frage.

»Ich dachte, wir könnten dort in Ruhe reden«, antwortete er.

»Sagtest du nicht, dass du etwas zu erledigen hast?«

»Hab ich auch«, entgegnete er kryptisch.

»Und was?«

»Spielt das eine Rolle?«

Sie begann sich über ihn zu ärgern. »Kannst du mir nicht eine normale Antwort geben?«, fuhr sie ihn an.

»Entschuldige, ich hab gerade an etwas anderes gedacht«, sagte er. »Ein Freund von mir hat ein Haus in der Nähe. Er ist derzeit mit seiner Familie für ein Jahr in Afrika. Ich sehe hin und wieder nach dem Rechten.«

»Ist es weit bis dorthin?«

»Eine knappe Viertelstunde.«

Sie bereute schon, dass sie überhaupt mitgefahren war. Sie hatte sich ihre Begegnung ganz anders vorgestellt, als sie ihn anrief. Ein Treffen in einem Park oder Café. Doch jetzt saß sie hier und musste das Beste aus der Situation machen. Sie versuchte sich zu entspannen und die Landschaft zu betrachten. Sie waren gerade von der Hauptstraße abgebogen und befanden sich jetzt in einer Gegend, die Kajsa kaum kannte. Zerstreut nahm sie die Natur und die Häuser zur Kenntnis. Die Luft flimmerte in der Hitze. Die Wege wurden immer schmaler und kurvenreicher.

»Irgendwelche Neuigkeiten bei den Ermittlungen?«, fragte er.

»Nicht, dass ich wüsste«, antwortete sie knapp und dachte an Olle, der im Moment etwas vollkommen Neues erlebte, aber davon wollte sie Petrus nicht erzählen.

»Wir sind gleich da«, sagte er, nachdem sie einen Ort passiert hatten, dessen Name ihr nichts sagte. Sie fuhren eine Allee mit alten Weiden entlang, bis Petrus vor zwei großen Rosskastanien anhielt, die eine Hofeinfahrt flankierten.

Sie stieß unwillkürlich einen Laut aus, als sie das Haus erblickte. Es war ein typisch schonisches Anwesen, großzügig, in Fachwerkbauweise, das harmonisch in die Landschaft eingebettet war. Bei dessen Anblick besserte sich schlagartig ihr Laune. Mit wissendem Lächeln inspizierte sie das Kopfsteinpflaster auf der Vorderseite. Die Stockrosen an der Fassade begannen bereits zu blühen. Solche wollte sie im nächsten Sommer auch haben. Ein kleines Nebengebäude lag im rechten Winkel zum Wohnhaus. Alles deutete darauf hin, dass der gesamte Hof kostspielig und liebevoll restauriert worden war. Das Grundstück wurde auf drei Seiten von mehreren Reihen moosbewachsener Obstbäume umgeben. Petrus bestätigte ihre Vermutung, dass hier einst Apfelzucht betrieben worden war. Das Haus lag ein wenig abgelegen, aber nicht wirklich einsam. Durch die Bäume sah man die wenige Kilometer entfernte Stadt schimmern.

»Was für ein wunderbarer Ort!«, rief sie aus. »Hast du ihnen beim Renovieren geholfen?«

Sie hielt inne, als sie seinen Gesichtsausdruck bemerkte. Er sah plötzlich tieftraurig aus. »Was ist?«

»Nein, damit habe ich nichts zu tun gehabt«, sagte er. »Das Haus gehörte einem Architekten, der das meiste selbst gemacht hat. Er hat es schon vor einiger Zeit verkauft. Anfangs wollte ich es selbst kaufen, aber dann habe ich es mir anders überlegt und es einem guten Freund überlassen. Er wird endgültig hier einziehen, wenn er aus Afrika zurück ist.«

Sie wurde von bösen Ahnungen beschlichen und fragte: »Wann wolltest du es kaufen?«

»Im Frühjahr.«

Hatte sie sich's doch gedacht. Während der Wochen, als er sich von ihrer kühlen Distanziertheit nicht hatte abschrecken lassen, sondern zu ihrem Leidwesen so verliebt in sie gewesen war, hatte er ihr dieses Schmuckstück auf dem Silbertablett servieren wollen. Bis er einsah, dass es sinnlos war, und aufgab.

»Willst du mir etwa zeigen, was mir entgangen ist?«, fragte sie, bereute ihre Worte aber sofort. Er hatte das sicher nicht von langer Hand geplant. Sie hatte ihn vor ein paar Stunden ja selbst angerufen, weil sie ihn treffen wollte. Es war sicher ein spontaner Einfall gewesen.

»Willst du es von innen sehen?«, fragte er und zog einen Schlüsselbund aus der Tasche.

Sie überlegte sich, ob sie das wirklich wollte, doch schließlich siegte ihre Neugier.

»Nur einen kurzen Blick …«, sagte sie.

Er schloss auf und deaktivierte die Alarmanlage, ehe er sie in eine kühle Diele eintreten ließ, deren Boden mit hübschen Keramikfliesen ausgelegt war. Von hier aus erstreckten sich Zimmerfluchten in beide Richtungen.

Die neuen Eigentümer hatten offensichtlich einfach ihren Hausrat hier abgestellt, bevor sie abgereist waren. Möbel, Umzugskartons und Teppichrollen standen wahllos nebeneinander und warteten auf ihren endgültigen Platz.

Petrus verschwand in einer Kammer, um die elektrischen Sicherungen zu kontrollieren, während sie herumging und sich umsah. Es war ein geräumiges Haus mit einer verwirrenden Vielzahl an Zimmern, das schon einige Jahre auf dem Buckel haben mochte. Sie stellte fest, dass der Architekt sein Handwerk verstanden hatte. Er hatte das Ursprüngliche des Hauses bewahrt und es behutsam mit modernem Komfort verbunden. Das Resultat wirkte gediegen und kostspielig. Doch für ihren Geschmack sah alles zu perfekt aus. Vor allem zu endgültig.

Die Küche war der einzige Raum, der schon vollständig eingerichtet war – mit einem rustikalen Esstisch und entsprechenden Stühlen. Natürlich war auch dieser Raum ein ästhetisches Meisterwerk. Sie dachte an die Hochglanzbilder der Einrichtungszeitschriften, die sie voller Sehnsucht las.

Petrus kam zur Tür herein und fragte, ob sie einen Tee wolle.

»Gibt es hier so was? Ich dachte, sie wären noch gar nicht richtig eingezogen.«

Er begann in einem Schrank zu suchen und entdeckte eine Teekanne und Becher. In einem anderen Schrank fand er eine Teedose. Er stieß sogar auf eine Tüte mit Zwieback und bat sie zu prüfen, ob er noch essbar war. Als bemerke er erst jetzt die Wärme, zog er sein Jackett aus und hängte es über eine Stuhllehne, ehe er Teewasser aufsetzte. Ihr Blick schweifte zum Fenster. Die Küche ging zur Rückseite des Hauses hinaus. Hinter den Reihen der Apfelbäume erstreckte sich ein gelbes Kornfeld, dahinter eine grüne Wiese. Sie hängte ihre Handtasche über einen Stuhl, nahm zögerlich Platz und sah ihm zu.

Ihr kam der ganze Ausflug idiotisch vor. Sollten sie weiterhin seinen geplatzten Traum vor Augen haben, während sie über die Widrigkeiten des Lebens sprachen? Es schien ihr plötzlich unmöglich, das Thema zur Sprache zu bringen.

»Ich muss bald in die Stadt zurück«, wiederholte sie.

»Ich dachte, du wolltest reden.«

»Ich dachte, das wolltest du auch.«

»Tja, was ... auch immer das bringen soll.«

Seine Zerstreutheit ging ihr zunehmend auf die Nerven. »Aber so kann es doch nicht weitergehen«, sagte sie. »Ich sehe doch, wie schlecht du dich fühlst.«

Er hatte ihr den Rücken zugekehrt und wartete darauf, dass das Wasser zu kochen begann. »Ich gebe dir Recht«, sagte er leise. »So kann es nicht weitergehen.«

»Gut – willst du mir jetzt zuhören?«

»Natürlich.«

»Ich habe seit Dienstag über vieles nachgedacht. Habe versucht, alles aus verschiedensten Blickwinkeln zu betrachten. Worauf ich gekommen bin, ist vielleicht nicht die perfekte Lösung, aber zumindest besser als das hier.«

»Also, was schlägst du vor?«

»Ich verstehe, dass du unter keinen Umständen zur Polizei gehen willst. Aber du brauchst ja nicht persönlich dort zu erscheinen. Du könntest auch einen Brief schreiben, anonym. Den Verlauf des Unfalls schildern, Ort und Zeit angeben.«

»Wozu soll das gut sein?«

»Du glaubst doch selbst, dass es Leifs Mörder war, den du angefahren hast.«

Er goss behutsam das heiße Wasser in die Kanne, sagte jedoch nichts.

»Wahrscheinlich wurde er verletzt«, fuhr sie fort. »Du sagtest doch, du hättest einen kräftigen Aufprall gespürt, und er sei in den Graben geschleudert worden. Auch wenn er aus eigener Kraft wieder auf die Beine kam, hat er wahrscheinlich Hilfe gebraucht. Gut möglich, dass er einen Arzt aufgesucht hat. Die Polizei könnte alle Bereitschaftsdienste und Unfallambulanzen in der Gegend überprüfen. Auch privat praktizierende Ärzte. Es müsste doch möglich sein, den Mann zu identifizieren, den du angefahren hast.«

Er stellte die Teekanne auf den Tisch, ehe er sich ihr gegenübersetzte. Seine Bewegungen waren irritierend langsam.

»Damit dieser Mann erzählt, von wem er angefahren wurde?«, fragte er.

»Glaubst du wirklich, dass er in der Lage war, sich dein Kennzeichen zu merken?«

»Vielleicht nicht mein Kennzeichen, aber solch einen Wagen sieht man nur selten. Solange er auf freiem Fuß ist, kann ich einigermaßen beruhigt sein, selbst wenn er den Wagen gesehen hat. Aber wenn er gefasst wird, hat er keinen Grund mehr zu schweigen.«

Diese Erwägungen gefielen ihr ganz und gar nicht. Erneut flammte ihr Widerwille auf, wenngleich sie das Thema als irrelevant abtun wollte. Er war doch derselbe, der er immer gewesen war. Hier ging es nur um sein Verhalten in einer Extremsituation. War es nicht ungerecht, ihn für sein panisches Verhalten zu verurteilen? Für seine Feigheit? Es war menschlich, feige zu sein. Seine eigene Haut retten zu wollen. Obwohl sie in seinem Fall sicher weniger tolerant war. Von ihm erwartete sie, über solche Schwächen erhaben zu sein.

»Du wirst keine Ruhe haben, solange diese Sache nicht geklärt ist«, sagte sie.

»Werde ich Ruhe haben, wenn sie geklärt ist?«

»Willst du denn nicht, dass Leifs Mörder gefasst wird?«

Er starrte an ihr vorbei auf das Kornfeld. Sein Blick war merkwürdig stumpf. »Daran ist mir nicht viel gelegen«, entgegnete er.

»Aber mir«, sagte sie. »Wir wollen schließlich dort leben. Und ich finde es sehr beunruhigend, wenn Gewaltverbrecher frei in der Gegend herumlaufen.«

»Vielleicht war es Leif, der gewalttätig war.«

»Jedenfalls wurde er ermordet.«

»Er hat es vielleicht verdient.«

»Du hörst dich zynisch an.«

»Ich glaube, der Verlust für die Menschheit hält sich in Grenzen.«

»Wo ist deine berühmte Menschenliebe geblieben?«

Er stieß ein trauriges Lachen aus. »Die hat Leif nie mit eingeschlossen.«

Jetzt waren sie tatsächlich miteinander im Streit. Das war eine neue Erfahrung für sie. Nicht dass ihre Auseinandersetzung auch nur entfernt den wilden Gefechten ähnelte, die sie mit Olle auszutragen pflegte. Sie hatten nicht einmal ihre Stimmen erhoben. Doch in der Spannung zwischen ihnen kam eine unterdrückte Bitterkeit zum Ausdruck. Sie fragte sich, ob er ihr übel nahm, dass sie ihn genötigt hatte, sie in seine prekäre Lage einzuweihen.

»Dann werd ich halt diesen Brief schreiben«, sagte er, »wenn es dir so viel bedeutet. In Ordnung?«

»Es müsste dir eigentlich auch viel bedeuten.«

Sein Blick streifte ihr Gesicht. »Mit ist nur wichtig, dass du ... keine Abscheu vor mir empfindest«, sagte er.

Abscheu war ein zu starkes Wort, aber ihre schwindende Sympathie für ihn machte ihr zu schaffen. »Es fällt mir sehr schwer, dich zu verstehen«, sagte sie. Was sie verwirrte, war seine plötzliche Gleichgültigkeit allem gegenüber.

»Können wir diese Geschichte nicht einfach vergessen?«, fragte er.

»Dir muss doch klar sein, dass ich das nicht kann.«

»Ich glaube nicht, dass die Person zu Schaden kam. Dein Vorschlag erübrigt sich also«, sagte er. »Das Ganze war eine Bagatelle.«

»Eine Bagatelle?« Sie starrte ihn an und fragte sich, ob sie richtig gehört hatte.

»Dass du einfach abgehauen bist ... dass du geglaubt hast, er wäre tot?«

»Das habe ich nicht wirklich geglaubt.« Er zuckte mit den Schultern.

»Aber das hast du doch gesagt.«

»Ich weiß nicht mehr genau, was ich gesagt habe.«

Das ganze Gespräch kam ihr unwirklich vor. War es nicht von Anfang an so gewesen? Schon als er von dem Unfall erzählt hatte? Irgendwo hatte die Geschichte einen Haken. Etwas stimmte da nicht.

Sie betrachtete seine Hände, die den Teebecher umschlossen. Sichere, verlässliche Hände, womit auch immer sie sich beschäftigten. Und plötzlich bekam sie Angst vor ihm.

Der leise Verdacht kroch ihr kalt den Rücken hinab. Erfasste die Beine und lähmte sie.

Sie versuchte sich gegen einen aufkommenden Gedanken zu wehren. Ein Gedanke, der seit einiger Zeit auf der Lauer gelegen hatte … und der alles erklärte.

Seine eine Hand löste sich vom Becher und suchte sie. Schloss sich um ihren Unterarm. Die Hitze ließ sie zusammenzucken. Sie selbst fühlte sich wie eingefroren.

»Du sagst ja gar nichts mehr«, sagte er langsam. »Denkst du so schlecht von mir?«

Sie spürte, dass er in ihrem Gesicht las. Und offenbar gefiel ihm nicht, was er sah. Seine Hand drückte ihren Arm. Flehentlich.

»Ich will jetzt nach Hause«, sagte sie, verwundert darüber, dass sie überhaupt in der Lage war zu sprechen.

Er reagierte nicht.

Langsam entzog sie ihm ihren Arm, steckte die Hand in ihre Tasche und zog ihr Handy hervor.

Er folgte aufmerksam ihren Bewegungen.

»Ich muss Joakim anrufen«, sagte sie. »Er wundert sich bestimmt schon …«

Ehe sie die Nummer eintippen konnte, hatte er seinen Arm über den Tisch gestreckt und ihr das Handy weggenommen. Er ließ es in seiner eigenen Tasche verschwinden.

56 AM SELBEN TAG

Der Erkennungsdienst kam um kurz nach fünf. Zu diesem Zeitpunkt waren beide Leichen weitgehend ausgegraben worden. Sie befanden sich ungefähr vier Meter nördlich vom Bambusrohr entfernt. Ihre Lage stimmte gut mit der Beschreibung überein, die Olle Linder ihnen gegeben hatte.

Nun war es Sache des Erkennungsdienstes, sie vollkommen freizulegen und zu untersuchen. Bergh und seine Leute übernahmen die eintönige und mäßig dankbare Aufgabe, die beseitigte Erde zu durchsuchen, ehe sie wieder zurückgeschaufelt wurde.

Angesichts der Tatsache, dass die eine Leiche siebenundfünfzig, die andere fünfundzwanzig Jahre im Moor gelegen hatte, war der unterschiedliche Verwesungsgrad nicht verwunderlich. Dennoch wies Håkansson darauf hin, dass der Fund inmitten des Moores, der elf Tage zurücklag, noch besser erhalten war als die jüngere dieser beiden Leichen. Er nahm an, dass der Feuchtigkeitsgehalt an dieser Stelle in konservatorischer Hinsicht ungünstiger war. Der ältere Fund war quasi ein Skelett, Kleiderspuren gab es nur noch ansatzweise. Hingegen hatten sie zwei Eheringe an der linken Hand gefunden, die gereinigt und untersucht wurden.

Der jüngere der Funde zog natürlich das größte Interesse auf sich, da es sich in diesem Fall möglicherweise um ein strafbares Verbrechen handelte. Auch eine Untersuchung der Kleidung war hier noch möglich. Nachdem er sich einen ersten Eindruck verschafft hatte, konnte Håkansson mitteilen, dass Sue Adams wahrscheinlich eine Jeans sowie ein gemustertes Hemd getragen hatte, außerdem Gummistiefel, vermutlich weiß, ein Regencape, das noch Reste seiner blauen Farbe trug. Die Haare waren lang und sehr dunkel. Die Gesichtszüge ließen sich nicht mehr rekonstruieren. Keine Schmuckstücke oder andere Metallgegenstände waren in der Nähe des Körpers gefunden worden. Die Todesursache war auf den ersten Blick nicht zu ermitteln. Sie mussten das Ergebnis der Obduktion abwarten.

Wagnhärad war kein besonders abgebrühter Polizist. Eigentlich war er auch nie einem Kollegen begegnet, von dem er das hätte behaupten können. Allenfalls Bergh schienen viele Dinge unberührt zu lassen, doch kannte er ihn gut genug, um zu wissen, dass auch dies nur oberflächlich der Fall war. Nun beobachtete er, wie seine Kollegen den Anblick der Leichen vermieden. Er selbst hatte Schwierigkeiten, seinen Blick nicht hin und wieder abzuwenden, während sich Håkansson mit professioneller Begeisterung über seine Beobachtungen ausließ. Vielleicht lag es an der Wärme oder dem Fehlen menschlicher Gesichtszüge, dass der Kommissar ein Ziehen im Hinterkopf verspürte.

So rasch wie möglich drehte er sich um und ließ seinen Blick über den dunklen Waldrand schweifen. Langsam hatte er genug von diesem Moor und all seinen Überraschungen. Er hatte auch bald genug von diesem Fall, der einer chinesischen Geheimschatulle immer ähnlicher wurde. Wäre er nicht so pragmatisch veranlagt, hätte er zugegeben, dass ihm unheimlich zumute war. Und als ihm plötzlich jemand auf die Schulter klopfte, zuckte er zusammen und fuhr herum, als erwarte er, dem sagenumwobenen Vogt persönlich gegenüberzustehen.

Doch es war Sturesson, einer der Gräber, der gerade beim Hof gewesen war und ihre Trinkwasservorräte aufgefüllt hatte. »Da steht ein komischer Kauz in Pyjamahose oben bei den Autos«, sagte er und zeigte mit dem Daumen über die Schulter. »Er macht einen verängstigten Eindruck. Vielleicht können Sie mit ihm reden.«

»Warum haben Sie ihn nicht fortgeschickt?«, fragte Wagnhärad verärgert.

»Das habe ich ja versucht. Ich habe ihm gesagt, er soll nach Hause gehen, aber er behauptet … Er wirkt …« Sturesson brach ab und ließ seinen Zeigefinger vielsagend um die Schläfe kreisen.

»Verstehe«, sagte Wagnhärad. »Dann kommen Sie am besten mit, falls er Schwierigkeiten macht.«

Sie eilten den Hang hinauf und trafen auf halbem Weg Olle Linder. Auch er wirkte aufgeregt.

»Max Rösling ist aufgetaucht«, sagte er. »Er wirkt ziemlich verwirrt. Es wäre gut, wenn Sie mit ihm reden könnten.«

»Wie, zum Teufel, hat er von der Grabung erfahren?«

»Offenbar ist er von meinem Mandanten informiert worden. Fragen Sie mich nicht, warum. Jetzt will er sofort zu der Grube. Er sagt, dass er seine Mutter identifizieren will. Ich kann ihn wohl kaum daran hindern.«

Max Rösling stand an seinem Auto, außerhalb der Toreinfahrt. Obwohl er mehr anhatte als alle anderen Menschen in der Nähe, wirkte seine Kleidung auffallend unvollständig. Das Erste, was Wagnhärad schon von weitem bemerkte, war seine gestreifte Schlafanzughose. Unter der Jacke trug er nichts als ein Unterhemd, das eine pelzartige Brustbehaarung offenbarte. An den Füßen hatte er karierte Filzpantoffeln.

»Birger hat mir alles erzählt«, begann er, um seine Gegenwart zu erklären.

Wagnhärad warf Olle Linder einen raschen Blick zu und bemühte sich um einen erstaunten Tonfall. »Birger? Meinen Sie Birger Rösling? Was hat er Ihnen erzählt?«

»Er hat doch den Ort angegeben, wo Anna liegt.«

»Ach so ...«

»Obwohl ich schon wusste, wo sie lag.«

»Wirklich?«

»Ich bin gekommen, um sie zu identifizieren.«

»Ich verstehe«, sagte Wagnhärad und dachte über die richtige Taktik nach. Eines war sicher – ein herzzerreißendes Wiedersehen zwischen Mutter und Sohn würde er zu verhindern wissen. Er mobilisierte all seinen Charme, auch wenn es ihm schwer fiel. Er hatte zwar nicht eigenhändig gegraben, doch plötzlich hatte er das Gefühl, er habe sich stundenlang abgerackert.

»Wir sind Ihnen natürlich sehr dankbar für Ihre Hilfe«, sagte er. »Und selbstverständlich sind wir auf Ihr Mitwirken angewiesen, wenn es darum geht ... «

»Sie haben mir nicht geglaubt!«, stieß Max triumphierend aus. »Sie haben geglaubt, dass ich fantasiere, aber jetzt sehen Sie selbst, dass ich Recht hatte.«

»Ja, es sieht ganz so aus ... und wir werden, wie gesagt ... «

»Ich bin ihr Sohn, und Sie können mich nicht daran hindern, sie zu sehen.« Seine Art, mit den Armen zu fuchteln, verstärkte den Eindruck sanften Wahnsinns. »Außerdem gibt es niemanden sonst, der sie identifizieren kann.«

»Wenn Sie unbedingt wollen, lässt sich eine Identifizierung natürlich organisieren ... später«, sagte Wagnhärad geduldig. »Aber wie Sie sicher verstehen werden, ist es zum jetzigen Zeitpunkt nicht möglich, den Grabungsort zu betreten. Sie haben vielleicht gehört, dass noch eine zweite Leiche jüngeren Datums gefunden wurde?«

Max Rösling hatte einen wilden Blick bekommen und trat plötzlich nach vorn, als wolle er alle Hindernisse überwinden. »Sie können mich nicht daran hindern ... Ich brauche einen Beweis, dass sie es ist.«

Sturesson versperrte ihm breitbeinig den Weg, und Wagnhärad nahm freundlich seinen Arm.

»Den werden Sie auch bekommen«, sagte er. »Jetzt gleich. Wir haben nämlich zwei Eheringe gefunden. Ich hätte gern, dass Sie sich die einmal ansehen.«

Das war ein geglückter Zug, der Max etwas den Wind aus den Segeln nahm. »Ihre Ringe ...? Sie haben Sie gefunden?«

»Ja. Sturesson wird sie sofort holen. Die Gravur ist noch vollständig lesbar.«

Er warf Sturesson einen Blick zu, der diesem signalisierte, er solle sich beeilen.

Max schien für den Augenblick besänftigt. Und während sie warteten, schien sich ein Sinneswandel zu vollziehen. In fast unterwürfigem Ton fragte er: »Ist sie … sieht sie … sieht man ihr an, dass sie lange dort gelegen hat?«

»Sechzig Jahre hinterlassen selbstverständlich ihre Spuren«, antwortete Wagnhärad diplomatisch.

»Sie war erst fünfunddreißig, als sie … verschwand«, sagte Max und versank in tiefem Grübeln.

Sturesson kam schnaufend mit einer Plastiktüte zurück, in der sich die beiden Ringe befanden. Wagnhärad nahm sie ihm ab und legte die beiden Ringe mit formeller Geste in Max' Handfläche. Es war ein spannender Augenblick, und er fragte sich, ob jetzt wohl ein großes Lamento über das tragische Schicksal der Mutter einsetzen würde. Doch Max sah sich die Ringe schweigend an. Vorsichtig nahm er einen zwischen Daumen und Zeigefinger, betrachtete ihn mit zusammengekniffenen Augen und entzifferte mühelos den eingravierten Text

»*Henning 23. 6. 1926.* Das muss der Verlobungsring sein«, sagte er. Er nahm den anderen und las: »*H. R. – A. B. 10. 5. 1927.* Und hier haben wir den Ehering.« Nach einer Pause äußerte er kryptisch: »Das hätte sie sich wohl nicht träumen lassen – als er den Ring an ihren Finger steckte.«

Wagnhärad fragte nicht nach, was sie sich nicht hätte träumen lassen. Er konnte es sich denken. Stattdessen sagte er: »Tragen Sie Kontaktlinsen? Oder haben Sie so gute Augen? Ohne Brille kann ich die Gravur nicht lesen.«

»Hab nie Probleme mit den Augen gehabt«, entgegnete Max.

»Warum hat Ihnen Birger erzählt, dass die Leichen heute geborgen werden sollten?«

»Er war offenbar der Meinung, dass mich das etwas angeht. Ich wusste ja, dass sie hier liegt, habe aber seinetwegen gewartet … bis sie ausgegraben wird.«

»Seinetwegen? Wegen Birger?«

»Er hat ja so schreckliche Angst vor Gertrud.«

»Sie wussten also genau, wo sie lag?«

»Ich wusste, dass sie unter der Pestwurz liegt. Aber ich hätte nie gedacht, dass Birger es auch weiß.«

Wagnhärad nahm Max die Ringe aus der Hand. »Sobald die Untersuchungen abgeschlossen sind, bekommen Sie die Ringe natürlich zurück«, sagte er.

»Sie soll jetzt ordentlich begraben werden«, sagte Max. »Auf dem Friedhof von Märringe, wo auch ihre Eltern liegen.«

»Dem wird nichts entgegenstehen«, sagte Wagnhärad bereitwillig.

»Sie wird doch jetzt wohl verurteilt werden?«

»Wer?«

»Gertrud natürlich.«

Wagnhärad tauschte einen raschen Blick mit Olle Linder, ehe er antwortete. »Soviel ich weiß, ist es siebenundfünfzig Jahre her, seit Ihre Mutter ... begraben wurde. Nach schwedischer Rechtsprechung kann man für Verbrechen, die so lange zurückliegen, nicht mehr zur Verantwortung gezogen werden.«

Max zeigte Anzeichen der Verbitterung. »Das hat Birger auch gesagt. Aber sie hat weiß Gott noch mehr auf dem Gewissen!«, rief er aus.

»Ob das so ist«, entgegnete Wagnhärad, »werden die Ermittlungen zeigen.«

»Aber wegen Anna wird sie nicht mehr bestraft?«

»So ist es.«

Es folgte eine unheilschwangere Stille. Max' Blick wanderte versonnen zwischen den Bäumen hin und her. Wagnhärad, der sich daran gewöhnt hatte, dass Max' Gedanken sich frei durch Zeit und Raum bewegten, wartete gespannt, was kommen würde.

»Aber es gibt ja noch eine andere Gerechtigkeit«, sagte Max.

»Gibt es die?«

»Ja, und Anna hat ihr letztes Wort in dieser Angelegenheit noch nicht gesprochen.«

Wagnhärad schwieg, da ihm zu dieser Aussage nichts Passendes einfiel.

Max drehte sich um und stieg in sein Auto. »Das war's, was ich wissen wollte«, sagte er.

»Was meinte er damit?«, fragte Olle Linder, als sie dem Auto hinterherblickten.

»Keine Ahnung«, antwortete Wagnhärad schulterzuckend. »Aber das war ja einfacher, als ich dachte.«

Um halb sieben gelangte der Kommissar zu der Überzeugung, dass er an diesem Ort nicht länger gebraucht wurde. Er hatte bereits zu Hause angerufen und erfahren, dass ihn dort nicht nur seine Frau, sondern auch gebratener Hering mit Kartoffelbrei erwarteten. Aber dann klingelte sein Handy, und diesmal war der Polizeidirektor am Apparat, der ihn bat, sich unverzüglich auf dem Präsidium einzufinden.

»Dann kauf dir unterwegs halt eine Pizza«, entgegnete Roffe herzlos, als der Kommissar ihm etwas von dem gebratenen Hering vorjammerte. »Lennart Roos wird gleich hier sein. Offenbar hat er uns etwas Wichtiges mitzuteilen.«

57 AM SELBEN ABEND

»Alles unter Kontrolle«, resümierte Roffe. Er drehte seinen Stuhl zur Seite, zog mit geübter Bewegung eine der unteren Schubladen heraus und legte die Beine darauf.

Lennart Roos lächelte. »Das ist oft eine trügerische Annahme.«

»Warum? Das Bild wird zunehmend klarer«, sagte Roffe. »Das ist doch immer ein Grund zur Freude. Wir haben genügend Material beisammen, um die Alte einem Verhör zu unterziehen. Kann gut sein, dass sie einknickt, wenn sie hört, was wir gefunden haben.«

Wagnhärad, der sich keine Pizza gekauft hatte, sondern am Konferenztisch des Polizeidirektors etwas Chinesisches zu sich nahm, brummte skeptisch. Während des Essens hatte er portionsweise seine gewonnenen Erkenntnisse weitergegeben. Der Polizeidirektor hatte also erfahren, dass sich der Erkennungsdienst gegenwärtig der beiden geborgenen Leichen annahm, was ihn zum jetzigen Zeitpunkt vollkommen zufrieden stellte. Alles war nach Plan verlaufen, seine Strategie war richtig gewesen. Auch das plötzliche Auftauchen von Max Rösling stimmte ihn optimistisch. Birger Rösling hatte sich offenbar mehreren Personen anvertraut. Es sollte nicht allzu schwierig werden, ihn zum Reden zu bringen.

»Das wird wohl das Erste sein, was ich morgen angehen werde«, sagte der Kommissar ohne jede Begeisterung und pickte die letzten Reiskörner aus der Aluminiumschale.

Roffe warf einen prüfenden Blick auf Lennart Roos, der entspannt zurückgelehnt auf seinem Stuhl saß.

»Sie sehen so unergründlich aus«, sagte er.

»Das freut mich«, entgegnete Roos.

»Irgendwas führen Sie doch im Schilde. Das sehe ich Ihnen an.«

»Stimmt – das ist kein Höflichkeitsbesuch«, räumte er ein.

»Nur zu«, sagte Roffe, »aber bitte keine Neuigkeiten, die alles auf den Kopf stellen.«

»Vielleicht habe ich den Fall gelöst«, sagte Roos leichthin. »Ob das aus Ihrer Perspektive alles auf den Kopf stellt, vermag ich nicht zu beurteilen.«

»Sie scherzen wohl.«

Roos wollte dies weder bestätigen noch verneinen. Stattdessen sagte er: »Ich habe interessante Aufschlüsse über ein paar wichtige Personen aus Pia Bryneskogs Tagebuch gewonnen.«

Roffe schaute zu Wagnhärad hinüber, der als Experte des besagten Tagebuchs gelten durfte. Er selbst hatte einen aufrichtigen Versuch unternommen, sich dessen Inhalt anzueignen, war aber gescheitert. Es war ihm einfach nicht geglückt, den roten Faden in dieser endlosen Litanei zu finden. Auch hegte er Zweifel, welche Personen als wichtig einzustufen waren.

Der Kommissar hingegen stellte sofort seine Sachkenntnis unter Beweis, indem er fragte: »Ingabritt Rösling?«

»Heute wieder Hansen«, entgegnete Roos.

»Lebt also?«

»Sieht ganz so aus.«

»Wie schön«, sagte der Kommissar, »dann müssen wir die jedenfalls nicht auch noch ausgraben.«

»Das habe ich schon erledigt«, sagte Roos bescheiden.

»Wo haben Sie sie gefunden?«, fragte Roffe.

»In Dänemark, genauer gesagt, in Jütland. Ich hatte aber noch keinen persönlichen Kontakt zu ihr.«

Roffe schaute zu Wagnhärad hinüber. »Hatten wir nicht auch nach ihr gesucht?«

»Doch. Ringström war damit betraut, aber ich glaube, er hat nicht viel Energie darauf verschwendet. Im Vordergrund standen andere Dinge.« Der

Kommissar ließ den Rest seiner Mahlzeit stehen und setzte sich auf die Kante von Roffes Schreibtisch. »Wie haben Sie das angestellt?«

»Nur ein bisschen Familienforschung«, sagte Roos. »Angefangen habe ich mit den Kirchenbüchern in Märringe.«

»Die haben wir uns auch angesehen«, sagte Wagnhärad. »Irgendein Schwachkopf hat doch tatsächlich Fünen als Geburtsort angegeben.«

Roos lachte. »Stimmt! Hansen zu heißen und aus Fünen zu kommen ist ungefähr so aufschlussreich, als hieße man Jönsson und käme aus Schonen.«

»Auch ihr Geburtsjahr war nicht verzeichnet, nur der Tag«, sagte Wagnhärad. »Und weder ihre Schwiegermutter noch ihr Schwager wussten ihr genaues Alter.«

»Ich konnte zumindest Kontakt zum Pfarrer herstellen, der sie und Leif getraut hat«, sagte Roos. »Der Kerl ist neunundachtzig und hat ein Elefantengedächtnis. Und an besagten Schwachkopf konnte er sich auch noch erinnern, der so manch wirren Eintrag in den Kirchenbüchern hinterlassen hat. Und wie er ihn mit ein paar saftigen Flüchen bedachte, konnte er sich auch an Ingabritt Rösling erinnern. Vor allem, weil sie immer wieder seine Gottesdienste besucht hat, was auf einen schwedischen Pfarrer ja enormen Eindruck machen muss. Ihm zufolge war sie eine äußerst verunsicherte und düstere Frau. Sie hatte ihn auch manches Mal als Seelsorger aufgesucht, um über ihre unglückliche Ehe zu sprechen. Ihr Mann hat getrunken und sie regelmäßig betrogen – und ihre Schwiegermutter war eine echte Hexe. Sie hat oft gesagt, dass sie am liebsten davonlaufen würde. Ihr Schwedisch war fast akzentfrei, da sie eine schwedische Mutter hatte. Daher auch der Name Ingabritt. Weiter bin ich auf diesem Weg nicht gekommen. Also hab ich's einfach in Dänemark probiert, wo ich einen sehr tüchtigen Ermittler kenne.«

»Gibt es irgendeinen Ort auf diesem Planeten, wo Sie nicht einen oder mehrere tüchtige Ermittler kennen?«, warf Roffe ein.

»Meine Kontakte auf Feuerland lassen derzeit zu wünschen übrig«, entgegnete Roos. »Aber mein dänischer Kollege fand heraus, dass sie 1939 in der Nähe von Glamsbjerg geboren wurde und '68 nach Schweden übersiedelte. Doch vor allem machte er eine ältere Schwester von ihr ausfindig, Annalisa Hansen, die angab, 1965 nach Schweden gegangen zu sein. Heute heißt sie Hägglund. Ich habe sie auf recht verschlungenen Wegen schließlich in Ångermanland aufgespürt. Wir hatten ein sehr angenehmes Telefongespräch. Sie berichtete, dass Ingabritt im Februar '73 in sehr aufgewühltem Zustand bei ihr Zuflucht suchte, nachdem sie Röshult verlassen hatte. Annalisa war ihre einzige noch lebende Angehörige. Nach einiger Zeit ist sie dann nach Dänemark zurückgekehrt, und seitdem standen die beiden Schwestern in Briefkontakt zueinander. Annalisa hat im Lauf der Jahre mehrmals versucht, ihre Schwester zu überreden, sich scheiden zu lassen und ihr auf Röshult hinterlassenes Eigentum zurückzufordern, doch bis heute hat sich Ingabritt nicht dazu durchringen können. Und genau deshalb beerbt sie jetzt Leif – falls sie ihn nicht umgebracht hat, versteht sich.«

»Und jetzt lebt sie also in Jütland?«, fragte Roffe.

»Ja. Laut ihrer Schwester lebt sie mit einem Bauern in Nord-Jütland zusammen und hat zwei erwachsene Kinder. Ihre Schwester wollte ohne ihre Genehmigung nicht mit der Adresse herausrücken, hat mir aber versprochen, Ingabritt zu schreiben und sie über die Vorfälle auf Röshult zu informieren.«

Wagnhärad stand auf und verschaffte sich ein wenig Bewegung, indem er einmal um den Konferenztisch herumging.

»Okay, dann können wir jedenfalls ausschließen, dass sie von ihrem Mann oder jemand anders ermordet wurde«, sagte er. »Aber können wir sie als Verdächtige am Mord an Sue Adams ausklammern? Wie lange ist sie bei ihrer Schwester geblieben, bevor sie nach Dänemark zurückkehrte?«

»Ein paar Monate, nehme ich an.«

»In dieser Zeit hätte sie doch durchaus nach Röshult zurückkehren und ihre Rivalin erwürgen können.«

Roffe schüttelte skeptisch den Kopf. »Und womöglich nach fünfundzwanzig Jahren noch einmal zurückkommen können, um ihrem Mann mit einer Bratpfanne den Kopf einzuschlagen?«

»Ziemlich weit hergeholt«, pflichtete Wagnhärad ihm bei. »Außerdem wissen wir nicht einmal, ob es derselbe Mörder ist.«

»Ich glaube, ich habe da einen heißeren Tipp«, sagte Roos.

Sein Ton veranlasste Wagnhärad, sich wieder auf die Tischkante zu setzen, und Roffe, seine Füße auf den Boden zu stellen.

»Tatsächlich? Dann raus mit der Sprache.«

»Ich sagte doch, ich hätte Aufschlüsse über ein paar wichtige Personen des Tagebuchs erhalten. Und die interessanteste Nachricht habe ich mir bis zum Schluss aufgehoben.«

»Rune Nordström?«, fragte Wagnhärad.

»Genau. Insofern, dass er mir höchst interessante Dinge erzählte.«

»Wie haben Sie das denn angestellt? Mir gegenüber hat er seinen Mund nicht aufgekriegt.«

»Ich habe einen Boiler bei ihm bestellt. Er kam heute zu mir und hat mir bei der Installation geholfen. Nichts schafft mehr Vertrauen, als wenn man zusammen auf einem schmutzigen Kellerboden herumrutscht und sich gegenseitig das Werkzeug reicht.«

»Brauchten Sie wirklich einen Boiler, oder haben Sie für so was ein extra Spesenkonto?«, wollte Roffe wissen.

»Und ob ich einen brauchte!«, sagte Roos. »Und soweit ich das beurteilen kann, versteht Rune sein Handwerk. Wir haben über vieles geredet, ehe wir unter anderem auf diesen mysteriösen Ladeninhaber zu sprechen kamen, den Rune gar nicht so mysteriös fand. In diesem Zusammenhang machte er zufällig eine Bemerkung, bei der ich leider einen schweren Schraubenschlüssel auf seine Zehen fallen ließ.«

Wagnhärad ließ eine gewisse Ungeduld erkennen. Doch Roffe, der wusste, dass Roos sich dem Clou einer Sache auf Umwegen zu nähern pflegte, schwieg.

Roos presste versunken die Fingerspitzen gegen das Kinn. »An einigen Stellen im Tagebuch erwähnte Pia den ›Mann mit dem Laden‹, von dem sie glaubte, er hätte eine Affäre mit Sue. Irgendetwas sagte mir, dass er eine interessante Figur ist. Vielleicht, weil er im Gegensatz zu Sues anderen Liebhabern anonym war. Dass es sich vermutlich um ein Geschäft in Märringe handelt, hatte ich schon verstanden.«

Wagnhärad konnte sich nicht länger zurückhalten. »Sven Jönsson starb 1973 nach langer Krankheit. Wollen Sie etwa behaupten, er hätte sich mit letzter Kraft vom Totenbett erhoben, um sie zu erwürgen?«

Roos fuhr unbeirrt fort: »Die Person, die wir suchen, muss nicht nur die Gelegenheit, sondern auch ein starkes Motiv gehabt haben, um Sue Adams zu töten. Sie muss sich in der Nähe befunden haben, als Leif Rösling die Tote identifizierte, und fürchtete nun, Leif würde am nächsten Tag eine Aussage machen, die ihr zum Verhängnis werden konnte. Darum musste auch Leif sterben.«

»Diese Voraussetzungen werden von mehreren Personen erfüllt«, sagte Wagnhärad. »Zum Beispiel von Rune Nordström.«

Roos nickte.

»Oder von Gertrud Rösling«, fuhr Wagnhärad fort. »Oder von Birger und warum nicht auch von Eivor Nordström?«

»Oder vom Ladenbesitzer in Märringe«, schloss Roos.

»Der aus dem Grab stieg, um seinen Nachruf zu retten?«, fragte Wagnhärad.

Roffe klopfte mit einem Stift auf den Tisch. »Dürften wir nun endlich erfahren, was Sie veranlasst hat, den Schraubenschlüssel auf Runes Zehen fallen zu lassen?«

»Etwas ganz und gar Selbstverständliches«, entgegnete Roos. »So selbstverständlich, dass es nicht der Rede wert war. Rune wäre nie auf die Idee gekommen, dass sich jemand für eine so triviale Information interessierte, die nicht einmal ein Geheimnis war. Beiläufig erwähnte er, dass Sven Jönsson einen Sohn hatte.«

»Einen Sohn?«, sagte Roffe.

»Ja, das ist ja an sich nichts Ungewöhnliches. Sven Jönsson war in seinem letzten Lebensjahr wirklich sehr krank und konnte sich nur noch sporadisch um seinen Laden kümmern. Er war seit vielen Jahren Witwer und lebte sehr zurückgezogen. Sein Sohn war vor langer Zeit nach Christiansholm gezogen, wo er ein eigenes Geschäft hatte. Das Verhältnis zwischen Vater und Sohn war schon lange gestört. Sie trafen sich nie. Doch durch die schwere Krankheit des Vaters kam es zu einer Art Versöhnung zwischen ihnen. Der Sohn nahm sich ab dem Sommer '72 die Zeit, sich um den Laden des Vaters zu kümmern, wenn dieser nicht in der Lage dazu war. Nachdem der Vater gestorben war, gab er den Laden rasch auf und verschwand wieder aus Märringe. Ich habe Grund zu der Annahme, dass es der Sohn war, der in Pias Tagebuch als ›der Alte mit dem Laden‹ bezeichnet wird. Sie hatte ja die Angewohnheit, alle Männer über dreißig als alt zu bezeichnen, was Sue sehr irritierte.«

»Und wer ist der Sohn?«, fragte Wagnhärad.

»Er heißt nicht Jönsson. Als er mit dem Vater brach, hatte er den Mädchennamen seiner Mutter angenommen. Sie kennen ihn bestimmt. Er hat die Stadt unter anderem durch einen Baumarkt bereichert. Und bei der Baubehörde hat er wohl auch eine Funktion.«

»Sie sprechen von Petrus Levin?«, fragte Roffe.

Roos gab keine Antwort. Das war auch nicht nötig. Er hatte den maximalen Effekt erzielt. Maßloses Erstaunen machte sich breit.

Erst nach einer halben Minute fand Wagnhärad die Sprache wieder. »Und ausgerechnet bei ihm habe ich ein Parkett bestellt. Was soll jetzt daraus werden?«

Es folgte eine weitere Pause, die erst durch das Klingeln des Telefons gebrochen wurde, das alle aufschrecken ließ. Roffe riss den Hörer an sich und bellte mit seiner rüdesten Stimme ein »Hallo!« in die Sprechmuschel.

Es war der Diensthabende in der Telefonzentrale, der erschrocken seine Nachricht herunterhaspelte: »Ein Olle Linder ist am Apparat und sagt, er müsse dringend den Polizeidirektor oder Kommissar Wagnhärad sprechen. Er hat sich sowohl nach den Privat- wie den Handynummern erkundigt und hat bereits mit der Frau des Kommissars gesprochen. Die hat ihn gerade darüber aufgeklärt, dass eine Besprechung auf dem Präsidium stattfindet. Ist einer der Herren zu sprechen?«

»Der Polizeidirektor ist am Apparat.«

»Ach, äh ... darf ich verbinden?«

»Stellen Sie durch«, sagte Roffe,

Im nächsten Augenblick hörte er Olles Stimme. »Na endlich. Seit über einer Stunde versuche ich dich zu erreichen!«, sagte er erregt.

»Worum geht's?«

»Kajsa ist verschwunden.«

»Verschwunden?«, echote Roffe. »Was meinst du damit?«

»Sie ist seit mehreren Stunden nicht aufgetaucht. Da muss was passiert sein!« Seine Stimme klang angespannt und dünn.

»Wollte sie irgendwo hinfahren?«

»Ja, natürlich. Sie wollte heute nicht zu Hause sein, sondern mit Joakim zu ihrer Mutter fahren. Um elf sind sie hier aufgebrochen, und so um vier hat sie gesagt, dass sie noch mal weg muss, weil sie was zu erledigen hat. Spätestens um sechs wollte sie zurück sein. Als sie nach drei Stunden noch nicht wieder da war, fingen sie an, sich Sorgen zu machen. Joakim hat mich um sieben angerufen und ...«

»Ja?«

»Wir hatten uns darauf geeinigt, noch eine Stunde abzuwarten. Als sie dann immer noch nicht kam, bin ich in die Stadt, um Joakim abzuholen. Ich bin noch hier, bei ihrer Mutter. Und jetzt sind weitere zwei Stunden vergangen. Was tut man nur in einer solchen Situation? Es hat doch keinen Zweck, bei der Polizei anzurufen und irgendeine träge Maschinerie in Gang zu setzen. Da dachte ich, es wäre am besten, dir persönlich Bescheid zu sagen.«

»Hat sie das Auto genommen?«

»Ja, es steht jedenfalls nicht mehr hier.«

»Hat sie nicht gesagt, wo sie hin wollte?«

»Nein, kein Wort. Nur dass sie noch was zu erledigen hätte. Jetzt ist sie seit über fünf Stunden weg. Das passt nicht zu ihr. Ich mache mir große Sorgen.«

»Könnte sie nicht einen Bekannten getroffen haben?«

»Unmöglich. Ich sagte doch, dass das überhaupt nicht ihre Art ist.« Sein Ton wurde ungehalten. »Außerdem hatte sie Joakim versprochen, mit ihm ins Kino zu gehen. Sie würde ihn nie einfach so sitzen lassen. Es muss was passiert sein!«

In diesem Moment überkam Roffe eine vertraute Empfindung. Ein leichter Schauder, der im Nacken begann und die Arme hinunterkroch. Solche Momente stellten sich nur selten ein, doch wenn es so weit war, wusste er, dass er auf seine Intuition hören sollte. Es war nicht mehr als eine Ahnung, doch er spürte, dass er Olles Besorgnis ernst nehmen musste.

»Konzentrieren wir uns auf das Auto ... Hat sie noch den alten Volvo Amazon?«, fragte er.

»Ja.«

»Kennzeichen?«

»EAH 267.«

»Fahr mit Joakim nach Hause. Ich rufe dich an, sobald ich etwas weiß.«

Als er aufgelegt hatte, sah er in Wagnhärads und Roos' fragende Gesichter. »Kajsa Linder ist seit fünf Stunden verschwunden«, sagte er und erklärte die näheren Umstände. Er wandte sich an Wagnhärad: »Lass jemanden die Krankenhäuser kontrollieren, und gib allen auf Streife das Kennzeichen durch. Und jetzt schlage ich vor, dass wir schnellstens herauskriegen, wo sich Petrus Levin befindet.«

58 AM SELBEN ABEND

Er hatte niemanden angefahren. Es gab gar kein Unfallopfer. Er stellte sich selbst in ein schlechtes Licht, um etwas zu verbergen, das noch viel schlimmer war.

In der letzten halben Stunde waren ihr so viele Gedanken durch den Kopf geschossen. Nur das Tropfen des Wasserhahns war zu hören. Solange nichts ausgesprochen wurde, gab es ja die Möglichkeit, dass alles ein groteskes Missverständnis war. Doch sie wusste es besser.

Als sie es nicht mehr aushielt – alles war besser als diese Stille –, sagte sie: »Warst du auf Röshult an diesem Abend?« Obwohl sie die Antwort kannte, hoffte sie, er würde es leugnen. Aber er schwieg. »Sag doch was«, bat sie ihn.

Sie wollte, dass er zu einer neuen Lüge griff. Wollte darauf eingehen, wenn sie nur von hier fortkam!

Er befeuchtete mit der Zungenspitze seine Lippen. »Ich will nur, dass du weißt, dass ich mich nicht zur Verantwortung ziehen lasse«, sagte er.

»Was meinst du damit?«

»Ich weiß noch nicht genau.«

»Wann kann ich in die Stadt zurückfahren?«

»Das weiß ich auch noch nicht.«

»Wir können ja wohl nicht ewig hier rumsitzen.«

»Nein.«

Erneutes Schweigen. Er versuchte offenbar, zu einer Entscheidung zu gelangen.

Sie schaute auf die Uhr. Viertel vor sieben. Der Gedanke an Joakim trieb ihr die Tränen in die Augen. Ihre Mutter war sicher schon völlig hysterisch.

Bestimmt hatte sie längst Olle angerufen, der mal wieder das Schlimmste befürchtete – diesmal zu Recht. Bald würde es einen Riesenwirbel geben, aber das würde ihr nichts nützen, denn niemand wusste, wo sie sich befand.

»Warum all die Lügen?«, fragte sie, um etwas zu sagen. Sie begriff, dass die Frage idiotisch war, doch noch wollte sie nicht wahrhaben, wie verschlagen er war. Das Lügen schien ihm so leicht gefallen zu sein. Sie kehrte immer wieder zu demselben Gedanken zurück. Wie konnte ein Mensch, den sie seit achtzehn Jahren kannte, plötzlich Seiten offenbaren, die ihr völlig fremd waren?

»Ich werde dir jetzt die Wahrheit erzählen«, sagte er.

Sie bekam es mit der Angst zu tun. Sie wollte die Wahrheit nicht hören. Würde er sie dann noch von hier fortlassen?

»Ich will nichts wissen«, sagte sie hastig.

»Ich will, dass du es weißt.«

»Warum?«

»Vielleicht, weil ich es … endlich loswerden will.«

Er stand auf und drehte den tropfenden Wasserhahn zu. Dann lehnte er sich gegen die Arbeitsplatte und schaute sie an.

»Erinnerst du dich an den Tag, als wir am Parkplatz unterhalb des Hauses standen und du mich gerade zum Essen eingeladen hattest?«

Sie erinnerte sich, brachte jedoch keinen Ton heraus.

»Ich war so glücklich. Und dann kam dieser geschäftige Kommissar und sagte, dass Leif die Leiche im Moor identifiziert hat. Er sagte ihren Namen, was dich sehr mitgenommen hat. Ich habe es dir angesehen – aber das war nichts gegen den Schock, den ich bekam. Ein Wunder, dass ich mich überhaupt auf den Beinen halten konnte.«

Die Szene stand ihr vor Augen, aber sie konnte sich nur an ihre eigene Reaktion erinnern. Seine hatte sie nicht bemerkt.

Sie unternahm einen neuen Versuch, sich zu wehren. »Ich will das nicht hören …«

»Hört es sich wahnsinnig an, wenn ich sage, dass ich sie erwürgt habe, aber nicht genau wusste, ob sie schon tot war, und auch keine Ahnung hatte, wer sie vergraben hat?«

»Ja, das hört sich wahnsinnig an«, stieß sie aus.

Er gab ein trockenes Lachen von sich. »Die Wahrheit ist oft wahnsinnig. Ich konnte nicht einfach mit dir ins Haus gehen. Dort hätte ich den Schein nicht aufrechterhalten können. Ich musste allein sein und darüber nachdenken, was das zu bedeuten hatte. Also sagte ich, dass ich noch mal ins Büro müsse und später wiederkäme. Ich habe selbst daran geglaubt. Doch natürlich bin ich nicht in die Stadt gefahren. Kurz nach Arklinge bin ich auf einen Waldweg abgebogen, stellte den Motor ab und dachte nach. Ich kannte Sue Adams, ziemlich gut sogar. Wir hatten uns im Sommer 1972 kennen gelernt und trafen uns den ganzen Herbst und Winter über.«

»1972?« Sie begann zu rechnen. Damals mussten Marcus und Robert sieben und fünf Jahre alt gewesen sein.

»Was war mit Linnéa?«, entfuhr es ihr unwillkürlich.

»Damals hatte sie gerade das Sommerhaus geerbt. Schon im Frühjahr zog sie mit den Kindern dorthin. Später habe auch ich dort regelmäßig gewohnt. Vor allem, weil mein Vater sehr krank war. Ich musste zeitweise im Geschäft in Märringe aushelfen. Es war ein sehr bewegter und anstrengender Sommer ...«

Sie horchte auf. »War es dein Vater, der das Geschäft in Märringe hatte? Das hast du mir nie erzählt.«

Er zuckte mit den Schultern, als handle es sich um ein belangloses Detail. »Jedenfalls habe ich sie das erste Mal im Laden getroffen«, sagte er. »An der Abzweigung zu ihrem Häuschen habe ich sie meistens abgeholt. Dann sind wir in ein Motel oder einfach in den Wald gegangen. Nachdem Linnéa mit den Jungen wieder in die Stadt gezogen war, habe ich sie mit nach Hause genommen. Es war wirklich keine glückliche Situation. Ich wusste, dass sie auch ein Verhältnis mit Leif hatte. Jeder wusste das, was die Sache nicht besser machte. Ich hatte natürlich eine Heidenangst, dass auch unsere Affäre herauskommt. Zum einen dachte ich an Linnéa, zum anderen war ich gerade erst in den Gemeinderat gewählt worden, und auch meine Parteikarriere hätte sicher ein rasches Ende genommen, wenn etwas von meinem Lebenswandel durchgesickert wäre. Ich war hin und her gerissen und wollte immer wieder Schluss machen, habe es aber nicht fertig gebracht. Als Sue sagte, dass sie weggehen wollte, dachte ich, das wäre meine Rettung. Aber dann kam die Sache mit der Erpressung ...«

Wie konnte er nur so ruhig und gefasst erzählen? Er klang wie ein Referent auf einer Konferenz. Ob er auch so gefasst aussah, wusste sie nicht. Sie war nicht in der Lage, ihn anzusehen.

»... die meinen Sympathien für sie natürlich sofort ein Ende setzte«, sagte er. »Sie forderte zehntausend von mir. Ansonsten wollte sie ein paar Briefe schreiben, die katastrophale Folgen für mich gehabt hätten. Ich war verletzt, dass sie unsere Beziehung auf so ein erbärmliches Niveau herunterzog, doch vor allem fürchtete ich die Konsequenzen. Zunächst wollte ich bezahlen, weil ich keinen anderen Ausweg sah. Aber dann wollte sie plötzlich noch mehr haben ... Als wir uns an diesem letzten Abend noch einmal trafen – oben, beim alten Hof –, hatte ich nicht die Absicht, sie zu töten. Ich hatte Geld dabei, aber längst nicht so viel, wie sie gefordert hatte. Sie wurde natürlich wütend, und so gerieten wir in einen gewaltigen Streit miteinander. Vielleicht war es ja genau das, was ich erreichen wollte, um den notwendigen Willen aufzubringen. Er endete damit, dass ich sie erwürgte.«

Sie konnte das einfach nicht glauben. Hielt es für eine weitere Lüge von ihm. Doch schon im nächsten Augenblick dachte sie: Warum eigentlich nicht? Er war doch immer ein pragmatischer und entschlussfreudiger Mann gewesen.

»Ich rechnete natürlich damit, in den nächsten Tagen etwas über das Verbrechen zu hören«, fuhr er fort. »Doch nichts passierte. Ich kämmte die Zeitungen durch, sah alle Nachrichtensendungen und fühlte mich wie in Trance. Die Stille hätte mich fast umgebracht. Nach einer Woche hatte ich genug. Eines späten Abends fuhr ich an den Tatort, um nachzusehen, ob sie vielleicht immer noch dort lag, unentdeckt. Aber sie war verschwunden. Ich schlich ums Haus herum, begriff aber schnell, dass es leer stand. Ich wusste nicht, was ich davon halten sollte. Das Ganze war unheimlich und völlig unbegreiflich.

Ein paar Tage später hörte ich von jemandem aus der Gegend, dass die beiden Frauen abgereist seien. Aber der richtige Schock kam erst ein paar Wochen später, als Linnéa einen Brief von Sue erhielt. Er trug einen Poststempel aus Stockholm und enthielt alle möglichen Details unserer Affäre. Was hätte ich anderes tun sollen, als zu glauben, dass Sue auf rätselhafte Weise überlebt hatte? Ich kann nicht behaupten, dass ich erleichtert gewesen wäre. Die Lage war bedrückender als vorher. Der Brief an Linnéa war schlimm genug. Aber es konnten ja jederzeit weitere Briefe auftauchen, und ich hatte nicht die geringste Kontrolle über meine Situation.

Linnéa wollte sich scheiden lassen. Wir trennten uns, schafften es aber ein Jahr später, uns so weit zusammenzuraufen, dass wir unsere Ehe fortsetzten. Natürlich wurde es nie wieder so wie früher. In diesem Jahr lebte ich in ständiger Angst, etwas von Sue zu hören. Manchmal wachte ich mitten in der Nacht auf, war in Schweiß gebadet und zermarterte mir den Kopf. Ich war so sicher gewesen, dass sie tot war, als ich sie verließ.«

Er hatte begonnen, zwischen Spüle und Tür hin- und herzugehen, vollkommen von seinem Bericht in Anspruch genommen. Das war das Einzige, was seine Anspannung verriet. Sein Ton war immer noch sehr sachlich. Aller Angst und Abscheu zum Trotz trauerte sie um ihn. Der Mann, für den sie so viel Wärme und Sympathie empfunden hatte, war für immer verschwunden. Als wäre er plötzlich eines gewaltsamen Todes gestorben.

»Da aber weiterhin nichts passierte, begann ich zu hoffen, dass sie wirklich in die Staaten zurückgekehrt war«, sagte er, »und nun andere Dinge im Kopf hatte. Schließlich nahm die ganze Geschichte einen unwirklichen Charakter an und verblasste. Darum war ich auch nicht sonderlich begeistert, dass ausgerechnet ihr das Sommerhaus auf Röshult mieten wolltet. Aber natürlich konnte ich es nicht verhindern. Als du dann im Frühjahr erzählt hast, dass ihr den Hof kaufen wollt, war ich richtig erschrocken. Es kam mir so vor, als würden die Geister der Vergangenheit wieder lebendig. Was ja auch der Fall war.

Natürlich kam mir der Gedanke, dass es Sue gewesen sein könnte, die sie im Moor gefunden hatten, aber das hielt ich für sehr unwahrscheinlich. Ich konnte mir einfach nicht vorstellen, wie jemand auf die Idee kommen könnte, sie in aller Stille zu begraben. Doch als ich ihren Namen aus dem Mund des Kommissars hörte, war es wie ein Schlag in den Magen.

Als ich im Wald über alles nachzudenken versuchte, wer sie vergraben haben mochte und warum, gab es vor allem eine Frage, die mich nicht losließ: Wie konnte plötzlich ein Brief von Sue auftauchen, zwei Wochen nachdem ich sie erwürgt hatte? Dafür gab es keine vernünftige Erklärung. Nach einer Weile meldete sich mein Handy. Ich wollte erst nicht drangehen, aber dann tat ich es doch, und das war vielleicht mein Glück. Leif war am Telefon, was an sich schon ein Schock war, weil wir seit fünfundzwanzig Jahren kein Wort miteinander gewechselt hatten. Er war so erregt, dass ich ihn anfangs gar nicht verstanden habe, aber ich ahnte Böses und legte auf. Leif rief wieder an und hatte sich inzwischen so weit beruhigt, dass er sich verständlich machen konnte. Er beschuldigte mich, sie getötet zu haben. Das habe ich natürlich geleugnet. Ich habe sogar abgestritten, sie überhaupt gekannt zu haben. Dann erzählte er mir ausführlich, was ihm in der letzten Stunde durch den Kopf gegangen war. Zuerst hatte er seine Mutter verdächtigt, Sue getötet zu haben. Er hatte sie unter Druck gesetzt und ein Geständnis erzwungen, dass sie Sue in dem Glauben, er habe sie getötet, begraben hat. Er behauptete, von meinem Verhältnis zu ihr gewusst zu haben, was mich völlig überraschte. Er wusste auch, dass sie mich erpresst hatte. Sie hatte es ihm gesagt, als sie auch ihn erpresste. In all den Jahren hatte er geglaubt, sie hätte das Geld von mir bekommen, ehe sie abgereist war. Doch jetzt wurde ihm klar, dass ich sie stattdessen umgebracht hatte. Ich leugnete immer noch, aber er glaubte mir nicht. Er wolle am nächsten Tag die Polizei informieren und darüber hinaus an die Presse gehen. Er hat mir gedroht, mich fertig zu machen. Ich brach erneut das Gespräch ab, schaltete mein Handy aus und überlegte, welche Alternativen mir noch blieben. Ich kam nur auf eine.

Es gab einen Unsicherheitsfaktor, und das war Gertrud. Ich wusste ja nicht, was er ihr schon erzählt hatte. Schlimmstenfalls würde sie mir ebenfalls drohen. Außerdem konnte sie ihr Wissen an andere weitergeben. Ich sah ein, dass mir nicht viel Zeit blieb. Denn mit jeder Minute wuchs das Risiko. Also habe ich dich angerufen. Jetzt weißt du, warum mir nicht mehr nach einem Abendessen zumute war. Da ich dir einen triftigen Grund für meine Absage geben musste, habe ich mir die Sache mit Marcus ausgedacht. Du hast mir erzählt, dass Gertrud bei dir war. Und als du mir von ihrem Verhalten berichtet hast, wagte ich die Schlussfolgerung, dass Leif ihr nichts gesagt hatte.

Ich fuhr sofort nach Röshult. Das Auto parkte ich an dem kleinen Waldweg vor der Abzweigung. Da mir nichts Besseres einfiel, nahm ich einen großen Schraubenschlüssel mit. Es war ziemlich dunkel, deshalb brauchte ich nicht besonders vorsichtig zu sein. Die Tür stand offen, ich brauchte also nur einzutreten. Er stand in der Küche vor dem geöffneten Kühlschrank. Die Kühlschranktür befand sich zwischen uns. Ich bemerkte die Bratpfanne auf dem Herd und wusste genau, was zu tun war. Ein Schlag reichte aus, und er sank zu Boden. Ich schloss die Kühlschranktür, wischte den Griff der Bratpfanne ab und stellte sie auf den Herd zurück. Dann verließ ich das Haus. Erst als ich wieder zu Hause war, klappte ich zusammen. Ich kippte Unmengen von Schnaps in mich hinein, um die Angst zu betäuben. Sie hat mich bis heute nicht verlassen. Ich frage mich, ob sie das jemals tun wird.«

Direkt vor ihr blieb er stehen. Sie schaute hastig auf, bevor sie den Blick wieder senkte. Er sah nicht besonders ängstlich aus. Aber schließlich war er Politiker und als solcher darin geübt, nach außen hin stets souverän zu wirken.

»Vielleicht habe ich eine Dummheit begangen«, sagte er. »Vielleicht hätte ich die Dinge einfach treiben lassen sollen. Seine Anschuldigungen hätte ich ja einfach abstreiten können. Aber dazu fehlte mir der Mut. Denn selbst wenn man mir kein Verbrechen hätte nachweisen können, wäre bei den Leuten was hängen geblieben. Ich nehme an, dass ich deshalb den Kopf verloren habe.«

Er trat ans Fenster und schaute hinaus. Die Dämmerung hatte eingesetzt.

»Jetzt ist es, wie es ist«, sagte er. »Nur zu dumm, dass ich das Handy bei dir vergessen habe. Marcus war ja schon immer ein Unglücksrabe ...«

Ein Beschluss nahm in ihr Gestalt an. Sicher war es ein sinnloses Unterfangen, aber sie musste herausbekommen, was geschah, wenn sie einfach ihrer Wege ging. Sie stand auf. Auf wackligen Beinen verließ sie die Küche. Er hinderte sie nicht daran. Sie durchquerte die im Zwielicht liegenden Räume, erreichte die Diele und drückte die Klinke der Haustür hinunter. Sie war abgeschlossen. Vom Schlüssel keine Spur. Sie drehte sich um und sah, dass er ihr gefolgt war.

»Lass mich raus«, sagte sie.

»Du verstehst doch wohl, dass ich das nicht kann«, sagte er freundlich, »nach allem, was ich dir erzählt habe.«

59 AM SELBEN ABEND

Nach verschiedenen Telefonaten und der Mobilisierung aller verfügbaren Einsatzkräfte war eine Fahndung nach Kajsa und ihrem Wagen eingeleitet worden. Die Krankenhäuser wurden derzeit überprüft.

Wagnhärad hatte bereits festgestellt, dass Petrus Levin zu Hause nicht zu erreichen war. Sein Handy war ausgeschaltet. Als dritte Möglichkeit rief er in Levins Baumarkt an. Erstaunlicherweise ging sogar jemand an den Apparat, obwohl es fast zehn Uhr abends war.

»Ja? Anna-Lena Torstensson.«

Wagnhärad stellte sich vor, mit Dienstgrad und allem Drum und Dran. »Ist Petrus Levin bei Ihnen?«

»Nein, ist er nicht«, kam die bedächtige Antwort.

»Ich muss ihn sofort sprechen. Können Sie mir sagen, wo er ist?«

Die Frau am anderen Ende stieß ein beherrschtes Seufzen aus. »Das geht leider nicht.«

»Und warum nicht?«

»Weil ich nicht weiß, wo er ist«, antwortete sie spitz.

Sie konnte natürlich nicht wissen, dass der an sich so liebenswürdige Wagnhärad äußerst starrköpfig reagierte, wenn man ihn abwiegeln wollte. Sein Ton wurde sofort schärfer und enthielt die rechte Prise behördlicher Arroganz.

»Falls Sie mich nicht richtig verstanden haben: Mein Anliegen ist von größter Dringlichkeit, und es liegt in Herrn Levins eigenem Interesse, umgehend mit mir Kontakt aufzunehmen – also sagen Sie mir jetzt auf der Stelle, wo ich ihn erreichen kann.«

»Es tut mir sehr Leid«, sagte sie, »aber ich … wir warten schon seit längerer Zeit auf ihn. Er wollte vor mehreren Stunden wieder da sein.« Sie klang aufrichtig besorgt, als sei sie solch eine Unzuverlässigkeit von ihrem Chef nicht gewohnt.

»Wann haben Sie zuletzt mit ihm gesprochen?«

»Am Nachmittag, so um vier, bevor er weggefahren ist.«

»Hat er gesagt, wann er zurück sein wollte?«

»Nein, nicht genau, aber da er um sieben eine Verabredung in seinem Büro hatte, dachte ich, er würde spätestens um diese Zeit wieder da sein.«

»Wissen Sie, wo er hinwollte, als er am Nachmittag aufbrach?«

Es entstand eine nachdenkliche Pause, ehe Anna-Lena erneut verneinte.

»Das … weiß ich leider nicht.«

Das Zögern in ihrer Stimme verriet, dass sie zumindest eine Ahnung hatte.

»Sagen Sie mir, wo er hinwollte!«, befahl Wagnhärad in schärfstem Verhörton.

Abermals Stille. Er vermutete, dass Anna-Lena kalte Füße bekam. Vielleicht wägte sie ab, was sie mehr in Bedrängnis brachte – sich mit diesem dickköpfigen Kommissar anzulegen oder einen Streit mit ihrem Chef zu riskieren, dem es sicher nicht gefiel, dass sie wildfremden Menschen verriet, wo er sich aufhielt.

»Wird's bald!«, bellte Wagnhärad ohne Erbarmen.

»Ich glaube, er wollte … eine Bekannte treffen.«

»Wen?«

»Ich weiß wirklich nicht, ob ich das …«

»Der Name!«

»Kajsa Linder …«

»Wo wollten sie sich treffen?«

Anna-Lena bemühte sich um Haltung. »Ich weiß es *wirklich* nicht«, versicherte sie.

»Ich vermute, dass Sie am Abend mehrfach versucht haben, ihn zu erreichen. War sein Handy die ganze Zeit über ausgeschaltet?«

»Ja.«

Wagnhärad überlegte, ob es sich lohnen könnte, Anna-Lena richtig in die Mangel zu nehmen. »Ich bin sofort bei Ihnen«, sagte er. »Dann werden wir uns eingehender unterhalten.«

»Wie ... jetzt? Aber ...«

Ihren lahmen Protest hörte er nicht mehr. Wagnhärad hatte aufgelegt.

Er wandte sich zu Roos und dem Polizeidirektor um, die ihm interessiert zugehört hatten. »Die Sache scheint klar zu sein«, sagte er. »Sie ist bei Petrus Levin.«

Erneut klingelte das Telefon. Der Volvo Amazon war auf einem Parkplatz im Zentrum gefunden worden. Als es das nächste Mal klingelte, wurden sie darüber informiert, dass Kajsa Linder in keines der Bezirkskrankenhäuser eingeliefert worden war.

»Was machen wir jetzt?«, fragte Roffe.

»Wir leiten eine Fahndung nach Levins Auto ein«, entgegnete Wagnhärad prompt.

»Vielleicht sollten Sie noch mal Olle Linder anrufen«, schlug Roos vor.

Roffe sah wenig begeistert aus. »Ja, das sollte ich wohl«, sagte er und griff zum Hörer, ließ ihn jedoch wieder los. »Was soll ich ihm denn sagen?«

»Sie sollten den Namen Petrus Levin in diesem Zusammenhang besser nicht erwähnen«, sagte Roos.

»Meinen Sie?« Roffe zögerte.

»Auch wenn er nicht weiß, was wir wissen«, sagte Roos, »findet er es ja möglicherweise beunruhigend, dass sie beide verschwunden sind.«

»Stimmt, wir sollten ihn nicht noch unnötig aufregen«, sagte Roffe und griff erneut zum Hörer.

Wagnhärad war schon auf dem Weg zur Tür. »Ich fahr zu seiner Firma und versuch was aus seiner Sekretärin – oder was die auch sein mag – rauszuquetschen. Aber zuerst probier ich's bei ihm zu Hause.«

60 AM SELBEN ABEND

»Komm mit, ich will dir was zeigen«, sagte er.

Sie schwieg und bewegte sich nicht vom Fleck. Auf seine Ritterlichkeit zu vertrauen wäre sinnlos gewesen. Die konnte er sich nicht mehr leisten. Weder Tränen noch Versprechungen würden ihr nützen. Sie war zu einer Gefahr für ihn geworden. So wie Leif.

»Mach es mir nicht noch schwerer«, sagte er gequält.

Was verlangte er? Dass sie ihn auch noch unterstützte? Doch was hatte er vor? Vielleicht wusste er es nicht einmal selbst. Vielleicht war er gerade dabei, die letzten Hemmungen zu überwinden.

Er ging zu ihr. Sie spürte seine Hand auf ihrer Schulter. Sie zuckte zusammen, blieb jedoch stehen. Da packte er ihr Handgelenk. Sein Griff war so hart, als wolle er ihr zeigen, dass er es ernst meinte. Sie ließ sich durch die Diele führen, ehe sie versuchte, sich frei zu machen.

»Ich gehe mit … wenn du mich loslässt«, sagte sie.

Er ließ sie los und folgte ihr durch das Labyrinth halbdunkler Räume, an der Küche vorbei bis zu einer Tür, die er öffnete. Er knipste ein Licht an.

Es war ein kurzer Flur, dessen Türen zu beiden Seiten offen standen. Zur Rechten sah sie eine Waschküche. Er schob die gegenüberliegende Tür ganz auf und schaltete auch dort ein Licht an. Es war ein Vorratsraum mit teils gefüllten Regalen, es roch nach Reinigungsmittel und frischem Holz.

»Ich muss aufs Klo«, sagte sie.

Er zeigte auf eine andere halb offene Tür. Dahinter war ein kleiner fensterloser Raum, in dem sich nur eine Toilette und ein Waschbecken befanden. Sie durfte die Tür fast zuziehen, aber er behielt den Fuß im Türspalt.

Sie kehrten zum Vorratsraum zurück, und er schaute sich um, als suche er etwas.

Sie blieb misstrauisch auf der Schwelle zurück und hatte das Gefühl, dass unmittelbar etwas Entscheidendes bevorstand. In der Mitte des Raumes stand ein Staubsauger, weiter hinten waren Bürsten und Eimer, und an einer Wand war ein Holzstapel, auf dem verschiedene Werkzeuge lagen. Dann schaute sie zum Ende des Korridors hinunter. Dort gab es eine Hintertür, in deren Schloss ein Schlüssel steckte. Bei dessen Anblick bekam sie einen trockenen Mund. Ihr Blick fiel erneut auf den Holzstapel, auf dem ein Fuchsschwanz, eine Wasserwaage und ein Hammer lagen. Eigentlich hatte sie nach dem Hammer greifen wollen, doch plötzlich hielt sie die Wasserwaage in der Hand. Das Geräusch, als sein Hinterkopf getroffen wurde, war hart und dumpf. Es war kein kraftvoller Schlag gewesen, doch hatte er sie beide vollkommen überrascht. Sie musste ihn im selben Moment erwischt haben, als er das Gleichgewicht verlor und über den Bretterstapel stürzte. Mit einem Satz war sie bei der Hintertür und fummelte am Schlüssel herum. Wenige Sekunden später war sie aus der Tür.

Sie hatte, ohne lange darüber nachzudenken, gehandelt, aber der Anblick, der sich ihr jetzt bot, war so überraschend, dass sie stehen blieb und gefährlich lange zögerte. Sie hatte erwartet, das weite Feld hinter den Apfelbäumen zu erblicken, das sie durch das Küchenfenster gesehen hatte. Doch stattdessen sah sie sich einem dunklen Garten gegenüber, der auf allen Seiten von einer hohen, dichten Hecke umgeben war. Sie war vollkommen perplex. Sie peilte eine besonders dichte Stelle an und rannte über den Rasen. Jetzt begriff sie, warum sie sich hatte täuschen lassen. Die vielen Räume des Hauses hatten sie verwirrt. Sie befand sich nicht auf der Rückseite des Hauses, sondern auf einer der Giebelseiten. Sie suchte Schutz hinter einem zypressenähnlichen Busch. Dann sah sie ihn in der erleuchteten Türöffnung stehen. Ihren Vorsprung hatte sie verspielt. Er stand vollkommen unbeweglich da, genau wie sie. Sie atmete flach, ihre Herzschläge pulsten wie elektrische Stöße durch ihren Körper. Ihr helles T-Shirt würde in der Dunkelheit schnell zu entdecken sein.

Es war ein Fehler gewesen, ihn anzugreifen. Jedenfalls war es ein Fehler, so halbherzig zu handeln. Sie hätte den Hammer nehmen sollen. Jetzt raste er vor Wut. Jetzt hatte er die nötige Entschlusskraft …

Er begann in ihre Richtung zu gehen. Sie gab ihr Versteck auf und rannte auf die Hecke zu. In der verzweifelten Hoffnung, eine Lücke zu entdecken, lief sie an ihr entlang. Er war dicht hinter ihr. Da beging sie eine weitere Dummheit. Sie versuchte, durch die Hecke zu kommen, und blieb sofort hängen. Die spitzen Zweige zerkratzten ihr Gesicht und Arme. Ein hoffnungsloser Versuch, von vornherein zum Scheitern verurteilt. Er hatte seine Arme bereits fest um ihren Brustkorb geschlungen. Langsam zog er sie aus der Hecke. Erst als er den Griff ein wenig lockerte, kam sie auf den Gedanken zu schreien. Doch ihr Versuch wurde im Keim erstickt. Seine Hand traf ihren Mund mit solcher Wucht, dass sie zwischen ihren aufgesprungenen Lippen sofort das Blut schmeckte. Dann presste er die Hand fest gegen Mund und Nase. Um nicht zu ersticken, musste sie sich zwingen, nachzugeben und sich zurück ins Haus schleppen zu lassen.

Sie registrierte benommen einige Kacheln, wie die eines Badezimmers, bevor sie in eine dunkle Kammer gestoßen wurde. Sie stieß mit dem Bein gegen eine harte Kante. Dann stürzte sie über etwas Waagerechtes in Kniehöhe und blieb liegen, völlig ausgepumpt nach einem kurzen Moment der Freiheit. Ihr Herzschlag beruhigte sich allmählich, doch die Lippen schmerzten und wollten nicht aufhören zu bluten.

Nach und nach begann sie ihr Gefängnis zu ertasten. Sie lag auf einer Art Holzbank, zwischen deren Brettern sich schmale Zwischenräume befanden. Neben sich spürte sie eine Wand, die mit Holzleisten verkleidet war. Der schwache Harzgeruch überzeugte sie davon, dass sie sich in einer Sauna befand. Sie lag also auf einer Pritsche.

Nicht, dass sie sich einen Augenblick eingebildet hätte, einfach von dort verschwinden zu können, doch sie musste sich vergewissern. Nachdem sie mit den Händen die Wände abgetastet hatte, wusste sie, dass der Raum klein genug war, um klaustrophobische Zustände zu wecken, wenn man sich lange genug darin aufhielt. Sie lokalisierte den Ofen und dann die Tür. Wie alle Saunatüren besaß sie kein Schloss und öffnete sich nach außen. Doch sie ließ sich nur wenige Zentimeter weit aufschieben, ehe sie auf ein Hindernis stieß. Irgendein Gegenstand blockierte sie von außen. Jetzt war sie wirklich eingesperrt. Sie tastete sich zur Bank zurück, setzte sich hin und wartete. Es musste doch irgendwo ein Licht geben, aber der Schalter befand sich bestimmt draußen. Genau wie die Steuerung für den Ofen?

Der Schreck fuhr ihr in die Glieder, wenn sie daran dachte.

Sie konnte ihn hören. Schritte, die sich näherten und wieder entfernten. Etwas Schweres wurde auf dem Boden abgestellt. Sie lauschte gespannt. Ein verwirrendes Klappern folgte. Etwas kratzte an der Tür. Fließendes Wasser. Es dauerte eine Weile, bis sie begriff, dass er die Badewanne füllte. Warum? Er wollte doch jetzt wohl kein Bad nehmen!

Es gab noch eine andere Möglichkeit. Ein neuer Schreck durchfuhr sie. Sie fror und konnte nicht aufhören zu zittern.

Was half es da, sich zu einzureden, dass er das einfach nicht tun konnte? Dass sie ihn in- und auswendig kannte? Alles sprach dafür, dass sie sich in ihm getäuscht hatte. Er war es, der sie in- und auswendig kannte. Er hatte ihr viel zugehört, und sie hatte ihn gesehen, wie sie ihn sehen wollte. Aber wie war er? Wer war er? Jemand, den sie sehr geschätzt hatte. Jemand, dem sie vertraute. Ein freundlicher, liebevoller Mann. Verlässlich. Ausgeglichen. Jemand, den man bewunderte und beneidete. Ein Mann, der einen Abgrund in sich barg. Alle Menschen hatten ihre Abgründe, aber die meisten vermieden sorgsam, diese zu erforschen. Die meisten blieben innerhalb der erlaubten Grenzen. Doch er hatte seine bereits mehrere Male überschritten und würde es vermutlich noch ein weiteres Mal tun.

Das Wasser lief, die Wanne füllte sich. Sie legte sich auf die Seite, kauerte sich zusammen und versuchte so, sich ein bisschen zu wärmen. Sie wartete.

Das Wasser wurde abgedreht. Es wurde still. Sie zwang sich, tief durchzuatmen, um ihre Angst unter Kontrolle zu behalten.

Nichts geschah. Kein Ton war zu hören.

Doch. Ein leises Rinnen oder Tropfen, wie von einem Wasserhahn, der nicht richtig zugedreht war.

In dem finsteren Raum verlor sie ihr Zeitgefühl. Wie lange war sie schon hier drin?

Sie hörte auf zu denken, stattdessen kamen die Bilder …

Sie sah ihn draußen im dunklen Garten. Sein weißes Hemd leuchtete zwischen den Büschen, wo er mit gleichmäßigen Bewegungen ihr Grab aushob. Dann sah sie ihn mit dem Rücken nach oben in der Badewanne. Die Haare schlängelten sich wie Seegras um seinen Kopf. Sie sah Olle und Joakim …

Ein Geräusch schreckte sie auf. Ein schwaches Kratzen an der Saunatür. Sie stand auf und drückte den Fuß gegen die Tür. Zwecklos. Sie legte sich wieder hin. Das Tröpfeln war immer noch zu hören.

Dann ein neuerliches Kratzen an der Tür. Das Geräusch kehrte mit irritierender Regelmäßigkeit wieder, blieb jedoch unerklärlich.

Warum machte er sich nicht ans Werk? Worauf wartete er noch?

Ein neuer Gedanke durchzuckte sie.

Vielleicht hatte er sich für einen anderen Ausweg entschieden. Vielleicht lag er längst in der Badewanne. Oder baumelte draußen von einem der Deckenbalken. Aber das würde ihr nicht helfen. Sie würde langsam verhungern. Die heimkehrende Familie würde den Schock ihres Lebens bekommen, wenn sie in ihr Haus zurückkehrte. Nein … sie würde eher verdursten … Ihre Kehle brannte bereits.

Sie spürte, wie die Lethargie sie zu überwältigen drohte. Ihr Schicksal wurde ihr zunehmend gleichgültig. Dann kam die Müdigkeit. Immer wieder nickte sie ein.

Den Knall hörte sie wie in Trance. Sofort war sie auf den Beinen. Ihr Herz hämmerte wild. Sie hatte wohl auch einen Schrei ausgestoßen. Die Stille, die folgte, vibrierte wie ein hoher Ton in ihren Ohren.

Etwas war mit der Tür geschehen. Sie hatte sich bewegt, als wäre sie von einem Windstoß erfasst worden. Ein leichter Druck mit den Fingerspitzen überzeugte sie davon, dass sie tatsächlich nachgab.

Sie brauchte einen Moment, ehe sie sich überwand, die Sauna zu verlassen. Und wenn er direkt vor der Tür lag? Das würde sie nicht ertragen. Doch ihr blieb keine Wahl. Was auch immer im Badezimmer geschehen sein mochte, es blieb vor ihr verborgen. Hier war es genauso dunkel wie in der Sauna. Nichts auf der Welt konnte sie dazu bringen, den Lichtschalter zu suchen. Die Hintertür, schoss ihr durch den Kopf, und sie tastete sich bis zum Ende des finsteren Gangs. Die Tür war abgeschlossen, der Schlüssel verschwunden.

Sie war also gezwungen, durch das Haus zu gehen und ein Fenster zu suchen. Was wäre schlimmer für sie? Ihn tot oder lebendig anzutreffen? Eine unnötige Frage. Sie wusste, für was sie sich entscheiden würde. Die Frage war eher, ob sie trotz ihrer unerträglichen Angst in der Lage war, die Räume zu durchqueren.

Noch hielten ihre Beine sie aufrecht. Langsam ging sie weiter, mit ausgestreckter Hand, immer dicht an der Wand entlang. Die Dunkelheit war nicht mehr undurchdringlich. Sanftes Mondlicht fiel durch die Fenster und ließ sie die unscharfen Silhouetten von Umzugskartons und zusammengeschobenen Möbeln erkennen.

Sie hätte durch eines der Fenster verschwinden sollen, doch war sie nicht in der Lage, die Stille zu brechen. Das leiseste Geräusch würde sie verraten – falls es noch jemanden gab, der sie hören konnte.

Plötzlich befand sie sich in der Diele. Sie konnte es kaum fassen, schlich jedoch weiter bis zur Haustür und drückte die Klinke hinunter. Das Wunder geschah – die Tür glitt lautlos auf. Die Nachluft umschloss sie mit angenehmer Kühle.

Es war zu einfach gegangen … Irgendwas stimmte da nicht.

Da sah sie das Auto im Mondlicht. Sie stürmte über das Kopfsteinpflaster. Dann war sie da. Die Seitenscheibe war heruntergekurbelt. Sie steckte die Hand hinein und tastete nach dem Schlüssel. Er steckte. Im nächsten Augenblick hatte sie die Tür geöffnet und saß im Auto. Sie ließ den Motor an und rollte davon. In die falsche Richtung. Doch das Auto auf dem schmalen Weg zu wenden hieße, das Schicksal erneut herauszufordern.

Es war ein Wunder, dass sie nicht in Panik geriet und im Graben landete. Es war ebenfalls ein Wunder, dass sie durch eine fremde, traumhafte Landschaft fuhr, ohne daran gehindert zu werden. Sie passierte einsame Felder und unbekannte Höfe, kam an verschiedene Kreuzungen und entschied sich spontan für irgendeine Richtung. Wohin sie fuhr, wusste sie nicht. Es spielte auch keine Rolle. Hauptsache, sie entfernte sich immer weiter.

Dann hatte sie eine Eingebung. Sie konnte nach Hause fahren. Das war zumindest theoretisch möglich. Ihr schwindelte bei dem Gedanken. Dieses utopische Ziel vor Augen, begann sie auf die Straßenschilder zu achten, um irgendwann eine größere Straße zu erreichen.

Als sie endlich auf die Straße zwischen Ystad und Christiansholm stieß, wagte sie daran zu glauben, Olle und Joakim vielleicht doch noch wiederzusehen.

Kurz nachdem sie die Autobahn verlassen hatte, unmittelbar vor Christiansholm, wurde sie von einem Polizeiauto überholt. Energisches Winken mit der roten Kelle veranlasste sie, am Straßenrand anzuhalten. Das Polizeiauto stellte sich quer vor ihre Kühlerhaube.

Ein uniformierter Polizist tauchte an ihrer Seite auf und klopfte auffordernd an die Scheibe. Sie ließ sie hinunter. Ihr Nervenzusammenbruch stand unmittelbar bevor, doch wollte sie damit warten, bis sie zu Hause war. Er sah ihr forschend ins Gesicht, ehe er seinen Kopf hineinstreckte, um sich zu vergewissern, dass sie allein im Auto saß.

»Steigen Sie bitte aus!«, sagte er.

Sie hatte weder Lust auszusteigen noch freundlich zu sein.

Er wiederholte seine Aufforderung mit Nachdruck, und sie gehorchte widerwillig. Doch ihre Beine zitterten. Sie schwankte und musste sich am Auto festhalten.

»Ihren Führerschein, bitte!«

»Führerschein?«, echote sie verwirrt und fragte sich, was der mit der Sache zu tun hatte.

Sie registrierte gleichgültig, dass er blond und hübsch war. Wie der junge Robert Redford, dachte sie, als sie sich zum Polizeiauto führen ließ. Darin saß ein weiterer Polizist mit unergründlicher Miene.

»Ihre Personalien?«, fragte er.

Sie leierte mechanisch die Antwort herunter, worauf die Daten in einen Computer eingegeben wurden.

»Ist das Ihr Wagen?«, fragte Robert Redford mit einer Kopfbewegung in Richtung von Petrus' grünem Range Rover. Da sie im Augenblick nicht in der Lage war, ihre Beziehung zu dem Halter des Fahrzeugs zu erklären, sagte sie nur: »Ich habe ihn ausgeliehen.«

»Nach diesem Wagen wird gefahndet«, sagte er.

»Aha ...«

»Deshalb werden wir ihn jetzt in Verwahrung nehmen.«

»Ich muss nach Hause«, sagte sie.

Er nahm sie näher in Augenschein. »Wo sind Sie gewesen? Waren Sie in eine Schlägerei verwickelt?«

Sie strich mit den Händen über ihr Gesicht, spürte die Kratzer und die geschwollene Lippe, die immer noch schmerzte. »Ich habe versucht, durch eine Hecke zu laufen.«

»Hat wohl nicht geklappt.«

Der Kollege im Auto sagte irgendwas. Der Blonde beugte sich zu ihm hinunter. Ein kurzer Wortwechsel folgte.

Dann richtete er sich wieder auf und blickte sie durchdringend an. »Sie werden ebenfalls gesucht«.

Sie sah ein, dass sie eine Erklärung abgeben musste, und versuchte sich aus ihrer Trance zu befreien.

»Das ist nur mein Mann«, sagte sie. »Ich war eine Weile verschwunden. Aber jetzt bin ich wieder da ... kein Grund zur Beunruhigung.«

Aus irgendeinem Grund löste diese Erklärung große Heiterkeit aus. Der Blonde versuchte tapfer, sich zu beherrschen, doch der Kollege im Auto brach in schallendes Gelächter aus.

»Sind Sie von zu Hause abgehauen?«, prustete er.

»Was haben Sie genommen?«, fragte der Blonde grinsend.

»Genommen?«

»Sie wirken ziemlich high.«

Sie änderte sofort ihre Meinung über ihn. Er sah überhaupt nicht aus wie Robert Redford. Er sah aus wie der Depp aus der Polizeiserie, an deren Namen sie sich nie erinnern konnte.

»Ich habe keine Zeit, noch länger hier rumzustehen«, sagte sie.

»Wir auch nicht«, entgegnete er arrogant. »Sie kommen jetzt mit aufs Präsidium.«

»Das werde ich nicht tun«, sagte sie mit wachsender Verärgerung. »Ich will nach Hause!«

Ein weiterer Streifenwagen kam hinzu, was einen neuerlichen Wortwechsel zur Folge hatte.

»Die Kollegen hier werden sie zum Präsidium fahren, und wir kümmern uns um den Wagen«, entschied der Blonde und packte resolut ihren Oberarm. Sie hatte genug von männlicher Gewalt und setzte sich verbissen zur Wehr. Da sie jedoch zu viert waren, wurde sie rasch in den Wagen verfrachtet und abtransportiert.

61 IN DERSELBEN NACHT

Es war Wagnhärad, dem vom diensthabenden Beamten mitgeteilt wurde, dass Kajsa Linder im Präsidium eingetroffen war. Schon vor zehn Minuten hatten sie erfahren, dass sie sich auf dem Weg befand. Roffe war sofort zum Telefon gestürzt, um Olle zu beruhigen, der aber nicht zu beruhigen war. Erst mit viel Mühe ließ er sich überreden, zu Hause auf seine Frau zu warten, die zu gegebener Zeit von der Polizei dort abgeliefert werden sollte.

Wagnhärad ging nach unten, um sie abzuholen.

Sie stand ganz offensichtlich unter Schock. Roffe kannte den starren Blick und die verlangsamten Bewegungen. Wagnhärad ließ sie in einem der Sessel Platz nehmen, und Roos, der sofort bemerkt hatte, dass sie fror, legte ihr sein Jackett um die Schultern. Sie schien von ihrer Fürsorge kaum Notiz zu nehmen.

Roffe bemerkte, dass ihre Oberlippe geschwollen war und ihr Gesicht sowie die Arme Kratzspuren aufwiesen. An Wangen und Kinn befanden sich Reste getrockneten Bluts. Ihr Haar war zerzaust und ihr Teint außergewöhnlich blass.

»Ich habe Olle schon angerufen«, sagte er. »Er weiß, dass du hier bist, und du kannst bald nach Hause. Aber zuerst müssen wir dir ein paar Fragen stellen. Hast du etwas dagegen, dass Lennart Roos und Lasse Wagnhärad bei dem Gespräch dabei sind?«

Sie schüttelte den Kopf.

»Was ist mit Petrus Levin?«, fragte er.

»Er ist tot«, sagte sie.

»Tot? Wie ist das passiert?«

»Ich weiß nicht«, antwortete sie mit monotoner Stimme. »Vielleicht hat er sich erschossen. Ich hörte einen Knall … aber ich bin nicht sicher.«

»Wo ist er jetzt?«

Sie schien die Frage nicht gehört zu haben. Gedankenversunken befühlte sie ihre Lippe, ehe sie plötzlich zu sprechen begann:

»… obwohl ich vielleicht etwas anderes gehört habe … ich schlief ja … Es klang wie eine Explosion … oder er hat sich ertränkt … Warum hätte er sonst die Badewanne füllen sollen? Vielleicht hat er sich die Pulsadern aufgeschnitten … oder ein starkes Schlafmittel genommen. Er könnte sich auch erhängt haben … an einem der Deckenbalken … oder im Garten …«

Roffe war erstaunt über diese morbiden Fantasien.

»Du hast ihn also nicht mehr gesehen?«

»Wie denn? Es war ja stockdunkel.«

»Woher willst du dann wissen, dass er tot ist?«

»Ich hätte es von Anfang an verstehen müssen. Man sah es an seinen Augen. Er hatte aufgeben … hätte niemals weitermachen können. Aber ich war so sicher, dass er mich ertränkt … und vergräbt. Vielleicht war er nicht in der Lage dazu … obwohl er mich in jedem Fall verhungern lassen wollte.«

Roffe beugte sich über sie und sprach sehr langsam, um sie zu erreichen: »Wo ist das alles passiert?«

»In einem Haus«, sagte sie unbeteiligt.

»In seinem Haus?«

»Nein, in einem Haus … das er kaufen wollte. Es gehört seinen Freunden. Sie sind in Afrika.«

»Wo befindet sich das Haus?«

»Irgendwo auf Österlen.«

Plötzlich ging ein Ruck durch sie. Sie schaute sich um. »Ich muss nach Hause.«

»Bald«, sagte Roffe. »Aber zuerst musst du uns helfen, ihn zu finden. Von wo bist du gekommen?«

»Von diesem Haus, natürlich.«

»Aber wo steht dieses verdammte Haus?«, rief Roffe mit kaum unterdrückter Ungeduld.

Sie stand auf. »In der Nähe des Dorfes.«

»Welches Dorfes?«

»Es war ein Fachwerkhaus«, fügte sie hinzu, als hätte sie damit eine erschöpfende Auskunft gegeben.

Roffe sah unschlüssig von Roos zu Wagnhärad.

»Warte. Setz dich wieder hin«, sagte er. »Wir müssen noch reden.«

»Ich kann jetzt nicht ... Muss nach Hause.«

Roos, der ihr am nächsten saß, zog sie behutsam wieder in den Sessel, beugte sich vor und blickte in ihre starren Augen. Dann nahm er ihre Hände und begann sie sanft zu massieren. Nach einer Weile ging er dazu über, über ihre Arme und Schultern zu streichen.

Der Effekt ließ nicht lange auf sich warten. Ihr Blick wurde sanft, und ihre Augen füllten sich mit Tränen.

Ihr Gesicht zog sich zusammen, bevor sie heftig zu schluchzen begann. Die Tränen flossen mehrere Minuten, während Roos mit seinen Berührungen fortfuhr. Roffe bemühte sich nach Kräften, geduldig zu bleiben, und Wagnhärad kniff erschöpft die Augen zusammen. Erst als das Weinen stiller wurde, begann Roos leise mit ihr zu sprechen.

Zu Roffes Erstaunen erzählte sie nun die ganze Geschichte – ein wenig unzusammenhängend zwar und mit ein paar sonderbaren Abschweifungen, doch allmählich wurde das Bild klarer.

Nur eines fand selbst Roos nicht heraus. Wo sich das Haus befand, blieb ein Rätsel. Sie meinten einzig und allein, dass es in der Nähe von Brösarp stehen musste.

Da kam Wagnhärad plötzlich auf eine Idee. Er schaute auf die Uhr. Es war schon nach eins.

»Dann werd ich mal Anna-Lena aus den Federn holen«, sagte er mit einer gewissen Schadenfreude.

»Seine Sekretärin?«, fragte Roffe.

»Sie selbst bezeichnet sich als Chefsekretärin«, sagte Wagnhärad. »Sie tut so, als hätte sie alles inklusive ihres Chefs unter Kontrolle. Ohne sie läuft gar nichts, das hat sie klar durchblicken lassen. Jetzt bekommt sie die Chance zu zeigen, was sie kann.«

Mit neuer Energie sprang er auf und ließ sich den Privatanschluss von Anna-Lena Torstensson heraussuchen. Nach fünf Minuten hatte er das Gespräch beendet. Er rieb sich zufrieden die Hände.

»Der Ort heißt Hirdinge, bei Ravestena fährt man ab. Nach genau einem Kilometer liegt das Haus auf der rechten Seite der Straße.«

»Und das hat sie dir sofort erzählt, nachdem sie aufgewacht war?«, wollte Roffe wissen.

»Natürlich. Sie hat nicht übertrieben. Worauf warten wir?«

Roffe stand auf. »Du kannst jetzt nach Hause«, sagte er zu Kajsa.

62 IN DERSELBEN NACHT

Kurz vor der Abzweigung schaltete er in den ersten Gang hinunter und nahm die Kurve langsam und sanft. Die Scheinwerfer schwenkten über ein paar Kühe, die hinter der Steinmauer standen. Im nächsten Augenblick wurden sie wieder von der Dunkelheit verschluckt. Er schaltete das Abblendlicht ein und rollte so leise wie möglich den Kiesweg hinauf.

Fünfzig Meter vom Hof entfernt steuerte er den Wagen auf die Wiese und parkte zwischen zwei großen Ahornbäumen. Er stellte den Motor ab, kurbelte die Scheibe hinunter und lauschte in die Nacht.

Anfangs hörte er nichts anderes als sein eigenes Blut, das in seinem Kopf rauschte, doch nach und nach nahm er auch andere Geräusche wahr. Eine sanfte Brise raschelte in den igen Baumkronen. Der Mond nahm zu. Er sah ihn zwischen den dünnen Wolken, die der Wind an ihm vorbeitrieb. Das Wetter war günstig.

Er stieg aus dem Auto und begann der schwarzen Silhouette des Stalls entgegenzugehen, der ihm am nächsten lag. An der Giebelseite verlangsamte er seine Schritte und bog vorsichtig um die Ecke. Im Obergeschoss waren zwei Fenster erleuchtet. Sie gehörten zu Bad und Schlafzimmer. Sie war also noch wach. Er konnte warten.

Auf der anderen Seite des Weges, gegenüber dem Hofplatz, verlief die Steinmauer, die von Weiden und Wacholdersträuchern gesäumt wurde. Dort ließ er sich nieder, um die erleuchteten Fenster im Blick zu behalten. Die Steine bewahrten immer noch die Wärme des Tages, die Nachtluft war mild und trocken. Hier konnte er lange sitzen.

Der Gedanke, dass sie sich im Haus befand und von seiner Gegenwart nichts ahnte, tat ihm gut. Jetzt hatte er sie. Sie würde ihm nicht entkommen. Nun hatte die Stunde geschlagen, in der sie für ihre Taten bezahlen würde.

Was dachte sie sich in diesem Augenblick? Wie einsam sie war in ihrem großen Haus? Wie trostlos ihr Leben am Ende doch geworden war? Oder dachte sie an gar nichts? Ging sie einfach ihren alltäglichen Beschäftigungen nach? Plante den morgigen Tag? Glaubte, dass sie ihn noch erleben würde? Viel war ja nicht von ihr übrig geblieben: eine dürre, kleine Alte mit kalten, verschlagenen Augen. Aber so war sie nicht immer gewesen.

Einst war sie wie ein süßes Stück Konfekt gewesen, von dem alle hatten naschen wollen. Zumindest er hatte es gewollt, wenn er ihr mit den Augen auf Schritt und Tritt gefolgt war. Allein ihr Anblick hatte ihn selig gemacht. Ihre Haut war so rosig und zart gewesen, ihre Lippen himbeerrot. Von ihrem Geschmack hatte er nicht zu träumen gewagt. Wenn er wollte, konnte er sich ihr Bild deutlich ins Gedächtnis rufen.

Ihre Augen waren groß und klar, grünblau mit kleinen gelben Sprenkeln. Ihre Haare feuerrot und von einem leuchtenden Ton, den er später im Leben nur noch selten gesehen hatte. Alles an ihr war ständig in Bewegung, vor allem die Augen, die furchtlos und neugierig umherschauten. Freche und spöttische Augen. Auch der Mund stand nie still. Entweder flossen die Worte aus ihrem Himbeermund, oder sie lachte. Es war ein helles, spitzes Lachen, das er wie kleine Stecknadeln auf seinen Wangen spürte, was ihn vor Verzückung erschaudern ließ. Doch sie konnte auch weinen, lauthals und wütend, oder fauchen wie eine gereizte Katze, was ihm ebenfalls gefiel. Sie strotzte nur so vor Leben, und er hatte sie angebetet.

Allerdings war er taub und blind gewesen, weil ihm entgangen war, wie ihr Bauch mit jedem Tag wuchs. Erst als Anna das Messer dagegendrückte, hatte er richtig hingesehen. Und natürlich war er nicht so dumm gewesen, um nicht zu begreifen, was das bedeutete. Und als Henning zur rechten Zeit auftauchte, wurde ihm auch der Zusammenhang klar. Dennoch hatte er sie in seiner zwölfjährigen Einfalt für unschuldig gehalten. Den kleinen Engel.

Es war ihr einfach so passiert. Er wusste ja, dass auch die Kühe auf der Weide früher oder später Bekanntschaft mit dem Stier machten. Kein Grund, viel Wesens darum zu machen. So was ging vorbei. Nein, Gertrud traf keine Schuld.

Es war Annas Verhalten, das ihn peinlich berührt hatte. Sie war zwar stets merkwürdig und eigen gewesen, aber nie gewalttätig. Gegen den Vater und das böswillige Geschwätz der Leute hatte er ihr immer beigestanden. Aber das mit dem Messer war unter ihrer Würde gewesen.

Jetzt quälte es ihn, dass er sie nicht besser verstanden hatte, auch wenn das keinen Unterschied mehr machte. Ihr Schicksal war besiegelt. Damals hatte er sie nicht retten können. Heute aber besaß er die Macht, sie zu rächen. Es war noch nicht zu spät, für Gerechtigkeit zu sorgen.

Henning hatte Annas Launen lange genug ertragen. Das Schlimmste war, dass sie es selbst nicht begriff. Sie reckte stolz den Kopf, überzeugt, auf ihrem eigenen Hof und in ihrer eigenen Küche tun und lassen zu können, was ihr gefiel. Sie war Anna Kristina Rösling, geborene Bengtsson – der einzige Nachkomme des großen Nachbarhofes. Die beste Partie, die Henning sich nur wünschen konnte. Mit ihr bekam er auch den Hof ihres Vaters und eine Menge Geld. Darum hatte sie auch das Recht, wegzugehen und wiederzukommen, wann es ihr passte. Und wenn die Leute sich hinter ihrem Rücken unbedingt das Maul zerreißen wollten, sollten sie das ruhig tun. Ihre Stellung konnte niemand beeinträchtigen. Schon gar nicht eine kleine Schlampe, die nichts vorzuweisen hatte außer ihre frechen Augen und ihre schnelle Zunge. Nein, Anna hatte ihre eigene Schwäche nicht gesehen. Hatte nie gespürt, wie die Bande zum Hof und zum Leben dünner wurden; dass es Kräfte gab, die schwerer wogen als ihr Recht. Und Gertrud war viel mächtiger als sie. Sie besaß den Hof bereits, denn sie besaß Hennings Lust.

Von diesen Dingen hatte er damals nur wenig begriffen. Dennoch hatte er dunkel geahnt, dass sich Anna in Gefahr befand; dass der Vater nach einer Möglichkeit suchte, das Leben nach seinen Vorstellungen neu zu ordnen.

Darum hatte Max an jenem Abend seine Kleider anbehalten. Er traute sich nicht, Anna aus den Augen zu lassen. Als sie zu ihm nach oben ins Giebelzimmer kam, lag er schon unter der Decke, mit Winterstiefeln an den Füßen, und tat so, als ob er las. Sie nahm ihm die Zeitschrift weg und legte sie auf die Kommode, strich ihm über das Haar und ließ ihre Hand eine Weile an seiner Wange. Bevor sie ging, löschte sie die Petroleumlampe. Das durfte er damals noch nicht selbst tun. Sie benahm sich wie immer, aber er ließ sich nicht täuschen. Er wusste, dass sie sich wieder in diesem sonderbaren Zustand befand. Er sah es an ihren Augen. Sie bekamen so einen abwesenden Ausdruck, als sei sie schon auf dem Weg. Wenn sie in dieser Nacht weglief, würde sie nie zurückkommen. Es hatte keinen Sinn, auf sie einzureden. Sie würde alles abstreiten. Ihm sagen, dass er Unsinn redete. Dass sie keinen Gedanken daran verschwendete, wegzulaufen. Dieses Mal musste er es geschickter anstellen. Ihr nachgehen und sie auf frischer Tat ertappen. Sie dazu bringen, mit ihm zurückzugehen.

Nachdem sie den Raum verlassen hatte, stieg er aus dem Bett, schlich sich über den Dachboden und setzte sich auf die dunkle Treppe. Von der Küche drangen Stimmen zu ihm herüber. Sie sprach mit der Großmutter. Sie redeten leise und eindringlich. Die beiden verstanden sich gut. Vielleicht versuchte Hennings Mutter sie zum Bleiben zu überreden.

Wo der Vater war, wusste er nicht. Wo Gertrud war, auch nicht. Er wollte nicht an sie zusammen denken. Er wollte, dass Gertrud in ihrem Bett in der Küchenkammer lag und schlief.

Die Zeit verging nur langsam. Ab und zu nickte er auf der kalten Treppe ein, zuckte bei Geräuschen zusammen und blinzelte. Schließlich ging die Großmutter in ihr Zimmer, und kurz darauf kam Anna auf den Flur. Sie konnte ihn auf der dunklen Treppe nicht sehen und er sie auch nicht. Doch er hörte, dass sie sich einen Mantel anzog und hinausging. Er zählte langsam bis sechzig, ehe er aufstand und ihr folgte. Sie schritt gerade durch die Hofeinfahrt, als sich hinter ihm plötzlich die Haustür bewegte. Er huschte zur Seite und drückte sich an die Wand. Es war der Vater, der hinausgetreten war. Eine andere Gestalt gesellte sich zu ihm. Gertrud.

Die beiden unscharfen Schatten, die über den Hofplatz eilten, hatten etwas Entschlossenes an sich. Statt Anna zu folgen, konnte sich Max nun an die Fersen von Gertrud und Henning heften.

Hinter dem Hoftor bogen sie nach rechts ab und gingen um die Ställe herum. Der Vater trug einen Spaten. Sie setzten ihren Weg über die Kälberweide fort. Der Boden war nicht mehr gefroren, sondern tief und glitschig. Die Gestalten vor ihm verschmolzen mit der Dunkelheit, und er verlor sie aus dem Blick. Verfroren und steifbeinig nach dem langen Sitzen auf der Treppe stolperte er über das hohe Gras des vorigen Jahres. Die raue Luft verströmte den beißenden Geruch nach Dung.

Dann entdeckte er sie unten beim Moor. Anna sah er ebenfalls, etwas weiter am nördlichen Rand, wo sich im Sommer der Pestwurz ausbreitete. Sie war etwa hundert Meter von ihm entfernt, aber er sah sie nur als schwarzen Fleck vor einem dunklen Hintergrund. Er glaubte, dass sie vollkommen unbeweglich dastand, als hätte sie die beiden anderen gesehen und wartete nun auf sie. Auch er stand vollkommen still, versteckt hinter einer der großen Eichen. Er traute sich nicht näher heran, obwohl er eigentlich nichts erkennen konnte. Doch er hörte, wie sie miteinander sprachen, also mussten sie Anna gefunden haben. Er konnte sie nicht verstehen, aber ihre Stimmen klangen sehr erregt. Vielleicht versuchten sie Anna zu überreden, mit ihnen nach Hause zu kommen. Gertruds helle Stimme klang kurzatmig und ängstlich. Anna rief zweimal, kurz und hart. Es klang wie Hundegebell, dann war es still. Nur der leise Wind war zu hören, der durch den Fichtenwald strich, der ans Moor und an die Weide grenzte. Er wusste nicht, was dort drüben geschah, dennoch reagierte sein Körper. Er begann heftig zu zittern und mit den Zähnen zu klappern. Außerdem hatte er in die Hose gemacht; er spürte die Wärme, die seine Beine hinabkroch und sich danach in Kühle verwandelte.

Ein wilder Zorn brannte in seiner Brust, als er den Hügel hinauflief, dem

Hof entgegen. Mehrmals stolperte er und fiel. Der Zorn richtete sich gegen Anna, die ihn im Stich gelassen hatte.

In der Dachkammer zog er sich die Winterstiefel aus, befreite sich von seiner nassen Hose und hängte sie neben dem warmen Schornstein über eine Stuhllehne. Steif vor Kälte und bibbernd kroch er ins Bett, und trotz der Decke, die er sich über den Kopf zog, ließ er die Kälte immer tiefer in seinen Körper dringen. Ließ sie den brennenden Schmerz in seiner Brust, alle Gedanken und Erinnerungen einfrieren, bis er so hart war wie ein Stück Holz. Dann schlief er ein.

Am nächsten Morgen war nur die Großmutter in der Küche. Sie stellte ihm eine Schüssel mit Grütze auf den Tisch und schmierte ihm sein Pausenbrot. Er stellte keine Fragen. Warum sollte er auch? Dass Anna und Gertrud noch nicht aufgestanden waren, war nichts Merkwürdiges. In der Schule war er gleichgültig und abwesend und hörte nicht, was die anderen zu ihm sagten. Auf dem Heimweg dachte er, dass alles so sein könnte wie immer, doch als er Gertrud erblickte, wusste er, dass etwas passiert war. Sie begegnete ihm in der Tür, verweint und aufgewühlt.

Anna sei wieder verschwunden. Alle Hofarbeiter befanden sich auf der Suche. Es hatte einen Kälteeinbruch gegeben, und Henning hatte bereits einige Leute aus der Umgebung angeheuert, die beim Suchen halfen. Gertrud machte ihm eine heiße Schokolade und Käsebrote. Sie kniete sich vor ihn hin, zog ihm Stiefel und Strümpfe aus, massierte seine Füße warm und redete ohne Unterlass. Zwischendurch weinte sie und küsste ihn auf die Wangen. Immer wieder fuhr sie mit den Fingern durch seine Haare, und dem Schwall ihrer Worte entnahm er, dass sie immer lieb zu ihm sein wollte. Er wollte nur, dass sie weitermachte, und schließlich versank er in ihren sanften, süßen Liebkosungen.

An diesem Tag fanden sie Anna nicht, und er wusste, dass sie sie auch am nächsten nicht finden würden und auch nicht am übernächsten … Aber er wusste nicht, warum er sich dessen so sicher war. Vielleicht, weil Gertrud die ganze Zeit um ihn herum war, ihn streichelte und so gut roch und ihn mit ihren klaren grünblauen Augen voller Zärtlichkeit und Mitgefühl ansah. Vielleicht war ihm deshalb klar geworden, dass er keine Mutter mehr hatte.

Die Tage und Wochen vergingen, und er suchte Zuflucht bei ihr, weil sie die Einzige war, die ihm ein bisschen Wärme schenken konnte. Und sie suchte seine Nähe, weil sie unter den bösen Gerüchten litt, die eine Zeit lang in der Gegend kursierten. Sogar die Leute auf dem Hof schnitten sie. Man war allgemein der Meinung, dass sie viel zu schnell Annas Platz eingenommen hatte. So stolz sie auch sein mochte über ihren Erstgeborenen – sie traute sich nicht, ihn zu zeigen. Deshalb weinte sie oft bittere Tränen, und oft gab es niemand anders als Max, der ihr Trost spendete.

Nun erlosch das erste Lichtrechteck da drüben. Das Badezimmer. Er trug keine Uhr, daher wusste er nicht, wie lange er schon gewartet hatte. Doch er tippte auf eine knappe Stunde. Sie würde sich gleich ins Bett legen und, wenn er Glück hatte, innerhalb der nächsten halben Stunde eingeschlafen sein. Und falls sie überhaupt noch mal aufwachte, dann nur für kurze Zeit.

Natürlich gab es für Annas Verschwinden verschiedene Erklärungen. Das war ihm nicht entgangen, auch nicht, dass sich die Landpolizei eingeschaltet hatte. Doch all das fand irgendwo über seinem Kopf hinweg statt und führte zu nichts. Bald nahm das Geschwätz ein Ende.

Alles war ein großes Rätsel, und das größte aller Rätsel war, dass Gertrud und er so gute Freunde wurden. Er begriff nicht, dass sie den Leuten Sand in die Augen streute. Er lebte für ihr Lächeln und ihre Zärtlichkeiten. Manchmal machte er natürlich auch mit ihrem beißenden Witz Bekanntschaft, aber meistens war sie sehr nett zu ihm. Nein, er dachte nichts Schlechtes von ihr. Dazu kam es erst sehr viel später in seinem Leben.

Im Sommer '45 wurde der Vater mit einem Blinddarmdurchbruch ins Krankenhaus eingeliefert. Max begriff zum ersten Mal, was Freiheit bedeutete. Er war gerade siebzehn geworden und leitete für ein paar Wochen die Arbeiten auf dem Hof. Es war in dieser Zeit, als Gertrud etwas *zu* nett zu ihm war. Und in seinem naiven Glücksgefühl hatte er eine brennende Hoffnung gehegt, welche Konsequenzen die Bauchfellentzündung des Vaters hätte nach sich ziehen können. Doch Henning erholte sich, obwohl es eine Weile kritisch ausgesehen hatte, und in der fünften Woche war es mit seiner Freiheit und Glückseligkeit vorbei.

Vielleicht hatte sie hinterher ein schlechtes Gewissen gehabt. Vermutlich hatte sie Angst, es könnte neue Gerüchte geben. Dass sie nicht vorsichtig genug gewesen waren. Sie wusste ja, was passieren konnte, wenn man nicht Acht gab. Doch auf Dauer konnten sie nicht voneinander lassen, obwohl sie wussten, dass sie mit dem Tod spielten. Hinterher wurde er stets mit Bitterkeit und Kühle bestraft. Von ihr aus war es nie um Liebe gegangen. Ihre Gründe lagen im Dunkeln, und erst viel später hatte er verstanden, dass ihre unsichere Stellung auf dem Hof sie angetrieben hatte. Das Gesetz schrieb vor, dass Anna erst nach zehn Jahren für tot erklärt werden konnte, und bis dahin hatte Gertrud formell die Stellung einer Magd, auch wenn sie Leif bereits zwei Söhne geboren hatte. Außerdem konnte sie nicht sicher sein, ob nicht irgendwann eine neue einnehmende Sechzehnjährige auf dem Hof auftauchen würde. Wenn Henning sie im Stich ließ, musste sie wohl auf den Erben setzen.

Doch 1951 bekam Henning endlich schwarz auf weiß, was er die ganze Zeit gewusst hatte, und Gertrud wurde endlich die Herrin auf Röshult. Max musste einsehen, dass er nichts anderes gewesen war als ihre Rückversicherung. Sie wurde schroff und kalt, und als er um ein bisschen Wärme bettelte, wurde sie bösartig wie ein Troll. Zu dieser Zeit begann er mit dem Gedanken an eine Emigration zu spielen.

Doch Hennings Zeit war abgelaufen, ein gewöhnlicher Ast wurde ihm zum Verhängnis. Sein Tod war selbst verschuldet, denn niemand kannte sich mit dem Fällen von Bäumen besser aus als er. Seiner eigenen Raserei gegenüber aber war er stets machtlos gewesen.

Nach nur einem Jahr befand sich Gertrud in der Position der allseits respektierten Witwe. Was hätte sie sich mehr wünschen können? Doch in ihrer Bosheit beschuldigte sie Max, seinen Vater getötet zu haben. Das konnte er ihr nicht verzeihen. Sie erzählte es allen, die es hören wollten, diese Hexe. Doch er allein wusste, was sich an jenem Tag im Wald abgespielt hatte.

Völlig schuldlos war er trotzdem nicht. Er hatte mit Sorgfalt den rechten Zeitpunkt abgepasst, um seinem Vater zu erklären, dass er auswandern und seinen Anteil am Hof einfordern wollte. Mehr bedurfte es nicht, um Henning zur Weißglut zu treiben und für einen Augenblick seine Konzentration zu beinträchtigen. Max ließ die Ereignisse einfach ihren Gang gehen. Hätte er eingegriffen, wäre der Vater vielleicht gerettet worden, aber sicher war er sich da nicht. Er würde es nie erfahren.

Nun war auch das Licht im Schlafzimmer seit einiger Zeit erloschen. Er glitt von der Steinmauer hinunter und ging zum Auto zurück. Eine schwarzweiße Katze kam zwischen den Büschen hervor. Sie strich zutraulich um seine Beine und schaute ihm interessiert zu, als er den Kofferraum öffnete und zwei Zwanzigliterkanister herausholte. Er nahm sich Zeit, ihre Aufmerksamkeit zu erwidern, beugte sich zu ihr hinunter und strich ihr über den samtweichen Rücken. Eine Katze konnte er sich jederzeit anschaffen, wenn es ihm unter all den Toten zu einsam wurde.

Einen Kanister in jeder Hand schlenderte er gemächlich zur Giebelseite des Stalls zurück. Der Mond war inzwischen gestiegen und tauchte den Hofplatz in ein bläulich kaltes Licht. Wenn sie immer noch wach lag – schließlich neigte sie zu Schlaflosigkeit –, würde sie ihn sehen können, falls sie zufällig auf den Gedanken kam, aufzustehen und aus dem Fenster zu schauen. Er selbst erkannte deutlich die Umrisse aller Gegenstände um ihn herum. Das dunkle Schlafzimmerfenster erschien ihm wie ein misstrauisches Auge, das ihn anstarrte. Er musste sehr vorsichtig sein.

Mit schweren Armen schlich er an der schützenden Schwärze der Stallwand entlang, wo die Brennnesseln seit einigen Wochen ungehindert wuchern konnten. Obwohl er die Füße weit anhob, um nicht über unsichtbare Gegenstände zu stolpern, wäre er fast über einen alten gusseisernen Waschzuber gestürzt, der vom Dickicht verborgen wurde. Sein Schienbein bekam einen heftigen Schlag von der harten Kante – fast hätte er aufgeschrien.

Als er das Ende des Stalls erreicht hatte, blieb ihm keine andere Wahl, als sich vor den Fenstern zu zeigen. Er schlich über fünfzehn Meter knirschenden Kies, bis er sich ins Blumenbeet rechts von der Eingangstreppe retten konnte. Dort befreite er sich von einem der Kanister. Die Katze leistete ihm Gesellschaft, als er um die Ecke bog und bis zur Rückseite des Hauses ging. Dort stellte er den zweiten Kanister ab.

Mit vorsichtigen Schritten ging er zum Stall zurück und drückte sich an die Wand. Blieb dort eine Weile stehen, hielt den Atem an und lauschte. Keine Bewegung, kein Laut, nur der gesegnete Wind und das knarzende Holz hinter ihm. Jetzt musste er das Stroh holen. Er hoffte, im Stall welches zu finden. Außerdem wollte er sich vergewissern, dass keine Tiere eingesperrt waren.

Sobald er die Tür hinter sich zugezogen hatte, schaltete er die Taschenlampe an. Er hielt sie niedrig, schirmte den Lichtkegel mit der Hand ab und schaute sich um. Doch gab es hier weder Leben noch Stroh. In den Boxen lagen einzelne Halme. Die Verschläge für die Kälber waren gründlich gereinigt worden.

Von plötzlicher Hast befallen, überquerte er wagemutig den offenen Hof. In der Scheune musste es Stroh geben, doch die große Schiebetür wollte sich nicht öffnen lassen. Er zog und zerrte am Türgriff. Als sie schließlich nachgab, quietschte es in den ungeschmierten Schienen. Er bekam weiche Knie und starrte zum Schlafzimmerfenster hinauf. Nichts geschah. Eine einzige Bewegung mit der Taschenlampe durch die halbmeterbreite Öffnung hindurch überzeugte ihn davon, dass er am richtigen Ort war. Oben auf der Tenne gab es Heu, und vor seinen Füßen stapelten sich Strohballen, die bereit zum Abtransport waren.

Die Ballen waren schwer. Er schleppte sie an der schmalen Graskante entlang, überquerte den Kies, durchschnitt die Schnüre mit dem Messer, trat und riss die Ballen auseinander und verteilte das Stroh an der Hauswand. An der Rückseite des Hauses entdeckte er, dass die Läden vor der Kellertür halb geöffnet waren. Er untersuchte die Tür am Ende der Treppe. Kein Vorhängeschloss – nur ein Haken. Er schob die knarrende Tür vorsichtig auf, holte einen weiteren Ballen und verteilte das Stroh über den Kellerboden.

Der Schweiß rann ihm in die Augen, und die Schnüre um die Ballen schnitten in seine Hände. Er keuchte schon wie ein Blasebalg. Sein Herz schlug schwer und unregelmäßig. Den letzten Ballen stellte er vor die Haustür. Von dort aus verteilte er die Halme – ohne sich noch länger um das Fenster da oben zu kümmern – über den Kies, im rechten Winkel zum Haus, ungefähr zwanzig Meter lang.

Er ging um den Giebel herum und zog die Gummihandschuhe an, die er in der Tasche gehabt hatte.

Er hatte Mühe mit dem klobigen Kanister, und es dauerte eine Weile, bis er die richtige Technik raushatte. Er musste das Benzin so hoch an die Wände spritzen wie nur möglich. Von dort aus würde es herunterlaufen und die Halme auf dem Boden tränken. Er vergaß auch nicht, in den Keller zu laufen und ein paar Liter über den Boden zu verteilen. Der scharfe Geruch stach in Nase und Lunge und zwang ihn zu husten. Doch irgendwas geschah in seinem Körper. Die Benzindämpfe waren ihm zu Kopf gestiegen, die Erschöpfung verflog. Sein Kopf schmerzte, und die Tränen vermischten sich mit dem Schweiß, doch spürte er plötzlich eine pulsierende Kraft in sich. Der erste Kanister war leer. Er schleuderte ihn weg und griff sich den nächsten. Es war so einfach.

Ab und zu sah er die Katze vorbeihuschen, die ihm immer noch Gesellschaft leistete, wenn auch aus größerer Distanz. Von der Haustür ging er rückwärts an der Strohbahn entlang, die er gelegt hatte, und tränkte sie sorgfältig mit den letzten Benzinresten. Zog die Gummihandschuhe aus und warf sie auf den Kies. Er hatte die Taschen voller Streichholzschachteln, und nun zog er fünf zusammengebundene Streichhölzer an der Reibfläche entlang und ließ sie am Ende der Strohbahn fallen. Eine lodernde Feuerschlange schoss auf das Haus zu.

Das zischende Geräusch ließ ihn zurückschrecken. Unmittelbar darauf kam die Hitze. Eine massive, glühend heiße Wand trieb ihn mindestens zehn Meter nach hinten. Im nächsten Moment war das Haus von einem tosenden Flammenmeer umschlossen.

Er schlug sich die Arme vors Gesicht und betrachtete aus zusammengekniffenen, tränenden Augen sein Werk. Sah, wie die roten Flammen hungrig an den trockenen Brettern leckten, sich zischend und prasselnd immer weiter in das Holz hineinfraßen. Der Wind kam aus südlicher Richtung und tat ein Übriges.

Tiefe Zufriedenheit erfüllte ihn.

Es war vollbracht. Es war schön. Und es war gerecht.

Jetzt musste er verschwinden. Das Feuer war sicher schon entdeckt worden.

Wie ein Betrunkener taumelte er zu seinem Wagen, benommen von Rauch und Benzindämpfen. Er brauchte ziemlich lange, um zu wenden und den Kiesweg hinunterzurollen. Je klarer sein Kopf wurde, desto mehr machte sich eine gewisse Ernüchterung breit, ein merkwürdiges Gefühl von schwermütiger Leere. Alles war doch jetzt vorbei. Es gab nichts mehr zu tun. Die Stille nach einer stürmischen Leidenschaft. Da bemerkte er plötzlich, dass Alice neben ihm saß. Sie lachte ... so wie sie immer gelacht hatte, wenn er ein bisschen begriffsstutzig war.

Auf halber Strecke, ein paar Kilometer hinter Arklinge, spürte er den ersten Stich in der Brust. Wie ein feines Messer, das direkt in sein Herz drang. Es folgten weitere Stiche. Instinktiv warf er sich nach vorn, worauf das Auto auf der einsamen Straße heftig hin und her schlingerte. Der Schmerz ließ einen Augenblick nach, um mit entfesselter Stärke zurückzukehren. Ein gewaltiger Druck presste seinen Brustkorb zusammen und nahm ihm die Luft. Wogen von Übelkeit schüttelten seinen Körper, und plötzlich brach ein höllischer Lärm los. Scharfe, schleifende Laute, unerklärliche Schläge und schwere Erschütterungen. Die Straße verschwand, Büsche und Bäume ragten vor ihm auf, und dann krachte der Wagen gegen ein paar Stämme.

Er richtete sich auf und hatte das vage Gefühl, sich übergeben zu müssen. Sein Blick fiel auf einen weißen Holzzaun. Dahinter standen zwei

Pferde und schauten ihn an. Er wankte dorthin, sank auf die Knie und fiel auf die Seite. Das Gras war feucht und kühl. Es roch gut. Die Pferde schüttelten ihre großen Köpfe über ihm und schnaubten freundlich. Er schaute in ihre sanften, dunklen Augen und wusste, dass es das Letzte war, das er sehen sollte. Bevor sich die Dunkelheit über ihn senkte, dachte er noch, dass man in schlechterer Gesellschaft sterben konnte.

63 SAMSTAG, 16. AUGUST

Olle und Joakim schlummerten friedlich vor dem laufenden Fernseher. Schon beim Vorspann zu *Lethal Weapon 3*, den sie extra fürs Wochenende ausgeliehen hatten, waren sie beide – fast gleichzeitig – an unterschiedlichen Enden des Sofas in tiefen Schlaf gefallen. Die Dramatik der letzten vierundzwanzig Stunden sowie die umfassende Fürsorge, die sie ihr hatten angedeihen lassen, hatten sie offensichtlich völlig erschöpft.

So liebevoll sie sich auch verhalten hatten, so empfand es Kajsa doch als Befreiung, in gewisser Weise allein zu sein. Ohne die Lautstärke zu senken – um nicht doch zu riskieren, sie aufzuwecken –, packte sie die Gelegenheit beim Schopf und zog sich in die Küche zurück. Sie setzte Teewasser auf und schmierte sich zwei Brote mit reifem Cambozola. Worauf sie hoffte, war eine Weile ungestörten Nachdenkens.

Doch dazu kam es nicht, weil Olles Handy auf der Anrichte plötzlich diskrete Töne von sich gab. Sie zögerte einen Augenblick, bevor sie sich meldete.

Es war Lennart Roos.

»Ich bin ganz in der Nähe«, sagte er, »genauer gesagt, bei Rune. Ist es Ihnen recht, wenn ich auf einen Sprung vorbeikomme?«

Ihr erster Gedanke war, dass sie ungewaschene Haare hatte und auch sonst einen jämmerlichen Anblick bot. Dass sie sich über solche Dinge Gedanken machte, war wohl ein Zeichen, dass ihre Psyche sich langsam stabilisierte.

Nach kaum merklichem Zögern antwortete sie: »Aber natürlich ... kommen Sie nur vorbei.«

»In fünf Minuten bin ich da«, sagte er.

Ihr blieb also keine Zeit mehr, etwas an ihrem Erscheinungsbild zu ändern. Dann musste es eben durch gedämpfte Beleuchtung ausgeglichen werden.

Sie war zwar nicht völlig unvorbereitet darauf, dass jemand vorbeikam, um sie zu informieren, hatte jedoch gedacht, das würde erst am nächsten Tag geschehen. Außerdem hatte sie mit Roffe gerechnet. Jetzt freute sie sich auf Roos – niemand anders hätte sie ertragen.

Ihr Gefühle waren immer noch in Aufruhr, und ihr war unbegreiflich, wie sie diese in absehbarer Zeit unter Kontrolle bringen sollte. Wie sollte sie nur mit der Trauer und dem Verlust des Mannes fertig werden, der ein Doppelmörder gewesen war und sie fast auch noch getötet hatte? Olle würde für ihre Gespaltenheit kein Verständnis aufbringen. Im Gegensatz zu Roos.

»Ich habe gerade Tee gemacht«, sagte sie, während sie ihn in die von Kerzen beleuchtete Küche ließ. »Wollen Sie auch eine Tasse?«

Das wollte er gern. Er warf einen fragenden Blick auf die geschlossene Wohnzimmertür, als die notdürftig gedämpften Geräusche einer halsbrecherischen Autojagd zu ihnen herüberdrangen.

»Olle und Joakim schlafen sich durch den dritten Teil von *Lethal Weapon*«, erklärte sie.

Er lächelte, als sei er der Meinung, dies sei das Beste, was man bei solchen Filmen tun könne.

Nachdem sie ihm Tee eingeschenkt und ein belegtes Brot gemacht hatte, sagte er: »Ich war auf Röshult und habe mir die Überreste des Hofs angesehen.«

»Gibt es überhaupt noch was zu sehen?«

»Der Stall ist noch da, der Rest ist bis auf die Grundmauern abgebrannt.«

»Ist inzwischen alles gelöscht?«

»An einigen Stellen schwelt es noch. Ein Mann ist da geblieben und hält Wache.«

Sie rührte gedankenversunken einen Löffel Honig in ihren Tee. »Dann ist es ja kein Wunder, dass es immer noch nach Rauch riecht«, sagte sie.

»Nein – der Wind ist sehr wechselhaft«, sagte er.

Während sie am heißen Tee nippte, merkte sie, dass er sie musterte. Vielleicht dachte er darüber nach, ob sie neuen Informationen gewachsen war. Eigentlich war sie es nicht. Doch war sie auch nicht in der richtigen Verfassung, um weiter mit der Ungewissheit leben zu können. Darum sagte sie: »Ich würde gern hören, was Sie zu berichten haben.«

»Haben Sie schon mit Roffe gesprochen?«, fragte er.

»Ich nicht. Aber Olle hat heute Morgen mit ihm telefoniert. Ich weiß, dass Max Rösling in der Nähe von Arklinge gefunden wurde. Er ist wohl von der Straße abgekommen.«

»Er starb an einem Herzinfarkt.«

»Ich bin ihm nur einmal begegnet«, sagte sie. »Er war oben beim Hof und hat sich umgeschaut. Er war ein komischer Kerl ... Irgendwie hat er mir Angst gemacht. Aber eigentlich hatte ich eine gute Meinung von ihm.«

»Ich bin ihm nie begegnet«, sagte Roos. »Aber ich wäre es gern. Ein guter Freund in den Staaten hat mir einiges über ihn erzählt. Ich glaube, dieser Mann hatte eine äußerst turbulente Lebensgeschichte.«

In einem Versuch, das hinauszuzögern, was sie so verzweifelt gern wissen wollte, fragte sie: »Und Birger? Wie geht es ihm?«

»Er ist über den Brand und den Tod seiner Mutter informiert worden. Auch über den Tod seines Halbbruders.«

»Wie hat er es aufgenommen?«

»Das weiß ich nicht. Lasse Wagnhärad ist um fünf nach Malmö aufgebrochen. Seitdem habe ich nicht mit ihm gesprochen.«

Sie atmete tief durch und starrte in ihre Teetasse. »Sie sind doch sicher gekommen, um mir von Petrus zu berichten«, sagte sie. »Sie haben ihn doch bestimmt ... irgendwo gefunden.«

»Nein, wir haben ihn nicht gefunden.«

»Nicht?«

»Vielleicht ist er auf dem Weg nach Südamerika.«

Die überraschende Nachricht ließ ihr Herz rasen. »Er lebt also noch?«

»Davon ist auszugehen.«

Sie dachte einen Moment über diese neue Erkenntnis nach, ehe ihr klar wurde, dass es keinen großen Unterschied machte. »Für mich er ist trotzdem tot.«

»Das kann ich gut verstehen.«

»Warum Südamerika?«

»Das ist nur eine Möglichkeit von vielen. Die Welt ist groß. Es gibt viele Orte, an denen man sich verstecken kann.«

»Warum glauben Sie, dass er außer Landes ist?«

»Das wissen wir.«

»Wie das? Sein Auto stand doch noch da.«

»Im Nebengebäude gibt es eine weitere Garage«, sagte Roos. »Darin stand der BMW der Eigentümer. Wir haben ihn auf dem Parkplatz für Langzeitparker am Malmöer Flughafen gefunden. Interpol hat bereits die Fahndung eingeleitet. Aber es würde mich wundern, wenn sie ihn finden.«

»Aber warum ...?« Plötzlich hatte sie so viele Fragen, dass sie gar nicht wusste, wo sie beginnen sollte.

Roos wusste, was sie meinte. »Sie wollen vermutlich wissen, was es mit Ihrer Gefangenschaft auf sich hatte«, sagte er.

»Ja ... das auch.«

»Offenbar hatte er nie die Absicht, Ihnen Schaden zuzufügen. Er wollte sich nur vergewissern, dass Sie in sicherer Verwahrung sind, bis er sich auf den Weg gemacht hatte. Zu diesem Zweck hat er gewisse Vorkehrungen getroffen.«

»Und der Knall, den ich gehört habe?«

»Der gehörte zu seinem Plan.« Roos schenkte ihnen in aller Ruhe Tee nach, ehe er fortfuhr. »Es war kein Problem, das Ganze zu rekonstruieren. Er hatte sich eine praktische und einfache Konstruktion ausgedacht, die dafür sorgte, dass Sie befreit wurden. Die Saunatür hatte er mit einem Besen blockiert, den er zwischen den Türgriff und einen gegenüberstehenden Schrank geklemmt hatte. Am Bürstenkopf hatte er eine Schnur befestigt, die durch einen Fensterhaken zu einem schweren Holzklotz führte, der in der vollen Badewanne schwamm. Den Abfluss hatte er so weit geöffnet, dass das Wasser nur äußerst langsam ablaufen konnte. Der Holzklotz sank also langsam tiefer und zog den Besen zur Seite. Der Knall, den Sie hörten, war sicher der Augenblick, als der Besen gegen den Rand der Badewanne krachte. Natürlich konnte er nicht genau wissen, wie lange es dauern würde, aber er wird vielleicht mit zwei Stunden Vorsprung gerechnet haben. So lange saßen Sie in der Sauna fest. Dass er die Haustür nicht abschloss und den Schlüssel im Wagen stecken ließ, war wohl, um Ihnen den Rückweg zu erleichtern.«

Sie brach in Lachen aus. Das erste Mal nach langer Zeit, wenngleich nicht viel Wärme darin lag.

»Typisch Petrus!«, sagte sie. »Er war schon immer sehr praktisch veranlagt.«

Tränen begannen zu fließen. Dabei hatte sie gedacht, es seien keine mehr übrig.

»Ach, übrigens ...«, fuhr Roos fort, indem er etwas aus seiner Jacketttasche zog. »Das haben wir in seinem Auto gefunden.«

Es war ihr Handy. »Wo lag das?«

»Auf dem Beifahrersitz.«

»Das habe ich gar nicht bemerkt«, sagte sie. »Er hat es mir mal geschenkt ... aber es hat mir nur Unglück gebracht.«

Sie schwiegen eine Weile und lauschten einem wilden Schusswechsel, ehe Roos nachdenklich weitersprach: »Sie haben sicherlich Recht, dass er praktisch veranlagt war. Dafür sprechen auch die Maßnahmen, die er zuvor schon ergriffen hatte. Kennen Sie Anna-Lena Torstensson?«

Kajsa trocknete ihre Tränen, nickte und schnäuzte sich.

»Ziemlich gut sogar«, antwortete sie. »Sie war in all den Jahren seine rechte Hand in der Firma.«

»Ich vermute, sie hat die Überraschung ihres Lebens hinter sich«, sagte er. »Lasse Wagnhärad hat heute ein eingehendes Gespräch mit ihr geführt.«

»Worüber?«

»Über gewisse Geldtransaktionen, die ihr Chef in letzter Zeit durchgeführt hat. Alles deutet darauf hin, dass er seine Flucht schon seit einer Woche geplant hatte. Sie erzählte, dass er ein großes, geheimes Geschäft tätigen wollte. Eine Art Fusion von riesigen Dimensionen. Dazu musste er sämtliche liquiden Mittel mobilisieren. Kurzzeitig haftete er sogar mit seinem Privatvermögen, um den Deal zu möglichen. Daraus hatte sie geschlossen, welchen Stellenwert die Sache für ihn besaß. Am Freitagvormittag hat er dann einer Bank auf den Bahamas die Gesamtsumme von ungefähr zwei Millionen Dollar überwiesen. Sie hatte nach irgendeinem Beleg für die Buchführung gefragt, und er hatte versprochen, dies Montagmorgen zu erledigen. Sie bekam auch nie eine Kopie irgendeiner Geschäftsabsprache zu sehen. Alles sollte schließlich unter größtmöglicher Geheimhaltung abgewickelt werden. Als die Polizei eine Woche später mit der Bank Kontakt aufnahm, erfuhr sie natürlich, dass das Geld auf eine Reihe von Banken in der ganzen Welt weitergeschleust worden war. Lasse Wagnharäd hat sie gefragt, ob ihr das Verhalten ihres Chefs nicht ein wenig merkwürdig vorgekommen und ihr nie der Verdacht gekommen sei, dass an der Sache was faul sein könnte. Aber darauf reagierte sie mit völligem Unverständnis. Ihrer Meinung nach bestand doch nicht der geringste Anlass, ihn zu verdächtigen, sich selbst zu bestehlen.«

»Das kann ich verstehen«, sagte Kajsa. »Sie hat ihm eben hundertprozentig vertraut. So wie alle anderen auch ...«

Sie kämpfte eine Weile mit ihren Gefühlen. »Warum hat er mir denn nicht die Wahrheit gesagt – dass er fliehen wollte?«, rief sie. »Warum sollte ich glauben, dass er mich töten wollte?«

Auf Roos' Stirn zeichneten sich einige Falten ab. Er sah nachdenklich aus, als bemühe er sich, auf all ihre Fragen zu antworten.

»Vielleicht ist ihm nie in den Sinn gekommen, dass Sie das denken könnten«, schlug er vor. »Er hatte zwar seine Flucht geplant, aber Ihr Treffen kam doch eher zufällig zustande und ging auf Ihre Initiative zurück. Er wollte nicht riskieren, dass Sie ihn durchschauen, ehe er sich absetzte. Vermutlich war er genauso bestürzt wie Sie und handelte aus einer momentanen Angst heraus.«

»Angst …«, sagte sie zögerlich. »Ich habe sie in seinen Augen gesehen, und er sagte auch, dass er Angst habe. Für mich war er immer wie ein Fels in der Brandung. Unerschütterlich. Ein Mann, der immer wusste, was zu tun war.«

»Vielleicht wollte er seinem Namen alle Ehre machen«, entgegnete Roos mit sanftem Lächeln.

»Wenn Sie sein Auto am Flughafen gefunden haben, dann wissen Sie bestimmt auch, welchen Flug er genommen hat«, sagte sie.

»Er hat sich Tickets für unterschiedliche Ziele in Afrika gekauft und offenbar das Flugzeug nach Kapstadt genommen. Aber wer weiß, ob er das Ticket nicht doch noch getauscht hat. Wie auch immer – von dort aus gibt es die verschiedensten Möglichkeiten zur Weiterreise. Er könnte natürlich auch den Zug zu einem passenden Ort genommen haben, wo er sich gefälschte Papiere besorgt. Und währenddessen bewegt sich sein Geld ein paarmal um die ganze Welt, ehe es auf einem Schweizer Nummernkonto landet. Obwohl das nur Spekulationen sind – wir haben natürlich keine Ahnung, was er vorhat.«

»Was auch immer, ich bin mir sicher, dass er sehr unglücklich ist«, sagte sie.

»Davon ist auszugehen.«

Sie legte die Arme auf den Tisch, beugte sich vor und sah den sympathischen Mann ihr gegenüber fragend an.

»Über eines habe ich lange nachgedacht«, sagte sie bedächtig. »Als er mir am Ende die Wahrheit erzählte, gab es ein Detail, das vollkommen unglaubwürdig wirkte. Zwei Wochen nachdem er Sue erwürgt hatte, erhielt seine Frau Linnéa einen Brief von ihr, der in Stockholm abgestempelt worden war. Er war natürlich zutiefst erschrocken und bekam Zweifel, ob er sie wirklich getötet hatte. In dem Brief hat Sue angeblich von ihrer Beziehung zu Petrus berichtet, was dazu führte, dass Linnéa die Scheidung wollte. Sie trennten sich für ein Jahr und zogen dann wieder zusammen. Ich glaube, das stimmt, denn ich habe ein paar Jahre bei ihnen gewohnt. Das ist jetzt siebzehn Jahre her. Sie haben zwar nie darüber geredet, aber ich habe damals gespürt, dass etwas Schwerwiegendes zwischen ihnen vorgefallen sein musste. Etwas, das sie ihm nicht verzeihen konnte. Und jetzt geht mir dieser Brief einfach nicht mehr aus dem Kopf. Wer hat ihn nur eingeworfen?«

»Das Wahrscheinlichste ist, dass Clarence Jankelius derjenige war«, sagte Roos nach kurzem Nachdenken. »Man kann sich natürlich fragen, warum, beziehungsweise sollten wir ihn das vielleicht selbst fragen.« Er machte eine erneute Pause, ehe er fortfuhr: »Möglicherweise ist es so gewesen: Sue hat den Brief geschrieben, um etwas gegen Petrus in der Hinterhand zu haben, falls dieser sich doch weigern würde zu bezahlen. Er blieb im Sommerhaus liegen, zugeklebt und frankiert. In der allgemeinen Aufregung hat Clarence einen Teil von Sues Sachen in sein Auto verfrachtet, unter anderem den Brief. Als er nach Stockholm kam, sah er zu, dass er die Sachen wieder los wurde. Der Brief hingegen landete im Briefkasten, entweder aus Zerstreutheit oder aus böser Absicht. Einen finanziellen Vorteil konnte er ja nicht daraus ziehen.«

»Ach, Clarence … Wie war das eigentlich mit seiner Abreise … und seinen Absichten?«

»Seine Spukgeschichte hat wohl wirklich der Wahrheit entsprochen.«

»Olle hat mir von Birgers Geständnis erzählt«, sagte sie.

»Das dachte ich mir.«

»Sie glauben also nicht, dass Clarence damals verstand, was mit Pia geschehen war?«

Roos sah sich prüfend um. Sein Blick blieb an der Küchenbank hängen, auf der Kajsa saß.

»Ja, hier muss ihr Bett gestanden haben«, bestätigte sie. »Woanders wäre auch kein Platz dafür gewesen.« Sie blickten beide zur angrenzenden Kammer hinüber. »Sehen Sie sich nur um«, fügte sie hinzu.

Er schob die Tür zu Joakims dunklem Zimmer auf, ging einen Schritt hinein und schaute von dort aus in die schummrige Küche.

»Stimmt genau mit seiner Beschreibung überein«, sagte er kurz darauf und ging wieder zu ihr. »Er sah nur, wir Gertrud sich über das Bett beugte, aber sein Blickwinkel und die schwache Beleuchtung machten es ihm unmöglich zu erkennen, was eigentlich vor sich ging. Es wird nicht viele Geräusche gegeben haben. Pia schlief und war schon sehr ausgezehrt. Es erforderte sicher nicht viel Kraft, ihr das Kissen aufs Gesicht zu drücken.«

»Ich hoffe, dass sie nicht mehr aufgewacht ist.«

Roos schien in Gedanken versunken.

»Glauben Sie, er wollte sie wirklich nach Kopenhagen fahren?«, fragte sie.

»Was Sue betrifft, werden wir seine wahren Absichten wohl nie erfahren«, sagte er. »Gudrun Skog hat er jedenfalls versichert, dass er alles in allem keine unlauteren Absichten hatte.«

»Alles in allem?«

»Nun ja, er hat anscheinend seine eigene Moral. Als er nach Stockholm zurückkehrte, war er die ganze Geschichte offenbar leid und hat diesen so genannten Killern ihre Adresse verraten.«

»Und die kamen hierher und haben nach Sue gesucht?«

»Das behauptet er jedenfalls. Aber er rechnete damit, dass sie zu spät kommen würden, und so war es wohl auch.«

Roos stellte seine Teetasse neben die Spüle. »Nun will ich Ihnen nicht länger zur Last fallen«, sagte er. »Ich möchte dieses Gespräch gern zu einem späteren Zeitpunkt fortsetzen. Sie werden in ein paar Tagen Besuch von Lasse Wagnhärad bekommen. Er durfte seinen Urlaub um eine Woche verschieben, um die Ermittlungen zu Ende führen zu können.«

Kajsa bemerkte die plötzliche Stille im Haus. Im nächsten Moment stand Olle schlaftrunken in der Küchentür. Als er Roos im Schein der Kerzen erblickte, unterdrückte er sein Gähnen und schien ausrufen zu wollen: Wer zum Teufel ist dieser Typ? Doch er hielt sich zurück und sah schon ein wenig entspannter aus, nachdem Roos sich vorgestellt hatte.

»Ich dachte, Sie wären einer dieser Schmierfinken von der Lokalpresse«, entschuldigte er sein ungehobeltes Auftreten.

Roos hob die Brauen. »Mir ist ja schon vieles unterstellt worden«, entgegnete er kopfschüttelnd, »aber für einen Klatschreporter hat mich noch keiner gehalten.«

»Vermutlich werden die hier bald Schlange stehen«, sagte Olle düster. »Von dem, was auf Röshult passiert ist, zehren die doch wochenlang.«

»Wochenlang ist sicher übertrieben«, entgegnete Roos. »Nach ein paar Tagen werden sie es satt haben und sich auf ein neues Thema stürzen.«

Nach diesen Worten verabschiedete er sich und ging hinaus.

Olle betrachtete nachdenklich die Tür, die Roos hinter sich geschlossen hatte.

»Das war also der berühmte Charmeur«, sagte er. »Sieht ja ziemlich normal aus.« Nach einem Gähnen fügte er hinzu: »Scheint sogar ganz nett zu sein.«

Epilog FREITAG, 26. SEPTEMBER

Kajsa betrachtete kritisch ihr Arrangement. »Glaubst du wirklich, dass alle Platz finden werden?«, fragte sie besorgt.

»Aber natürlich«, beruhigte sie Katharina. »Je enger sie sitzen, desto eher lernen sie sich kennen. Falls das überhaupt noch nötig ist.«

Katharina, die eine gewisse Erfahrung mit großen Festen hatte, war herübergekommen, um Kajsa bei den Vorbereitungen zur morgigen Einweihungsparty zu helfen.

Nach einigem Kopfzerbrechen und schweißtreibenden Aufbauarbeiten war es ihnen schließlich gelungen, mit Hilfe mehrerer Tischplatten und frisch gebügelter Laken eine imponierend lange Tafel aufzubauen. Nachdem sie diese mit Kerzenleuchtern bestückt und mit leuchtendem Herbstlaub bestreut hatten, konnte das Resultat sich sehen lassen. Dennoch war Kajsas Sorge nicht unberechtigt. Die Liste der geladenen Gäste war lang und die Größe des Raumes begrenzt.

Plötzlich fiel ihr etwas ein. »Ach, Herrgott, fast hätte ich vergessen, dass ich dir etwas zeigen wollte.« Sie lief in die Küche und kam mit einem Brief in der Hand zurück.

»Erinnerst du dich an den hübschen Archäologen mit den langen Haaren?«, fragte sie.

»Meinst du den, der immer ein bisschen abwesend wirkte?«

»Genau. Sein Name ist Dan Björnbo. Wir haben einen sehr merkwürdigen Brief von ihm bekommen. Lies selbst.«

Lund, 23.9.97

Liebe Kajsa und Olle Linder,

ich möchte Ihnen für die interessante Zeit danken, die ich im Sommer im Zuge der Grabung auf Ihrem Grundstück verbringen durfte. Sich in friedvoller Umgebung einer solch faszinierenden Arbeit widmen zu können ist für einen Forscher natürlich der Idealzustand. Der Inhalt dieses Briefes soll einmal Gegenstand einer populärwissenschaftlichen Abhandlung werden, die ich nach meiner Doktorarbeit zu schreiben gedenke. Aber ich habe natürlich nichts dagegen, wenn Sie anderen Personen, die sich um die Grabung verdient gemacht haben, den Brief zeigen oder von seinem Inhalt erzählen. Ich denke dabei insbesondere an den vortrefflichen Rune und natürlich unseren unentbehrlichen Assistenten Joakim.

Vor ein paar Jahren stieß ich im Kopenhagener Reichsarchiv auf eine Art Gerichtsprotokoll aus dem vierzehnten Jahrhundert, in dem von Vorfällen die Rede ist, an die ich durch die Umstände unserer Grabung erinnert wurde. Die Wahrscheinlichkeit für einen tatsächlichen Zusammenhang mit unserem Fund war statistisch gesehen natürlich sehr gering. Dennoch ließ mich dieser Gedanke nicht mehr los. Ich fuhr also nach Kopenhagen, um mir das Dokument noch einmal anzusehen und vielleicht auf weitere Informationen in dieser Angelegenheit zu stoßen. Etwas Neues fand ich leider nicht heraus, doch anhand des vorliegenden Dokuments bekommt man schon einen recht genauen Eindruck von dem, was damals geschah. Der Fund einer Halskette mit dem Wappen des Geschlechts Falckebek legt die Vermutung nahe, dass es sich bei der Moorleiche um Eigil Torgilssøn Ornehugg handeln könnte, was zur Klärung des damaligen Falls beitragen würde. Ich habe versucht, das Protokoll in heutiges Schwedisch zu übertragen, und den Text behutsam modernisiert. In einer Abhandlung werde ich natürlich den Originaltext zitieren und durch Fußnoten erläutern.

Im Anhang finden Sie meinen Bericht über die damaligen Vorgänge, die möglicherweise unserer Grabung zugrunde liegen.

Mit freundlichen Grüßen

Dan Björnbo

Anhang

Knut Torgilssøn vom Geschlecht Ornehugg ließ im Jahr 1369 Ubbe Erlandssøn Falckebek vor das Landgericht der Provinz Göinge rufen, weil dieser Knuts Nichte Ingun Eigilsdottir vom Hof ihres Vaters entführt hatte. Inguns Vater, Eigil Torgilssøn, der zum Zeitpunkt der Entführung allein auf dem Hof war, machte sich an die Verfolgung durch den Wald und ward darauf nicht mehr gesehen. Daher stand Ubbe im Verdacht, Eigil getötet zu haben.

Als man versuchte, Ubbe vor das Landgericht zu zitieren, stellte man fest, dass dieser verschwunden war. Stattdessen erschien das Oberhaupt des Geschlechts Falckebek, Ubbes Vater Erland Knutssøn, mit zwei seiner Brüder und zwei seiner Söhne, vor dem Gericht. Er gab zu, dass Ubbe sich des Brautraubs schuldig gemacht hatte, begründete die Tat jedoch damit, dass Eigil ihm seine Tochter trotz deren Zustimmung verweigert habe. Dafür solle Ubbe eine gerechte Strafe zukommen, doch erst nachdem der Mord aufgeklärt sein würde. Es ist durchaus möglich, dass Eigil sowohl Ubbe als auch Ingun tötete und danach selbst infolge seiner Verletzungen starb oder auf dem Heimweg von Wölfen angefallen wurde. Es wurde beschlossen, Ubbe und Eigil vor die nächste Gerichtsversammlung zu rufen sowie jeden, der etwas zur Aufklärung ihres Verschwindens beitragen könnte.

Ein Protokoll der nächsten Gerichtsversammlung ist leider nicht erhalten.

Die im Moor gefundene Gürtelschnalle sowie die Verzierungen auf der Schwertscheide deuten darauf hin, dass die Moorleiche vermutlich dem Geschlecht Ornehugg angehörte. Da die gefundene Halskette das Wappen von Ubbes Familie trägt, lässt sich daraus folgende Rekonstruktion der Ereignisse herleiten:

Ubbe und Ingun hatten verabredet, dass Ingun an einem bestimmten Tag von zu Hause fortlaufen sollte, an dem mit Sicherheit keine Bediensteten auf dem Hof ihres Vaters sein würden. Sie sollte sich unbemerkt auf den Weg machen, doch aus irgendeinem Grund wurde ihre Flucht rasch entdeckt. Der wütende Eigil verfolgte sie auf der Stelle, möglicherweise in Begleitung eines Spürhundes. Nach ein paar Stunden fand er sie an einem kleinen, fast überwucherten Weiher. Er griff Ubbe sofort an, den er ja nicht ganz grundlos des Raubs seiner Tochter verdächtigte. Dieser verteidigte sich und hatte wohl keine andere Möglichkeit, mit dem Leben davonzukommen, als Eigil zu töten. Er zog die Leiche ins Wasser und versuchte sie mit Hilfe eines Stocks auf dem Grund zu halten. Während des Kampfes verlor er seine Kette, die gut sechshundert Jahre später im Moor gefunden wurde.

Auch wenn Ubbe ursprünglich darauf hoffen konnte, dass Eigil die Tatsachen akzeptierte und sich mit einer Entschädigung zufrieden gab, musste er doch auch damit rechnen, dass sie gezwungen waren, ihre Flucht fortzusetzen. Daher führten sie möglicherweise Wertgegenstände mit sich, die sie später noch würden gebrauchen können. Eventuell überquerten sie nach Eigils Tod schnellstmöglich die Grenze nach Schweden, kauften sich einen kleinen Hof und lebten dort glücklich bis an ihr Lebensende – aber das ist natürlich reine Spekulation. Vielleicht haben sie sich auch mit anderen Flüchtlingen zusammengetan und eine Art Räuberbande gegründet, die im Grenzgebiet ihr Unwesen trieb. Oder aber sie sind bald darauf umgekommen, denn es waren harte und gefährliche Zeiten für allein stehende Menschen.

Katharina ließ den Brief sinken und sah Kajsa mit großen Augen an. »Was für eine Geschichte!«, sagte sie bedächtig.

»Du hattest also Recht mit deiner Vermutung, dass die Halskette aus dem Mittelalter stammt«, entgegnete Kajsa.

»Dann war sie wohl aus Gold.«

»Ja«, sagte Kajsa und fügte hinzu: »Dan scheint die *friedvolle* Umgebung ja sehr genossen zu haben.«

Katharina lachte. »Von den Polizisten, die hier ständig herumliefen, hat er wohl nichts mitgekriegt. Hast du dir Eigil eigentlich mal wieder angesehen?«

»Nein – sie sind noch nicht ganz fertig mit der Konservierung«, sagte Kajsa. »Aber ich war neulich im Museum und habe Birgit getroffen. Wir sprachen über die Halskette, und sie dankte dem Schicksal, dass David damals nicht verstanden hat, was für einen wertvollen Fund sie gemacht hatten.«

»Ist er wirklich so wertvoll?«

»Sieht ganz so aus. Wenn er einen Käufer gefunden hätte, das heißt einen weniger anspruchsvollen, aber finanzstarken Sammler, hätte er dafür eine halbe Million kriegen können, meint Birgit.«

Katharina starrte gedankenversunken auf den Brief.

»Wenn er das gewusst hätte«, sagte sie, »dann hätten sie nicht nach Marokko zu fahren brauchen.«

»Nein, dann wäre alles ganz anders gekommen …«